王健作词歌曲选

王健　著

中国文联出版社

图书在版编目（C I P）数据

王健作词歌曲选 / 王健著. -- 北京 : 中国文联出版社, 2023.12
ISBN 978-7-5190-5101-3

Ⅰ. ①王… Ⅱ. ①王… Ⅲ. ①歌词集－中国－当代
Ⅳ. ①I227

中国国家版本馆 CIP 数据核字(2023)第 212978 号

著　　者　王　健
责任编辑　付劲草
责任校对　秀点校对
装帧设计　黄　丽

出版发行　中国文联出版社有限公司
社　　址　北京市朝阳区农展馆南里 10 号　　　邮编　100125
电　　话　010-85923025（发行部）　010-85923091（总编室）
经　　销　全国新华书店等
印　　刷　天津和萱印刷有限公司

开　　本　880 毫米 × 1230 毫米　　1/16
印　　张　23. 25
字　　数　100 千字
版　　次　2023 年 12 月第 1 版第 1 次印刷
定　　价　68. 00 元

序

从1947年的《星子之歌》开始，到2020年的《让我做你的眼睛》，我真的是写了一辈子歌词，也结交了一辈子与歌词有关的朋友。我和我的作曲家朋友们以歌会友，用赤诚之心谱写下一首首动听的歌曲，亦谱写出一段段纯粹的友情。

回顾我漫长又短暂的一生，与我词曲相合过的朋友不在少数，有的甚至成为相伴一生的至交好友，我一一记在心间、付诸笔端，期许着用文字记录下来，这样我们的友谊就会永存吧。我们的故事在我同时出版的杂文集中亦有提及，这里不再赘述……

多少人曾用美好的语句，形容词曲间的关系。一首好的声乐作品在世间流传，没有人能把词曲分剥。你中有我、我中有你的境界，又何以形容？

回首平生驿路遥，
青丝白发认前朝。
相伴游吟七十载，
雪泥鸿爪是歌谣。

王健

2021年元旦于温榆河畔

王健

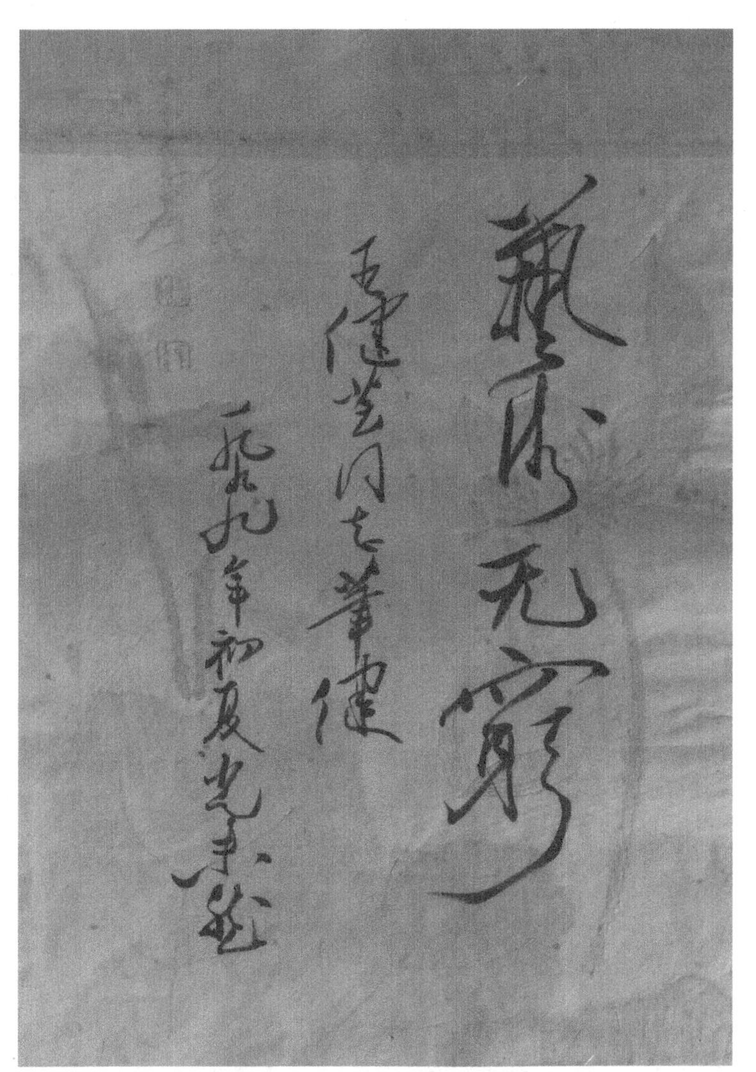

光未然题词

萧白书法

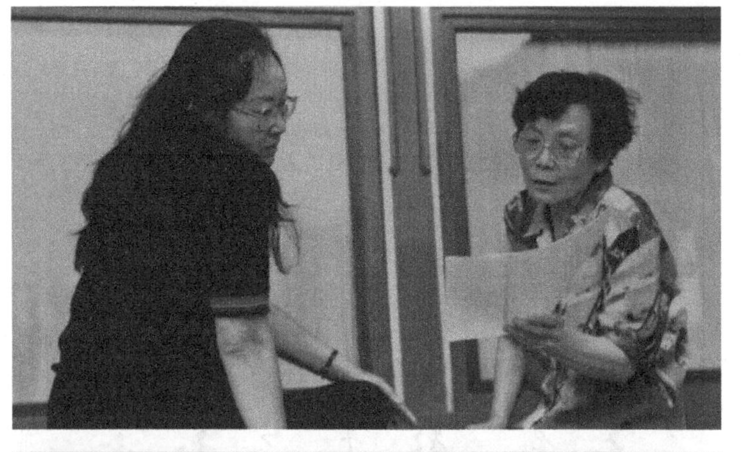

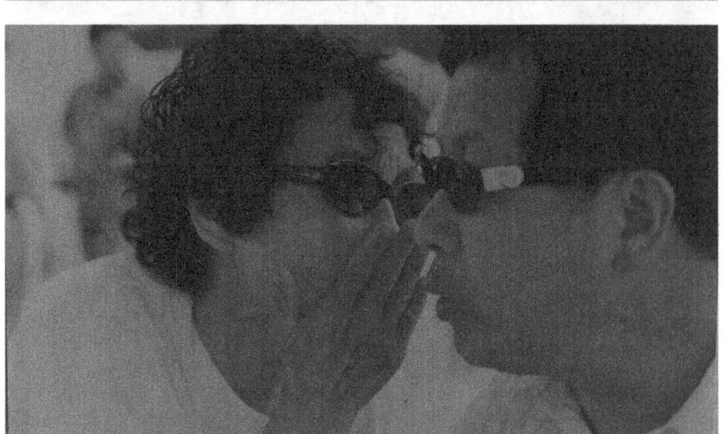

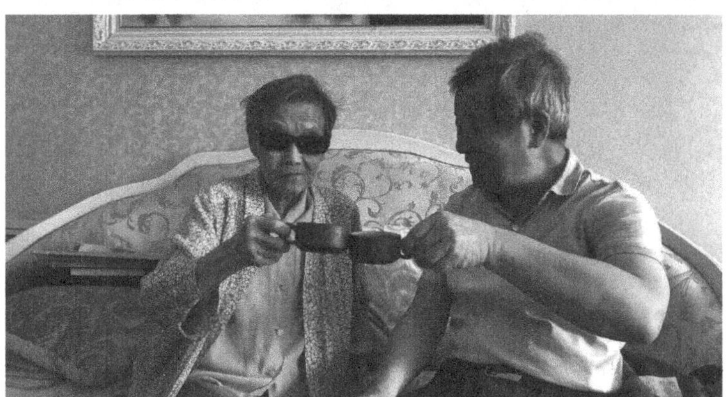

与李一丁

与萧白（在《霸王别姬》北京清唱音乐会后）

与吴大同　2006 年

与章绍同

在老年公寓与章绍同

目录

序

歌曲篇

1. 歌声架着彩虹——影片《最长的彩虹》主题歌 / 章绍同 _ 曲 3
2. 我们是真心的朋友——故事片《鹤童》主题歌 / 章绍同 _ 曲 6
3. 人生路·男儿情——电视连续剧《人生路·男儿情》主题歌 / 章绍同 _ 曲 8
4. 琵琶解语不解愁——影片《英雄郑成功》插曲 / 章绍同 _ 曲 10
5. 披满霞光的故乡 / 章绍同 _ 曲 11
6. 我家门前清溪流 / 章绍同 _ 曲 15
7. 白鹭高歌吉祥曲——电视连续剧《白鹭谣》片头歌 / 章绍同 _ 曲 17
8. 鹭江水滔滔流——电视连续剧《白鹭谣》片尾歌 / 章绍同 _ 曲 19
9. 小小一颗心——故事片《暖情》插曲 / 章绍同 _ 曲 21
10. 海梦——电视剧《施琅大将军》主题歌 / 章绍同 _ 曲 22
11. 天下事，一局棋——电视连续剧《大汉风》片头歌 / 章绍同 _ 曲 24
12. 魂依江南——电视连续剧《大汉风》主题歌·楚歌 / 章绍同 _ 曲 29
13. 霜锷刺破奈何天——电视连续剧《大汉风》插曲·韩信舞剑歌 / 章绍同 _ 曲 31
14. 思项羽——电视连续剧《大汉风》插曲 / 章绍同 _ 曲 32
15. 吕雉的歌——电视连续剧《大汉风》插曲 / 章绍同 _ 曲 35
16. 千秋妈祖 / 章绍同 _ 曲 37
17. 微笑的天使 / 章绍同 _ 曲 45
18. 我们爱海洋 / 章绍同 _ 曲 49
19. 世界有你，大爱无疆 / 章绍同 _ 曲 58
20. 有缘千里来相会 / 章绍同 _ 曲 60
21. 沙头角的界碑 / 萧白 _ 曲 70

22. 二泉映月 / 华彦钧 _ 曲，王健填词，萧白 _ 编合唱 72
23. 把儿的歌声带回长安——电视连续剧《文成公主》片头曲 / 李一丁 _ 曲 83
24. 因果深深——电视连续剧《文成公主》插曲 / 李一丁 _ 曲 84
25. 我的梦中人——电视连续剧《文成公主》片尾歌 / 李一丁 _ 曲 85
26. 我十七岁——电影《实习生》主题歌 / 李一丁 _ 曲 86
27. 三色帆——北师大二附中校歌 / 李一丁 _ 曲 87
28. 岁月有情——电视剧《大雪无痕》主题歌 / 李一丁 _ 曲 88
29. 君若天上云——电视连续剧《文成公主》插曲 / 李一丁 _ 曲 90
30. 爱的名字是永恒——电视连续剧《相逢在雨后》主题歌 / 李一丁 _ 曲 91
31. 山海情——电影《渤海明珠》插曲 / 李一丁 _ 曲 93
32. 你的爱心像阳光——电视剧《棒棒真棒》插曲 / 李一丁 _ 曲 94
33. 你像春神——献给老师的歌 / 丁留强 _ 曲 95
34. 华容道上的独白 / 丁留强 _ 曲 96
35. 你是谁 / 丁留强 _ 曲 98
36. 与你相逢在这山海之间 / 丁留强 _ 曲 101
37. 致李清照 / 丁留强 _ 曲 102
38. 让我把眼泪带走 / 吴大同 _ 曲 103
39. 美丽的梦 / 吴大同 _ 曲 104
40. 妈妈的故事——纪念建国六十周年为祖国母亲而作 / 吴大同 _ 曲 106
41. 缅怀秋瑾 / 吴大同 _ 曲 108
42. 踏歌——舞蹈《踏歌》乐谱 / 孙颖 _ 曲 110
43. 你没有走远 / 颜辉 _ 曲 112
44. 你在哪里 / 颜辉 _ 曲 113
45. 你也能成龙——电视连续剧《大汉风》插曲 / 颜辉 _ 曲 114
46. 魂灵儿相随在江东——电视连续剧《大汉风》插曲 / 颜辉 _ 曲 115
47. 我的黑骏马——电视连续剧《大汉风》插曲 / 颜辉 _ 曲 116
48. 一支箫——电视连续剧《大汉风》插曲 / 颜辉 _ 曲 117
49. 勘情——电视连续剧《大汉风》片尾曲 / 颜辉 _ 曲 118
50. 红尘歌 / 颜辉 _ 曲 119
51. 心中的日月 / 颜辉 _ 曲 120
52. 踏梦而来 / 颜辉 _ 曲 121
53. 别忘记我 / 颜辉 _ 曲 122
54. 紫藤萝 / 颜辉 _ 曲 123

55. 天地间的美丽 / 颜辉 _ 曲 124
56. 雨山湖 / 颜辉 _ 曲 125
57. 玫瑰与蔷薇 / 颜辉 _ 曲 126
58. 你是如此的懂得 / 颜辉 _ 曲 127
59. 你的爱心像阳光 / 颜辉 _ 曲 128
60. 让我好好看看你 / 颜辉 _ 曲 129
61. 留下君之爱 / 颜辉 _ 曲 130
62. 别梦依依 / 颜辉 _ 曲 131
63. 北固楼 / 颜辉 _ 曲 133
64. 领土——感谢风筝 / 颜辉 _ 曲 134
65. 爱的小木屋 / 颜辉 _ 曲 135
66. 地球是个美丽的圆 / 徐坚强 _ 曲 136
67. 地球是个美丽的圆 / 应锡恩 _ 曲 137
68. 我身后的你 / 栾凯 _ 曲 138
69. 灯笼花 / 骆科伦 _ 曲 140
70. 雪梦 / 徐健 _ 曲 142
71. 金手杖，可爱的家 / 谢新 _ 曲 144
72. 小小的我 / 付林 _ 曲 148

清唱剧　浔阳夜月——丁留强 _ 曲

73. 浔阳夜月——合唱引子 151
74. 枫叶红了，荻花白了——白居易唱段一 152
75. 原来长安旧相识——合唱或女合伴女独 153
76. 年去年来——琵琶女唱段一 154
77. 声声传情——白居易唱段二 155
78. 少年欢乐——琵琶女唱段二 156
79. 聚散无凭——白居易唱段三 157
80. 我心中仍有春花似锦——琵琶女唱段三（伴唱叠句） 158
81. 如醉如醒——白居易唱段四（伴唱叠句） 159
82. 青春已消逝——白居易、琵琶女二重唱 160

清唱剧　马嵬坡——章绍同 _ 曲

83. 杀死杨妃，以谢天下——合唱 165

84. 祸之源——唐明皇、陈玄礼对唱及士兵合唱 176
85. 教我如何面对她——唐明皇独唱 184
86. 外面出了什么事情——杨贵妃、侍儿对唱及士兵合唱 187
87. 为什么总是女子受过——唐明皇、杨贵妃对唱及唐明皇、侍儿二重唱 191
88. 我是一个女人——杨贵妃独唱 196
89. 他生再续今世缘——唐明皇、杨贵妃二重唱 201
90. 七月七夕谈心事——唐明皇、杨贵妃二重唱及合唱 204
91. 永别了——杨贵妃、陈玄礼、唐明皇对唱 213
92. 马嵬坡的梨花——杨贵妃、唐明皇、侍儿、陈玄礼四重唱及合唱 216
93. 妾为君而生—— 杨贵妃独唱及女声合唱 221
94. 马嵬坡前草芊芊——合唱 224

歌剧　霸王别姬——萧白_曲

第一幕：火烧咸阳

95. 天教我们相逢——虞姬、项羽二重唱 231
96. 大王，快住手——虞姬咏叹调 238
97. 三月的风——虞姬谣唱曲 246
98. 赫赫秦国转瞬而亡——奴隶合唱 251

第二幕：魂泊乌江

99. 待天明，灭楚兴汉——韩信咏叹调 256
100. 渔夫曲——渔夫谣唱曲 263
101. 别姬——虞姬、项羽二重唱 267
102. 雪花曲——项羽谣唱曲 281
103. 魂泊乌江——项羽咏叹调 284

歌曲背后的故事

1. 我的歌剧创作三原则——歌剧《霸王别姬》演出成功后的反思 / 萧白 295
2. 天意人心幸相逢——对王健老师《大汉风》词作的感受 / 章绍同 303
3. 又一次对自己挑战——为五十集古装电视剧《大汉风》作词历程 310
4. 积累与创作 315
5. 关于写歌词 322
6. 八闽惠我 323

7. 妈祖的爱与你同在 324
8. 荒凉寂寞马嵬驿 327
9. 海洋情怀 331
10. 听听作曲家的吟唱 332
11. 曼妙的《踏歌》 334
12. 空中完成的歌剧构想 336
13. 厉害了！海民先生 338
14. 哎，急就章 340
15. 谢丁留强先生 341
16. 一个梦做了二十六年 342
17. 一丁，继续给我写信啊 343
18. 我为《二泉映月》填词 344
19. 紫藤萝 348

附一 致王健 / 杨启舫 _ 词 丁留强 _ 曲 349

附二 《王健作词歌曲选集》目录（1998 年版） 351

编后话 355

歌曲篇

歌声架着彩虹 / 我们是真心的朋友 / 人生路·男儿情 / 琵琶解语不解愁 / 披满霞光的故乡 / 我家门前清溪流 / 白鹭高歌吉祥曲 / 鹭江水滔滔流 / 小小一颗心 / 海梦 / 天下事，一局棋 / 魂依江南 / 霜锷刺破奈何天 / 思项羽 / 吕雉的歌 / 千秋妈祖 / 微笑的天使 / 我们爱海洋 / 世界有你，大爱无疆 / 有缘千里来相会 / 沙头角的界碑 / 二泉映月 / 把儿的歌声带回长安 / 因果深深 / 我的梦中人 / 我十七岁 / 三色帆 / 岁月有情 / 君若天上云 / 爱的名字是永恒 / 山海情 / 你的爱心像阳光 / 你像春神 / 华容道上的独白 / 你是谁 / 与你相逢在这山海之间 / 致李清照 / 让我把眼泪带走 / 美丽的梦 / 妈妈的故事 / 缅怀秋瑾 / 踏歌 / 你没有走远 / 你在哪里 / 你也能成龙 / 魂灵儿相随在江东 / 我的黑骏马 / 一支箫 / 勘情 / 红尘歌 / 心中的日月 / 踏梦而来 / 别忘记我 / 紫藤萝 / 天地间的美丽 / 雨山湖 / 玫瑰与蔷薇 / 你是如此的懂得 / 你的爱心像阳光 / 让我好好看看你 / 留下君之爱 / 别梦依依 / 北固楼 / 领土 / 爱的小木屋 / 地球是个美丽的圆 / 地球是个美丽的圆 / 我身后的你 / 灯笼花 / 雪梦 / 金手杖，可爱的家 / 小小的我

歌声架着彩虹

（影片《最长的彩虹》主题歌）

（童声领唱、齐唱、合唱）

1=E $\frac{2}{4}$

王　健　词
章绍同　曲

慢　清新、明亮地 ♩=42

（领唱）哎，山连着山　连着山，山外还有山，路连着路　连着路　连着路，条条路相连，一道　彩虹　升起　在山谷　间。

转进行速度　刚健地 ♩=124

（齐唱）勇　敢　的人　开出一条路，平　凡　的人　唤醒古老的山，勇　敢　的人　铺起长长的路，平　凡　的人　打通连绵的山。把繁荣和幸福　留在身后，一路风尘又向　前。

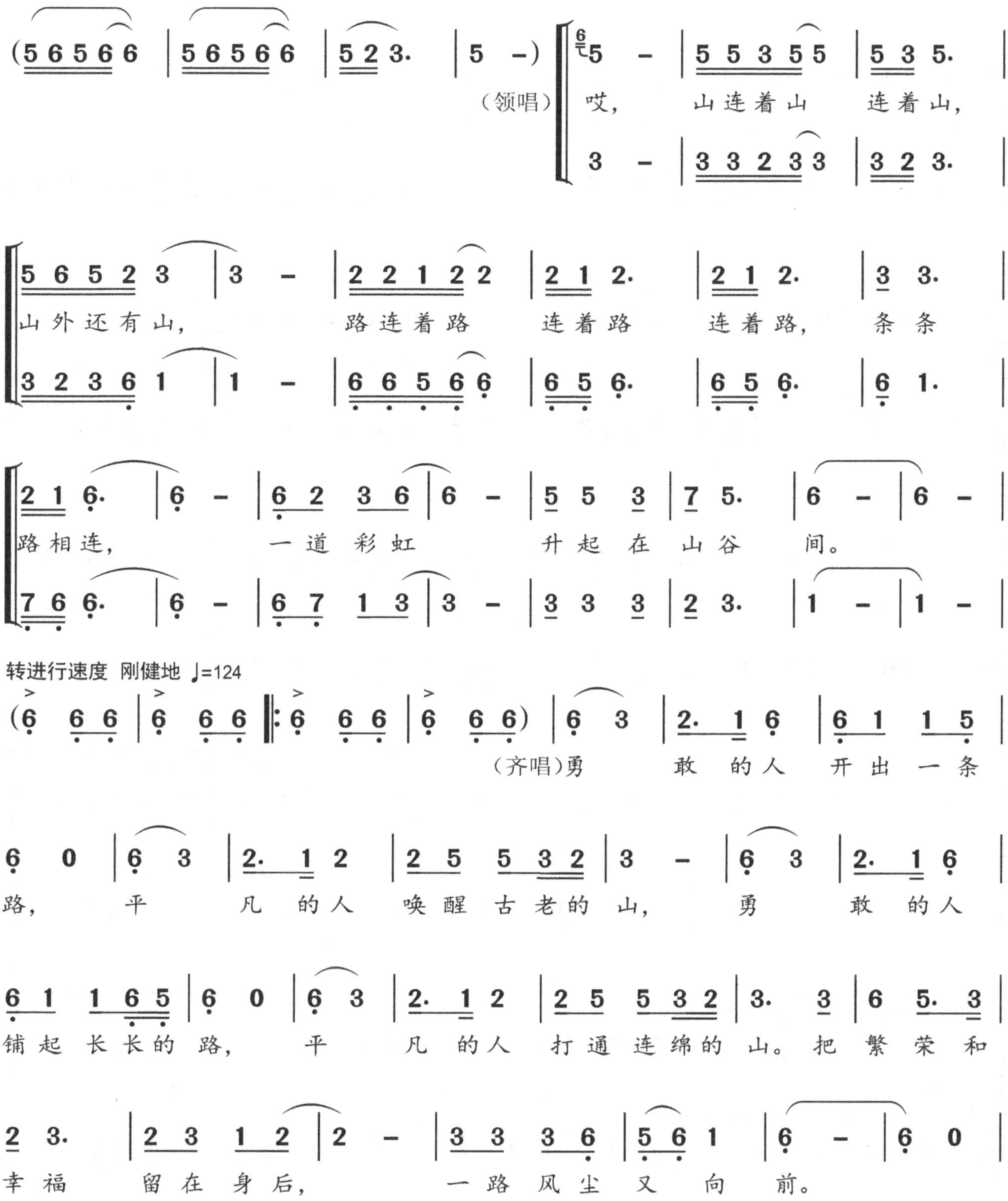

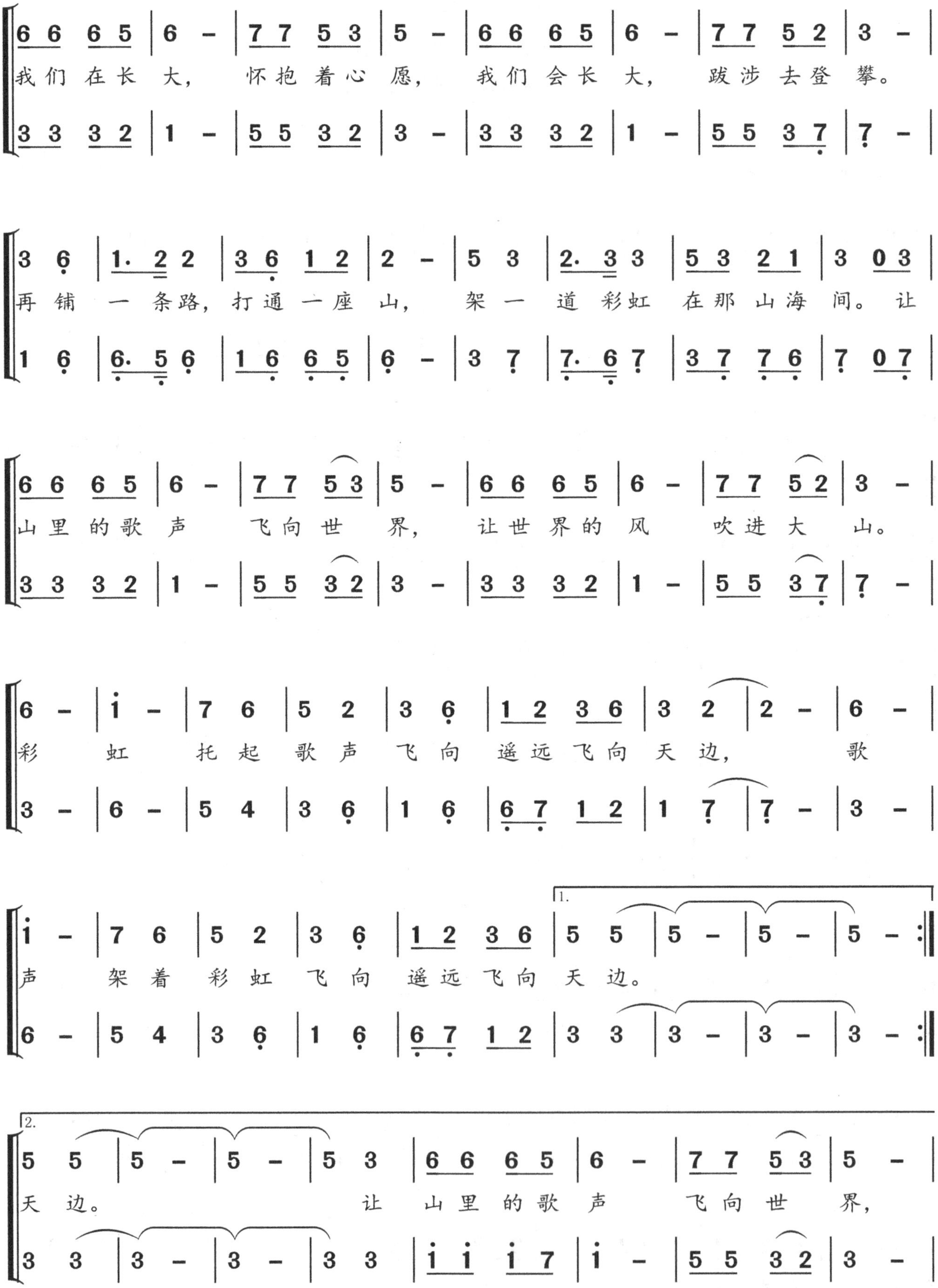

6 6 6 5 | 6 – | 7 7 5 3 | 5 – | 6 6 6 5 | 6 – | 7 7 5 2 | 3 – |
我们在长 大， 怀抱着心 愿， 我们会长 大， 跋涉去登 攀。
3 3 3 2 | 1 – | 5 5 3 2 | 3 – | 3 3 3 2 | 1 – | 5 5 3 7 | 7 – |

3 6 | 1· 2 2 | 3 6 1 2 | 2 – | 5 3 | 2· 3 3 | 5 3 2 1 | 3 0 3 |
再铺 一条路，打通一座 山， 架一 道彩虹 在那山海 间。让
1 6 | 6· 5 6 | 1 6 6 5 | 6 – | 3 7 | 7· 6 7 | 3 7 7 6 | 7 0 7 |

6 6 6 5 | 6 – | 7 7 5 3 | 5 – | 6 6 6 5 | 6 – | 7 7 5 2 | 3 – |
山里的歌 声 飞向世 界， 让世界的 风 吹进大 山。
3 3 3 2 | 1 – | 5 5 3 2 | 3 – | 3 3 3 2 | 1 – | 5 5 3 7 | 7 – |

6 – | i – | 7 6 | 5 2 | 3 6 | 1 2 3 6 | 3 2 | 2 – | 6 – |
彩 虹 托起 歌声 飞向 遥远飞向 天边， 歌
3 – | 6 – | 5 4 | 3 6 | 1 6 | 6 7 1 2 | 1 7 | 7 – | 3 – |

i – | 7 6 | 5 2 | 3 6 | 1 2 3 6 |1. 5 5 | 5 – | 5 – | 5 – :|
声 架着 彩虹 飞向 遥远飞向 天 边。
6 – | 5 4 | 3 6 | 1 6 | 6 7 1 2 | 3 3 | 3 – | 3 – | 3 – :|

2. 5 5 | 5 – | 5 – | 5 3 | 6 6 6 5 | 6 – | 7 7 5 3 | 5 – |
天 边。 让 山里的歌 声 飞向世 界，
3 3 | 3 – | 3 – | 3 3 | i i i 7 | i – | 5 5 3 2 | 3 – |

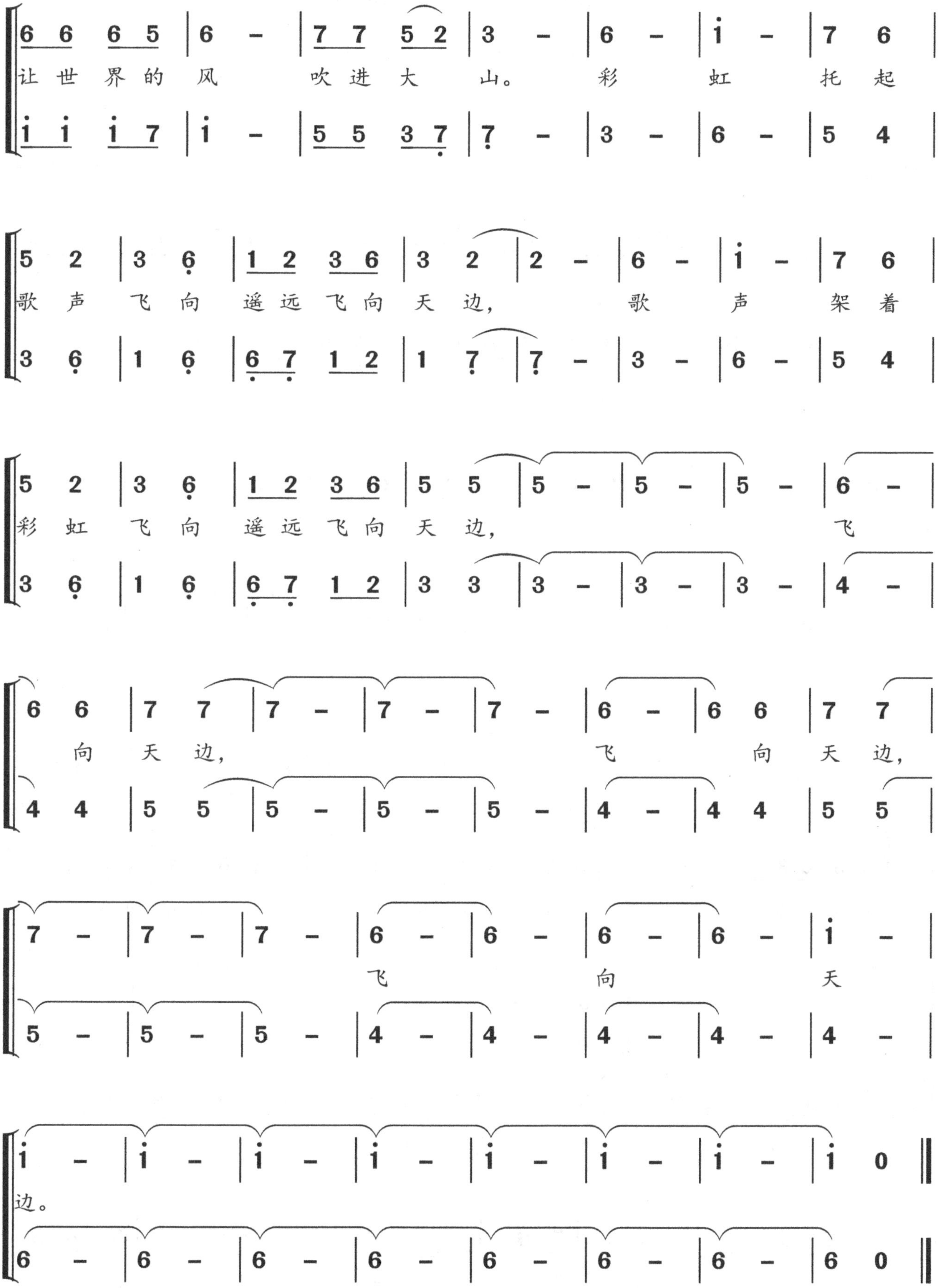

| 6 6 6 5 | 6 – | 7 7 5 2 | 3 – | 6 – | 1̇ – | 7 6 |
让世界的风 吹进大山。彩 虹 托 起
| 1̇ 1̇ 1̇ 7 | 1̇ – | 5 5 3 7̣ | 7̣ – | 3 – | 6 – | 5 4 |

| 5 2 | 3 6̣ | 1 2 3 6 | 3 2 | 2 – | 6 – | 1̇ – | 7 6 |
歌声 飞向 遥远飞向 天边， 歌 声 架着
| 3 6̣ | 1 6̣ | 6̣ 7̣ 1 2 | 1 7̣ | 7̣ – | 3 – | 6 – | 5 4 |

| 5 2 | 3 6̣ | 1 2 3 6 | 5 5 | 5 – | 5 – | 5 – | 6 – |
彩虹 飞向 遥远飞向 天边， 飞
| 3 6̣ | 1 6̣ | 6̣ 7̣ 1 2 | 3 3 | 3 – | 3 – | 3 – | 4 – |

| 6 6 | 7 7 | 7 – | 7 – | 7 – | 6 – | 6 6 | 7 7 |
向天边， 飞 向天边，
| 4 4 | 5 5 | 5 – | 5 – | 5 – | 4 – | 4 4 | 5 5 |

| 7 – | 7 – | 7 – | 6 – | 6 – | 6 – | 6 – | 1̇ – |
飞 向 天
| 5 – | 5 – | 5 – | 4 – | 4 – | 4 – | 4 – | 4 – |

| 1̇ – | 1̇ – | 1̇ – | 1̇ – | 1̇ – | 1̇ – | 1̇ – | 1̇ 0 ‖
边。
| 6 – | 6 – | 6 – | 6 – | 6 – | 6 – | 6 – | 6 0 ‖

我们是真心的朋友

（故事片《鹤童》主题歌）

（童声独唱）

王　健 词
章绍同 曲

1=♭E $\frac{2}{4}$

稍快、活泼地

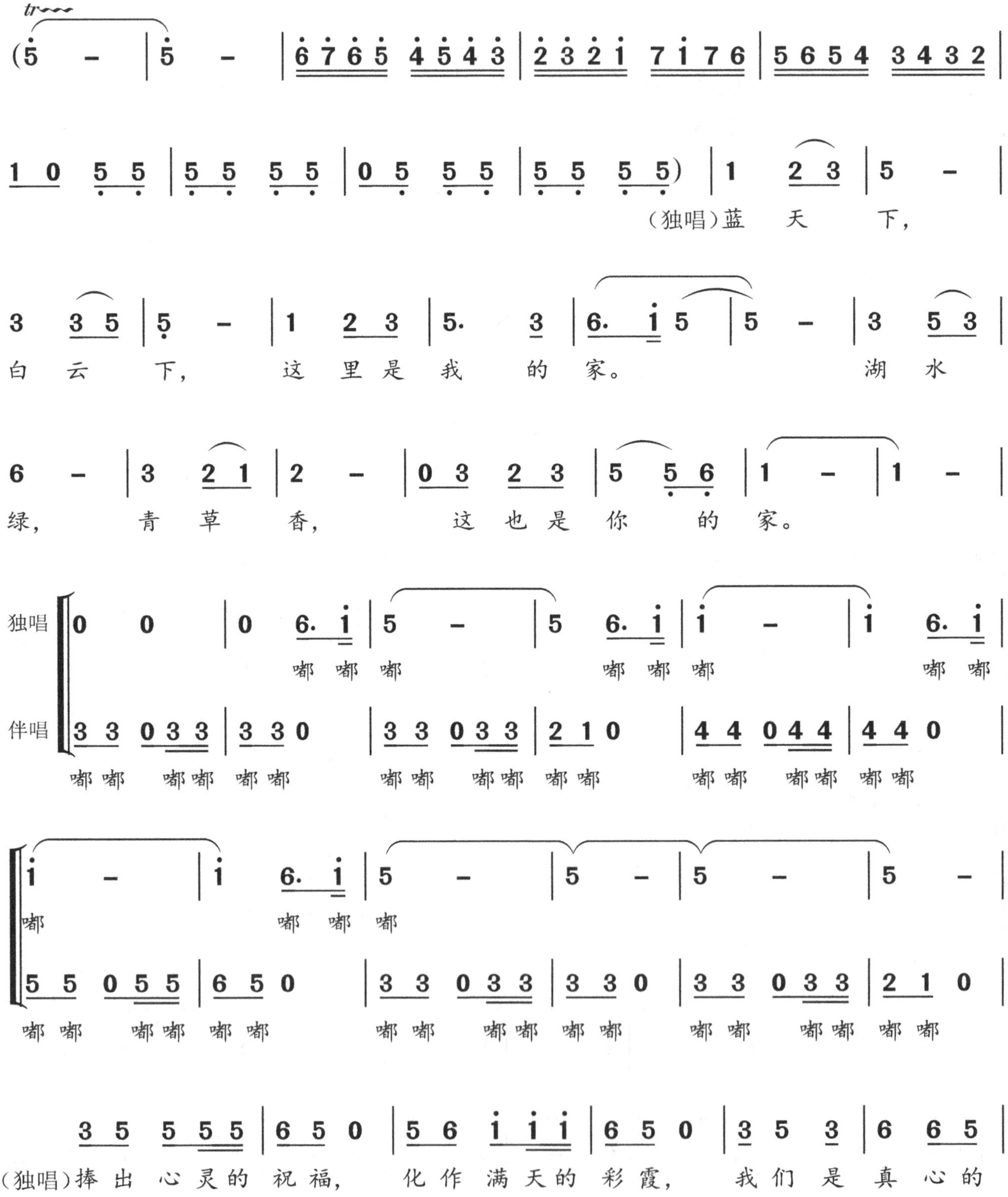

（独唱）蓝 天 下，白 云 下，这 里 是 我 的 家。湖 水 绿，青 草 香，这 也 是 你 的 家。

独唱：嘟 嘟 嘟　嘟 嘟 嘟　嘟 嘟　嘟　嘟 嘟 嘟

伴唱：嘟 嘟 嘟 嘟 嘟 嘟　嘟 嘟 嘟 嘟 嘟 嘟　嘟 嘟 嘟 嘟 嘟 嘟　嘟 嘟 嘟 嘟 嘟 嘟　嘟 嘟 嘟 嘟 嘟 嘟　嘟 嘟 嘟 嘟 嘟 嘟

（独唱）捧 出 心 灵 的 祝 福，化 作 满 天 的 彩 霞，我 们 是 真 心 的

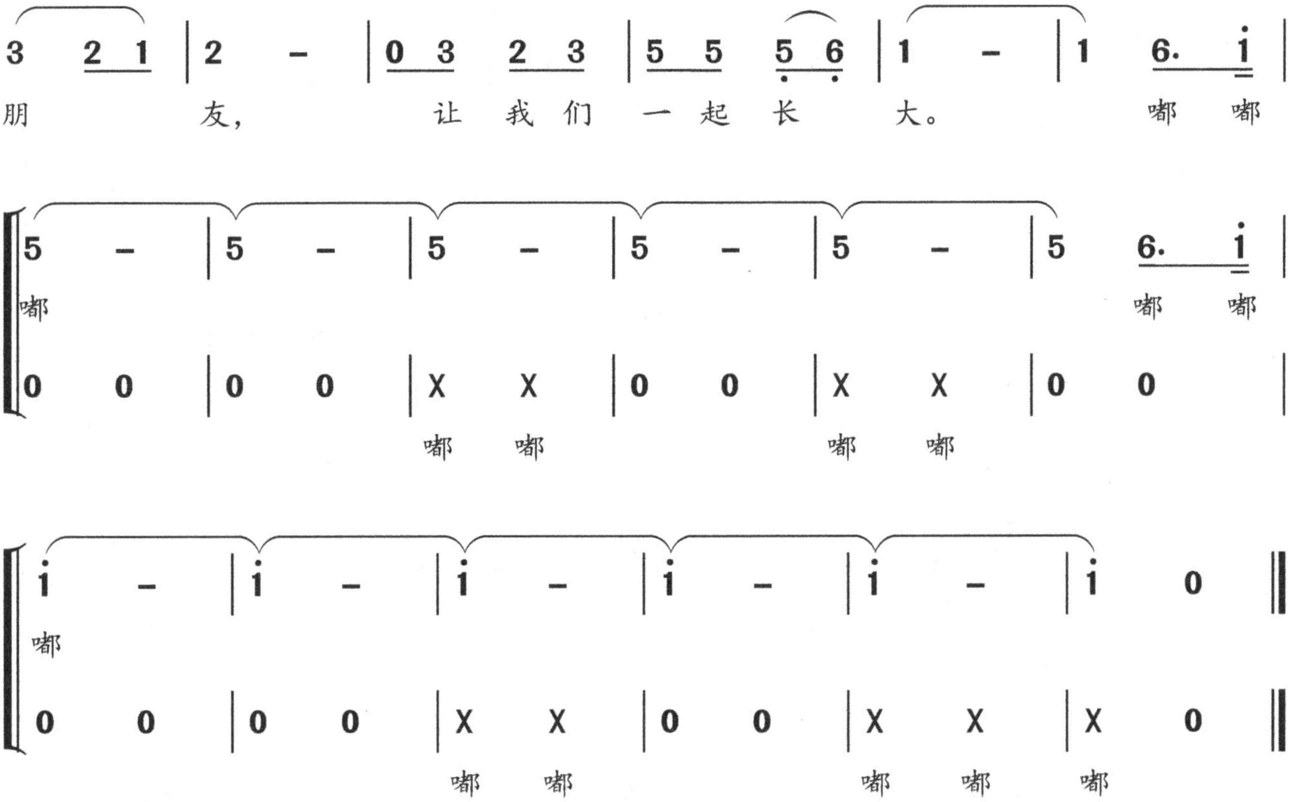

3 2 1 | 2 – | 0 3 2 3 | 5 5 5 6 | 1 – | 1 6. i |

朋 友， 让 我 们 一 起 长 大。 嘟 嘟

5 – | 5 – | 5 – | 5 – | 5 – | 5 6. i |

嘟 嘟 嘟

0 0 | 0 0 | X X | 0 0 | X X | 0 0 |

嘟 嘟 嘟 嘟

i – | i – | i – | i – | i – | i 0 ‖

嘟

0 0 | 0 0 | X X | 0 0 | X X | X 0 ‖

嘟 嘟 嘟 嘟 嘟

人生路·男儿情

（电视连续剧《人生路·男儿情》主题歌）

（女声独唱）

1=D $\frac{2}{2}$

♩=54

王 健 词
章绍同 曲

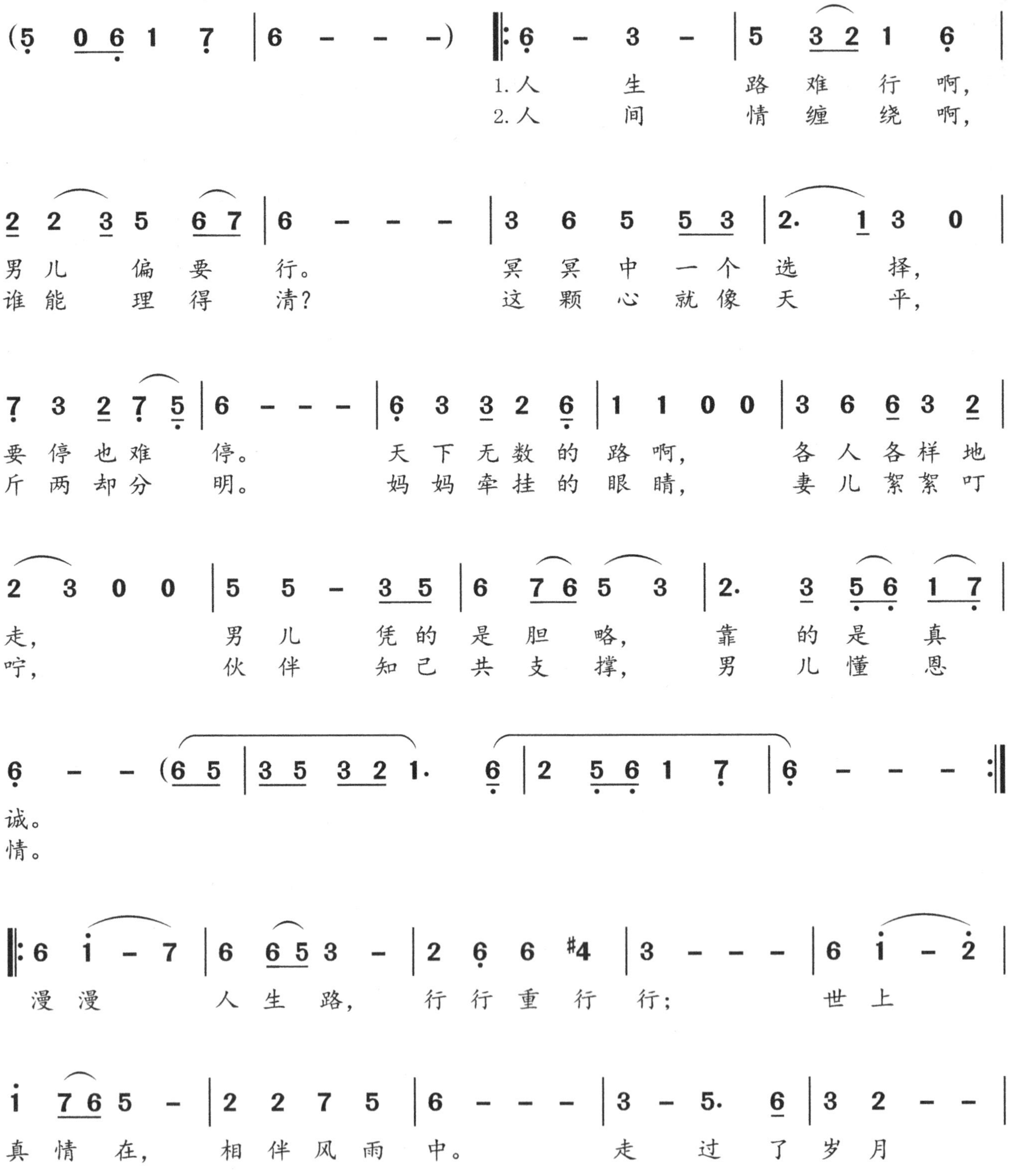

1.人生路难行啊，男儿偏要行。冥冥中一个选择，要停也难停。天下无数的路啊，各人各样地走，男儿凭的是胆略，靠的是真诚。

2.人间情缠绕啊，谁能理得清？这颗心就像天平，斤两却分明。妈妈牵挂的眼睛，妻儿絮絮叮咛，伙伴知己共支撑，男儿懂恩情。

漫漫人生路，行行重行行；世上真情在，相伴风雨中。走过了岁月

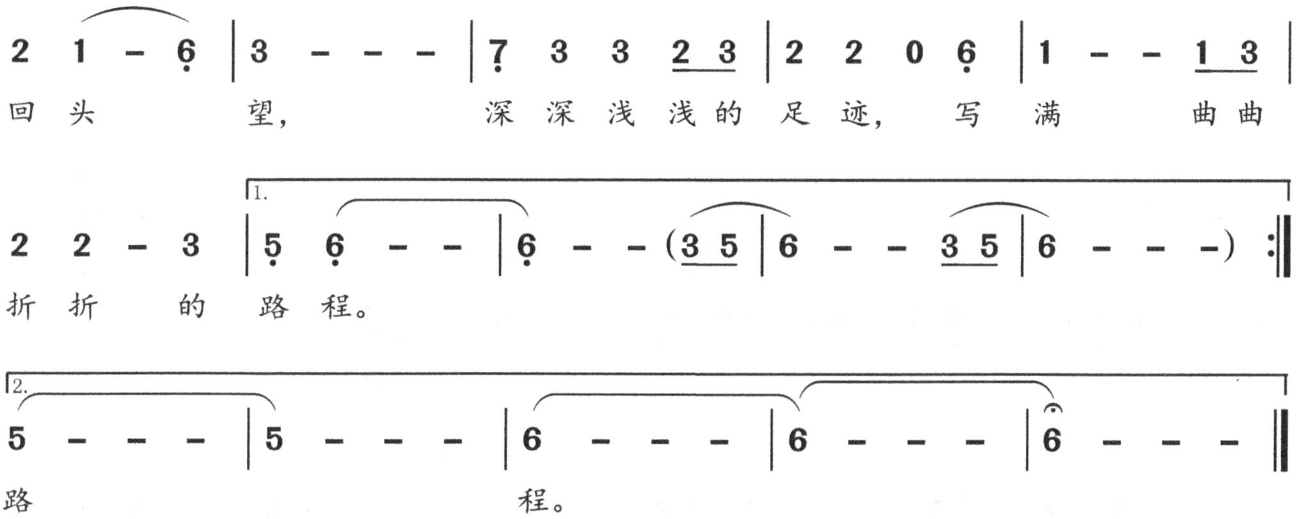

2 1 – 6 | 3 – – – | 7 3 3 23 | 2 2 0 6 | 1 – – 13 |

回头望，深深浅浅的足迹，写满曲曲

2 2 – 3 |1. 5 6 – – | 6 – – (35 | 6 – – 35 | 6 – – –) :||

折折的路程。

|2. 5 – – – | 5 – – – | 6 – – – | 6 – – – | 6 – – – ||

路程。

琵琶解语不解愁

（影片《英雄郑成功》插曲）

（女声独唱）

1=F或E $\frac{4}{4}$

♩=50

王　健 词
章绍同 曲

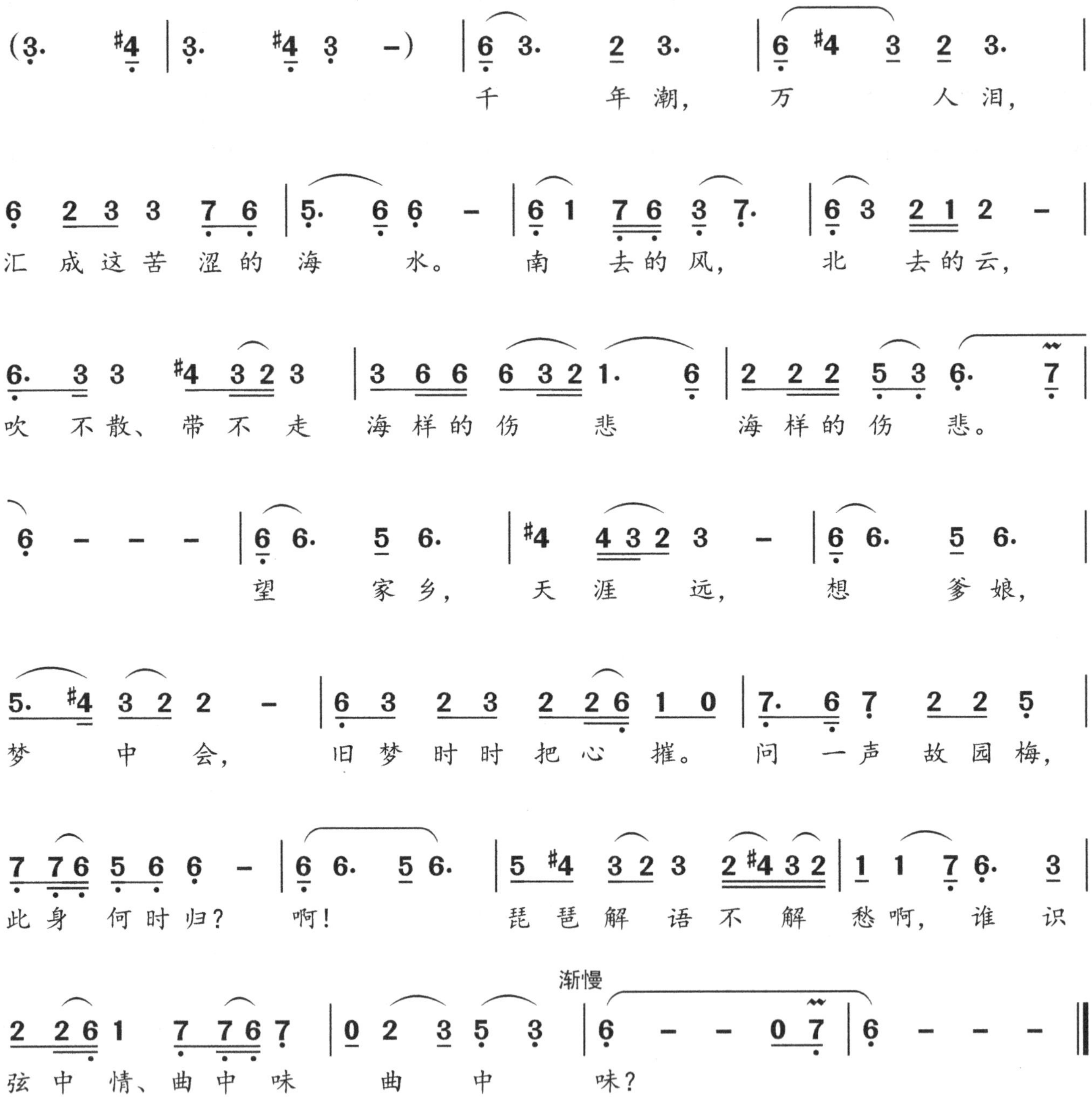

千年潮，万人泪，

汇成这苦涩的海水。南去的风，北去的云，

吹不散、带不走海样的伤悲海样的伤悲。

望家乡，天涯远，想爹娘，

梦中会，旧梦时时把心摧。问一声故园梅，

此身何时归？啊！琵琶解语不解愁啊，谁识

渐慢

弦中情、曲中味曲中味？

披满霞光的故乡

（领唱、合唱）

1=F $\frac{4}{4}$

充满激情地 ♩=96

王　健 词
章绍同 曲

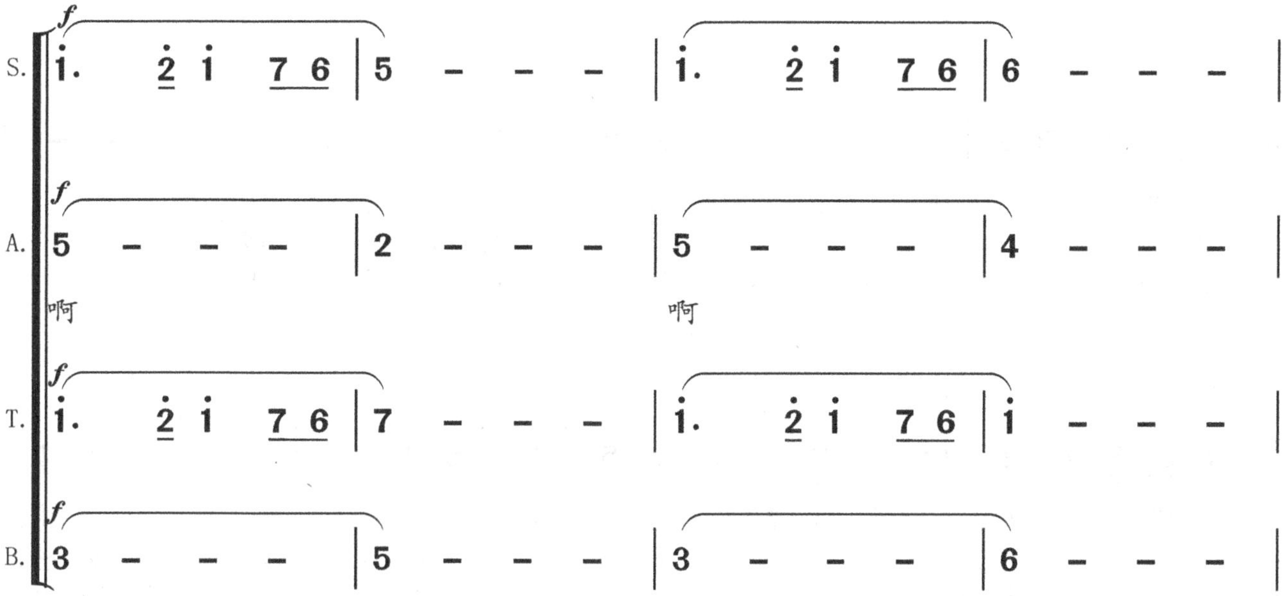

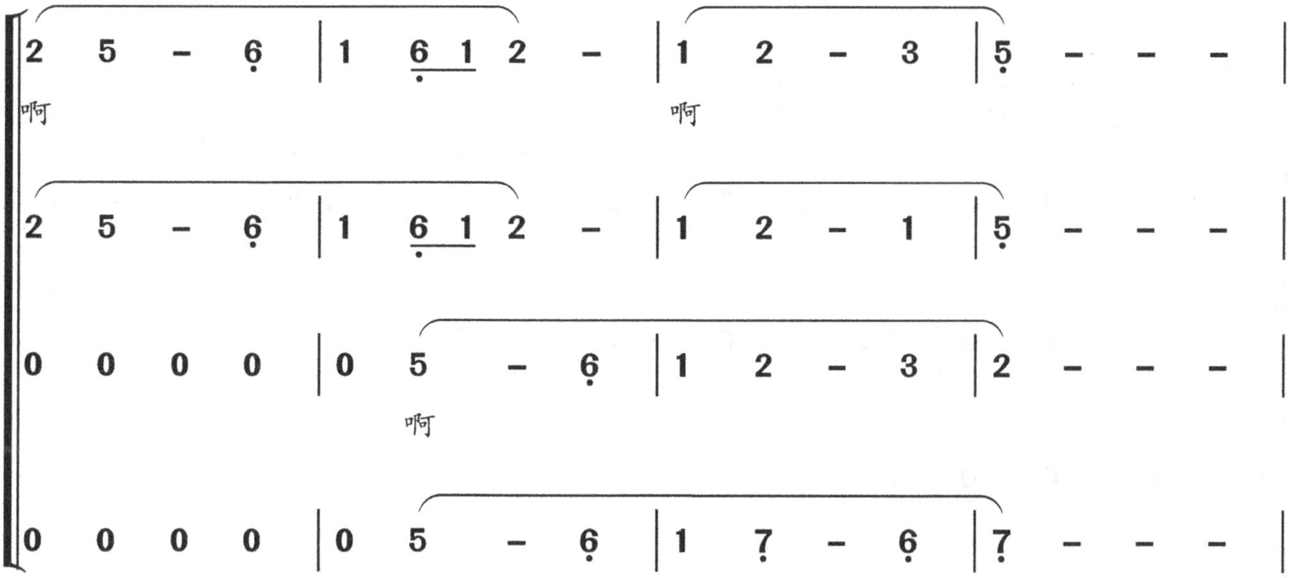

S. *f* 1. 2 1 7 6 | 5 – – – | 1. 2 1 7 6 | 6 – – – |

A. *f* 5 – – – | 2 – – – | 5 – – – | 4 – – – |
啊　啊

T. *f* 1. 2 1 7 6 | 7 – – – | 1. 2 1 7 6 | 1 – – – |

B. *f* 3 – – – | 5 – – – | 3 – – – | 6 – – – |

2 5 – 6 | 1 6 1 2 – | 1 2 – 3 | 5 – – – |
啊　啊

2 5 – 6 | 1 6 1 2 – | 1 2 – 1 | 5 – – – |

0 0 0 0 | 0 5 – 6 | 1 2 – 3 | 2 – – – |
啊

0 0 0 0 | 0 5 – 6 | 1 7 – 6 | 7 – – – |

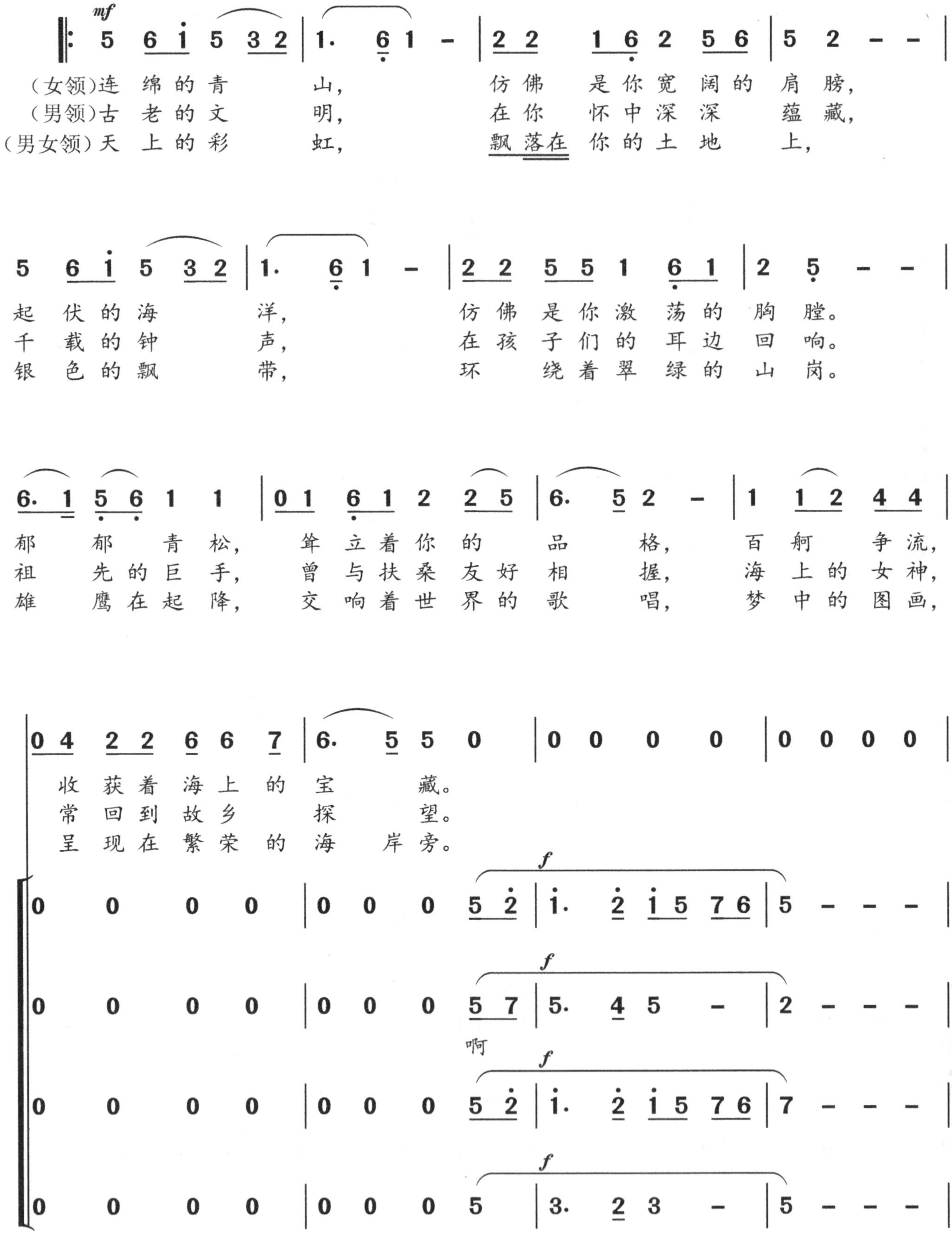

mf

𝄆 5 6 i 5 3 2 | 1. 6 1 - | 2 2 1 6 2 5 6 | 5 2 - - |

（女领）连绵的青山，仿佛是你宽阔的肩膀，
（男领）古老的文明，在你怀中深深蕴藏，
（男女领）天上的彩虹，飘落在你的土地上，

5 6 i 5 3 2 | 1. 6 1 - | 2 2 5 5 1 6 1 | 2 5 - - |

起伏的海洋，仿佛是你激荡的胸膛。
千载的钟声，在孩子们的耳边回响。
银色的飘带，环绕着翠绿的山岗。

6. 1 5 6 1 1 | 0 1 6 1 2 2 5 | 6. 5 2 - | 1 1 2 4 4 |

郁郁青松，耸立着你的品格，百舸争流，
祖先的巨手，曾与扶桑友好相握，海上的女神，
雄鹰在起降，交响着世界的歌唱，梦中的图画，

0 4 2 2 6 6 7 | 6. 5 5 0 | 0 0 0 0 | 0 0 0 0 |

收获着海上的宝藏。
常回到故乡探望。
呈现在繁荣的海岸旁。

0 0 0 0 | 0 0 0 5 2 | *f* i. 2 i 5 7 6 | 5 - - - |

0 0 0 0 | 0 0 0 5 7 | *f* 5. 4 5 - | 2 - - - |

啊

0 0 0 0 | 0 0 0 5 2 | *f* i. 2 i 5 7 6 | 7 - - - |

0 0 0 0 | 0 0 0 5 | *f* 3. 2 3 - | 5 - - - |

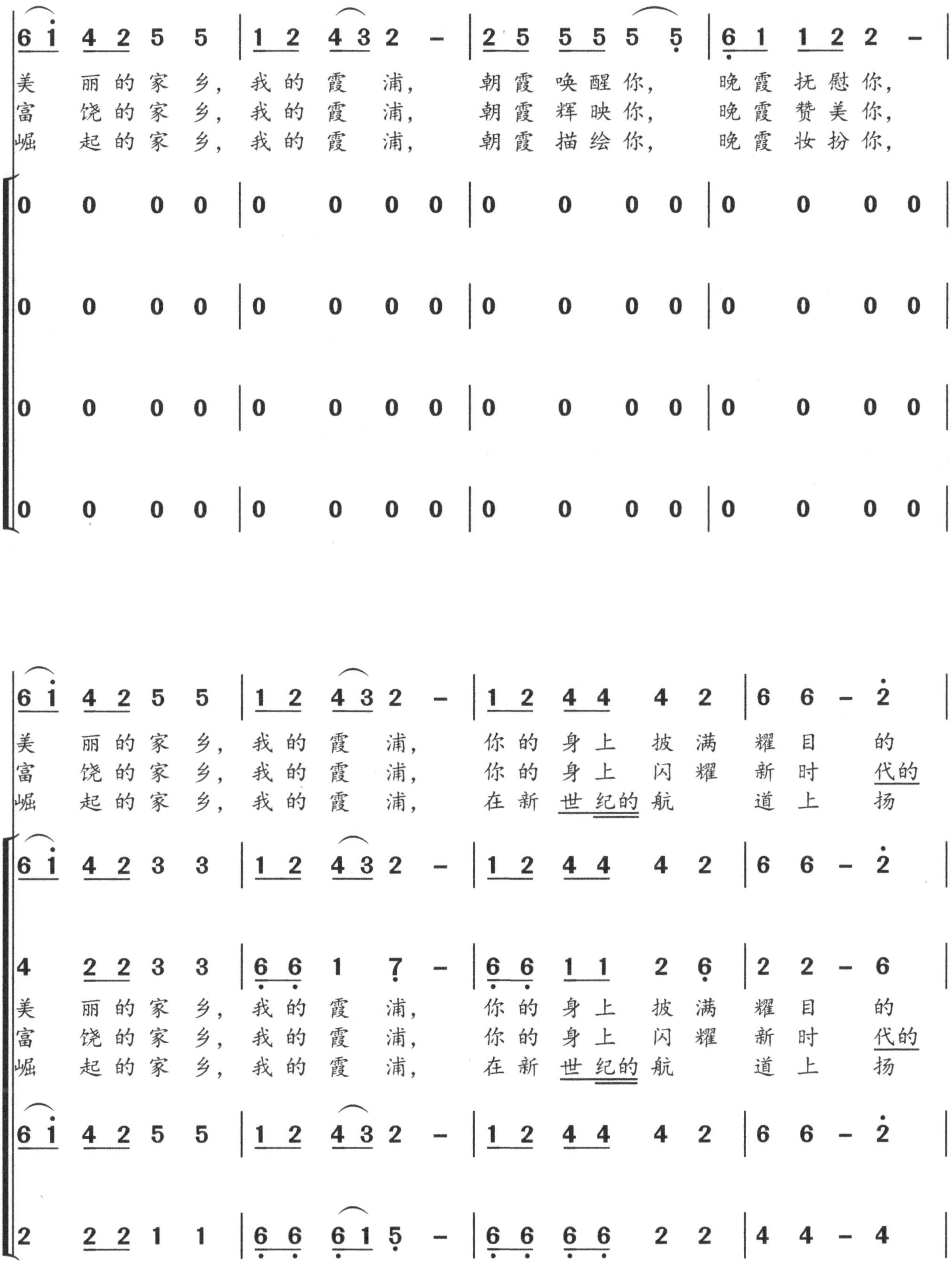

美丽的家乡，我的霞浦，朝霞唤醒你，晚霞抚慰你，
富饶的家乡，我的霞浦，朝霞辉映你，晚霞赞美你，
崛起的家乡，我的霞浦，朝霞描绘你，晚霞妆扮你，

美丽的家乡，我的霞浦，你的身上披满耀目的
富饶的家乡，我的霞浦，你的身上闪耀新时代的
崛起的家乡，我的霞浦，在新世纪的航道上扬

美丽的家乡，我的霞浦，你的身上披满耀目的
富饶的家乡，我的霞浦，你的身上闪耀新时代的
崛起的家乡，我的霞浦，在新世纪的航道上扬

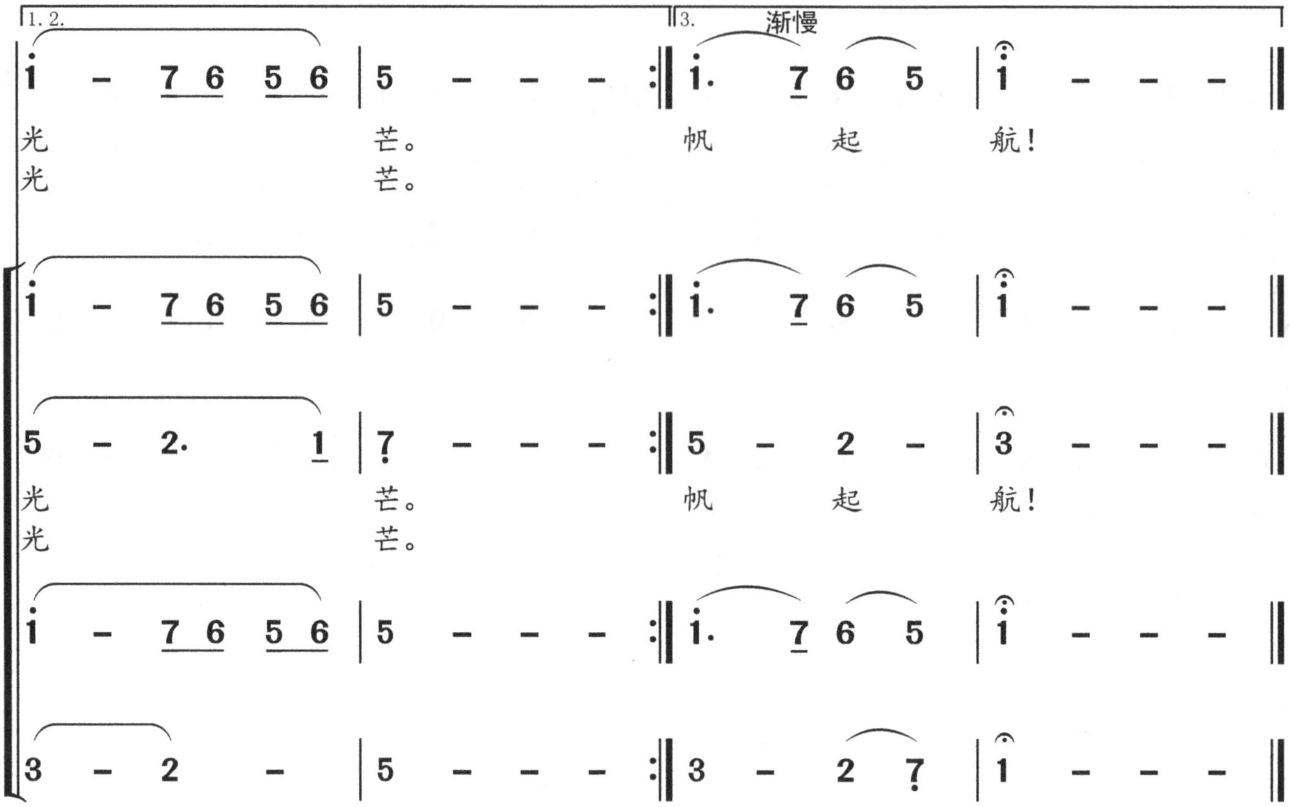

1.2. | 3. 渐慢

i – 7 6 5 6 | 5 – – – :‖ i. 7 6 5 | i – – – ‖

光 芒。 帆 起 航！

光 芒。

i – 7 6 5 6 | 5 – – – :‖ i. 7 6 5 | i – – – ‖

5 – 2. 1 | 7 – – – :‖ 5 – 2 – | 3 – – – ‖

光 芒。 帆 起 航！

光 芒。

i – 7 6 5 6 | 5 – – – :‖ i. 7 6 5 | i – – – ‖

3 – 2 – | 5 – – – :‖ 3 – 2 7 | 1 – – – ‖

我家门前清溪流

（女声独唱）

1=♭E $\frac{4}{4}$

节奏稍自由 山歌风 ♩=38

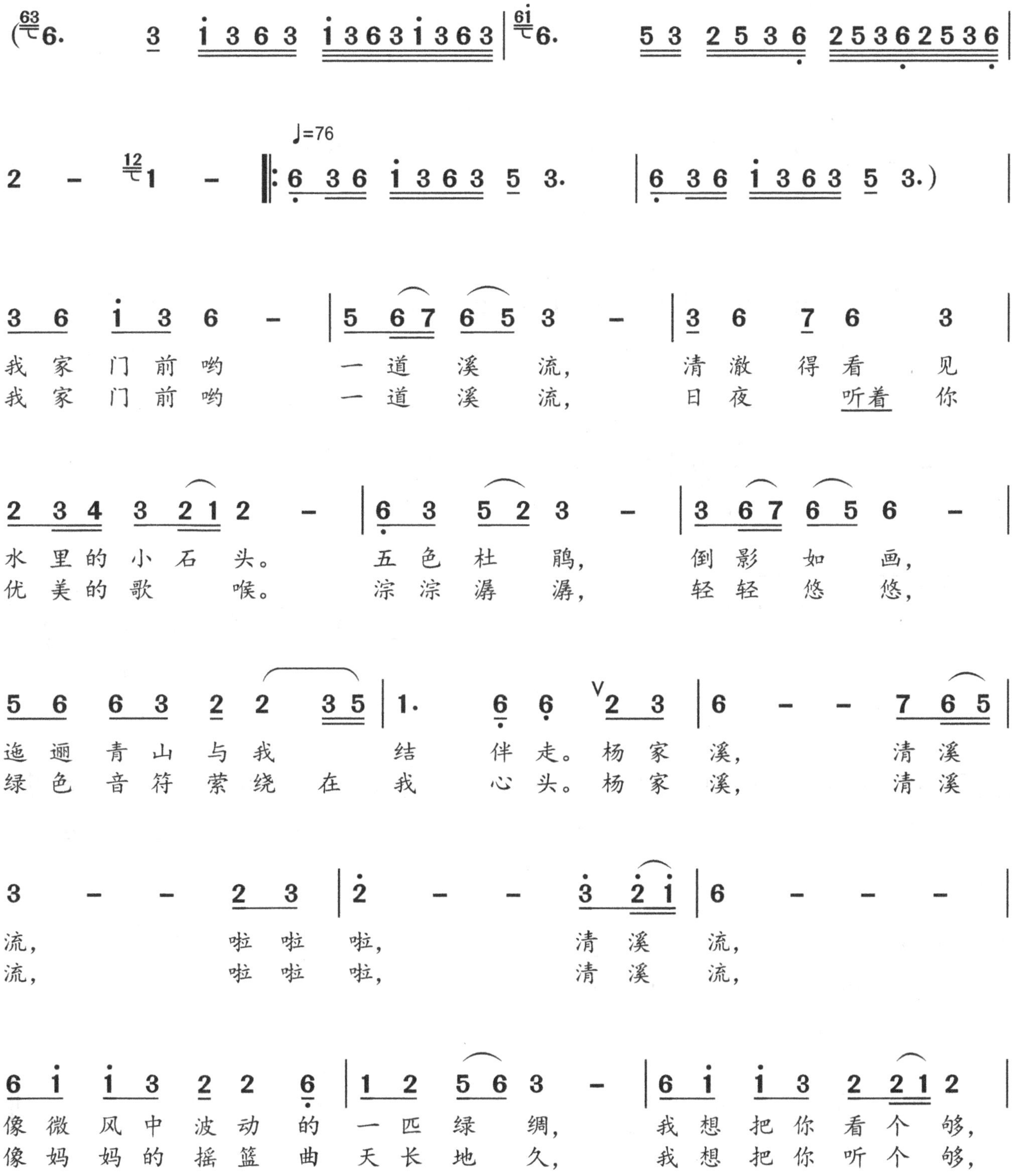

王 健 词
章绍同 曲

♩=76

我家门前哟 一道溪流，清澈得看见
我家门前哟 一道溪流，日夜听着你

水里的小石头。五色杜鹃，倒影如画，
优美的歌喉。淙淙潺潺，轻轻悠悠，

迤逦青山与我结伴走。杨家溪，清溪
绿色音符萦绕在我心头。杨家溪，清溪

流，啦啦啦，清溪流，
流，啦啦啦，清溪流，

像微风中波动的一匹绿绸，我想把你看个够，
像妈妈的摇篮曲天长地久，我想把你听个够，

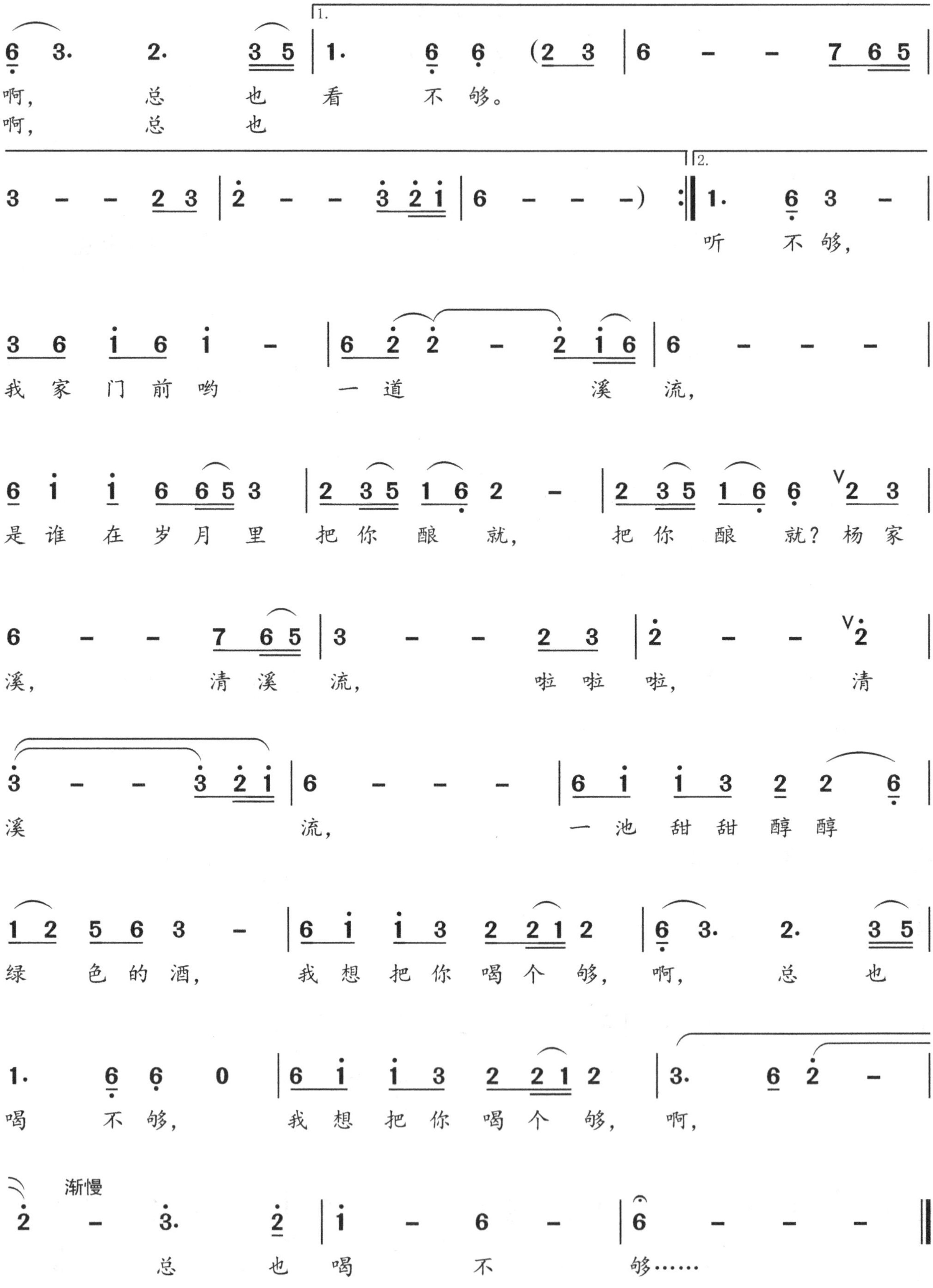

啊，总也看不够。
啊，总也

听不够，

我家门前哟一道溪流，

是谁在岁月里把你酿就，把你酿就？杨家

溪，清溪流，啦啦啦，清

溪流，一池甜甜醇醇

绿色的酒，我想把你喝个够，啊，总也

喝不够，我想把你喝个够，啊，

渐慢

总也喝不够……

白鹭高歌吉祥曲

（电视连续剧《白鹭谣》片头歌）

（男声独唱）

1=♭B $\frac{4}{4}$

稍慢 自由地 山歌风 ♩=66

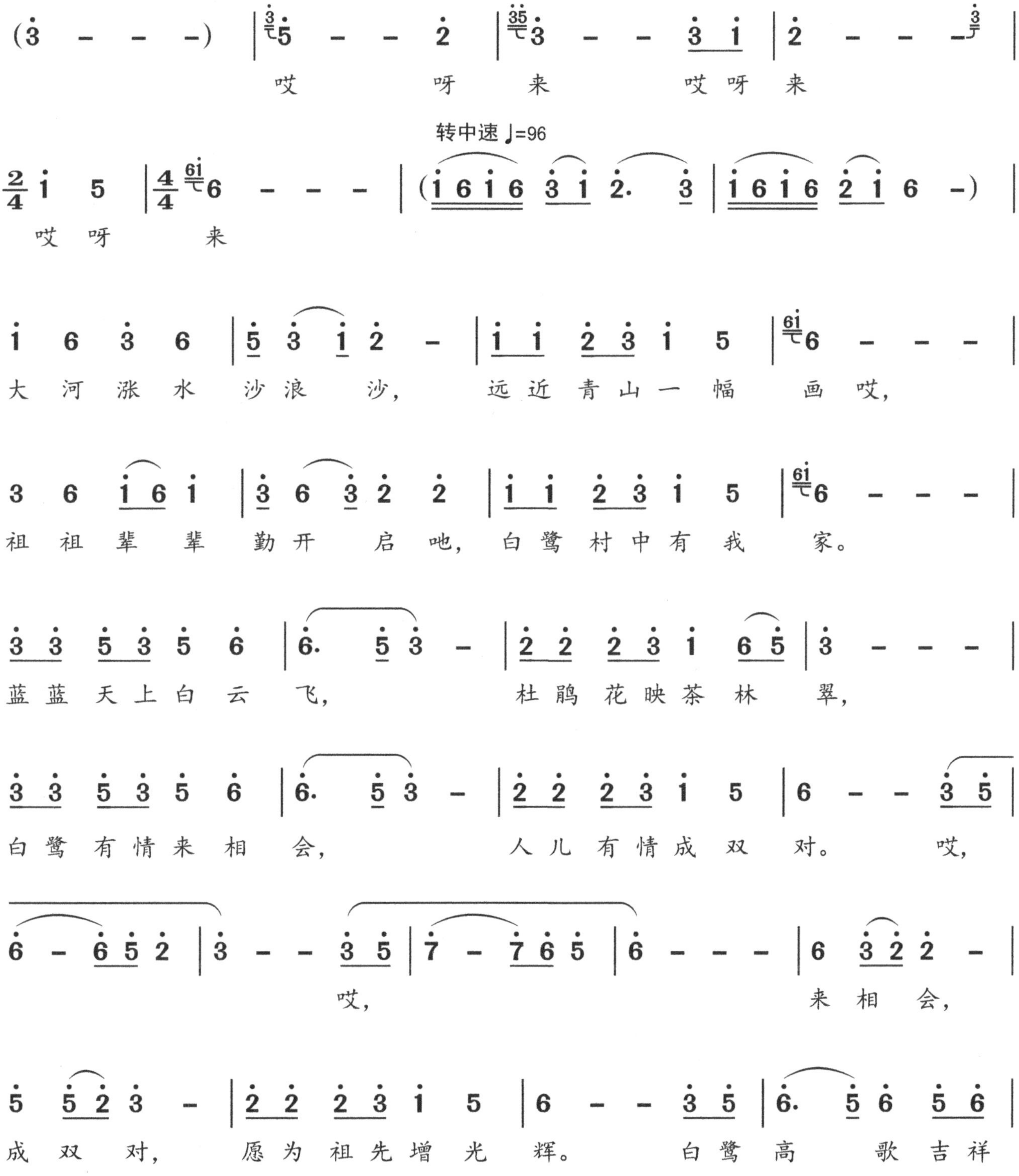

王 健 词
章绍同 曲

哎 呀 来 哎 呀 来

哎 呀 来

转中速 ♩=96

大河涨水沙浪沙，远近青山一幅画哎，

祖祖辈辈勤开启吔，白鹭村中有我家。

蓝蓝天上白云飞，杜鹃花映茶林翠，

白鹭有情来相会，人儿有情成双对。哎，

哎，来相会，

成双对，愿为祖先增光辉。白鹭高歌吉祥

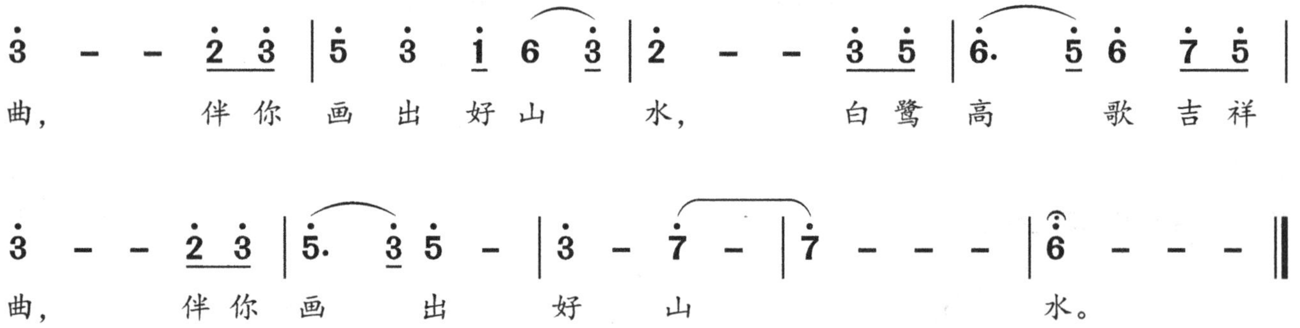

3 - - 2 3 | 5 3 1 6 3 | 2 - - 3 5 | 6. 5 6 7 5 |

曲， 伴你画出好山水， 白鹭高歌吉祥

3 - - 2 3 | 5. 3 5 - | 3 - 7 - | 7 - - - | 6 - - - ‖

曲， 伴你画出好山 水。

鹭江水滔滔流

（电视连续剧《白鹭谣》片尾歌）

（女声独唱）

1=♭E $\frac{4}{4}$

中速 稍慢 ♩=86

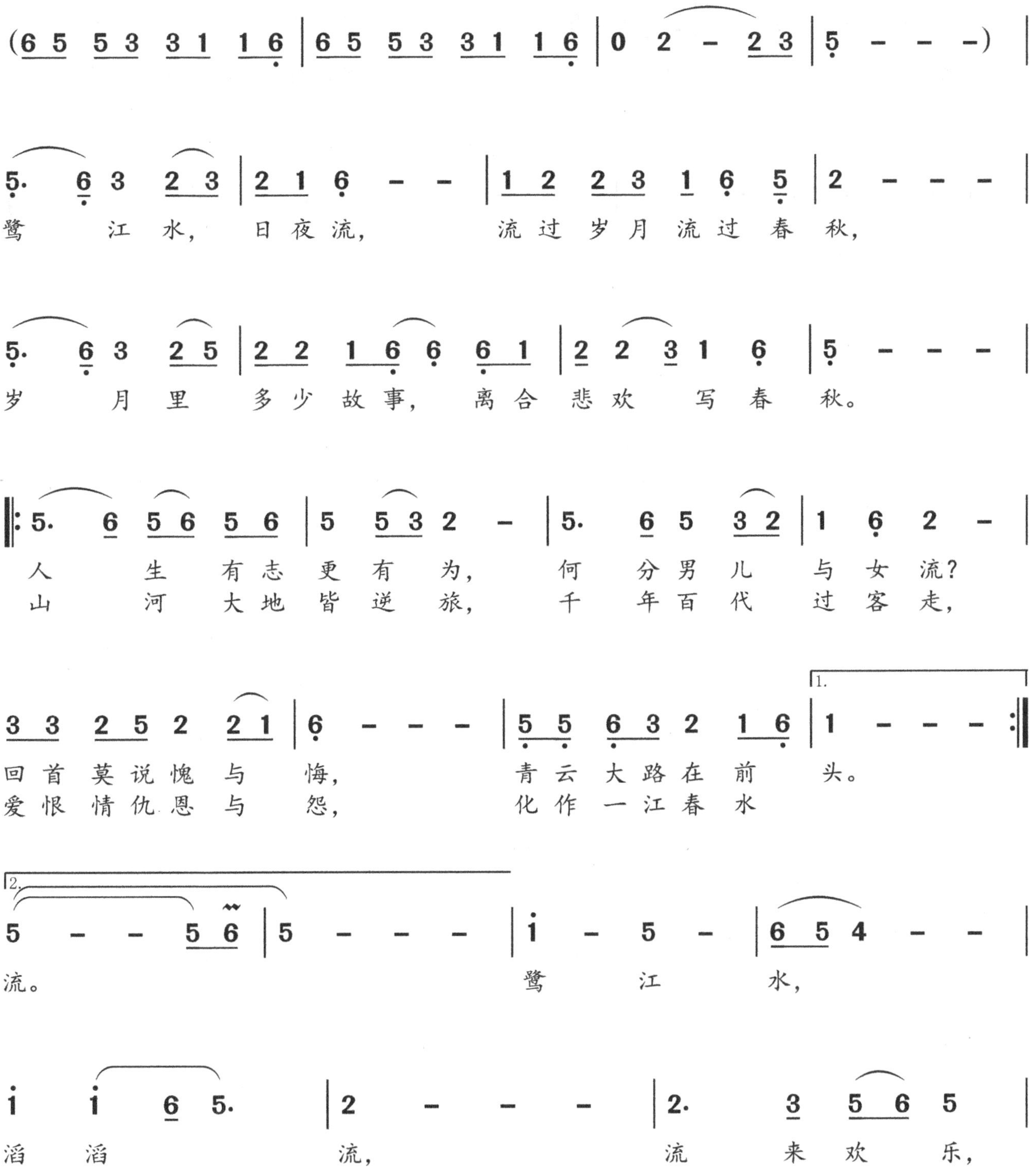

王　健 词

章绍同 曲

鹭江水，日夜流，流过岁月流过春秋，

岁月里多少故事，离合悲欢写春秋。

人生有志更有为，何分男儿与女流？

山河大地皆逆旅，千年百代过客走，

回首莫说愧与悔，青云大路在前头。

爱恨情仇恩与怨，化作一江春水

流。

鹭江水，

滔滔流，流来欢乐，

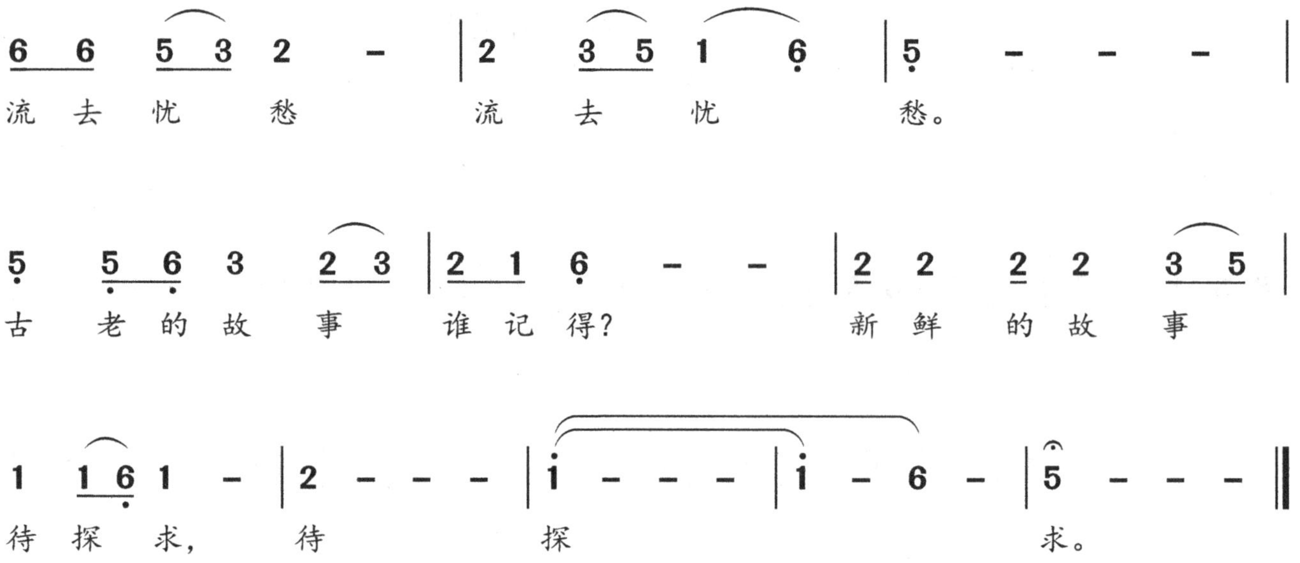

6 6 5 3 2 - | 2 3 5 1 6 | 5 - - - |
流去忧愁 流去忧愁。

5 5 6 3 2 3 | 2 1 6 - - | 2 2 2 2 3 5 |
古老的故事谁记得？新鲜的故事

1 1 6 1 - | 2 - - - | i - - - | i - 6 - | 5 - - - ‖
待探求，待探求。

小小一颗心

（故事片《暖情》插曲）

1=C $\frac{4}{4}$

中速、真挚地

王　健 词
章绍同 曲

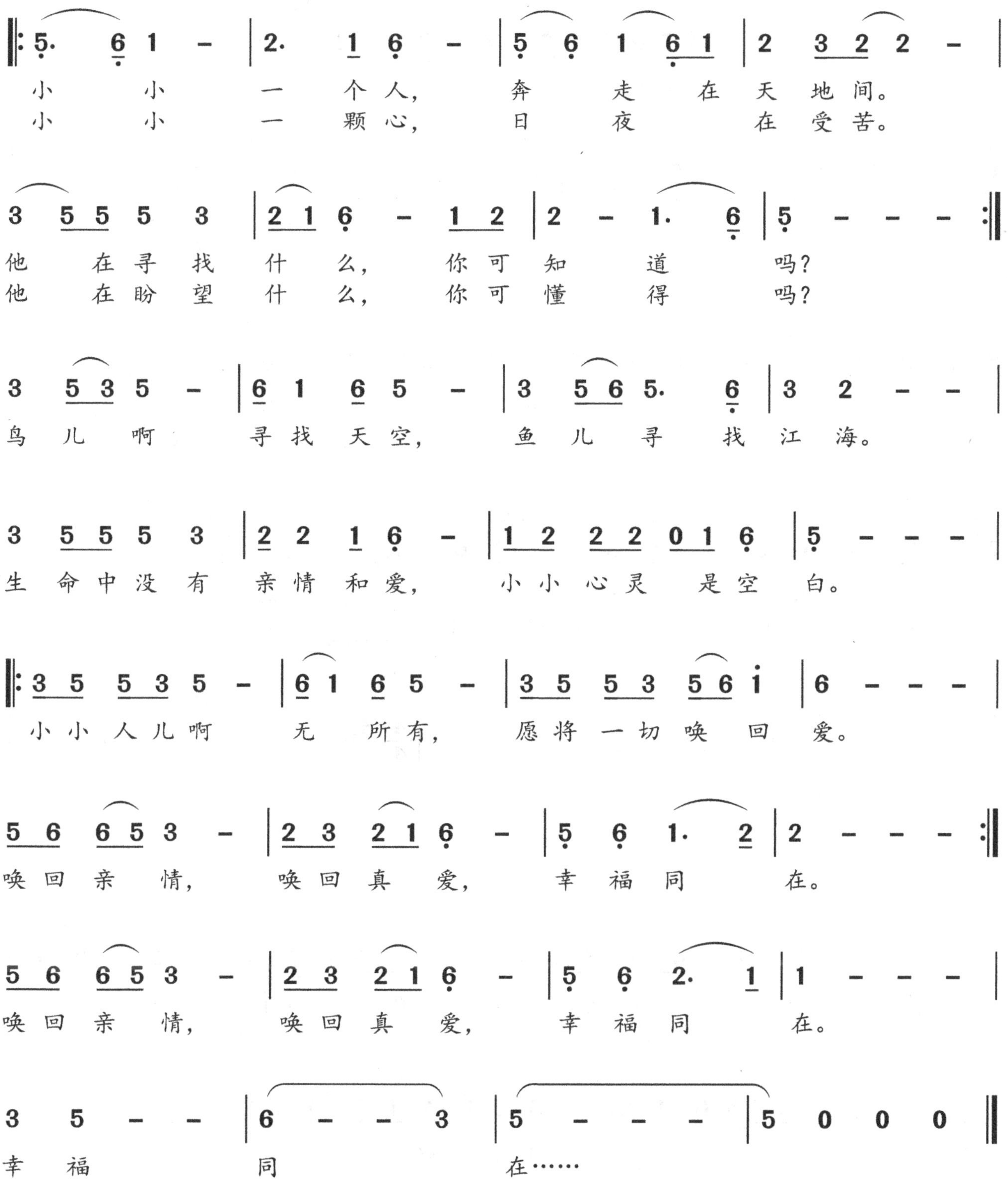

小小一个人，奔走在天地间。
小小一颗心，日夜在受苦。
他在寻找什么，你可知道吗？
他在盼望什么，你可懂得吗？

鸟儿啊寻找天空，鱼儿寻找江海。
生命中没有亲情和爱，小小心灵是空白。

小小人儿啊无所有，愿将一切唤回爱。
唤回亲情，唤回真爱，幸福同在。
唤回亲情，唤回真爱，幸福同在。
幸福同在……

海　　梦

（电视剧《施琅大将军》主题歌）

（女声独唱）

1=G $\frac{4}{4}$

清新、动情地 ♩=66

王　健 词
章绍同 曲

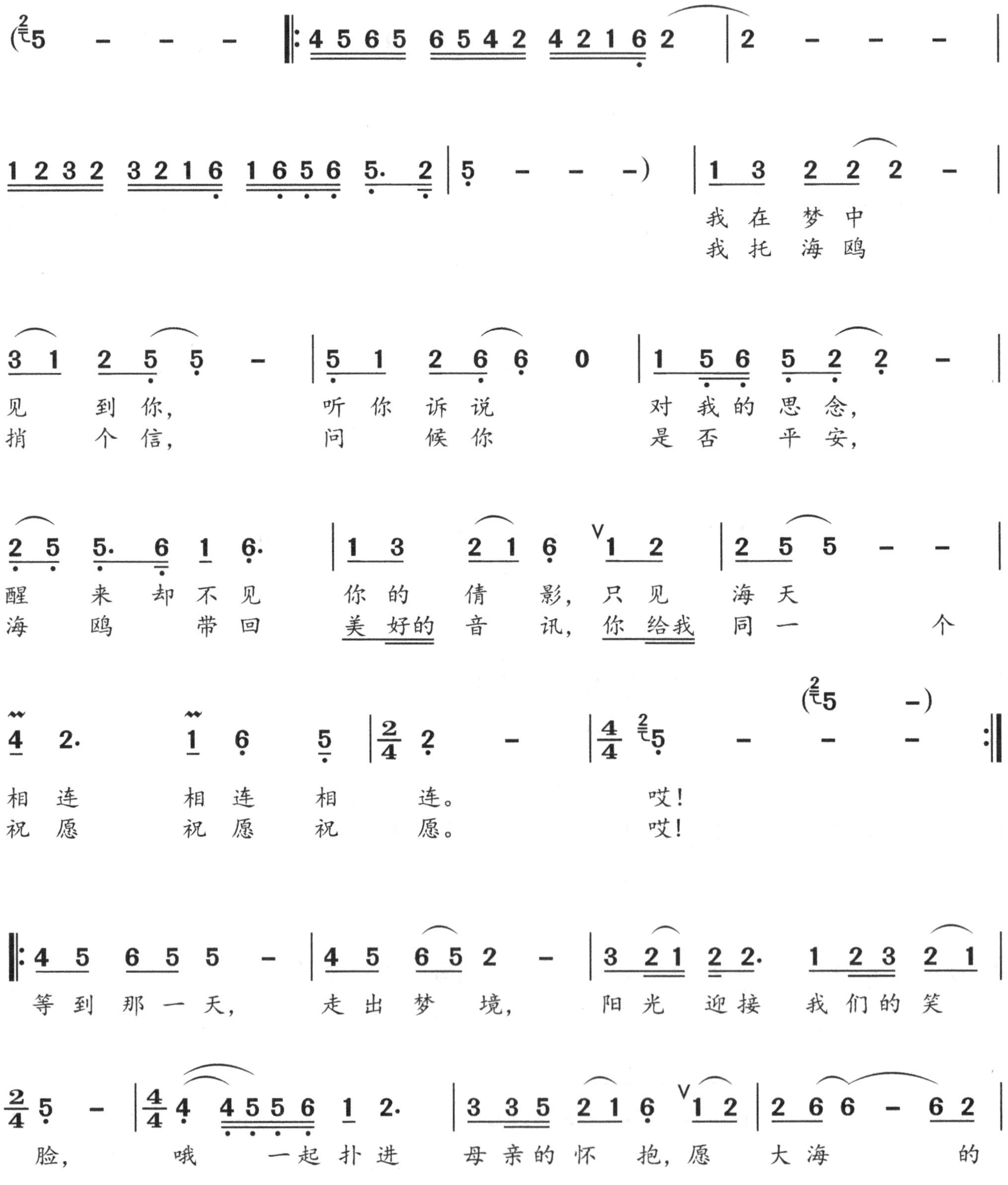

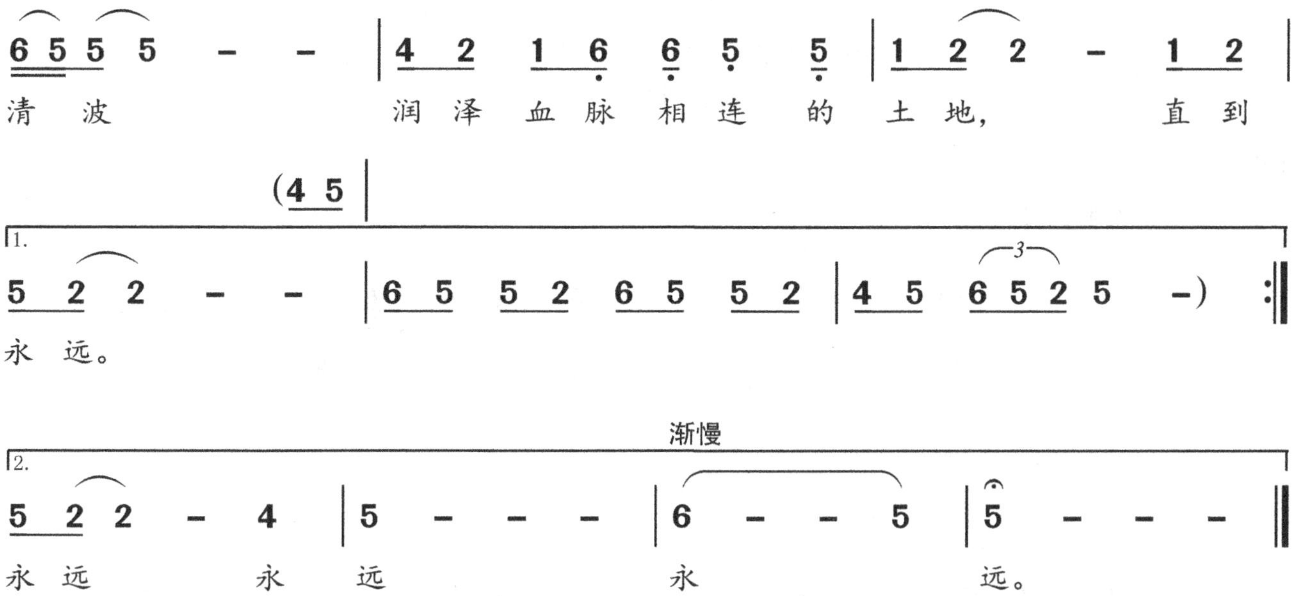

6 5 5 5 – – | 4 2 1 6 6 5 5 | 1 2 2 – 1 2 |
清 波 润 泽 血 脉 相 连 的 土 地， 直 到

(4 5 |

1.
5 2 2 – – | 6 5 5 2 6 5 5 2 | 4 5 6 5 2 5 –) :‖
永 远。

渐慢

2.
5 2 2 – 4 | 5 – – – | 6 – – 5 | 5 – – – ‖
永 远 永 远 永 远。

天下事，一局棋

（电视连续剧《大汉风》片头歌）

（男高音独唱、合唱）

1=F $\frac{4}{4}$

气势恢宏、刚毅地 ♩=42

王　健 词
章绍同 曲

（独唱）天　下　事，

一　局　棋。

转中速 ♩=92

独唱

天　下
天　下

S.

A.

天　下　事，一　局　棋，　棋　局　中，有　天　下。　嘿　嘿　嘿　嘿　嘿　嘿

T.

B.

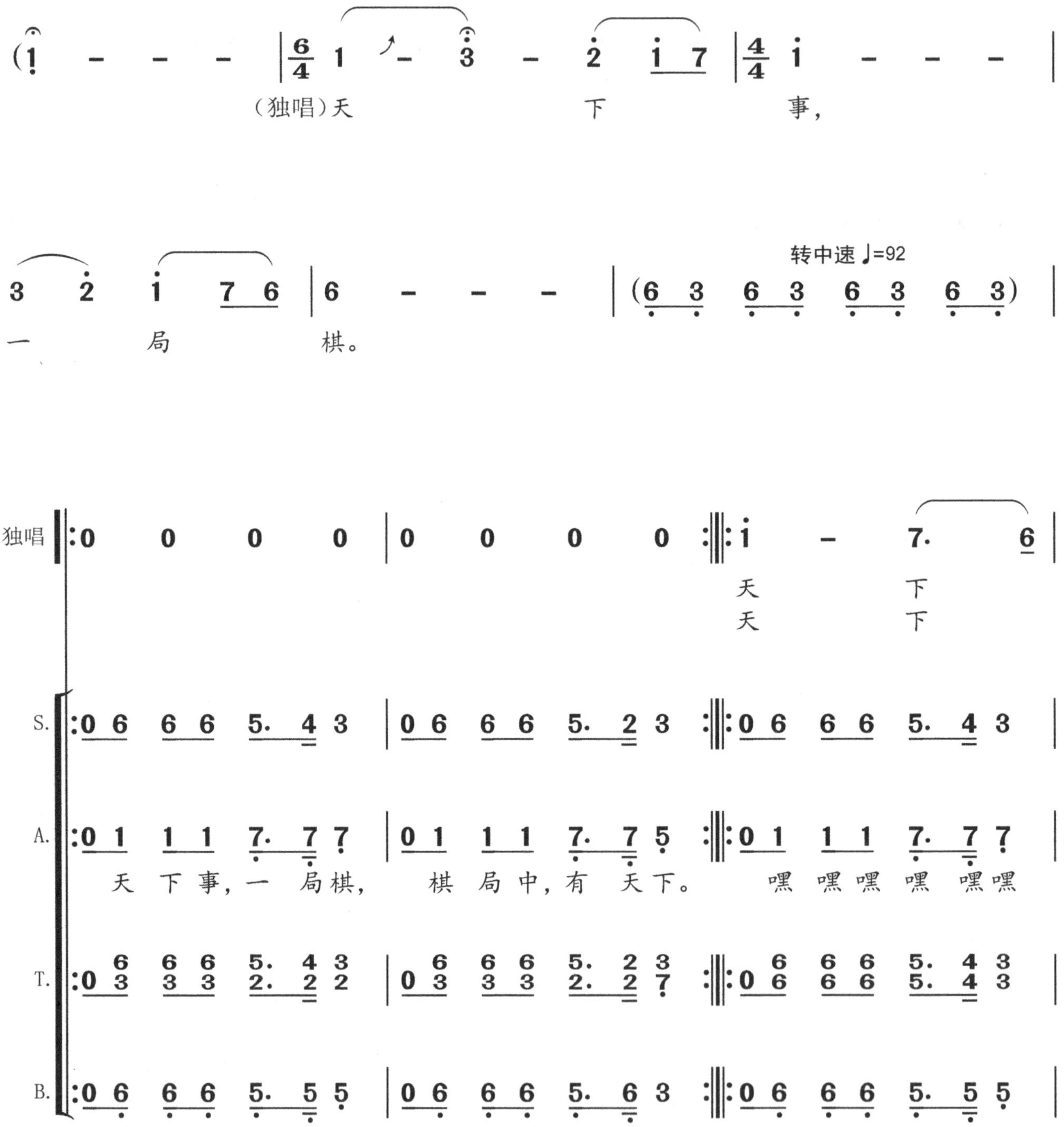

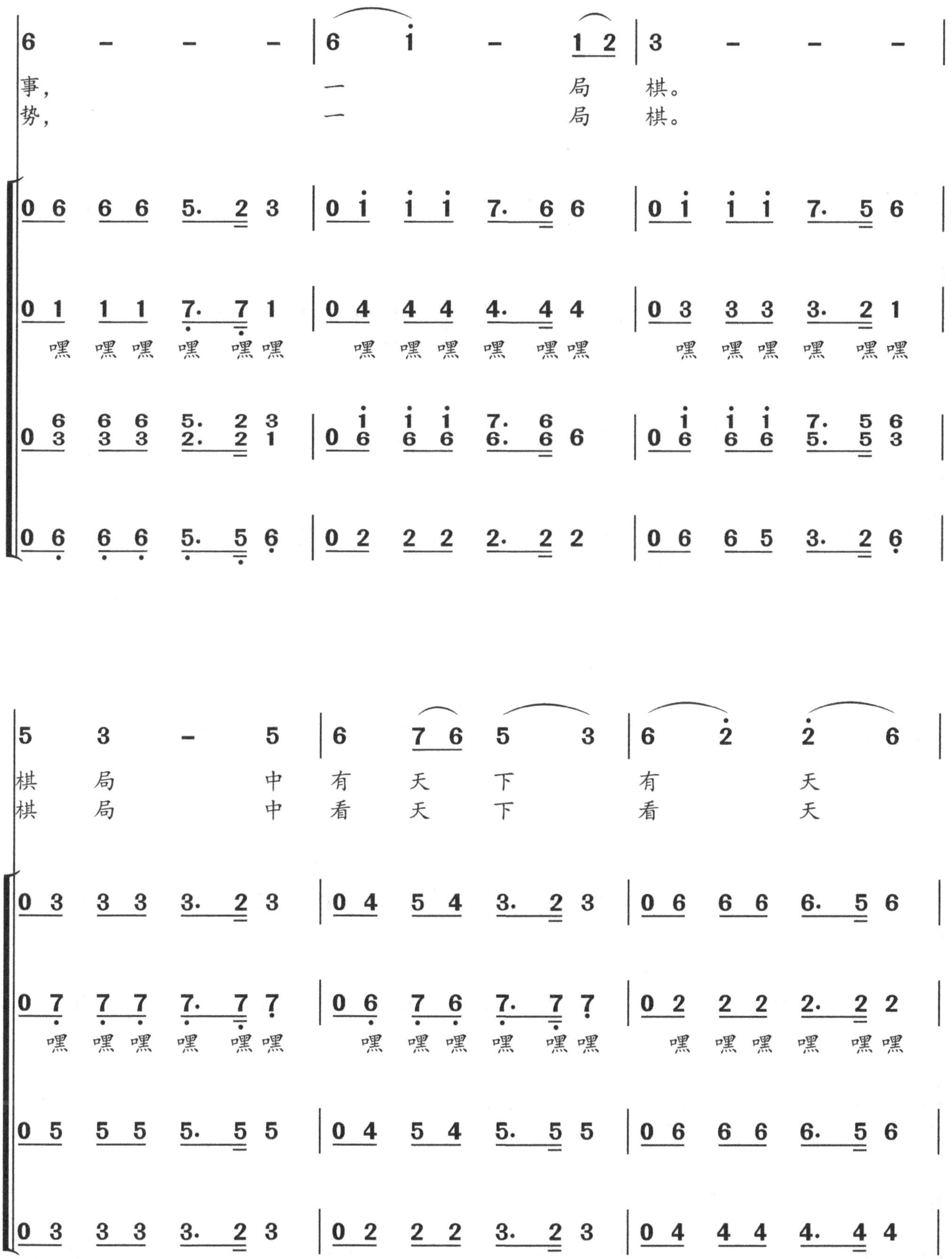

| 6 – – – | 6 i – 1 2 | 3 – – – |
事， 一 局 棋。
势， 一 局 棋。

| 0 6 6 6 5. 2 3 | 0 i i i 7. 6 6 | 0 i i i 7. 5 6 |

| 0 1 1 1 7. 7 1 | 0 4 4 4 4. 4 4 | 0 3 3 3 3. 2 1 |
嘿 嘿 嘿 嘿 嘿 嘿 嘿 嘿 嘿 嘿 嘿 嘿 嘿 嘿 嘿 嘿 嘿 嘿

| 0 6/3 6/3 6/3 5/2. 2/2 3/1 | 0 i/6 i/6 i/6 7/6. 6/6 6 | 0 i/6 i/6 i/6 7/5. 5/5 6/3 |

| 0 6 6 6 5. 5 6 | 0 2 2 2 2. 2 2 | 0 6 6 5 3. 2 6 |

| 5 3 – 5 | 6 7 6 5 3 | 6 2 2 6 |
棋 局 中 有 天 下 有 天
棋 局 中 看 天 下 看 天

| 0 3 3 3 3. 2 3 | 0 4 5 4 3. 2 3 | 0 6 6 6 6. 5 6 |

| 0 7 7 7 7. 7 7 | 0 6 7 6 7. 7 7 | 0 2 2 2 2. 2 2 |
嘿 嘿 嘿 嘿 嘿 嘿 嘿 嘿 嘿 嘿 嘿 嘿 嘿 嘿 嘿 嘿 嘿 嘿

| 0 5 5 5 5. 5 5 | 0 4 5 4 5. 5 5 | 0 6 6 6 6. 5 6 |

| 0 3 3 3 3. 2 3 | 0 2 2 2 3. 2 3 | 0 4 4 4 4. 4 4 |

| i – – 3 5 | 6. 7 5 7 | 6 – – – |

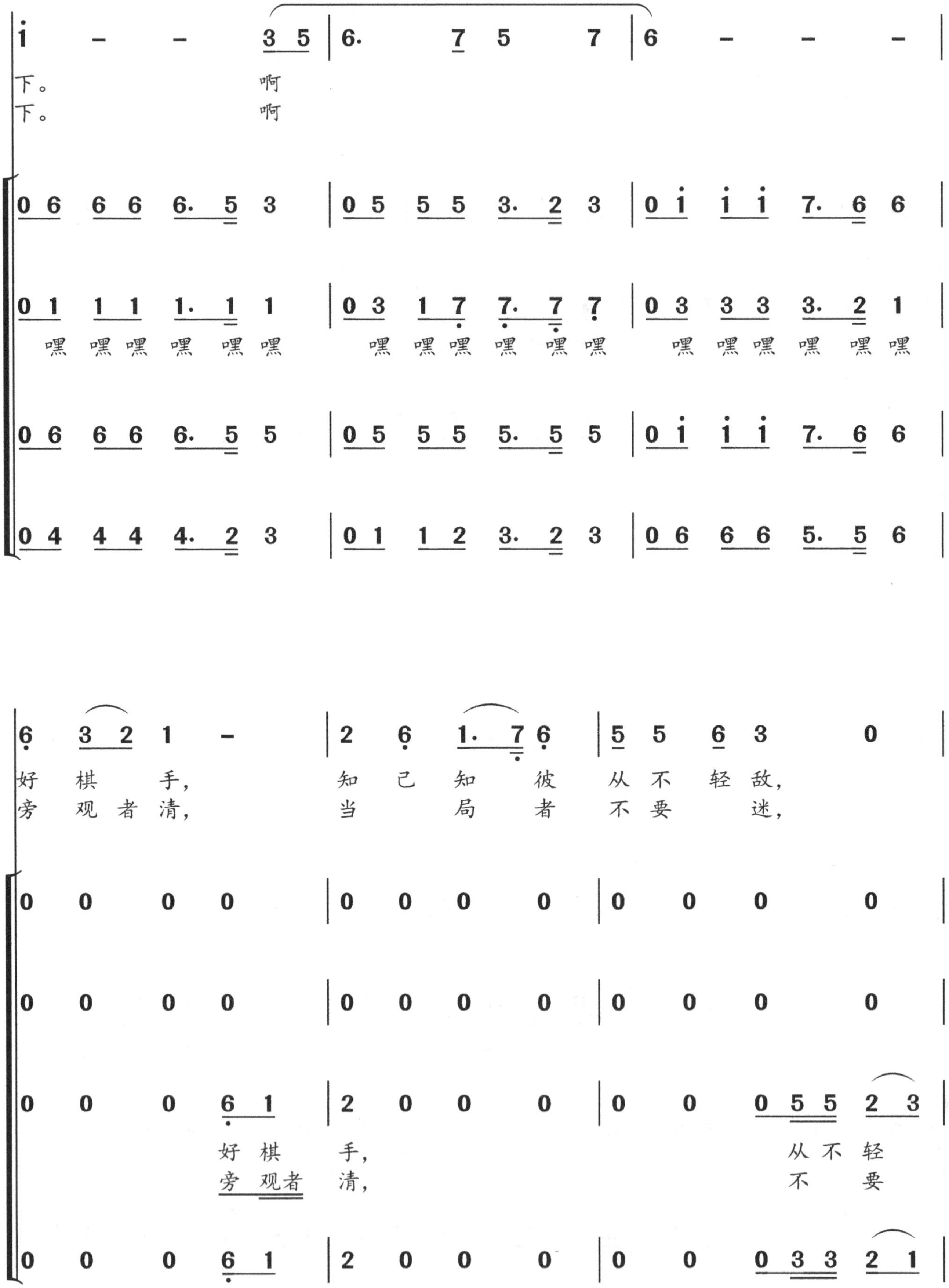

下。 啊

下。 啊

| 0 6 6 6 6. 5 3 | 0 5 5 5 3. 2 3 | 0 i i i 7. 6 6 |

| 0 1 1 1 1. 1 1 | 0 3 1 7 7. 7 7 | 0 3 3 3 3. 2 1 |

嘿 嘿嘿 嘿 嘿嘿 嘿 嘿嘿 嘿 嘿嘿 嘿 嘿嘿 嘿 嘿嘿

| 0 6 6 6 6. 5 5 | 0 5 5 5 5. 5 5 | 0 i i i 7. 6 6 |

| 0 4 4 4 4. 2 3 | 0 1 1 2 3. 2 3 | 0 6 6 6 5. 5 6 |

| 6 3 2 1 – | 2 6 1. 7 6 | 5 5 6 3 0 |

好 棋 手， 知 己 知 彼 从 不 轻 敌，

旁 观 者 清， 当 局 者 不 要 迷，

| 0 0 0 0 | 0 0 0 0 | 0 0 0 0 |

| 0 0 0 0 | 0 0 0 0 | 0 0 0 0 |

| 0 0 0 6 1 | 2 0 0 0 | 0 0 0 5 5 2 3 |

好 棋 手， 从 不 轻

旁 观者 清， 不 要

| 0 0 0 6 1 | 2 0 0 0 | 0 0 0 3 3 2 1 |

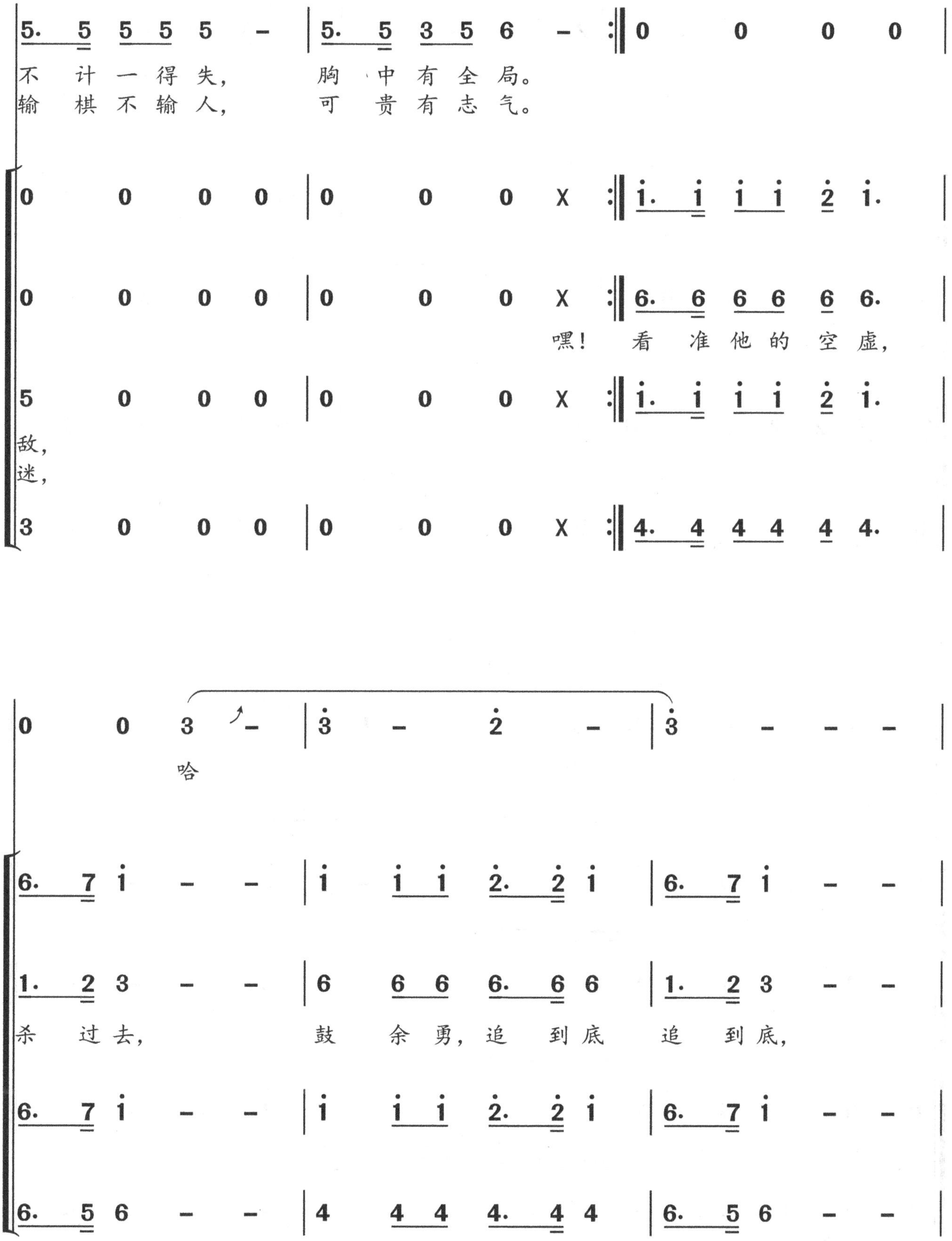

5. 5 5 5 5 – | 5. 5 3 5 6 – :‖ 0 0 0 0 |

不 计 一 得 失， 胸 中 有 全 局。

输 棋 不 输 人， 可 贵 有 志 气。

0 0 0 0 | 0 0 0 X :‖ i. i i i 2̇ i. |

0 0 0 0 | 0 0 0 X :‖ 6. 6 6 6 6 6. |

嘿！ 看 准 他 的 空 虚，

5 0 0 0 | 0 0 0 X :‖ i. i i i 2̇ i. |

敌，

迷，

3 0 0 0 | 0 0 0 X :‖ 4. 4 4 4 4 4. |

0 0 3 ↗ – | 3̇ – 2̇ – | 3̇ – – – |

哈

6. 7 i – – | i i i 2̇. 2̇ i | 6. 7 i – – |

1. 2 3 – – | 6 6 6 6. 6 6 | 1. 2 3 – – |

杀 过 去， 鼓 余 勇， 追 到 底 追 到 底，

6. 7 i – – | i i i 2̇. 2̇ i | 6. 7 i – – |

6. 5 6 – – | 4 4 4 4. 4 4 | 6. 5 6 – – |

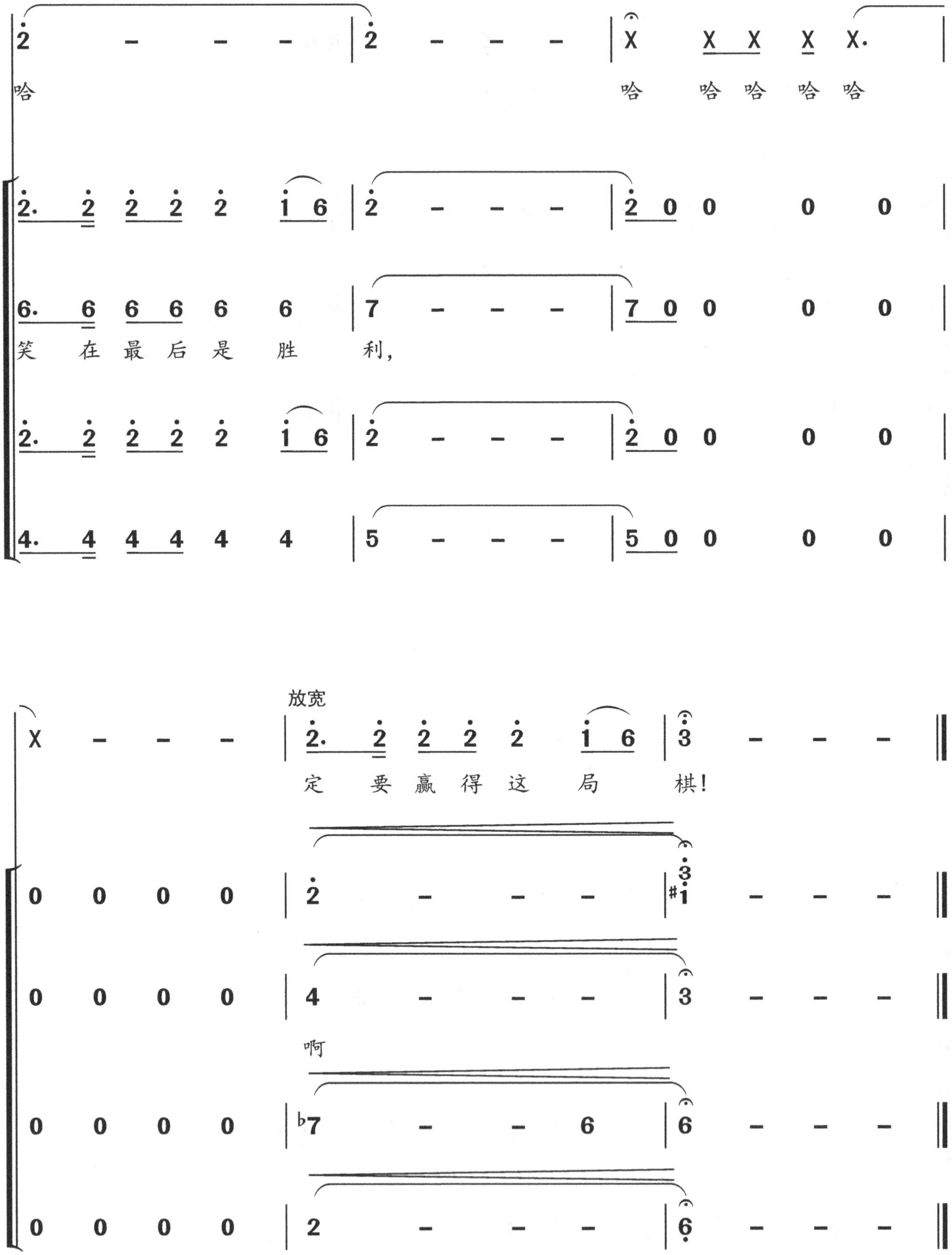

哈 哈 哈哈 哈哈

笑在最后是胜利，

放宽

定要赢得这局棋！

啊

魂依江南

（电视连续剧《大汉风》主题歌·楚歌）

1=F 4/4
♩=54

王　健 词
章绍同 曲

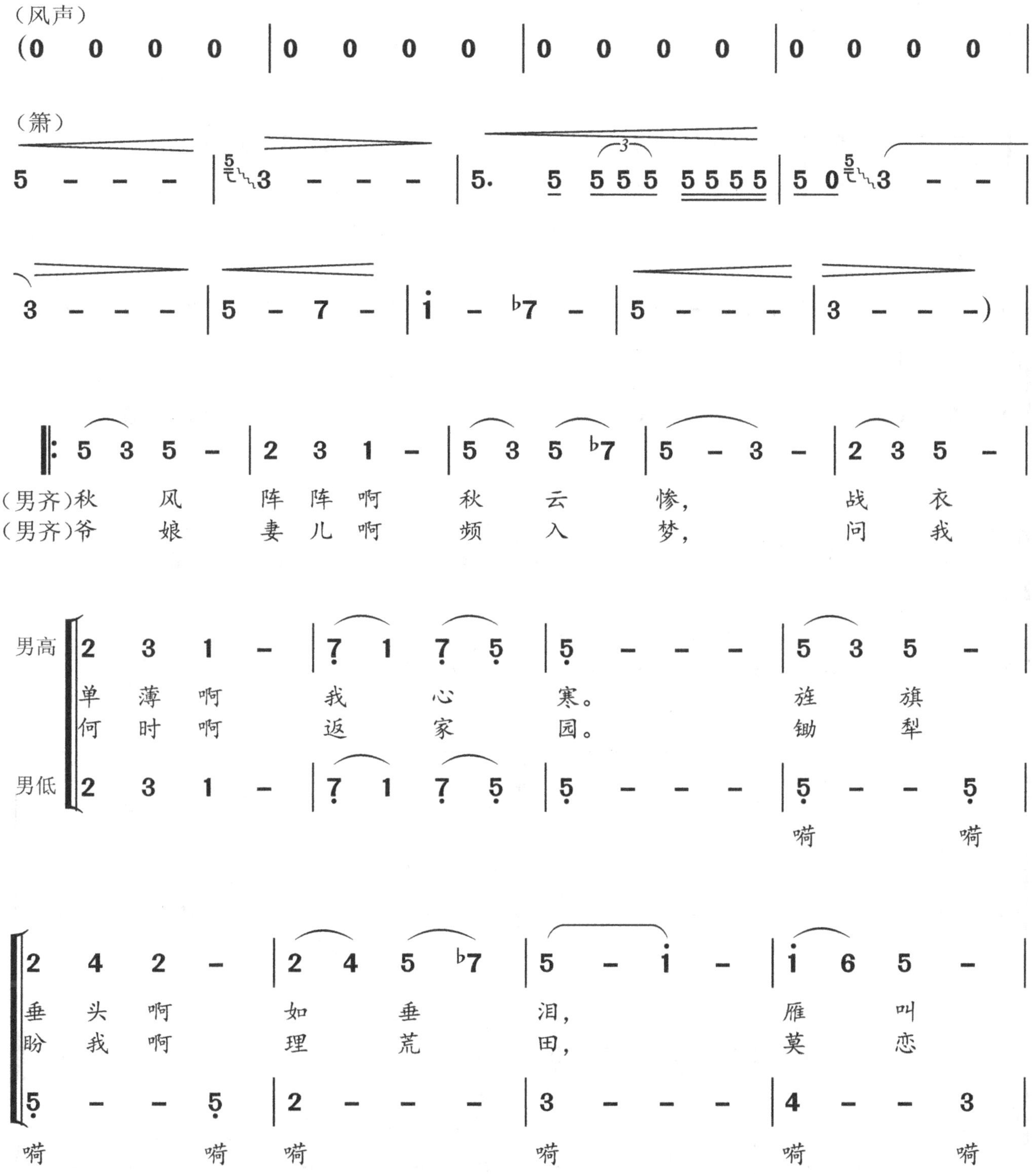

（风声）

(0 0 0 0 | 0 0 0 0 | 0 0 0 0 | 0 0 0 0 |

（箫）

5 - - - | 3 - - - | 5. 5 555 5555 | 5 0 3 - - |

3 - - - | 5 - 7 - | i - ♭7 - | 5 - - - | 3 - - -) |

|: 5 3 5 - | 2 3 1 - | 5 3 5 ♭7 | 5 - 3 - | 2 3 5 - |

（男齐）秋　风　阵　阵　啊　秋　云　惨，　战　衣

（男齐）爷　娘　妻　儿　啊　频　入　梦，　问　我

男高 2 3 1 - | 7 1 7 5 | 5 - - - | 5 3 5 - |

单　薄　啊　我　心　寒。　旌　旗

何　时　啊　返　家　园。　锄　犁

男低 2 3 1 - | 7 1 7 5 | 5 - - - | 5 - - 5 |

嗬　嗬

2 4 2 - | 2 4 5 ♭7 | 5 - i - | i 6 5 - |

垂　头　啊　如　垂　泪，　雁　叫

盼　我　啊　理　荒　田，　莫　恋

5 - - 5 | 2 - - - | 3 - - - | 4 - - 3 |

嗬　嗬　嗬　嗬　嗬　嗬

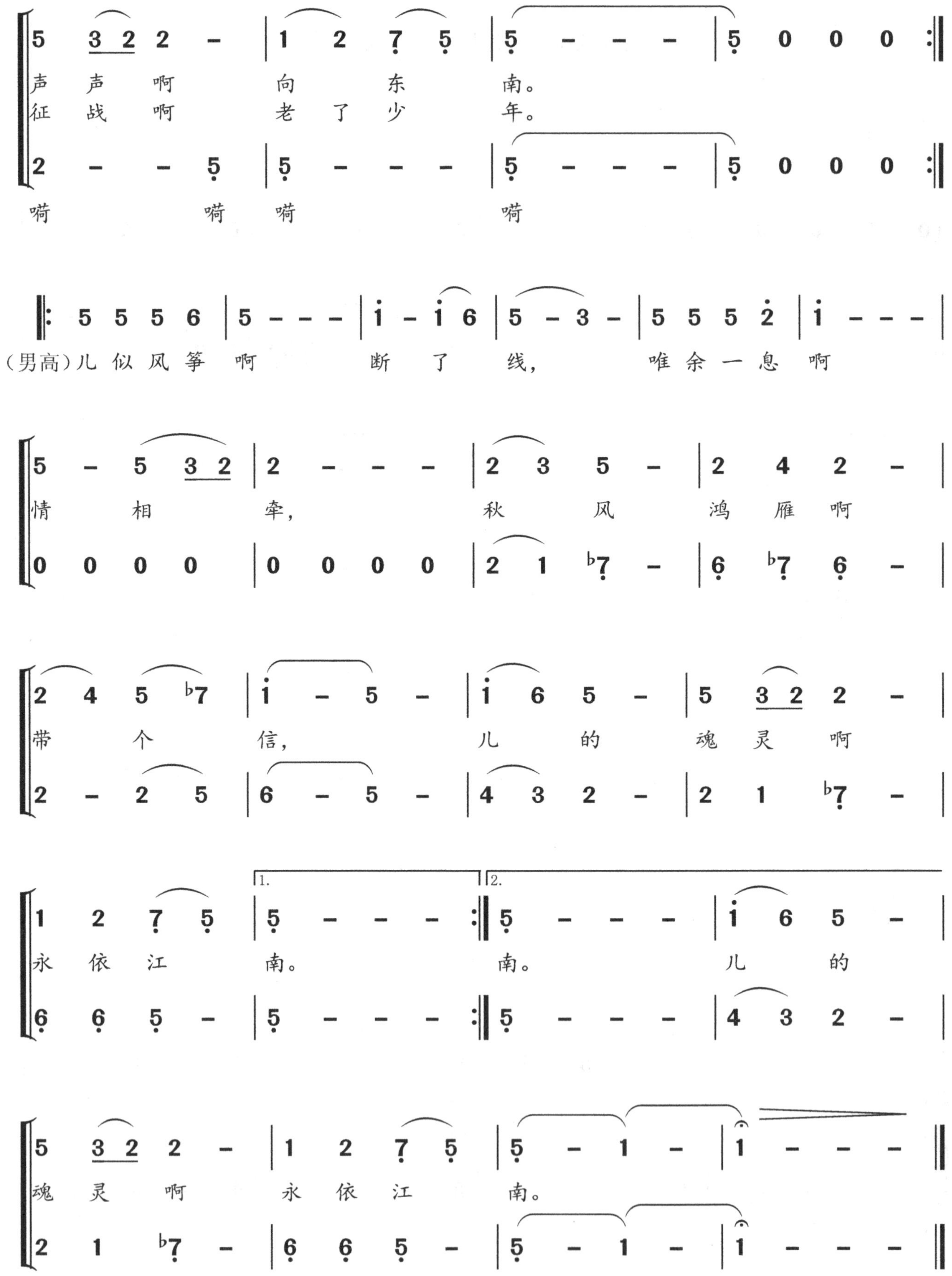

5 3 2 2 - | 1 2 7 5 | 5 - - - | 5 0 0 0 :‖
声 声 啊 向 东 南。
征 战 啊 老 了 少 年。
2 - - 5 | 5 - - - | 5 - - - | 5 0 0 0 :‖
嗬 嗬 嗬 嗬

‖: 5 5 5 6 | 5 - - - | i - i 6 | 5 - 3 - | 5 5 5 2 | i - - - |
（男高）儿似风筝 啊 断 了 线， 唯余一息 啊

5 - 5 3 2 | 2 - - - | 2 3 5 - | 2 4 2 - |
情 相 牵， 秋 风 鸿 雁 啊
0 0 0 0 | 0 0 0 0 | 2 1 ♭7 - | 6 ♭7 6 - |

2 4 5 ♭7 | i - 5 - | i 6 5 - | 5 3 2 2 - |
带 个 信， 儿 的 魂 灵 啊
2 - 2 5 | 6 - 5 - | 4 3 2 - | 2 1 ♭7 - |

1 2 7 5 | 1. 5 - - - :‖ 2. 5 - - - | i 6 5 - |
永 依 江 南。 南。 儿 的
6 6 5 - | 5 - - - :‖ 5 - - - | 4 3 2 - |

5 3 2 2 - | 1 2 7 5 | 5 - 1 - | i - - - ‖
魂 灵 啊 永 依 江 南。
2 1 ♭7 - | 6 6 5 - | 5 - 1 - | i - - - ‖

霜锷刺破奈何天

（电视连续剧《大汉风》插曲·韩信舞剑歌）

（女声独唱）

王　健 词
章绍同 曲

1=D或♭D $\frac{4}{4}$

悲壮地 稍慢 ♩=64

男儿有泪不轻弹，英雄立志在少年。

岁月漫漫路漫漫，创业功成在明天。啊！

风飒飒，意绵绵，剑胆琴心已忘言，

干戈止息长相伴，青史为我铸新篇。啊！

男儿有泪不轻弹，拜将封侯拭目看，

岁月漫漫路漫漫，霜锷刺破奈何天。啊！

天，霜锷刺破奈何天。

渐慢

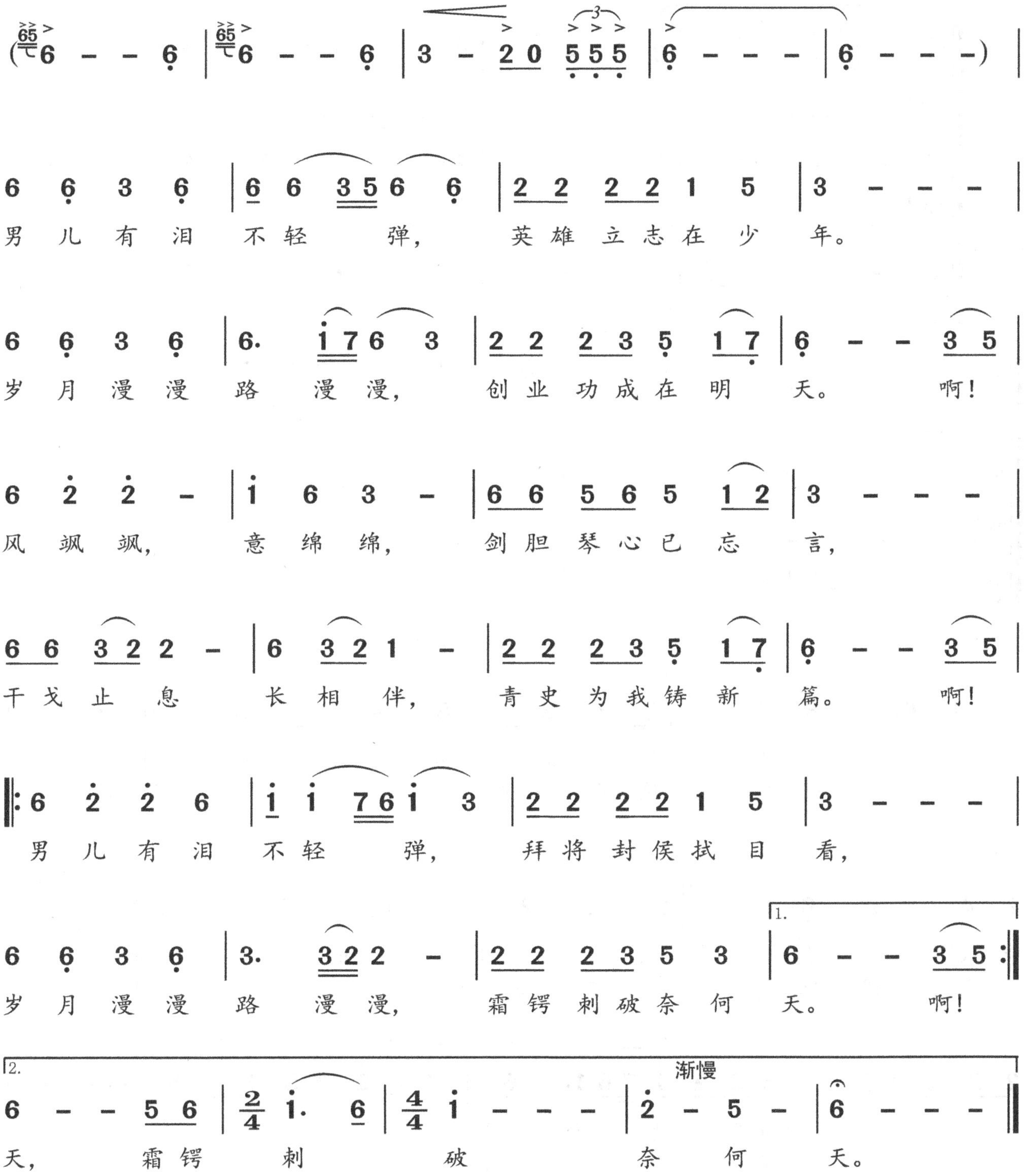

思 项 羽

（电视连续剧《大汉风》插曲）

（男声独唱）

1=♭E $\frac{4}{4}$

感慨地 ♩=60

王 健 词

章绍同 曲

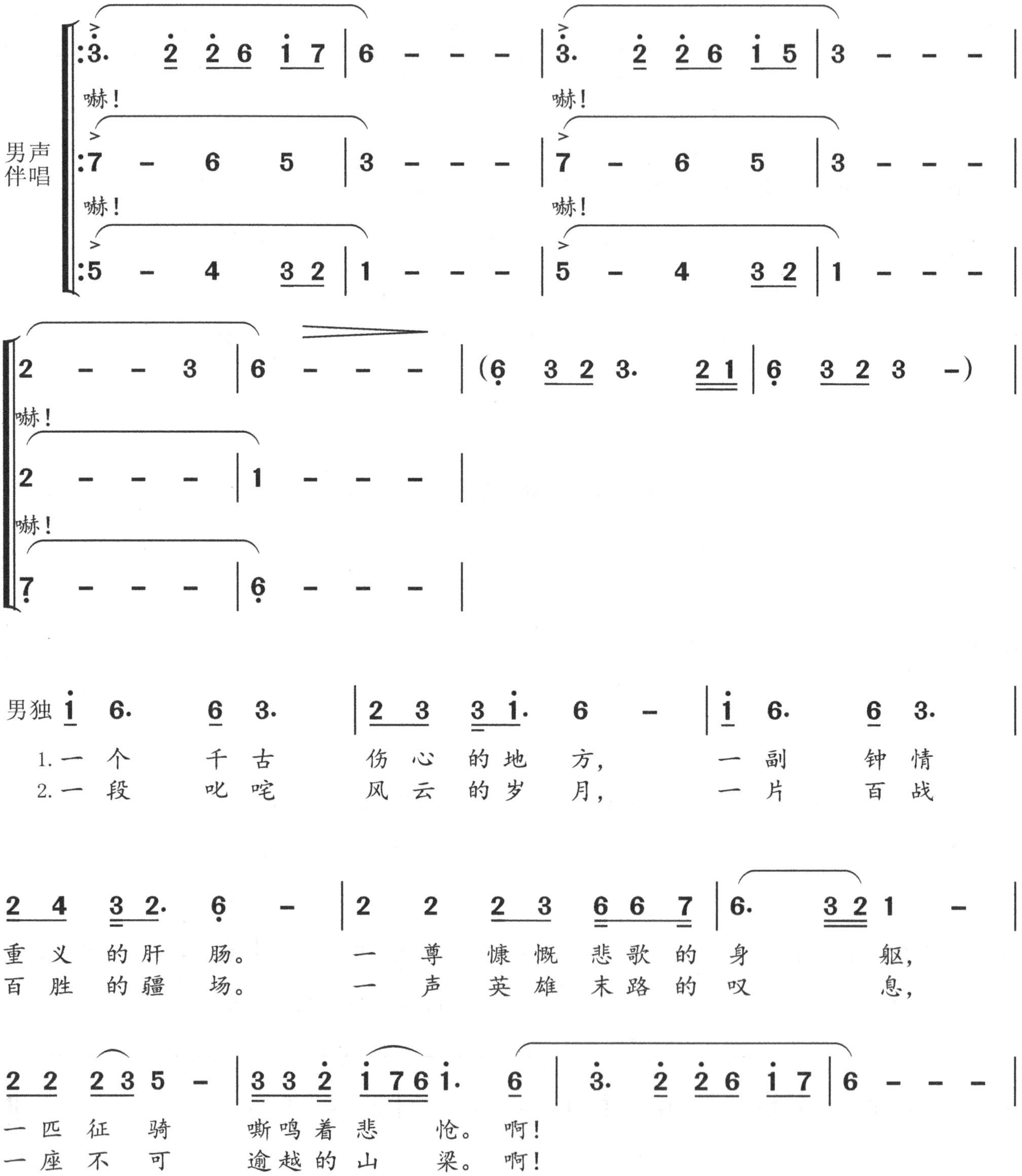

男声伴唱

嚇！

嚇！

嚇！

嚇！

男独

1. 一个千古伤心的地方，一副钟情重义的肝肠。一尊慷慨悲歌的身躯，一匹征骑嘶鸣着悲怆。啊！

2. 一段叱咤风云的岁月，一片百战百胜的疆场。一声英雄末路的叹息，一座不可逾越的山梁。啊！

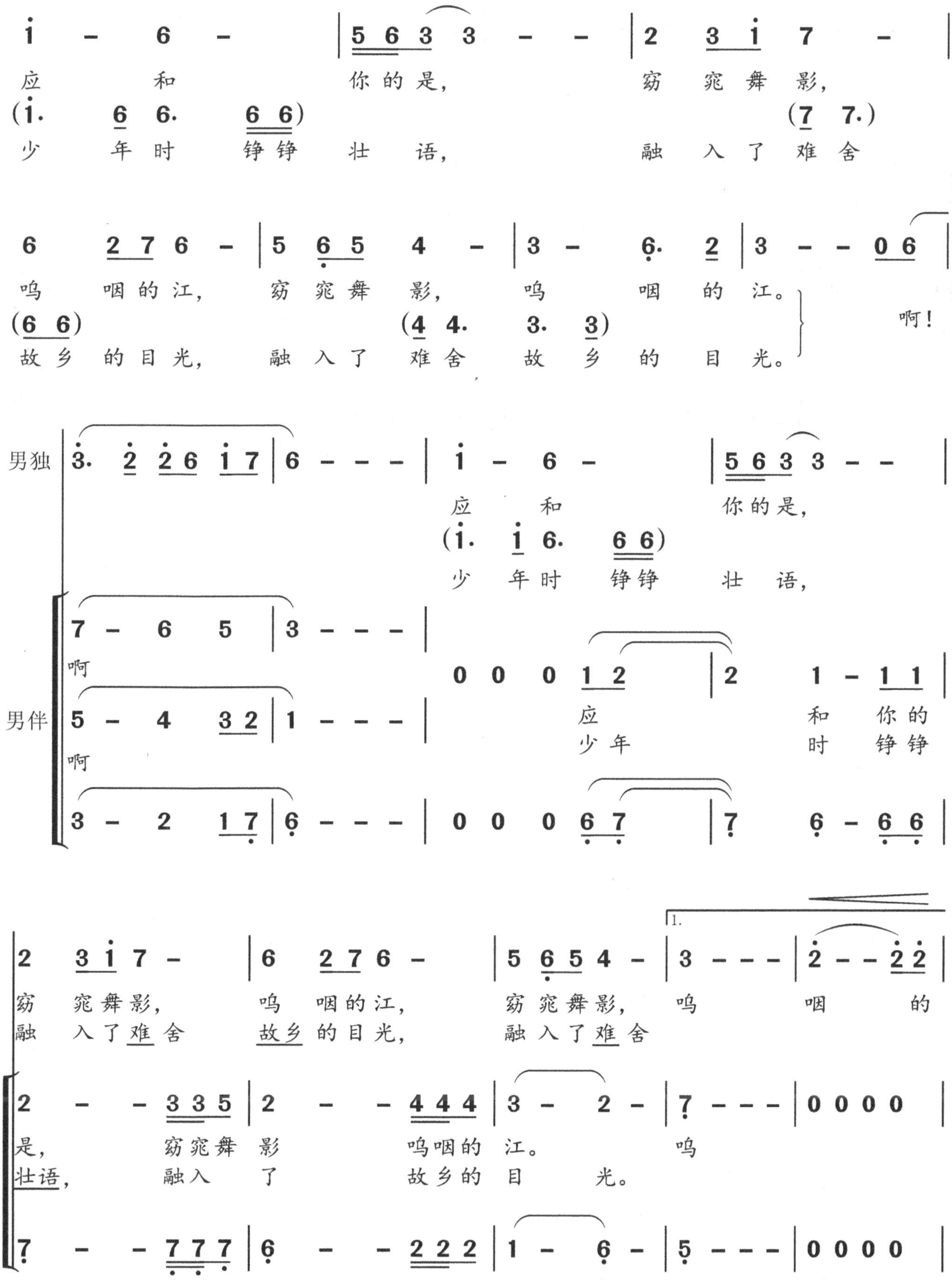

应和你的是，窈窕舞影，
少年时铮铮壮语，融入了难舍

鸣咽的江，窈窕舞影，鸣咽的江。
故乡的目光，融入了难舍故乡的目光。
啊！

男独

应和你的是，
少年时铮铮壮语，

男伴

啊

应和你的
少年时铮铮

啊

窈窕舞影，鸣咽的江，窈窕舞影，鸣咽的
融入了难舍故乡的目光，融入了难舍

是，窈窕舞影鸣咽的江。鸣
壮语，融入了故乡的目光。

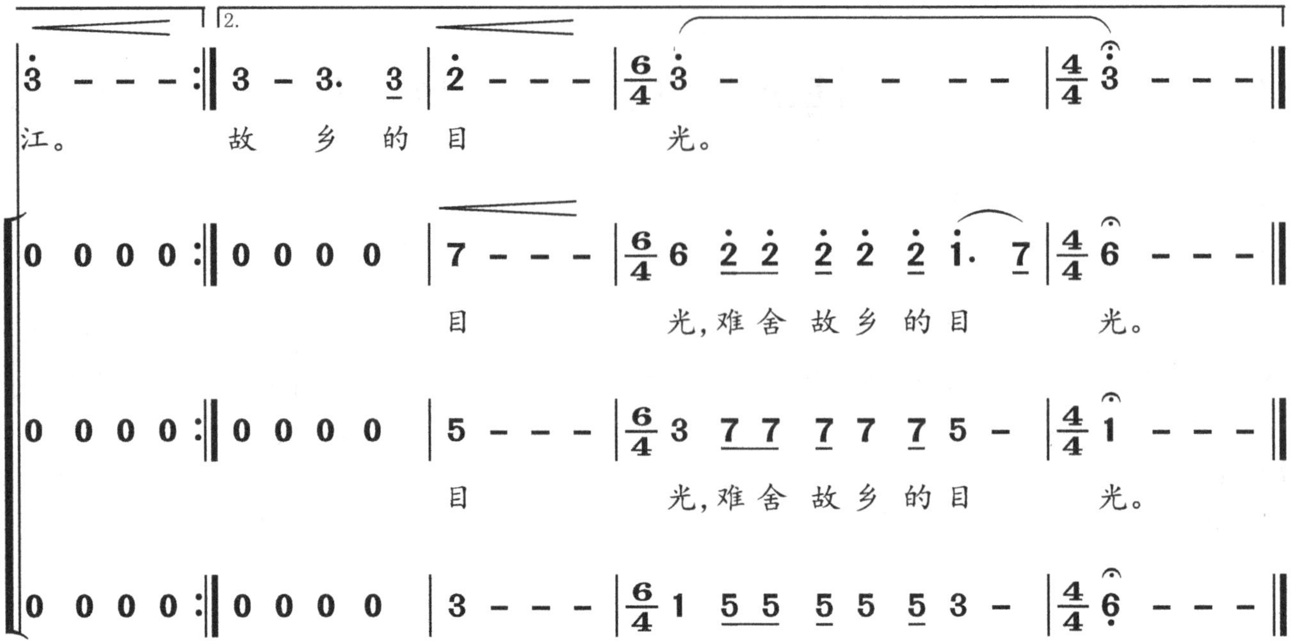

3 - - - :‖ 3 - 3· 3 | 2 - - - | 6/4 3 - - - - - | 4/4 3 - - - ‖

江。 故 乡 的 目 光。

0 0 0 0 :‖ 0 0 0 0 | 7 - - - | 6/4 6 2 2 2 2 2 1· 7 | 4/4 6 - - - ‖

目 光，难 舍 故 乡 的 目 光。

0 0 0 0 :‖ 0 0 0 0 | 5 - - - | 6/4 3 7 7 7 7 7 5 - | 4/4 1 - - - ‖

目 光，难 舍 故 乡 的 目 光。

0 0 0 0 :‖ 0 0 0 0 | 3 - - - | 6/4 1 5 5 5 5 5 3 - | 4/4 6 - - - ‖

吕雉的歌

（电视连续剧《大汉风》插曲）

（女声独唱）

1=♭B 4/4

♩=62

王　健 词

章绍同 曲

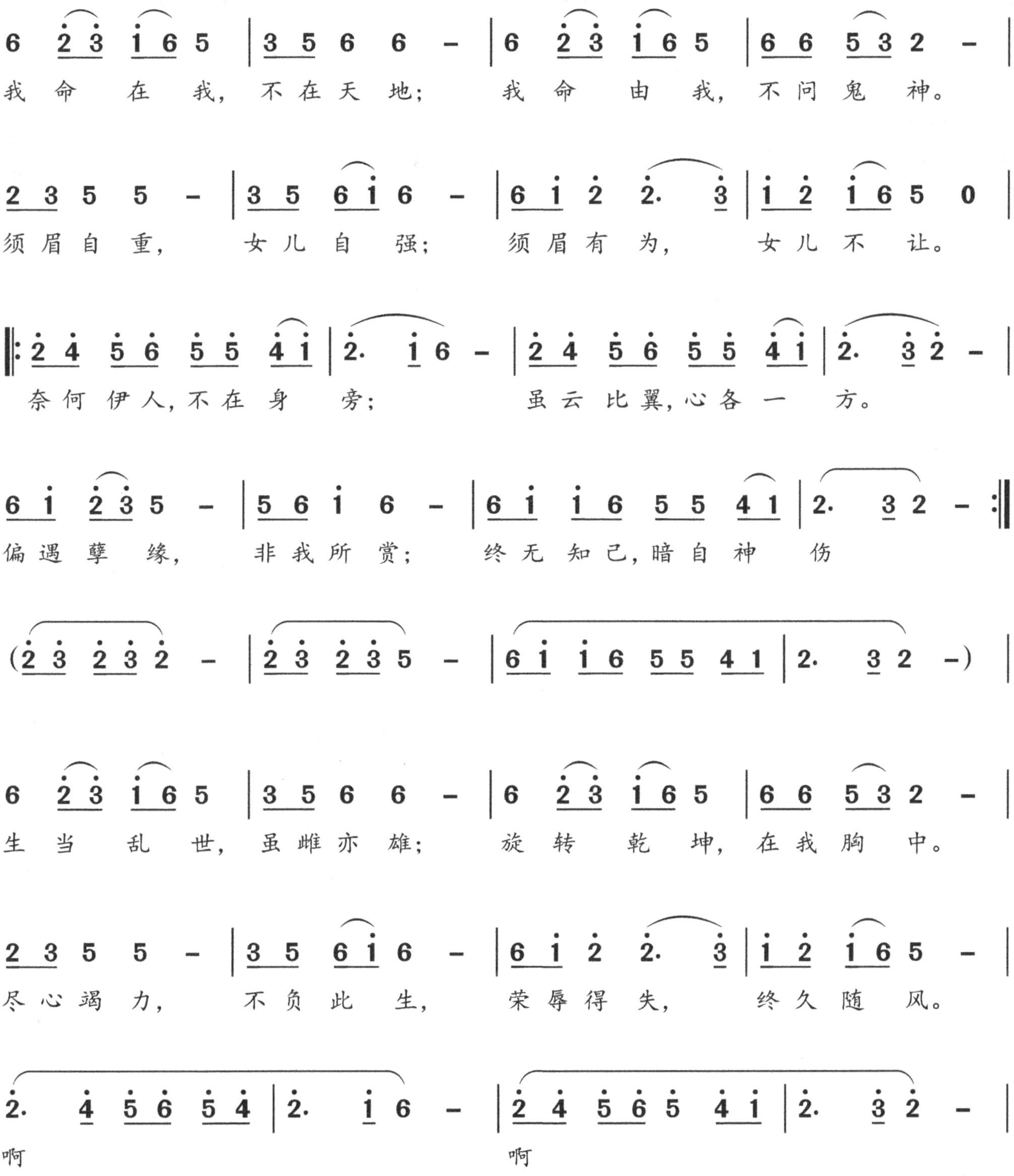

6 23 165 | 35 6 6 - | 6 23 165 | 66 532 - |

我命在我，不在天地；我命由我，不问鬼神。

23 5 5 - | 35 616 - | 61 2 2. 3 | 12 165 0 |

须眉自重，女儿自强；须眉有为，女儿不让。

|: 24 56 55 41 | 2. 16 - | 24 56 55 41 | 2. 32 - |

奈何伊人，不在身旁；虽云比翼，心各一方。

61 235 - | 56 1 6 - | 61 16 55 41 | 2. 32 - :||

偏遇孽缘，非我所赏；终无知己，暗自神伤

(23 232 - | 23 235 - | 61 16 55 41 | 2. 32 -) |

6 23 165 | 35 6 6 - | 6 23 165 | 66 532 - |

生当乱世，虽雌亦雄；旋转乾坤，在我胸中。

23 5 5 - | 35 616 - | 61 2 2. 3 | 12 165 - |

尽心竭力，不负此生，荣辱得失，终久随风。

2. 4 56 54 | 2. 16 - | 24 565 41 | 2. 32 - |

啊　　　　啊

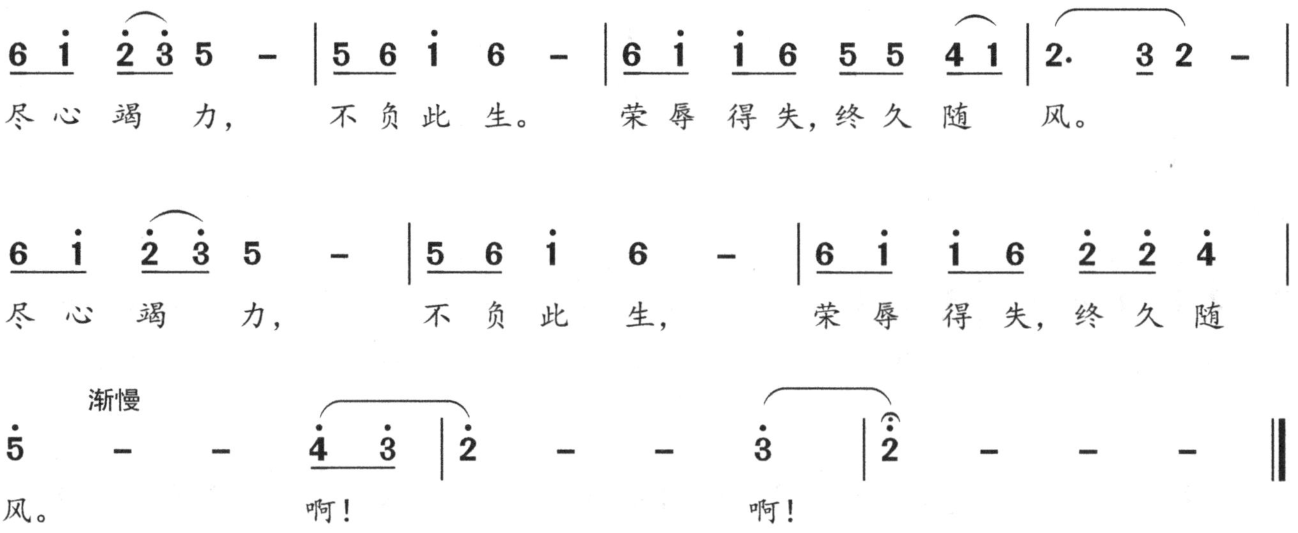

6 i 2 3 5 - | 5 6 i 6 - | 6 i i 6 5 5 4 1 | 2· 3 2 - |

尽心竭力，不负此生。荣辱得失，终久随风。

6 i 2 3 5 - | 5 6 i 6 - | 6 i i 6 2 2 4 |

尽心竭力，不负此生，荣辱得失，终久随

渐慢

5 - - 4 3 | 2 - - 3 | 2 - - - ‖

风。啊！啊！

千秋妈祖

（女声独唱·合唱）

王　健 词
章绍同 曲

1=F $\frac{4}{4}$

广板 庄严、温馨地 ♩=46

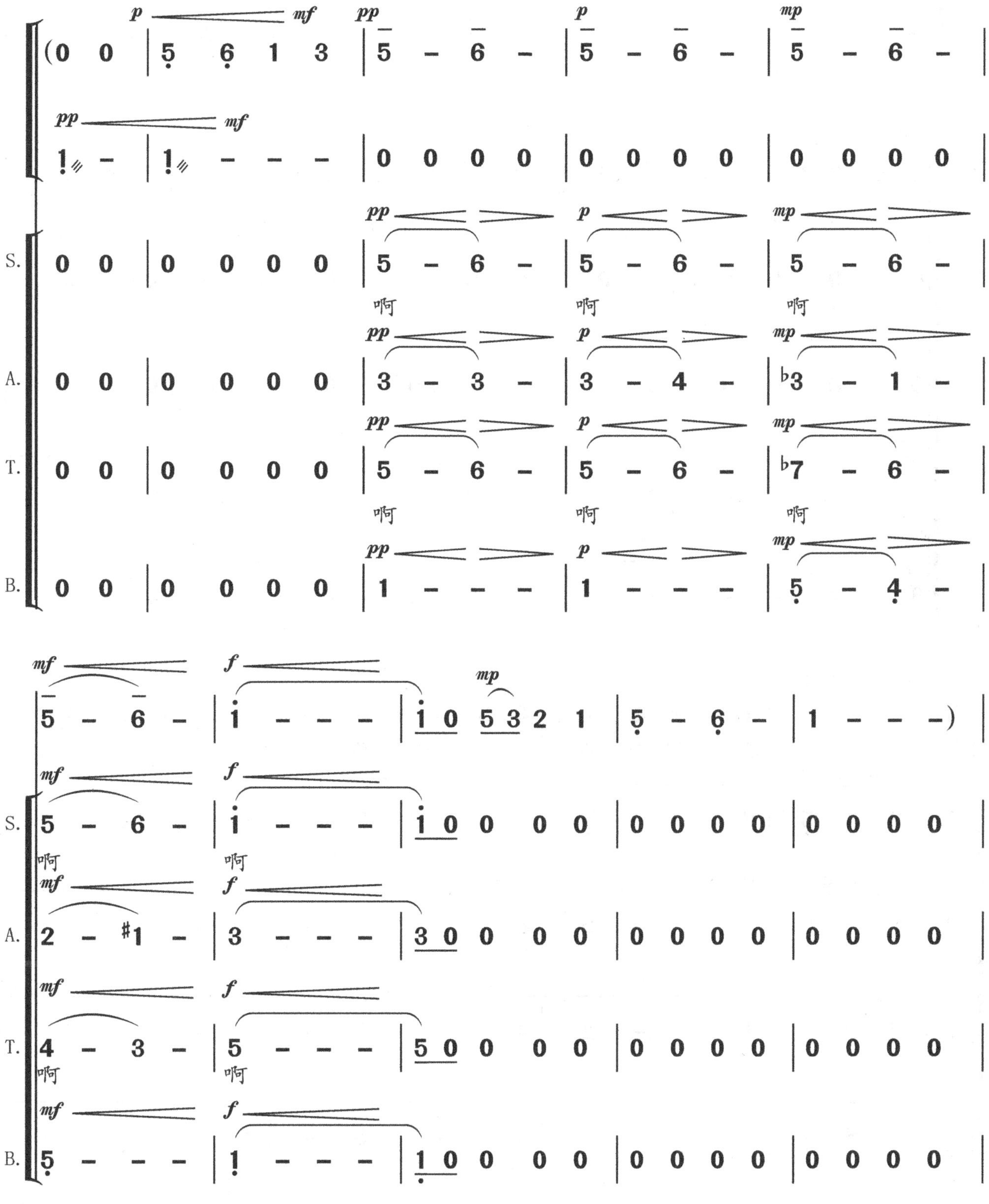

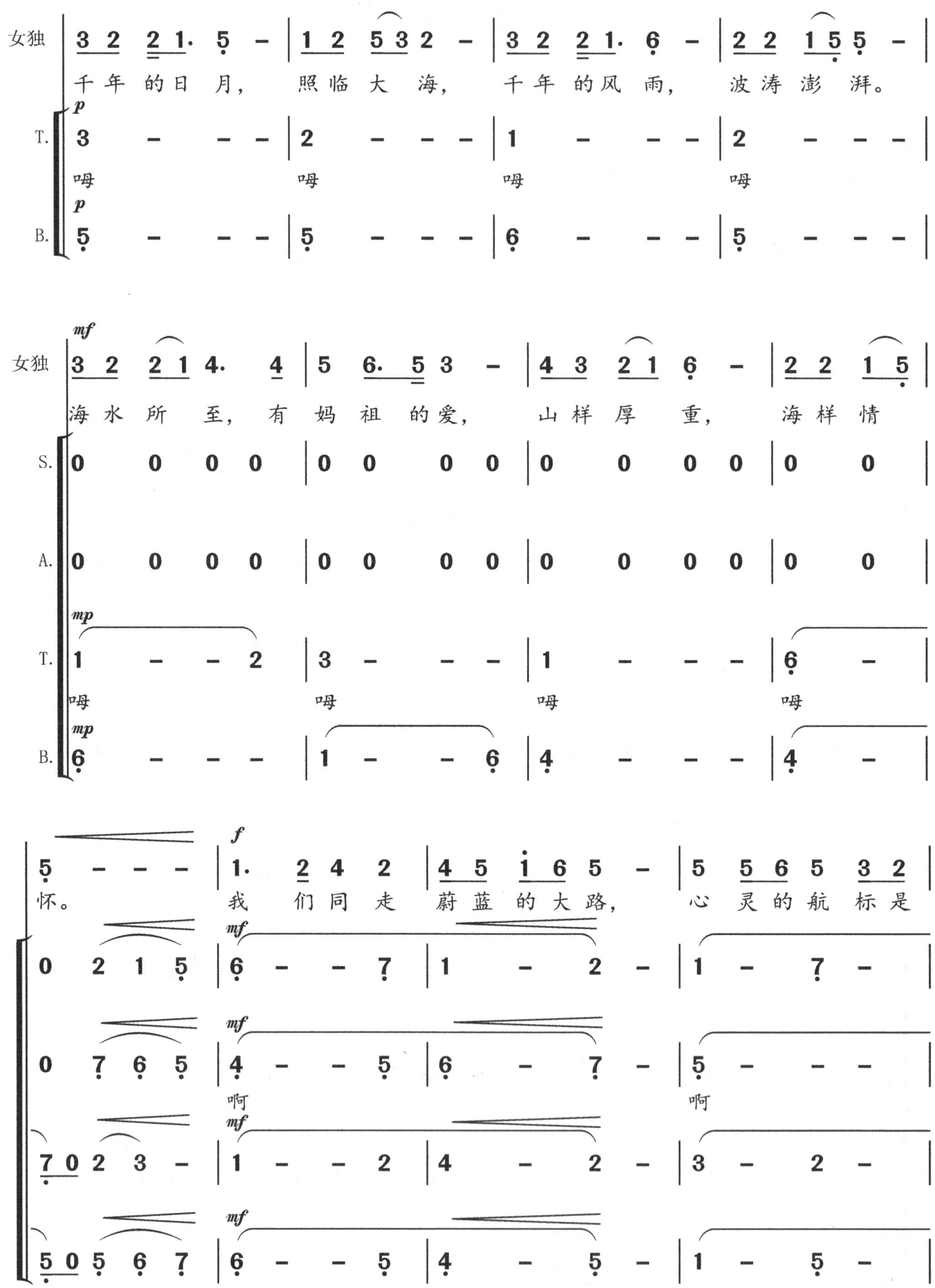

女独

千年的日月，照临大海，千年的风雨，波涛澎湃。

T. *p* 哞 哞 哞 哞

B. *p*

女独 *mf*

海水所至，有妈祖的爱，山样厚重，海样情怀。

S.

A.

T. *mp* 哞 哞 哞 哞

B. *mp*

f

我们同走蔚蓝的大路，心灵的航标是

mf

mf 啊 啊

mf

mf

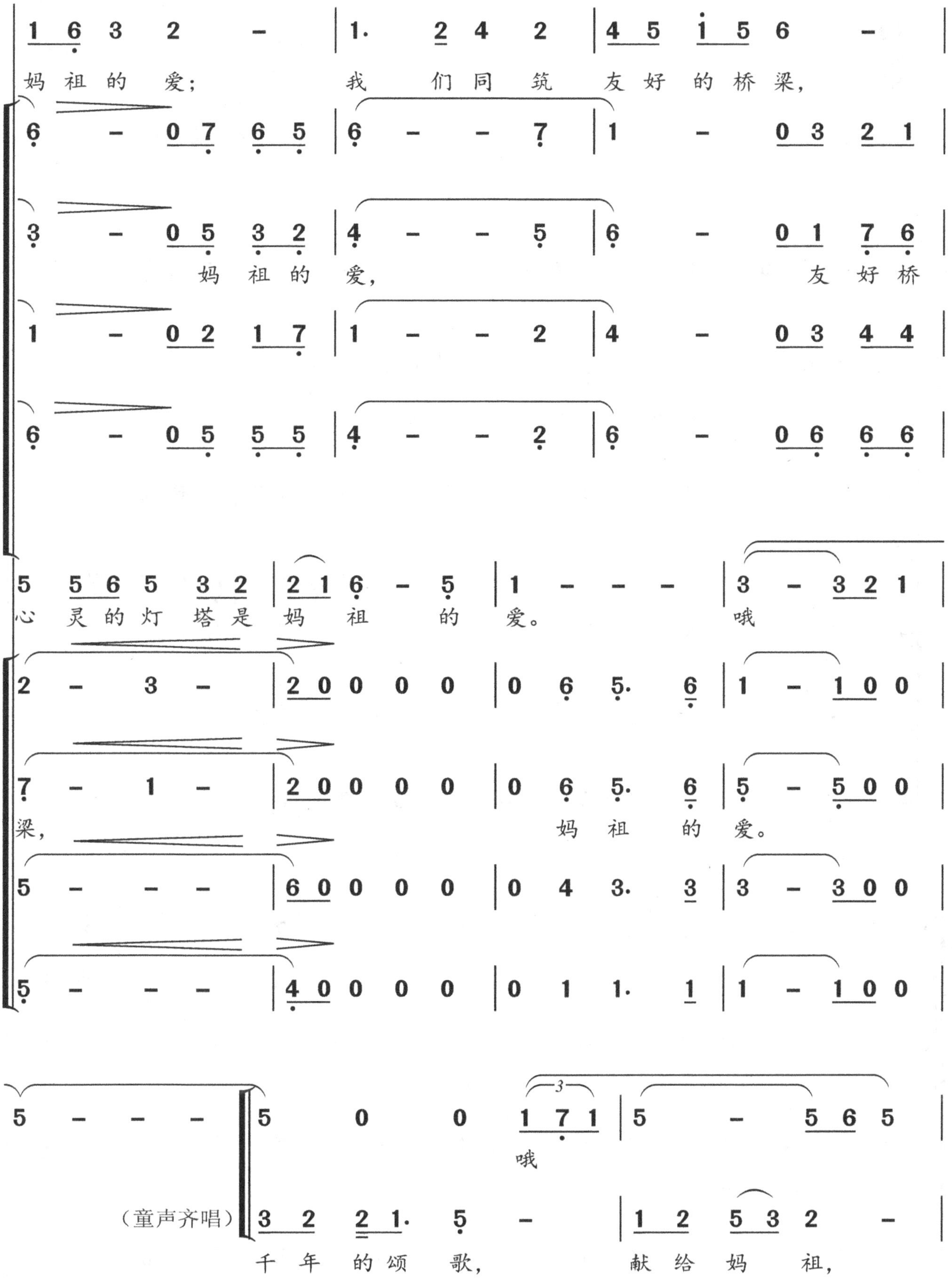

妈祖的爱；我们同筑友好的桥梁，

妈祖的爱，友好桥

心灵的灯塔是妈祖的爱。哦

梁，妈祖的爱。

哦

（童声齐唱）

千年的颂歌，献给妈祖，

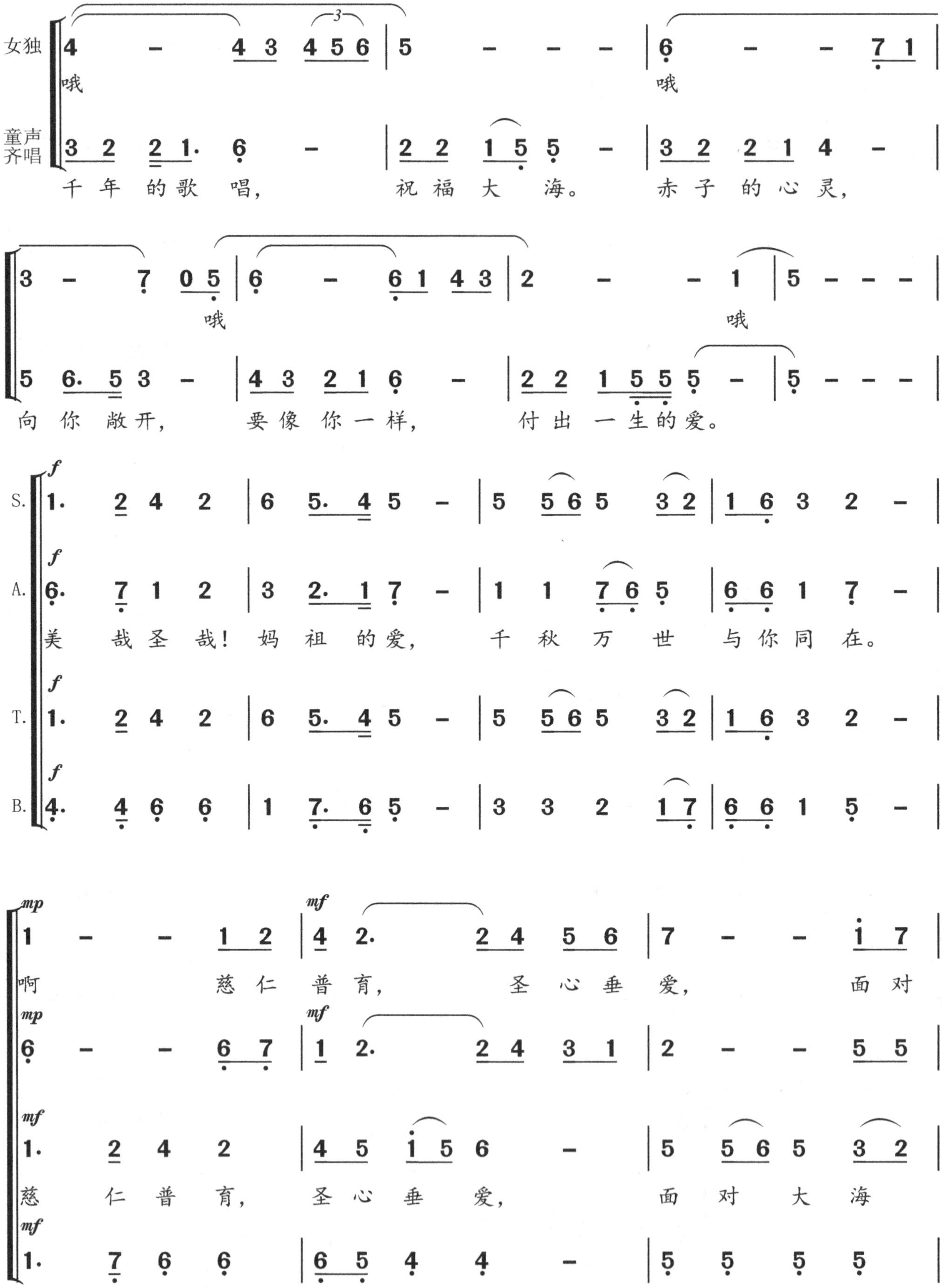

女独

哦 哦

童声齐唱

千年的歌唱，祝福大海。赤子的心灵，

哦 哦

向你敞开，要像你一样，付出一生的爱。

S. *f*

A. *f*

美哉圣哉！妈祖的爱，千秋万世与你同在。

T. *f*

B. *f*

mp *mf*

啊 慈仁普育，圣心垂爱，面对

mp *mf*

mf

慈仁普育，圣心垂爱，面对大海

mf

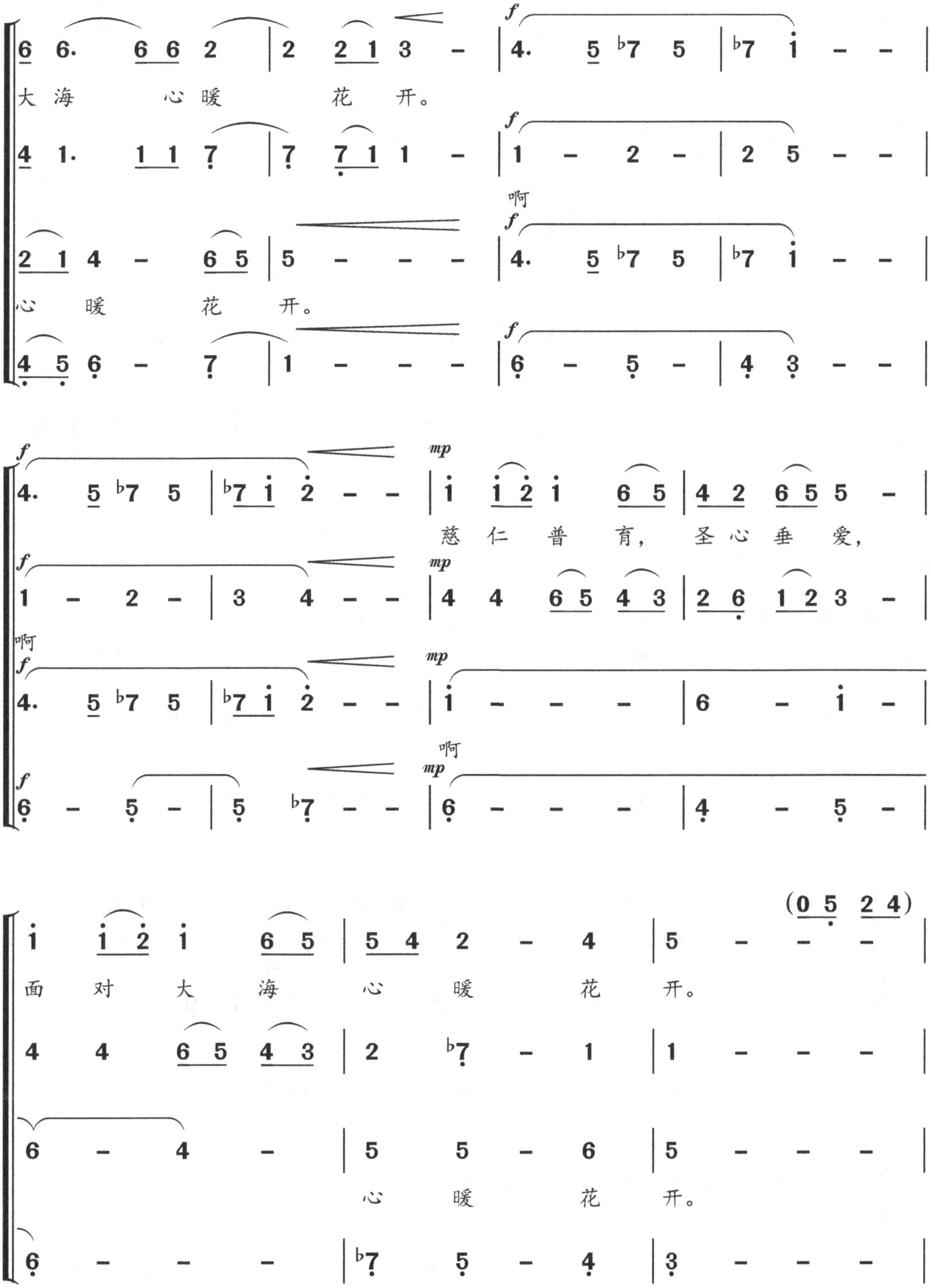

大海　心暖　花开。

啊

心　暖　花　开。

啊

慈仁普育，圣心垂爱，

啊

面对大海心暖花开。

心暖花开。

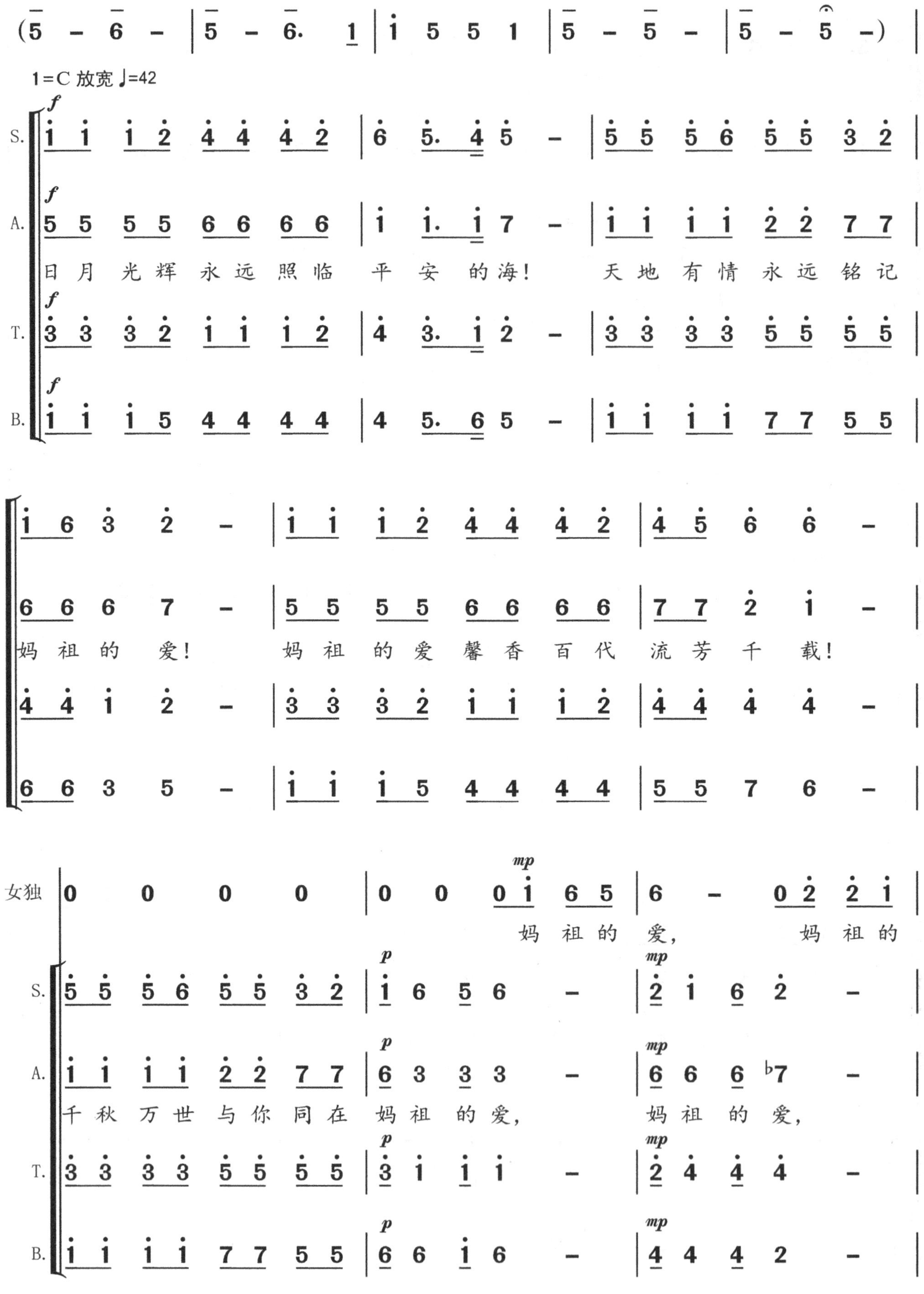

1=C 放宽 ♩=42

S.
A.
日月光辉永远照临平安的海！天地有情永远铭记
T.
B.

妈祖的爱！妈祖的爱馨香百代流芳千载！

女独
妈祖的爱，妈祖的

S.
A.
千秋万世与你同在妈祖的爱，妈祖的爱，
T.
B.

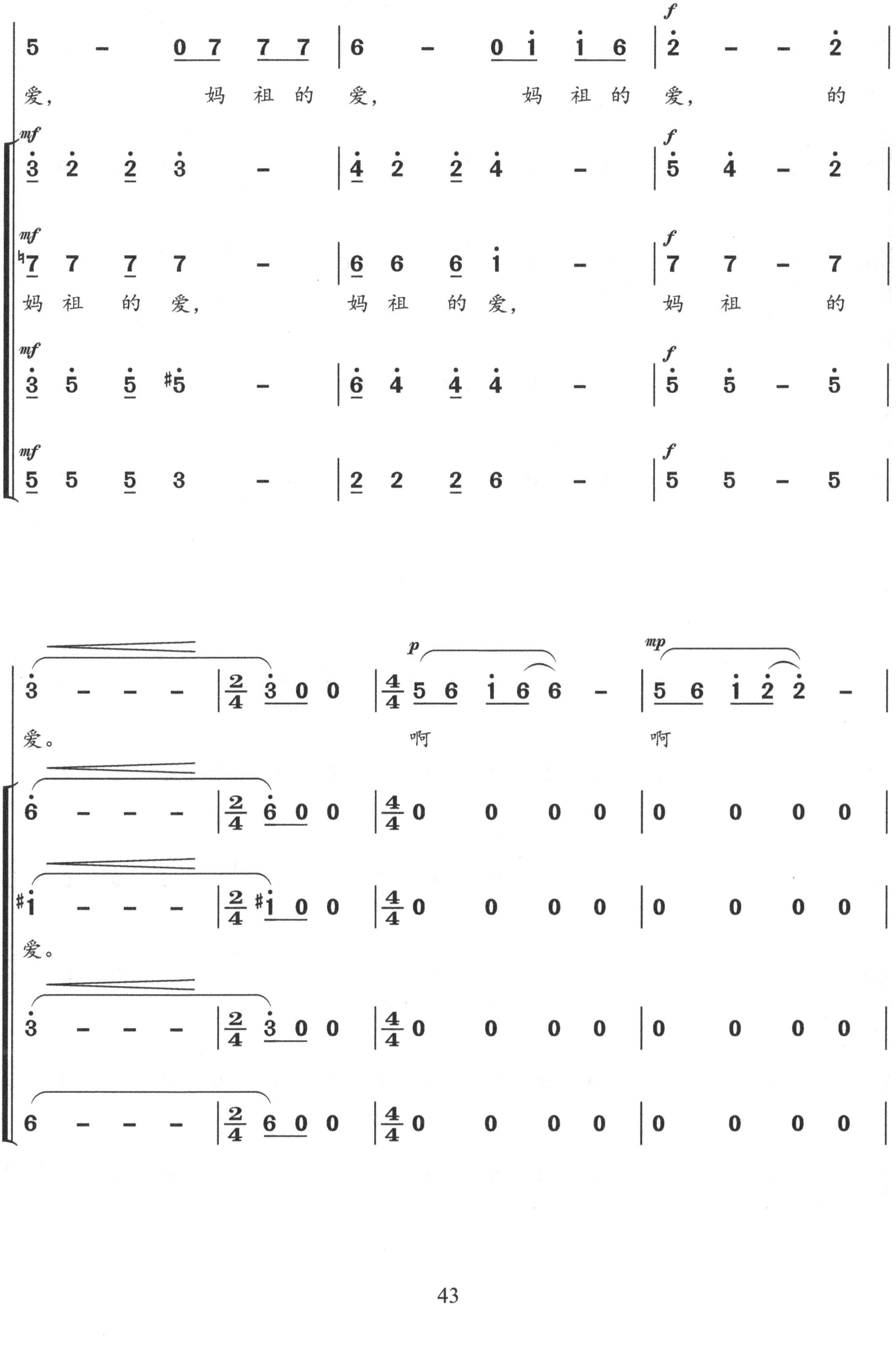

f

5 – 0 7 7 7 | 6 – 0 i i 6 | 2 – – 2 |

爱， 妈 祖 的 爱， 妈 祖 的 爱， 的

mf f

3 2 2 3 – | 4 2 2 4 – | 5 4 – 2 |

mf f

♮7 7 7 7 – | 6 6 6 i – | 7 7 – 7 |

妈 祖 的 爱， 妈 祖 的 爱， 妈 祖 的

mf f

3 5 5 #5 – | 6 4 4 4 – | 5 5 – 5 |

mf f

5 5 5 3 – | 2 2 2 6 – | 5 5 – 5 |

p mp

3 – – – | 2/4 3 0 0 | 4/4 5 6 i 6 6 – | 5 6 i 2 2 – |

爱。 啊 啊

6 – – – | 2/4 6 0 0 | 4/4 0 0 0 0 | 0 0 0 0 |

#i – – – | 2/4 #i 0 0 | 4/4 0 0 0 0 | 0 0 0 0 |

爱。

3 – – – | 2/4 3 0 0 | 4/4 0 0 0 0 | 0 0 0 0 |

6 – – – | 2/4 6 0 0 | 4/4 0 0 0 0 | 0 0 0 0 |

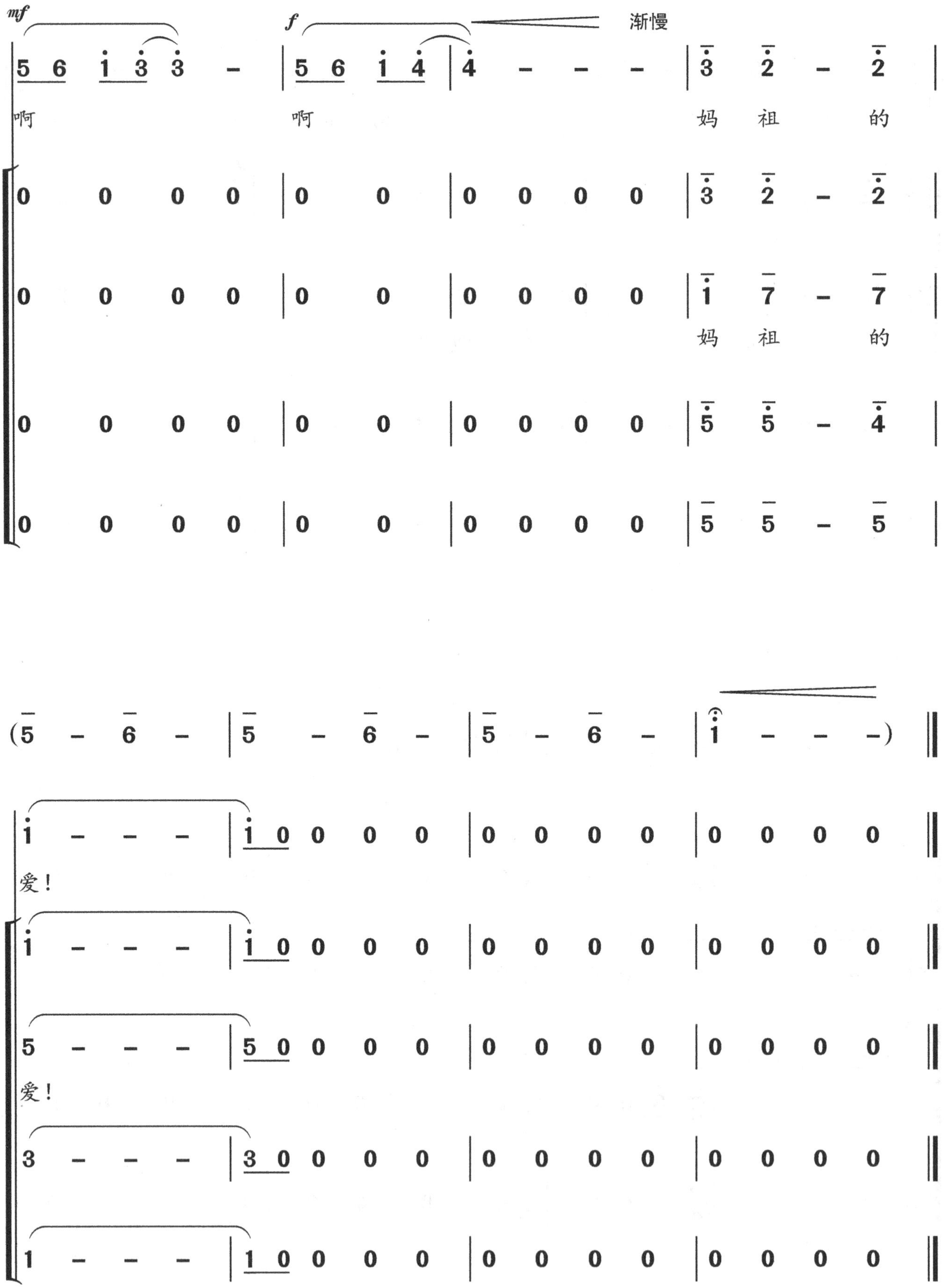

mf *f* 渐慢

5 6 i 3 3 – | 5 6 i 4 | 4 – – – | 3 2 – 2 |

啊 啊 妈 祖 的

0 0 0 0 | 0 0 | 0 0 0 0 | 3 2 – 2 |

0 0 0 0 | 0 0 | 0 0 0 0 | i 7 – 7 |

妈 祖 的

0 0 0 0 | 0 0 | 0 0 0 0 | 5 5 – 4 |

0 0 0 0 | 0 0 | 0 0 0 0 | 5 5 – 5 |

(5 – 6 – | 5 – 6 – | 5 – 6 – | i – – –) ‖

i – – – | i 0 0 0 0 | 0 0 0 0 | 0 0 0 0 ‖

爱！

i – – – | i 0 0 0 0 | 0 0 0 0 | 0 0 0 0 ‖

5 – – – | 5 0 0 0 0 | 0 0 0 0 | 0 0 0 0 ‖

爱！

3 – – – | 3 0 0 0 0 | 0 0 0 0 | 0 0 0 0 ‖

1 – – – | 1 0 0 0 0 | 0 0 0 0 | 0 0 0 0 ‖

微笑的天使

（女声独唱）

1=♭D $\frac{4}{4}$

恬静、温暖、明亮 ♩=66

王 健 词

章绍同 曲

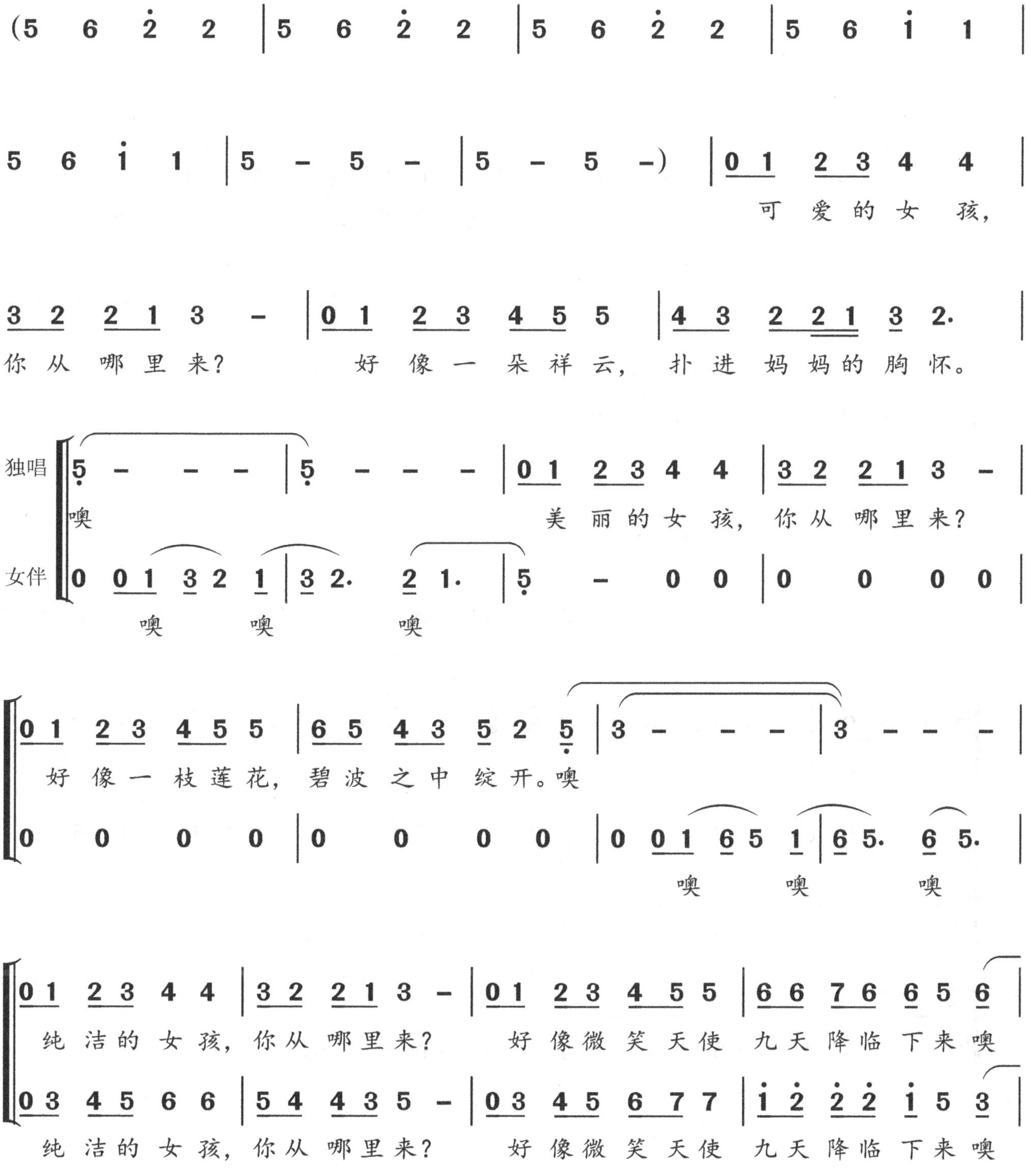

可爱的女孩，你从哪里来？好像一朵祥云，扑进妈妈的胸怀。

独唱：噢 美丽的女孩，你从哪里来？

女伴：噢 噢 噢

好像一枝莲花，碧波之中绽开。噢

噢 噢 噢

纯洁的女孩，你从哪里来？好像微笑天使 九天降临下来噢

纯洁的女孩，你从哪里来？好像微笑天使 九天降临下来噢

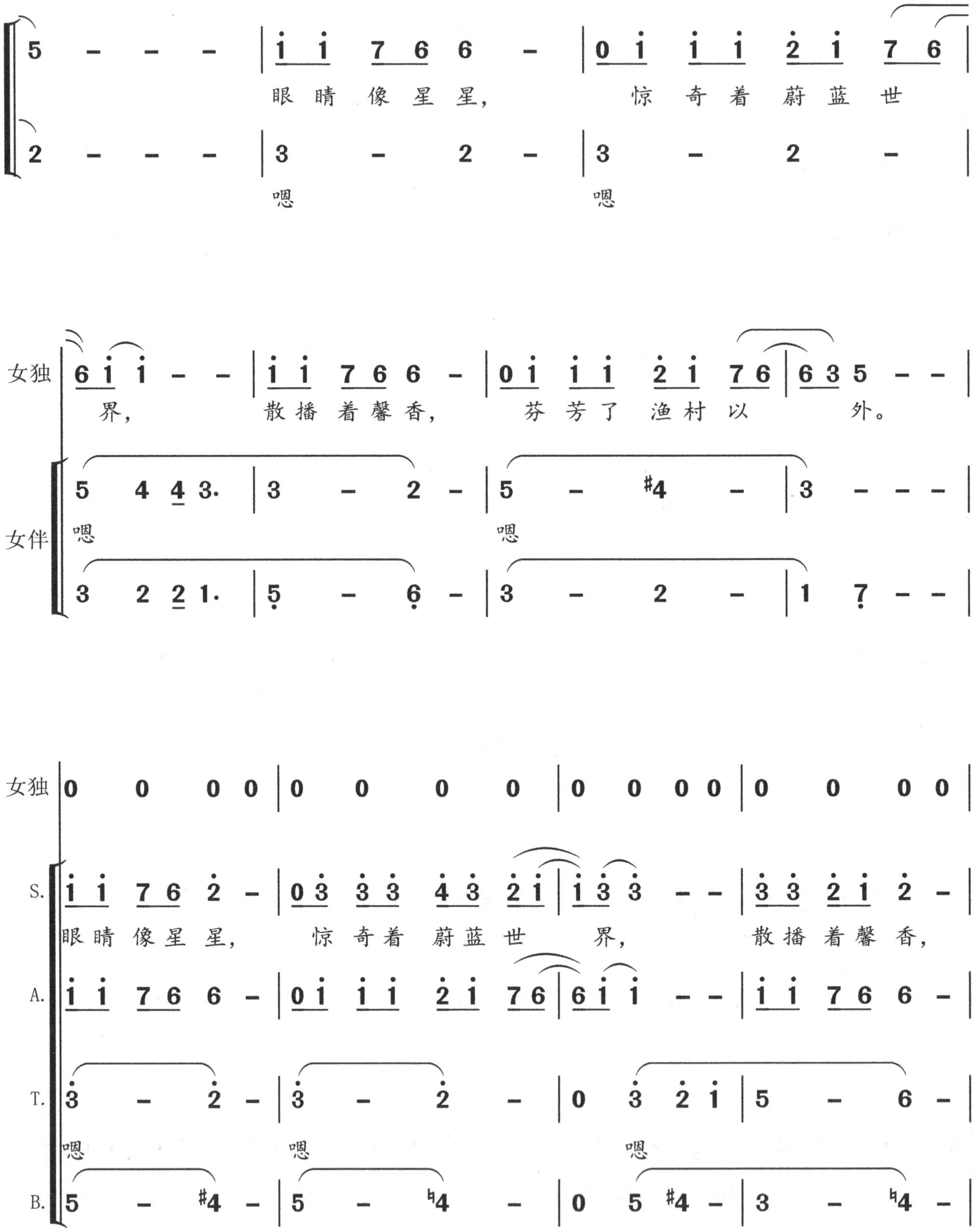

5 - - - | 1 1 7 6 6 - | 0 1 1 1 2 1 7 6 |
眼 睛 像 星 星， 惊 奇 着 蔚 蓝 世

2 - - - | 3 - 2 - | 3 - 2 - |
嗯 嗯

女独 | 6 1 1 - - | 1 1 7 6 6 - | 0 1 1 1 2 1 7 6 | 6 3 5 - - |
界， 散 播 着 馨 香， 芬 芳 了 渔 村 以 外。

女伴 | 5 4 4 3· | 3 - 2 - | 5 - #4 - | 3 - - - |
嗯 嗯

| 3 2 2 1· | 5 - 6 - | 3 - 2 - | 1 7 - - |

女独 | 0 0 0 0 | 0 0 0 0 | 0 0 0 0 | 0 0 0 0 |

S. | 1 1 7 6 2 - | 0 3 3 3 4 3 2 1 | 1 3 3 - - | 3 3 2 1 2 - |
眼 睛 像 星 星， 惊 奇 着 蔚 蓝 世 界， 散 播 着 馨 香，

A. | 1 1 7 6 6 - | 0 1 1 1 2 1 7 6 | 6 1 1 - - | 1 1 7 6 6 - |

T. | 3 - 2 - | 3 - 2 - | 0 3 2 1 | 5 - 6 - |
嗯 嗯 嗯

B. | 5 - #4 - | 5 - ♮4 - | 0 5 #4 - | 3 - ♮4 - |

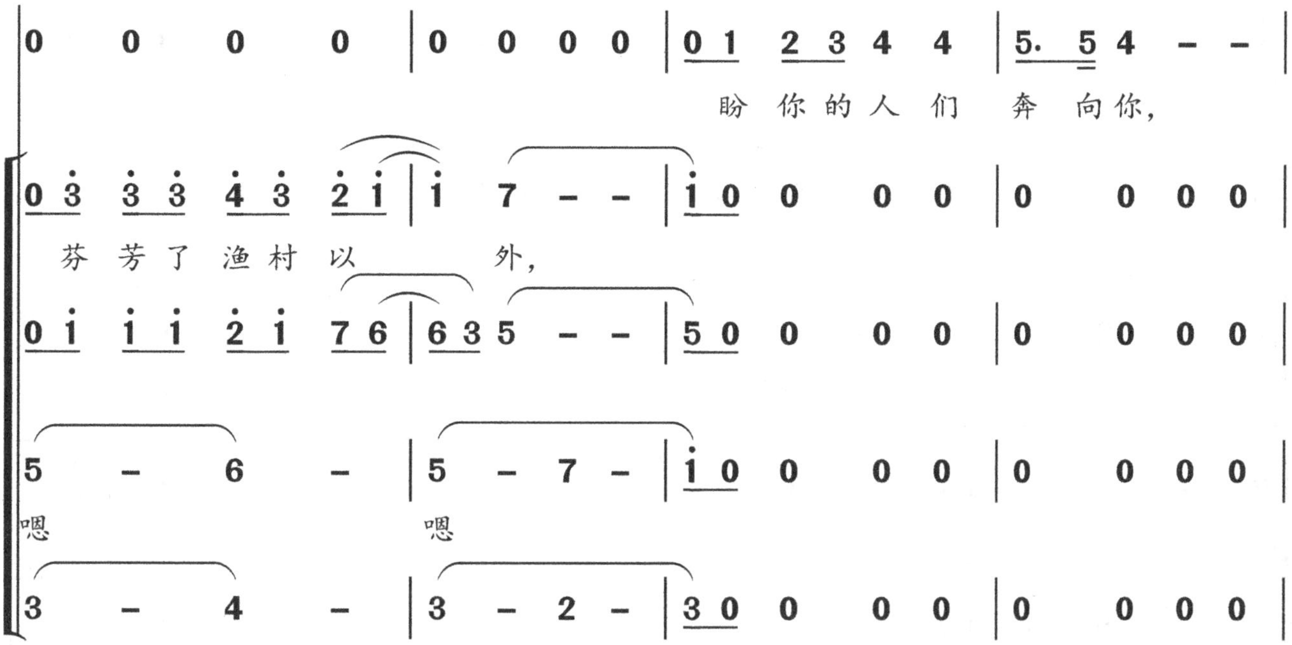

0 0 0 0 | 0 0 0 0 | 0 1 2 3 4 4 | 5. 5 4 – – |

盼你的人们奔向你，

0 3 3 3 4 3 2 1 | 1 7 – – | 1 0 0 0 0 | 0 0 0 0 |

芬芳了渔村以外，

0 1 1 1 2 1 7 6 | 6 3 5 – – | 5 0 0 0 0 | 0 0 0 0 |

5 – 6 – | 5 – 7 – | 1 0 0 0 0 | 0 0 0 0 |

嗯 嗯

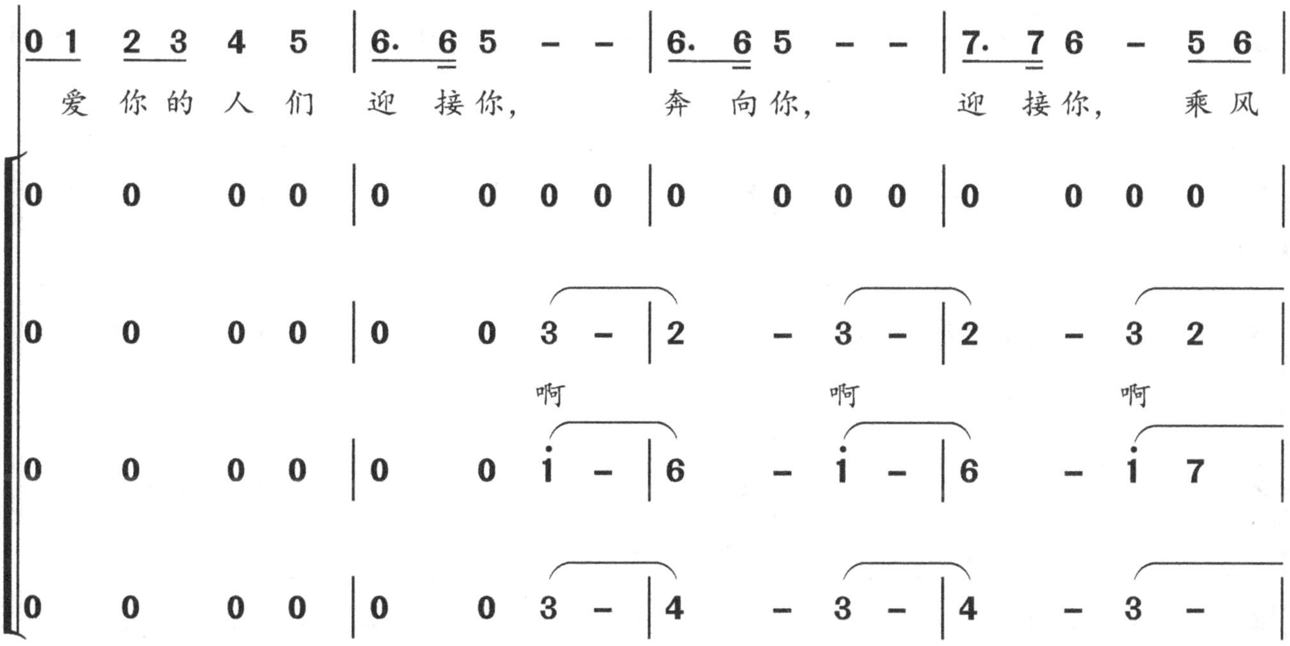

3 – 4 – | 3 – 2 – | 3 0 0 0 0 | 0 0 0 0 |

0 1 2 3 4 5 | 6. 6 5 – – | 6. 6 5 – – | 7. 7 6 – 5 6 |

爱你的人们迎接你，奔向你，迎接你，乘风

0 0 0 0 | 0 0 0 0 | 0 0 0 0 | 0 0 0 0 |

0 0 0 0 | 0 0 3 – | 2 – 3 – | 2 – 3 2 |

啊 啊 啊

0 0 0 0 | 0 0 1 – | 6 – 1 – | 6 – 1 7 |

0 0 0 0 | 0 0 3 – | 4 – 3 – | 4 – 3 – |

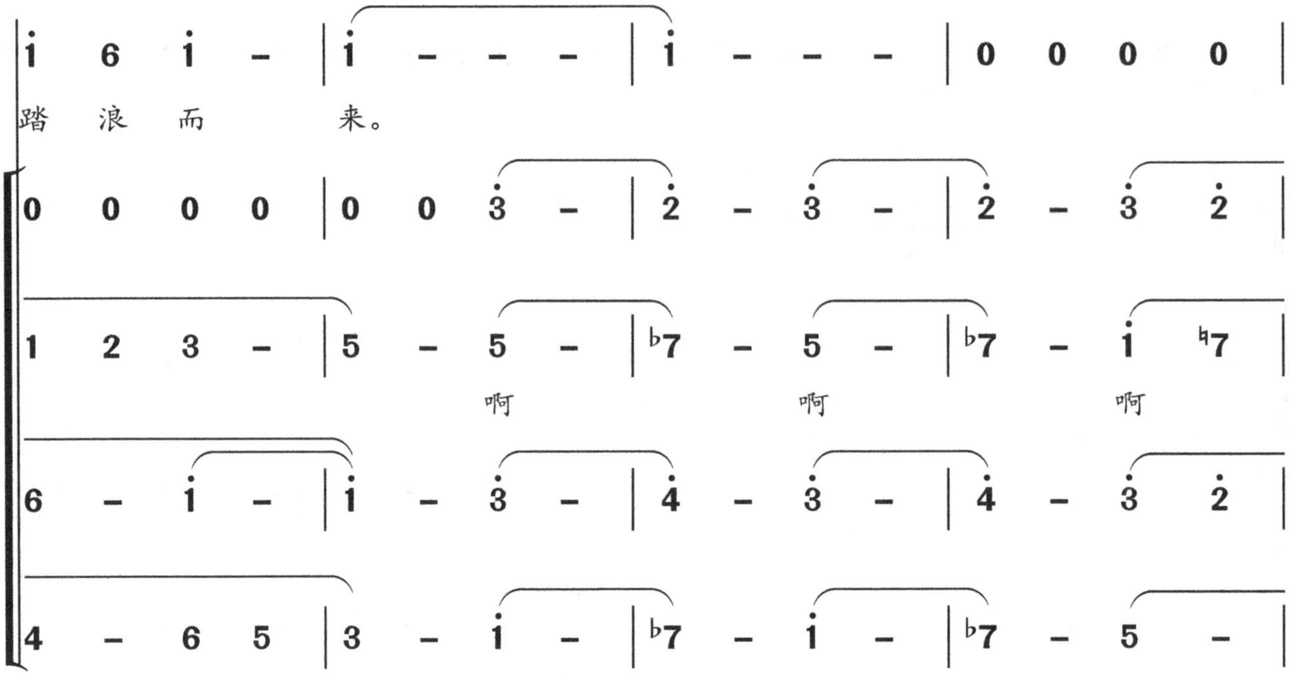

| 1̇ 6 1̇ – | 1̇ – – – | 1̇ – – – | 0 0 0 0 |
踏 浪 而 来。

| 0 0 0 0 | 0 0 3̇ – | 2̇ – 3̇ – | 2̇ – 3̇ 2̇ |

| 1 2 3 – | 5 – 5 – | ♭7 – 5 – | ♭7 – 1̇ ♮7 |
啊 啊 啊

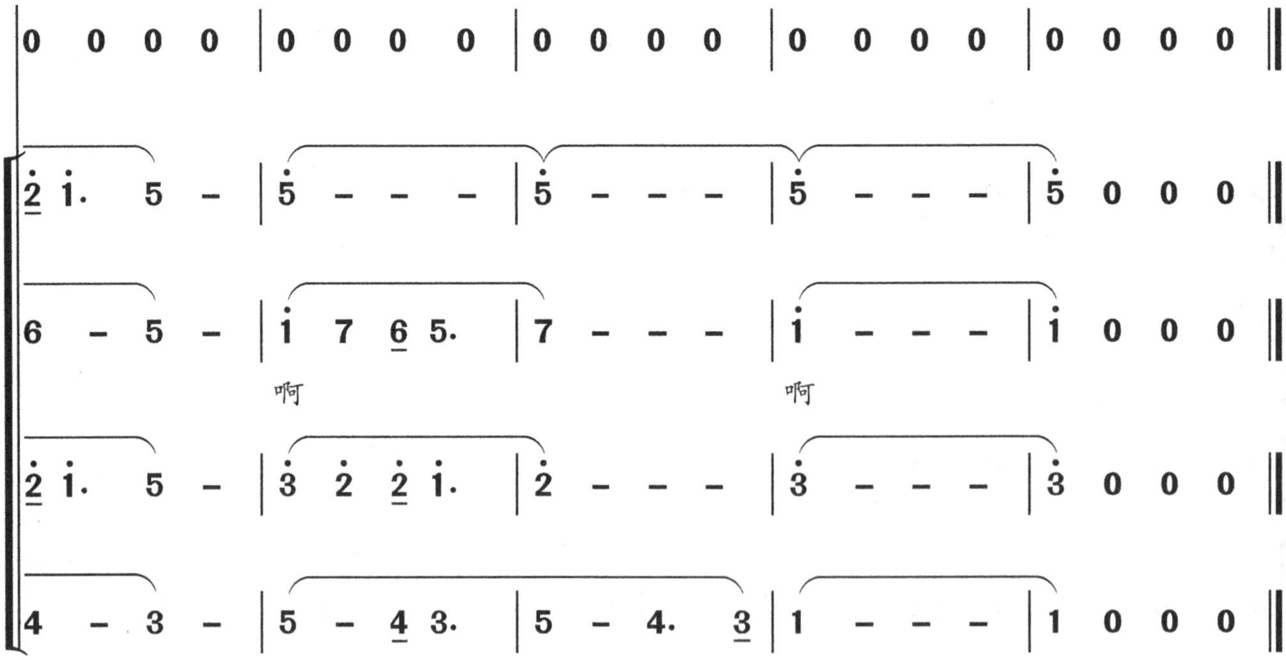

| 6 – 1̇ – | 1̇ – 3̇ – | 4̇ – 3̇ – | 4̇ – 3̇ 2̇ |

| 4 – 6 5 | 3 – 1̇ – | ♭7 – 1̇ – | ♭7 – 5 – |

| 0 0 0 0 | 0 0 0 0 | 0 0 0 0 | 0 0 0 0 | 0 0 0 0 ||

| 2̇ 1̇. 5 – | 5̇ – – – | 5̇ – – – | 5̇ – – – | 5̇ 0 0 0 ||

| 6 – 5 – | 1̇ 7 6 5. | 7 – – – | 1̇ – – – | 1̇ 0 0 0 ||
啊 啊

| 2̇ 1̇. 5 – | 3̇ 2̇ 2̇ 1̇. | 2̇ – – – | 3̇ – – – | 3̇ 0 0 0 ||

| 4 – 3 – | 5 – 4 3. | 5 – 4. 3 | 1 – – – | 1 0 0 0 ||

我们爱海洋

1=G $\frac{4}{4}$

气势磅礴地 ♩=69

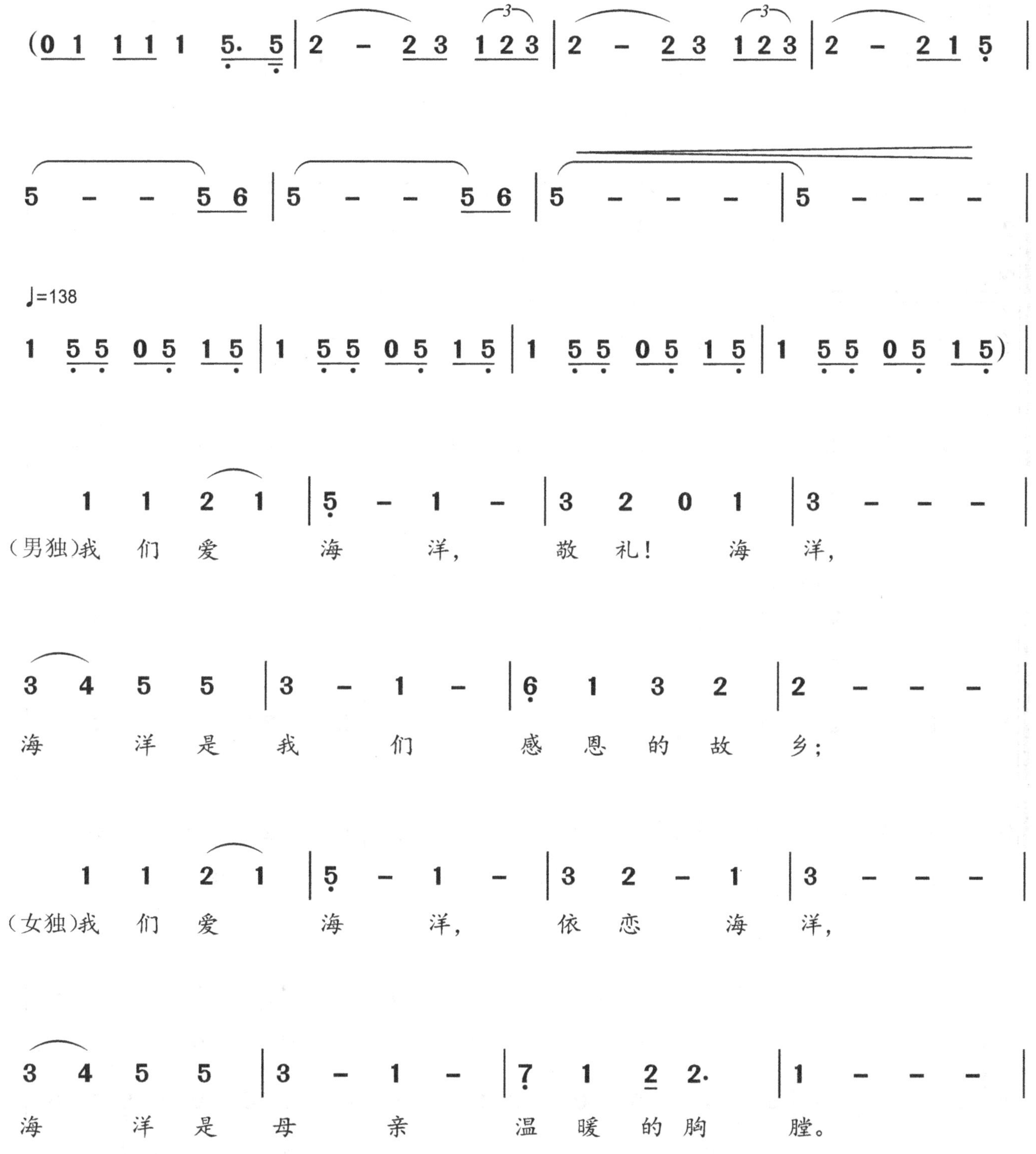

王　健 词
章绍同 曲

(0 1 1 1 1 5· 5 | 2 - 2 3 1 2 3 | 2 - 2 3 1 2 3 | 2 - 2 1 5 |

5 - - 5 6 | 5 - - 5 6 | 5 - - - | 5 - - - |

♩=138

1 5 5 0 5 1 5 | 1 5 5 0 5 1 5 | 1 5 5 0 5 1 5 | 1 5 5 0 5 1 5) |

1 1 2 1 | 5 - 1 - | 3 2 0 1 | 3 - - - |

(男独)我 们 爱 海 洋， 敬 礼！ 海 洋，

3 4 5 5 | 3 - 1 - | 6 1 3 2 | 2 - - - |

海 洋 是 我 们 感 恩 的 故 乡；

1 1 2 1 | 5 - 1 - | 3 2 - 1 | 3 - - - |

(女独)我 们 爱 海 洋， 依 恋 海 洋，

3 4 5 5 | 3 - 1 - | 7 1 2 2· | 1 - - - |

海 洋 是 母 亲 温 暖 的 胸 膛。

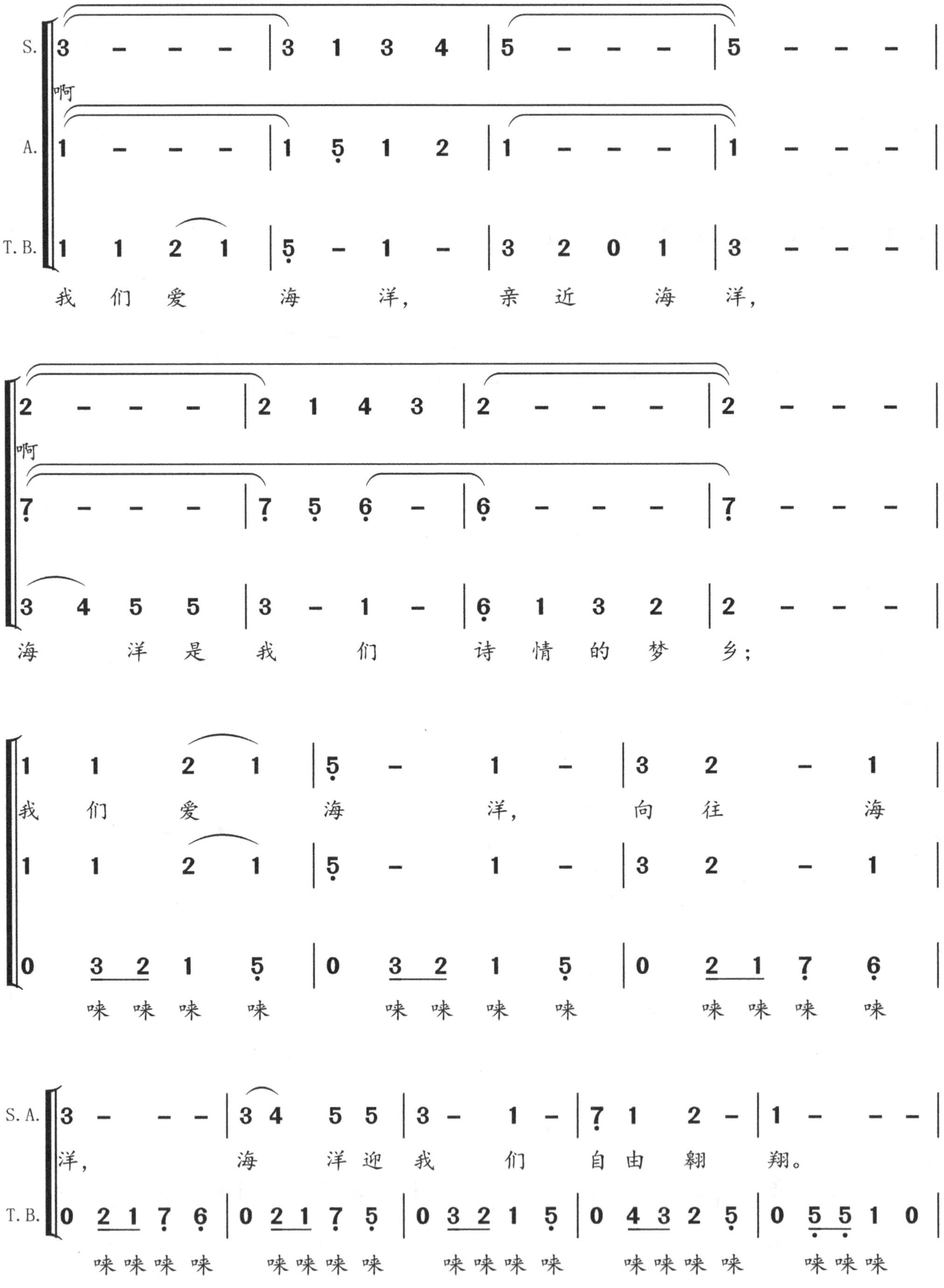

S. | 3 - - - | 3 1 3 4 | 5 - - - | 5 - - - |

啊

A. | 1 - - - | 1 5 1 2 | 1 - - - | 1 - - - |

T. B. | 1 1 2 1 | 5 - 1 - | 3 2 0 1 | 3 - - - |

我们爱海洋，亲近海洋，

| 2 - - - | 2 1 4 3 | 2 - - - | 2 - - - |

啊

| 7 - - - | 7 5 6 - | 6 - - - | 7 - - - |

| 3 4 5 5 | 3 - 1 - | 6 1 3 2 | 2 - - - |

海洋是我们诗情的梦乡；

| 1 1 2 1 | 5 - 1 - | 3 2 - 1 |

我们爱海洋，向往海

| 1 1 2 1 | 5 - 1 - | 3 2 - 1 |

| 0 3 2 1 5 | 0 3 2 1 5 | 0 2 1 7 6 |

唻唻唻唻 唻唻唻唻 唻唻唻唻

S. A. | 3 - - - | 3 4 5 5 | 3 - 1 - | 7 1 2 - | 1 - - - |

洋，海洋迎我们自由翱翔。

T. B. | 0 2 1 7 6 | 0 2 1 7 5 | 0 3 2 1 5 | 0 4 3 2 5 | 0 5 5 1 0 |

唻唻唻唻 唻唻唻唻 唻唻唻唻 唻唻唻唻 唻唻唻

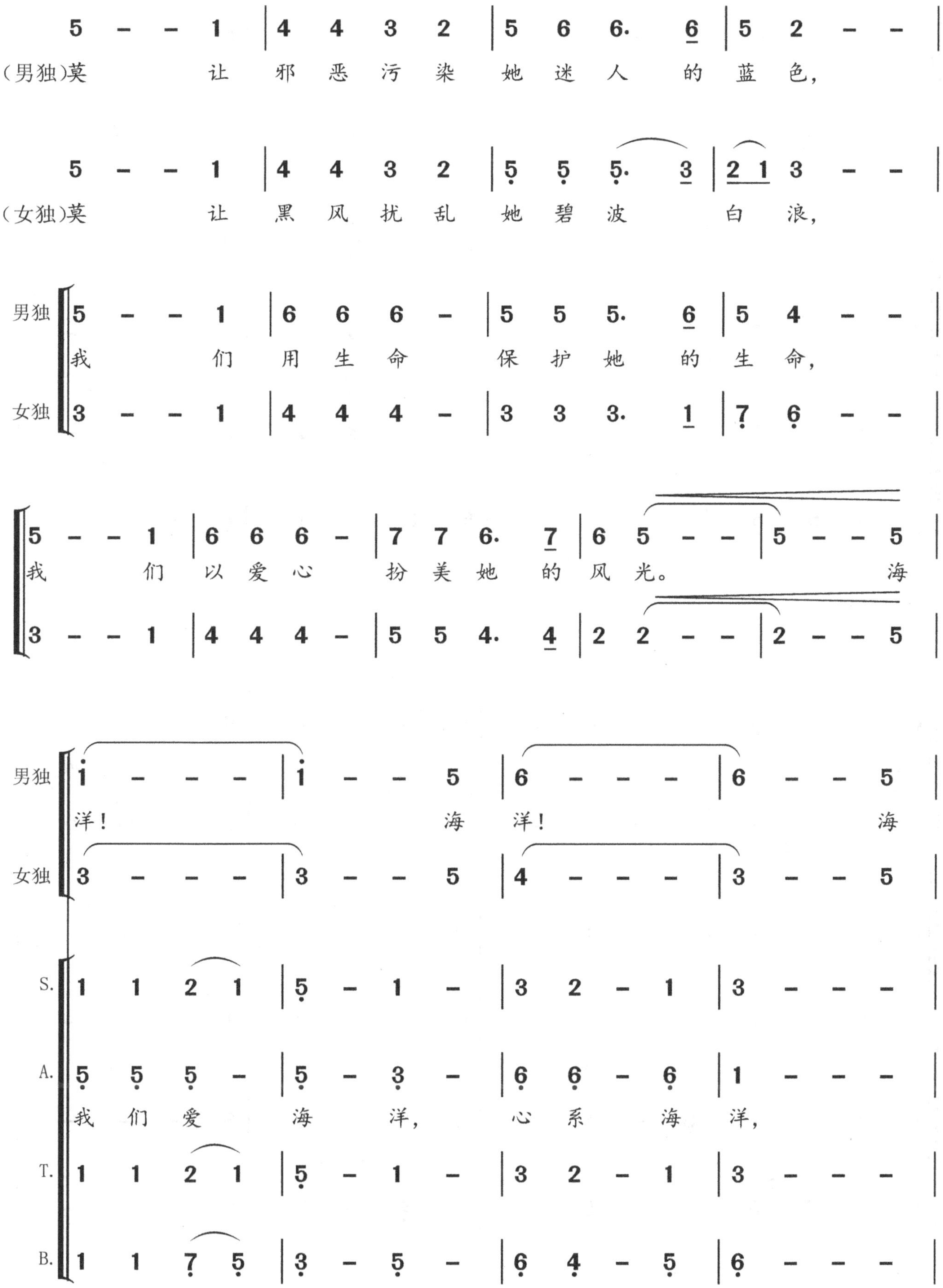

5 – – 1 | 4 4 3 2 | 5 6 6. 6 | 5 2 – – |

(男独)莫 让 邪 恶 污 染 她 迷 人 的 蓝 色，

5 – – 1 | 4 4 3 2 | 5 5 5. 3 | 2 1 3 – – |

(女独)莫 让 黑 风 扰 乱 她 碧 波 白 浪，

男独 5 – – 1 | 6 6 6 – | 5 5 5. 6 | 5 4 – – |

我 们 用 生 命 保 护 她 的 生 命，

女独 3 – – 1 | 4 4 4 – | 3 3 3. 1 | 7 6 – – |

5 – – 1 | 6 6 6 – | 7 7 6. 7 | 6 5 – – | 5 – – 5 |

我 们 以 爱 心 扮 美 她 的 风 光。 海

3 – – 1 | 4 4 4 – | 5 5 4. 4 | 2 2 – – | 2 – – 5 |

男独 1 – – – | 1 – – 5 | 6 – – – | 6 – – 5 |

洋！ 海 洋！ 海

女独 3 – – – | 3 – – 5 | 4 – – – | 3 – – 5 |

S. 1 1 2 1 | 5 – 1 – | 3 2 – 1 | 3 – – – |

A. 5 5 5 – | 5 – 3 – | 6 6 – 6 | 1 – – – |

我 们 爱 海 洋， 心 系 海 洋，

T. 1 1 2 1 | 5 – 1 – | 3 2 – 1 | 3 – – – |

B. 1 1 7 5 | 3 – 5 – | 6 4 – 5 | 6 – – – |

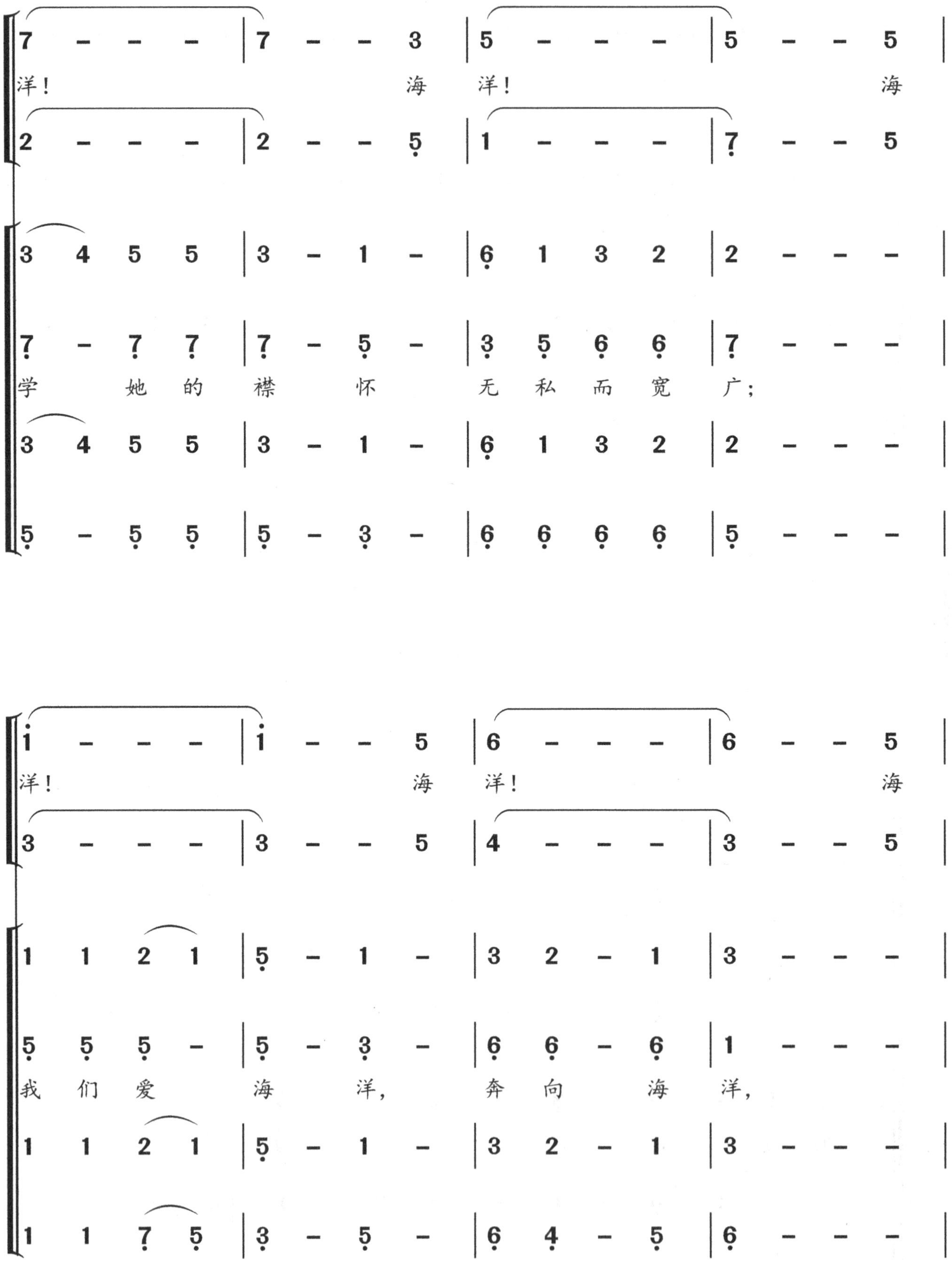

洋！　　　海　洋！　　　海

学　她的　襟　怀　无私而宽　广；

洋！　　　海　洋！　　　海

我们爱　海　洋，　奔向　海　洋，

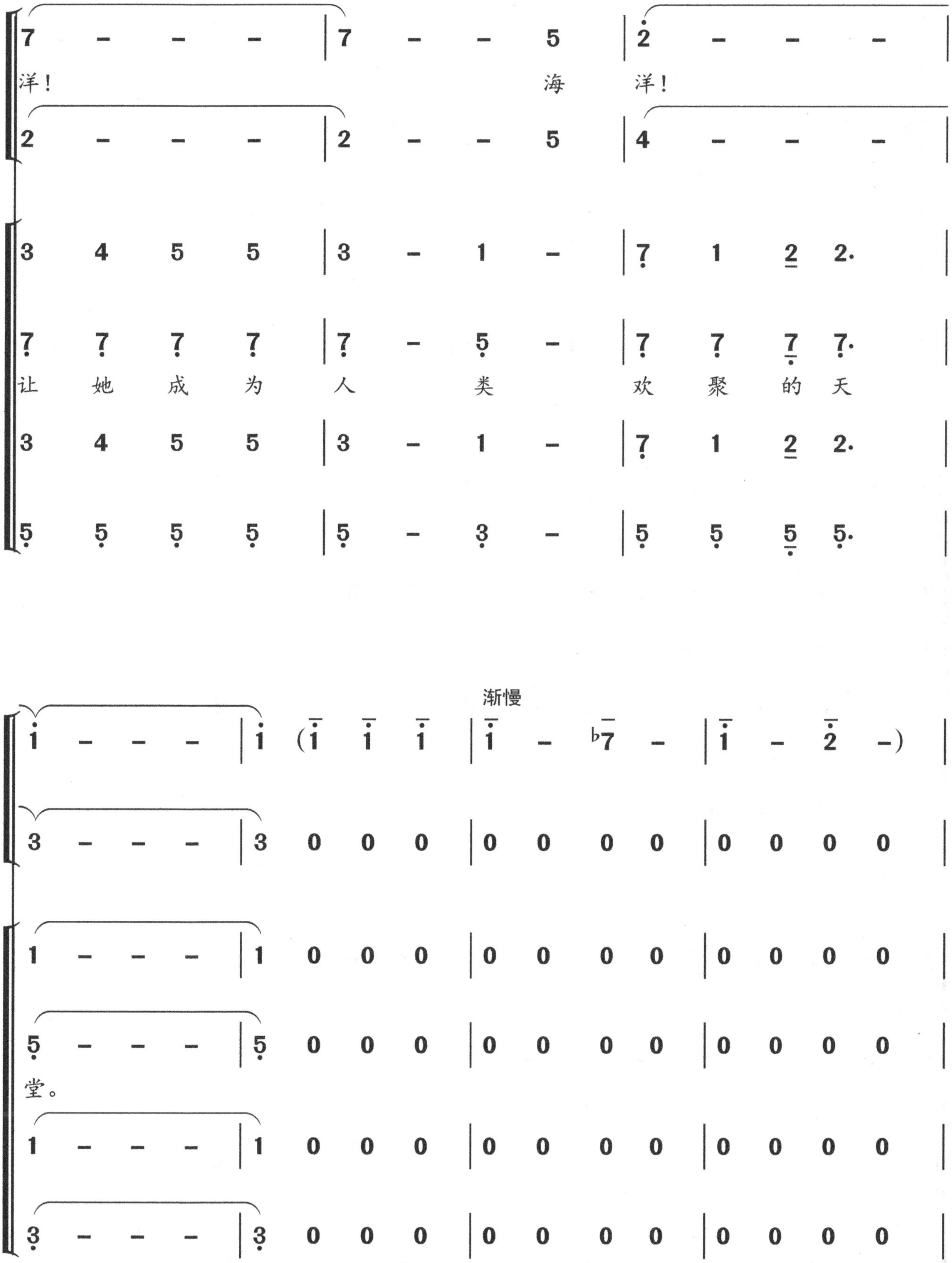

洋！ 海 洋！

让 她 成 为 人 类 欢 聚 的 天

渐慢

堂。

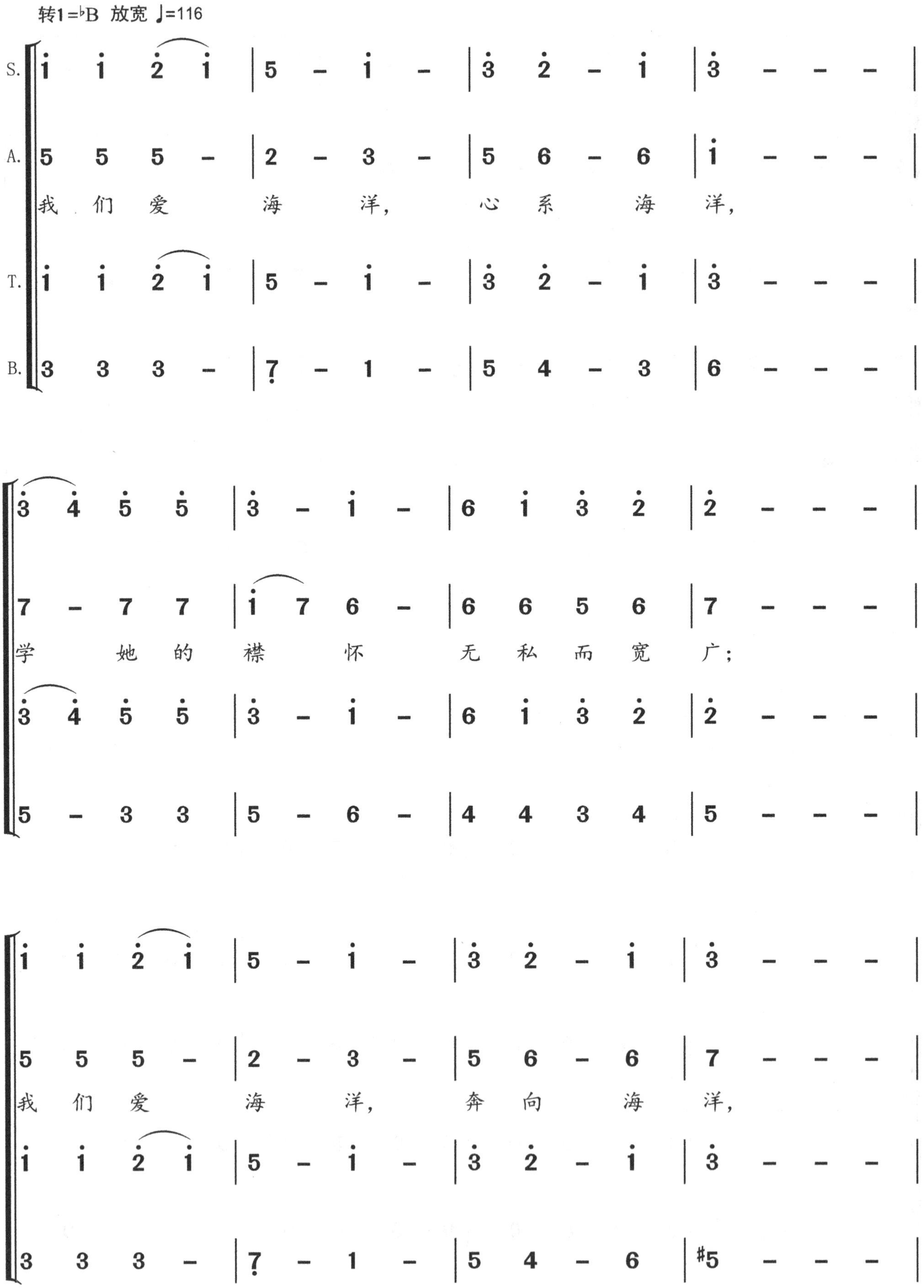

转1=♭B 放宽 ♩=116

我们爱海洋，心系海洋，

学她的襟怀无私而宽广；

我们爱海洋，奔向海洋，

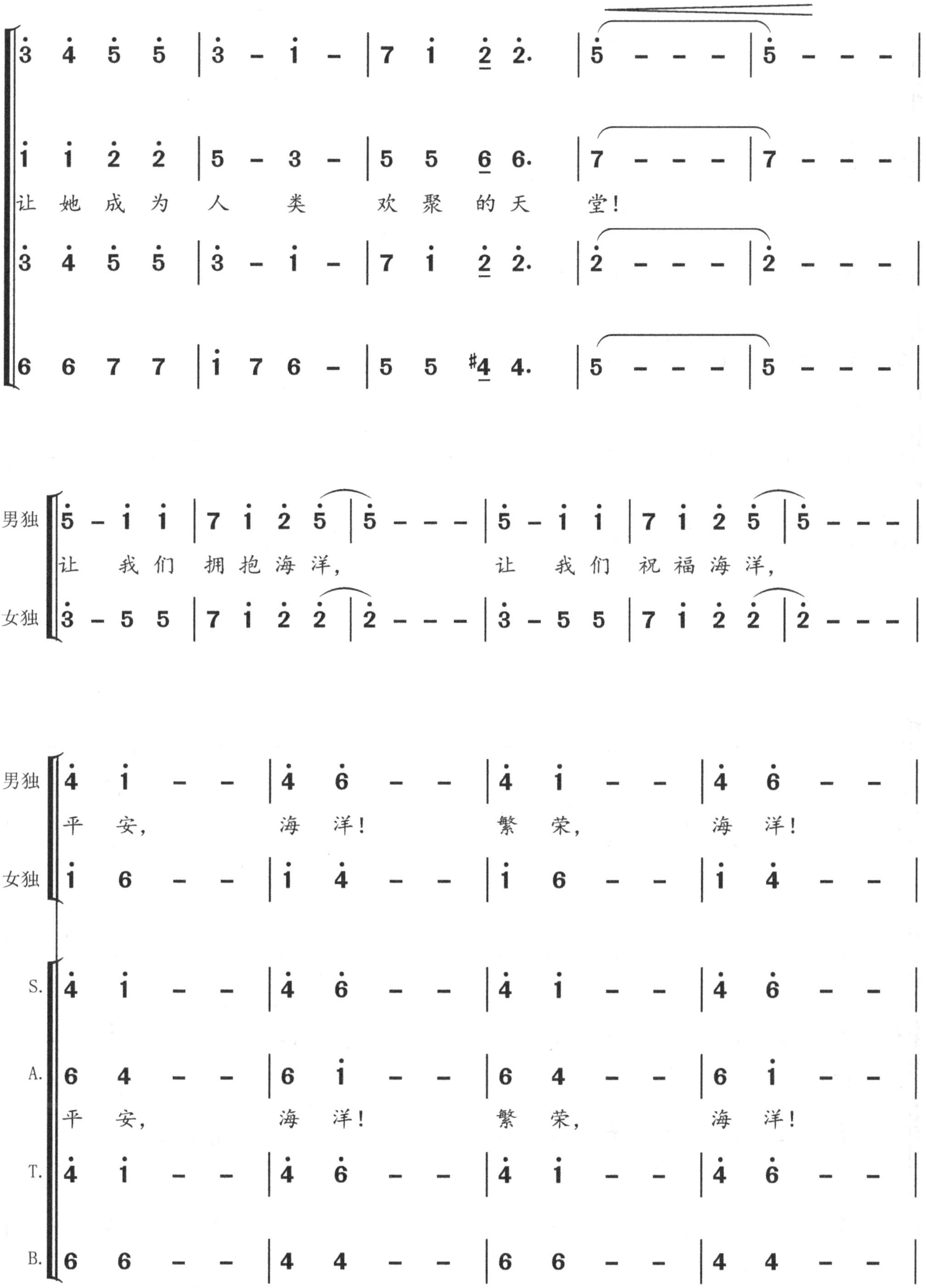

3̇ 4̇ 5̇ 5̇ | 3̇ – 1̇ – | 7 1̇ 2̇ 2̇· | 5̇ – – – | 5̇ – – – |

1̇ 1̇ 2̇ 2̇ | 5 – 3 – | 5 5 6 6· | 7 – – – | 7 – – – |
让 她 成 为 人 类 欢 聚 的 天 堂！
3̇ 4̇ 5̇ 5̇ | 3̇ – 1̇ – | 7 1̇ 2̇ 2̇· | 2̇ – – – | 2̇ – – – |

6 6 7 7 | 1̇ 7 6 – | 5 5 #4 4· | 5 – – – | 5 – – – |

男独 5̇ – 1̇ 1̇ | 7 1̇ 2̇ 5̇ | 5̇ – – – | 5̇ – 1̇ 1̇ | 7 1̇ 2̇ 5̇ | 5̇ – – – |
让 我 们 拥 抱 海 洋， 让 我 们 祝 福 海 洋，
女独 3̇ – 5 5 | 7 1̇ 2̇ 2̇ | 2̇ – – – | 3̇ – 5 5 | 7 1̇ 2̇ 2̇ | 2̇ – – – |

男独 4̇ 1̇ – – | 4̇ 6̇ – – | 4̇ 1̇ – – | 4̇ 6̇ – – |
平 安， 海 洋！ 繁 荣， 海 洋！
女独 1̇ 6 – – | 1̇ 4̇ – – | 1̇ 6 – – | 1̇ 4̇ – – |

S. 4̇ 1̇ – – | 4̇ 6̇ – – | 4̇ 1̇ – – | 4̇ 6̇ – – |

A. 6 4 – – | 6 1̇ – – | 6 4 – – | 6 1̇ – – |
平 安， 海 洋！ 繁 荣， 海 洋！
T. 4̇ 1̇ – – | 4̇ 6̇ – – | 4̇ 1̇ – – | 4̇ 6̇ – – |

B. 6 6 – – | 4 4 – – | 6 6 – – | 4 4 – – |

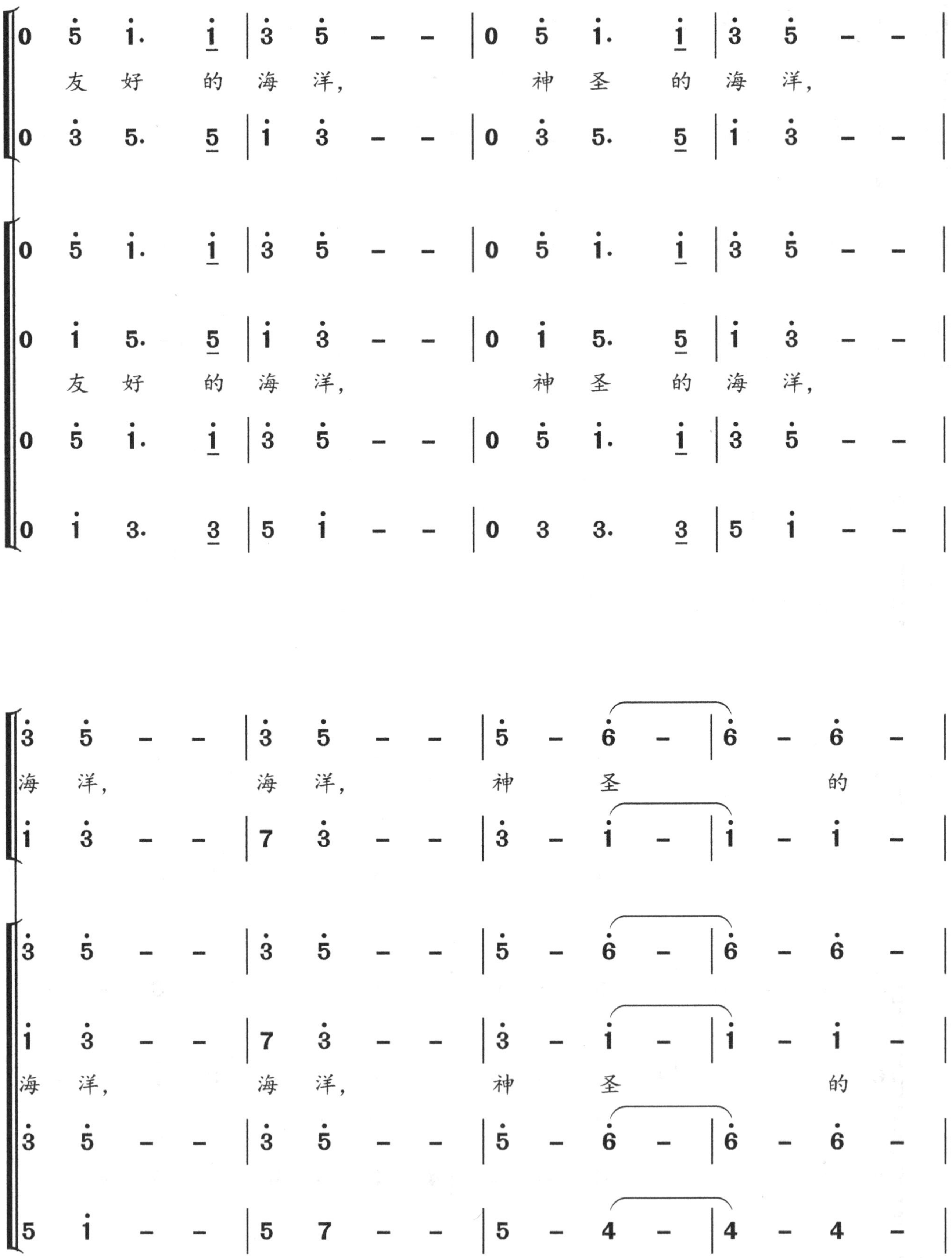

友 好 的 海 洋，神 圣 的 海 洋，

友 好 的 海 洋，神 圣 的 海 洋，

海 洋，海 洋，神 圣 的

海 洋，海 洋，神 圣 的

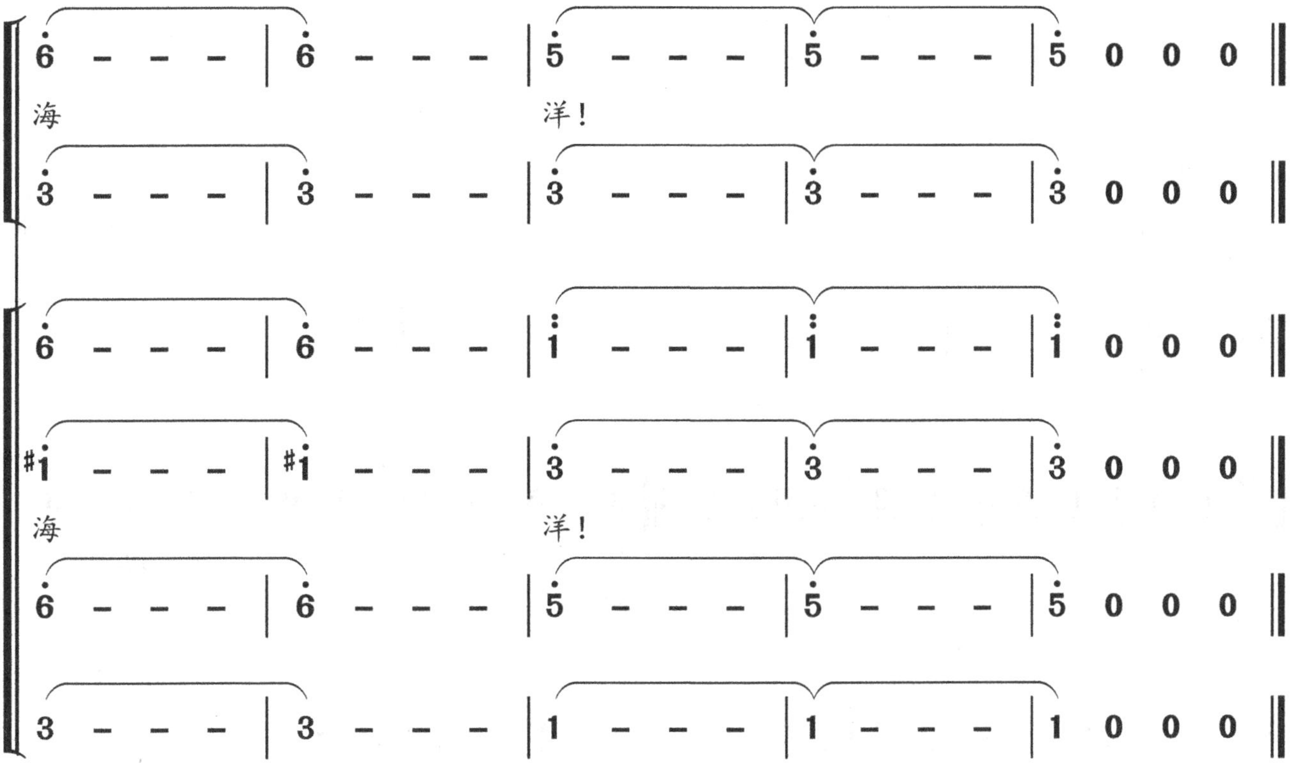

6 - - - | 6 - - - | 5 - - - | 5 - - - | 5 0 0 0 ‖
海　　　　　　　　　　洋！
3 - - - | 3 - - - | 3 - - - | 3 - - - | 3 0 0 0 ‖

6 - - - | 6 - - - | 1 - - - | 1 - - - | 1 0 0 0 ‖
#1 - - - | #1 - - - | 3 - - - | 3 - - - | 3 0 0 0 ‖
海　　　　　　　　　　洋！
6 - - - | 6 - - - | 5 - - - | 5 - - - | 5 0 0 0 ‖
3 - - - | 3 - - - | 1 - - - | 1 - - - | 1 0 0 0 ‖

世界有你，大爱无疆

1=A $\frac{4}{4}$

热情、关爱地 ♩=92

王　健 词
章绍同 曲

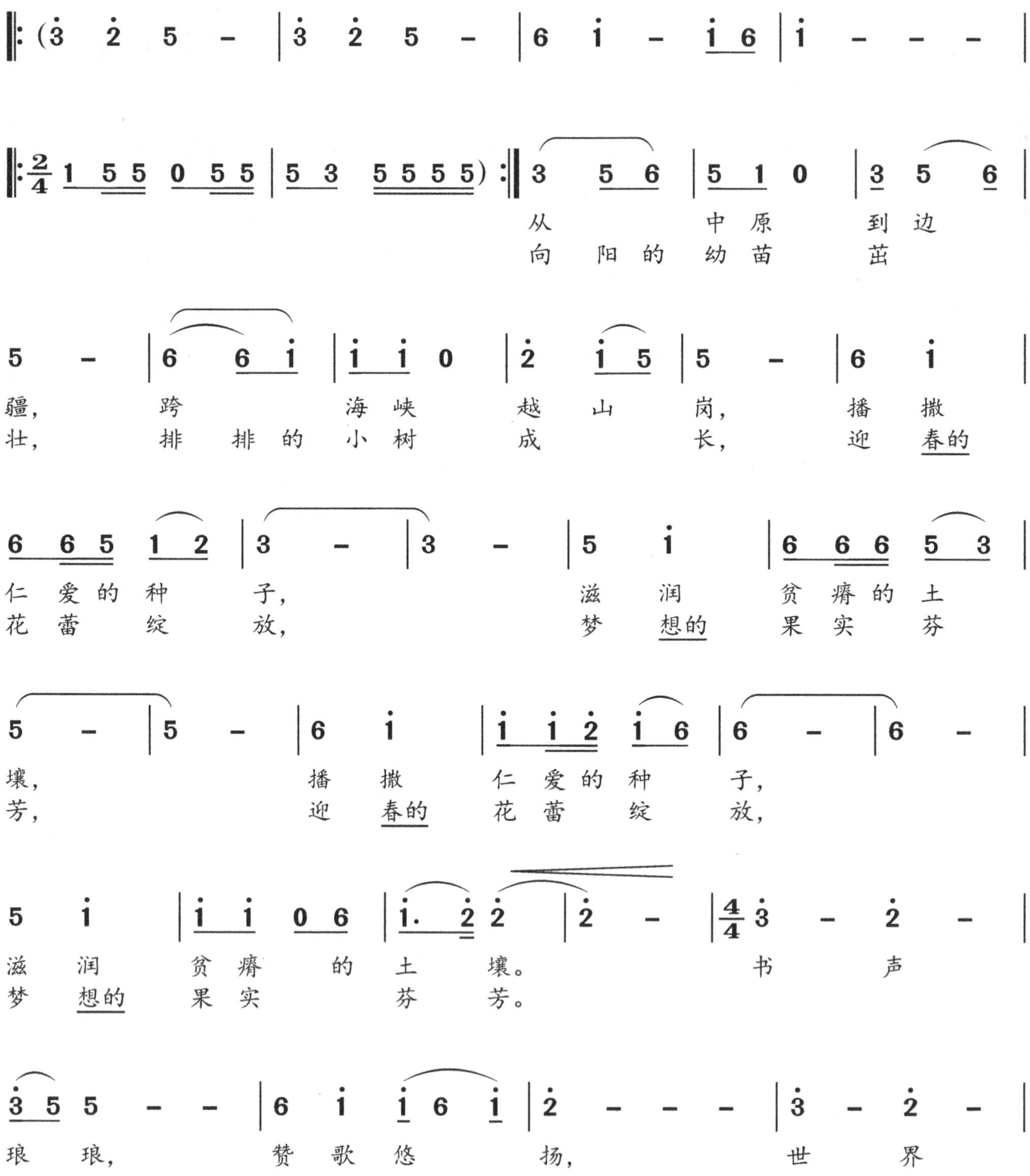

从　中原　到边
向阳的幼苗　茁

疆，跨　海峡　越　山　岗，播　撒
壮，排排的小树　成　长，迎　春的

仁爱的种　子，　滋　润　贫瘠的土
花蕾　绽　放，　梦　想的　果实　芬

壤，　播　撒　仁爱的种　子，
芳，　迎　春的　花蕾　绽　放，

滋　润　贫瘠　的　土　壤。　书　声
梦　想的　果实　芬　芳。

琅　琅，赞歌悠　扬，　世　界

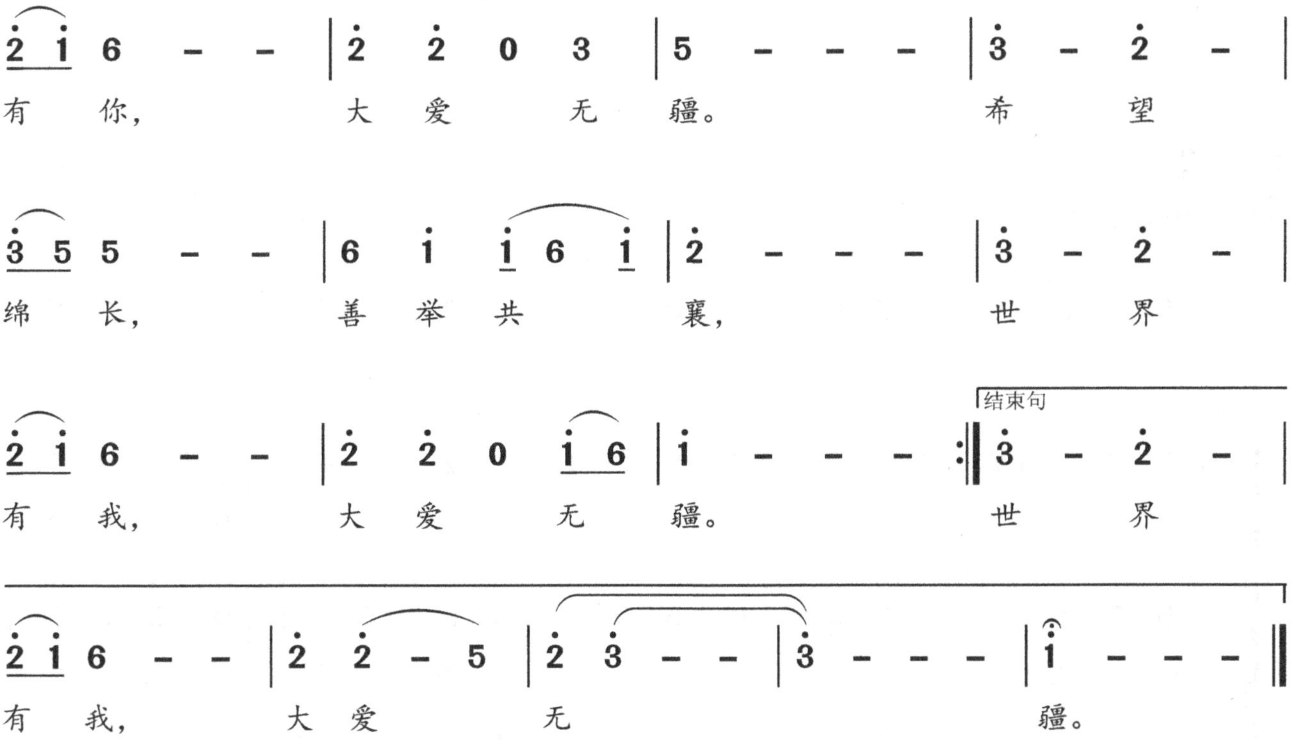

2 1 6 – – | 2 2 0 3 | 5 – – – | 3 – 2 – |

有 你， 大 爱 无 疆。 希 望

3 5 5 – – | 6 1 1 6 1 | 2 – – – | 3 – 2 – |

绵 长， 善 举 共 襄， 世 界

结束句

2 1 6 – – | 2 2 0 1 6 | 1 – – – :|| 3 – 2 – |

有 我， 大 爱 无 疆。 世 界

2 1 6 – – | 2 2 – 5 | 2 3 – – | 3 – – – | 1 – – – ||

有 我， 大 爱 无 疆。

有缘千里来相会

（混声合唱）

1=C $\frac{4}{4}$

热烈、欢快地 ♩=132

王　健 词
章绍同 曲

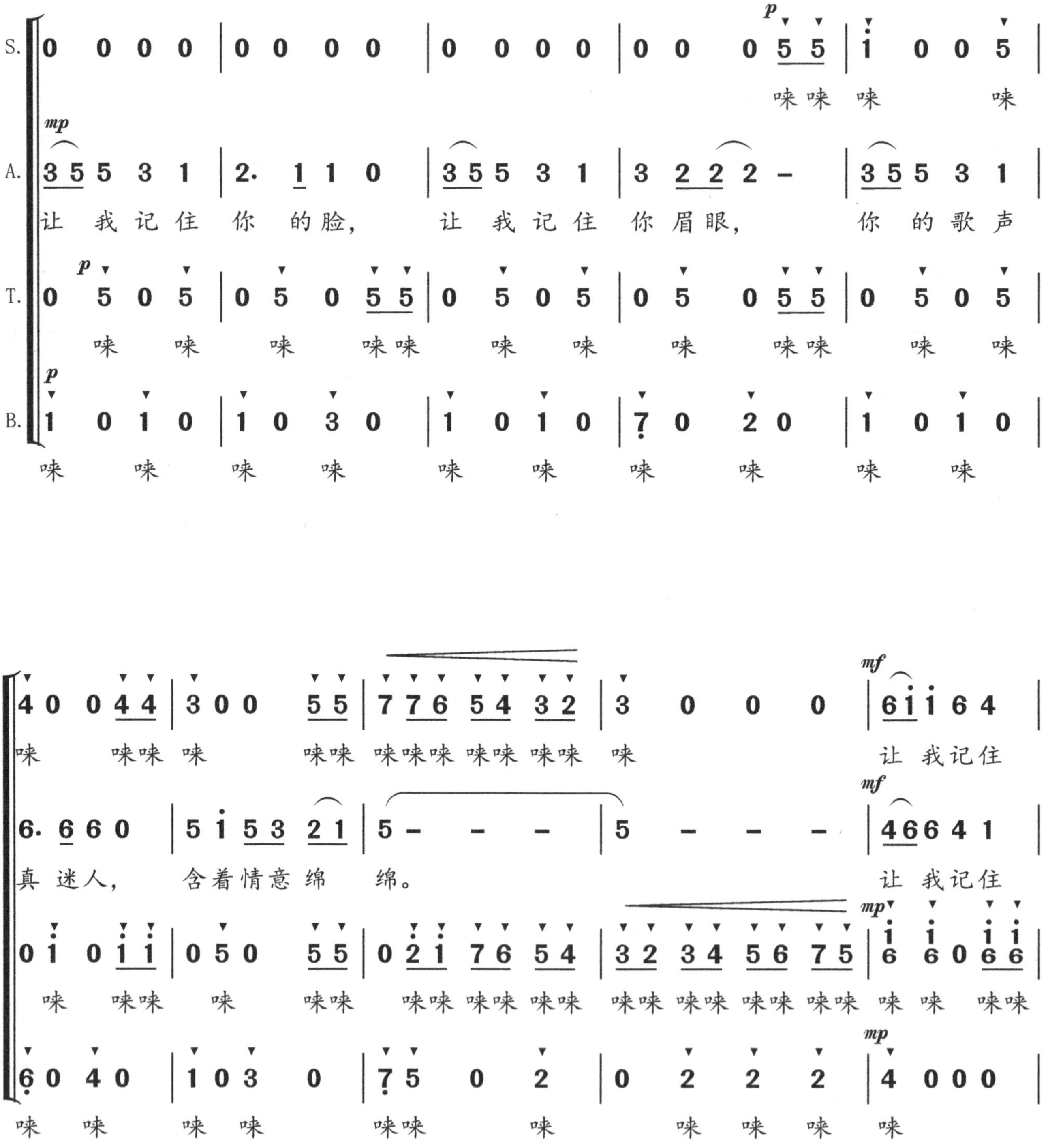

S. 咪咪 咪 咪

A. 让 我 记 住 你 的脸， 让 我 记 住 你 眉 眼， 你 的 歌 声

T. 咪 咪 咪 咪咪 咪 咪 咪 咪咪 咪 咪

B. 咪 咪 咪 咪 咪 咪 咪 咪 咪 咪

S. 咪 咪咪 咪 咪咪 咪咪咪 咪咪 咪咪 咪 让 我记住

A. 真 迷人， 含着情意 绵 绵。 让 我记住

T. 咪 咪咪 咪 咪咪 咪咪 咪咪 咪咪 咪咪 咪咪 咪咪 咪咪 咪 咪 咪咪

B. 咪 咪 咪 咪 咪咪 咪 咪 咪 咪 咪

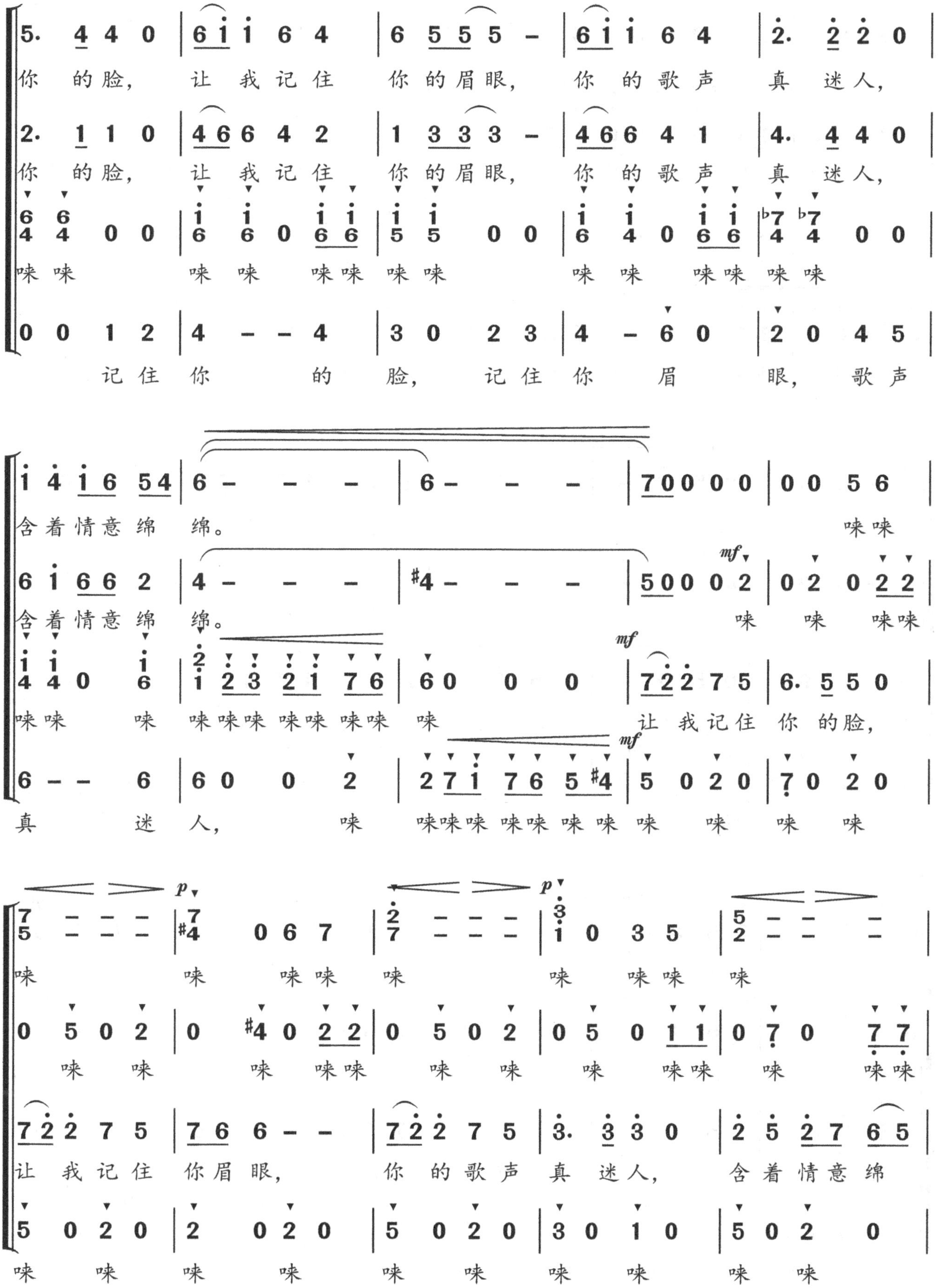

5. 4 4 0 | 6 i i 6 4 | 6 5 5 5 – | 6 i i 6 4 | 2. 2 2 0 |
你 的脸， 让 我 记 住 你 的眉眼， 你 的 歌 声 真 迷 人，

2. 1 1 0 | 4 6 6 4 2 | 1 3 3 3 – | 4 6 6 4 1 | 4. 4 4 0 |
你 的脸， 让 我 记 住 你 的眉眼， 你 的 歌 声 真 迷 人，

6 6 / 4 4 0 0 | i i / 6 6 0 i i / 6 6 | i i / 5 5 0 0 | i i / 6 4 0 i i / 6 6 | ♭7 ♭7 / 4 4 0 0 |
咪 咪 咪 咪 咪咪 咪 咪 咪 咪 咪咪 咪 咪

0 0 1 2 | 4 – – 4 | 3 0 2 3 | 4 – 6 0 | 2 0 4 5 |
记 住 你 的 脸， 记 住 你 眉 眼， 歌 声

i 4 i 6 5 4 | 6 – – – | 6 – – – | 7 0 0 0 0 | 0 0 5 6 |
含 着 情 意 绵 绵。 咪 咪

6 i 6 6 2 | 4 – – – | ♯4 – – – | 5 0 0 0 2 | 0 2 0 2 2 |
含 着 情 意 绵 绵。 咪 咪 咪咪

i i / 4 4 0 i / 6 | 2 / i 2 3 2 i 7 6 | 6 0 0 0 | 7 2 2 7 5 | 6. 5 5 0 |
咪 咪 咪 咪咪咪 咪咪 咪咪 咪 让 我 记 住 你 的 脸，

6 – – 6 | 6 0 0 2 | 2 7 i 7 6 5 ♯4 | 5 0 2 0 | 7 0 2 0 |
真 迷 人， 咪 咪咪咪 咪咪 咪 咪 咪 咪 咪 咪

mf *p*

7 / 5 – – – | 7 / ♯4 0 6 7 | 2 / 7 – – – | 3 / i 0 3 5 | 5 / 2 – – – |
咪 咪 咪咪 咪 咪 咪咪 咪

0 5 0 2 | 0 ♯4 0 2 2 | 0 5 0 2 | 0 5 0 1 1 | 0 7 0 7 7 |
咪 咪 咪 咪咪 咪 咪 咪 咪咪 咪 咪咪

7 2 2 7 5 | 7 6 6 – – | 7 2 2 7 5 | 3. 3 3 0 | 2 5 2 7 6 5 |
让 我 记 住 你 眉 眼， 你 的 歌 声 真 迷 人， 含 着 情 意 绵

5 0 2 0 | 2 0 2 0 | 5 0 2 0 | 3 0 1 0 | 5 0 2 0 |
咪 咪 咪 咪 咪 咪 咪 咪 咪 咪

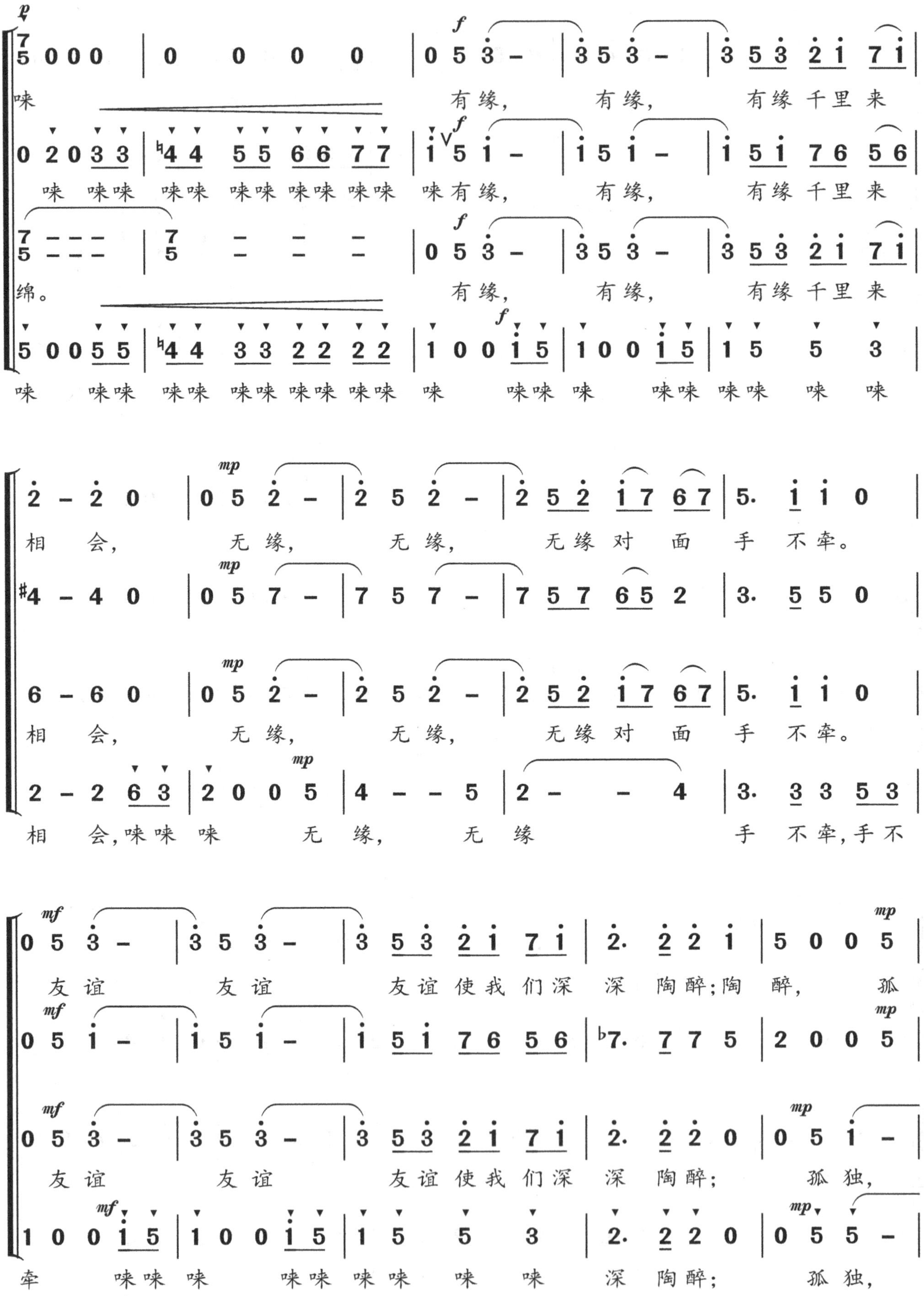

p

| 7/5 0 0 0 | 0 0 0 0 | f 0 5 3 – | 3 5 3 – | 3 5 3 2 1 7 1 |

咪　有缘，有缘，有缘千里来

| 0 2 0 3 3 | ♮4 4 5 5 6 6 7 7 | 1 V f 5 1 – | 1 5 1 – | 1 5 1 7 6 5 6 |

咪　咪咪　咪咪　咪咪　咪咪　咪咪　咪有缘，有缘，有缘千里来

| 7/5 – – – | 7/5 – – – | f 0 5 3 – | 3 5 3 – | 3 5 3 2 1 7 1 |

绵。　有缘，有缘，有缘千里来

| 5 0 0 5 5 | ♮4 4 3 3 2 2 2 2 | 1 0 0 f 1 5 | 1 0 0 1 5 | 1 5 5 3 |

咪　咪咪　咪咪　咪咪　咪咪　咪咪　咪　咪咪　咪　咪咪　咪咪　咪　咪

| 2 – 2 0 | mp 0 5 2 – | 2 5 2 – | 2 5 2 1 7 6 7 | 5. 1 1 0 |

相　会，无缘，无缘，无缘对面手不牵。

| ♯4 – 4 0 | mp 0 5 7 – | 7 5 7 – | 7 5 7 6 5 2 | 3. 5 5 0 |

| 6 – 6 0 | mp 0 5 2 – | 2 5 2 – | 2 5 2 1 7 6 7 | 5. 1 1 0 |

相　会，无缘，无缘，无缘对面手不牵。

| 2 – 2 6 3 | 2 0 0 mp 5 | 4 – – 5 | 2 – – 4 | 3. 3 3 5 3 |

相　会，咪咪　咪　无　缘，无　缘　手不牵，手不

| mf 0 5 3 – | 3 5 3 – | 3 5 3 2 1 7 1 | 2. 2 2 1 | 5 0 0 mp 5 |

友谊　友谊　友谊使我们深　深　陶醉；陶　醉，　孤

| mf 0 5 1 – | 1 5 1 – | 1 5 1 7 6 5 6 | ♭7. 7 7 5 | 2 0 0 mp 5 |

| mf 0 5 3 – | 3 5 3 – | 3 5 3 2 1 7 1 | 2. 2 2 0 | mp 0 5 1 – |

友谊　友谊　友谊使我们深　深　陶醉；　孤独，

| 1 0 0 mf 1 5 | 1 0 0 1 5 | 1 5 5 3 | 2. 2 2 0 | mp 0 5 5 – |

牵　咪咪　咪　咪咪　咪咪　咪　咪　深　陶醉；　孤独，

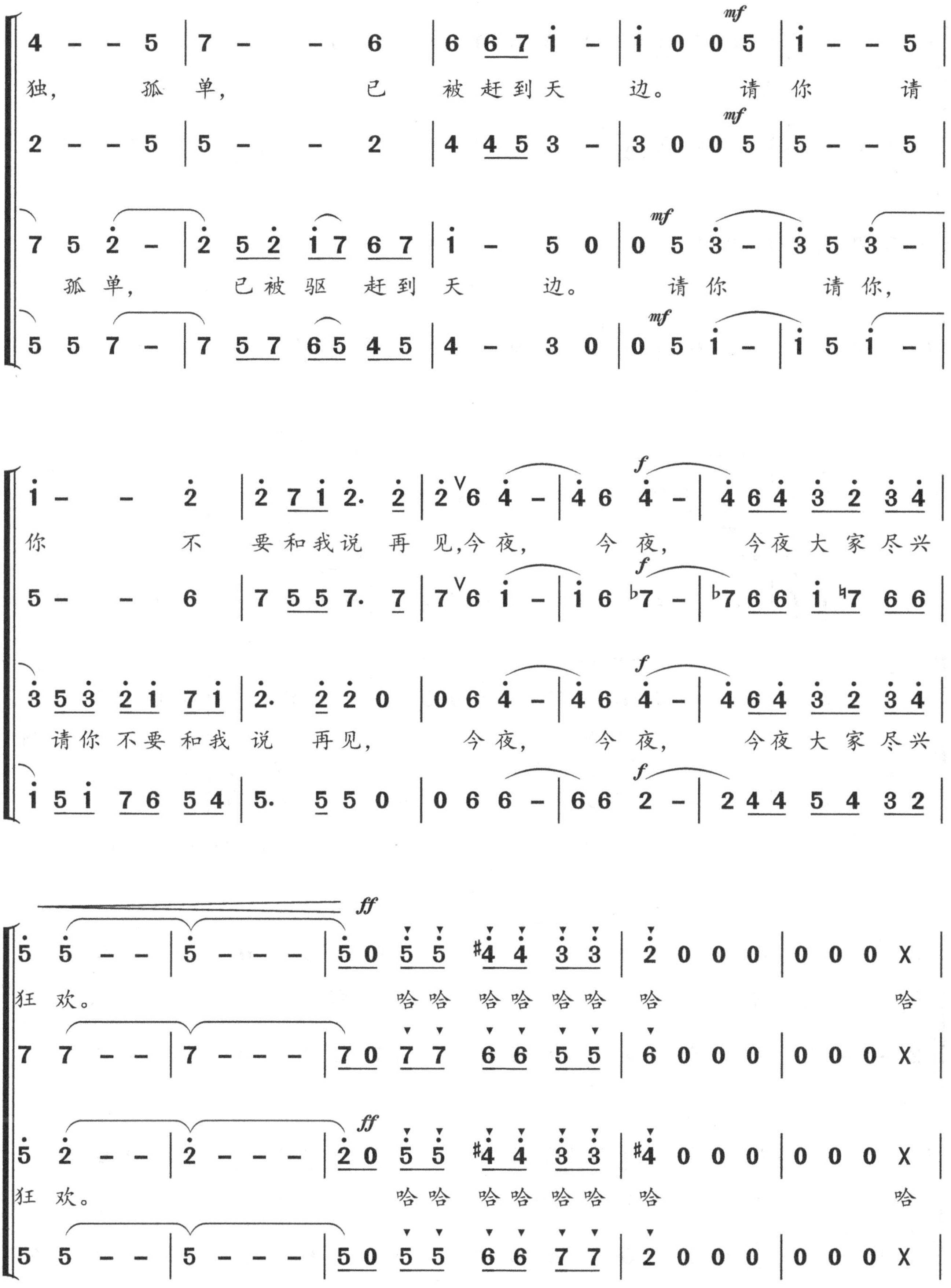

mf

4 – – 5 | 7 – – 6 | 6 6 7 i – | i 0 0 5 | i – – 5 |

独，孤单，已被赶到天边。请你请

mf

2 – – 5 | 5 – – 2 | 4 4 5 3 – | 3 0 0 5 | 5 – – 5 |

mf

7 5 2 – | 2 5 2 i 7 6 7 | i – 5 0 | 0 5 3 – | 3 5 3 – |

孤单，已被驱赶到天边。请你请你，

mf

5 5 7 – | 7 5 7 6 5 4 5 | 4 – 3 0 | 0 5 i – | i 5 i – |

f

i – – 2 | 2 7 i 2· 2 | 2 ˅6 4 – | 4 6 4 – | 4 6 4 3 2 3 4 |

你不要和我说再见，今夜，今夜，今夜大家尽兴

f

5 – – 6 | 7 5 5 7· 7 | 7 ˅6 i – | i 6 ♭7 – | ♭7 6 6 i ♮7 6 6 |

f

3 5 3 2 i 7 i | 2· 2 2 0 | 0 6 4 – | 4 6 4 – | 4 6 4 3 2 3 4 |

请你不要和我说再见，今夜，今夜，今夜大家尽兴

f

i 5 i 7 6 5 4 | 5· 5 5 0 | 0 6 6 – | 6 6 2 – | 2 4 4 5 4 3 2 |

ff

5 5 – – | 5 – – – – | 5 0 5 5 ♯4 4 3 3 | 2 0 0 0 | 0 0 0 X |

狂欢。哈哈哈哈哈哈哈哈

7 7 – – | 7 – – – – | 7 0 7 7 6 6 5 5 | 6 0 0 0 | 0 0 0 X |

ff

5 2 – – | 2 – – – – | 2 0 5 5 ♯4 4 3 3 | ♯4 0 0 0 | 0 0 0 X |

狂欢。哈哈哈哈哈哈哈哈

5 5 – – | 5 – – – – | 5 0 5 5 6 6 7 7 | 2 0 0 0 | 0 0 0 X |

转1=D（前2=后1）

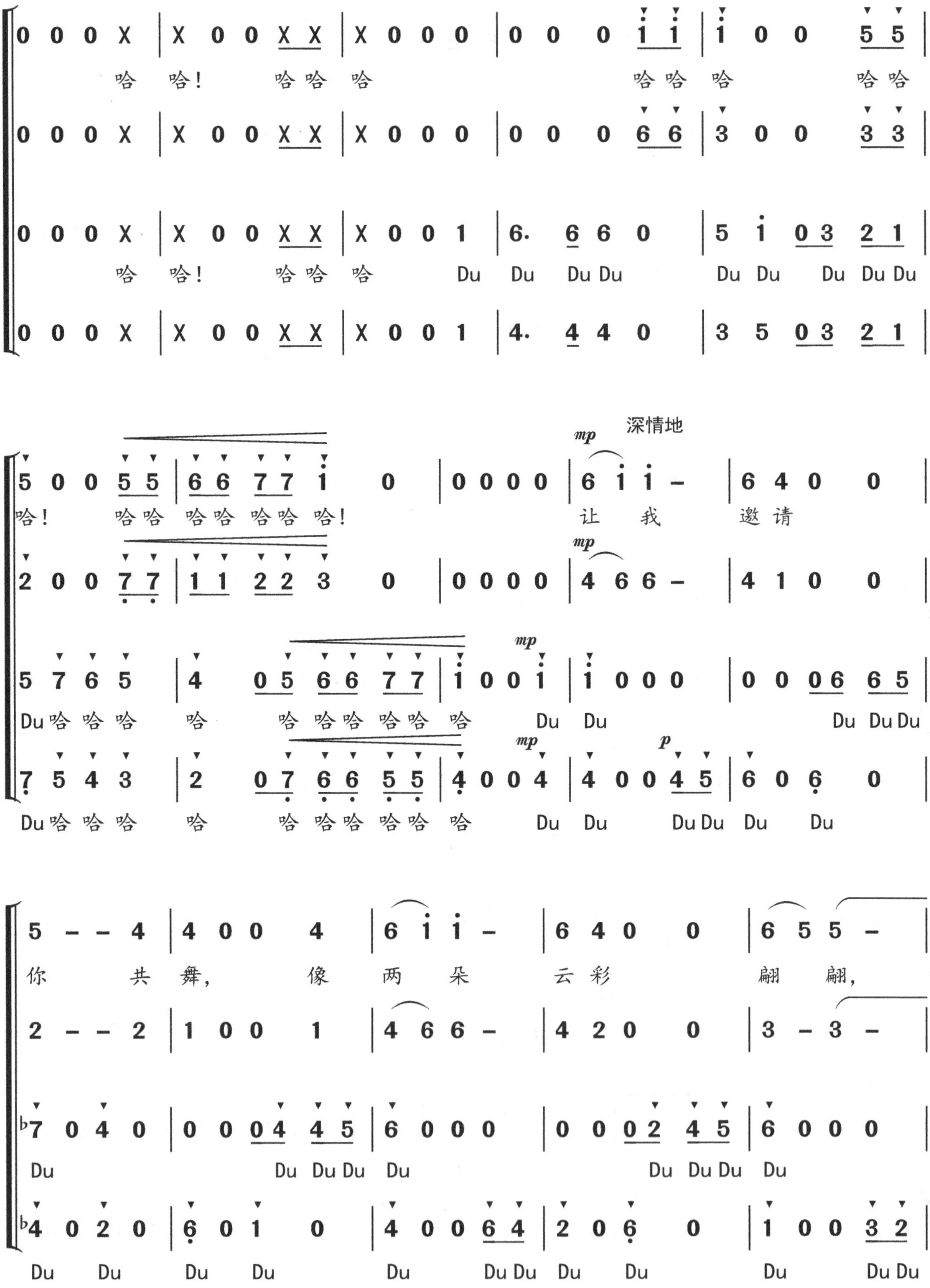

0 0 0 X | X 0 0 X X | X 0 0 0 | 0 0 0 1 1 | 1 0 0 5 5 |
哈 哈！ 哈哈 哈 哈哈 哈 哈哈

0 0 0 X | X 0 0 X X | X 0 0 0 | 0 0 0 6 6 | 3 0 0 3 3 |

0 0 0 X | X 0 0 X X | X 0 0 1 | 6· 6 6 0 | 5 1 0 3 2 1 |
哈 哈！ 哈哈 哈 Du Du Du Du Du Du Du Du Du

0 0 0 X | X 0 0 X X | X 0 0 1 | 4· 4 4 0 | 3 5 0 3 2 1 |

深情地

5 0 0 5 5 | 6 6 7 7 1 0 | 0 0 0 0 | *mp* 6 1 1 – | 6 4 0 0 |
哈！ 哈哈 哈哈 哈哈 哈！ 让 我 邀 请

2 0 0 7 7 | 1 1 2 2 3 0 | 0 0 0 0 | *mp* 4 6 6 – | 4 1 0 0 |

5 7 6 5 | 4 0 5 6 6 7 7 | 1 0 0 *mp* 1 | 1 0 0 0 | 0 0 0 6 6 5 |
Du 哈 哈 哈 哈 哈 哈哈 哈哈 哈 Du Du Du Du Du

7 5 4 3 | 2 0 7 6 6 5 5 | 4 0 0 *mp* 4 | 4 0 0 *p* 4 5 | 6 0 6 0 |
Du 哈 哈 哈 哈 哈 哈哈 哈哈 哈 Du Du Du Du Du Du

5 – – 4 | 4 0 0 4 | 6 1 1 – | 6 4 0 0 | 6 5 5 – |
你 共 舞， 像 两 朵 云 彩 翩 翩，

2 – – 2 | 1 0 0 1 | 4 6 6 – | 4 2 0 0 | 3 – 3 – |

♭7 0 4 0 | 0 0 0 4 4 5 | 6 0 0 0 | 0 0 0 2 4 5 | 6 0 0 0 |
Du Du Du Du Du Du Du Du

♭4 0 2 0 | 6 0 1 0 | 4 0 0 6 4 | 2 0 6 0 | 1 0 0 3 2 |
Du Du Du Du Du Du Du Du Du Du Du

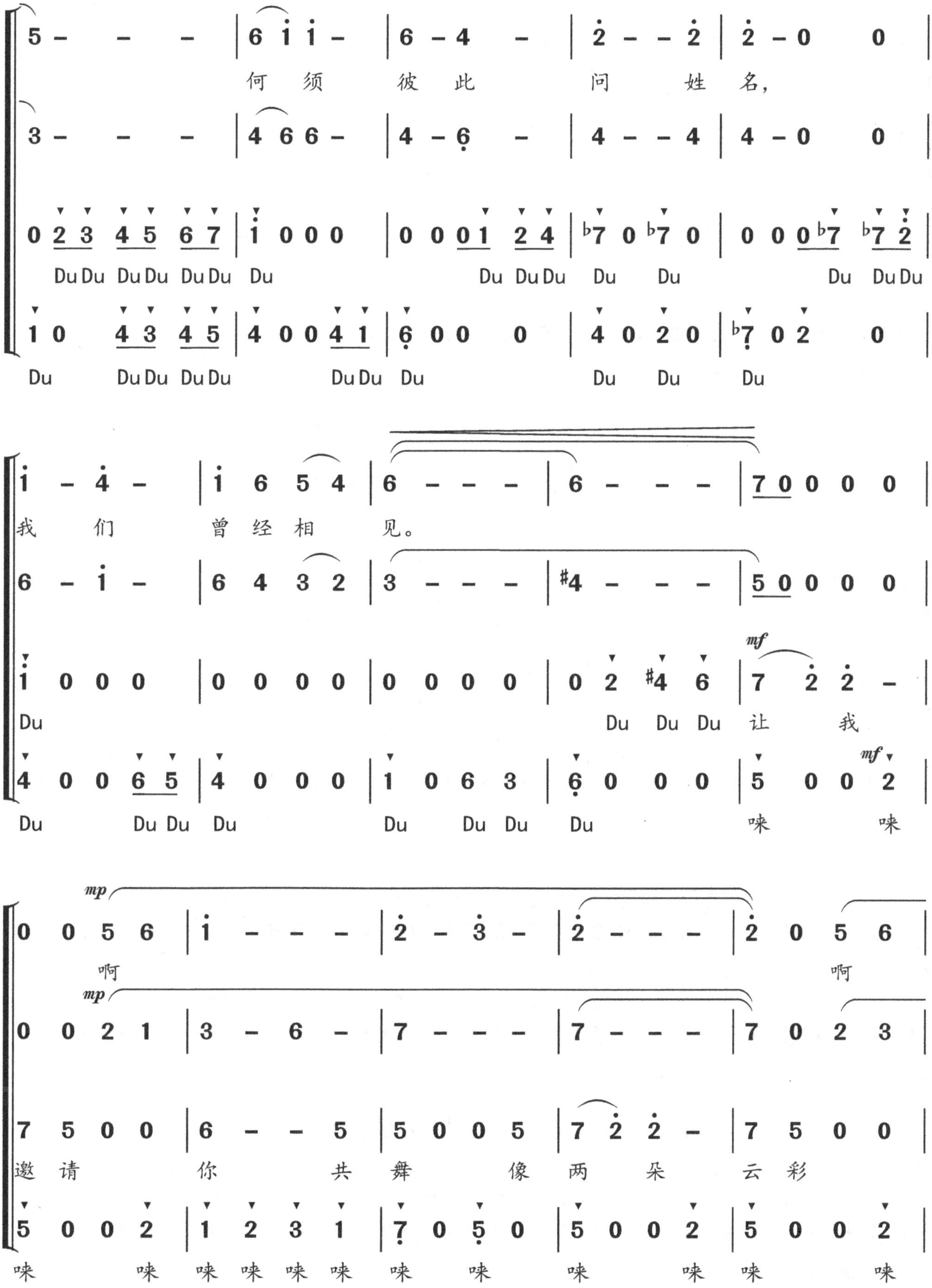

何须彼此问姓名，

Du Du Du Du Du Du Du Du Du Du Du Du Du Du Du

Du Du Du Du Du Du Du Du Du Du Du Du

我们曾经相见。

Du Du Du Du 让我

Du Du Du Du Du Du Du Du 唻 唻

啊 啊

邀请你共舞像两朵云彩

唻 唻 唻 唻 唻 唻 唻 唻 唻 唻 唻 唻

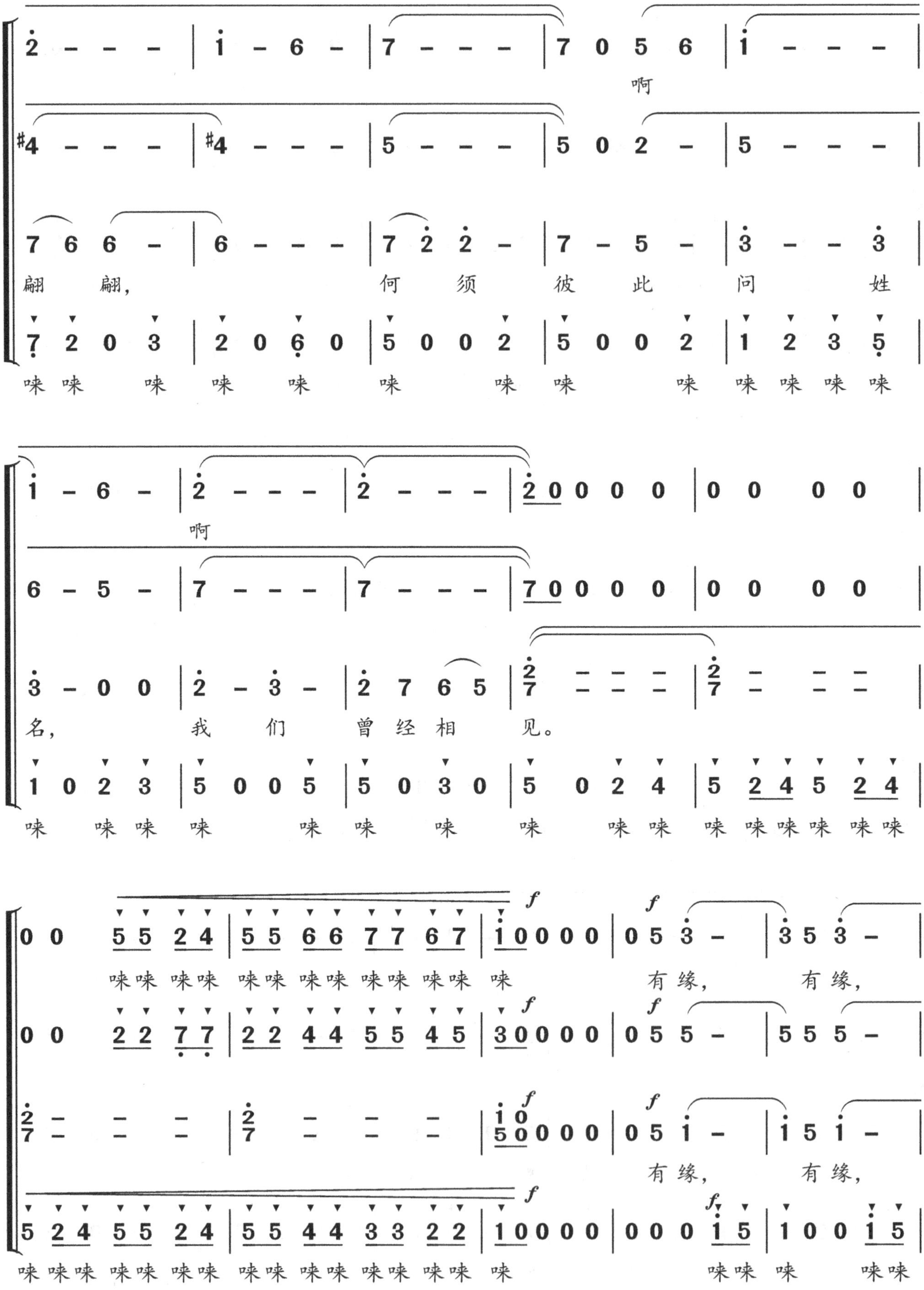

2 - - - | i - 6 - | 7 - - - | 7 0 5 6 | i - - - |
啊
#4 - - - | #4 - - - | 5 - - - | 5 0 2 - | 5 - - - |
7 6 6 - | 6 - - - | 7 2 2 - | 7 - 5 - | 3 - - 3 |
翩 翩， 何 须 彼 此 问 姓
7 2 0 3 | 2 0 6 0 | 5 0 0 2 | 5 0 0 2 | 1 2 3 5 |
咪 咪 咪 咪 咪 咪 咪 咪 咪 咪 咪 咪 咪

i - 6 - | 2 - - - | 2 - - - | 2 0 0 0 0 | 0 0 0 0 |
啊
6 - 5 - | 7 - - - | 7 - - - | 7 0 0 0 0 | 0 0 0 0 |
3 - 0 0 | 2 - 3 - | 2 7 6 5 | 2/7 - - - | 2/7 - - - |
名， 我 们 曾 经 相 见。
1 0 2 3 | 5 0 0 5 | 5 0 3 0 | 5 0 2 4 | 5 2 4 5 2 4 |
咪 咪 咪 咪 咪 咪 咪 咪 咪 咪 咪 咪 咪 咪 咪 咪

0 0 5 5 2 4 | 5 5 6 6 7 7 6 7 | *f* 1 0 0 0 0 | *f* 0 5 3 - | 3 5 3 - |
咪咪 咪咪 咪咪 咪咪 咪咪 咪咪 咪 有 缘， 有 缘，
0 0 2 2 7 7 | 2 2 4 4 5 5 4 5 | *f* 3 0 0 0 0 | *f* 0 5 5 - | 5 5 5 - |
2/7 - - - | 2/7 - - - | *f* i0/50 0 0 0 | *f* 0 5 i - | i 5 i - |
有 缘， 有 缘，
5 2 4 5 5 2 4 | 5 5 4 4 3 3 2 2 | *f* 1 0 0 0 0 | 0 0 0 *f* i 5 | 1 0 0 i 5 |
咪咪咪 咪咪 咪咪 咪咪 咪咪 咪咪 咪咪 咪 咪咪 咪 咪咪

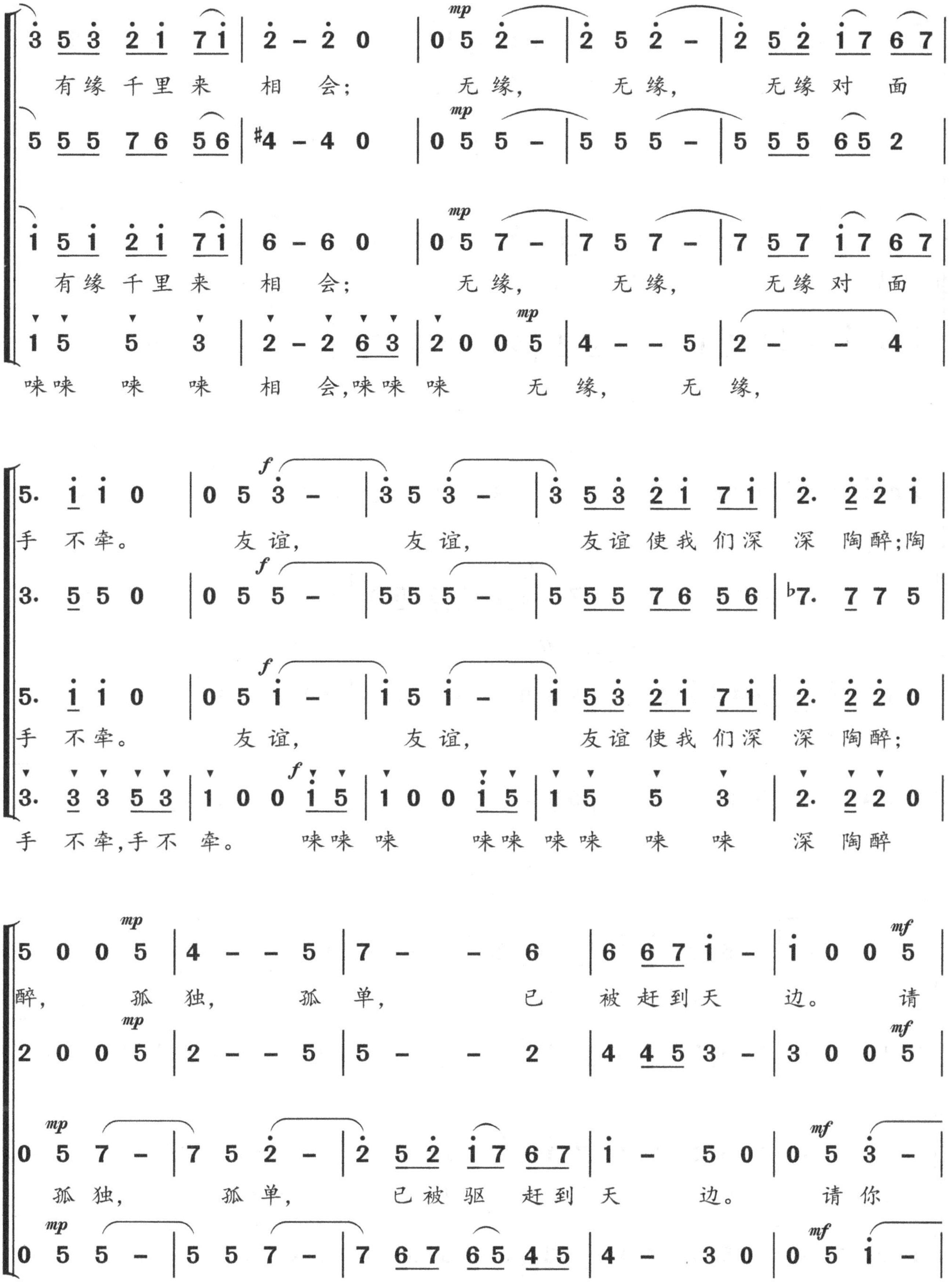

有缘千里来相会；无缘，无缘，无缘对面

有缘千里来相会；无缘，无缘，无缘对面

咪咪咪咪相会,咪咪咪无缘，无缘，

手不牵。友谊，友谊，友谊使我们深深陶醉;陶

手不牵。友谊，友谊，友谊使我们深深陶醉;

手不牵,手不牵。咪咪咪咪咪咪咪咪咪深陶醉

醉，孤独，孤单，已被赶到天边。请

孤独，孤单，已被驱赶到天边。请你

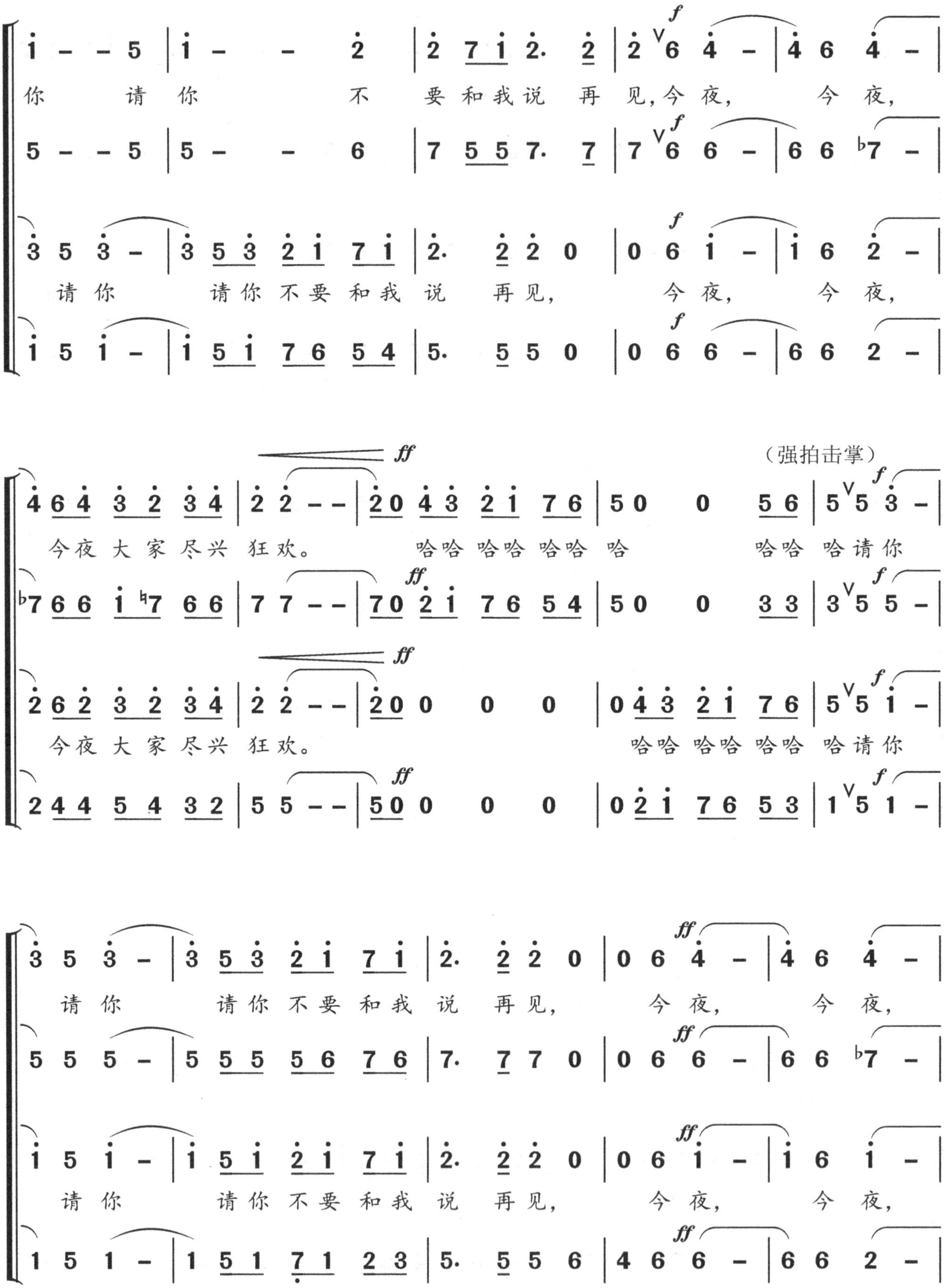

f
1 – – 5 | 1 – – 2 | 2 71 2. 2 | 2 ˅6 4 – | 4 6 4 – |
你 请 你 不 要和我说 再 见，今 夜， 今 夜，
f
5 – – 5 | 5 – – 6 | 7 55 7. 7 | 7 ˅6 6 – | 6 6 ♭7 – |

f
3 5 3 – | 3 53 21 71 | 2. 22 0 | 0 6 1 – | 1 6 2 – |
请 你 请你 不要 和我 说 再见， 今 夜， 今 夜，
f
1 5 1 – | 1 51 76 54 | 5. 55 0 | 0 6 6 – | 6 6 2 – |

ff （强拍击掌）
f
4 64 32 34 | 2 2 – – | 20 43 21 76 | 50 0 56 | 5 ˅5 3 – |
今夜 大家 尽兴 狂欢。 哈哈 哈哈 哈哈 哈 哈哈 哈请你
ff f
♭7 66 1 ♮7 66 | 7 7 – – | 70 21 76 54 | 50 0 33 | 3 ˅5 5 – |

ff
f
2 62 32 34 | 2 2 – – | 20 0 0 0 | 0 43 21 76 | 5 ˅5 1 – |
今夜 大家 尽兴 狂欢。 哈哈 哈哈 哈哈 哈请你
ff f
2 44 54 32 | 5 5 – – | 50 0 0 0 | 0 21 76 53 | 1 ˅5 1 – |

ff
3 5 3 – | 3 53 21 71 | 2. 22 0 | 0 6 4 – | 4 6 4 – |
请 你 请你 不要 和我 说 再见， 今 夜， 今 夜，
ff
5 5 5 – | 5 55 56 76 | 7. 77 0 | 0 6 6 – | 6 6 ♭7 – |

ff
1 5 1 – | 1 51 21 71 | 2. 22 0 | 0 6 1 – | 1 6 1 – |
请 你 请你 不要 和我 说 再见， 今 夜， 今 夜，
ff
1 5 1 – | 1 51 71 23 | 5. 55 6 | 4 6 6 – | 6 6 2 – |

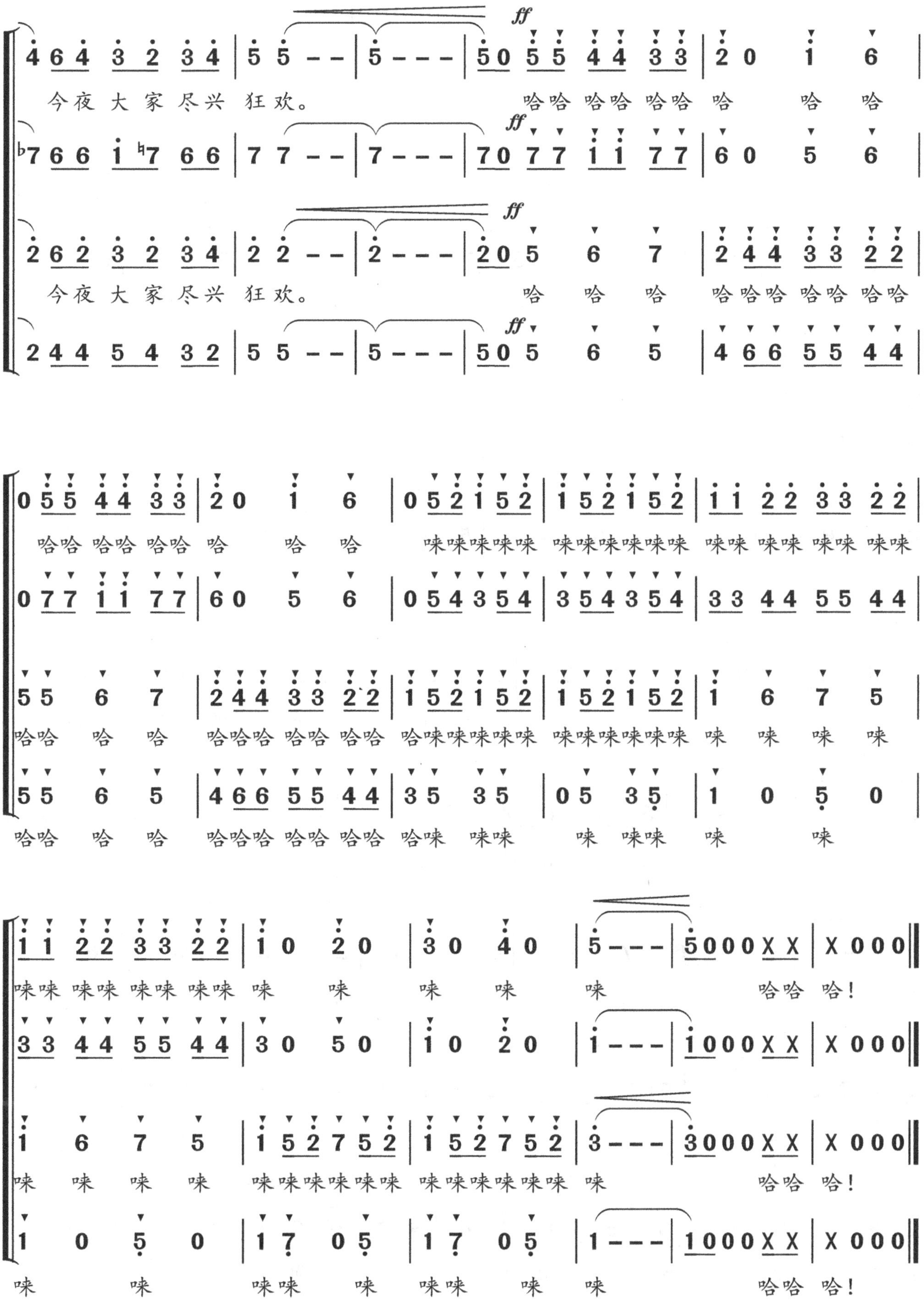

ff

今夜 大 家 尽兴 狂 欢。 哈哈 哈哈 哈哈 哈 哈 哈

ff

ff

今夜 大 家 尽兴 狂 欢。 哈 哈 哈 哈哈哈 哈哈 哈哈

ff

哈哈 哈哈 哈哈 哈 哈 哈 唻唻唻唻唻 唻唻唻唻唻唻 唻唻 唻唻 唻唻 唻唻

哈哈 哈 哈 哈哈哈 哈哈 哈哈 哈唻唻唻唻唻 唻唻唻唻唻唻 唻 唻 唻 唻

哈哈 哈 哈 哈哈哈 哈哈 哈哈 哈唻 唻唻 唻 唻唻 唻 唻

唻唻 唻唻 唻唻 唻唻 唻 唻 唻 唻 唻 哈哈 哈！

唻 唻 唻 唻 唻唻唻唻唻唻 唻唻唻唻唻唻 唻 哈哈 哈！

唻 唻 唻唻 唻 唻唻 唻 唻 哈哈 哈！

沙头角的界碑

（女中音独唱）

1=♭E $\frac{2}{4}$

中速

王　健 词
萧　白 曲

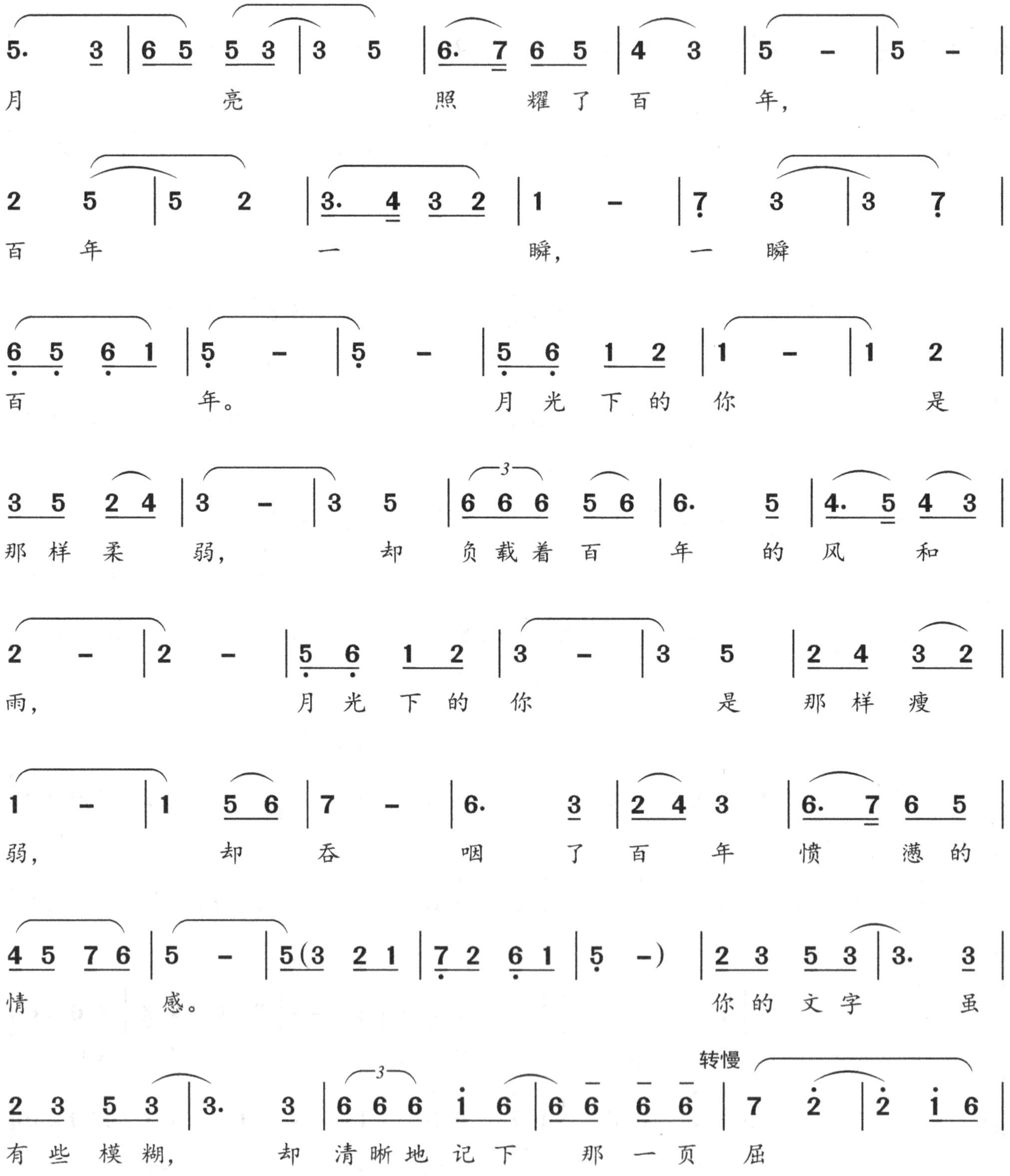

5· 3 | 6 5 5 3 | 3 5 | 6· 7 6 5 | 4 3 | 5 – | 5 – |
月　亮　照　耀了百　年，

2 5 | 5 2 | 3· 4 3 2 | 1 – | 7 3 | 3 7 |
百　年　一　瞬，一　瞬

6 5 6 1 | 5 – | 5 – | 5 6 1 2 | 1 – | 1 2 |
百　年。月光下的你　是

3 5 2 4 | 3 – | 3 5 | 666 5 6 | 6· 5 | 4· 5 4 3 |
那样柔　弱，却　负载着百　年　的风　和

2 – | 2 – | 5 6 1 2 | 3 – | 3 5 | 2 4 3 2 |
雨，月光下的你　是　那样瘦

1 – | 1 5 6 | 7 – | 6· 3 | 2 4 3 | 6· 7 6 5 |
弱，却　吞　咽　了百　年　愤　懑的

4 5 7 6 | 5 – | 5(3 2 1 | 7 2 6 1 | 5 –) | 2 3 5 3 | 3· 3 |
情　感。你的文字　虽

转慢

2 3 5 3 | 3· 3 | 666 i 6 | 6 6 6 6 | 7 2 | 2 i 6 |
有些模糊，却　清晰地记下　那一页　屈

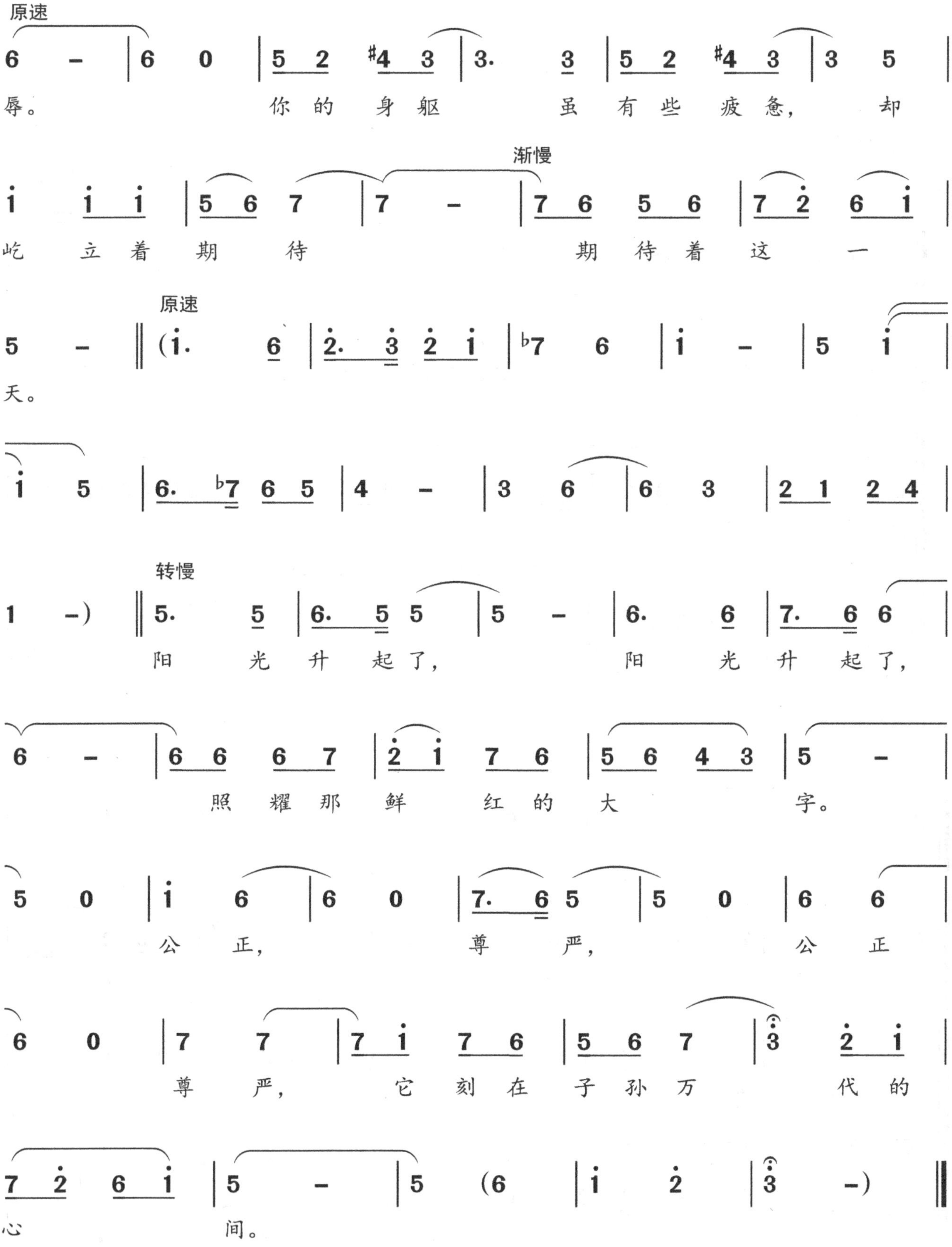

原速

辱。 你的身躯 虽有些疲惫，却

渐慢

屹立着期待 期待着这一

原速

天。

转慢

阳光升起了，阳光升起了，

照耀那鲜红的大字。

公正，尊严，公正

尊严，它刻在子孙万代的

心间。

注：选自中国合唱协会编，《神州同唱回归曲：庆祝香港回归歌曲集》中国电影出版社1997年5月版。

二 泉 映 月

（混声无伴奏合唱）

1=♭D $\frac{4}{4}$ $\frac{2}{4}$

缓慢地 ♩=48－58

华彦钧 曲
王 健 填词
萧白 编合唱

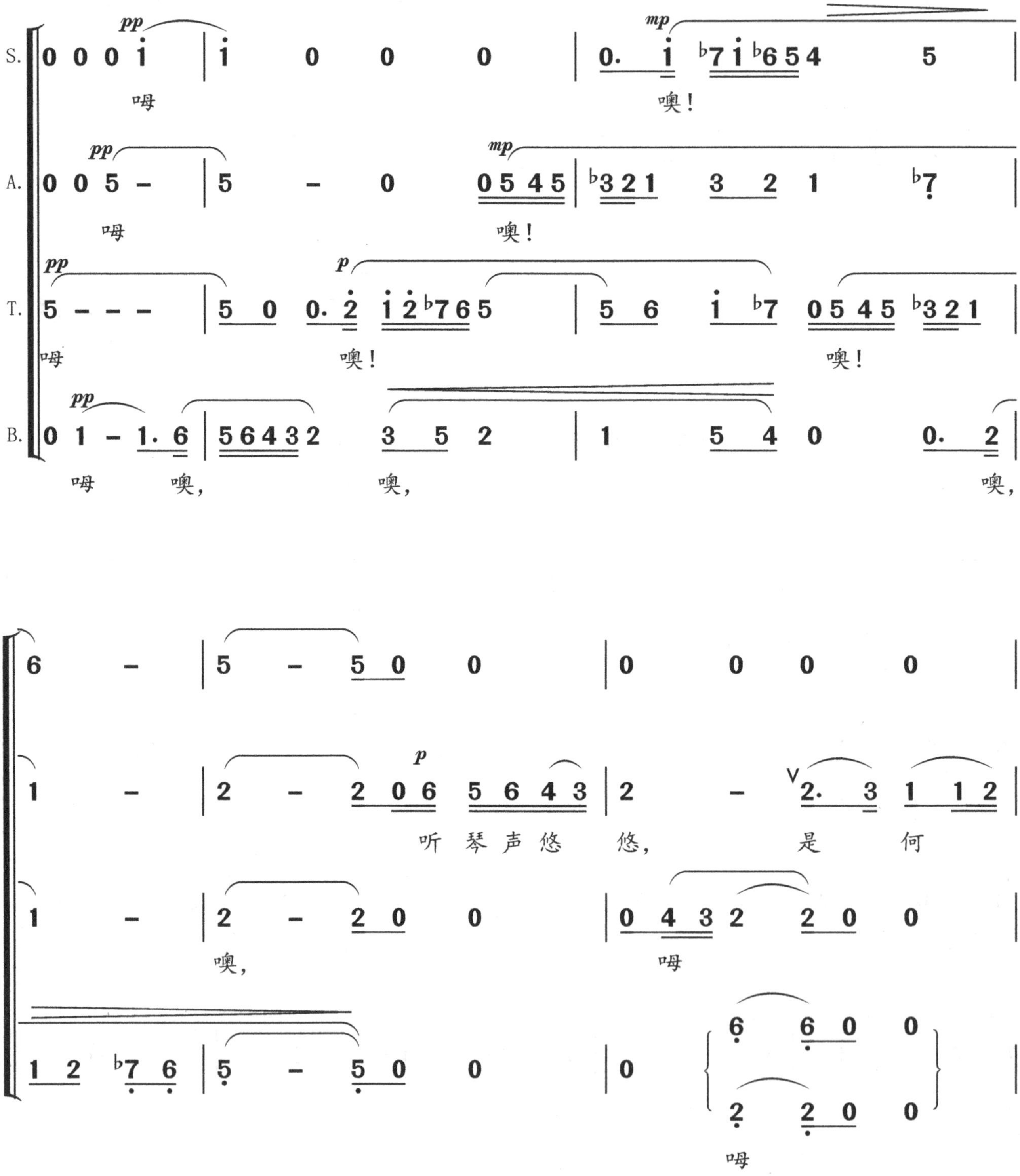

S. 呣 噢！

A. 呣 噢！

T. 呣 噢！ 噢！

B. 呣 噢， 噢， 噢，

A. 听琴声悠 悠， 是 何

T. 噢， 呣

B. 呣

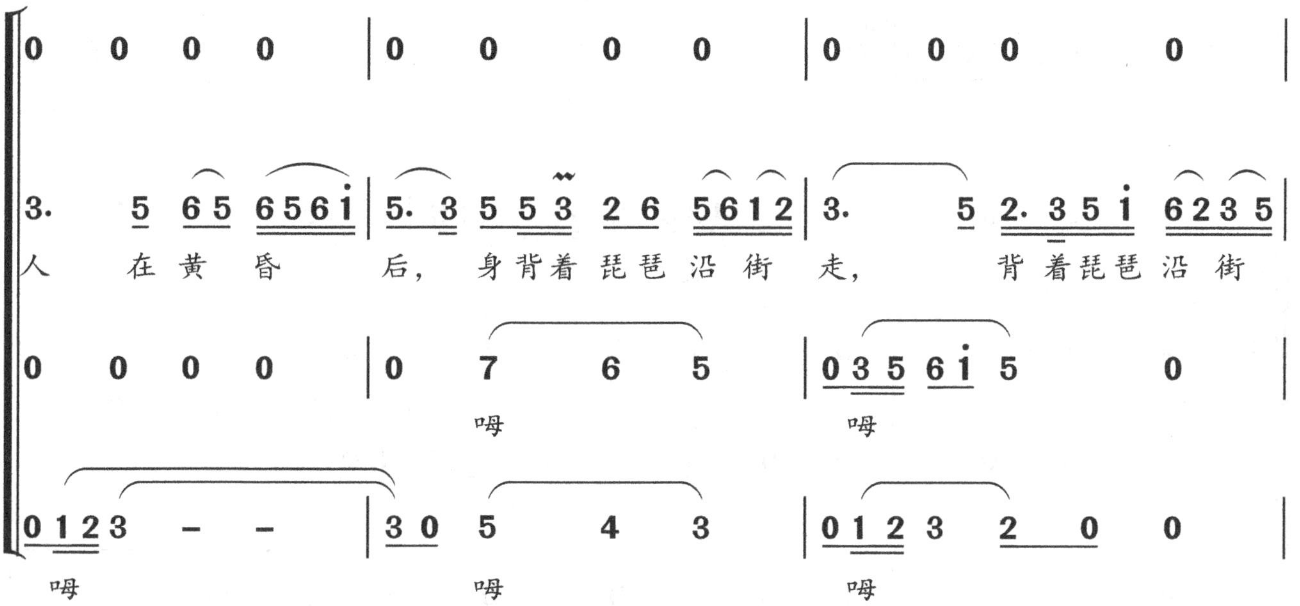

人在黄昏后，身背着琵琶沿街走，背着琵琶沿街

哞 哞

哞 哞 哞

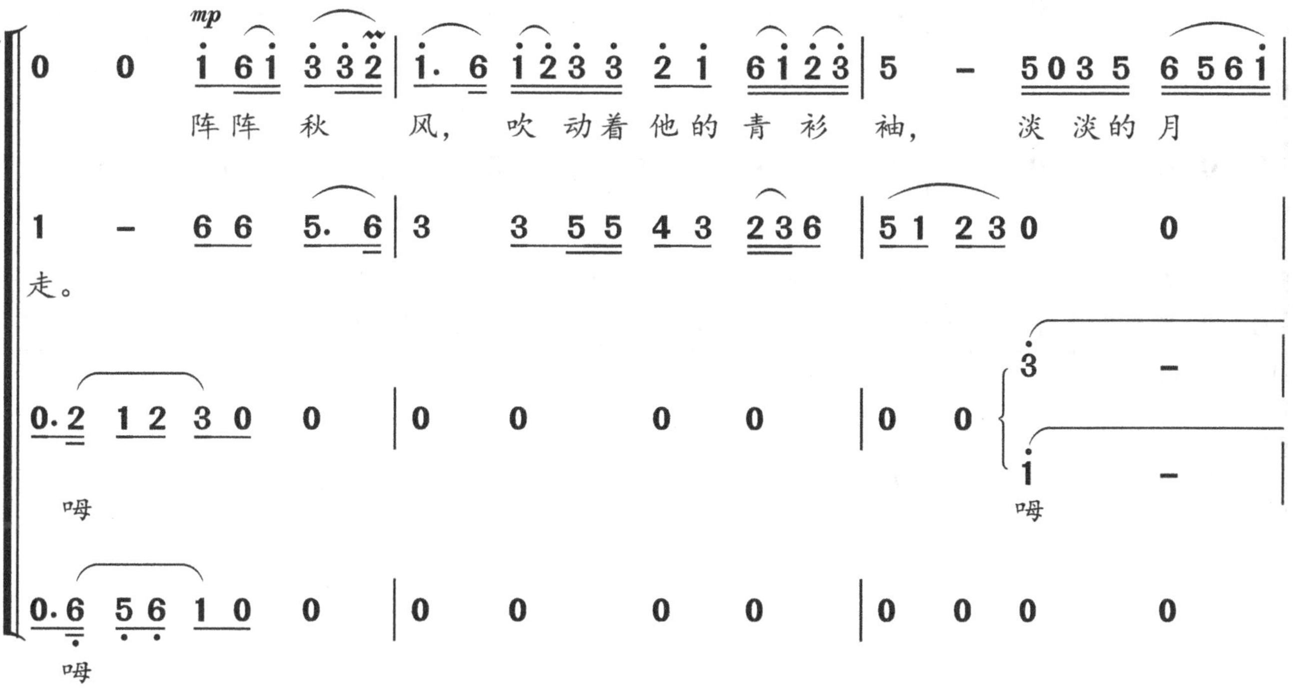

mp

阵阵秋风，吹动着他的青衫袖，淡淡的月

走。

哞 哞

哞

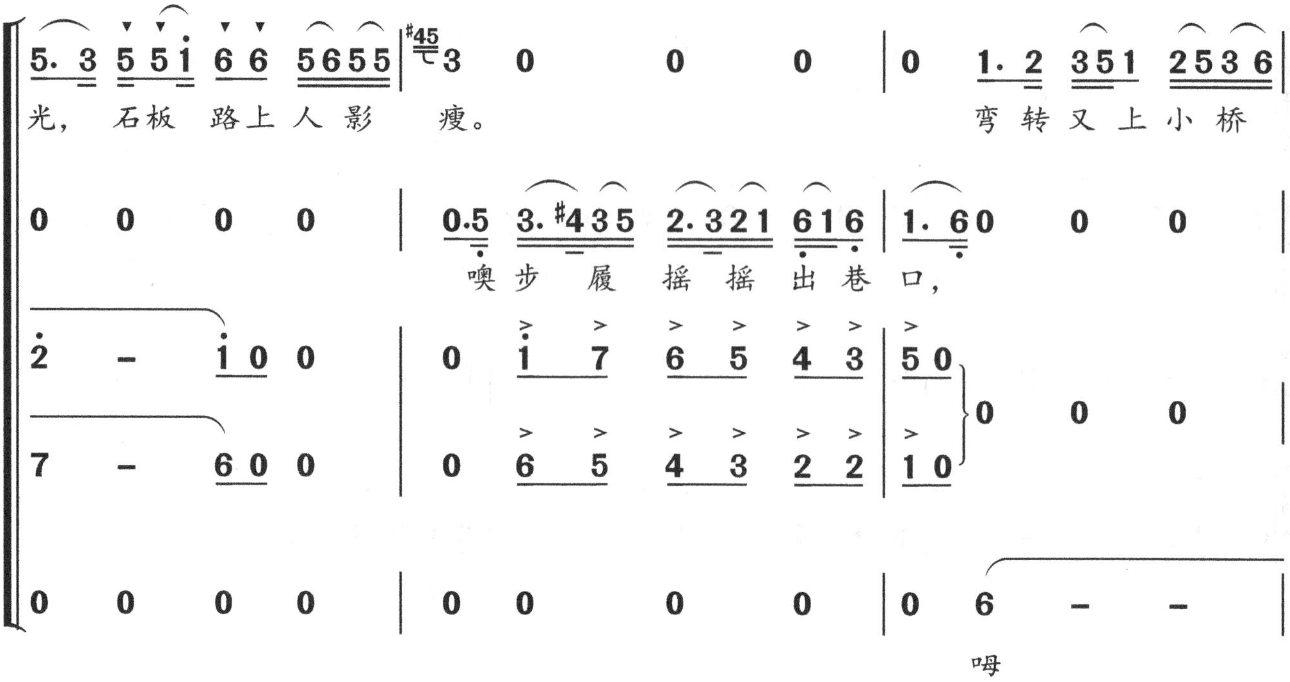

5. 3 5 5 1 6 6 5655 | 3 0 0 0 | 0 1. 2 351 2536 |
光， 石板 路上 人影 瘦。 弯转又上小桥

0 0 0 0 | 0.5 3. #435 2.321 616 | 1. 6 0 0 0 |
噢步 履 摇 摇 出 巷 口，

2 - 1 0 0 | 0 1 7 6 5 4 3 | 5 0 |
7 - 6 0 0 | 0 6 5 4 3 2 2 | 1 0 | 0 0 0 |

0 0 0 0 | 0 0 0 0 | 0 6 - - |
呣

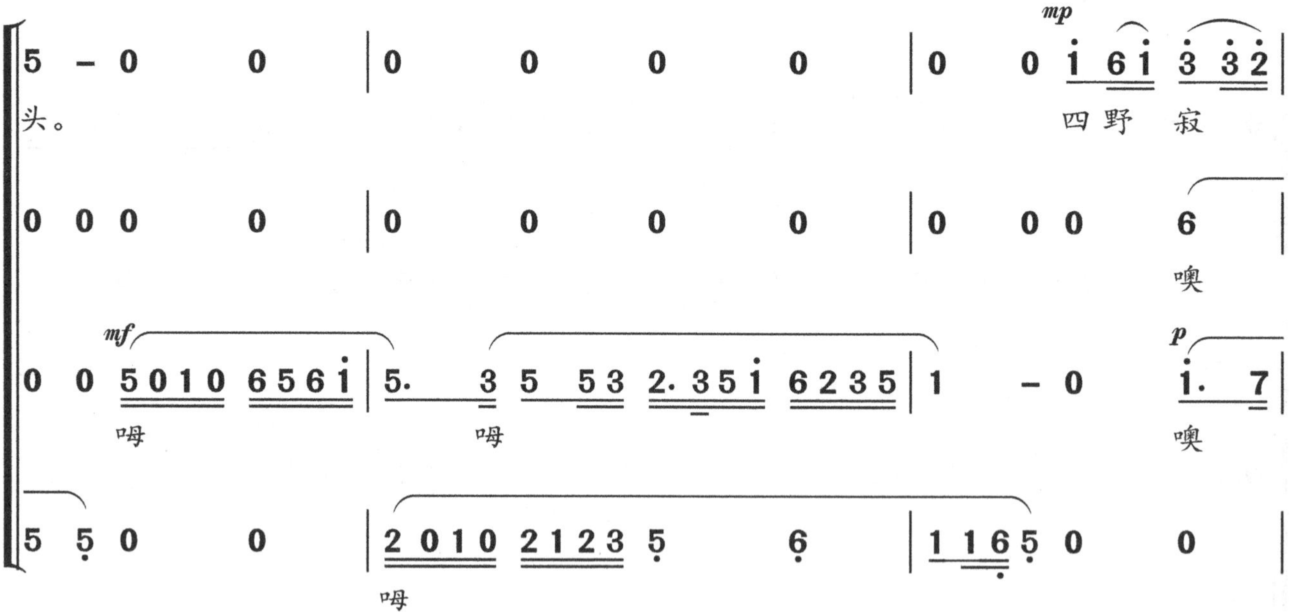

mp

5 - 0 0 | 0 0 0 0 | 0 0 1 61 3 32 |
头。 四野 寂

0 0 0 0 | 0 0 0 0 | 0 0 0 6 |
噢

mf *p*

0 0 5010 6561 | 5. 3 5 53 2.351 6235 | 1 - 0 1. 7 |
呣 呣 噢

5 5 0 0 | 2010 2123 5 6 | 1165 0 0 |
呣

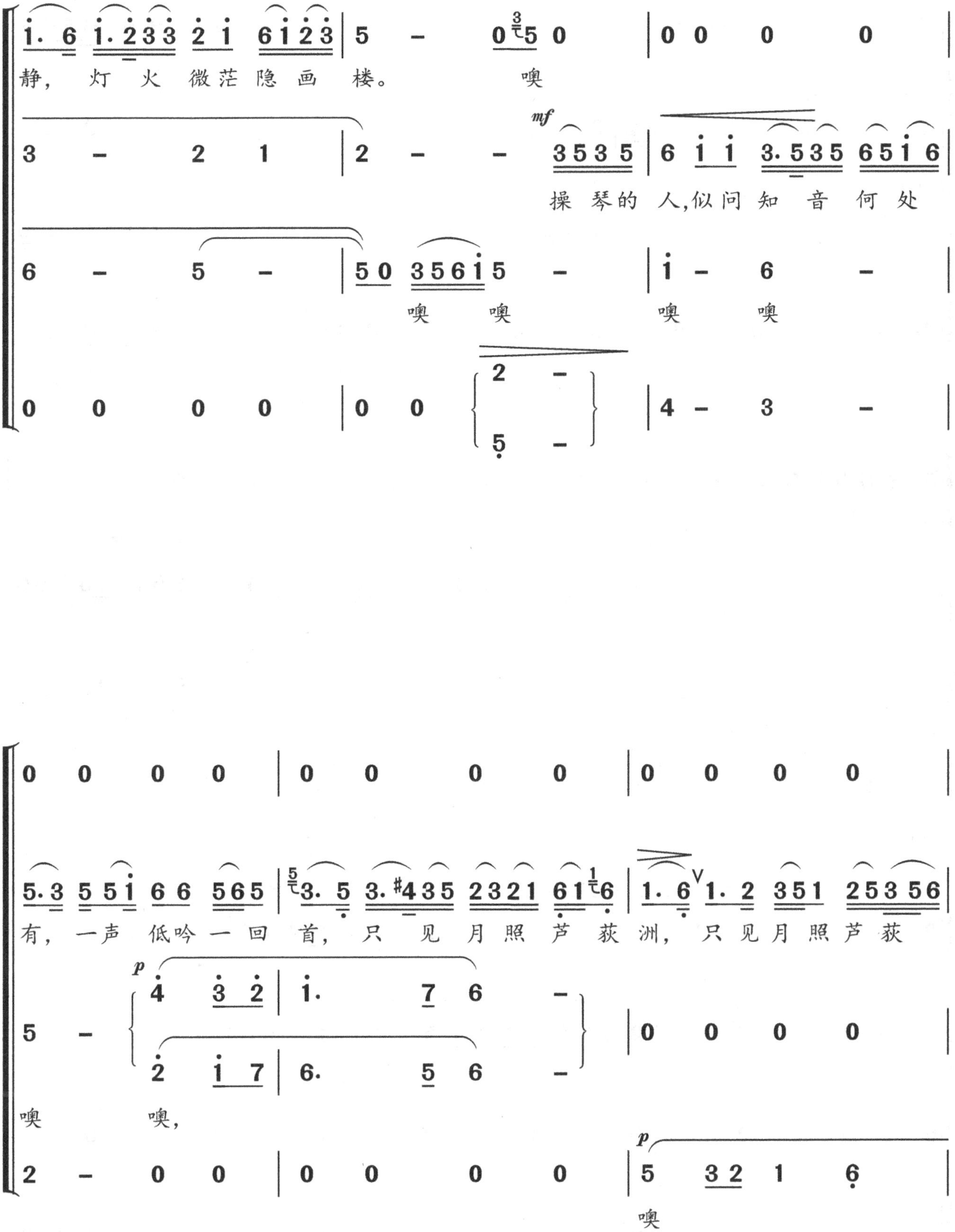

1. 6 1. 2 3 3 2 1 6 1 2 3 | 5 – 0 5 0 | 0 0 0 0 |
静，灯火微茫隐画楼。噢

mf

3 – 2 1 | 2 – – 3 5 3 5 | 6 1 1 3. 5 3 5 6 5 1 6 |
操琴的人，似问知音何处

6 – 5 – | 5 0 3 5 6 1 5 – | 1 – 6 – |
噢 噢 噢 噢

0 0 0 0 | 0 0 {2 – / 5 –} | 4 – 3 – |

0 0 0 0 | 0 0 0 0 | 0 0 0 0 |

5. 3 5 5 1 6 6 5 6 5 | 3. 5 3. #4 3 5 2 3 2 1 6 1 6 | 1. 6 1. 2 3 5 1 2 5 3 5 6 |
有，一声低吟一回首，只见月照芦荻洲，只见月照芦荻

p

5 – {4 3 2 | 1. 7 6 – / 2 1 7 | 6. 5 6 –} | 0 0 0 0 |
噢 噢，

p

2 – 0 0 | 0 0 0 0 | 5 3 2 1 6 |
噢

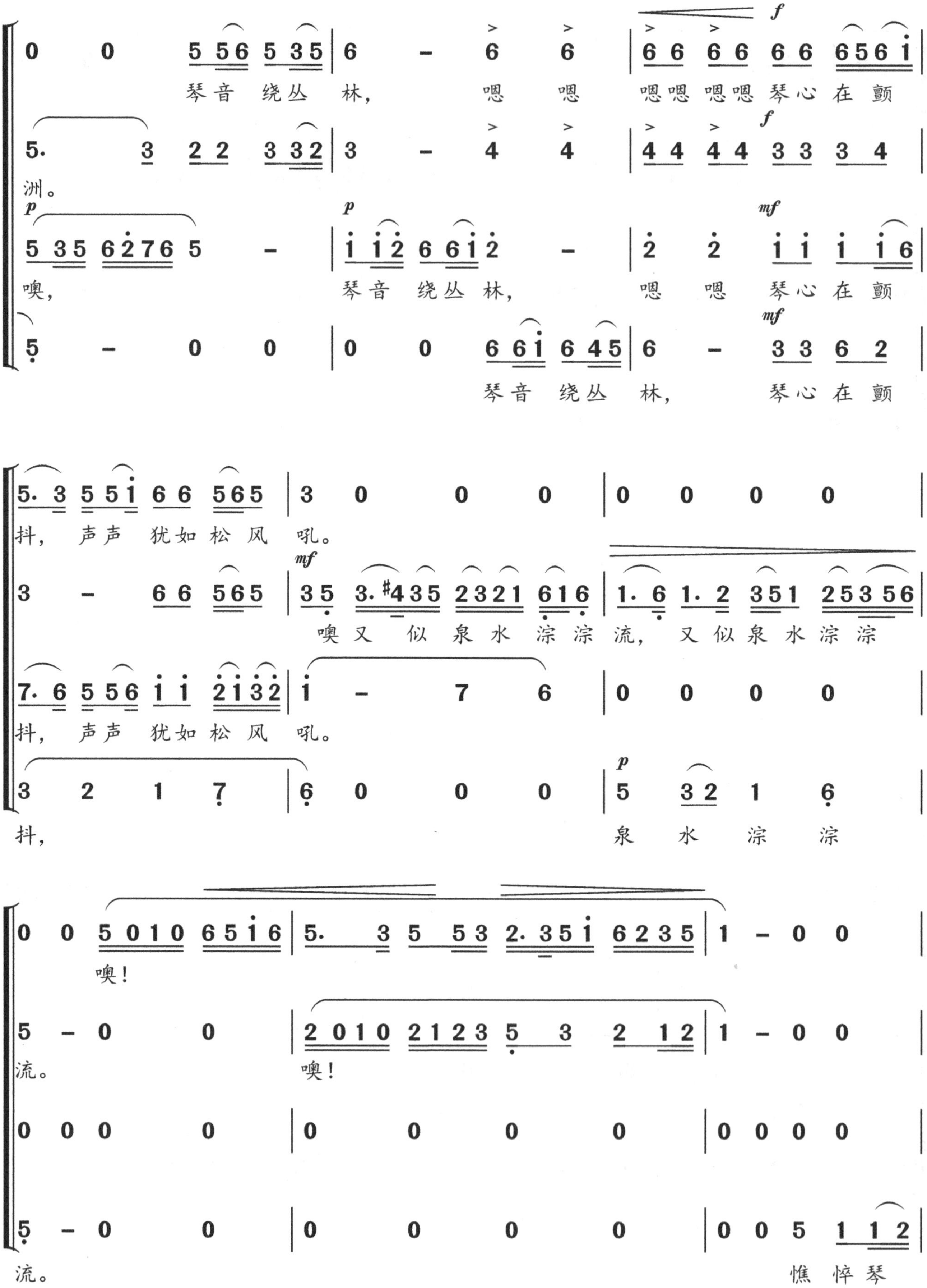

琴音绕丛林，嗯 嗯 嗯嗯嗯嗯琴心在颤

洲。

噢，琴音绕丛林，嗯 嗯 琴心在颤

琴音绕丛林，琴心在颤

抖，声声犹如松风吼。

噢又似泉水淙淙流，又似泉水淙淙

抖，声声犹如松风吼。

抖，泉水淙淙

噢！

流。噢！

流。憔悴琴

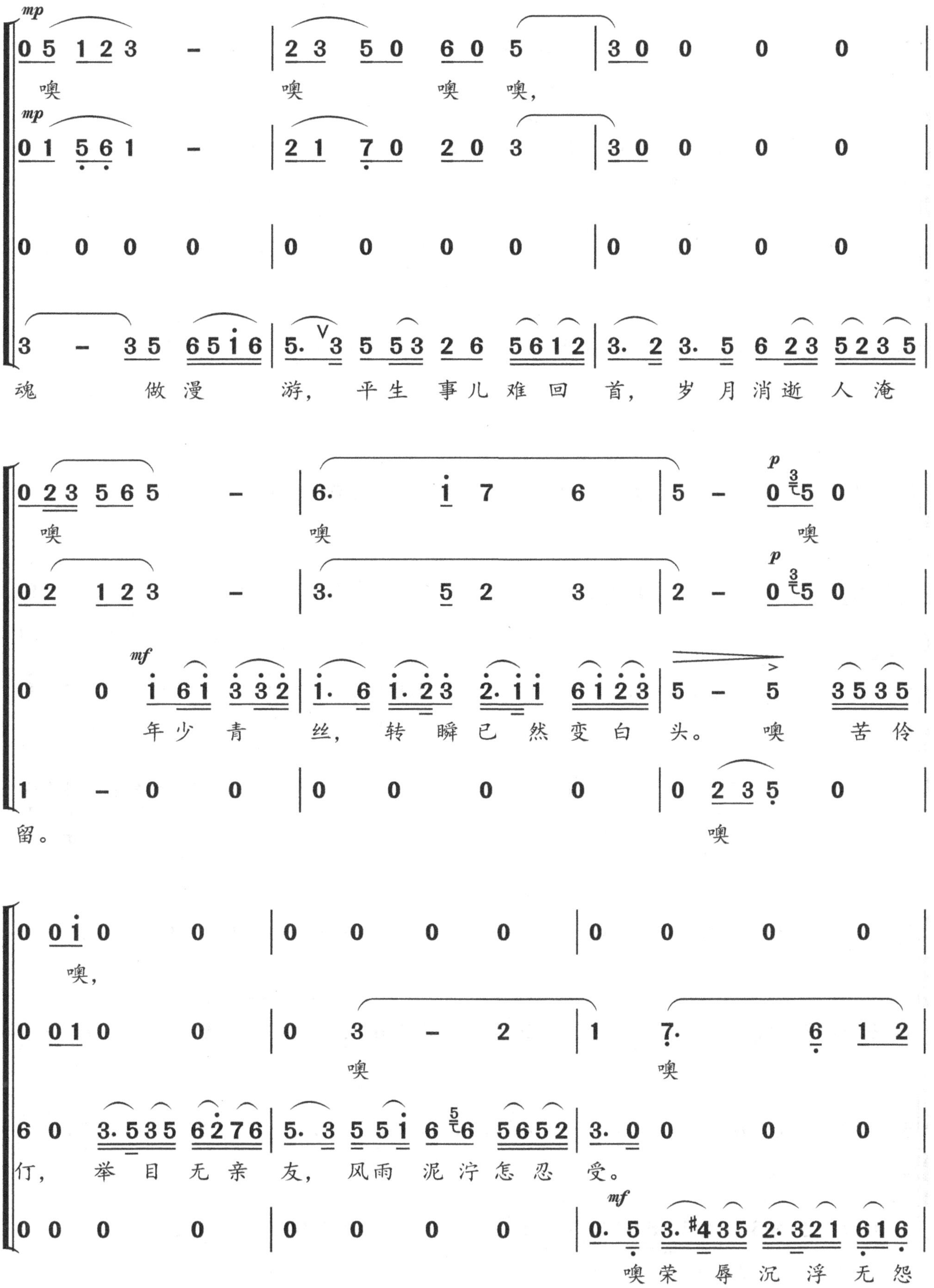

mp
0 5 1 2 3 – | 2 3 5 0 6 0 5 | 3 0 0 0 0 |
噢 噢 噢 噢，

mp
0 1 5 6 1 – | 2 1 7 0 2 0 3 | 3 0 0 0 0 |

0 0 0 0 | 0 0 0 0 | 0 0 0 0 |

3 – 3 5 6 5 1 6 | 5. 3 5 5 3 2 6 5 6 1 2 | 3. 2 3. 5 6 2 3 5 2 3 5 |
魂 做漫 游，平生事儿难回首，岁月消逝人淹

0 2 3 5 6 5 – | 6. 1 7 6 | 5 – 0 5 0 |
噢 噢 噢

0 2 1 2 3 – | 3. 5 2 3 | 2 – 0 5 0 |

mf
0 0 1 6 1 3 3 2 | 1. 6 1. 2 3 2. 1 1 6 1 2 3 | 5 – 5 3 5 3 5 |
年少青丝，转瞬已然变白头。噢 苦伶

1 – 0 0 | 0 0 0 0 | 0 2 3 5 0 |
留。 噢

0 0 1 0 0 | 0 0 0 0 | 0 0 0 0 |
噢，

0 0 1 0 0 | 0 3 – 2 | 1 7. 6 1 2 |
噢 噢

6 0 3. 5 3 5 6 2 7 6 | 5. 3 5 5 1 6 6 5 6 5 2 | 3. 0 0 0 0 |
仃，举目无亲友，风雨泥泞怎忍受。

mf
0 0 0 0 | 0 0 0 0 | 0. 5 3. #4 3 5 2. 3 2 1 6 1 6 |
噢荣辱沉浮无怨

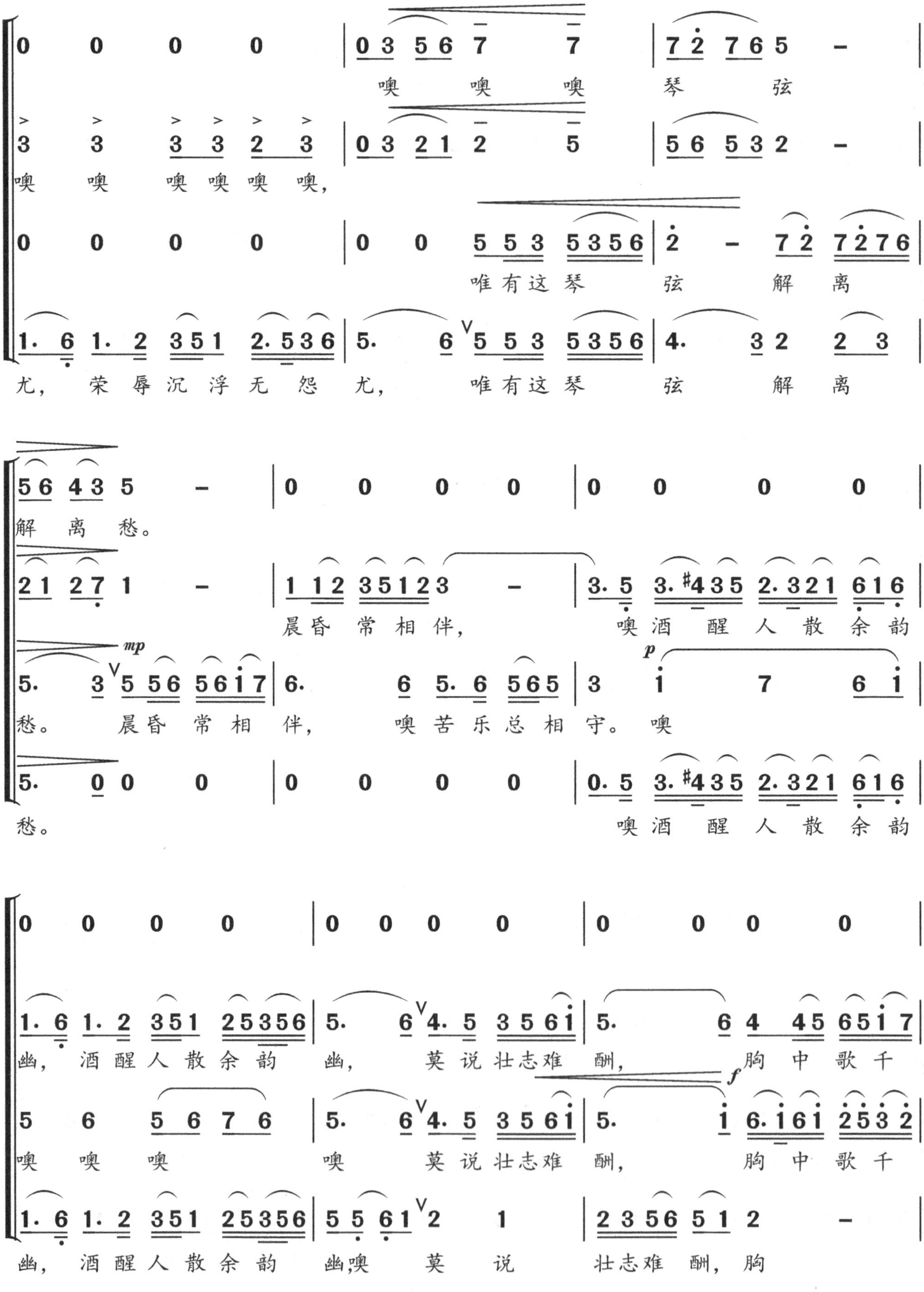
噢 噢 噢 琴 弦
噢 噢 噢 噢 噢 噢，
唯有这琴 弦 解 离
尤，荣 辱 沉 浮 无 怨 尤，唯有这琴 弦 解 离
解 离 愁。
晨 昏 常 相 伴， 噢酒 醒 人 散 余 韵
愁。晨 昏 常 相 伴， 噢 苦 乐 总 相 守。噢
愁。 噢酒 醒 人 散 余 韵
幽，酒 醒 人 散 余 韵 幽， 莫 说 壮 志 难 酬， 胸 中 歌 千
噢 噢 噢 噢 莫 说 壮 志 难 酬， 胸 中 歌 千
幽，酒 醒 人 散 余 韵 幽，噢 莫 说 壮志难 酬，胸
mp
p
f

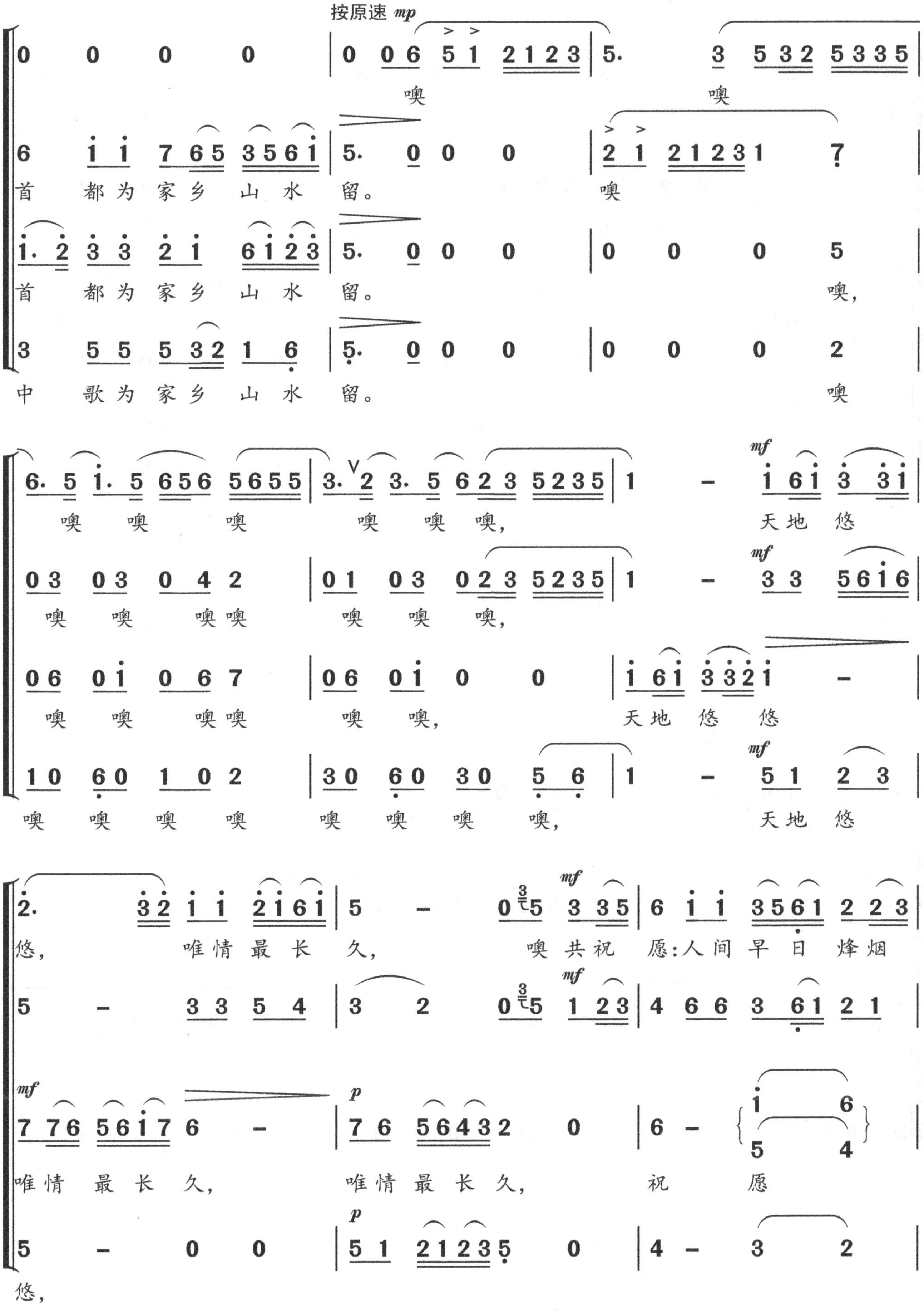

按原速 *mp*

| 0 0 0 0 | 0 06 51 2123 | 5· 3 532 5335 |
噢 噢

| 6 i i 765 3561 | 5· 0 0 0 | 21 21231 7 |
首 都为 家乡 山水 留。 噢

| i·2 33 2i 6i23 | 5· 0 0 0 | 0 0 0 5 |
首 都为 家乡 山水 留。 噢，

| 3 55 5321 16 | 5· 0 0 0 | 0 0 0 2 |
中 歌为 家乡 山水 留。 噢

| 6·5 i·5 656 5655 | 3·2 3·5 623 5235 | 1 – *mf* i6i 3 3i |
噢 噢 噢 噢 噢 噢， 天地 悠

| 03 03 04 2 | 01 03 023 5235 | 1 – *mf* 33 56i6 |
噢 噢 噢噢 噢 噢 噢，

| 06 0i 06 7 | 06 0i 0 0 | i6i 332i – |
噢 噢 噢噢 噢 噢， 天地 悠 悠

| 10 60 10 2 | 30 60 30 56 | 1 – *mf* 51 23 |
噢 噢 噢 噢 噢 噢 噢 噢， 天地 悠

| 2· 32 ii 2i6i | 5 – 0 5 *mf* 3 35 | 6 ii 3561 223 |
悠， 唯情 最长 久， 噢共祝 愿:人间 早日 烽烟

| 5 – 33 54 | 3 2 0 5 *mf* 1 23 | 4 66 3 61 21 |

mf

| 7 76 56i7 6 – | *p* 76 56432 0 | 6 – i/5 6/4 |
唯情 最长 久， 唯情 最长 久， 祝 愿

| 5 – 0 0 | *p* 51 21235 0 | 4 – 3 2 |
悠，

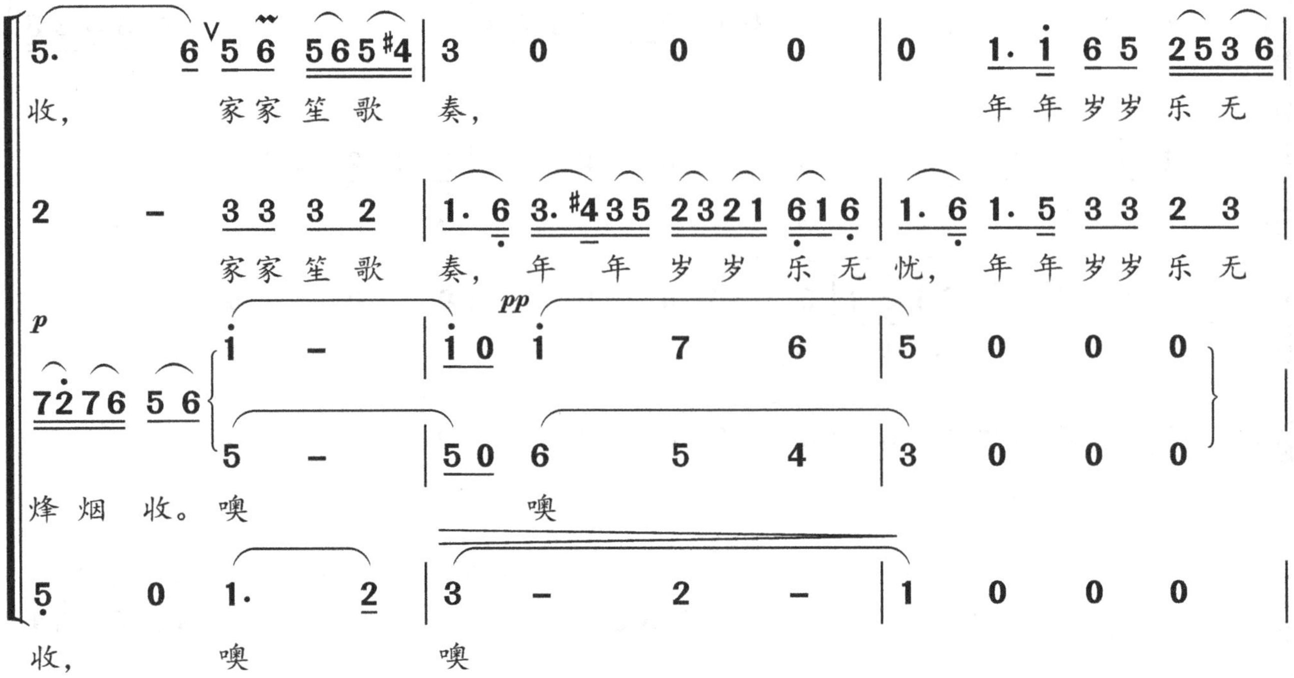

5. 6 5 6 565#4 | 3 0 0 0 | 0 1. i 6 5 2536 |
收， 家家笙歌 奏， 年年岁岁乐无

2 – 33 3 2 | 1.6 3.#435 2321 616 | 1.6 1.5 33 2 3 |
家家笙歌 奏，年 年 岁岁 乐无 忧，年年岁岁乐无

p
7276 56 | i – | i0 i 7 6 | 5 0 0 0 |
| 5 – | 50 6 5 4 | 3 0 0 0 |
烽烟收。噢 噢

5 0 1. 2 | 3 – 2 – | 1 0 0 0 |
收， 噢 噢

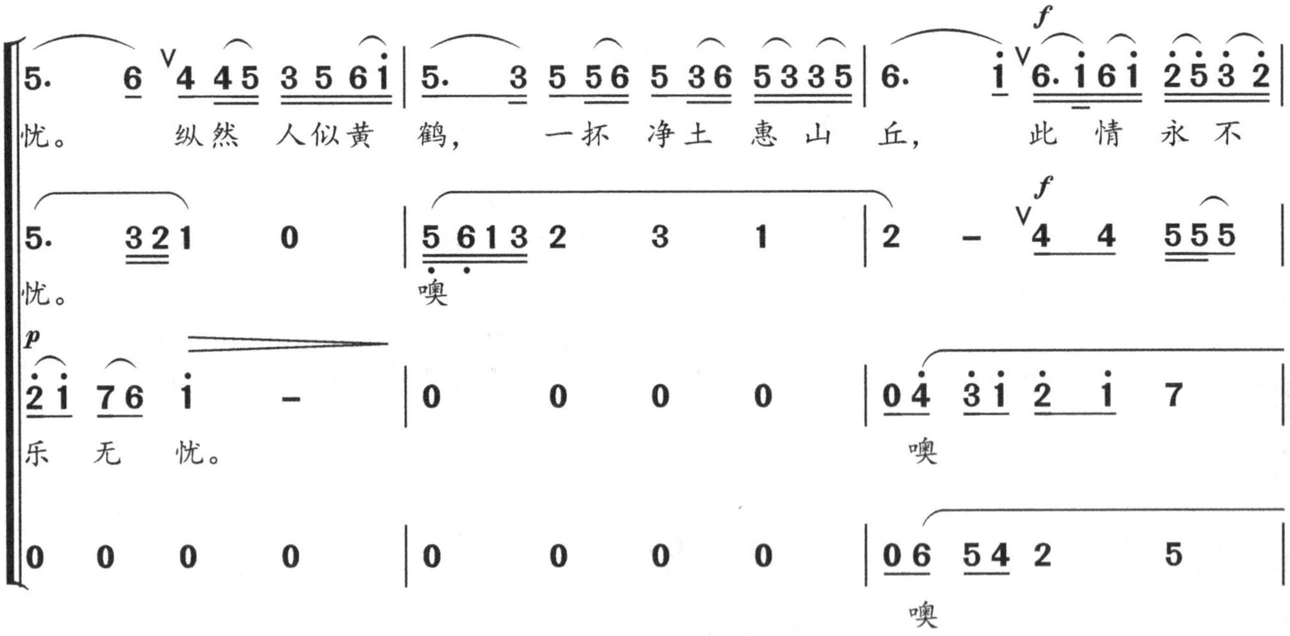

5. 6 4 45 3561 | 5. 3 5 56 5 36 5335 | 6. i 6.i6i 2532 |
忧。 纵然 人似黄 鹤， 一抔 净土 惠山 丘， 此情永不

5. 321 0 | 56132 3 1 | 2 – 4 4 555 |
忧。 噢

p
2i 76 i – | 0 0 0 0 | 04 3i 2 i 7 |
乐无 忧。 噢

0 0 0 0 | 0 0 0 0 | 06 54 2 5 |
噢

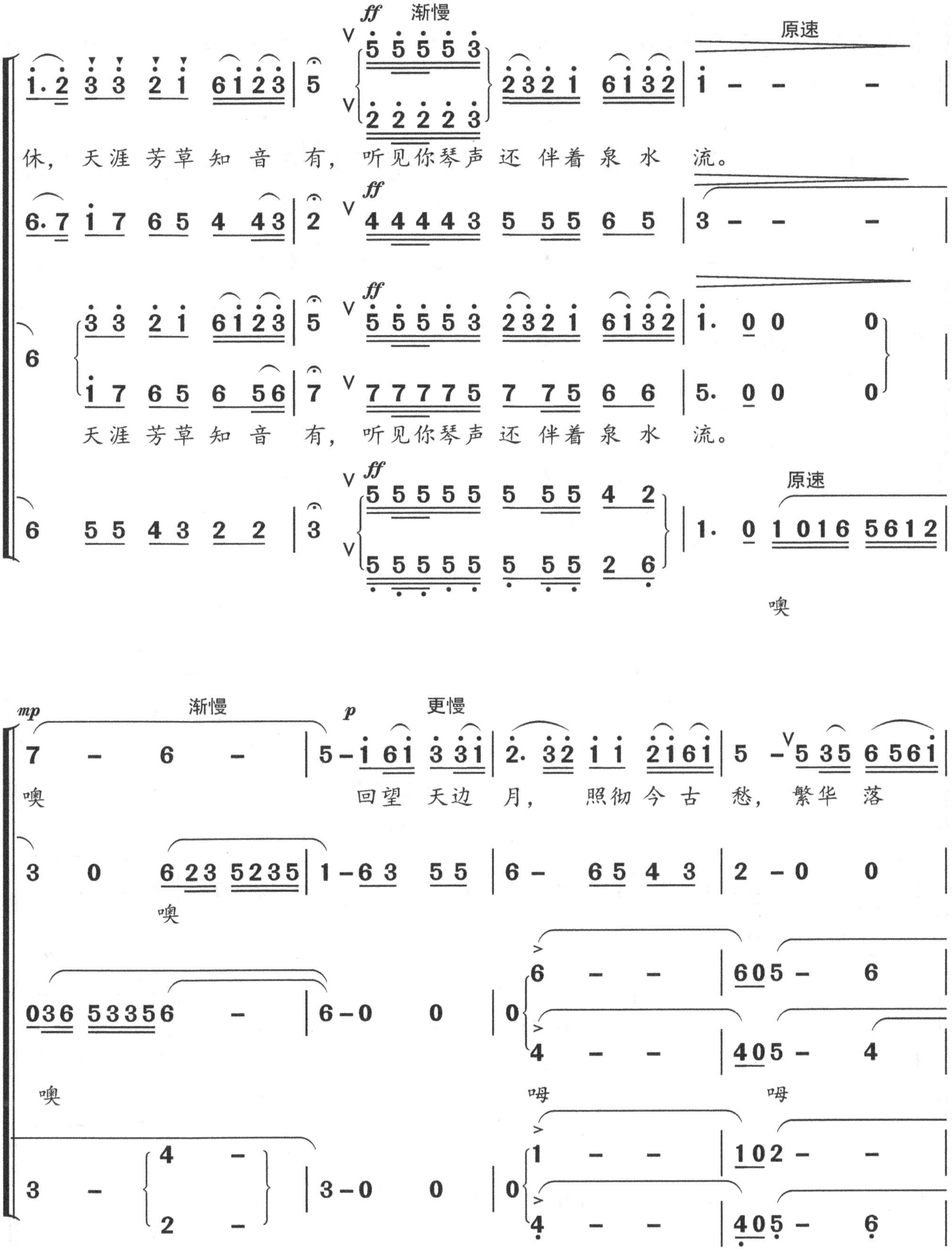

ff 渐慢

原速

休，天涯芳草知音有，听见你琴声还伴着泉水流。

ff

ff

天涯芳草知音有，听见你琴声还伴着泉水流。

ff

原速

噢

mp 渐慢 p 更慢

噢 回望天边月，照彻今古愁，繁华落

噢

噢

姆 姆

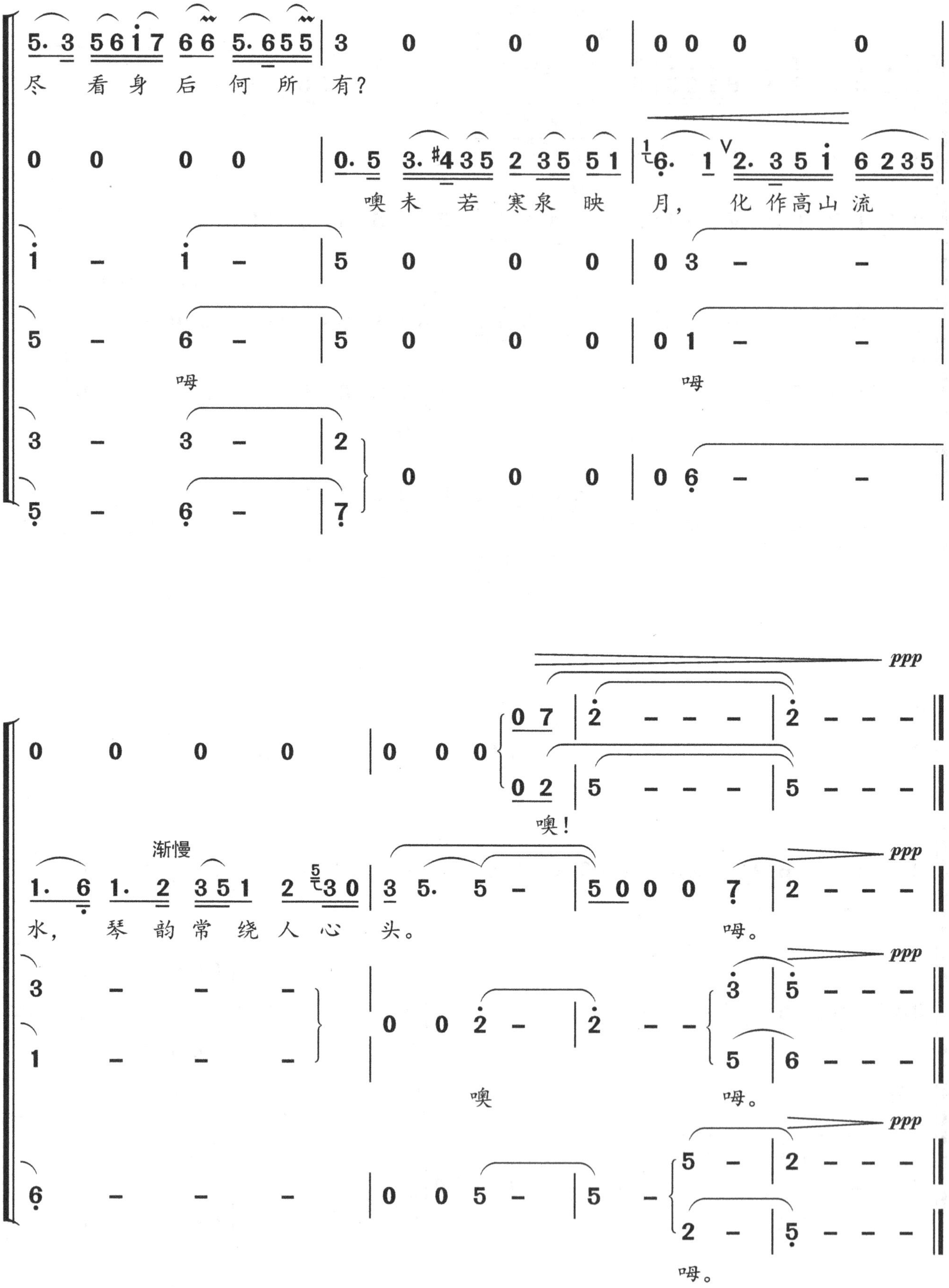

尽 看身后何所有？

噢未 若寒泉映 月， 化作高山流

呣 呣

噢！

渐慢

水， 琴韵常绕人心 头。 呣。

噢 呣。

呣。

ppp

把儿的歌声带回长安

（电视连续剧《文成公主》片头曲）

1=C $\frac{4}{4}$

亲切、雍容地 ♩=80

王 健 词
李一丁 曲

只 为那 神 圣 的 一 诺， 只 为天 地 之 间
一 生一 世 一 串 故 事， 你 我都 在 故 事

这 个 缘。 只 为 心 中 那 幅 图 画， 五 百
里 边。 女 儿 也 有 男 儿 志， 报 答

日 夜 万 里 山 川。 繁 华 啊 留 在 身
皇 天 后 土 此 心 甘。 日 月 山 藏 日

后， 执 着 向 天 边。 愿 化 干
月， 倒 淌 河 不 是 泪 川。 绵 绵 乡

戈 为 玉 帛， 不 再 听 那 悲 笳
思 织 成

声 声 寒。 路， 高 原 的 风 啊 把

儿 的 歌 声 带 回 长 安。

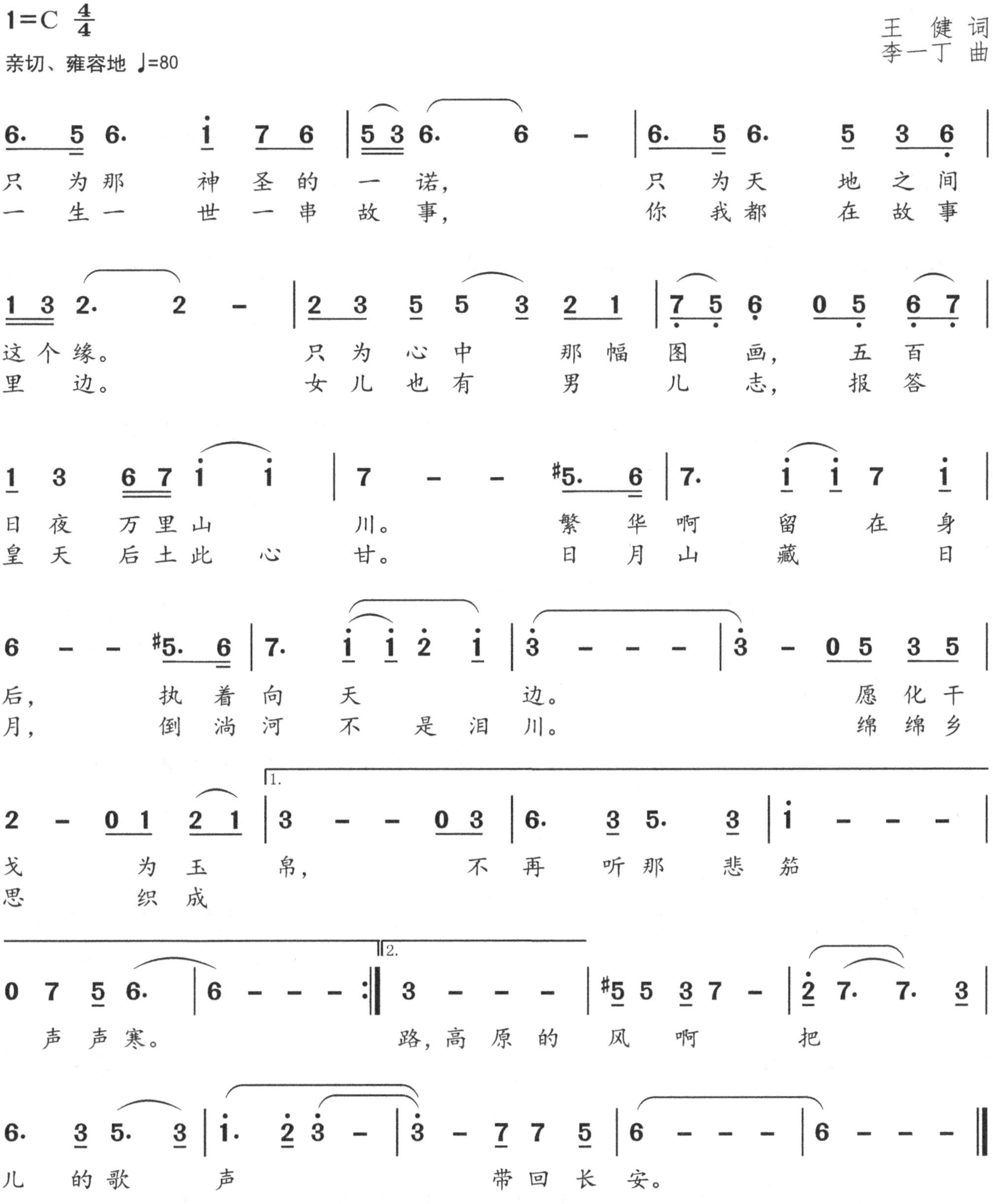

因果深深

（电视连续剧《文成公主》插曲）

1=G 4/4

辽远、缥缈地 ♩=63

王　健 词
李一丁 曲

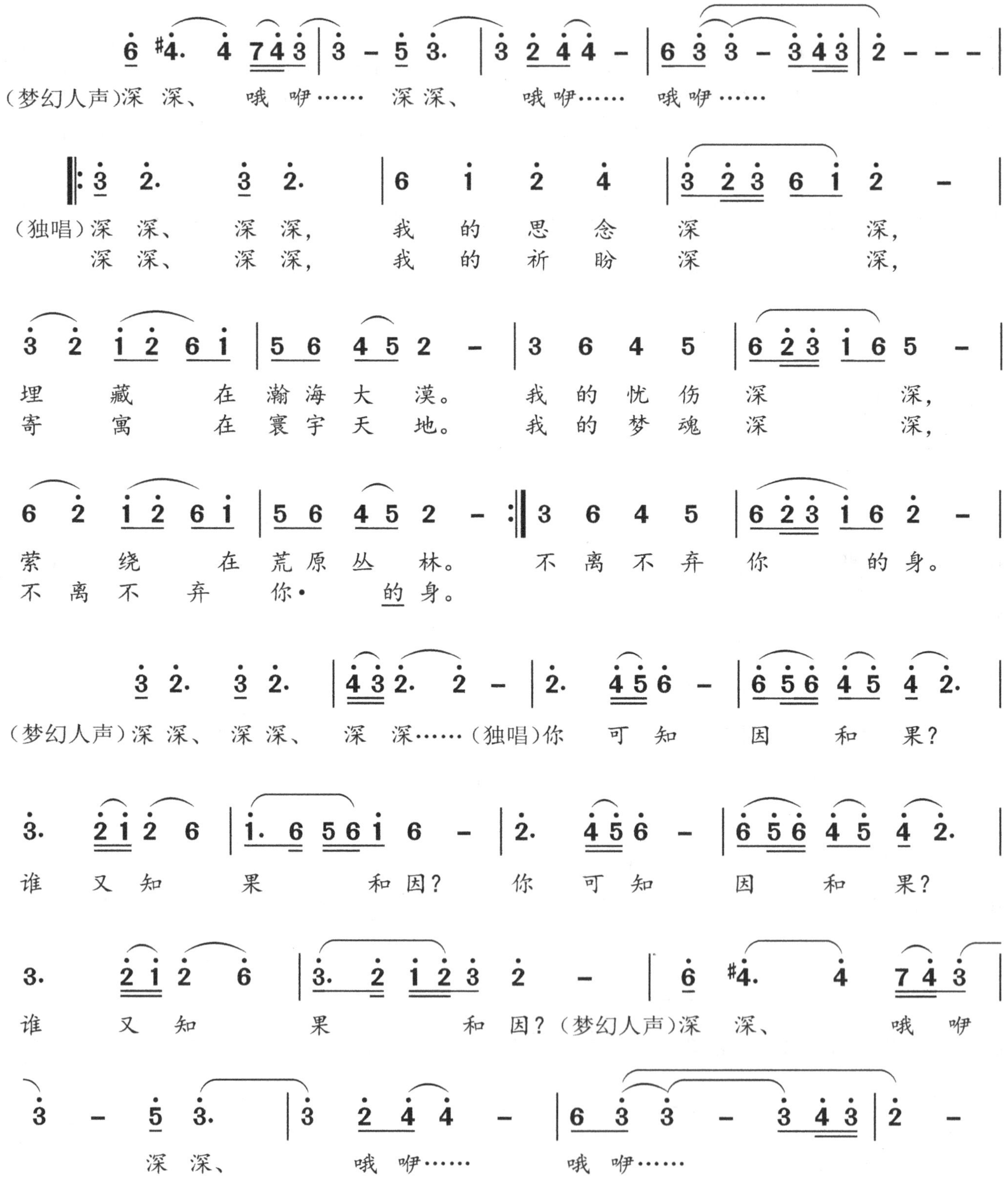

（梦幻人声）深 深、 哦 咿…… 深深、 哦咿…… 哦咿……

（独唱）深 深、 深 深， 我 的 思 念 深 深，
深 深、 深 深， 我 的 祈 盼 深 深，

埋 藏 在 瀚 海 大 漠。 我 的 忧 伤 深 深，
寄 寓 在 寰 宇 天 地。 我 的 梦 魂 深 深，

萦 绕 在 荒 原 丛 林。 不 离 不 弃 你 的 身。
不 离 不 弃 你· 的 身。

（梦幻人声）深 深、 深 深、 深 深……（独唱）你 可 知 因 和 果？

谁 又 知 果 和 因？ 你 可 知 因 和 果？

谁 又 知 果 和 因？（梦幻人声）深 深、 哦 咿

深 深、 哦 咿…… 哦 咿……

我的梦中人

（电视连续剧《文成公主》片尾歌）

1=♭B $\frac{4}{4}$

深情地 ♩=69

王　健 词
李一丁 曲

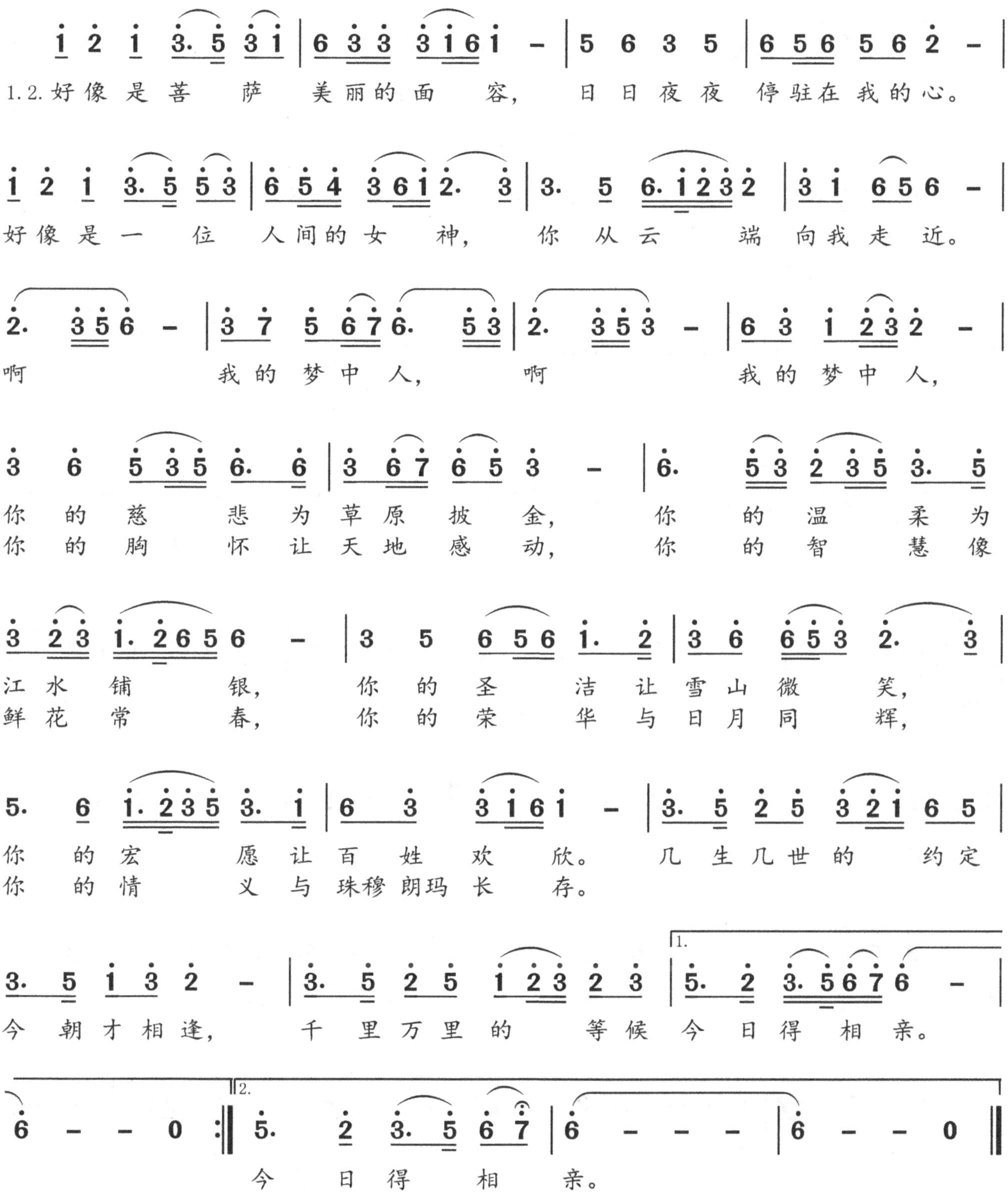

1.2.好像是菩　萨　美丽的面　容，　日日夜夜　停驻在我的心。

好像是一　位　人间的女　神，　你从云　端　向我走　近。

啊　　　　我的梦中人，　啊　　　　我的梦中人，

你的慈　悲为草原披　金，　你的温　柔为
你的胸　怀让天地感　动，　你的智　慧像

江水铺　银，　你的圣　洁让雪山微　笑，
鲜花常　春，　你的荣　华与日月同　辉，

你的宏　愿让百姓欢　欣。　几生几世的　约定
你的情　义与珠穆朗玛长　存。

今朝才相逢，　千里万里的　等候今日得相亲。

今日得相亲。

我十七岁

（电影《实习生》主题歌）

1=E $\frac{4}{4}$ $\frac{2}{4}$

♩=134

王　健　词
李一丁　曲

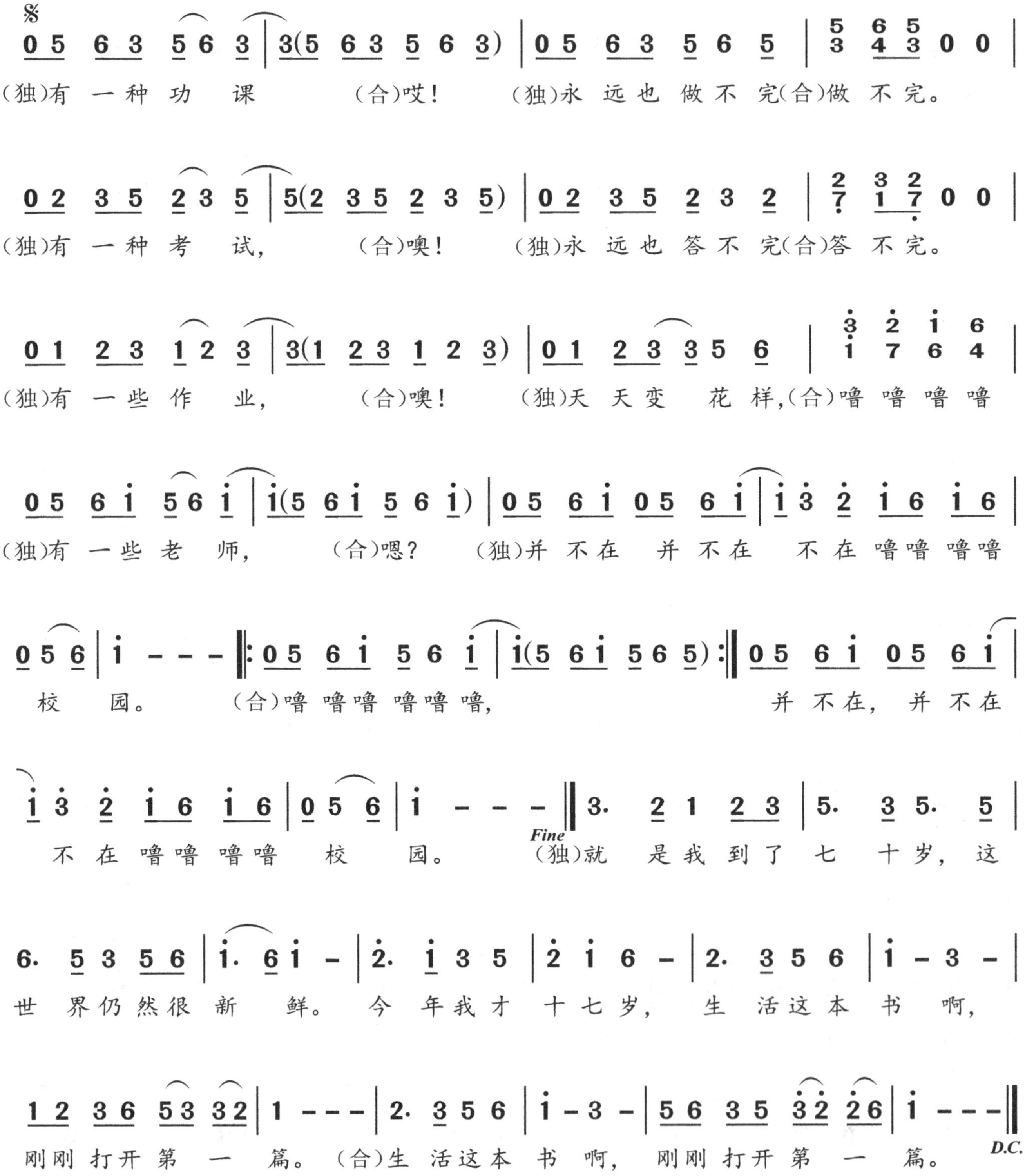

（独）有一种功课 （合）哎！ （独）永远也做不完（合）做不完。

（独）有一种考试，（合）噢！ （独）永远也答不完（合）答不完。

（独）有一些作业，（合）噢！ （独）天天变花样，（合）噜噜噜噜

（独）有一些老师，（合）嗯？ （独）并不在并不在不在噜噜噜噜

校园。（合）噜噜噜噜噜噜，并不在，并不在

不在噜噜噜噜校园。 *Fine* （独）就是我到了七十岁，这

世界仍然很新鲜。今年我才十七岁，生活这本书啊，

刚刚打开第一篇。（合）生活这本书啊，刚刚打开第一篇。 *D.C.*

三 色 帆

（北师大二附中校歌）

（童声领唱、合唱）

1=D $\frac{3}{4}$ $\frac{4}{4}$

王 健 词
李一丁 曲

庄重、深情地 ♩=60

5 3 5 – | 5 3 5 – | 5 3 5 – | 3 5 5 6 1 – |
（合）三 色 帆， 三 色 帆， 三 色 帆，（领）我 寻 找 你，

3 2 3 5 5 – | 3 5. 5 6 5 6 1 | 2 2 3 6 5 2 – | 3 5 5 6 1 – |
我 走 近 你， 美 丽 的 三 色 帆 含 着 深 情 意。 我 凝 望 你，

3 2 3 5 5 – | 3 5. 5 6 5 6 1 | 2 2 3 6 5 1 – | 6 i. 6 i. 6 |
我 懂 得 你， 美 丽 的 三 色 帆 无 言 的 期 冀。（合）我 寻 找 你，

5 5. 3 5 – | 6 i. 6 i. 6 | 5 5. 3 2 – | 3 5 5 6 1 – |
我 走 近 你， 我 凝 望 你， 我 懂 得 你。 我 珍 惜 你，

3 2 3 5 5 – | 3 5. 5 6 5 6. 1 | 2 2 3 6 5 2 – | 3 5 5 6 1 – |
我 记 得 你， 美 丽 的 三 色 帆 我 青 春 之 旅， 我 珍 惜 你，

3 2 3 5 5 – | 3 5. 5 6 5 6. 1 | 2 2 3 6 5 1 – | 5 3 5 – | 5 3 5 – |
我 记 得 你， 美 丽 的 三 色 帆 我 青 春 之 旅。 三 色 帆， 三 色 帆，

渐慢

6 4 6 – | 6 4 6 – | i ♭6 – – | i – – – | i – – – ‖
三 色 帆， 三 色 帆， 三 色 帆……

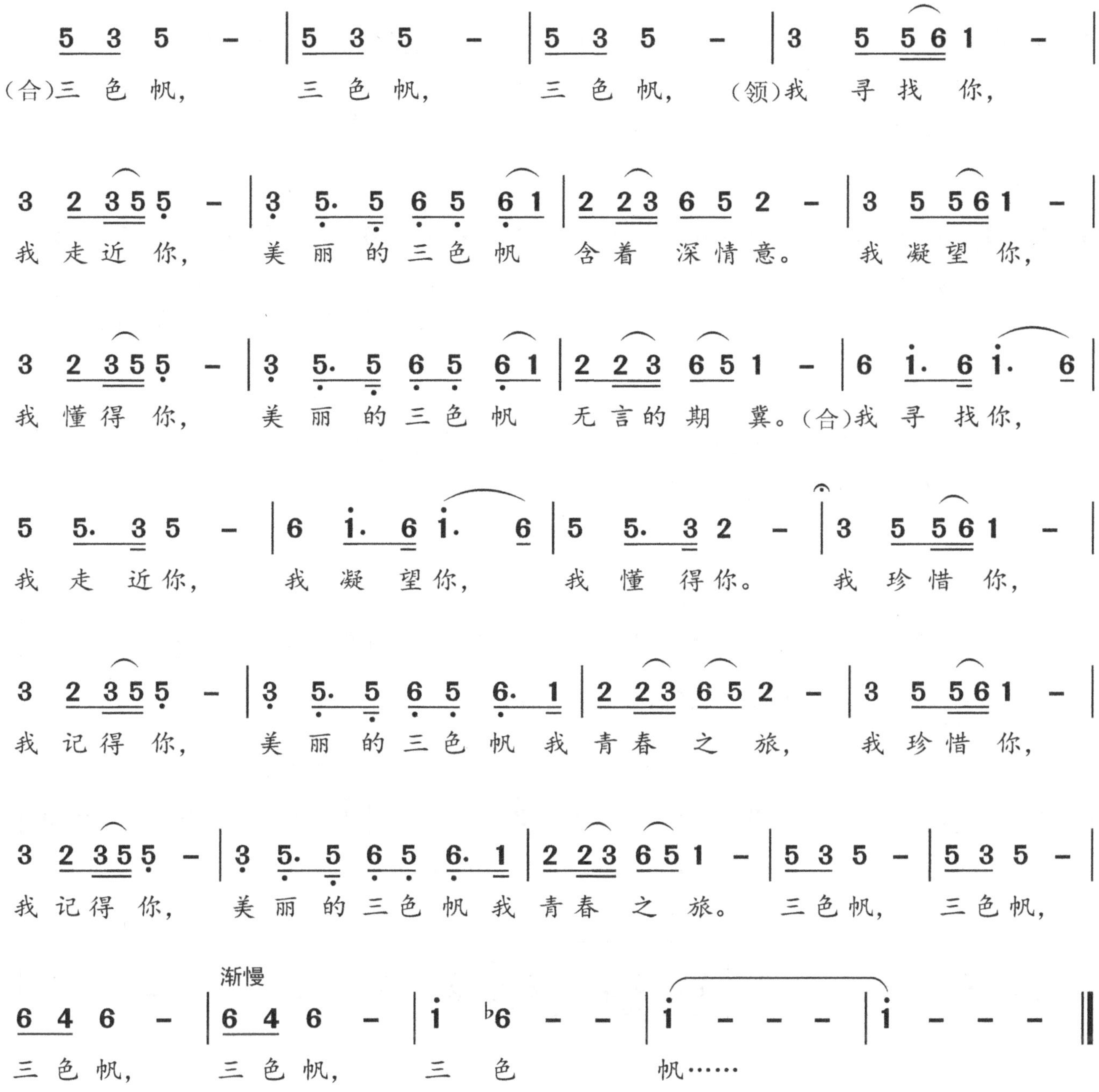

岁月有情

（电视连续剧《大雪无痕》主题歌）

1=♭E $\frac{4}{4}$

♩=60

王 健 词
李一丁 曲

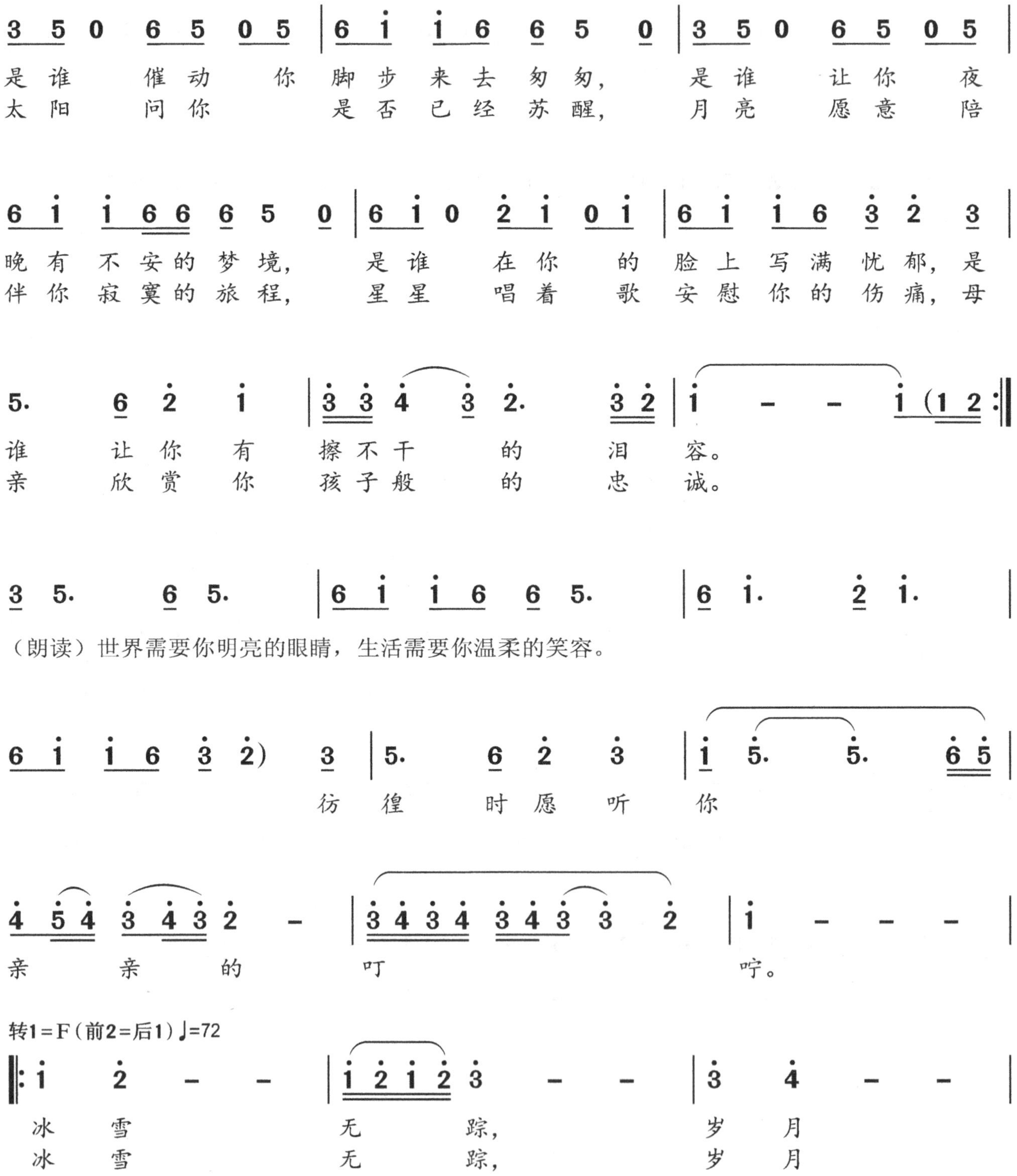

3 5 0 6 5 0 5 | 6 1 1 6 6 5 0 | 3 5 0 6 5 0 5 |

是谁催动你脚步来去匆匆，是谁让你夜
太阳问你是否已经苏醒，月亮愿意陪

6 1 1 6 6 6 5 0 | 6 1 0 2 1 0 1 | 6 1 1 6 3 2 3 |

晚有不安的梦境，是谁在你的脸上写满忧郁，是
伴你寂寞的旅程，星星唱着歌安慰你的伤痛，母

5. 6 2 1 | 3 3 4 3 2. 3 2 | 1 - - 1 (1 2 :‖

谁让你有擦不干的泪容。
亲欣赏你孩子般的忠诚。

3 5. 6 5. | 6 1 1 6 6 5. | 6 1. 2 1. |

（朗读）世界需要你明亮的眼睛，生活需要你温柔的笑容。

6 1 1 6 3 2) 3 | 5. 6 2 3 | 1 5. 5. 6 5 |

彷徨时愿听你

4 5 4 3 4 3 2 - | 3 4 3 4 3 4 3 3 2 | 1 - - - |

亲亲的叮咛。

转1=F（前2=后1）♩=72

‖: 1 2 - - | 1 2 1 2 3 - - | 3 4 - - |

冰雪无踪，岁月
冰雪无踪，岁月

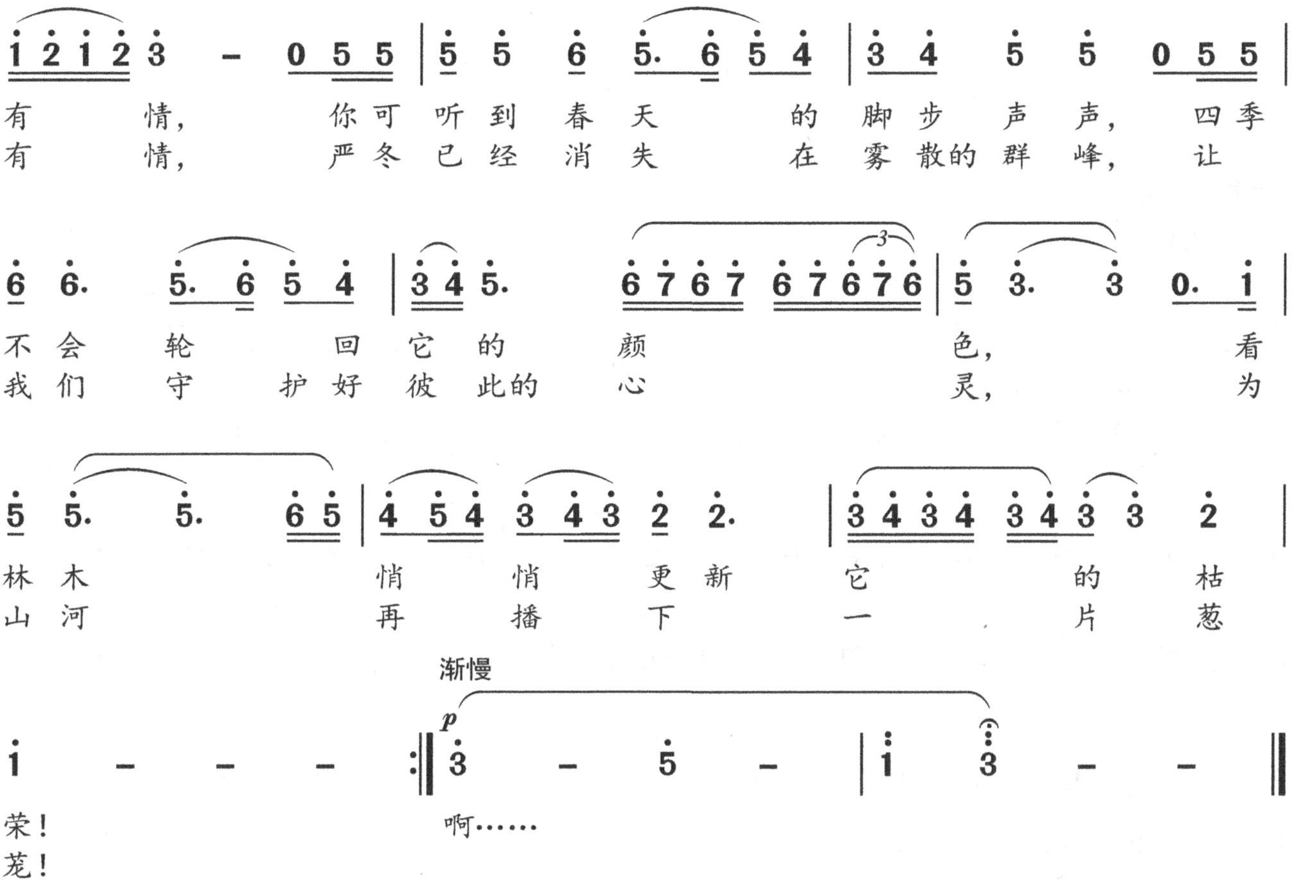

1 2 1 2 3 – 0 5 5 | 5 5 6 5. 6 5 4 | 3 4 5 5 0 5 5 |

有　　　情，　　　你可　听到　春　天　　　的　脚　步　声　声，　四季
有　　　情，　　　严冬　已经　消　失　　　在　雾　散的　群　峰，　让

6 6. 5. 6 5 4 | 3 4 5. 6 7 6 7 6 7 6 7 6 | 5 3. 3 0. 1 |

不　会　轮　回　它　的　颜　　　色，　看
我　们　守　护　好　彼　此的　心　　　灵，　为

5 5. 5. 6 5 | 4 5 4 3 4 3 2 2. | 3 4 3 4 3 4 3 3 2 |

林　木　　　悄　　　悄　　　更　新　它　　　的　枯
山　河　　　再　　　播　　　下　　　一　　　片　葱

渐慢

1 – – – :‖ p 3 – 5 – | 1 3 – – ‖

荣！　　　啊……
茏！

君若天上云

（电视连续剧《文成公主》插曲）

1=F $\frac{3}{4}$ $\frac{4}{4}$

俏丽、妩媚地 ♩=84

王　健 词
李一丁 曲

君若天上云哎，依似云中鸟哎，相依、相随，映日、御风，相亲、相怜，浴月弄影。
君若湖中水哎，依似水心花哎，相依、相随，映日、御风，相亲、相怜，浴月弄影。

人间何由悲欢，人间何缘聚散，但愿与君长相知，岂在形迹存灭。但愿与君长相守，莫做昙花一现。

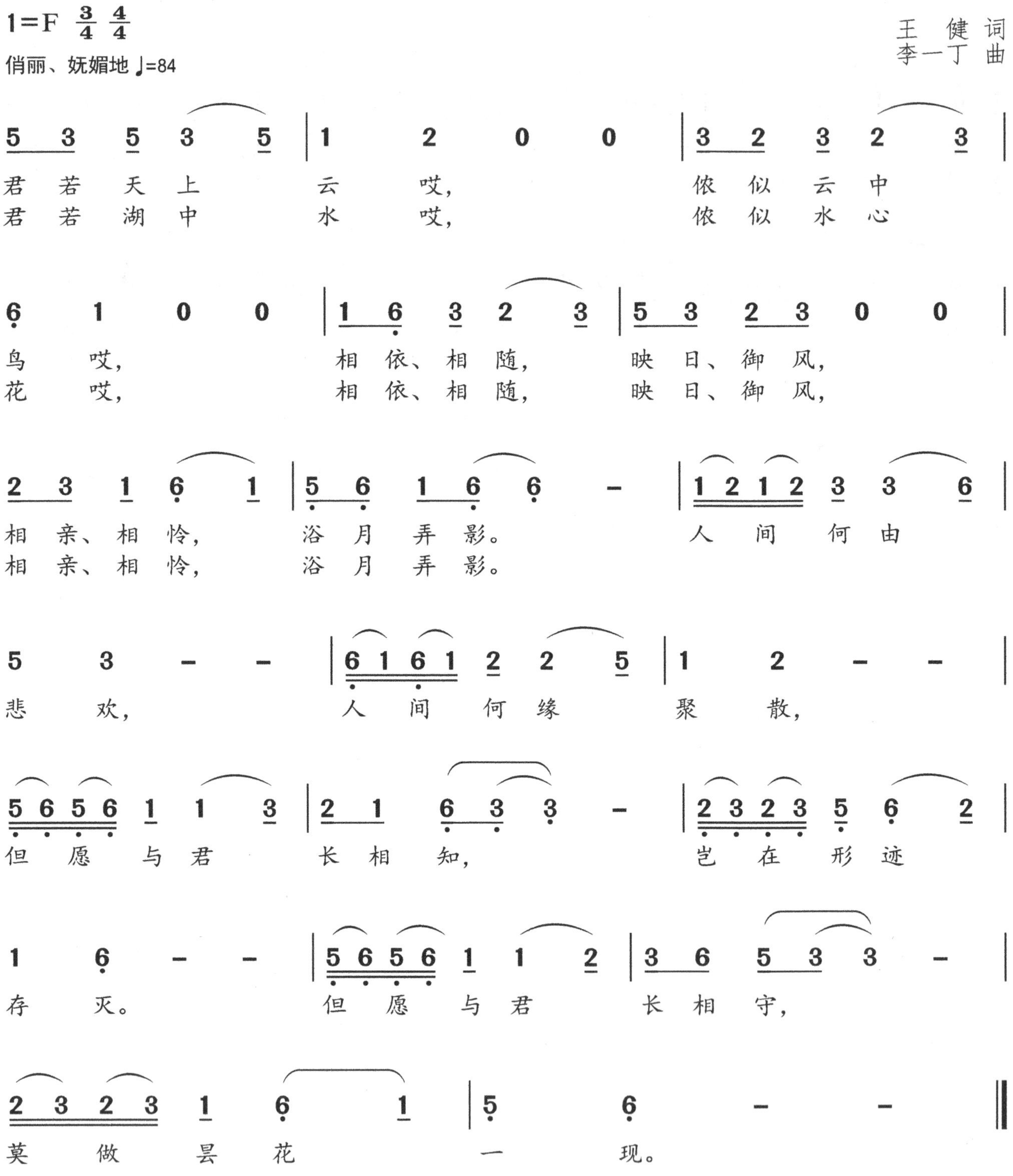

爱的名字是永恒

（电视连续剧《相逢在雨后》主题歌）

1=C $\frac{4}{4}$

安静、真挚地 ♩=63

王　健　词
李一丁　曲

3 5 – – | 3 5 – – ‖: 3 5 – 1 3 |

（独）宝　贝，　我　的
亲　人，　我　的

3 5. 5 3 5 | 5. 3 1 3 3 1 | 2 – – 1 2 |

宝　贝，　你　可　听　到　我　的　声　音？　遥
亲　人，　我　已　听　到　你　的　呼　唤，　它

3. 3 2 1 2 | 6 1 2. 3 1 6 | 3 – – 2 3 |

远　的　这　颗　心　懂　得　你　的　心。　无　论
并　不　遥　远　却　是　这　样　贴　近。　无　论

5. 5 3 5 6 | 6 7 5 6 – | 1. 3 2 1. 6 5 |

你　漂　泊　到　什　么　地　方，　你　是　我　眼　中
贫　穷　还　是　遭　遇　不　幸，

6 5 – 3 6 | 1 – – – :‖ 2. 6 5 2 2 1 3 |

最　牵　挂　的　人。　你　照　亮　我　的　梦

1 2 – 1 6 | 5 – – – | 5 – – 0 |

梦　也　温　馨。

转1=♭E（前3=后5）阳光般温暖地

3 5. 1 3 5 | 6. 5 5 3 1 2 | 3 – – 2 3 |

（童声合唱）昨　天　的　故　事　已　经　褪　去　了　颜　色，　风　雨

5. 3 1 2 3 | 5 6 7. 3 5 6 7 | 6 – – 5 1 |

后　的　彩　虹　像　我　们　的　笑　容。　（独）生　命

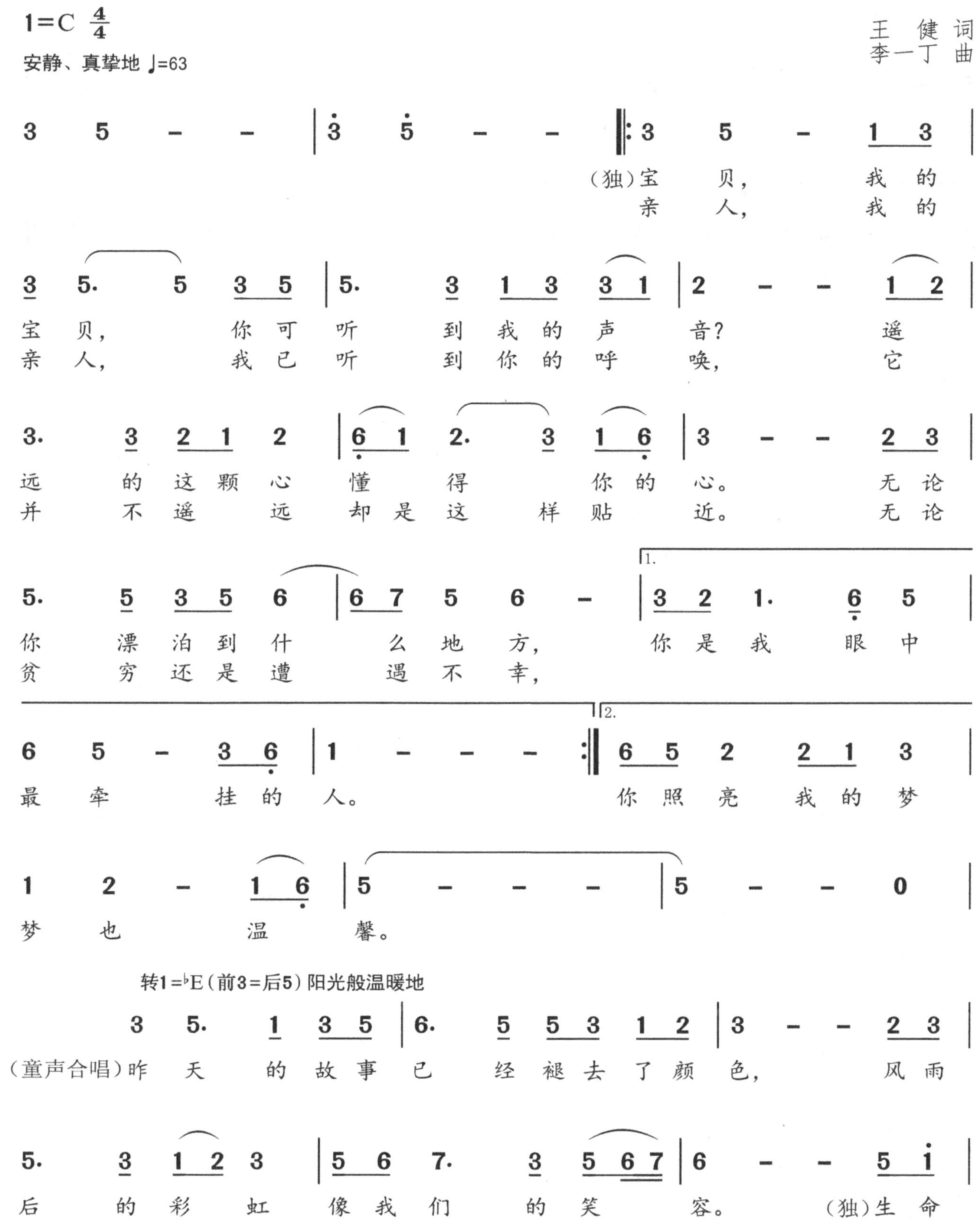

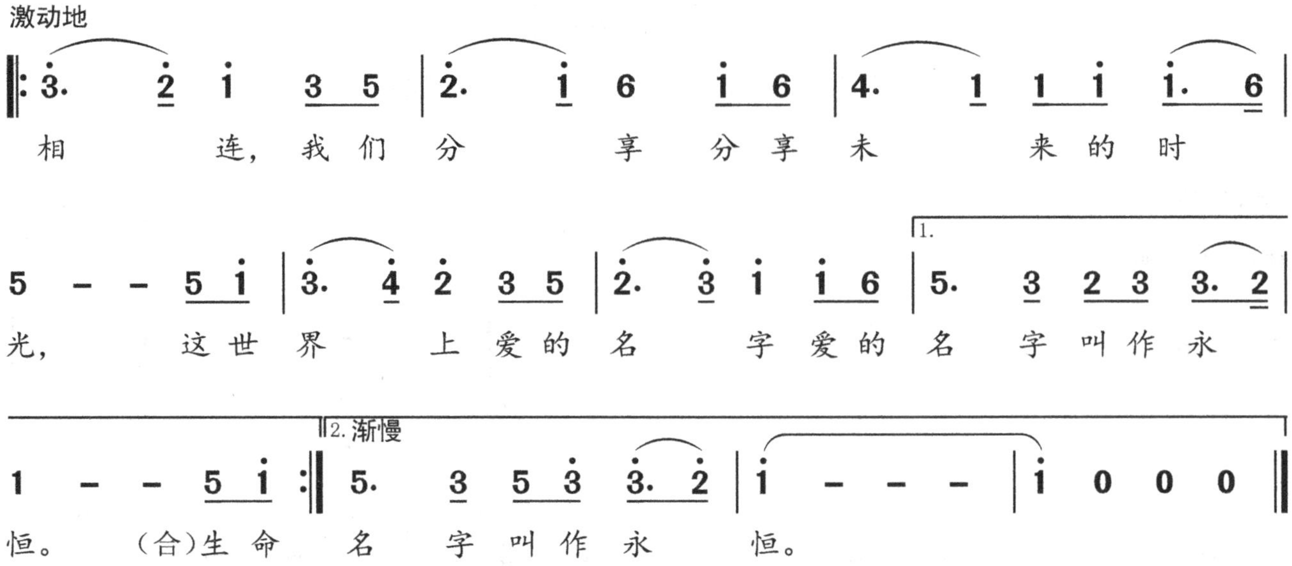

激动地

‖: 3. 2 1 3 5 | 2. 1 6 1 6 | 4. 1 1 1 1. 6 |

相 连，我们 分 享 分享未 来的时

5 – – 5 1 | 3. 4 2 3 5 | 2. 3 1 1 6 | [1.] 5. 3 2 3 3. 2 |

光， 这世界 上爱的名 字爱的名 字叫作永

1 – – 5 1 :‖ [2. 渐慢] 5. 3 5 3 3. 2 | 1 – – – | 1 0 0 0 ‖

恒。 (合)生命 名 字叫作永 恒。

山 海 情

（电影《渤海明珠》插曲）

1=G $\frac{4}{4}$

♩=108

王 健 词
李一丁 曲

热情的大海呼唤着我，欢跳的浪花迎接着我，

温柔的海风吹拂着我，投入大海的怀抱，噢！

多么快活。

远山珍藏着遥远的故事，海涛把千年的悲欢诉说。
海鸥邀请我结伴同行，追逐那风帆踏浪扬波。

山海的情怀，山海的品格，铸造着一个多情的我。
心中响起，一支辉煌的歌，唱给未来和明天的中国。

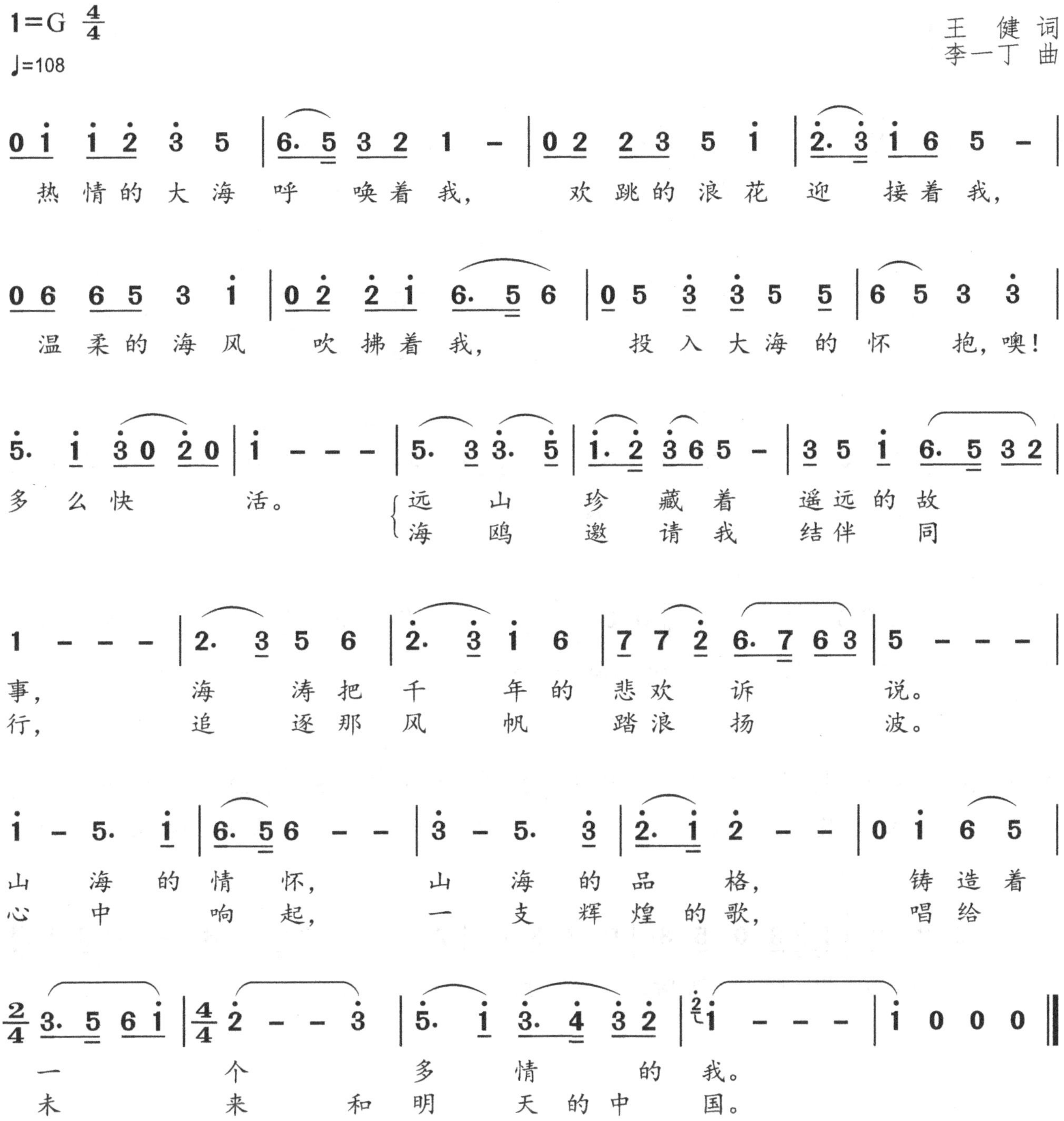

你的爱心像阳光

（电视剧《棒棒真棒》插曲）

1=♭D $\frac{3}{4}$ $\frac{4}{4}$

王 健 词
李一丁 曲

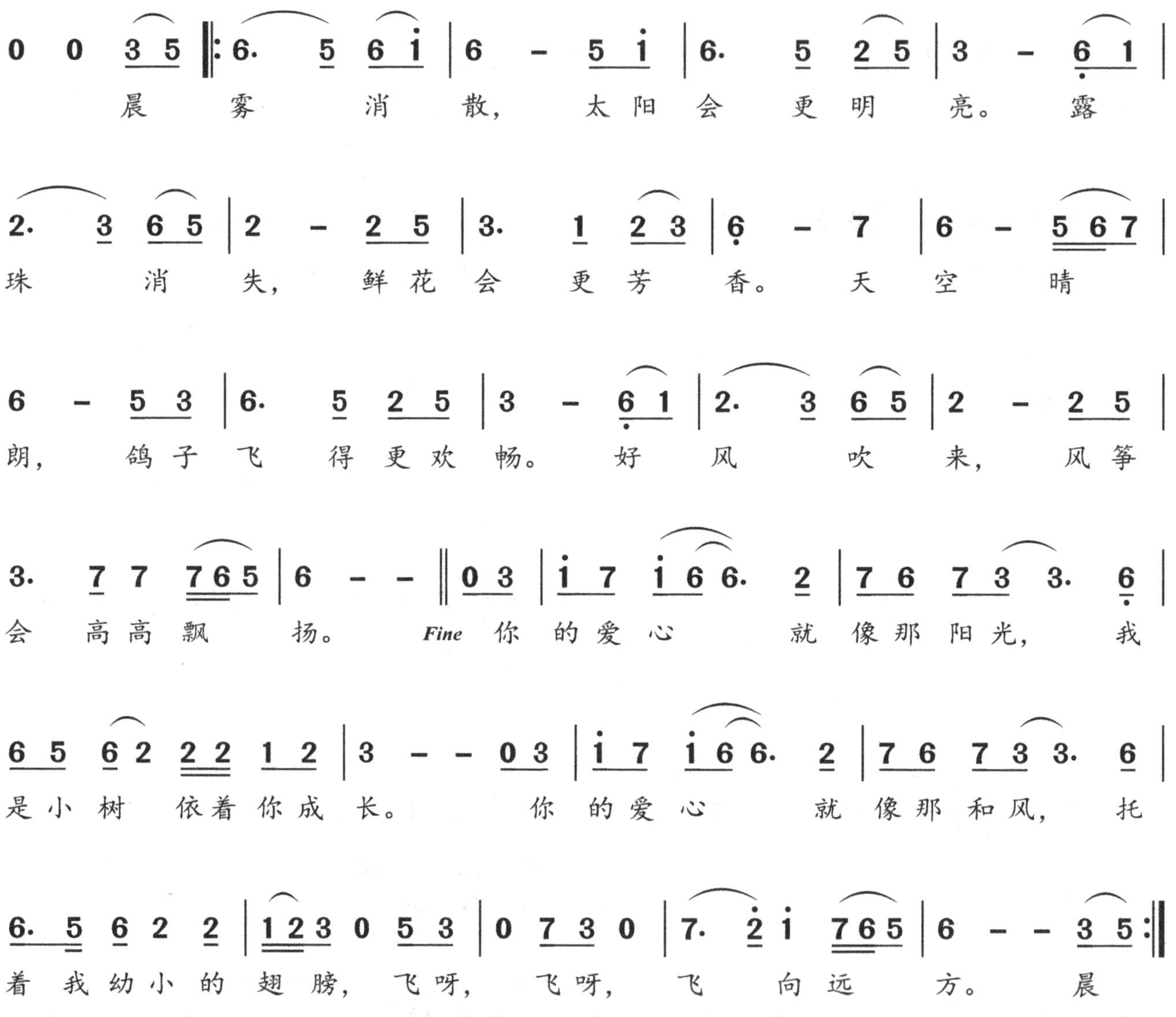

晨雾消散，太阳会更明亮。露珠消失，鲜花会更芳香。天空晴朗，鸽子飞得更欢畅。好风吹来，风筝会高高飘扬。*Fine* 你的爱心就像那阳光，我是小树依着你成长。你的爱心就像那和风，托着我幼小的翅膀，飞呀，飞呀，飞向远方。晨

你像春神

——献给老师的歌

（少儿领齐唱）

1=D $\frac{2}{4}$

♩=72 深情、纯真而赞美地

王　健 词

丁留强 曲

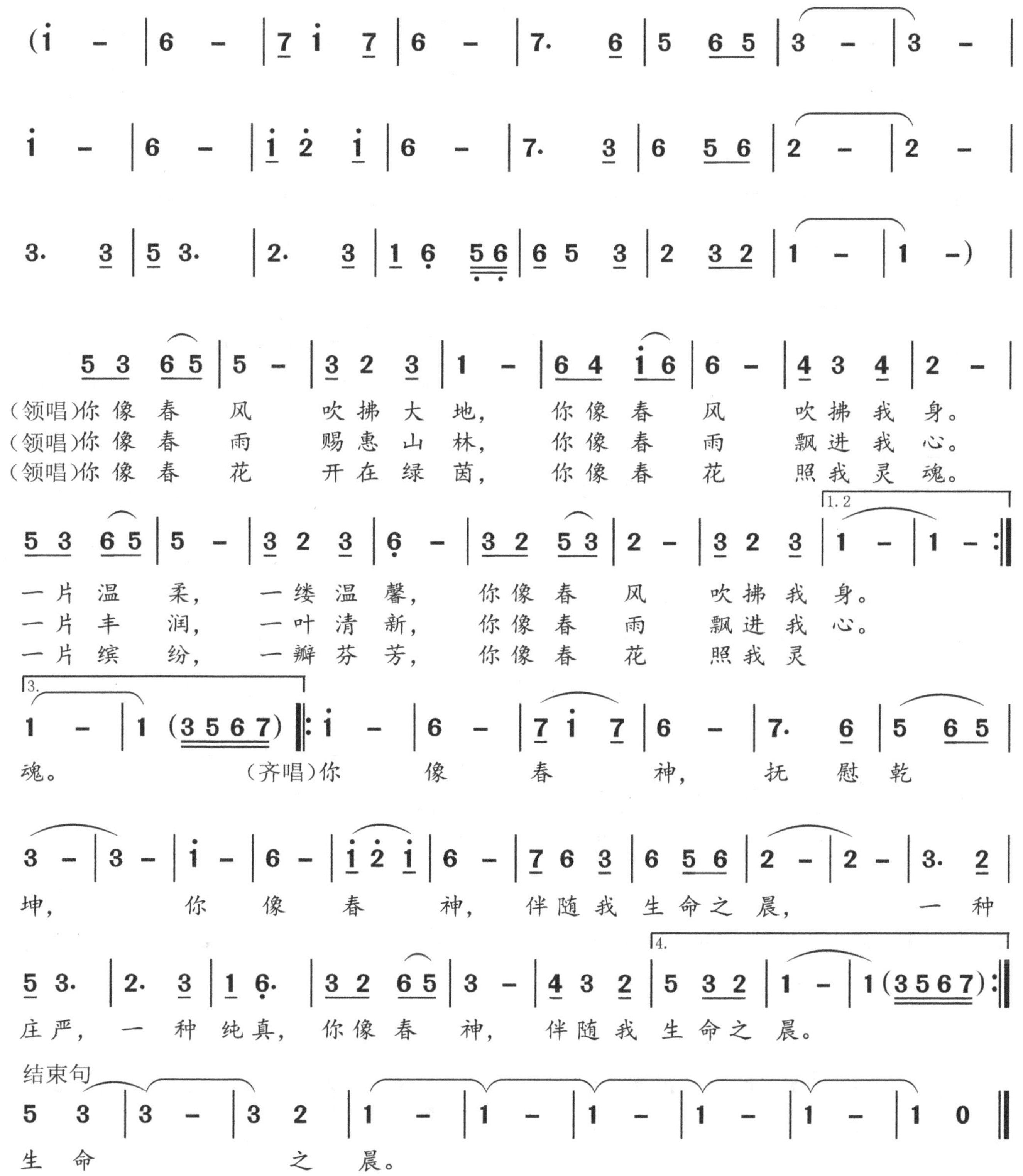

（领唱）你像春风吹拂大地，你像春风吹拂我身。

（领唱）你像春雨赐惠山林，你像春雨飘进我心。

（领唱）你像春花开在绿茵，你像春花照我灵魂。

一片温柔，一缕温馨，你像春风吹拂我身。

一片丰润，一叶清新，你像春雨飘进我心。

一片缤纷，一瓣芬芳，你像春花照我灵魂。

（齐唱）你像春神，抚慰乾坤，你像春神，伴随我生命之晨，一种庄严，一种纯真，你像春神，伴随我生命之晨。

结束句

生命之晨。

华容道上的独白

（民族男独）

1=A $\frac{4}{4}$

♩=120

王　健　词
丁留强　曲

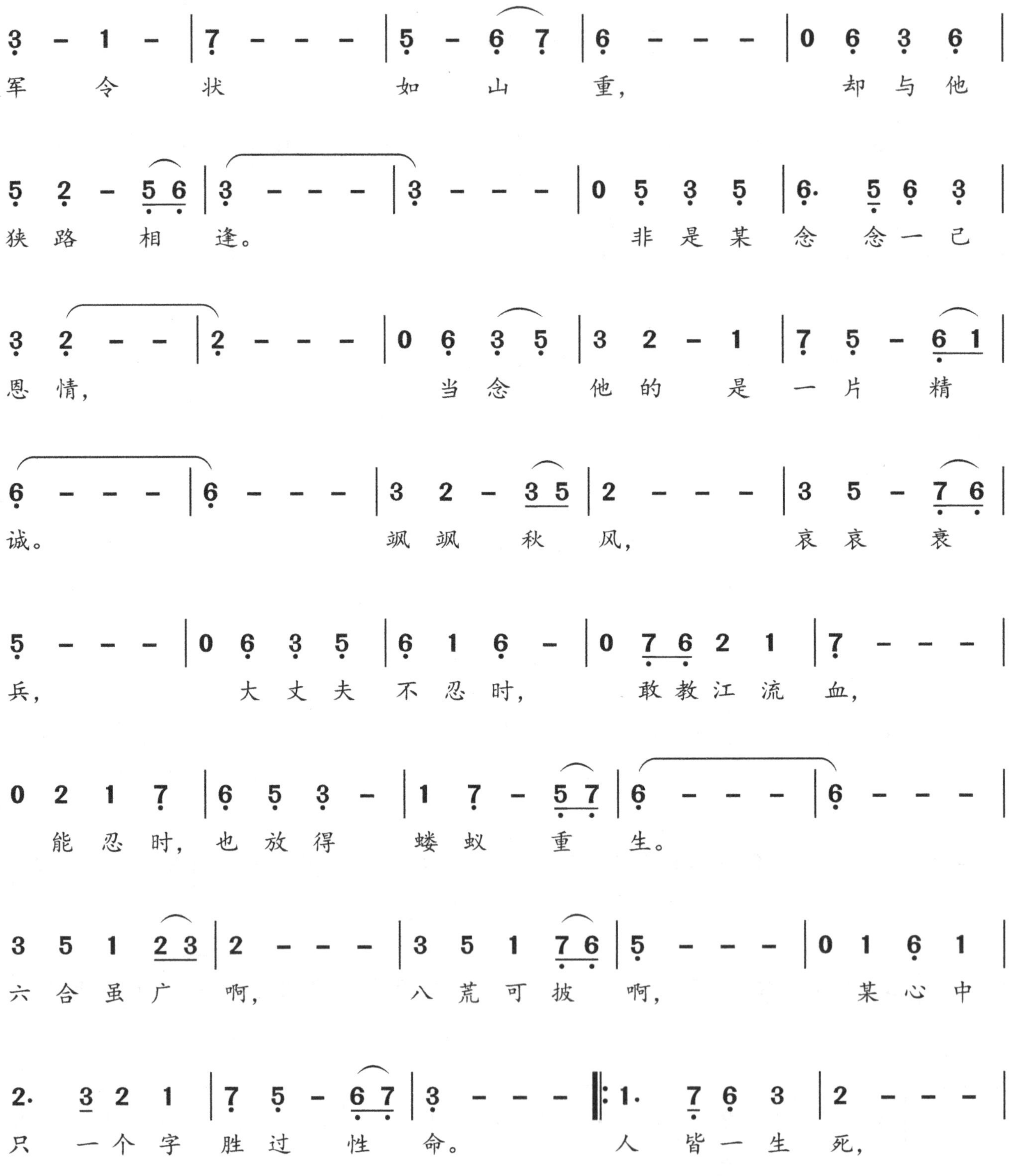

军　令　状　如　山　重，　却　与　他

狭　路　相　逢。　非　是　某　念　念　一　己

恩　情，　当　念　他　的　是　一　片　精

诚。　飒　飒　秋　风，　哀　哀　哀

兵，　大　丈　夫　不　忍　时，　敢　教　江　流　血，

能　忍　时，　也　放　得　蝼　蚁　重　生。

六　合　虽　广　啊，　八　荒　可　拔　啊，　某　心　中

只　一　个　字　胜　过　性　命。　人　皆　一　生　死，

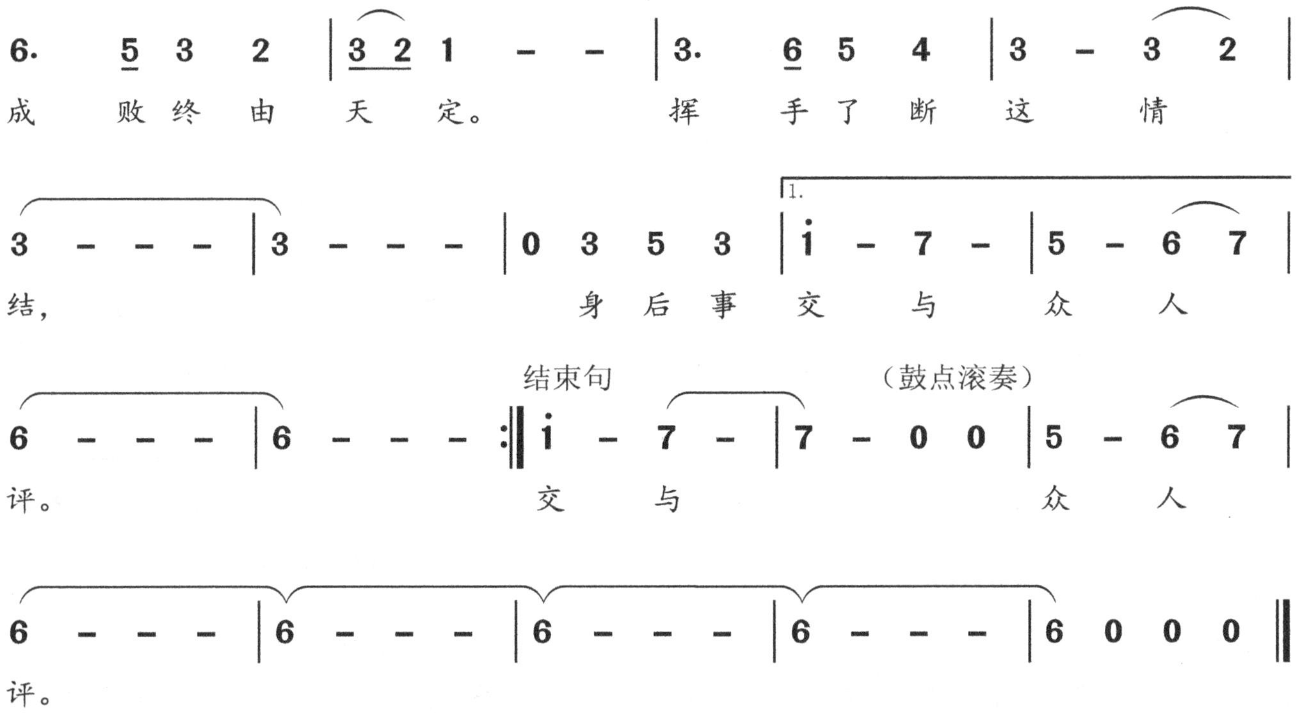

6· 5 3 2 | 3 2 1 – – | 3· 6 5 4 | 3 – 3 2 |
成 败终 由 天 定。 挥 手了 断 这 情

3 – – – | 3 – – – | 0 3 5 3 |[1. i – 7 – | 5 – 6 7 |
结， 身 后 事 交 与 众 人

结束句 （鼓点滚奏）
6 – – – | 6 – – – :‖ i – 7 – | 7 – 0 0 | 5 – 6 7 |
评。 交 与 众 人

6 – – – | 6 – – – | 6 – – – | 6 – – – | 6 0 0 0 ‖
评。

你是谁

（男声独唱）

1=$^{\flat}$A $\frac{2}{4}$

♩=60

王　健 词
丁留强 曲

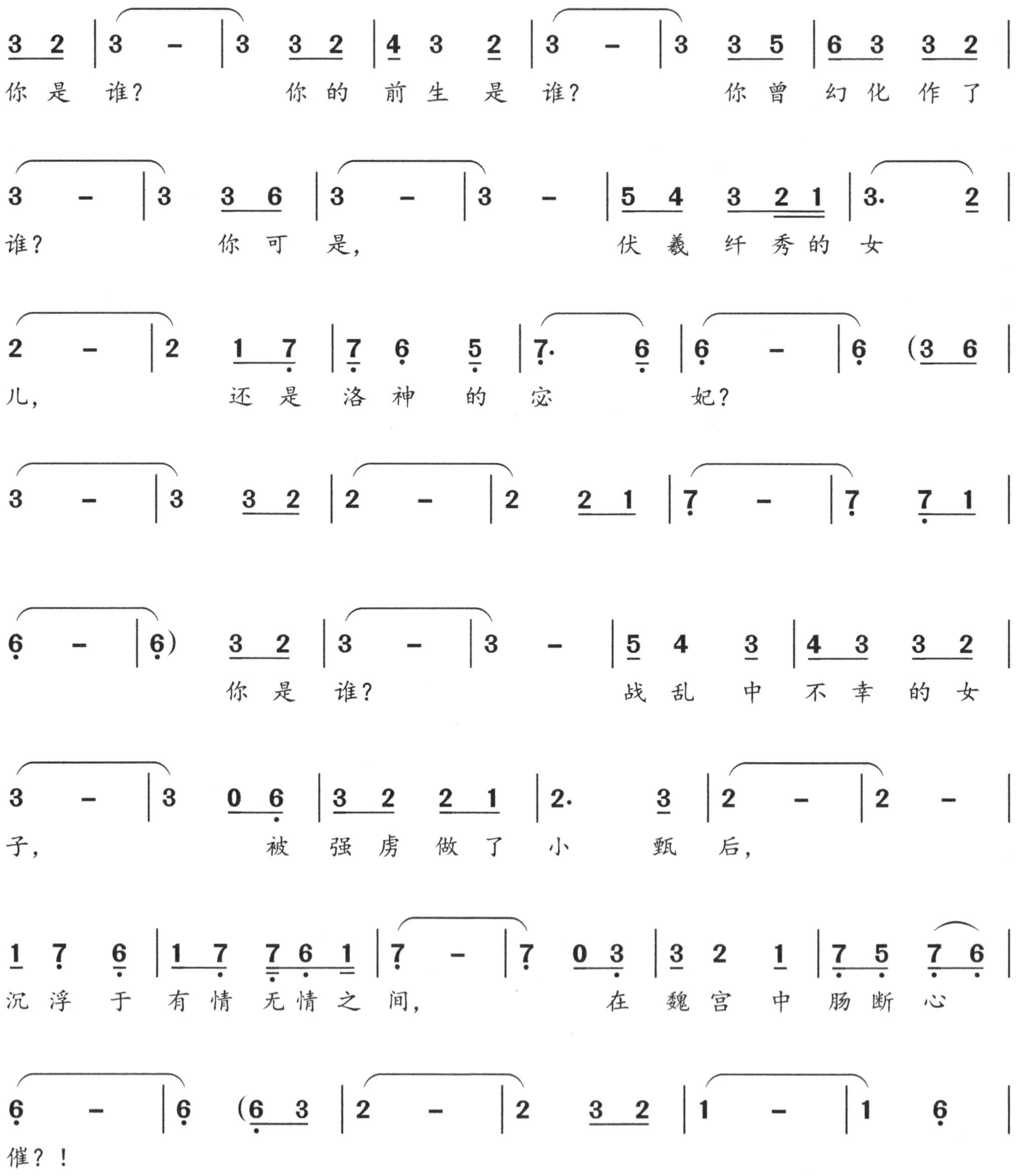

3 2 | 3 – | 3 3 2 | 4 3 2 | 3 – | 3 3 5 | 6 3 3 2 |
你 是 谁？ 你 的 前 生 是 谁？ 你 曾 幻 化 作 了

3 – | 3 3 6 | 3 – | 3 – | 5 4 3 2 1 | 3· 2 |
谁？ 你 可 是， 伏 羲 纤 秀 的 女

2 – | 2 1 7 | 7 6 5 | 7· 6 | 6 – | 6 (3 6 |
儿， 还 是 洛 神 的 宓 妃？

3 – | 3 3 2 | 2 – | 2 2 1 | 7 – | 7 7 1 |

6 – | 6) 3 2 | 3 – | 3 – | 5 4 3 | 4 3 3 2 |
你 是 谁？ 战 乱 中 不 幸 的 女

3 – | 3 0 6 | 3 2 2 1 | 2· 3 | 2 – | 2 – |
子， 被 强 虏 做 了 小 甄 后，

1 7 6 | 1 7 7 6 1 | 7 – | 7 0 3 | 3 2 1 | 7 5 7 6 |
沉 浮 于 有 情 无 情 之 间， 在 魏 宫 中 肠 断 心

6 – | 6 (6 3 | 2 – | 2 3 2 | 1 – | 1 6 |
催？！

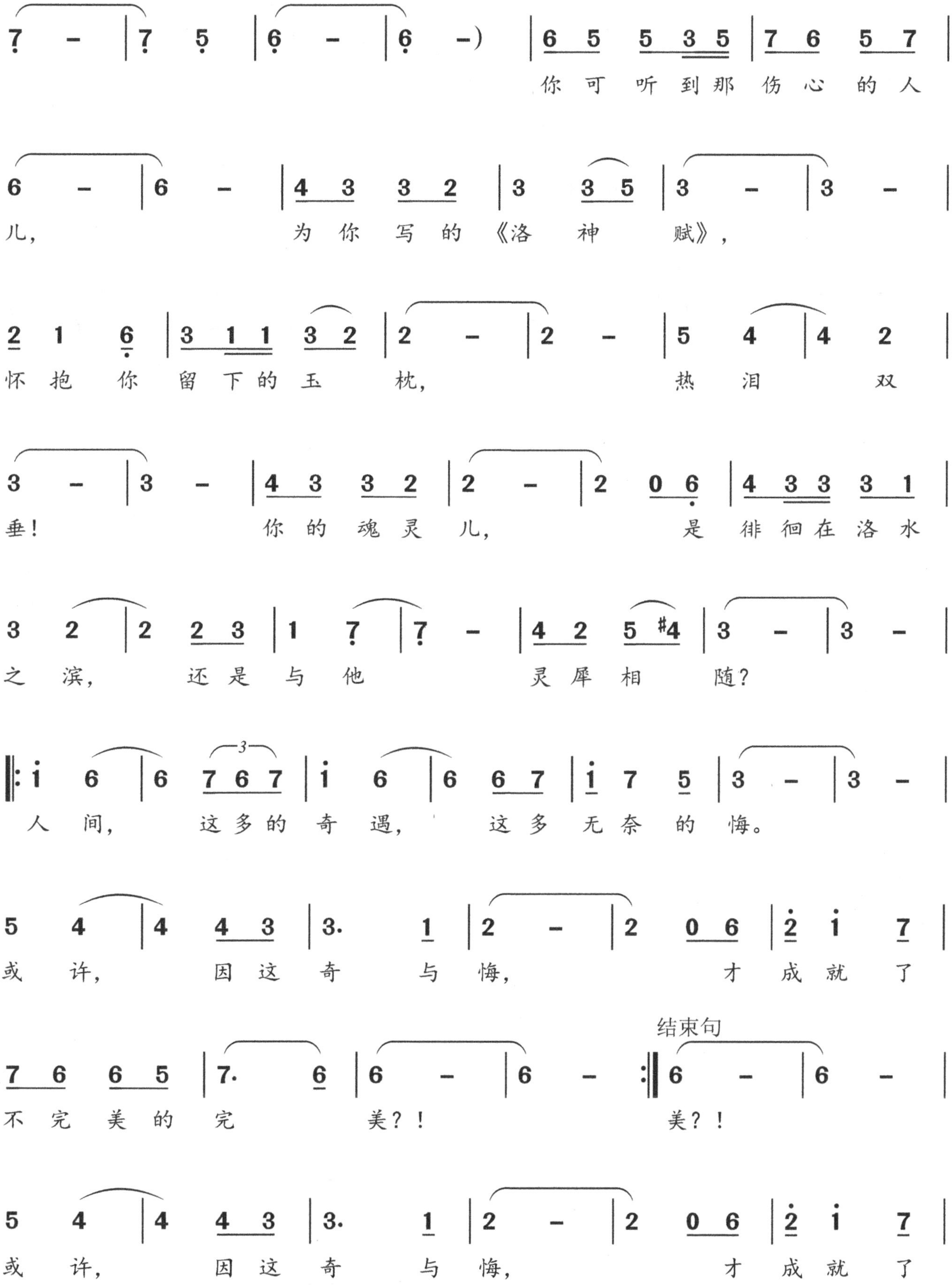

7 – | 7 5 | 6 – | 6 –) | 6 5 5 3 5 | 7 6 5 7 |
你可听到那伤心的人

6 – | 6 – | 4 3 3 2 | 3 3 5 | 3 – | 3 – |
儿，为你写的《洛神赋》，

2 1 6 | 3 1 1 3 2 | 2 – | 2 – | 5 4 | 4 2 |
怀抱你留下的玉枕，热泪双

3 – | 3 – | 4 3 3 2 | 2 – | 2 0 6 | 4 3 3 3 1 |
垂！你的魂灵儿，是徘徊在洛水

3 2 | 2 2 3 | 1 7 | 7 – | 4 2 5 #4 | 3 – | 3 – |
之滨，还是与他灵犀相随？

|: i 6 | 6 7 6 7 | i 6 | 6 6 7 | i 7 5 | 3 – | 3 – |
人间，这多的奇遇，这多无奈的悔。

5 4 | 4 4 3 | 3· 1 | 2 – | 2 0 6 | 2 i 7 |
或许，因这奇与悔，才成就了

结束句

7 6 6 5 | 7· 6 | 6 – | 6 – :|| 6 – | 6 – |
不完美的完美？！美？！

5 4 | 4 4 3 | 3· 1 | 2 – | 2 0 6 | 2 i 7 |
或许，因这奇与悔，才成就了

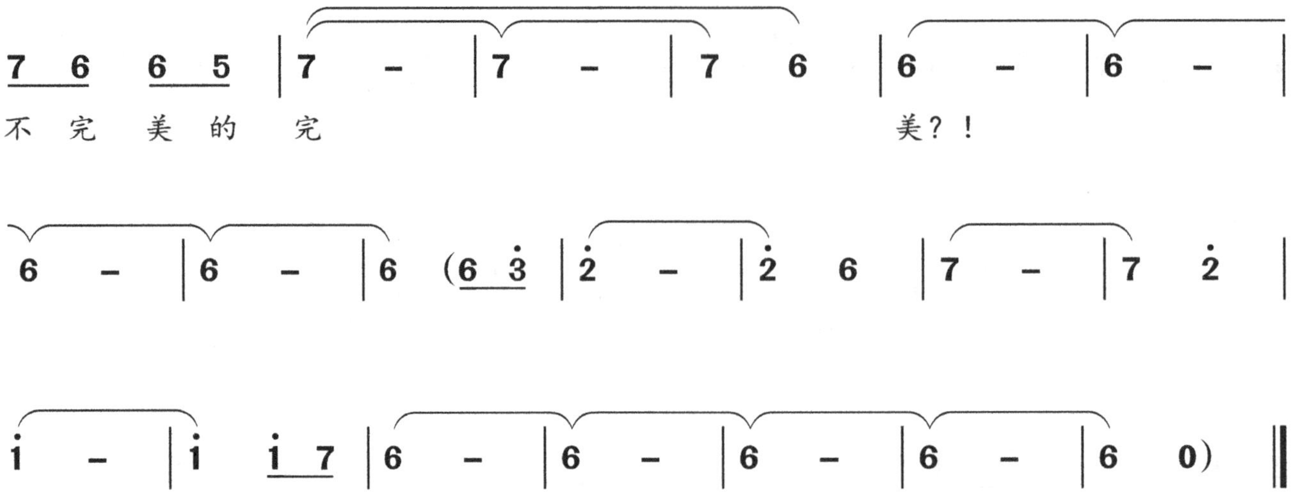

7 6 6 5 | 7 – | 7 – | 7 6 | 6 – | 6 – |

不 完 美 的 完 美？！

6 – | 6 – | 6 (6 3̇ | 2̇ – | 2̇ 6 | 7 – | 7 2̇ |

i̇ – | i̇ i̇ 7 | 6 – | 6 – | 6 – | 6 – | 6 0) ‖

与你相逢在这山海之间

1=♭E 2/4

♩=60

王 健 词
丁留强 曲

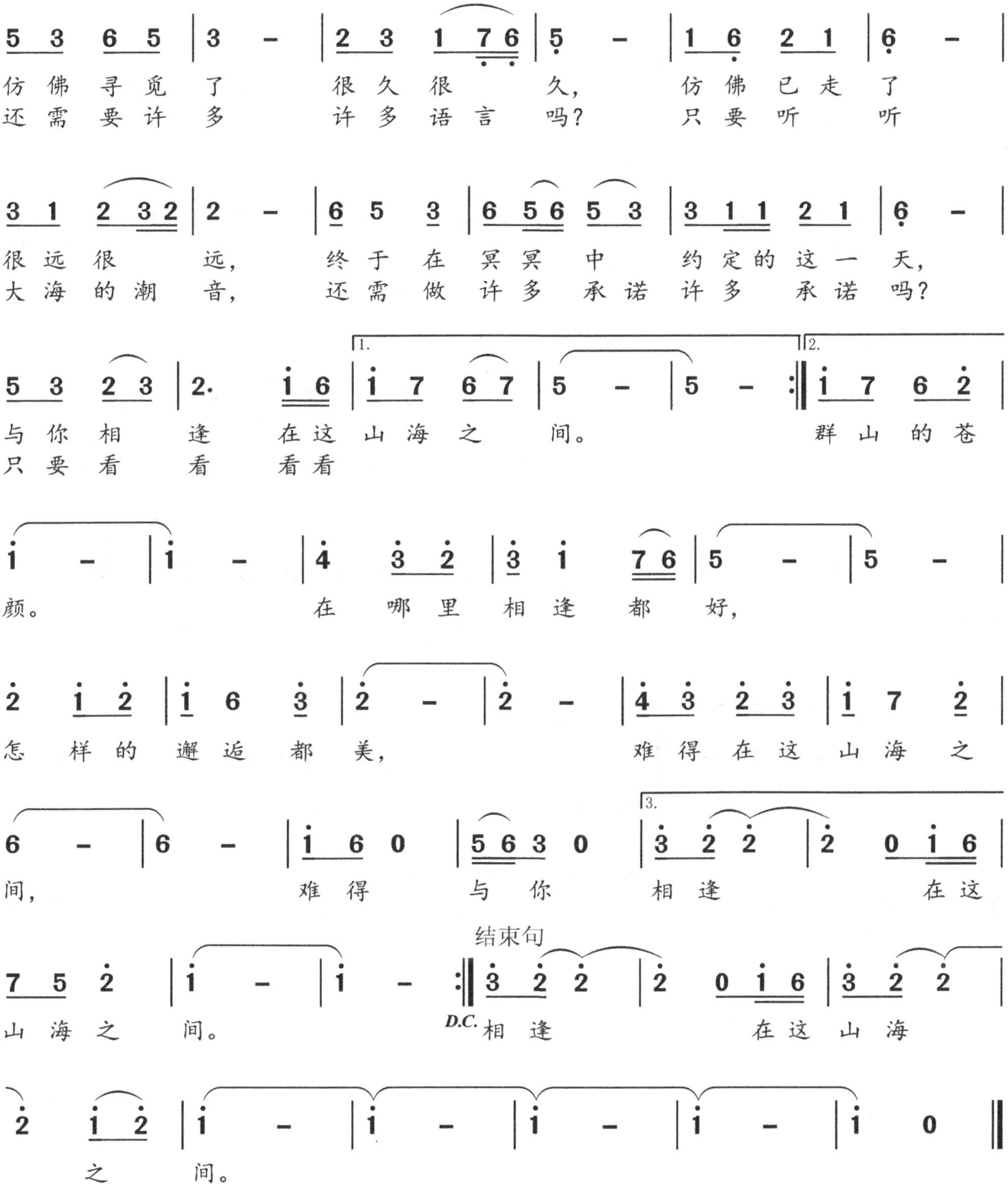

仿佛寻觅了很久很久，仿佛已走了很远很远，终于在冥冥中约定的这一天，与你相逢在这山海之间。群山的苍颜。

还需要许多许多语言吗？只要听听大海的潮音，还需做许多承诺许多承诺吗？只要看看看看

在哪里相逢都好，怎样的邂逅都美，难得在这山海之间，难得与你相逢在这山海之间。

结束句

D.C. 相逢在这山海之间。

致李清照

1=F $\frac{2}{4}$

♩=60

王　健 词
丁留强 曲

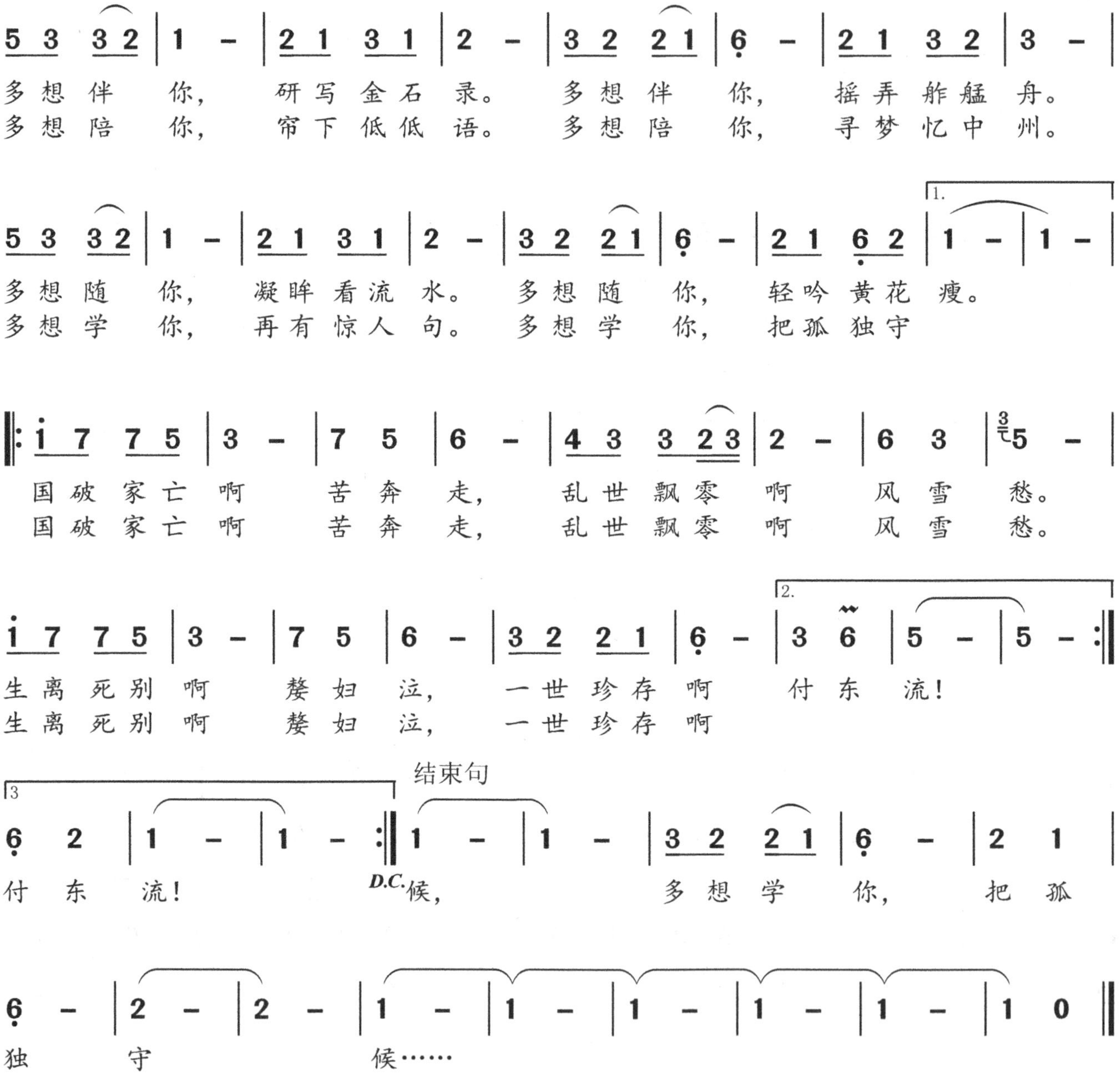

5 3 3 2 | 1 – | 2 1 3 1 | 2 – | 3 2 2 1 | 6 – | 2 1 3 2 | 3 – |

多想伴　你，　研写金石　录。　多想伴　你，　摇弄舴艋　舟。
多想陪　你，　帘下低低　语。　多想陪　你，　寻梦忆中　州。

5 3 3 2 | 1 – | 2 1 3 1 | 2 – | 3 2 2 1 | 6 – | 2 1 6 2 |[1.] 1 – | 1 – |

多想随　你，　凝眸看流　水。　多想随　你，　轻吟黄花　瘦。
多想学　你，　再有惊人　句。　多想学　你，　把孤独守

|: i 7 7 5 | 3 – | 7 5 | 6 – | 4 3 3 23 | 2 – | 6 3 | 5 – |

国破家亡　啊　苦奔　走，　乱世飘零　啊　风雪　愁。
国破家亡　啊　苦奔　走，　乱世飘零　啊　风雪　愁。

i 7 7 5 | 3 – | 7 5 | 6 – | 3 2 2 1 | 6 – |[2.] 3 6 | 5 – | 5 – :|

生离死别　啊　嫠妇　泣，　一世珍存　啊　付东　流！
生离死别　啊　嫠妇　泣，　一世珍存　啊

[3] 6 2 | 1 – | 1 – :|| 结束句 1 – | 1 – | 3 2 2 1 | 6 – | 2 1 |

付东　流！　*D.C.* 候，　多想学　你，　把孤

6 – | 2 – | 2 – | 1 – | 1 – | 1 – | 1 – | 1 – | 1 0 ||

独　守　　候……

让我把眼泪带走

（女声独唱）

1=D $\frac{2}{4}$ $\frac{4}{4}$

忧伤地 ♩=68

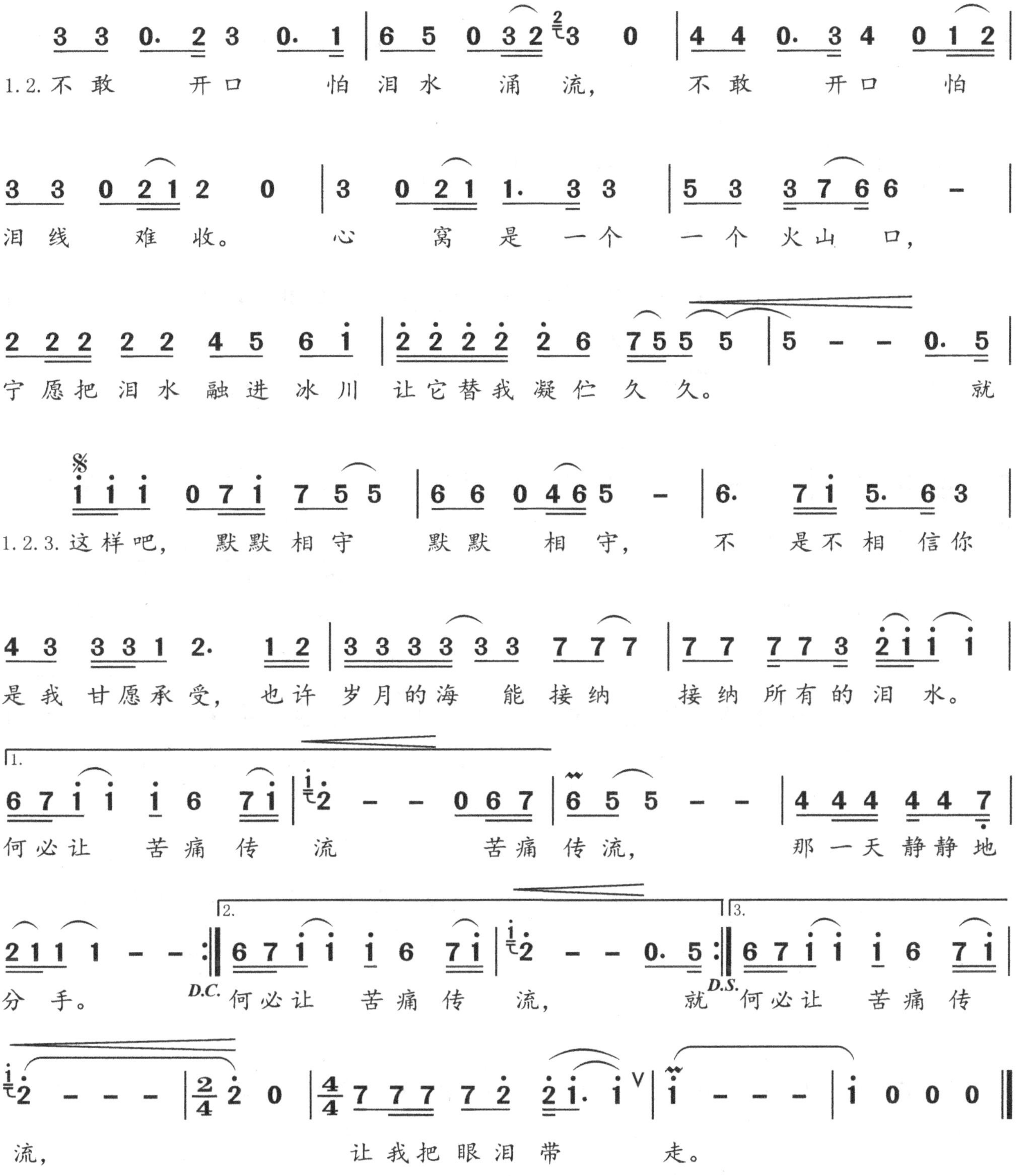

王　健 词
吴大同 曲

1.2.不敢开口 怕泪水涌流，不敢开口 怕泪线难收。心窝是一个一个火山口，宁愿把泪水融进冰川 让它替我凝伫久久。就

1.2.3.这样吧，默默相守 默默相守，不是不相信你 是我甘愿承受，也许岁月的海 能接纳 接纳所有的泪水。

1. 何必让苦痛传流 苦痛传流，那一天静静地分手。D.C.

2. 何必让苦痛传流，就 D.S.

3. 何必让苦痛传流，让我把眼泪带走。

美丽的梦

（童声齐唱）

1=♭A $\frac{3}{4}$

中板 亲切、真诚地

王　健 填词
吴大同 曲

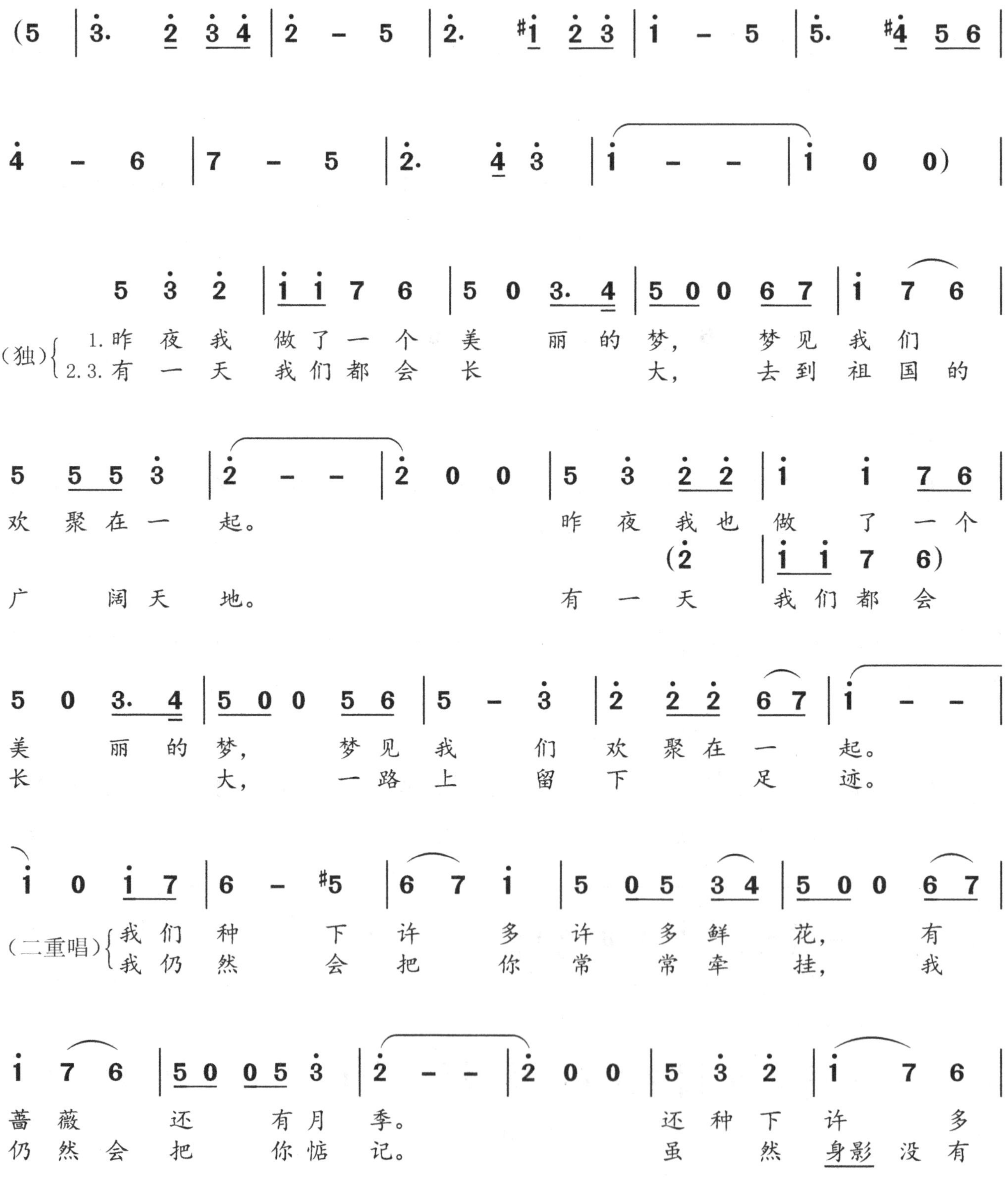

（独）1. 昨夜我做了一个美丽的梦，梦见我们欢聚在一起。
2.3. 有一天我们都会长大，去到祖国的广阔天地。

昨夜我也做了一个美丽的梦，梦见我们欢聚在一起。
有一天我们都会长大，一路上留下足迹。

（二重唱）我们种下许多许多鲜花，有蔷薇还有月季。
我仍然会把你常常牵挂，我仍然会把你惦记。

还种下许多
虽然身影没有

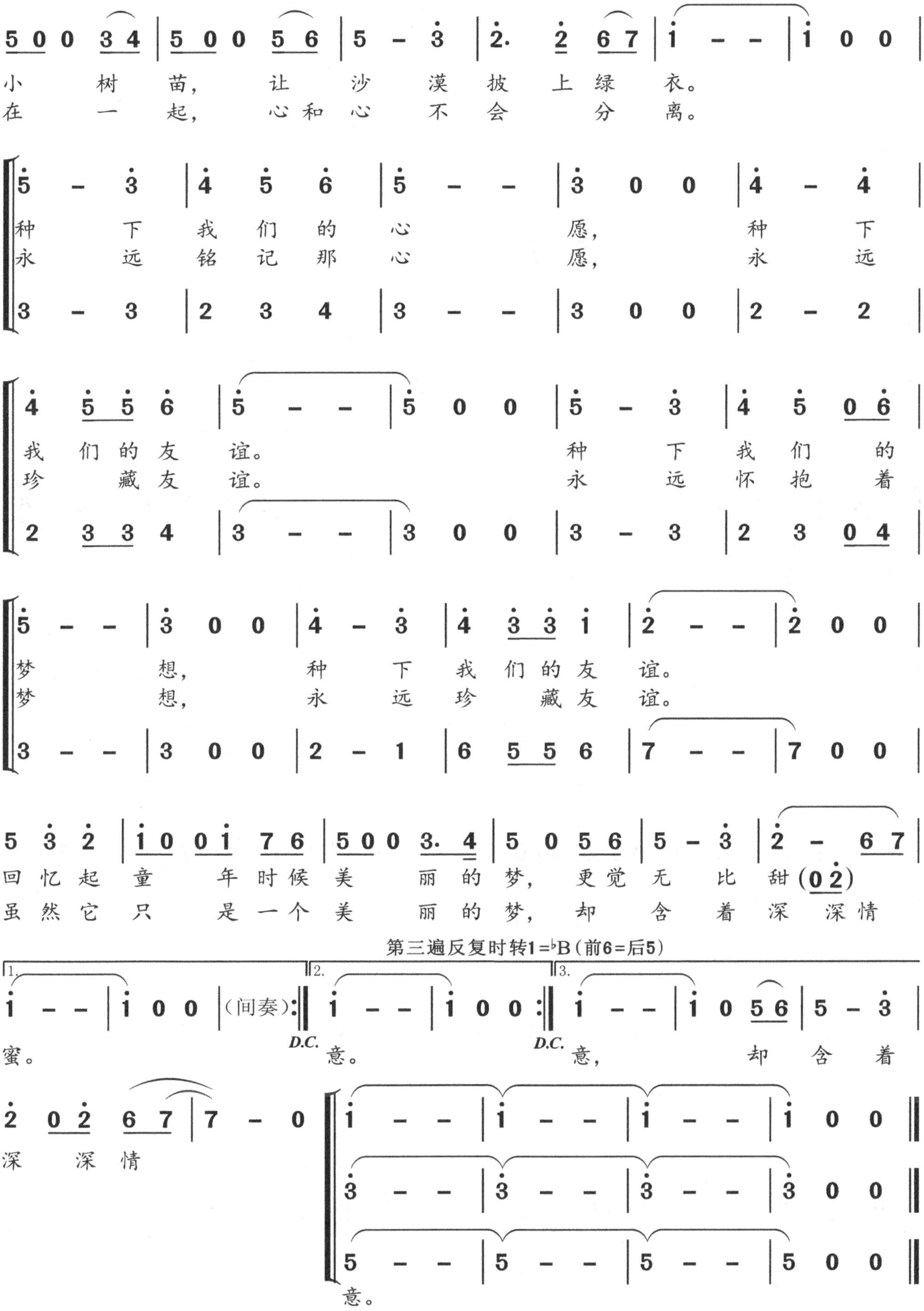

小树苗，让沙漠披上绿衣。
在一起，心和心不会分离。

种下我们的心愿，种下
永远铭记那心愿，永远

我们的友谊。种下我们的
珍藏友谊。永远怀抱着

梦想，种下我们的友谊。
梦想，永远珍藏友谊。

回忆起童年时候美丽的梦，更觉无比甜（0 2）
虽然它只是一个美丽的梦，却含着深深情

第三遍反复时转1=♭B（前6=后5）

1. 蜜。（间奏）D.C.
2. 意。D.C.
3. 意，却含着

深深情

意。

妈妈的故事

（纪念建国六十周年为祖国母亲而作）

（女声独唱）

1=F $\frac{4}{4}$

深情地 ♩=62

王健、吴大同 填词
吴　大　同 曲

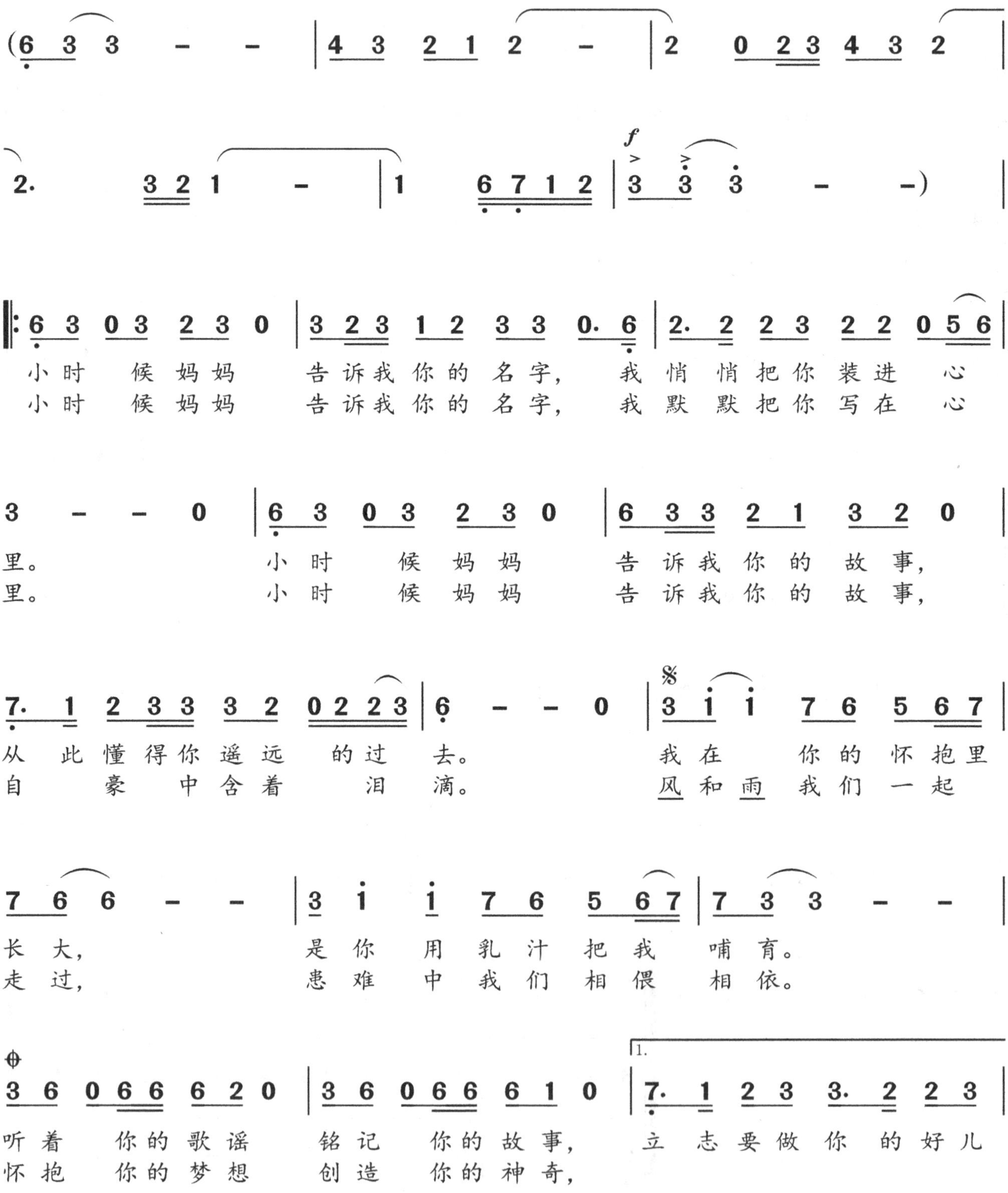

小时候妈妈告诉我你的名字，我悄悄把你装进心里。小时候妈妈告诉我你的故事，从此懂得你遥远的过去。我在你的怀抱里长大，是你用乳汁把我哺育。

小时候妈妈告诉我你的名字，我默默把你写在心里。小时候妈妈告诉我你的故事，自豪中含着泪滴。风和雨我们一起走过，患难中我们相偎相依。

听着你的歌谣铭记你的故事，立志要做你的好儿

怀抱你的梦想创造你的神奇，

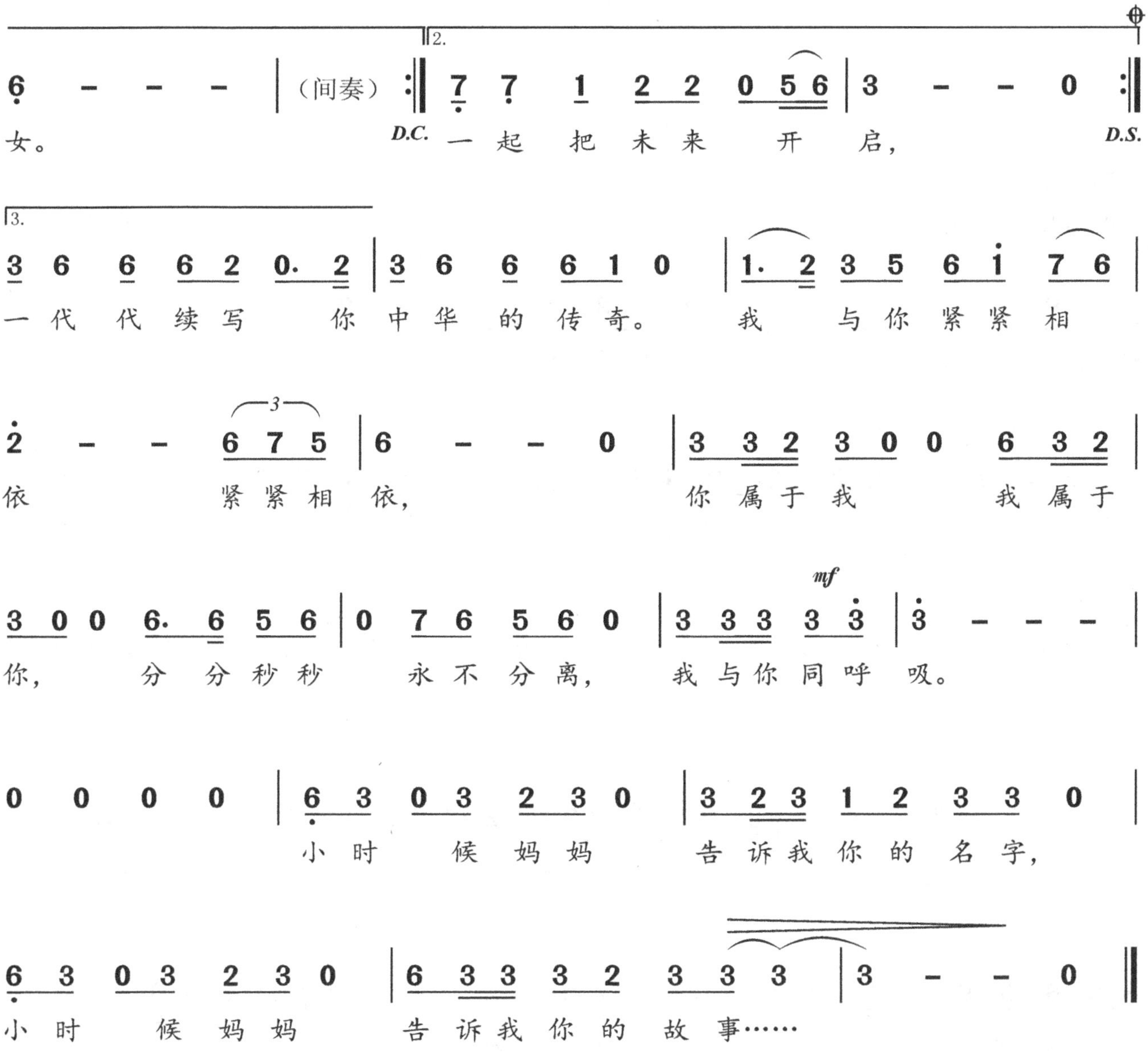

6 - - - | （间奏） :‖ 2. 7 7 1 2 2 0 5 6 | 3 - - 0 :‖

女。 D.C. 一 起 把 未 来 开 启， D.S.

3. 3 6 6 6 2 0. 2 | 3 6 6 6 1 0 | 1. 2 3 5 6 i 7 6 |

一 代 代 续 写 你 中 华 的 传 奇。 我 与 你 紧 紧 相

2 - - 6 7 5 | 6 - - 0 | 3 3 2 3 0 0 6 3 2 |

依 紧 紧 相 依， 你 属 于 我 我 属 于

3 0 0 6. 6 5 6 | 0 7 6 5 6 0 | *mf* 3 3 3 3 3 | 3 - - - |

你， 分 分 秒 秒 永 不 分 离， 我 与 你 同 呼 吸。

0 0 0 0 | 6 3 0 3 2 3 0 | 3 2 3 1 2 3 3 0 |

小 时 候 妈 妈 告 诉 我 你 的 名 字，

6 3 0 3 2 3 0 | 6 3 3 3 2 3 3 3 | 3 - - 0 ‖

小 时 候 妈 妈 告 诉 我 你 的 故 事……

缅怀秋瑾

（女声独唱）

1=E $\frac{4}{4}$ $\frac{2}{4}$

中板 深情、悲壮地

王　健 词
吴大同 曲

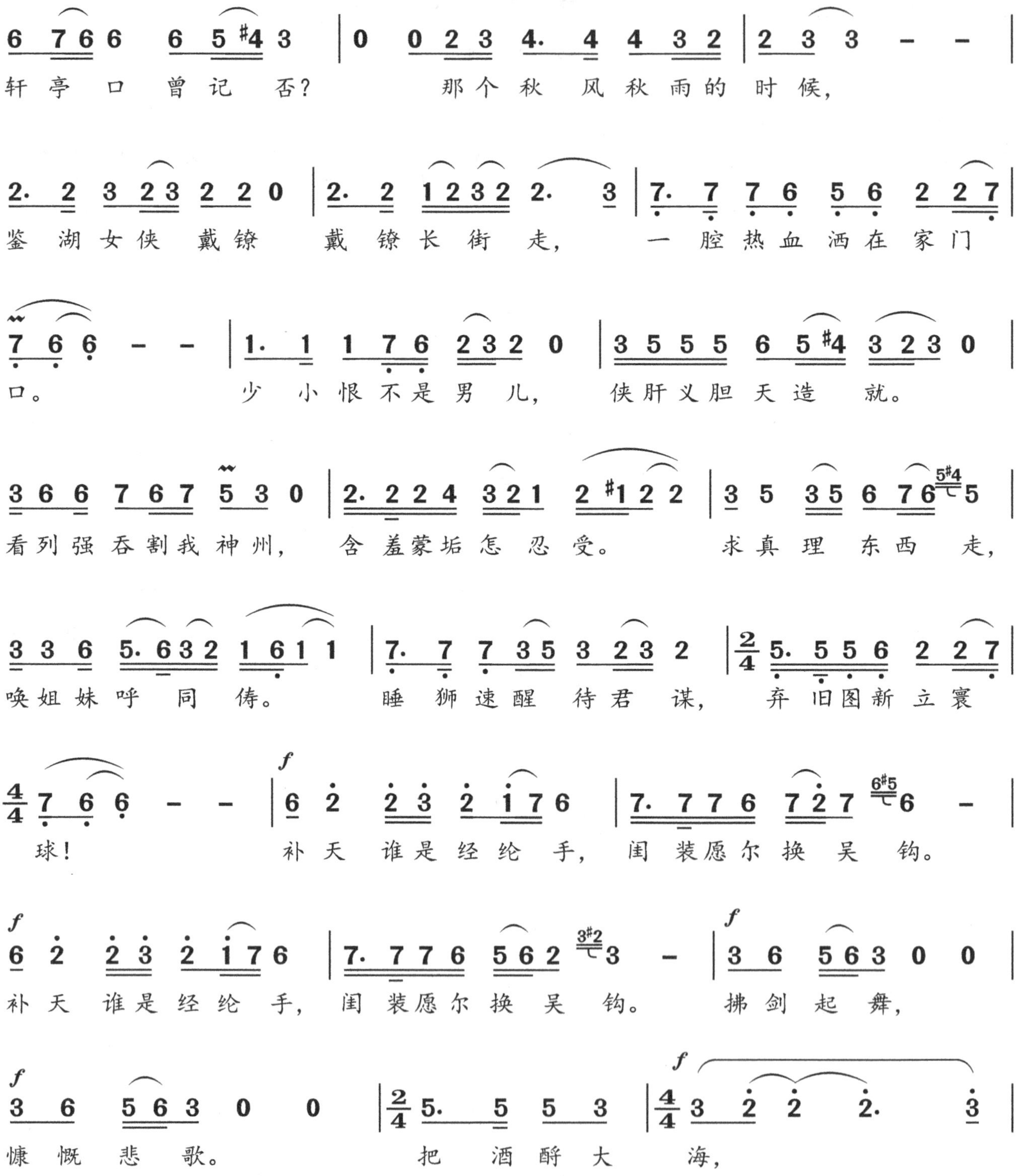

轩亭口曾记否？那个秋风秋雨的时候，

鉴湖女侠戴镣戴镣长街走，一腔热血洒在家门

口。少小恨不是男儿，侠肝义胆天造就。

看列强吞割我神州，含羞蒙垢怎忍受。求真理东西走，

唤姐妹呼同侪。睡狮速醒待君谋，弃旧图新立寰

球！补天谁是经纶手，闺装愿尔换吴钩。

补天谁是经纶手，闺装愿尔换吴钩。拂剑起舞，

慷慨悲歌。把酒酹大海，

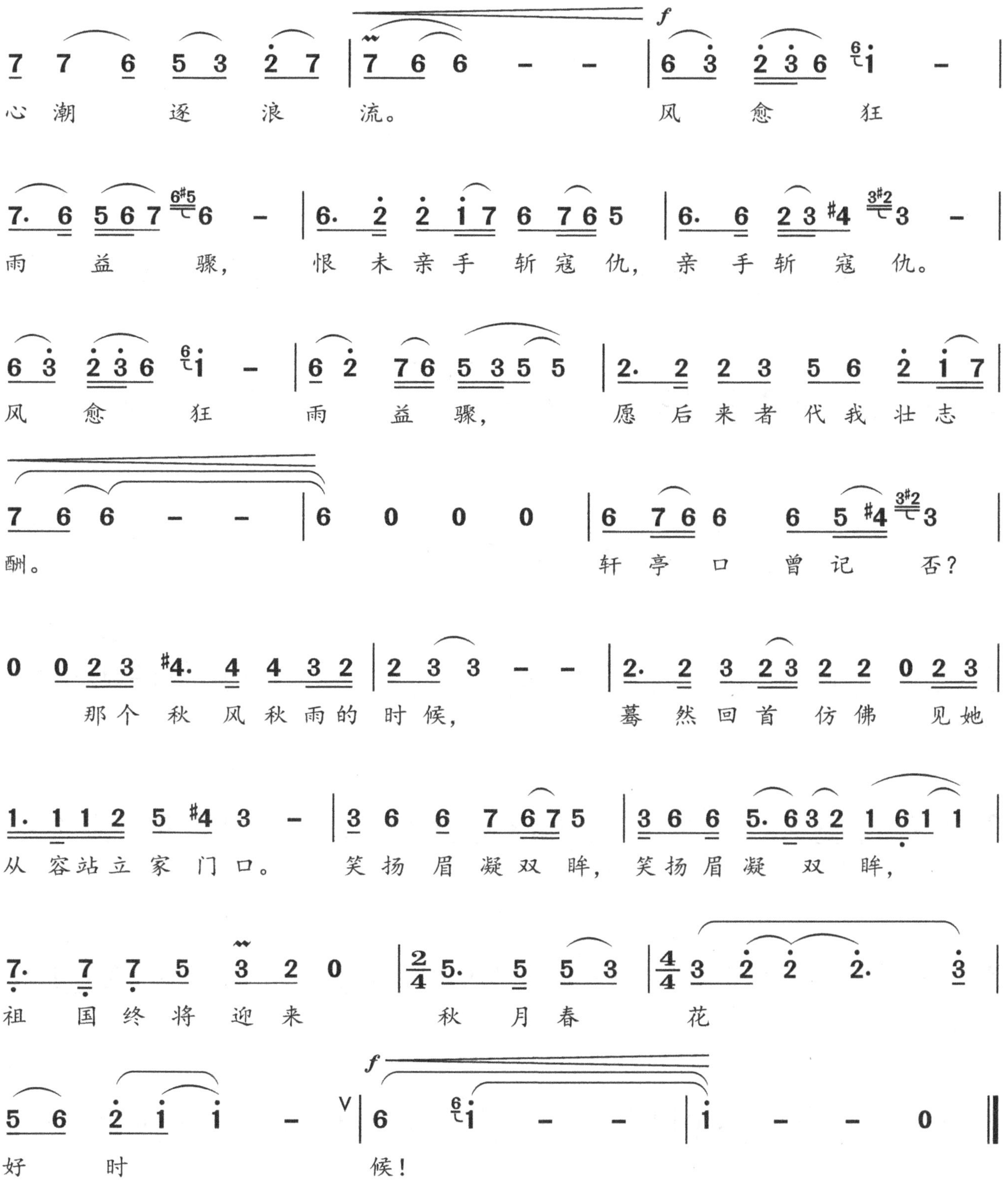

心潮逐浪流。风愈狂

雨益骤，恨未亲手斩寇仇，亲手斩寇仇。

风愈狂雨益骤，愿后来者代我壮志

酬。轩亭口曾记否？

那个秋风秋雨的时候，蓦然回首仿佛见她

从容站立家门口。笑扬眉凝双眸，笑扬眉凝双眸，

祖国终将迎来秋月春花

好时候！

踏　歌

（舞蹈《踏歌》乐谱）

1=♭E $\frac{2}{4}$

王　健 词
孙　颖 曲

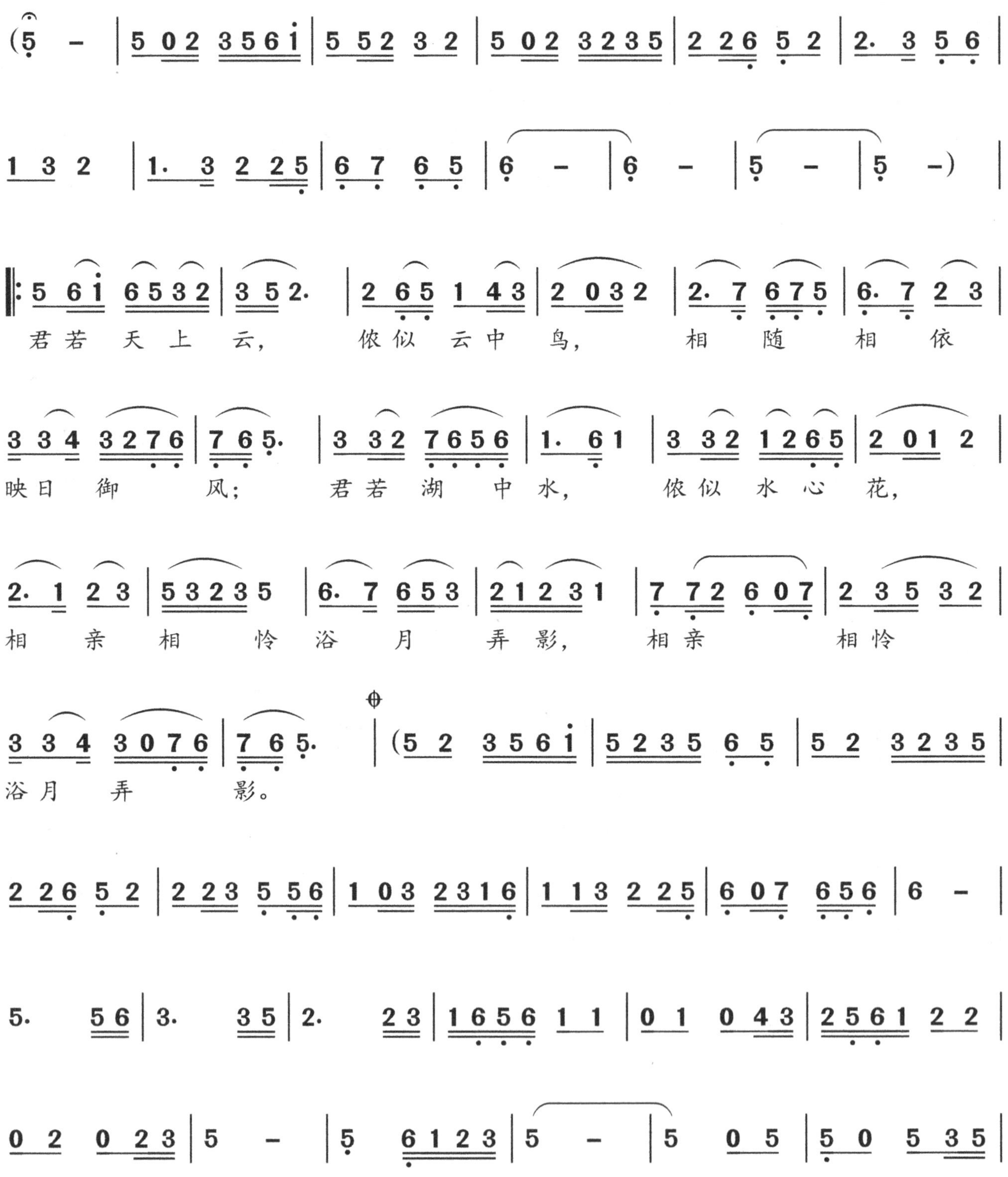

君若天上云，侬似云中鸟，相随相依映日御风；

君若湖中水，侬似水心花，

相亲相怜浴月弄影，相亲相怜

浴月弄影。

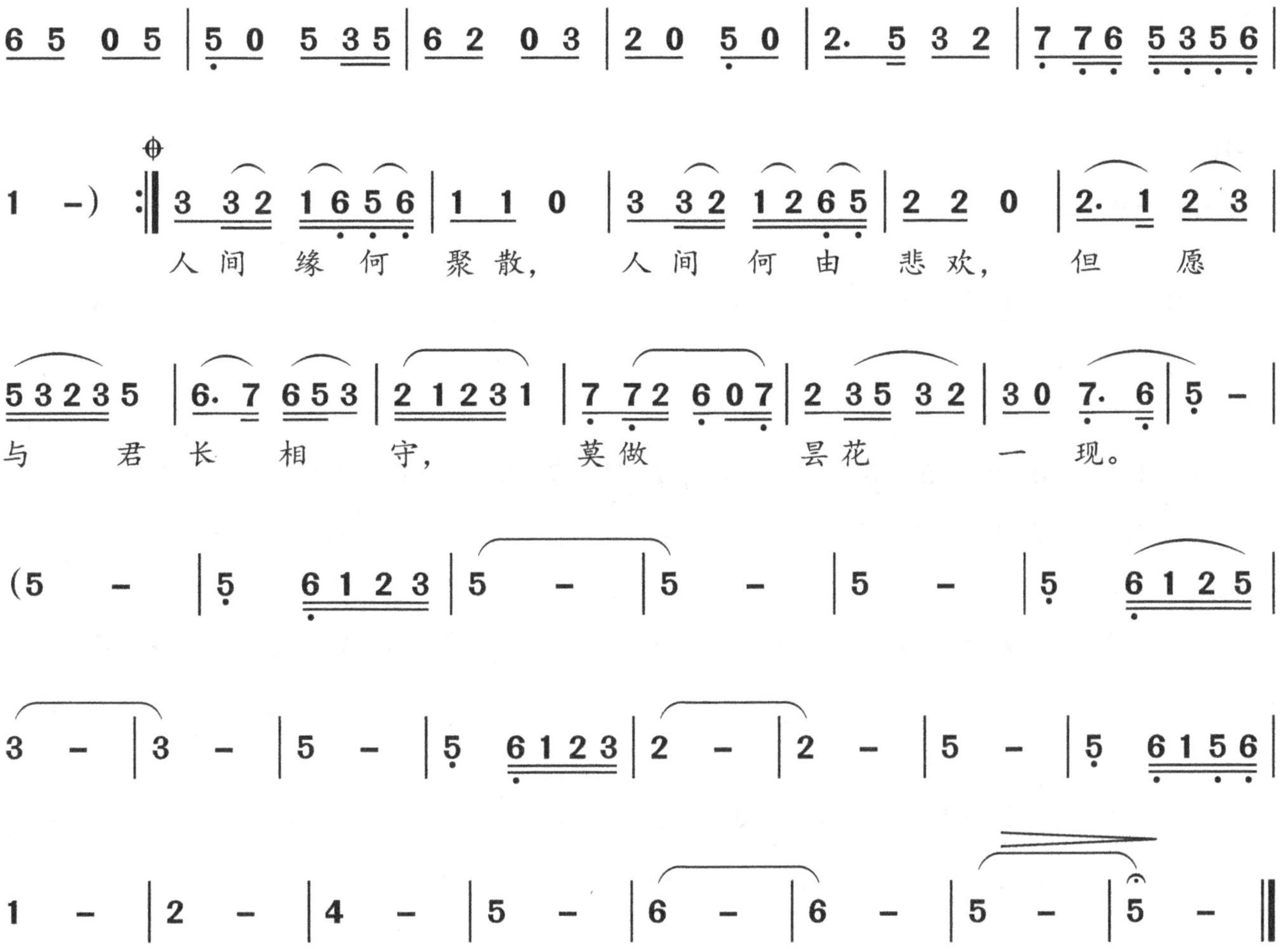

人间缘何聚散，人间何由悲欢，但愿

与君长相守，莫做昙花一现。

注：作曲家徐健根据1999年央视春晚演唱版本记谱、整理。

你没有走远

（男高音独唱）

1=♯F $\frac{4}{4}$

稍慢 由衷地赞美与怀念

王 健 词
颜 辉 曲

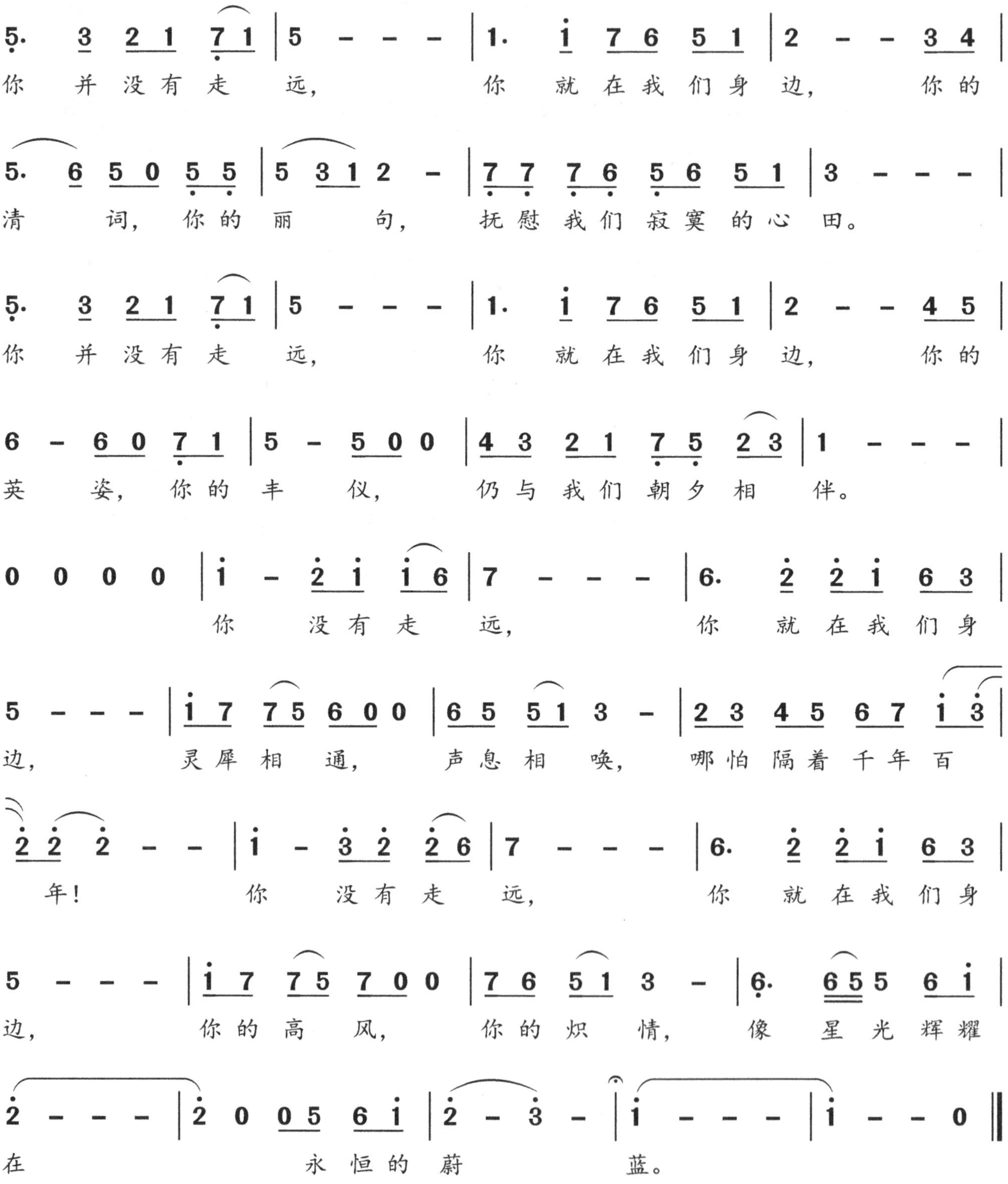

你并没有走远，你就在我们身边，你的

清词，你的丽句，抚慰我们寂寞的心田。

你并没有走远，你就在我们身边，你的

英姿，你的丰仪，仍与我们朝夕相伴。

你没有走远，你就在我们身

边，灵犀相通，声息相唤，哪怕隔着千年百

年！你没有走远，你就在我们身

边，你的高风，你的炽情，像星光辉耀

在永恒的蔚蓝。

你在哪里

1=A $\frac{4}{4}$

飘逸、幻想地

王 健 词
颜 辉 曲

飘 过 来， 飘 过 去， 千千万万朵的白 云。

飘 过 来， 飘 过 去， 千叶万叶的白 帆。

无数擦肩而 过的 身 影， 无数随风而 逝的 脸。

像 天上星星 流 盼的 双眼， 记 忆中 走进 走 出的 语言，

你 在哪 里？ 你 在哪 里？ 唱 过 无 数熟悉的

歌 曲， 拨 过 无 数哑的 琴 弦， 唤 过 无 数次的

名 字， 道 过 无 数声的 再 见。 啊咿呀哝 呀 你在 哪

里？ 哈咿呀哝呀 啊 你 在 哪 里？ 哈咿呀哝呀 啊 你 在 哪 里？

你也能成龙

（电视连续剧《大汉风》插曲）

（刘邦的歌）

1=B $\frac{4}{4}$

王　健词
颜　辉曲

想当初，不过是懵懵懂懂　市井愚氓，都说是爹烧的香，娘　做的梦，神话

怪说　岂能凭。　幸有　众兄弟　乱世相逢，　同声

同气同求，同甘共苦　共　荣。　打　江　山　辛　苦，

守江山　不轻　松。　你是　龙的后代，　龙的子孙，　就要有　龙的精神,龙的威风！

打　江　山　辛　苦，守江山　不轻松，　命，是　娘给的命；　名，是　爹取的　名。

好兄弟，只要干，干到底，你也　能 {称　雄！/成　龙！}

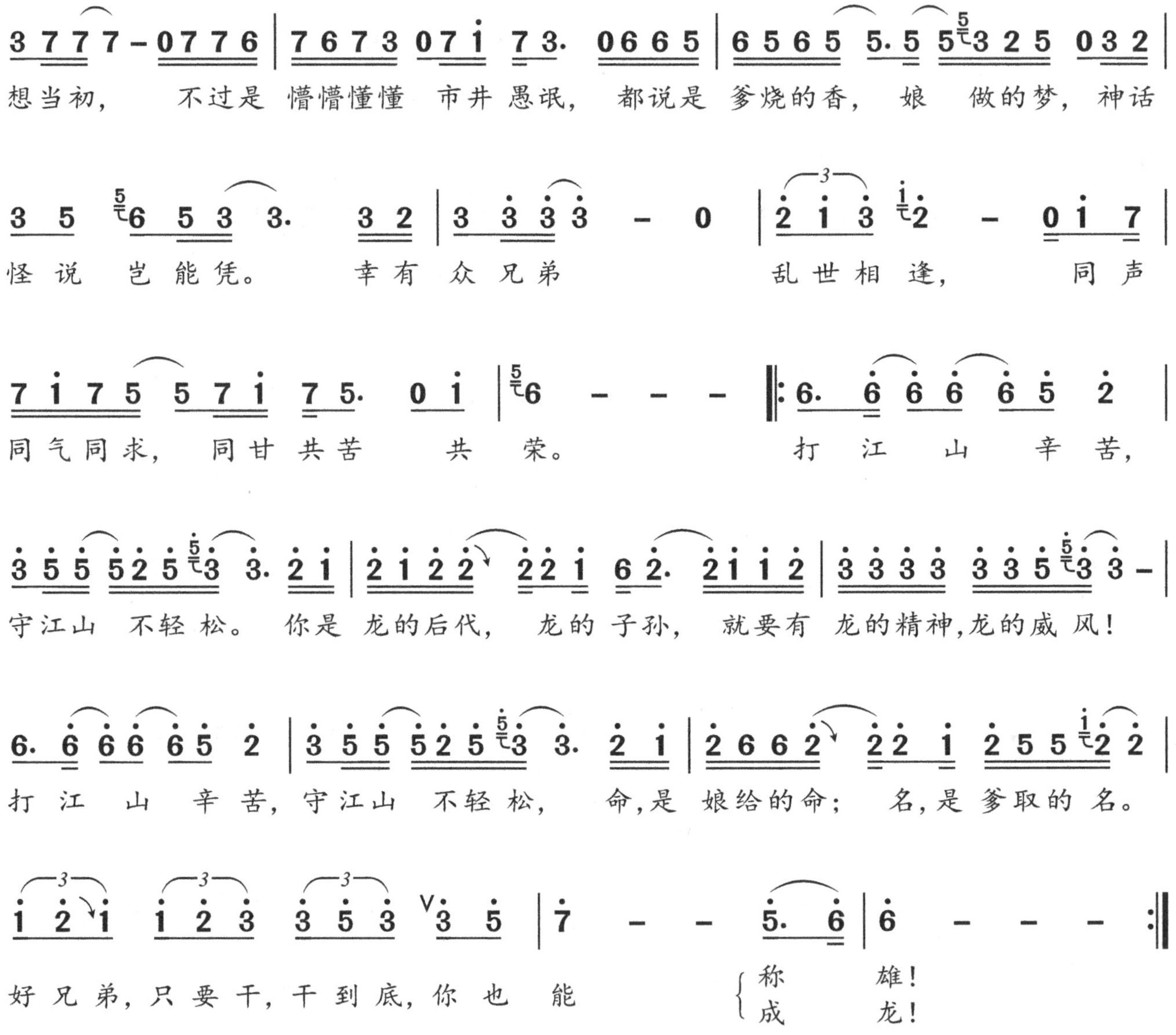

魂灵儿相随在江东

（电视连续剧《大汉风》插曲）

（虞姬的歌）

1=♭E $\frac{4}{4}$ $\frac{2}{4}$

王　健 词
颜　辉 曲

（引子）

道白：天注定，相别系在相逢中；天注定，相逢总在相别中……

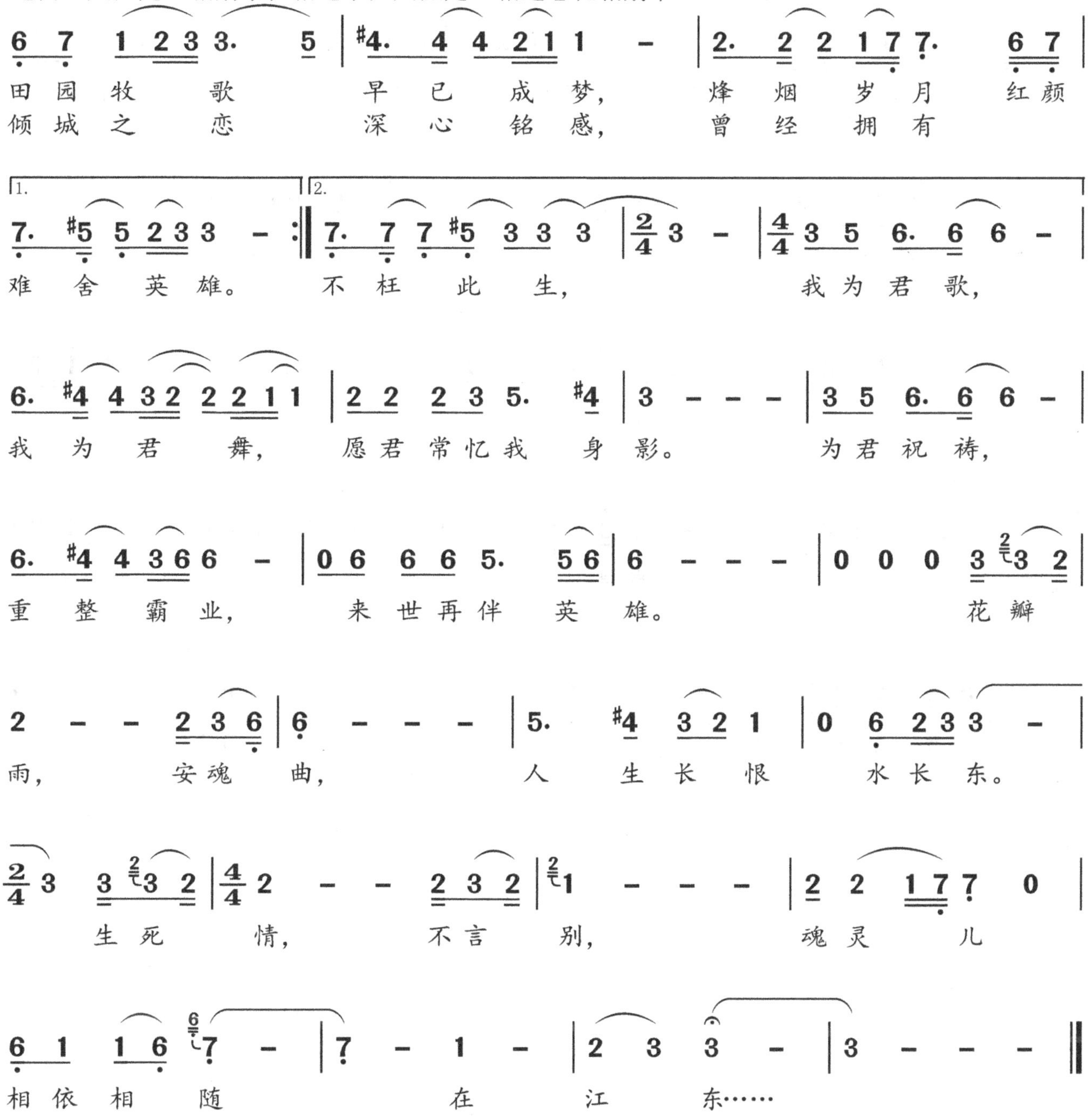

田园牧歌早已成梦，烽烟岁月红颜难舍英雄。
倾城之恋深心铭感，曾经拥有

不枉此生，我为君歌，我为君舞，愿君常忆我身影。为君祝祷，重整霸业，来世再伴英雄。花瓣雨，安魂曲，人生长恨水长东。生死情，不言别，魂灵儿相依相随在江东……

我的黑骏马

（电视连续剧《大汉风》插曲）

（乌骓马的歌）

1=F $\frac{4}{4}$

王 健 词
颜 辉 曲

（马嘶）

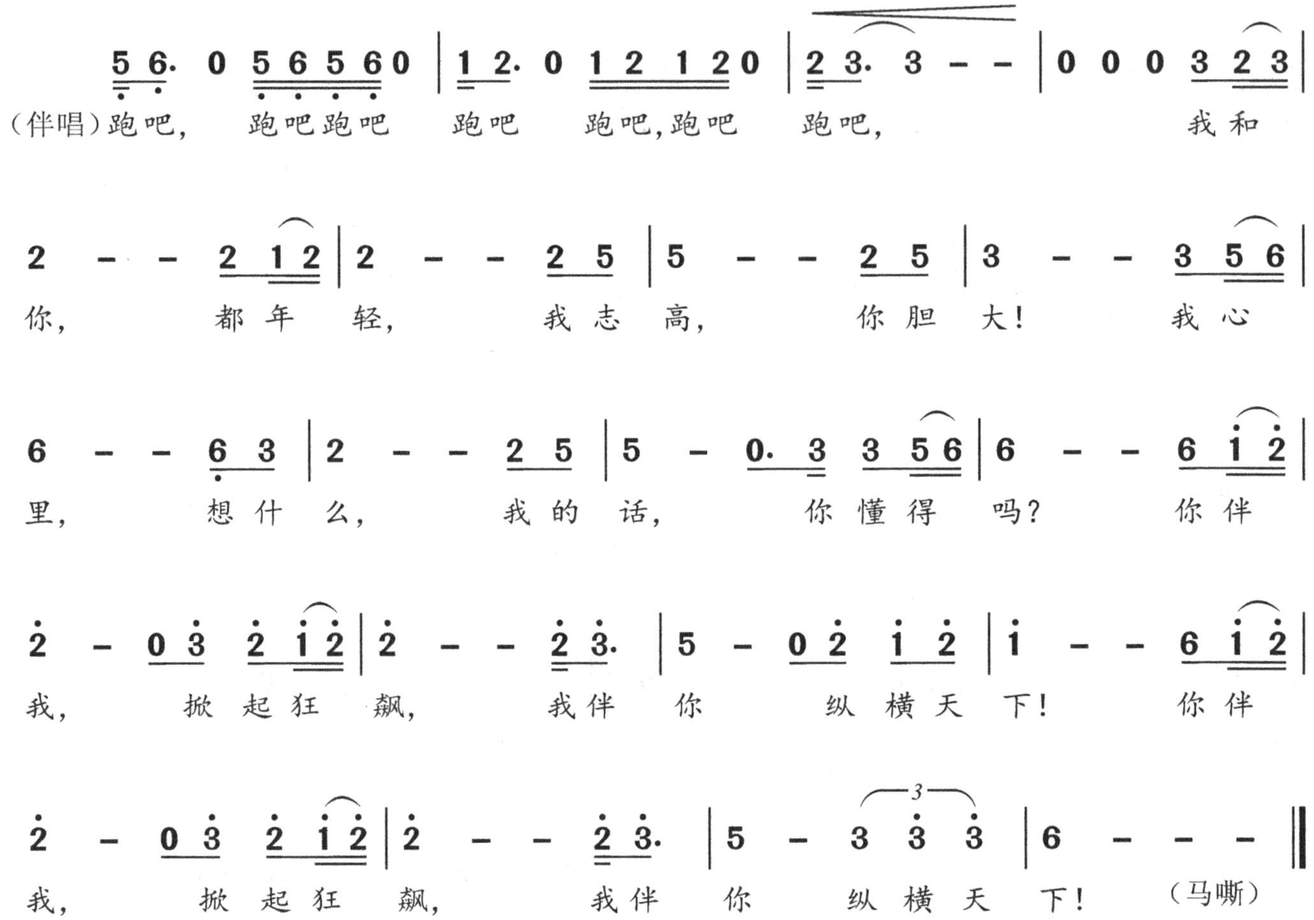

5 6· 0 5 6 5 6 0 | 1 2· 0 1 2 1 2 0 | 2 3· 3 – – | 0 0 0 3 2 3 |

（伴唱）跑吧， 跑吧跑吧 跑吧 跑吧，跑吧 跑吧， 我和

2 – – 2 1 2 | 2 – – 2 5 | 5 – – 2 5 | 3 – – 3 5 6 |

你， 都年 轻， 我志 高， 你胆 大！ 我心

6 – – 6 3 | 2 – – 2 5 | 5 – 0. 3 3 5 6 | 6 – – 6 i 2 |

里， 想什 么， 我的 话， 你懂得 吗？ 你伴

2 – 0 3 2 i 2 | 2 – – 2 3· | 5 – 0 2 i 2 | i – – 6 i 2 |

我， 掀起狂 飙， 我伴 你 纵横天 下！ 你伴

2 – 0 3 2 i 2 | 2 – – 2 3· | 5 – 3 3 3 | 6 – – – ‖

我， 掀起狂 飙， 我伴 你 纵横天 下！（马嘶）

一 支 箫

（电视连续剧《大汉风》插曲）

（张良的歌）

1=G $\frac{4}{4}$

王　健　词
颜　辉　曲

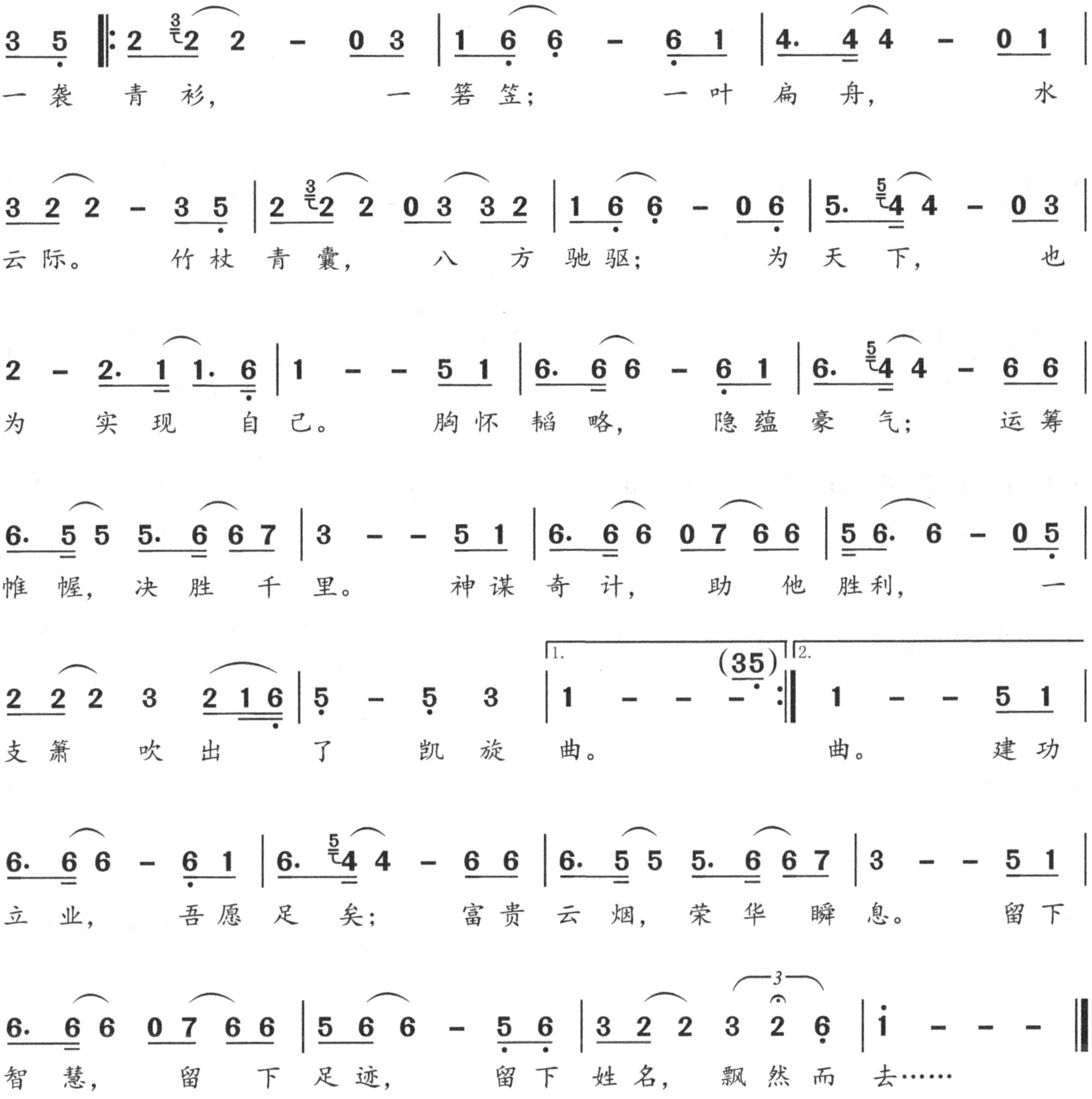

3 5 |: 2 2 2 - 0 3 | 1 6 6 - 6 1 | 4. 4 4 - 0 1 |
一袭　青　衫，　一　箬　笠；　一叶　扁　舟，　水

3 2 2 - 3 5 | 2 2 2 0 3 3 2 | 1 6 6 - 0 6 | 5. 4 4 - 0 3 |
云际。　竹杖　青　囊，　八　方　驰驱；　为天下，　也

2 - 2. 1 1. 6 | 1 - - 5 1 | 6. 6 6 - 6 1 | 6. 4 4 - 6 6 |
为　实　现　自　己。　胸怀　韬　略，　隐蕴　豪　气；　运筹

6. 5 5 5. 6 6 7 | 3 - - 5 1 | 6. 6 6 0 7 6 6 | 5 6. 6 - 0 5 |
帷　幄，决　胜　千　里。　神谋　奇　计，　助　他　胜利，　一

2 2 2 3 2 1 6 | 5 - 5 3 | [1.] 1 - - - (35) :‖ [2.] 1 - - 5 1 |
支　箫　吹　出　了　凯　旋　曲。　曲。　建功

6. 6 6 - 6 1 | 6. 4 4 - 6 6 | 6. 5 5 5. 6 6 7 | 3 - - 5 1 |
立　业，　吾愿　足　矣；　富贵　云　烟，　荣　华　瞬　息。　留下

6. 6 6 0 7 6 6 | 5 6 6 - 5 6 | 3 2 2 3 2 6 | i - - - ‖
智　慧，　留　下　足迹，　留下　姓名，　飘　然　而　去……

勘　情

（电视连续剧《大汉风》片尾曲）

1=D $\frac{4}{4}$ $\frac{2}{4}$

王　健　词
颜　辉　曲

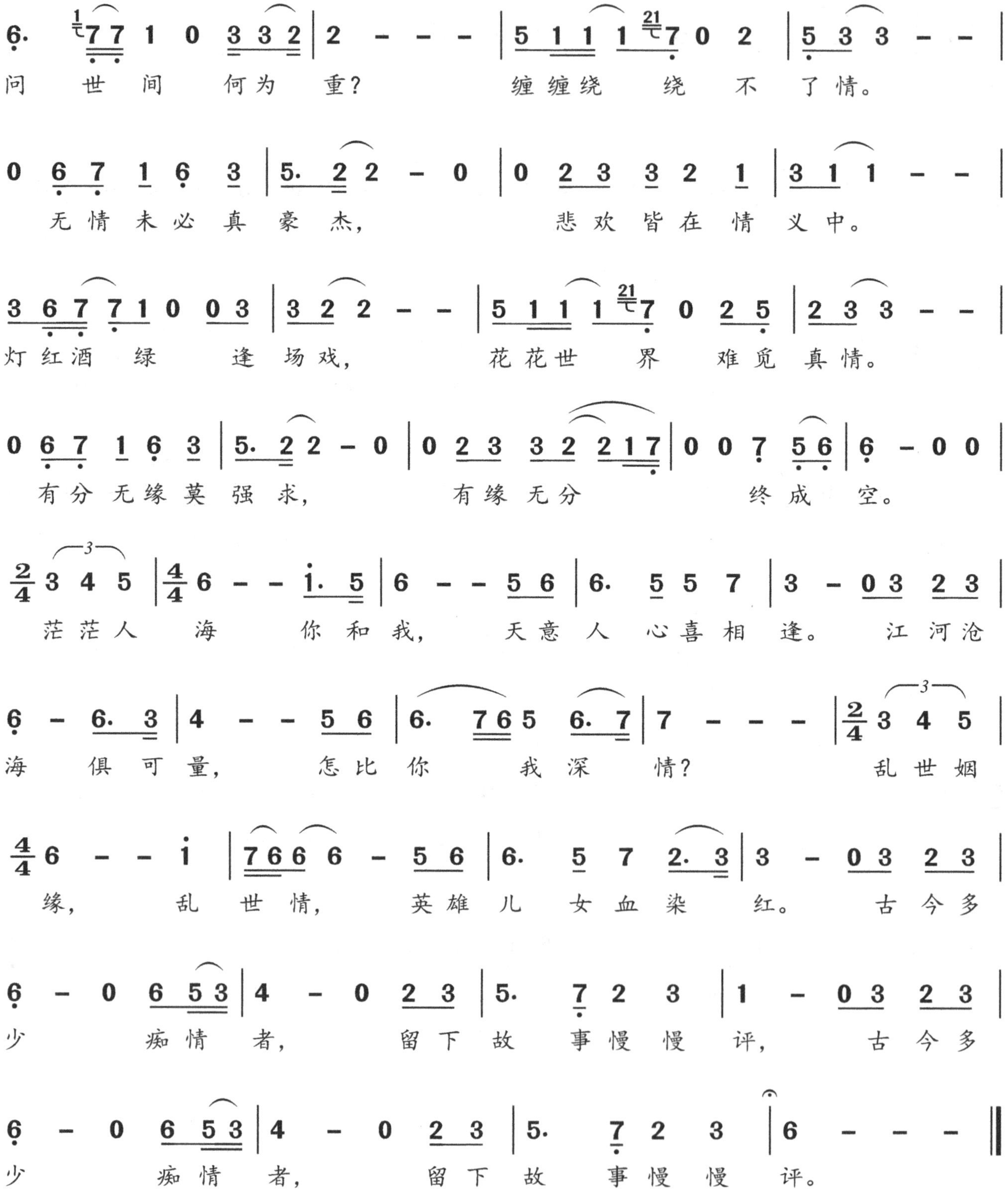

问世间何为重？缠缠绕绕不了情。

无情未必真豪杰，悲欢皆在情义中。

灯红酒绿逢场戏，花花世界难觅真情。

有分无缘莫强求，有缘无分终成空。

茫茫人海你和我，天意人心喜相逢。江河沧

海俱可量，怎比你我深情？乱世姻

缘，乱世情，英雄儿女血染红。古今多

少痴情者，留下故事慢慢评，古今多

少痴情者，留下故事慢慢评。

红 尘 歌

1=C $\frac{4}{4}$

王　健 词
颜　辉 曲

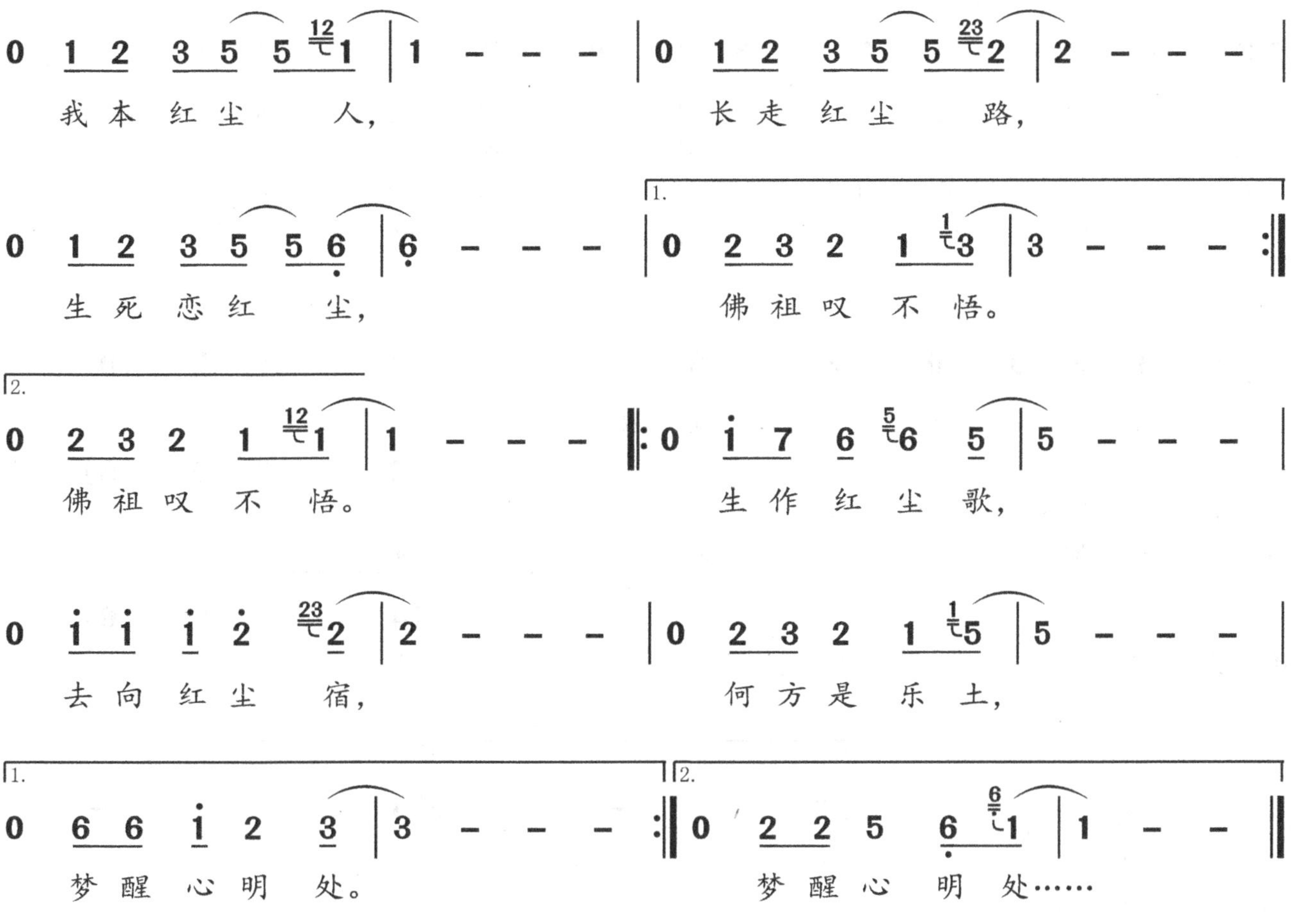

0 1 2 3 5 5 ⁽¹²⁾1 | 1 - - - | 0 1 2 3 5 5 ⁽²³⁾2 | 2 - - - |

我本红尘　人，　　长走红尘　路，

0 1 2 3 5 5 6 | 6 - - - |[1. 0 2 3 2 1 ⁽¹⁾3 | 3 - - - :‖

生死恋红　尘，　　佛祖叹　不　悟。

[2. 0 2 3 2 1 ⁽¹²⁾1 | 1 - - - ‖: 0 i 7 6 ⁽⁵⁾6 5 | 5 - - - |

佛祖叹　不　悟。　　生作　红　尘　歌，

0 i i i 2 ⁽²³⁾2 | 2 - - - | 0 2 3 2 1 ⁽¹⁾5 | 5 - - - |

去向红尘　宿，　　何方是　乐　土，

[1. 0 6 6 i 2 3 | 3 - - - :‖[2. 0 2 2 5 6 ⁽⁶⁾1 | 1 - - ‖

梦醒　心明　处。　　梦醒心　明　处……

心中的日月

1=F $\frac{4}{4}$

中速 虔诚地

王 健 词
颜 辉 曲

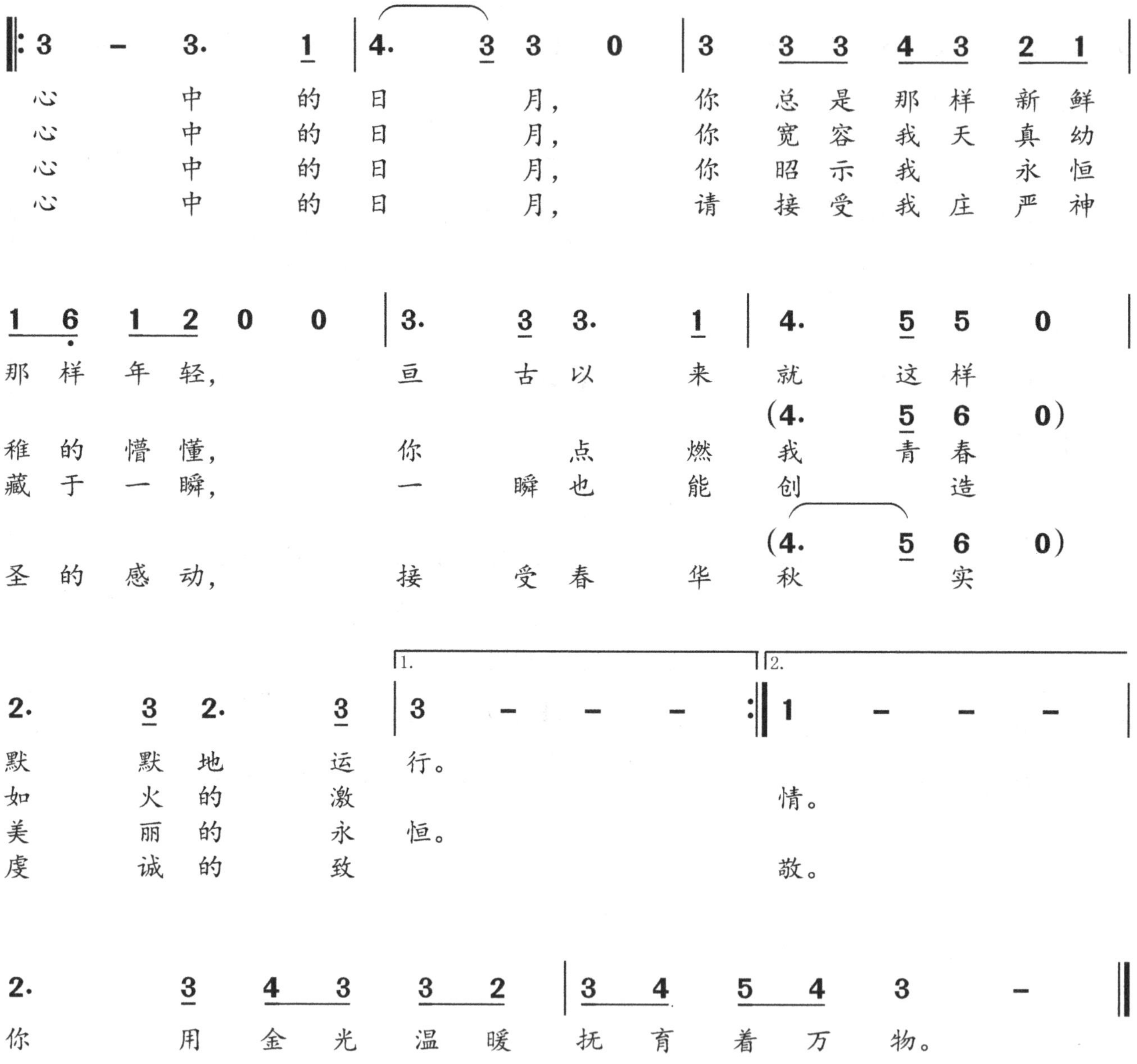

|: 3 – 3. 1 | 4. 3 3 0 | 3 3 3 4 3 2 1 |

心 中 的 日 月，你 总 是 那 样 新 鲜
心 中 的 日 月，你 宽 容 我 天 真 幼
心 中 的 日 月，你 昭 示 我 永 恒
心 中 的 日 月，请 接 受 我 庄 严 神

1 6 1 2 0 0 | 3. 3 3. 1 | 4. 5 5 0 |

那 样 年 轻，亘 古 以 来 就 这 样
(4. 5 6 0)
稚 的 懵 懂，你 点 燃 我 青 春
藏 于 一 瞬，一 瞬 也 能 创 造
(4. 5 6 0)
圣 的 感 动，接 受 春 华 秋 实

2. 3 2. 3 |1. 3 – – – :|2. 1 – – – |

默 默 地 运 行。
如 火 的 激 情。
美 丽 的 永 恒。
虔 诚 的 致 敬。

2. 3 4 3 3 2 | 3 4 5 4 3 – ‖

你 用 金 光 温 暖 抚 育 着 万 物。

踏梦而来

1=D $\frac{4}{4}$

王　健填词
颜　辉曲

慢　发自内心地祈祝

好　一个婴孩，他那么洁白，
母　亲的心中，播种下期待，

像清风一样微笑，扫去天空雾霾。
有一朵美丽莲花，在她

眼前盛开。

宽广地

踏梦而来，
踏梦而来，

踏梦而来，这世界将与
踏梦而来，我迎接你踏

你同在。梦而来……

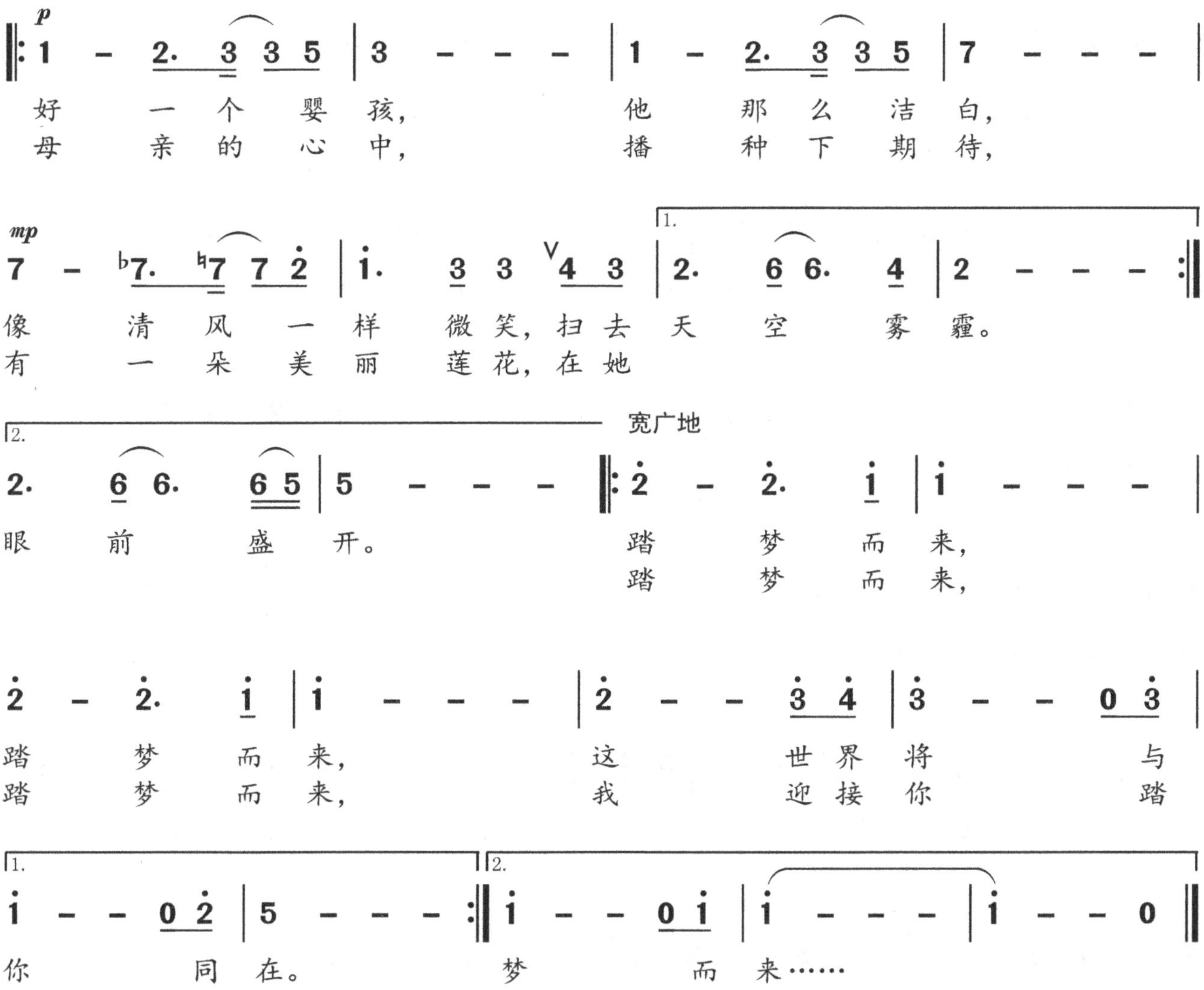

别忘记我

（独唱）

1=♯F $\frac{4}{4}$

深情地、诉说地

王 健 词

颜 辉 曲

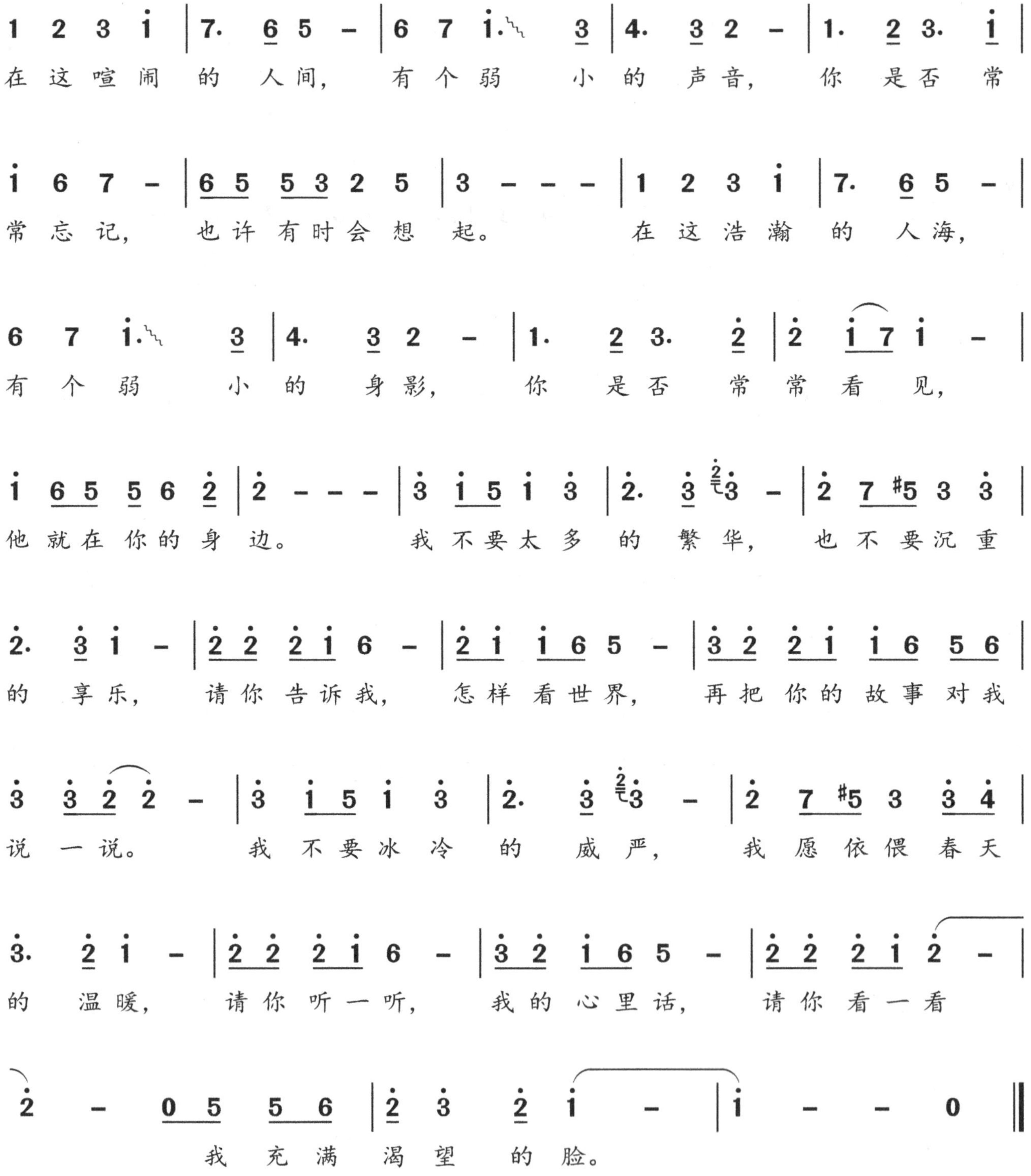

1 2 3 i | 7· 6 5 – | 6 7 i· 3 | 4· 3 2 – | 1· 2 3· i |

在这喧闹的人间，有个弱小的声音，你是否常

i 6 7 – | 6 5 5 3 2 5 | 3 – – – | 1 2 3 i | 7· 6 5 – |

常忘记，也许有时会想起。在这浩瀚的人海，

6 7 i· 3 | 4· 3 2 – | 1· 2 3· 2 | 2 i 7 i – |

有个弱小的身影，你是否常常看见，

i 6 5 5 6 2 | 2 – – – | 3 i 5 i 3 | 2· 3 3 – | 2 7 ♯5 3 3 |

他就在你的身边。我不要太多的繁华，也不要沉重

2· 3 i – | 2 2 2 i 6 – | 2 i i 6 5 – | 3 2 2 i i 6 5 6 |

的享乐，请你告诉我，怎样看世界，再把你的故事对我

3 3 2 2 – | 3 i 5 i 3 | 2· 3 3 – | 2 7 ♯5 3 3 4 |

说一说。我不要冰冷的威严，我愿依偎春天

3· 2 i – | 2 2 2 i 6 – | 3 2 i 6 5 – | 2 2 2 i 2 – |

的温暖，请你听一听，我的心里话，请你看一看

2 – 0 5 5 6 | 2 3 2 i – | i – – 0 ‖

我充满渴望的脸。

紫藤萝

1=F $\frac{3}{4}$

从容地

王　健 词
颜　辉 曲

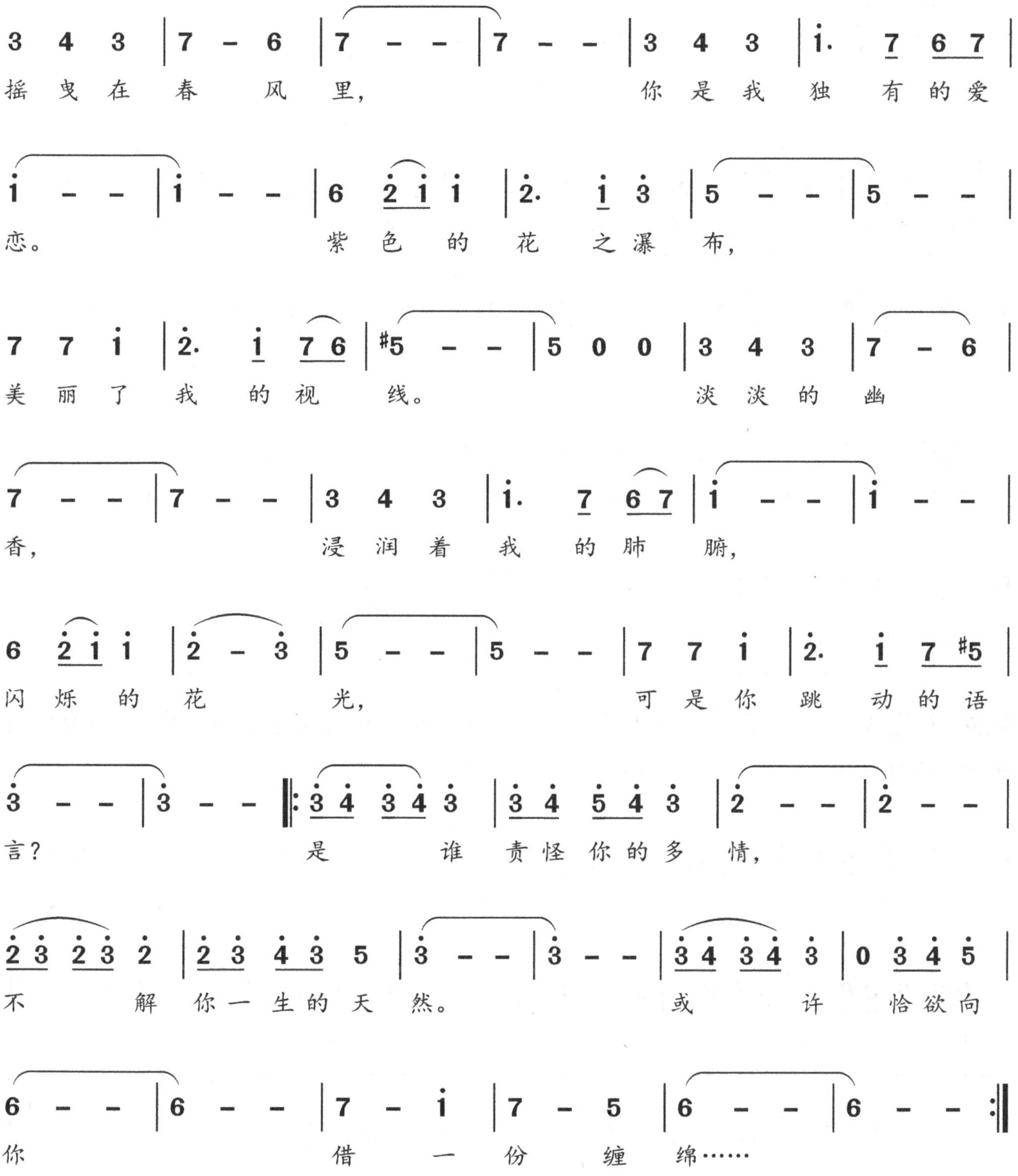

摇曳在春风里，你是我独有的爱

恋。紫色的花之瀑布，

美丽了我的视线。淡淡的幽

香，浸润着我的肺腑，

闪烁的花光，可是你跳动的语

言？是谁责怪你的多情，

不解你一生的天然。或许恰欲向

你借一份缠绵……

天地间的美丽

1=D $\frac{4}{4}$ $\frac{2}{4}$

亲切、热情地 自由地

王　健 词
颜　辉 曲

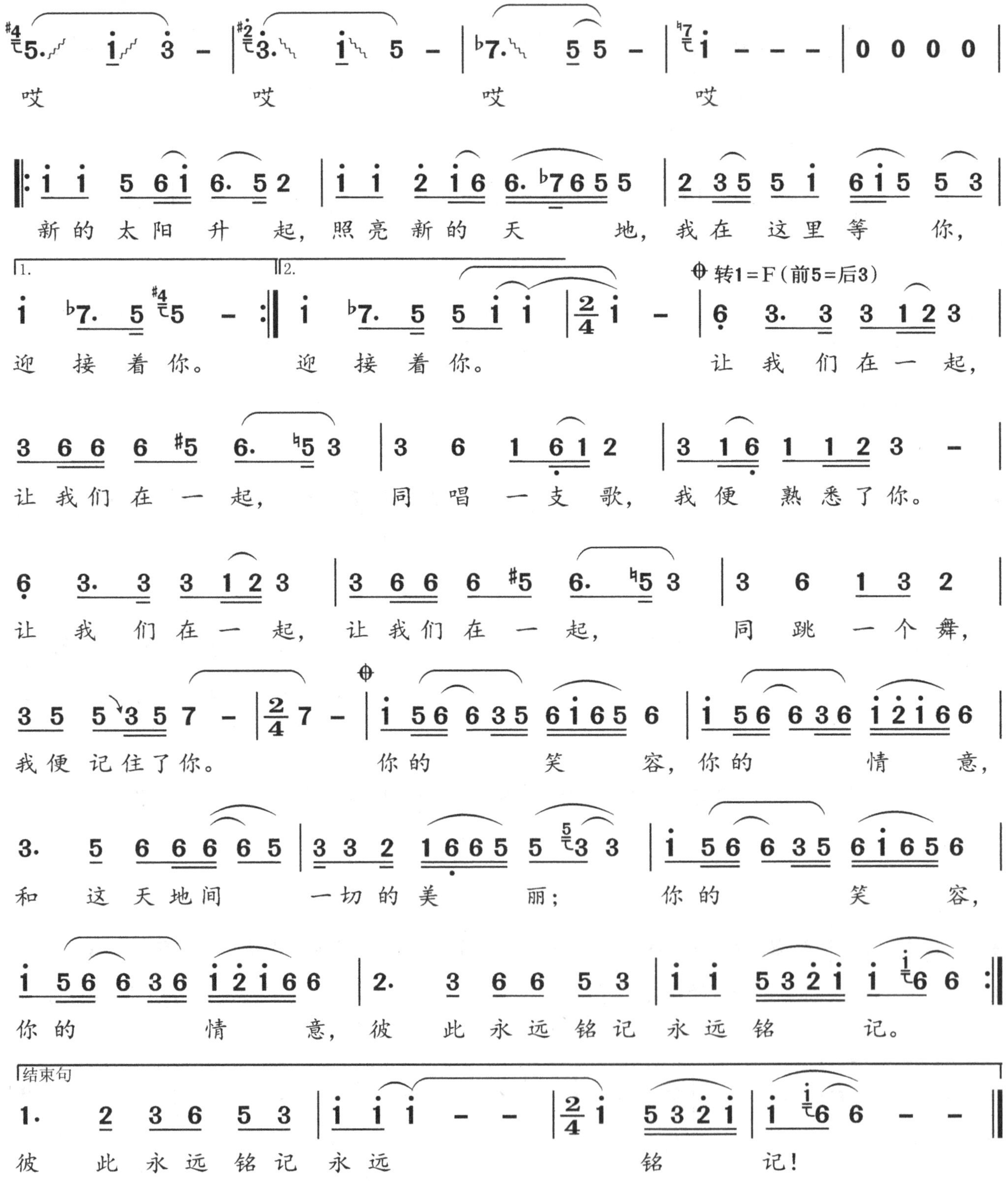

哎　哎　哎　哎

新的太阳升起，照亮新的天地，我在这里等你，

1. 迎接着你。 2. 迎接着你。

转1=F（前5=后3）

让我们在一起，

让我们在一起，同唱一支歌，我便熟悉了你。

让我们在一起，让我们在一起，同跳一个舞，

我便记住了你。你的笑容，你的情意，

和这天地间一切的美丽；你的笑容，

你的情意，彼此永远铭记永远铭记。

结束句

彼此永远铭记永远铭记！

雨山湖

1=D $\frac{4}{4}$

王　健　词
颜　辉　曲

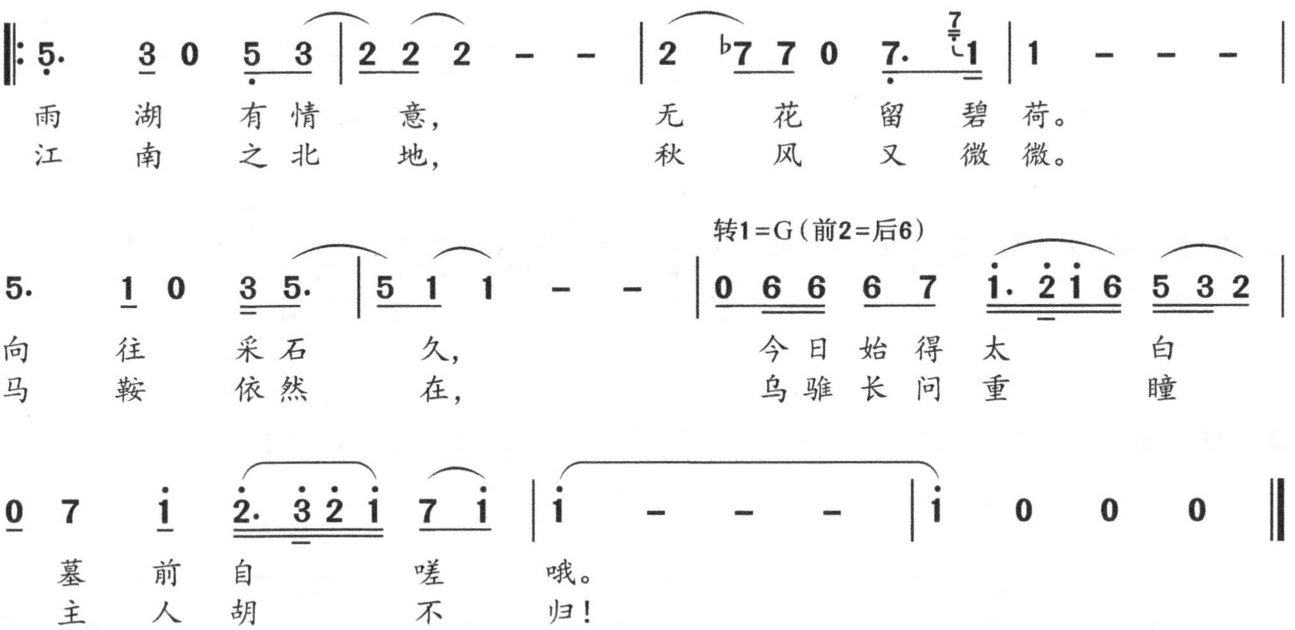

雨　湖　有情　意，　无　花　留　碧　荷。
江　南　之北　地，　秋　风　又　微　微。

转1=G（前2=后6）

向　往　采石　久，　今日始得太　白
马　鞍　依然　在，　乌骓长问重　瞳

墓　前　自　嗟　哦。
主　人　胡　不　归！

玫瑰与蔷薇

1=G $\frac{4}{4}$

王　健 词
颜　辉 曲

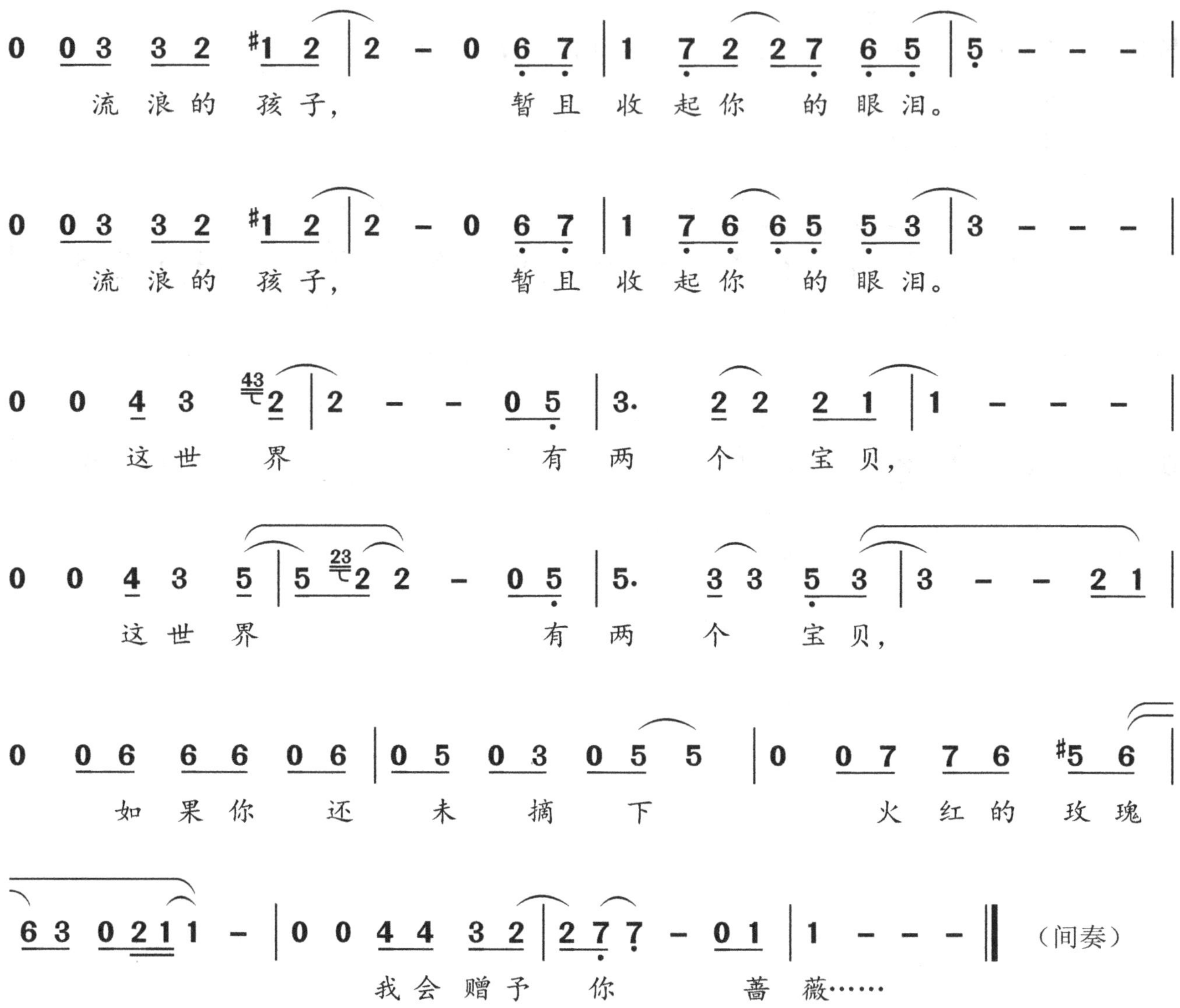

0 0 3 3 2 #1 2 | 2 － 0 6 7 | 1 7 2 2 7 6 5 | 5 － － － |
流浪的孩子，暂且收起你的眼泪。

0 0 3 3 2 #1 2 | 2 － 0 6 7 | 1 7 6 6 5 5 3 | 3 － － － |
流浪的孩子，暂且收起你的眼泪。

0 0 4 3 (43)2 | 2 － － 0 5 | 3· 2 2 2 1 | 1 － － － |
这世界有两个宝贝，

0 0 4 3 5 | 5 (23)2 2 － 0 5 | 5· 3 3 5 3 | 3 － － 2 1 |
这世界有两个宝贝，

0 0 6 6 6 0 6 | 0 5 0 3 0 5 5 | 0 0 7 7 6 #5 6 |
如果你还未摘下火红的玫瑰

6 3 0 2 1 1 － | 0 0 4 4 3 2 | 2 7 7 － 0 1 | 1 － － － ‖ （间奏）
我会赠予你蔷薇……

你是如此的懂得

1=C $\frac{4}{4}$

衷心地感谢

王 健 词
颜 辉 曲

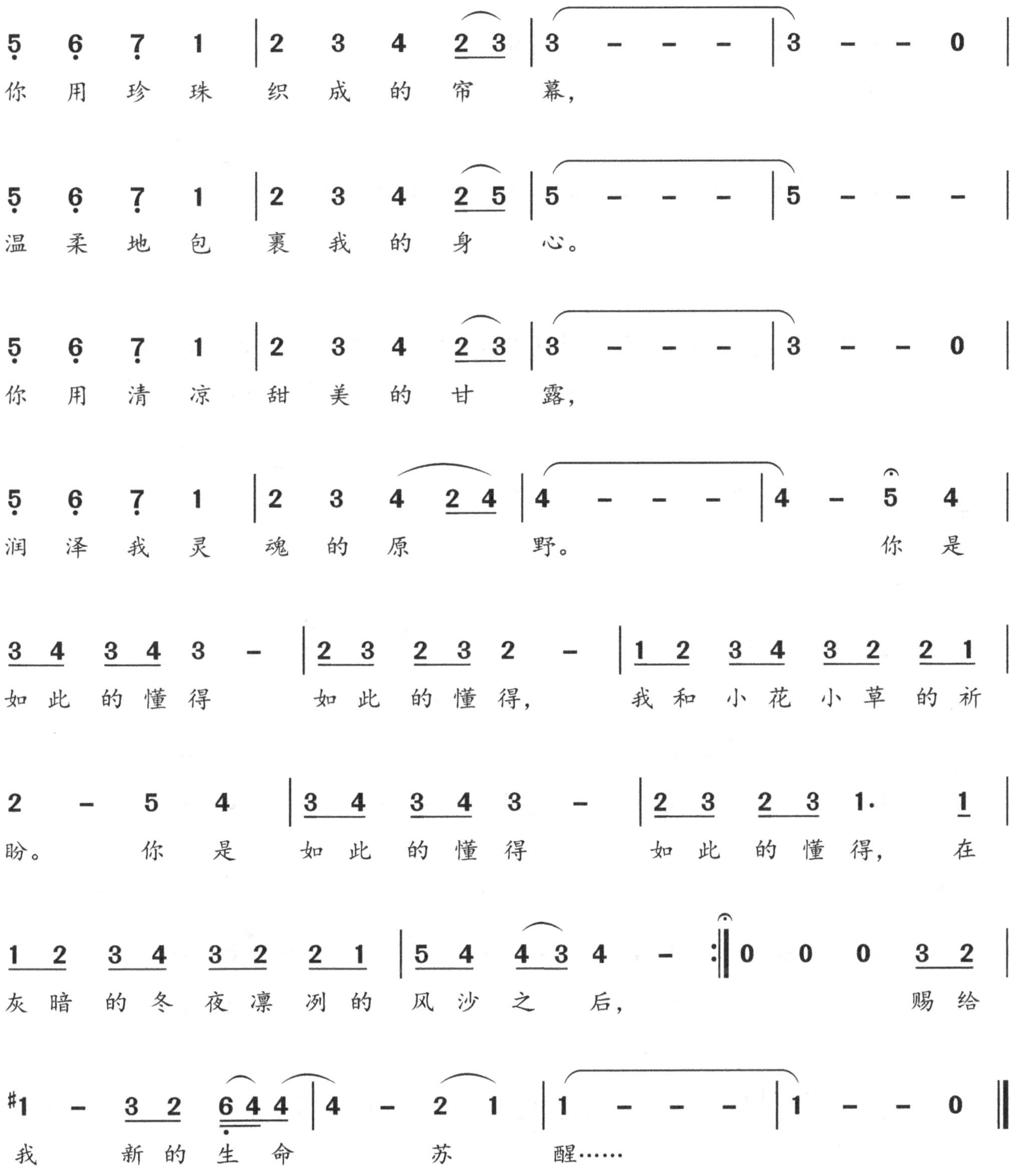

5 6 7 1 | 2 3 4 2 3 | 3 - - - | 3 - - 0 |
你 用 珍 珠 织 成 的 帘 幕，

5 6 7 1 | 2 3 4 2 5 | 5 - - - | 5 - - - |
温 柔 地 包 裹 我 的 身 心。

5 6 7 1 | 2 3 4 2 3 | 3 - - - | 3 - - 0 |
你 用 清 凉 甜 美 的 甘 露，

5 6 7 1 | 2 3 4 2 4 | 4 - - - | 4 - 5 4 |
润 泽 我 灵 魂 的 原 野。 你 是

3 4 3 4 3 - | 2 3 2 3 2 - | 1 2 3 4 3 2 2 1 |
如 此 的 懂 得 如 此 的 懂 得， 我 和 小 花 小 草 的 祈

2 - 5 4 | 3 4 3 4 3 - | 2 3 2 3 1. 1 |
盼。 你 是 如 此 的 懂 得 如 此 的 懂 得， 在

1 2 3 4 3 2 2 1 | 5 4 4 3 4 - :‖ 0 0 0 3 2 |
灰 暗 的 冬 夜 凛 冽 的 风 沙 之 后， 赐 给

#1 - 3 2 6 4 4 | 4 - 2 1 | 1 - - - | 1 - - 0 ‖
我 新 的 生 命 苏 醒……

你的爱心像阳光

1=C $\frac{4}{4}$

轻松、优美地

王　健 词
颜　辉 曲

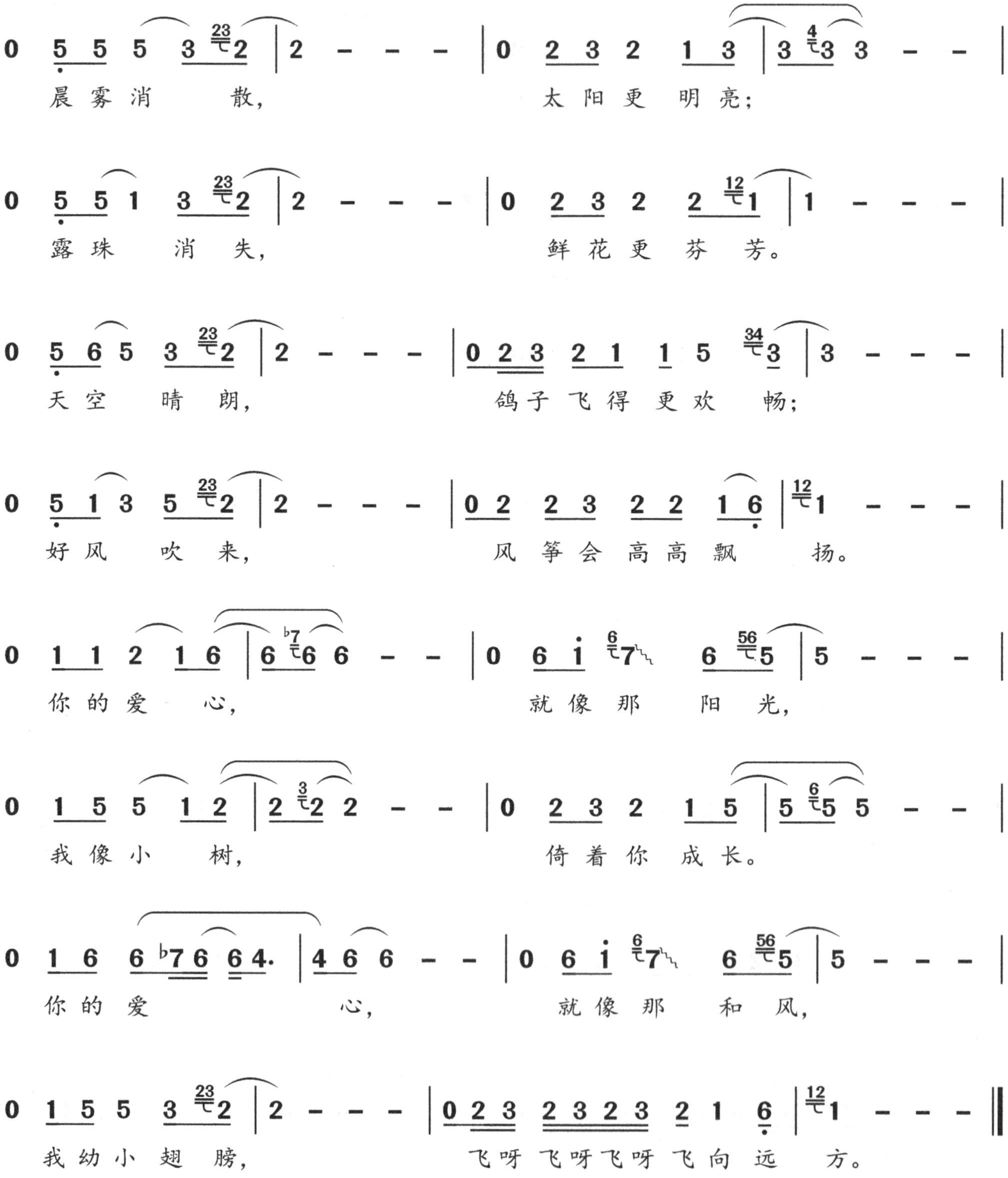

晨雾消　散，太阳更明亮；

露珠　消　失，鲜花更芬　芳。

天空　晴　朗，鸽子飞得更欢　畅；

好风　吹　来，风筝会高高飘　扬。

你的爱　心，就像那　阳　光，

我像小　树，倚着你成长。

你的爱　心，就像那　和　风，

我幼小翅　膀，飞呀飞呀飞呀飞向远　方。

让我好好看看你

1=E $\frac{4}{4}$

中速、有情意地

王 健词
颜 辉曲

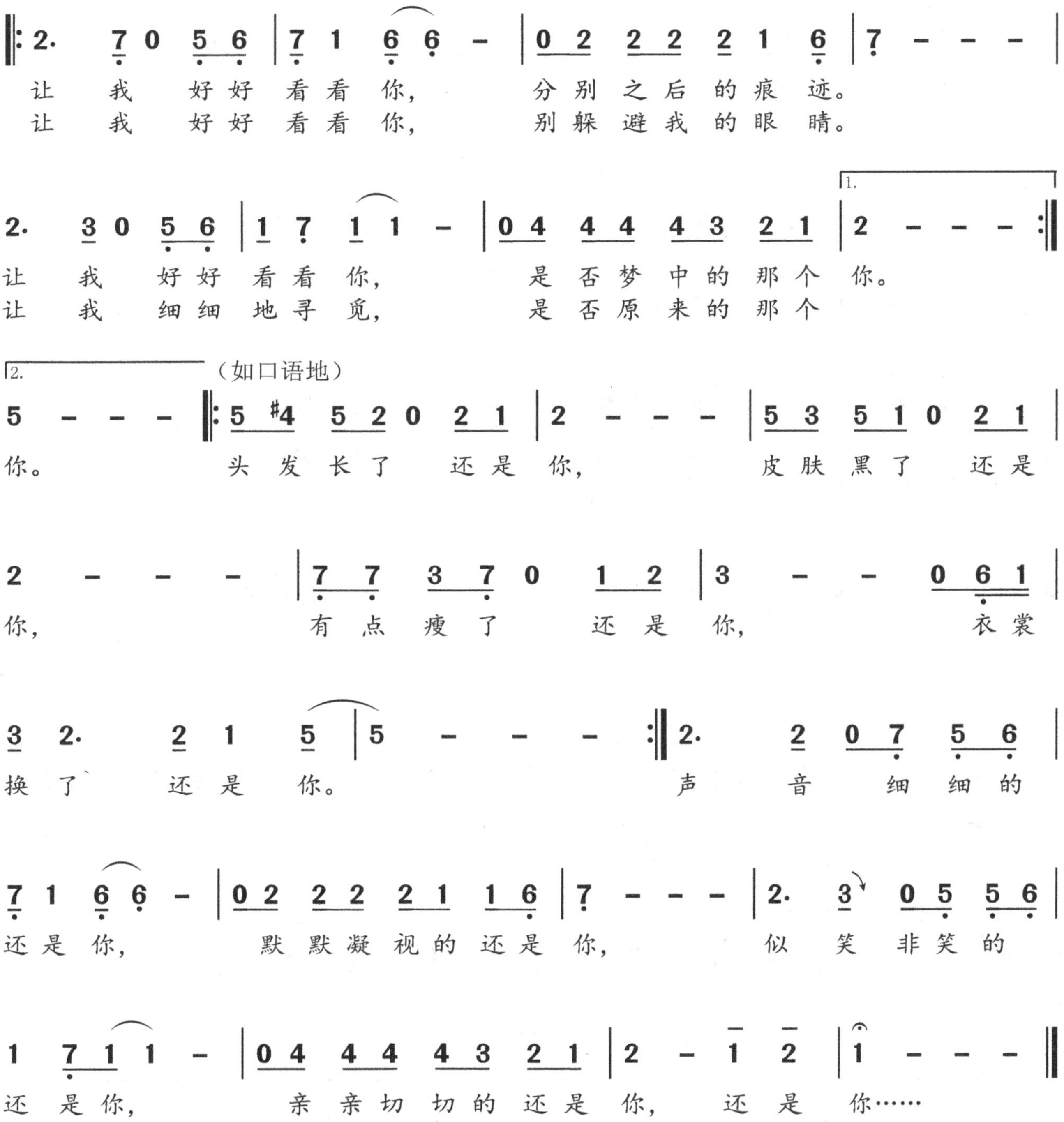

让 我 好好 看看 你， 分别之后的痕迹。
让 我 好好 看看 你， 别躲避我的眼睛。

让 我 好好 看看 你， 是否梦中的那个 你。
让 我 细细 地寻 觅， 是否原来的那个

你。（如口语地）头发长了 还是你， 皮肤黑了 还是

你， 有点瘦了 还是你， 衣裳

换了 还是你。 声音细细的

还是你， 默默凝视的还是你， 似笑非笑的

还是你， 亲亲切切的还是你， 还是 你……

留下君之爱

1=F $\frac{4}{4}$

大气而深情地

王 健 词
颜 辉 曲

漫步登高山，放眼观沧海，
我志越高山，我情寄沧海，

微风拂面过，浮云任往来。清泉亘古流，
年华虽匆逝，可追有未来。声通千万里，

野花自在开，啼鸟时远近，树影静徘徊，
浩歌抒襟怀，愿赠我兄弟，愿赠我姐妹，

天地万物同消长，
山川大地在我心，

何事能常在能常在，生也有涯
一笑泯余哀泯余哀，青史新页

时不待，彼此宜珍爱，宜珍爱，
同书写，留下君之爱，君之爱，

结束句

留下君之爱君之爱。

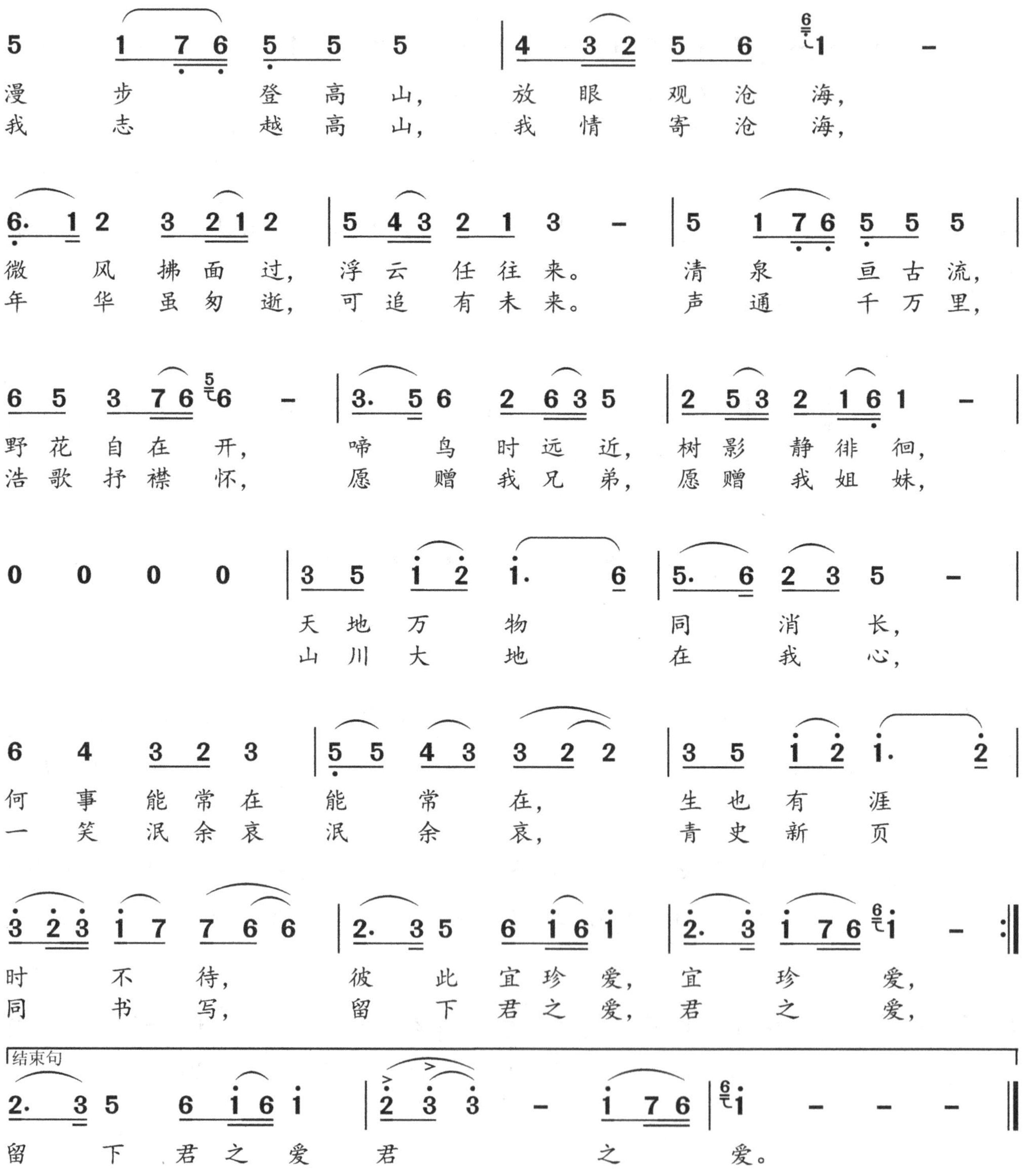

别梦依依

1=F $\frac{4}{4}$ $\frac{12}{8}$

王 健 词
颜 辉 曲

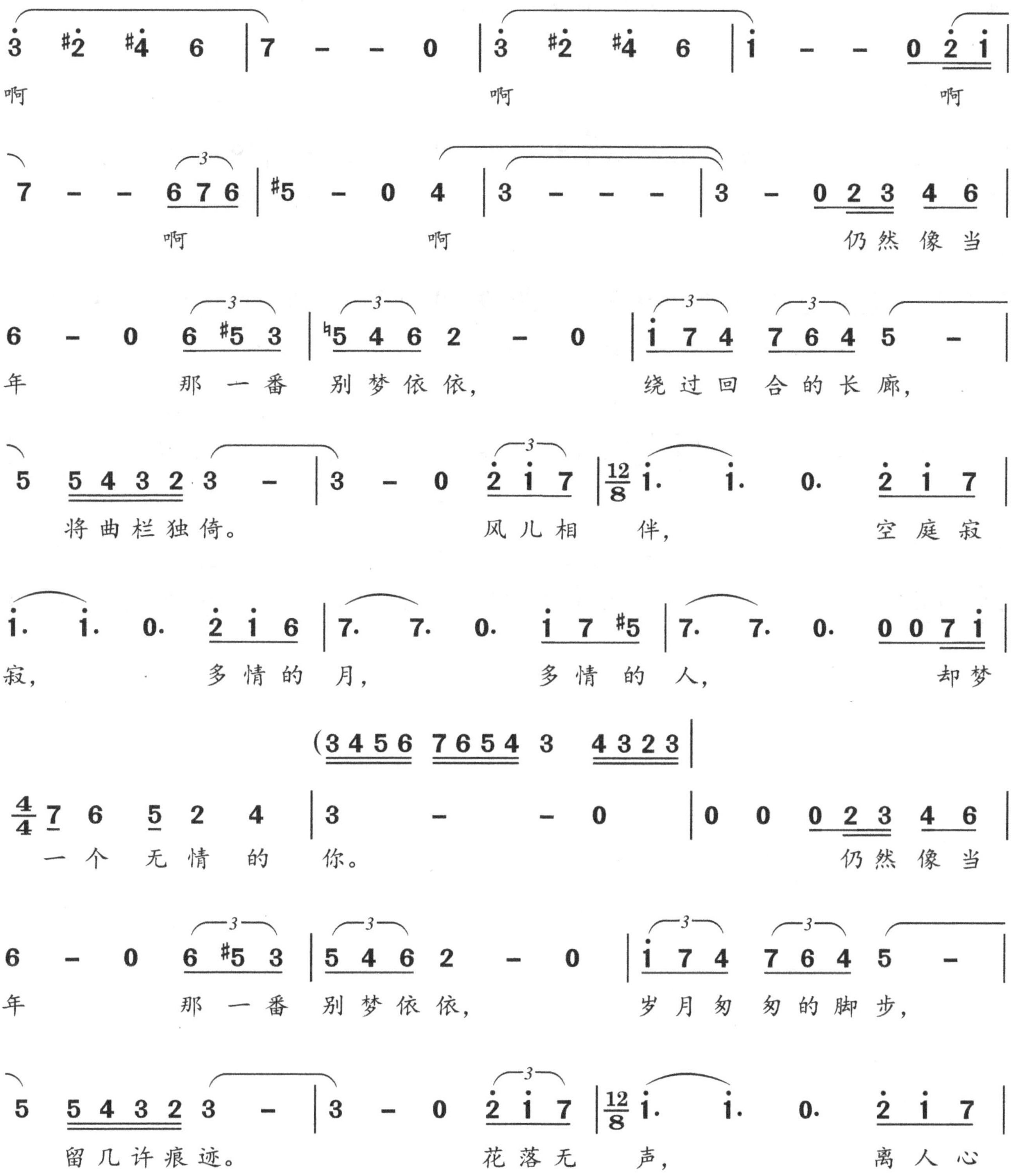

啊 啊 啊

啊 啊 仍然像当

年 那一番 别梦依依，绕过回合的长廊，

将曲栏独倚。风儿相伴，空庭寂

寂，多情的月，多情的人，却梦

一个无情的你。仍然像当

年 那一番 别梦依依，岁月匆匆的脚步，

留几许痕迹。花落无声，离人心

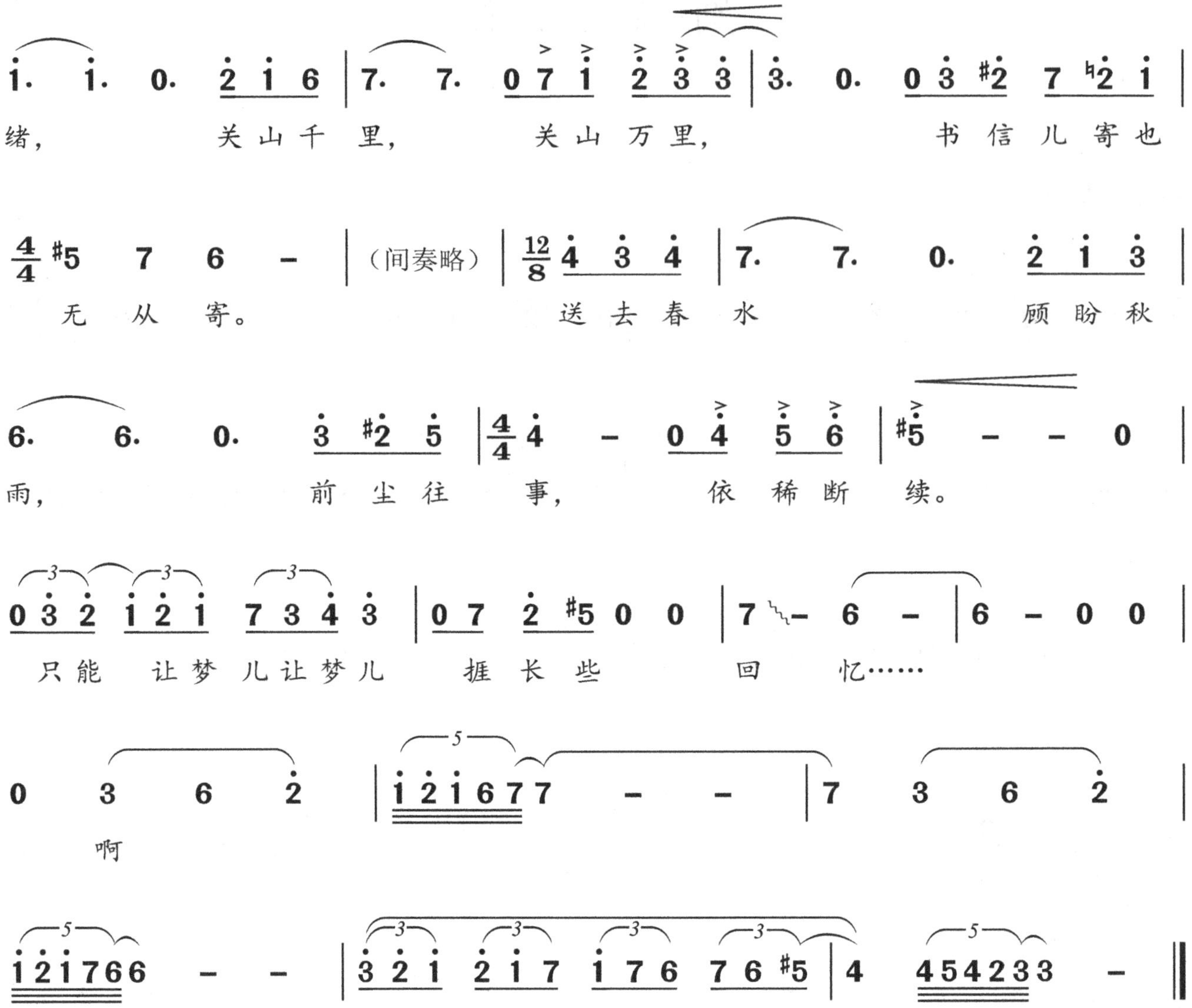

1. 1. 0. 2 1 6 | 7. 7. 0 7 1 2 3 3 | 3. 0. 0 3 #2 7 ♮2 1 |

绪， 关山千 里， 关山 万里， 书信儿寄也

4/4 #5 7 6 – | （间奏略） | 12/8 4 3 4 | 7. 7. 0. 2 1 3 |

无 从 寄。 送去春 水 顾盼秋

6. 6. 0. 3 #2 5 | 4/4 4 – 0 4 5 6 | #5 – – 0 |

雨， 前 尘 往 事， 依 稀 断 续。

0 3 2 1 2 1 7 3 4 3 | 0 7 2 #5 0 0 | 7 – 6 – | 6 – 0 0 |

只能 让梦儿让梦儿 捱 长 些 回 忆……

0 3 6 2 | 1 2 1 6 7 7 – – | 7 3 6 2 |

啊

1 2 1 7 6 6 – – | 3 2 1 2 1 7 1 7 6 7 6 #5 | 4 4 5 4 2 3 3 – ‖

北固楼

1=D $\frac{4}{4}$

中速

王　健词
颜　辉曲

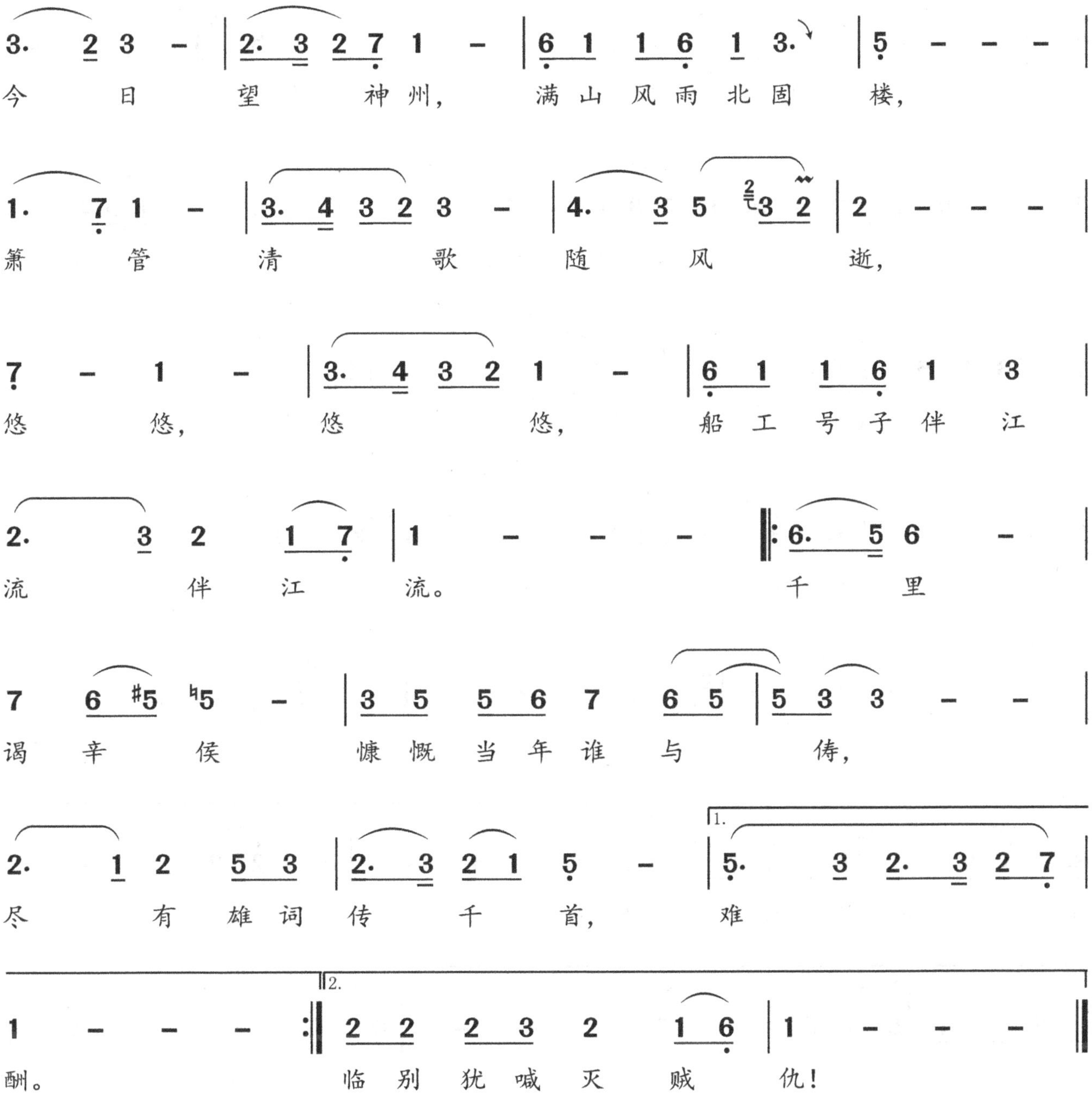

今日望神州，满山风雨北固楼，
箫管清歌随风逝，
悠悠，悠悠，船工号子伴江
流伴江流。千里
谒辛侯慷慨当年谁与俦，
尽有雄词传千首，难
酬。临别犹喊灭贼仇！

领　　土

（感谢风筝）

1=F $\frac{4}{4}$

飘逸、自由地

王　健 词
颜　辉 曲

一个　久远的愿望，　埋藏在心

底，　是你　在春风中提醒，　多少次跌落

多少次跌落又升起。　感谢你，告

诉我，人的领土不仅在大地。

激情地

你是无言的歌，从蓝天唱给我，你是

自由的鸟，呼唤我飞向你。

感谢你告诉我，

减慢速

人的领土

不仅在大地！

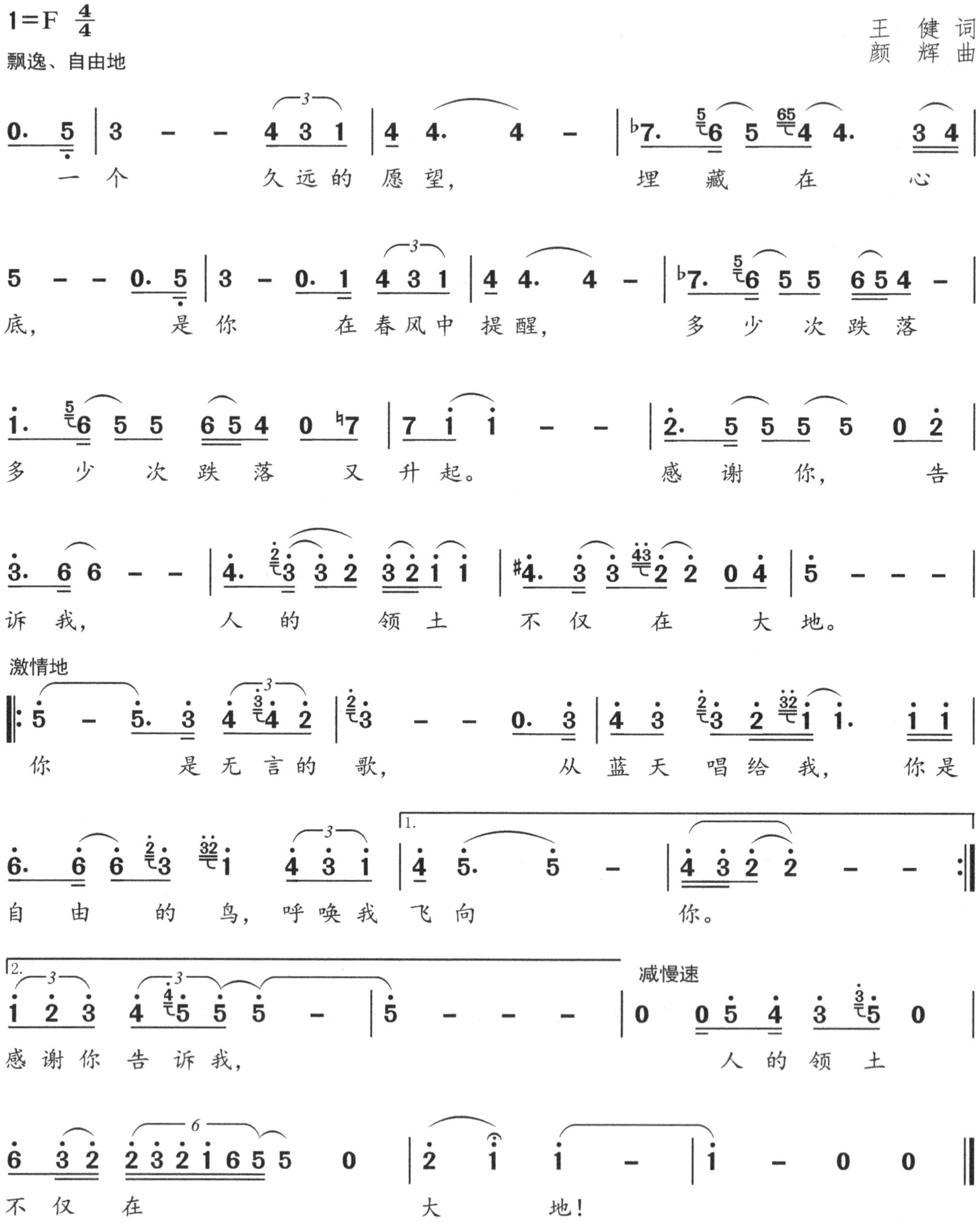

爱的小木屋

1=G $\frac{4}{4}$

轻盈又深情地

王　健 词
颜　辉 曲

潺潺的溪流，你可记得，我那小木屋，就在那青山翠谷。屋顶上缠绕着藤萝树。

山泉唱歌，野花铺路，梅花鹿亲吻我的窗户，小蝴蝶在月光下轻轻飞舞。

小木屋，哦爱的小木屋，我心灵的小木屋，那一个浓情蜜意的夜晚，在我的生命中永驻。

小木屋，哦爱的小木屋，心灵的小木屋，也许山洪早已把你带走，你却在我梦忆中永筑。

（结束句）速度减慢

小木屋，哦爱的小木屋，珍藏着我最大的富足……

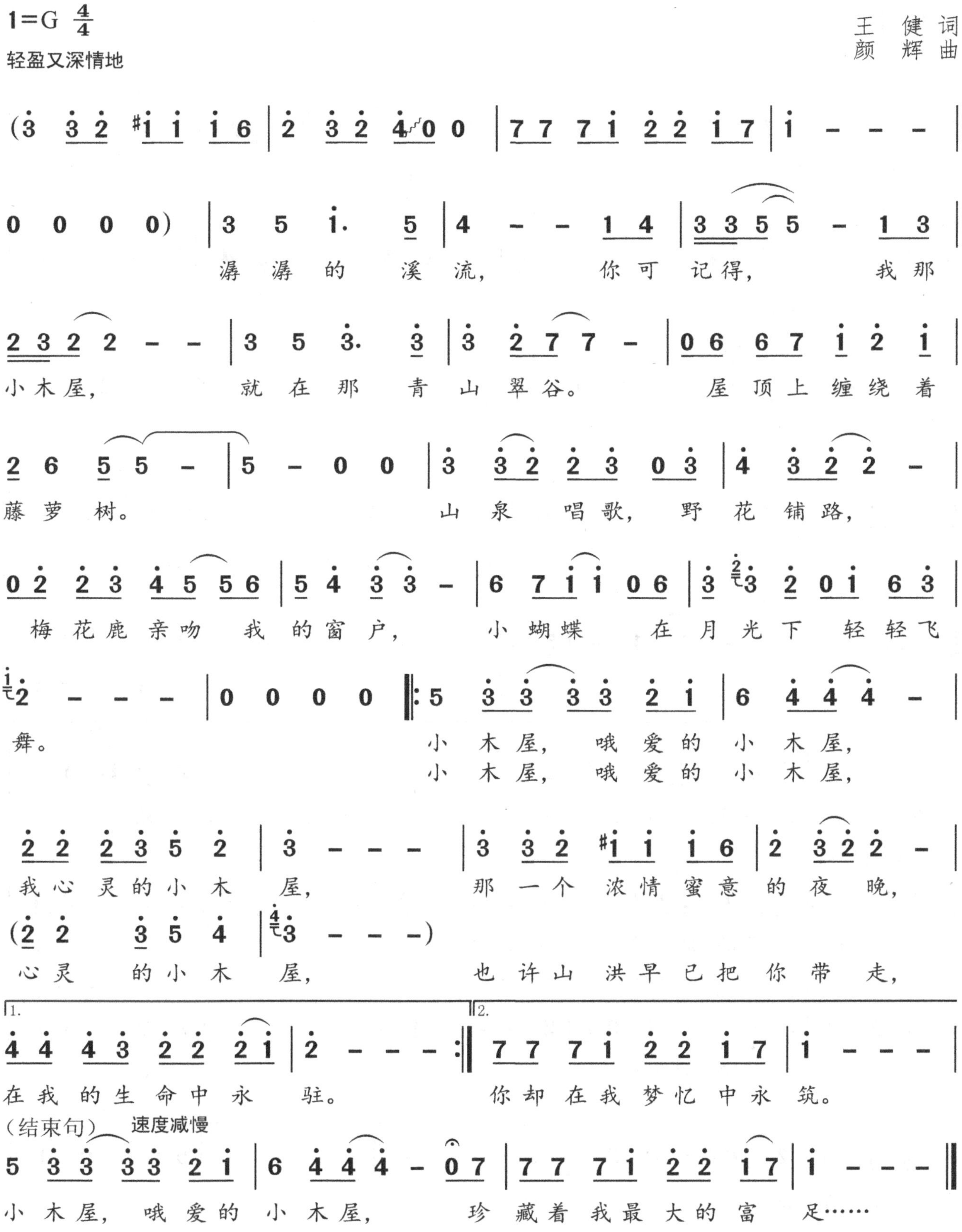

地球是个美丽的圆

1=G $\frac{4}{4}$

亲切、欢快地

王　健 词
徐坚强 曲

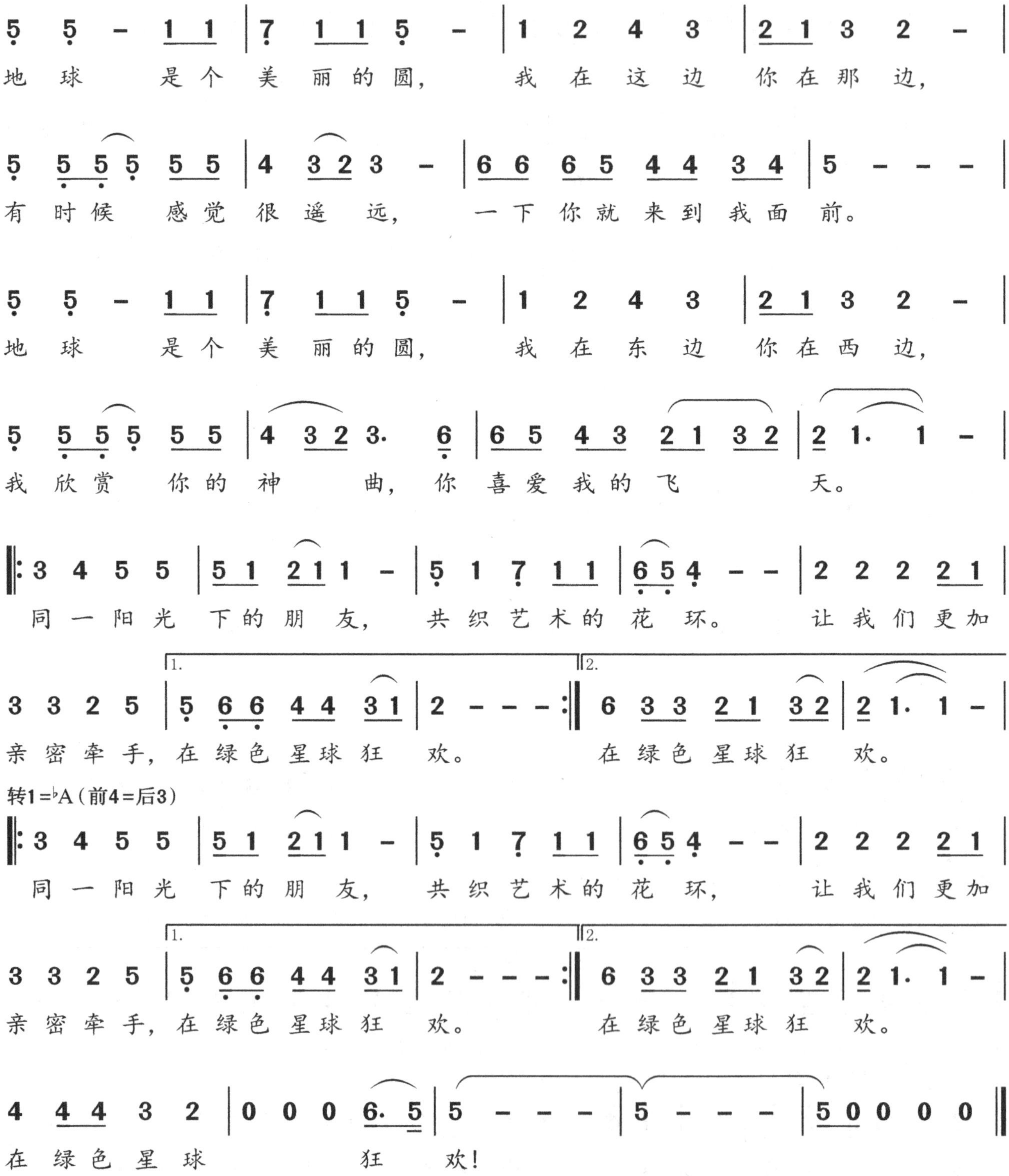

5 5 - 1 1 | 7 1 1 5 - | 1 2 4 3 | 2 1 3 2 - |

地球是个美丽的圆，我在这边你在那边，

5 5 5 5 5 5 | 4 3 2 3 - | 6 6 6 5 4 4 3 4 | 5 - - - |

有时候感觉很遥远，一下你就来到我面前。

5 5 - 1 1 | 7 1 1 5 - | 1 2 4 3 | 2 1 3 2 - |

地球是个美丽的圆，我在东边你在西边，

5 5 5 5 5 5 | 4 3 2 3· 6 | 6 5 4 3 2 1 3 2 | 2 1· 1 - |

我欣赏你的神曲，你喜爱我的飞天。

|: 3 4 5 5 | 5 1 2 1 1 - | 5 1 7 1 1 | 6 5 4 - - | 2 2 2 2 1 |

同一阳光下的朋友，共织艺术的花环。让我们更加

3 3 2 5 |1. 5 6 6 4 4 3 1 | 2 - - - :|2. 6 3 3 2 1 3 2 | 2 1· 1 - |

亲密牵手，在绿色星球狂欢。在绿色星球狂欢。

转1=♭A（前4=后3）

|: 3 4 5 5 | 5 1 2 1 1 - | 5 1 7 1 1 | 6 5 4 - - | 2 2 2 2 1 |

同一阳光下的朋友，共织艺术的花环，让我们更加

3 3 2 5 |1. 5 6 6 4 4 3 1 | 2 - - - :|2. 6 3 3 2 1 3 2 | 2 1· 1 - |

亲密牵手，在绿色星球狂欢。在绿色星球狂欢。

4 4 4 3 2 | 0 0 0 6· 5 | 5 - - - | 5 - - - | 5 0 0 0 0 ||

在绿色星球狂欢！

地球是个美丽的圆

1=C $\frac{2}{4}$

热情奔放地

王　健 词
应锡恩 曲

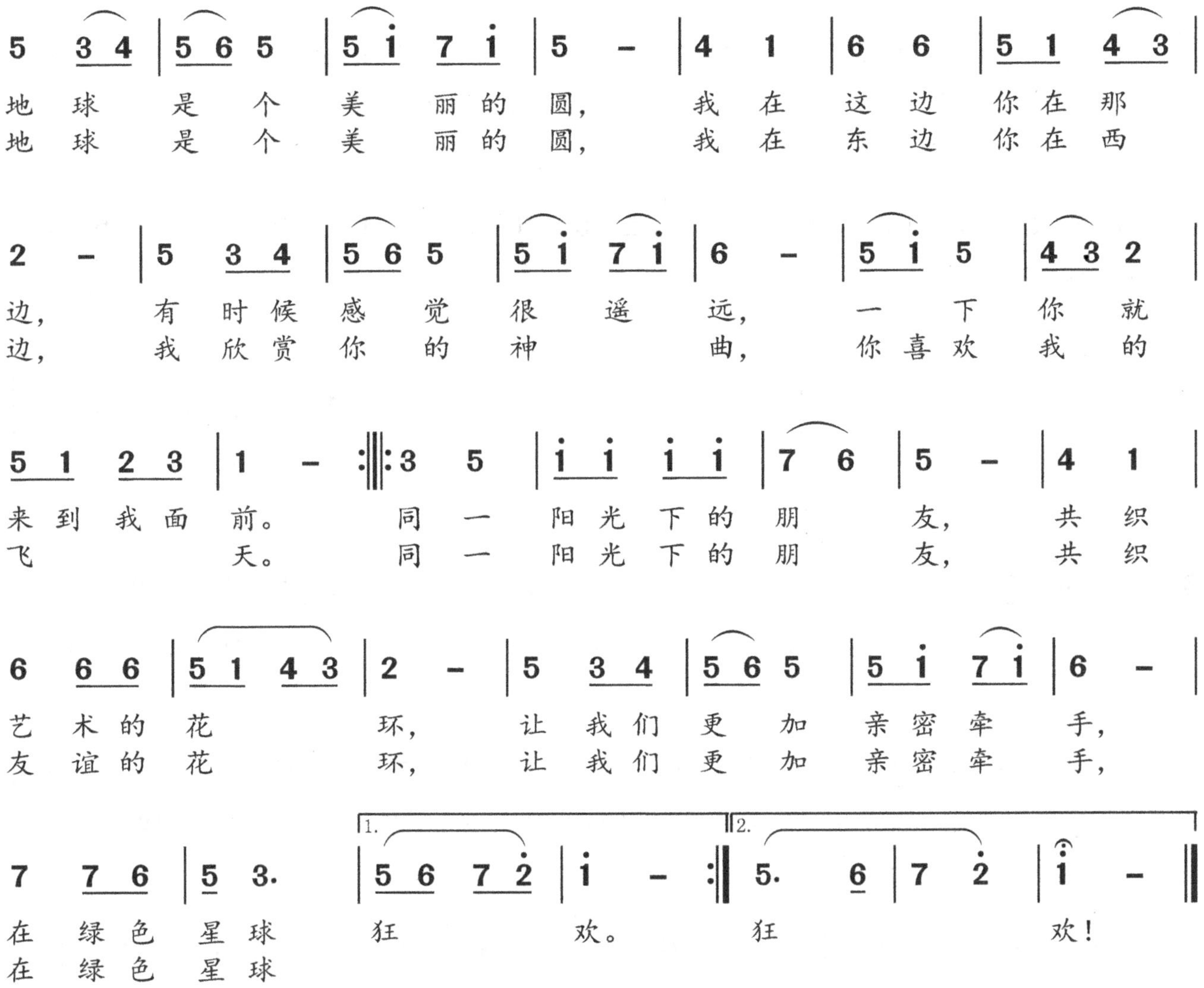

5 3 4 | 5 6 5 | 5 1̇ 7 1̇ | 5 - | 4 1 | 6 6 | 5 1 4 3 |

地球是个美丽的圆，我在这边你在那
地球是个美丽的圆，我在东边你在西

2 - | 5 3 4 | 5 6 5 | 5 1̇ 7 1̇ | 6 - | 5 1̇ 5 | 4 3 2 |

边，有时候感觉很遥远，一下你就
边，我欣赏你的神曲，你喜欢我的

5 1 2 3 | 1 - :‖: 3 5 | 1̇ 1̇ 1̇ 1̇ | 7 6 | 5 - | 4 1 |

来到我面前。同一阳光下的朋友，共织
飞天。同一阳光下的朋友，共织

6 6 6 | 5 1 4 3 | 2 - | 5 3 4 | 5 6 5 | 5 1̇ 7 1̇ | 6 - |

艺术的花环，让我们更加亲密牵手，
友谊的花环，让我们更加亲密牵手，

7 7 6 | 5 3. | [1.] 5 6 7 2̇ | 1̇ - :‖ [2.] 5. 6 | 7 2̇ | 1̇ - ‖

在绿色星球狂欢。狂欢！
在绿色星球

我身后的你

1=♭E $\frac{4}{4}$

感恩地

王　健 词
栾　凯 曲

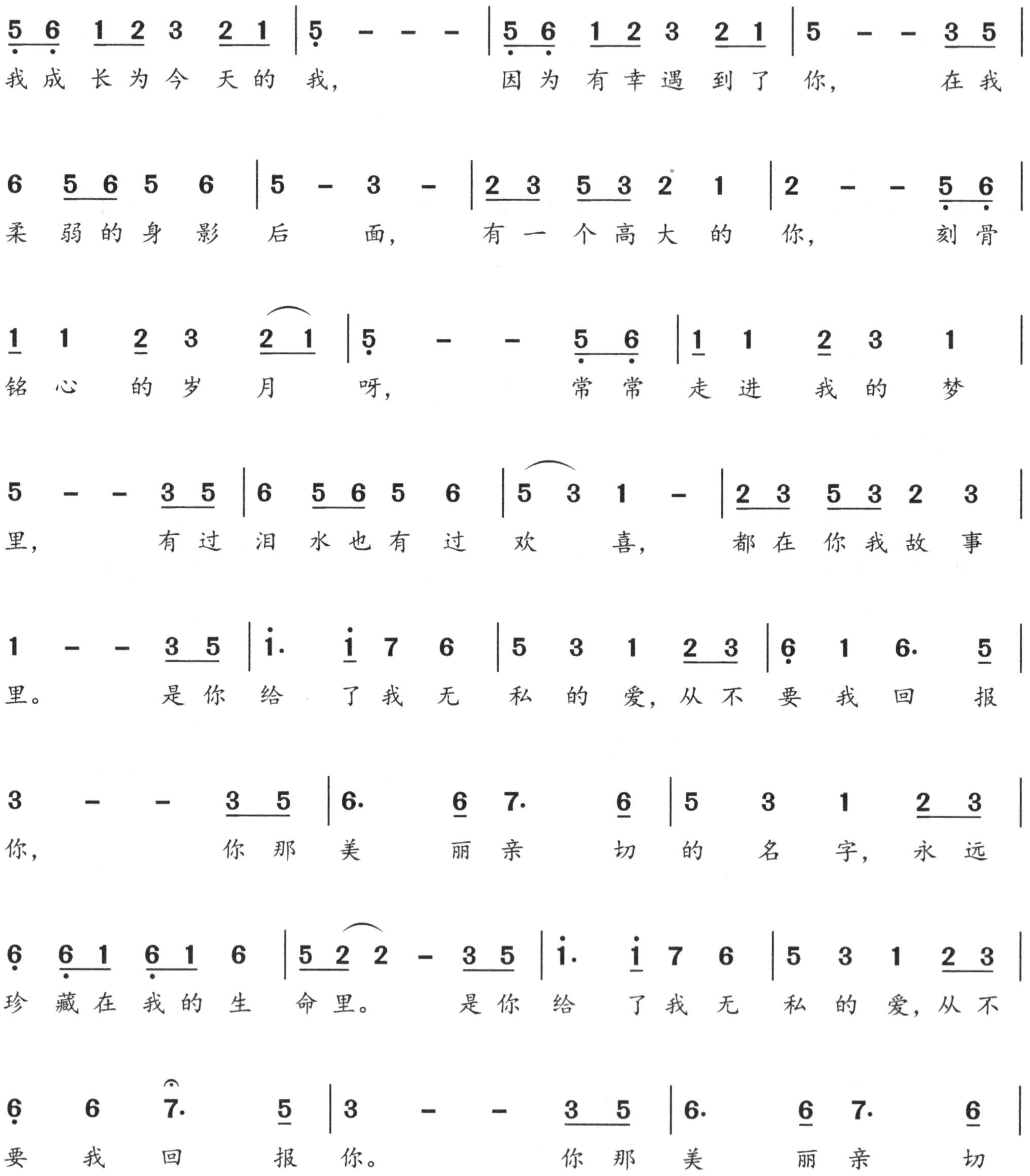

我成长为今天的我，因为有幸遇到了你，在我
柔弱的身影后面，有一个高大的你，刻骨
铭心的岁月呀，常常走进我的梦
里，有过泪水也有过欢喜，都在你我故事
里。是你给了我无私的爱，从不要我回报
你，你那美丽亲切的名字，永远
珍藏在我的生命里。是你给了我无私的爱，从不
要我回报你。你那美丽亲切

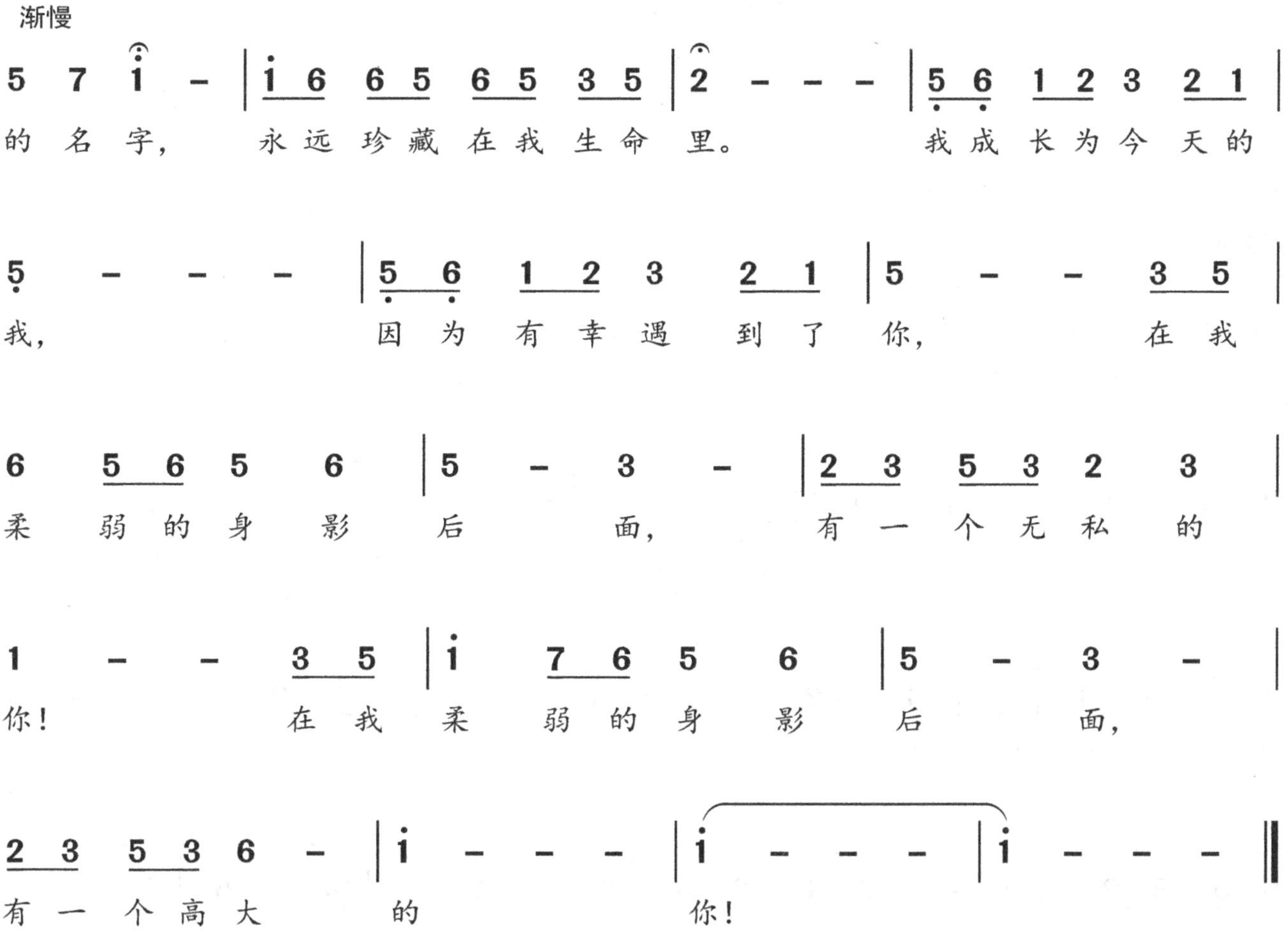

渐慢

5 7 1 – | 1 6 6 5 6 5 3 5 | 2 – – – | 5 6 1 2 3 2 1 |

的 名 字， 永 远 珍 藏 在 我 生 命 里。 我 成 长 为 今 天 的

5 – – – | 5 6 1 2 3 2 1 | 5 – – 3 5 |

我， 因 为 有 幸 遇 到 了 你， 在 我

6 5 6 5 6 | 5 – 3 – | 2 3 5 3 2 3 |

柔 弱 的 身 影 后 面， 有 一 个 无 私 的

1 – – 3 5 | 1 7 6 5 6 | 5 – 3 – |

你！ 在 我 柔 弱 的 身 影 后 面，

2 3 5 3 6 – | 1 – – – | 1 – – – | 1 – – – ‖

有 一 个 高 大 的 你！

（2017年10月创作，万山红首唱）

灯 笼 花

1=D $\frac{2}{4}$

美好地 ♩=68

王 健 词
骆科伦 曲

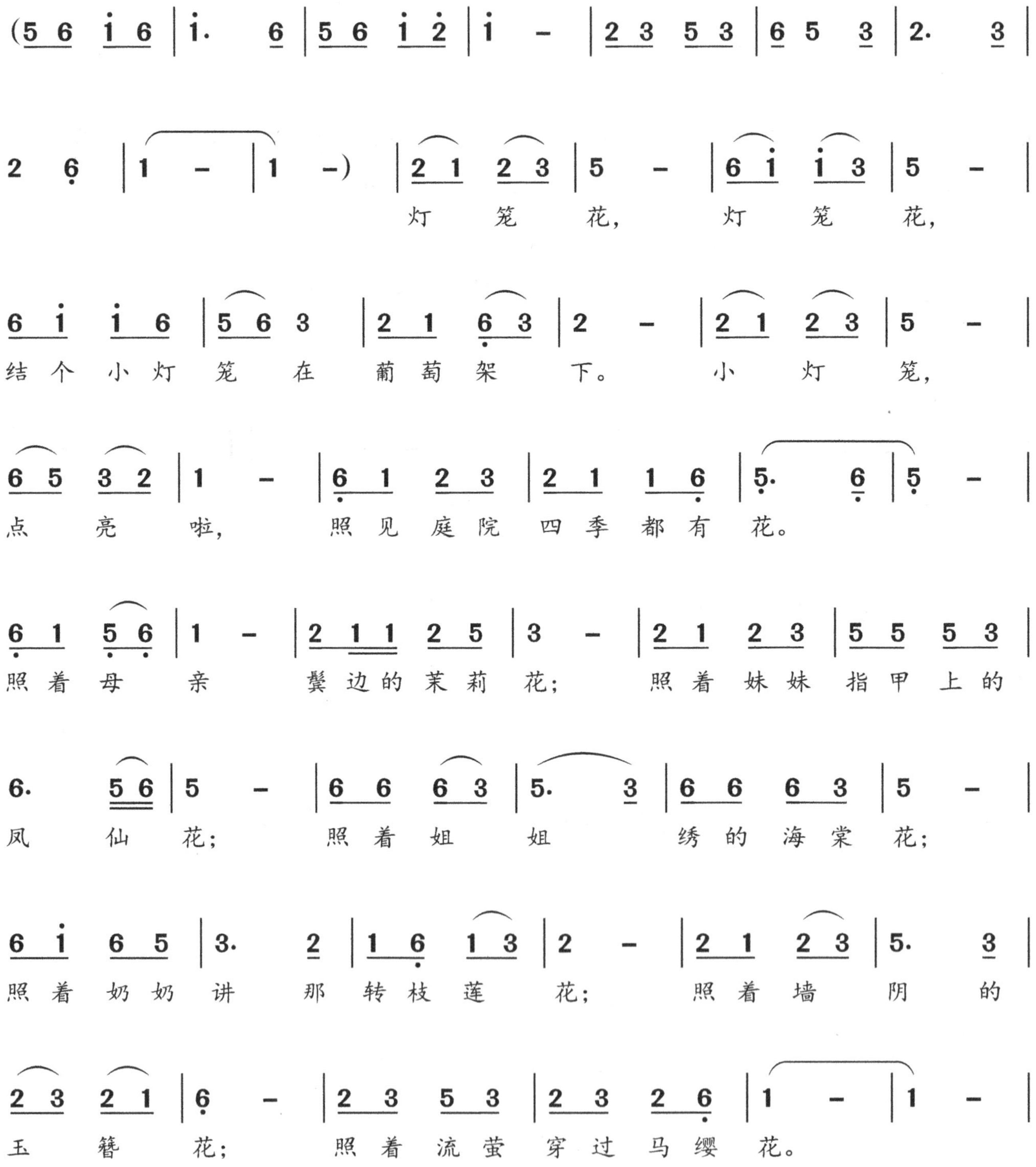

灯笼花，灯笼花，结个小灯笼在葡萄架下。小灯笼，点亮啦，照见庭院四季都有花。

照着母亲鬓边的茉莉花；照着妹妹指甲上的凤仙花；照着姐姐绣的海棠花；照着奶奶讲那转枝莲花；照着墙阴的玉簪花；照着流萤穿过马缨花。

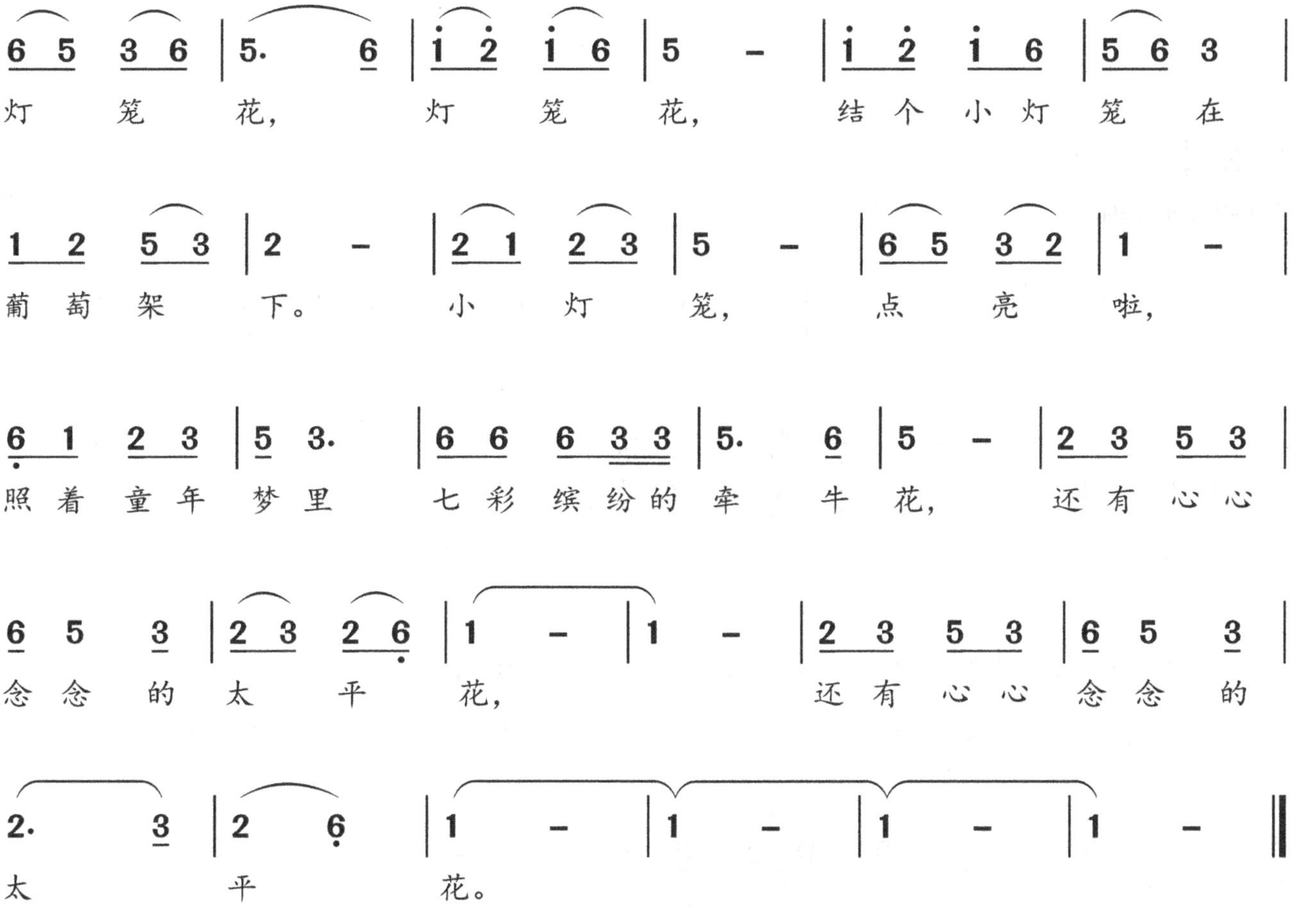

6 5 3 6 | 5. 6 | 1 2 1 6 | 5 – | 1 2 1 6 | 5 6 3 |

灯笼花，灯笼花，结个小灯笼在

1 2 5 3 | 2 – | 2 1 2 3 | 5 – | 6 5 3 2 | 1 – |

葡萄架下。小灯笼，点亮啦，

6 1 2 3 | 5 3. | 6 6 6 3 3 | 5. 6 | 5 – | 2 3 5 3 |

照着童年梦里七彩缤纷的牵牛花，还有心心

6 5 3 | 2 3 2 6 | 1 – | 1 – | 2 3 5 3 | 6 5 3 |

念念的太平花，还有心心念念的

2. 3 | 2 6 | 1 – | 1 – | 1 – | 1 – ‖

太平花。

雪　梦

（童声二重唱）

1=E $\frac{3}{4}$

富于想象地 ♩=96

王　健 词
徐　健 曲

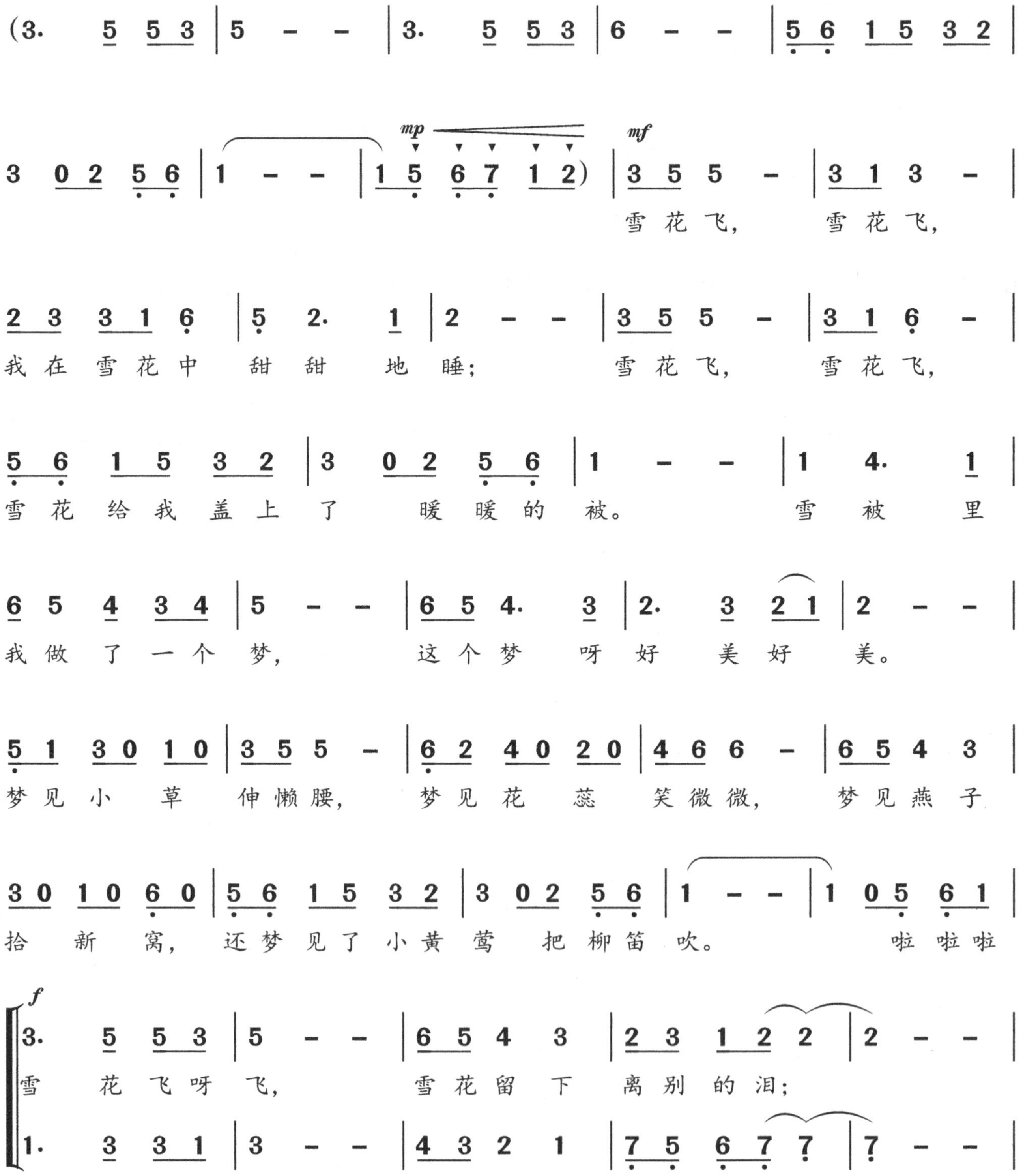

(3· 5 5 3 | 5 - - | 3· 5 5 3 | 6 - - | 5 6 1 5 3 2 |

3 0 2 5 6 | 1 - - | 1 5 6 7 1 2) | *mp* *mf* 3 5 5 - | 3 1 3 - |

雪 花 飞， 雪 花 飞，

2 3 3 1 6 | 5 2· 1 | 2 - - | 3 5 5 - | 3 1 6 - |

我 在 雪 花 中 甜 甜 地 睡； 雪 花 飞， 雪 花 飞，

5 6 1 5 3 2 | 3 0 2 5 6 | 1 - - | 1 4· 1 |

雪 花 给 我 盖 上 了 暖 暖 的 被。 雪 被 里

6 5 4 3 4 | 5 - - | 6 5 4· 3 | 2· 3 2 1 | 2 - - |

我 做 了 一 个 梦， 这 个 梦 呀 好 美 好 美。

5 1 3 0 1 0 | 3 5 5 - | 6 2 4 0 2 0 | 4 6 6 - | 6 5 4 3 |

梦 见 小 草 伸 懒 腰， 梦 见 花 蕊 笑 微 微， 梦 见 燕 子

3 0 1 0 6 0 | 5 6 1 5 3 2 | 3 0 2 5 6 | 1 - - | 1 0 5 6 1 |

拾 新 窝， 还 梦 见 了 小 黄 莺 把 柳 笛 吹。 啦 啦 啦

f

3· 5 5 3 | 5 - - | 6 5 4 3 | 2 3 1 2 2 | 2 - - |

雪 花 飞 呀 飞， 雪 花 留 下 离 别 的 泪；

1· 3 3 1 | 3 - - | 4 3 2 1 | 7 5 6 7 7 | 7 - - |

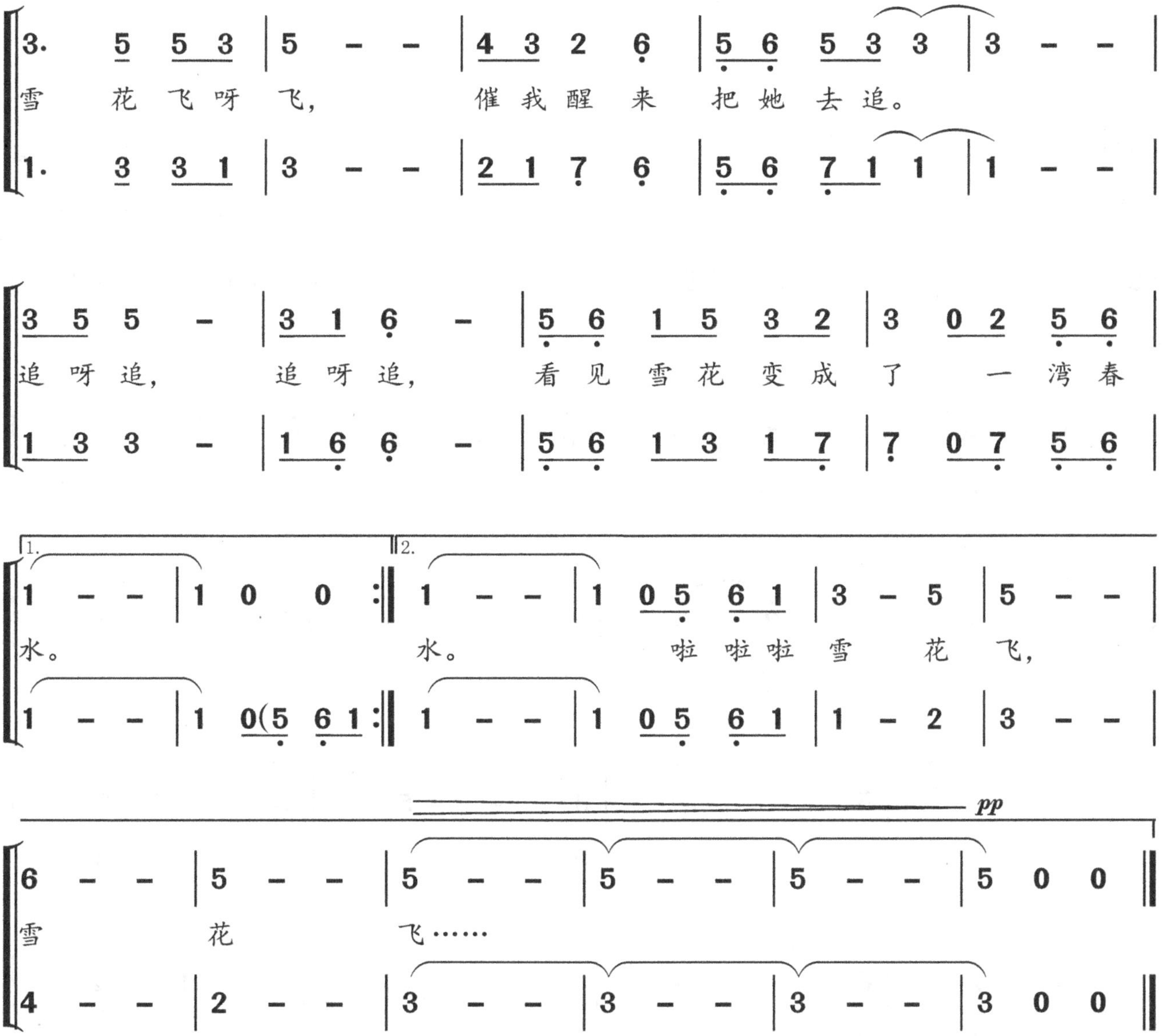

3. 5 5 3 | 5 – – | 4 3 2 6 | 5 6 5 3 3 | 3 – – |

雪花飞呀飞，催我醒来把她去追。

1. 3 3 1 | 3 – – | 2 1 7 6 | 5 6 7 1 1 | 1 – – |

3 5 5 – | 3 1 6 – | 5 6 1 5 3 2 | 3 0 2 5 6 |

追呀追，追呀追，看见雪花变成了一湾春

1 3 3 – | 1 6 6 – | 5 6 1 3 1 7 | 7 0 7 5 6 |

1. 1 – – | 1 0 0 :‖ 2. 1 – – | 1 0 5 6 1 | 3 – 5 | 5 – – |

水。 水。 啦啦啦雪花飞，

1 – – | 1 0(5 6 1 :‖ 1 – – | 1 0 5 6 1 | 1 – 2 | 3 – – |

pp

6 – – | 5 – – | 5 – – | 5 – – | 5 – – | 5 0 0 ‖

雪花飞……

4 – – | 2 – – | 3 – – | 3 – – | 3 – – | 3 0 0 ‖

金手杖，可爱的家

1=♭B $\frac{3}{4}$

欢快地

王 健 词
谢 新 曲

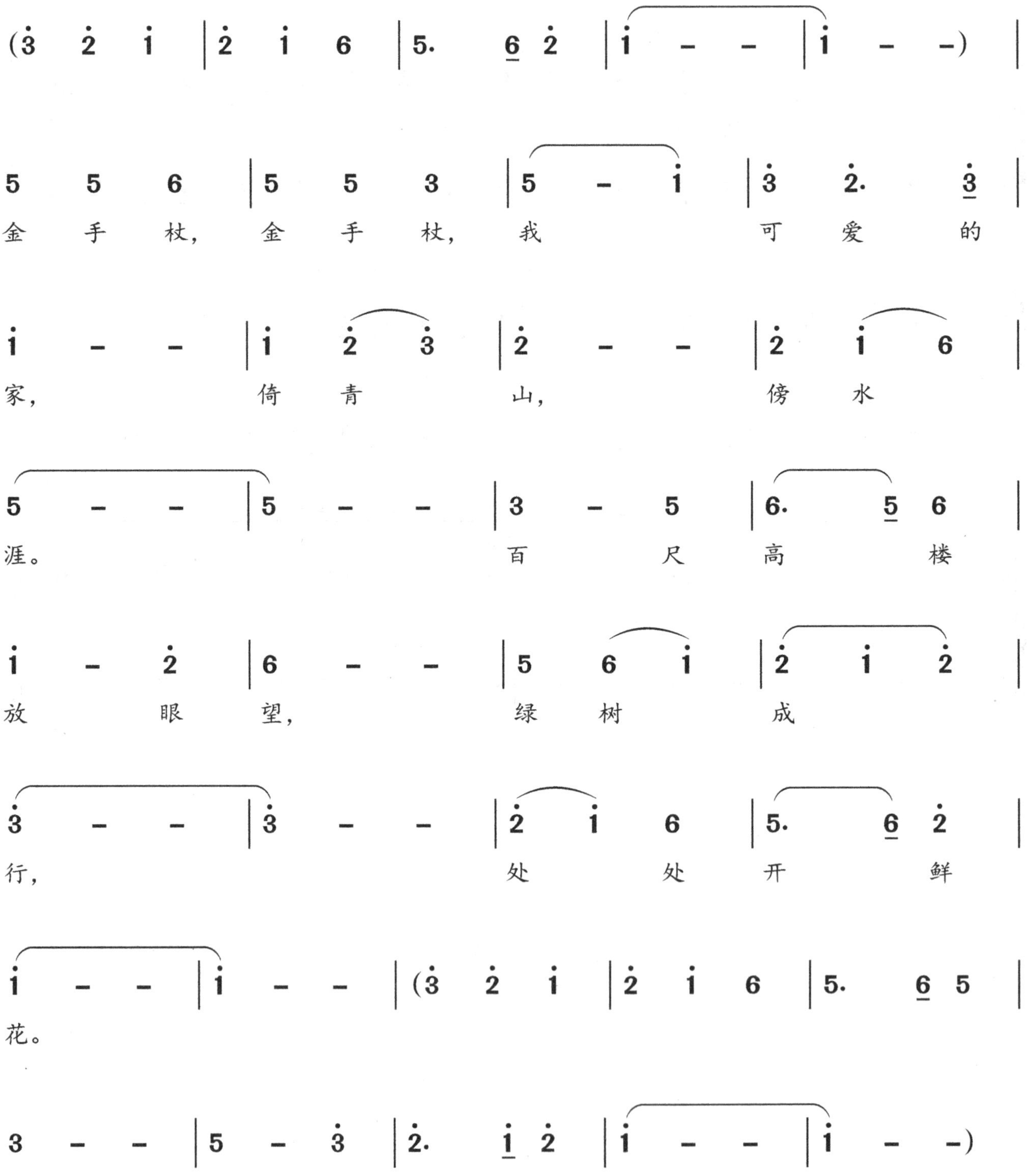

金手杖，金手杖，我可爱的家，倚青山，傍水涯。百尺高楼放眼望，绿树成行，处处开鲜花。

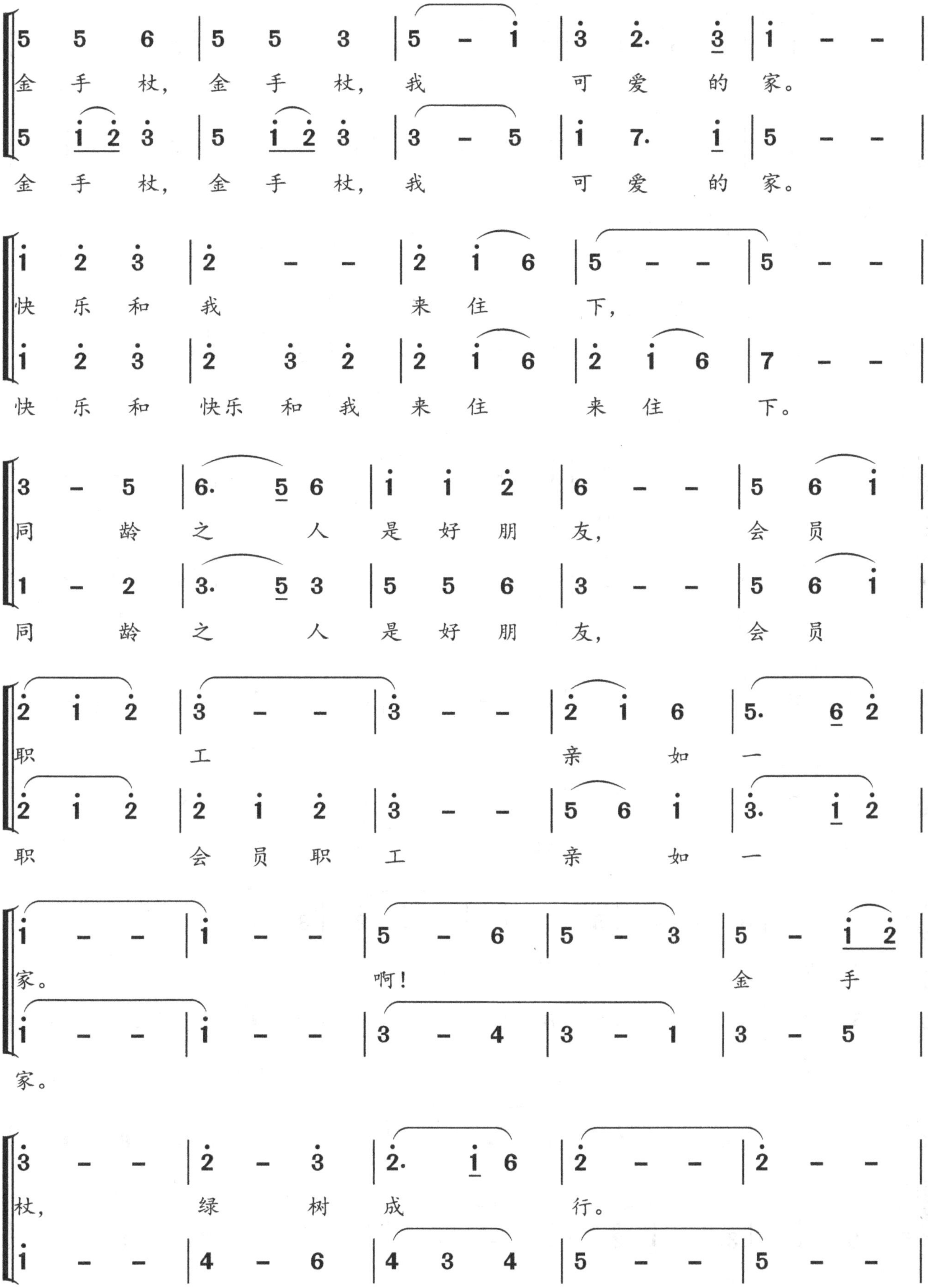

5 5 6 | 5 5 3 | 5 – 1 | 3 2. 3 | 1 – – |
金手杖，金手杖，我 可爱的家。
5 1 2 3 | 5 1 2 3 | 3 – 5 | 1 7. 1 | 5 – – |
金手杖，金手杖，我 可爱的家。

1 2 3 | 2 – – | 2 1 6 | 5 – – | 5 – – |
快乐和我 来住 下，
1 2 3 | 2 3 2 | 2 1 6 | 2 1 6 | 7 – – |
快乐和快乐和我来住来住下。

3 – 5 | 6. 5 6 | 1 1 2 | 6 – – | 5 6 1 |
同龄之人是好朋友，会员
1 – 2 | 3. 5 3 | 5 5 6 | 3 – – | 5 6 1 |
同龄之人是好朋友，会员

2 1 2 | 3 – – | 3 – – | 2 1 6 | 5. 6 2 |
职工 亲如一
2 1 2 | 2 1 2 | 3 – – | 5 6 1 | 3. 1 2 |
职会员职工 亲如一

1 – – | 1 – – | 5 – 6 | 5 – 3 | 5 – 1 2 |
家。啊！金手
1 – – | 1 – – | 3 – 4 | 3 – 1 | 3 – 5 |
家。

3 – – | 2 – 3 | 2. 1 6 | 2 – – | 2 – – |
杖，绿树成 行。
1 – – | 4 – 6 | 4 3 4 | 5 – – | 5 – – |

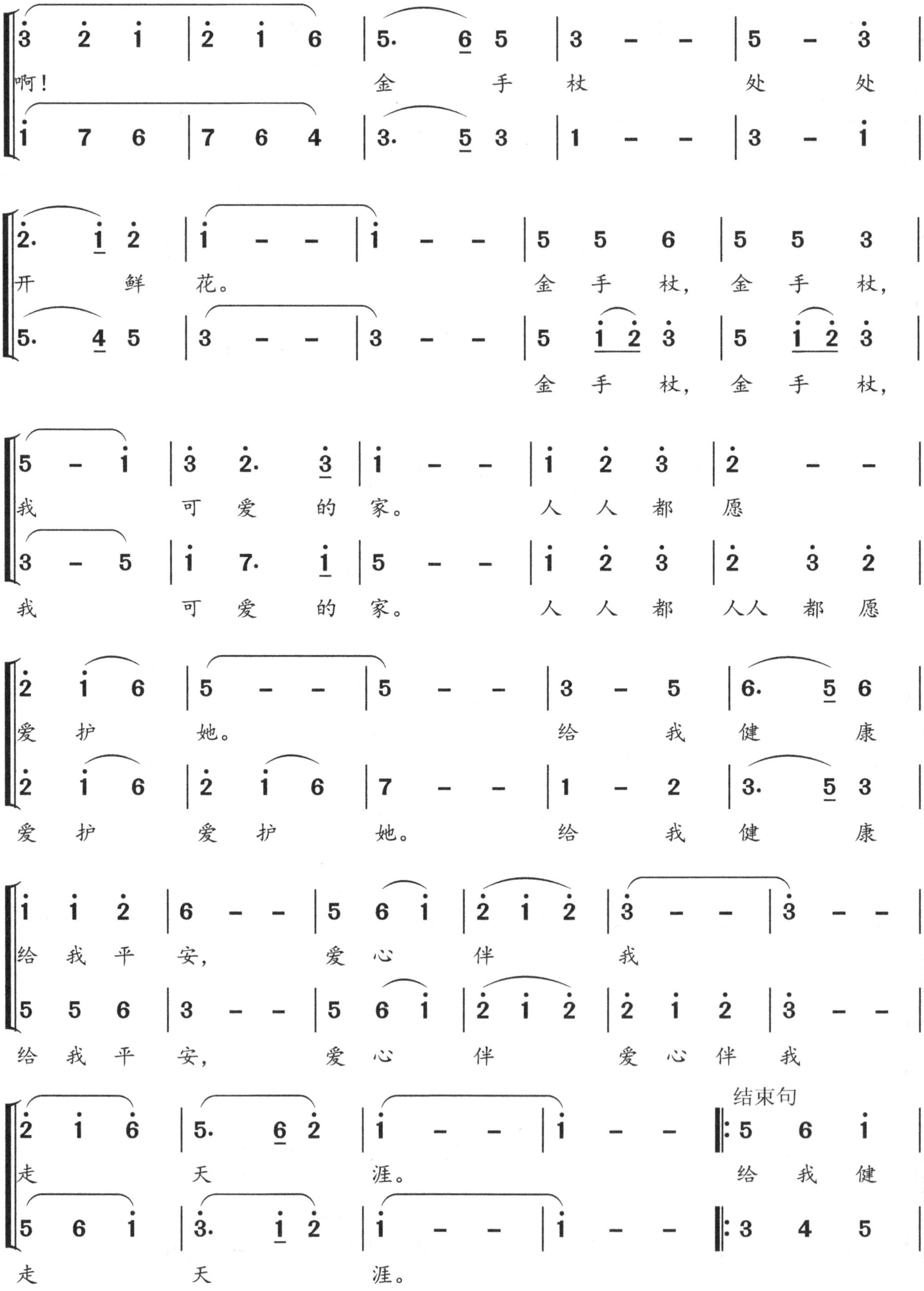

啊！ 金 手 杖 处 处

开 鲜 花。 金 手 杖， 金 手 杖，

金 手 杖， 金 手 杖，

我 可 爱 的 家。 人 人 都 愿

我 可 爱 的 家。 人 人 都 人人 都 愿

爱 护 她。 给 我 健 康

爱 护 爱 护 她。 给 我 健 康

给 我 平 安， 爱 心 伴 我

给 我 平 安， 爱 心 伴 爱 心 伴 我

结束句

走 天 涯。 给 我 健

走 天 涯。

3̇ – – | 3̇ 2̇ i̇ | 2̇ – – | 5 6 i̇ | 2̇ – – |

康， 给 我 平 安， 爱 心 伴 我

i̇ – – | i̇ 7 6 | 7 – – | 3 4 5 | 7 – – |

渐慢

[1.] 3̇ 2̇ 3̇ | i̇ – – :‖ [2.] 3̇ 2̇ 3̇ | i̇ – – | i̇ – – ‖

走 天 涯。 走 天 涯。

5 – 5 | 3 – – :‖ 5 – 5 | 3 – – | 3 – – ‖

小小的我

1=D $\frac{4}{4}$

中速稍快

王 健 词
付 林 曲

(1̇ 1̇. 1̇1̇ - | 7 7. 77 - | 55 56 77 65 | 6 - - - | 0 36 1̇6 3̇1̇ 63) |

6 6. 5 6 6 5 | 5 6̣ 1 2 - | 1̇. 6 5 5 2 | 3 - - - |

1.2.天地间走来了小小的我 噢 小小的我，

6 6. 5 6 6 5 | 5 1 3 2 - | 5. 3 2 2 3 | 6̣ - - - |

不要问我姓什么 噢 叫什么。

6 1̇ 6 5 3 | 6 1̇ 6 5 3 | 2. 3 3 23 2 1 | 2 - - - |

我是山间一滴水，也有生命的浪波，
我是山间一缕风，也能燃起一团火，

6 1̇ 6 5 3 | 6 1̇ 6 5 3 | 2. 3 3 23 6̣ 5̣ | 6̣ - - - |

我是地上一棵小草，也有生命的绿色。
我是地上一朵小花，也有春天的颜色。

‖: 1̇ 1̇. 1̇ 1̇ - | 7 7. 7 7 - | 5 5 5 6 7 7 2 | 3 - - - | 1̇ 1̇. 1̇ 1̇ - |

小小的我，小小的我，投入激流就是大河。 小小的我，
小小的我，小小的我，全部的爱献给祖国。 小小的我，

7 7. 7 7 - | 5 5 5 6 7 7 6 5 |[1. 6 - - - :‖[2. 6 - - - | 6 - - - ‖

小小的我，拥抱大地就是春之歌。 歌。
小小的我，谱写一首爱之歌。

清唱剧

浔阳夜月

丁留强 _ 曲

浔阳夜月 / 枫叶红了，荻花白了 / 原来长安旧相识 / 年去年来 / 声声传情 / 少年欢乐 / 聚散无凭 / 我心中仍有春花似锦 / 如醉如醒 / 青春已消逝

浔阳夜月

（合唱引子）

1=C $\frac{2}{4}$

♩=60

王 健 词
丁留强 曲

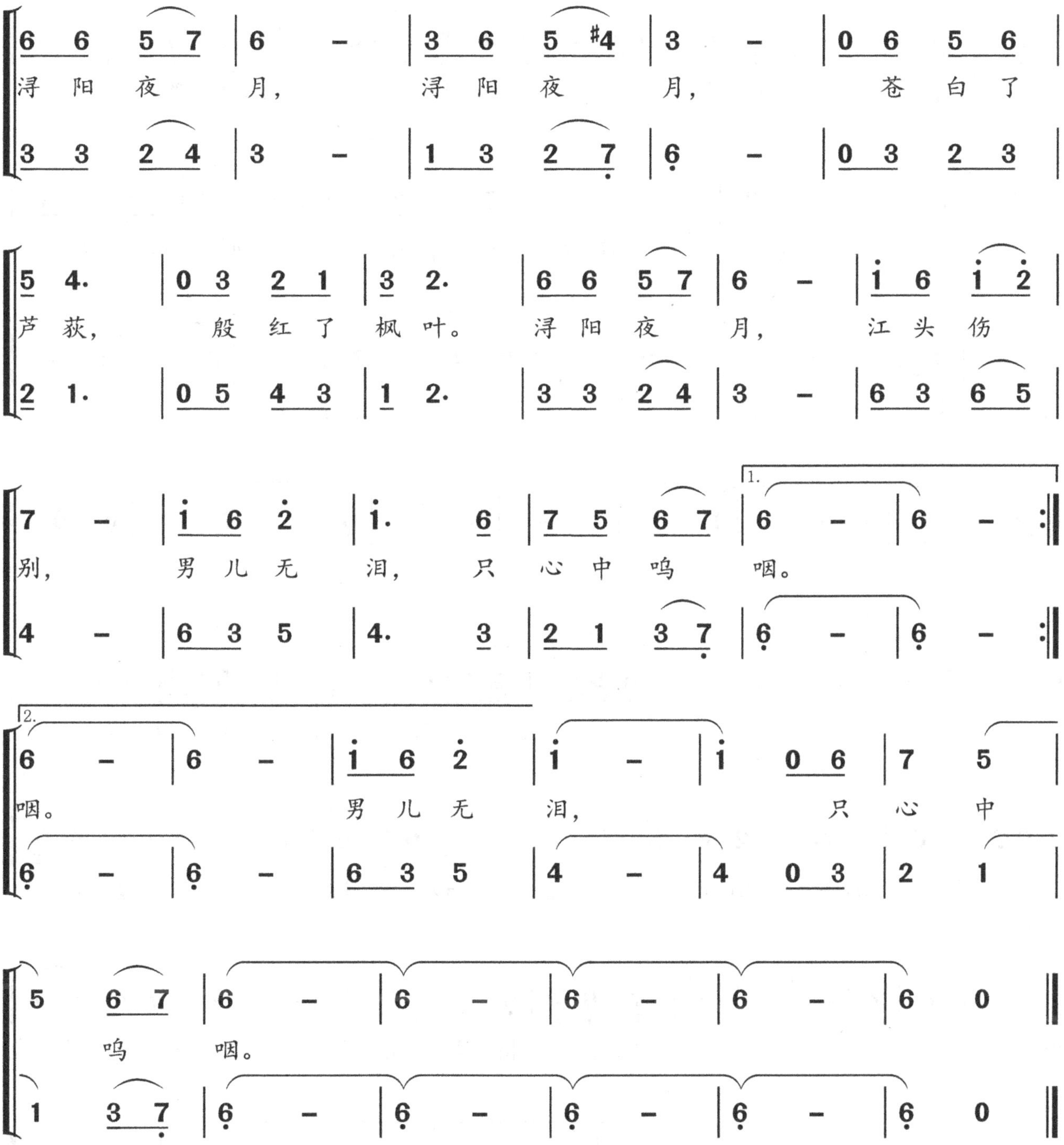

浔阳夜月，浔阳夜月，苍白了芦荻，殷红了枫叶。浔阳夜月，江头伤别，男儿无泪，只心中呜咽。

咽。男儿无泪，只心中呜咽。

枫叶红了，荻花白了

（白居易唱段一）

1=D $\frac{2}{4}$

♩=60

王 健 词
丁留强 曲

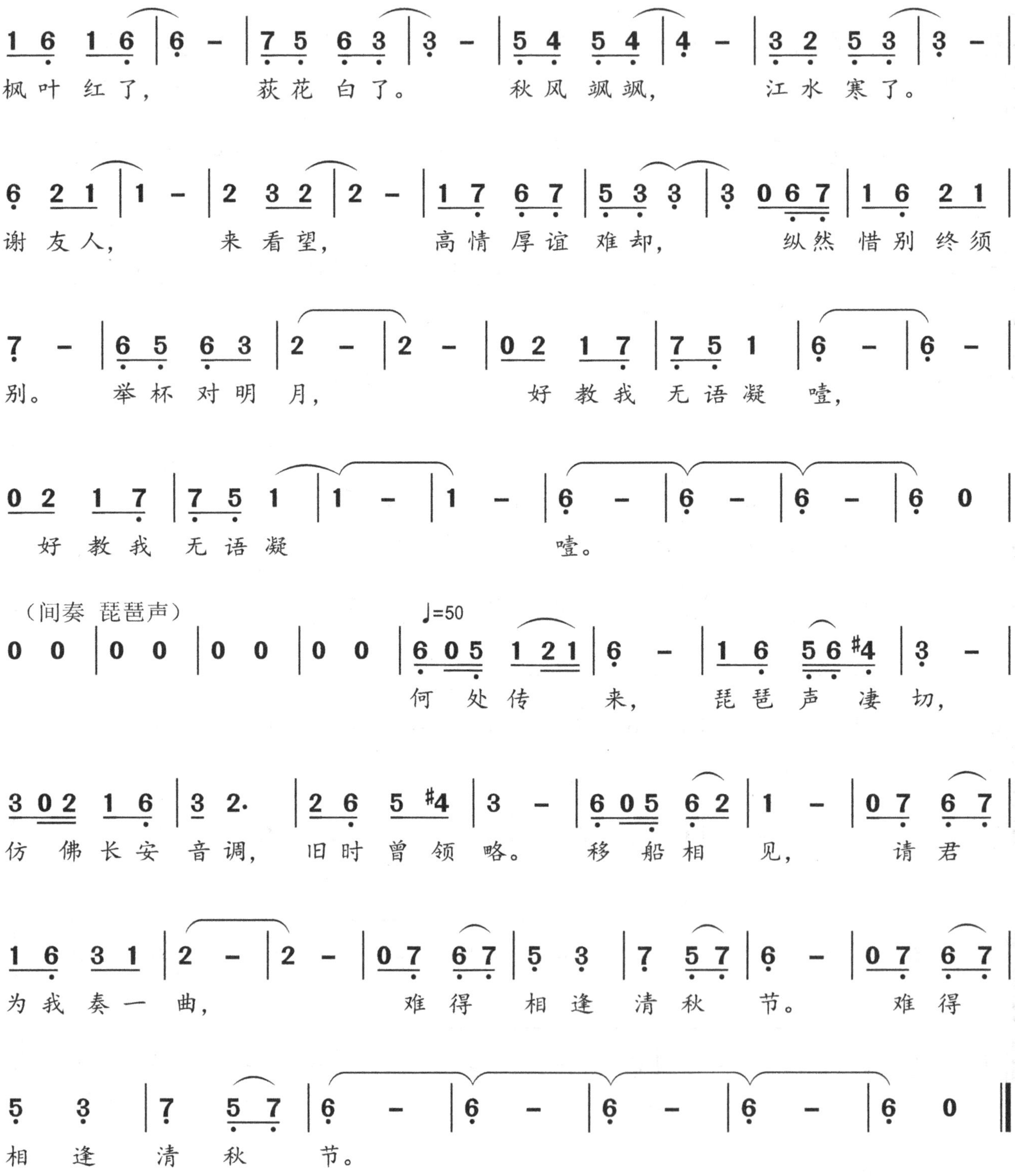

枫叶红了，获花白了。秋风飒飒，江水寒了。

谢友人，来看望，高情厚谊难却，纵然惜别终须

别。举杯对明月，好教我无语凝噎，

好教我无语凝噎。

（间奏 琵琶声）

♩=50

何处传来，琵琶声凄切，

仿佛长安音调，旧时曾领略。移船相见，请君

为我奏一曲，难得相逢清秋节。难得

相逢清秋节。

原来长安旧相识

（合唱或女合伴女独）

1=F $\frac{2}{4}$

♩=72

王　健 词

丁留强 曲

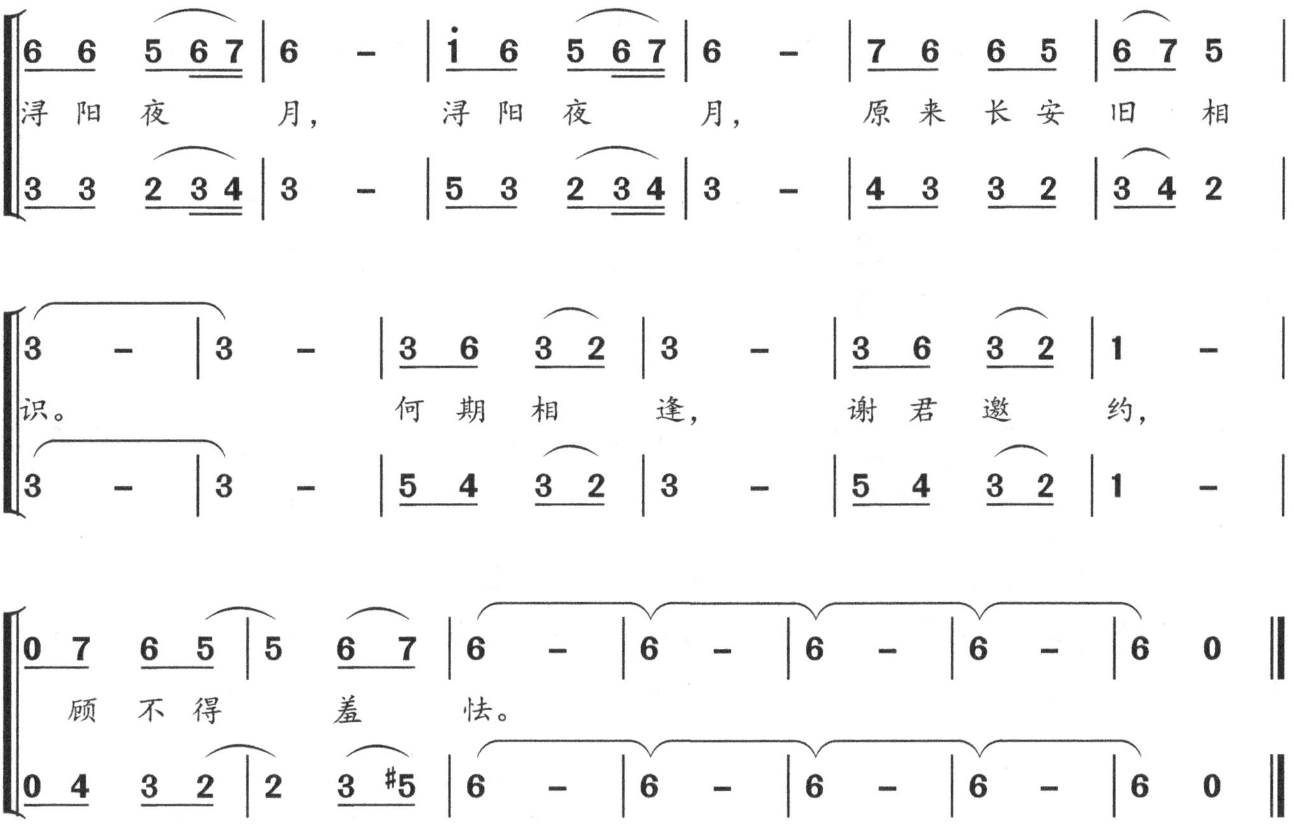

| 6 6 5 6 7 | 6 – | i 6 5 6 7 | 6 – | 7 6 6 5 | 6 7 5 |
浔 阳 夜 月， 浔 阳 夜 月， 原 来 长 安 旧 相
| 3 3 2 3 4 | 3 – | 5 3 2 3 4 | 3 – | 4 3 3 2 | 3 4 2 |

| 3 – | 3 – | 3 6 3 2 | 3 – | 3 6 3 2 | 1 – |
识。 何 期 相 逢， 谢 君 邀 约，
| 3 – | 3 – | 5 4 3 2 | 3 – | 5 4 3 2 | 1 – |

| 0 7 6 5 | 5 6 7 | 6 – | 6 – | 6 – | 6 – | 6 0 ‖
顾 不 得 羞 怯。
| 0 4 3 2 | 2 3 #5 | 6 – | 6 – | 6 – | 6 – | 6 0 ‖

年去年来

（琵琶女唱段一）

1=F $\frac{2}{4}$

♩=60

王　健 词
丁留强 曲

i̇ 7 6 | 7 – | 6 5 3 5 | 3 – | 6 3 3 | 2 – |

年去年来，人生类转蓬。故人相逢，

6 2 3 | 3 – | 6 5 i̇ 6 | 7 6 | 5 – | 5 4 3 |

似梦中，为君拨弦请君听。

2 – | 3 6 5 3 | 3 2 3 | 6 0 5 3 5 | 7 6 5 3 | 3̇ i̇ 7 6 |

“霓裳”华绝，“绿腰”清，轻拢慢捻，嘈嘈切切，无限心事

（女合叠句）

5 6 7 |1. 6 – | 6 – :||2. 6 – | 6 – | 3̇ i̇ 7 6 |

隐弦中……中，无限心

5 – | 5 – | 5 7 | 6 – | 6 – | 6 – | 6 0 ||

事隐弦中……

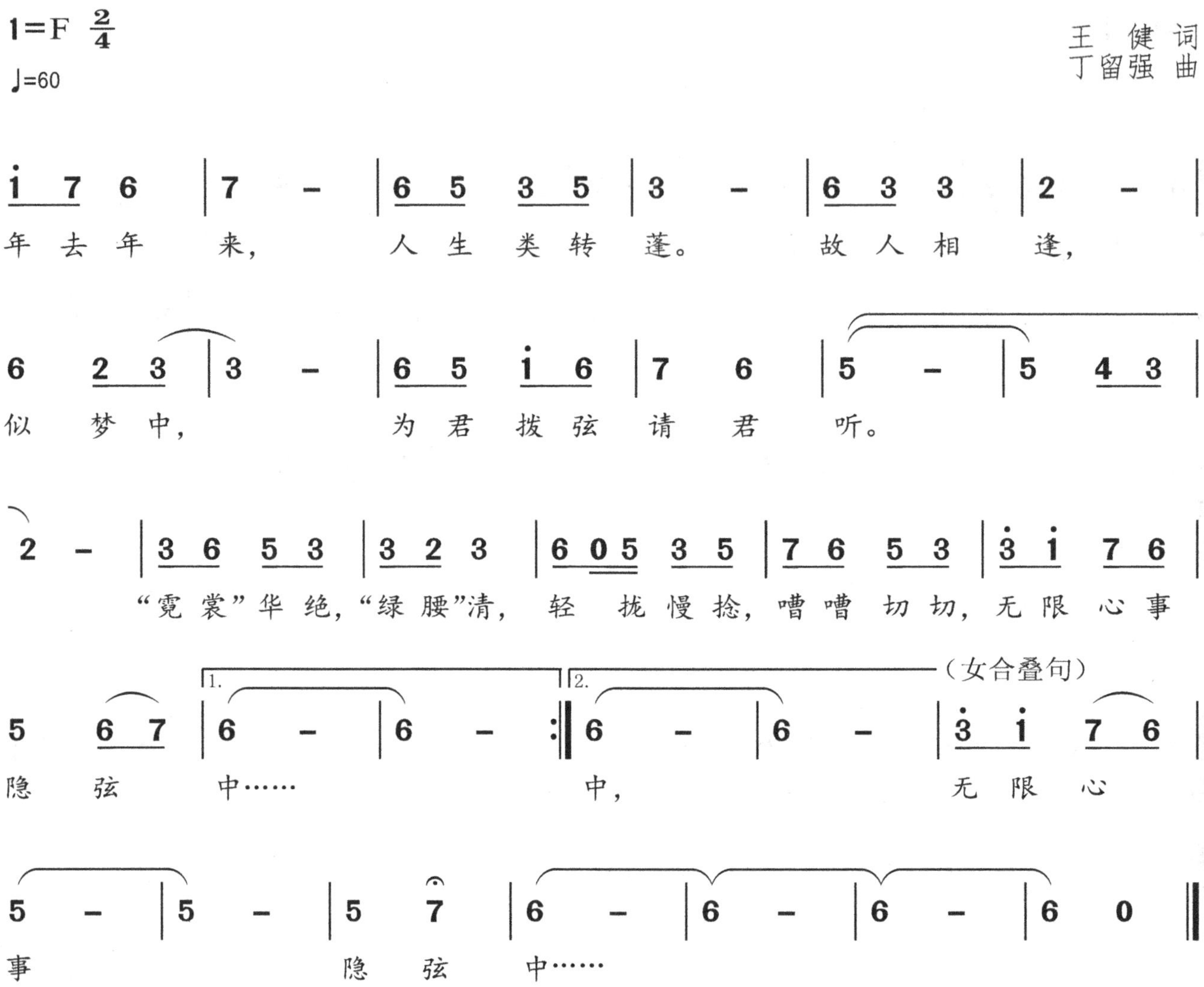

声声传情

（白居易唱段二）

1=G $\frac{2}{4}$

♩=60

王　健　词

丁留强　曲

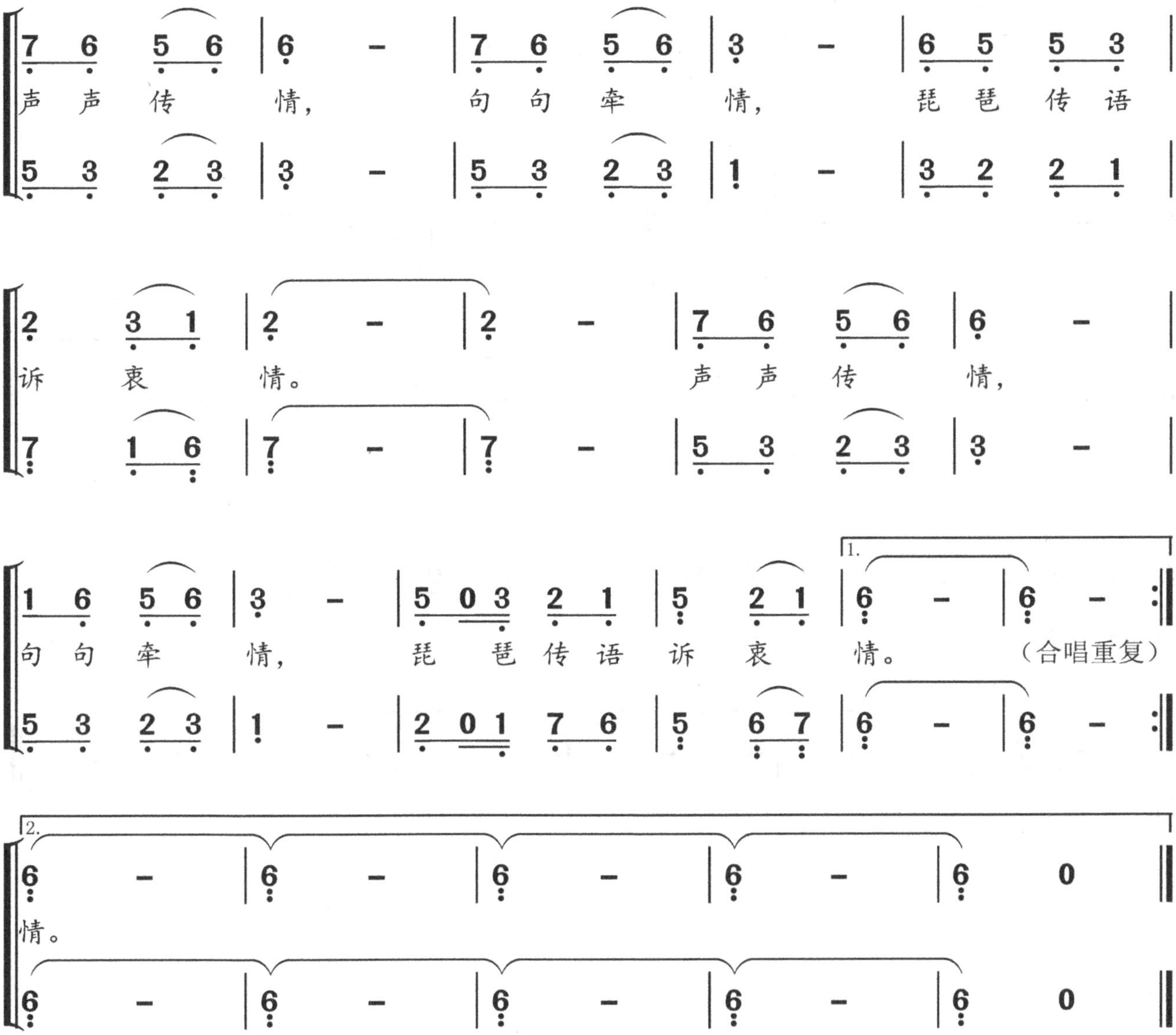

注：第一遍独唱，第二遍重复时合唱。

少年欢乐

（琵琶女唱段二）

1=F $\frac{2}{4}$

♩=60

王　健　词
丁留强　曲

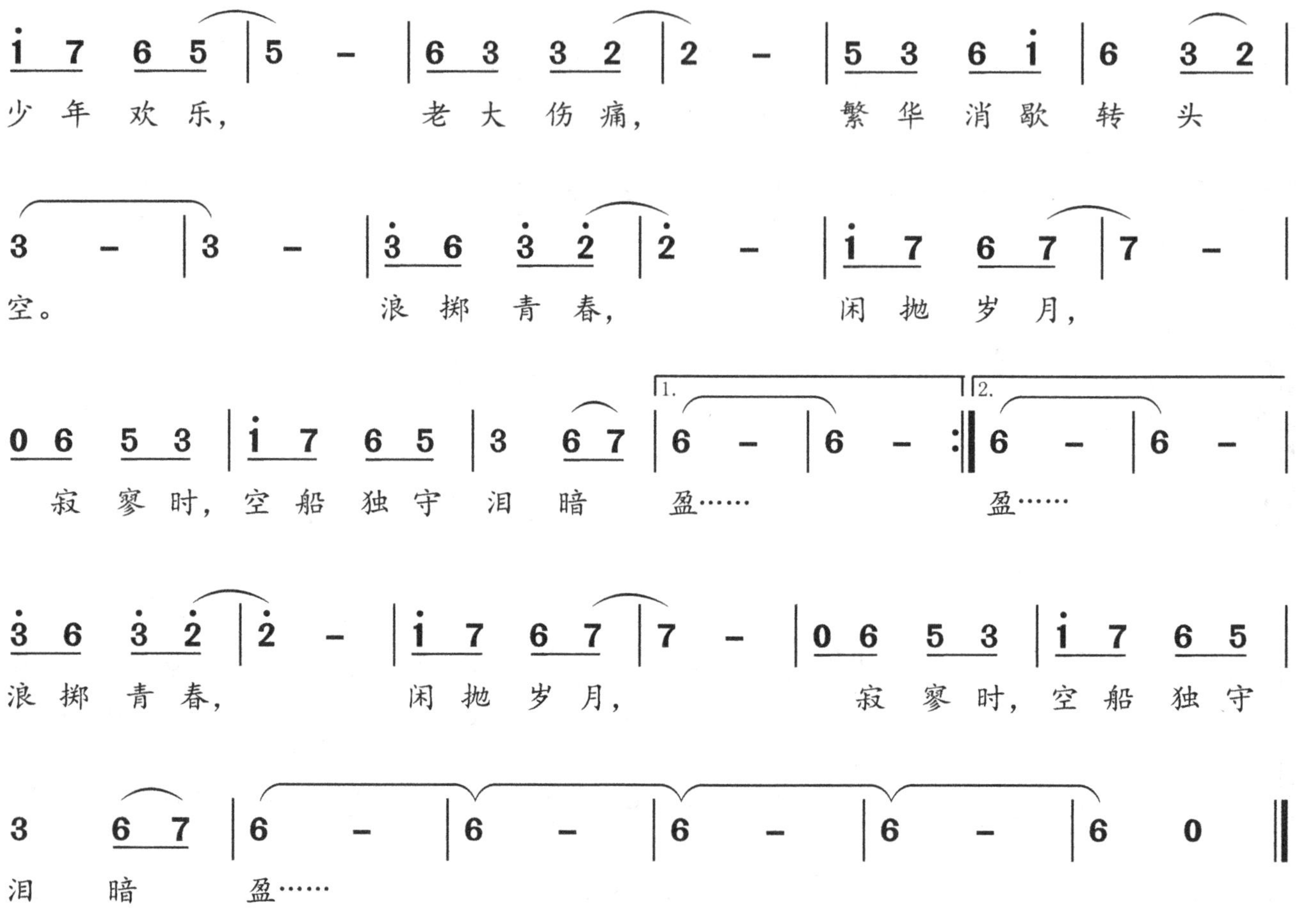

少年欢乐，老大伤痛，繁华消歇转头空。浪掷青春，闲抛岁月，寂寥时，空船独守泪暗盈……盈……

浪掷青春，闲抛岁月，寂寥时，空船独守泪暗盈……

聚散无凭

（白居易唱段三）

1=♭A $\frac{2}{4}$

♩=60

王　健 词

丁留强 曲

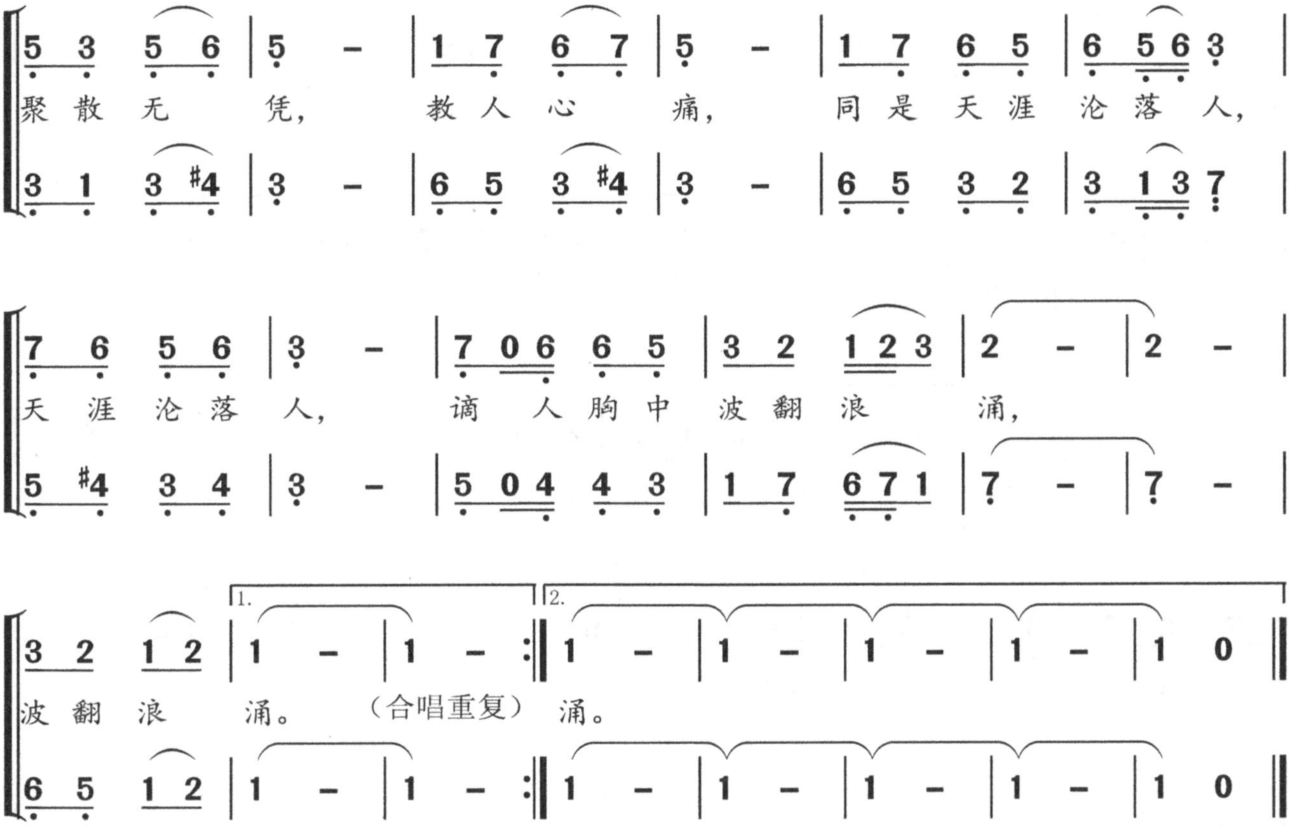

聚散无凭，教人心痛，同是天涯沦落人，

天涯沦落人，谪人胸中波翻浪涌，

波翻浪涌。（合唱重复）涌。

注：第一遍独唱，第二遍重复时合唱。

我心中仍有春花似锦

（琵琶女唱段三）

（伴唱叠句）

1=D $\frac{2}{4}$

♩=60

王　健 词
丁留强 曲

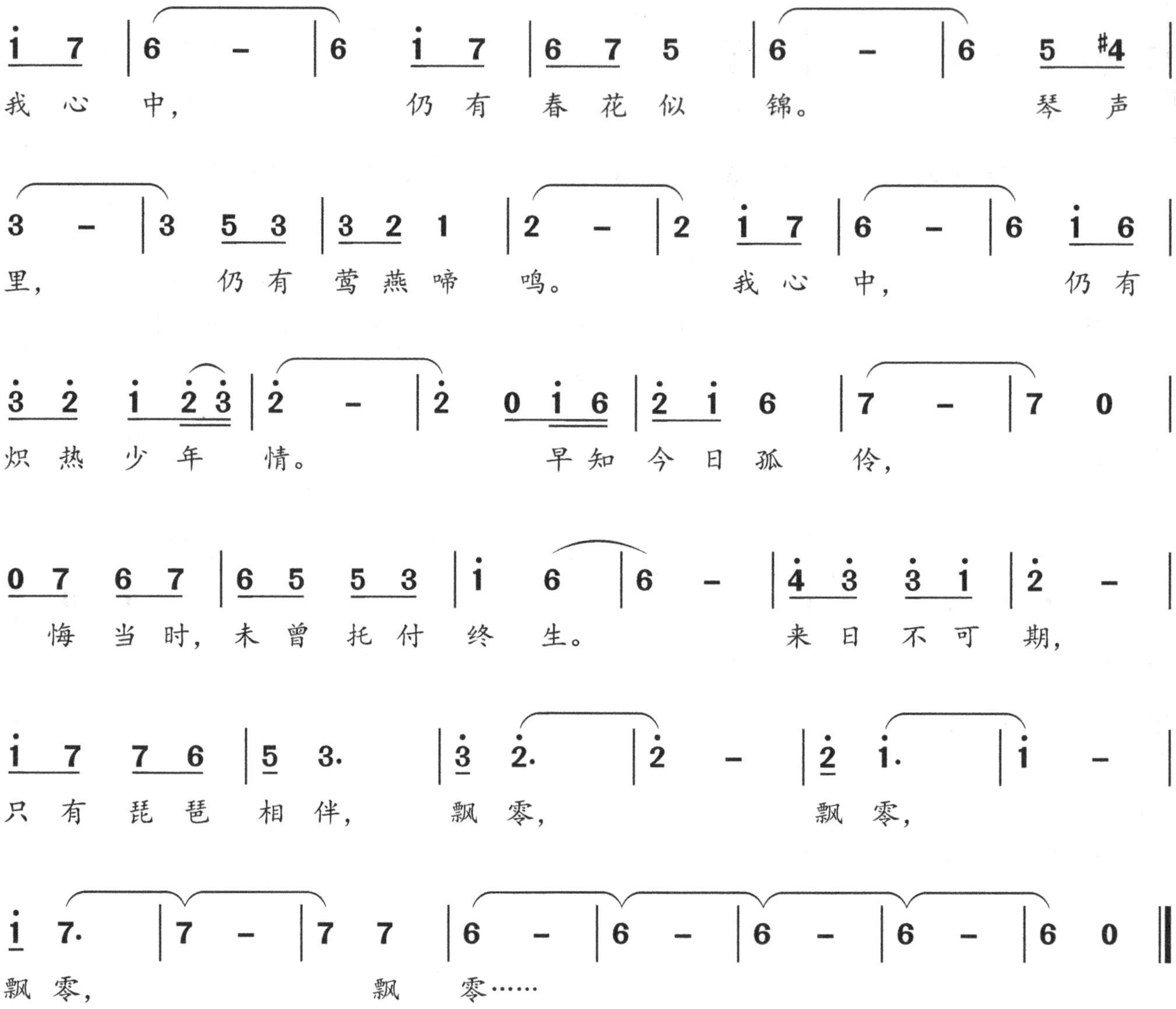

1̇ 7 | 6 – | 6 1̇ 7 | 6 7 5 | 6 – | 6 5 #4 |
我心中，仍有春花似锦。琴声

3 – | 3 5 3 | 3 2 1 | 2 – | 2 1̇ 7 | 6 – | 6 1̇ 6 |
里，仍有莺燕啼鸣。我心中，仍有

3̇ 2̇ 1̇ 2̇ 3̇ | 2̇ – | 2̇ 0 1̇ 6 | 2̇ 1̇ 6 | 7 – | 7 0 |
炽热少年情。早知今日孤伶，

0 7 6 7 | 6 5 5 3 | 1̇ 6 | 6 – | 4̇ 3̇ 3̇ 1̇ | 2̇ – |
悔当时，未曾托付终生。来日不可期，

1̇ 7 7 6 | 5 3. | 3̇ 2̇. | 2̇ – | 2̇ 1̇. | 1̇ – |
只有琵琶相伴，飘零，飘零，

1̇ 7. | 7 – | 7 7 | 6 – | 6 – | 6 – | 6 – | 6 0 ‖
飘零，飘零……

如醉如醒

（白居易唱段四）

（伴唱叠句）

1=D $\frac{2}{4}$

♩=72

王　健 词

丁留强 曲

如　醉，　如　醒，　天 赐 仙 乐 今 夜　听。

离 合 悲 欢，　已 随 清 风，　荣 辱 升 沉，　有 意 无 意 中。　谢

明 月 秋　水，　教 你 我　重　逢。　谢 一 曲 琵　琶，　慰 我 谪 居

苦　情。　长　安　啊，　天　涯　远，　谁　识

啊，　愚　衷，　天 地　啊，万　物，　谁　解 啊，　瞬 间　和 永

恒。　人　生，　你 我，　都 在　风 波　浪 里　行。　莫 辞　更 坐

弹　一　曲，　想 今 后，　想 今 后　再　难　逢……

结束句

逢，　再　难　逢……

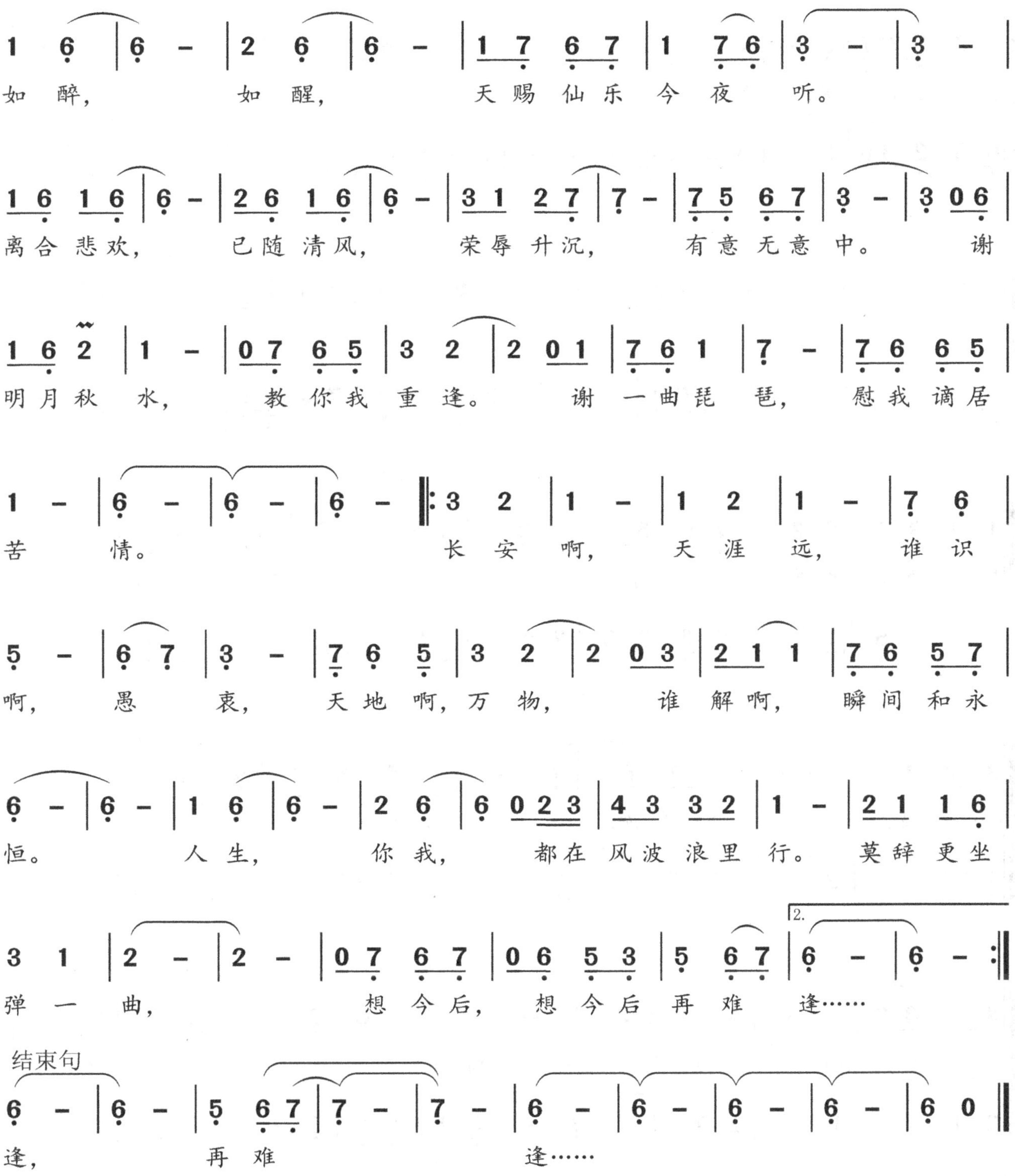

青春已消逝

（白居易、琵琶女二重唱）

1=$^{\flat}$B $\frac{2}{4}$

王 健 词
丁留强 曲

♩=55 琵琶独奏 激越急促 乐队进入

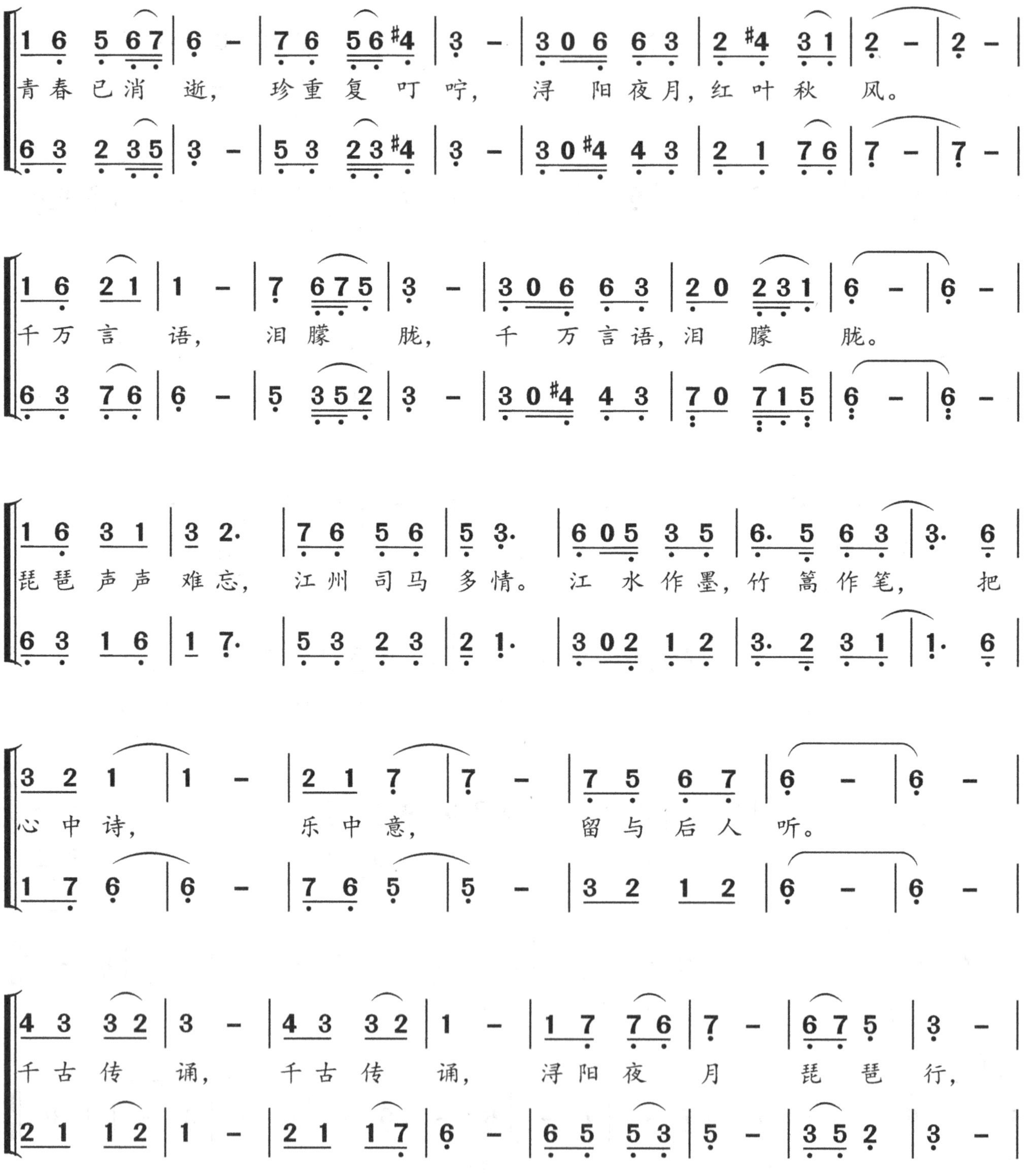

青春已消逝，珍重复叮咛，浔阳夜月，红叶秋风。

千万言语，泪朦胧，千万言语，泪朦胧。

琵琶声声难忘，江州司马多情。江水作墨，竹篙作笔，把

心中诗，乐中意，留与后人听。

千古传诵，千古传诵，浔阳夜月琵琶行，

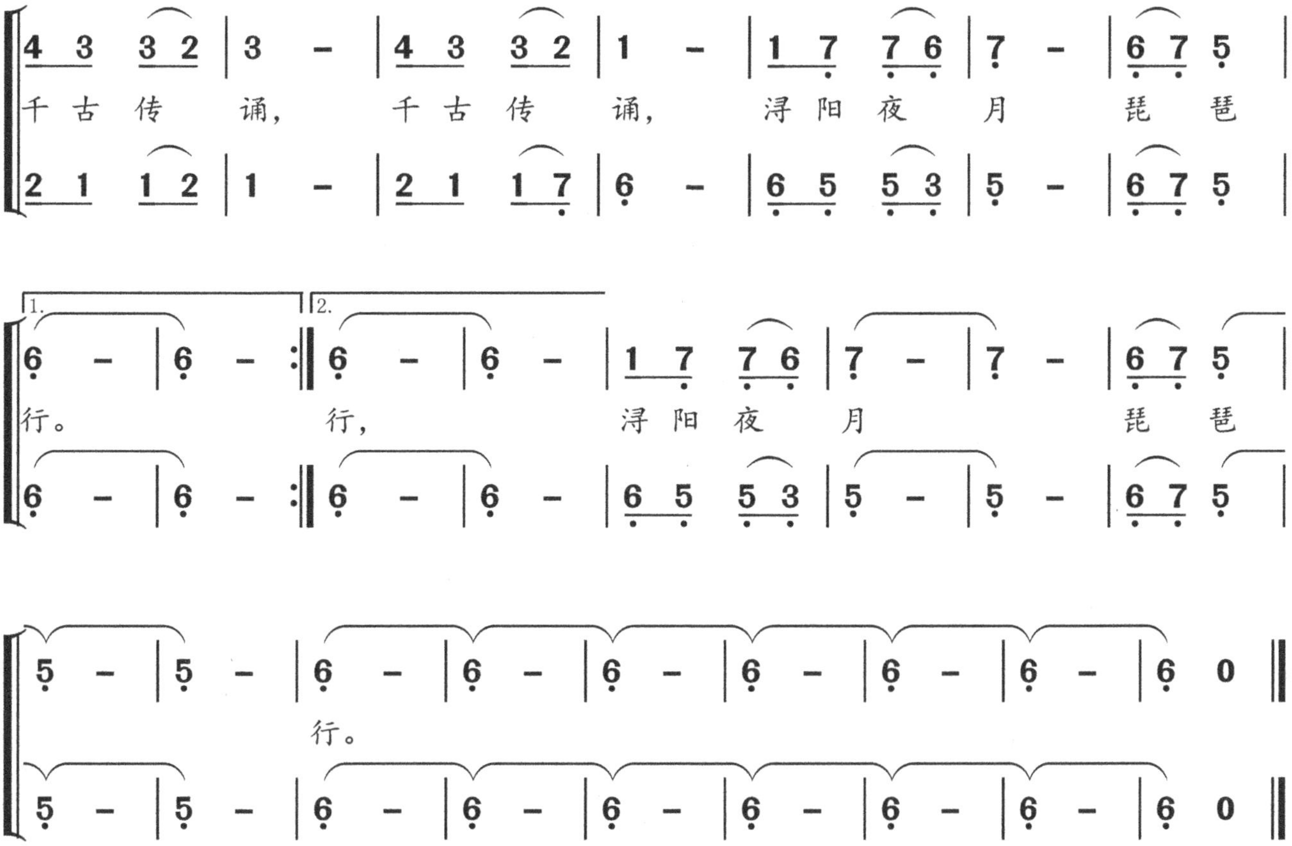

千古传诵，千古传诵，浔阳夜月琵琶

行。行，浔阳夜月琵琶

行。

注：白居易与琵琶女二重唱后，重复时为混声合唱。

清唱剧

马嵬坡

章绍同 _ 曲

杀死杨妃，以谢天下 / 祸之源 / 教我如何面对她 / 外面出了什么事情 / 为什么总是女子受过 / 我是一个女人 / 他生再续今世缘 / 七月七夕谈心事 / 永别了 / 马嵬坡的梨花 / 妾为君而生 / 马嵬坡前草芊芊

杀死杨妃，以谢天下

（合唱）

王　健 词
章绍同 曲

6
T. I
T. II
B. I
B. II
ff
吼 吼
吼 吼
吼
哇 哇 哇 哇 哇 哇 哇 哇 哇
吼 吼
吼
吼 吼 吼 吼
吼 吼
f
8
吼 吼 吼 吼

10
T. I
T. II
吼 吼
吼 吼
B. I
B. II
ff
mf
12
mp

15
T. I
吼 吼 吼 吼
吼 吼
T. II
哇 哇 哇 哇 哇 哇 哇 哇 哇 哇 哇 哇
哇 哇 哇 哇 哇 哇 哇 哇 哇 哇
B. I
吼 吼 吼 吼
吼 吼 吼 吼
B. II
吼 吼 吼 吼
吼 吼 吼 吼
17
T. I
吼 吼 吼 吼
吼 吼
吼 吼
T. II
B. I
吼 吼 吼 吼 吼
吼 哇 哇 哇 哇 哇 哇 哇 哇 哇
吼 吼
B. II
吼 吼 吼 吼
吼 吼

20
T. I
T. II
B. I
B. II
mp
f
24
f
吼 吼 吼 吼
吼 吼 吼
吼 吼 吼 吼
吼 吼 吼 吼 吼 吼 吼 吼
吼 吼
吼 吼 吼 吼 吼 吼 吼 吼
吼 吼 吼 吼 吼 吼 吼 吼
吼 吼 吼
吼 吼 吼 吼 吼 吼 吼 吼
吼 吼 吼 吼
吼 吼 吼 吼
吼 吼 吼 吼

27
T. I
吼 吼 吼
吼 吼 吼
吼 吼 吼
T. II
吼 吼
吼 吼
吼 吼
B. I
吼 吼 吼
吼 吼 吼
吼 吼
B. II
吼 吼 吼
吼 吼 吼
吼
ff
30
T. I
ff
（喊）杀 死 她！
杀 死 她！
杀 死 她！
杀 死 她！
T. II
ff
B. I
ff
吼 吼
吼 吼
吼
吼
B. II
ff

T. I
T. II
B. I
B. II
杀　死她！
杀　死她，杀　死她，杀　死她！
杀　死她！
杀　死她，杀　死她，杀　死她！
杀　死　杨　妃，

38
T. I
T. II
以 谢 天 下！ 杀 死
B. I
B. II
41
mp
T. I
T. II
杨 妃， 以 安 天 下！
B. I
B. II

44
T. I
T. II
杀 死她 杀 死她 杀 死她
杀 死她！
B. I
B. II
46
不 杀
杨 妃，
无 人 护
驾！
不 杀
杨 妃，
无 人 护

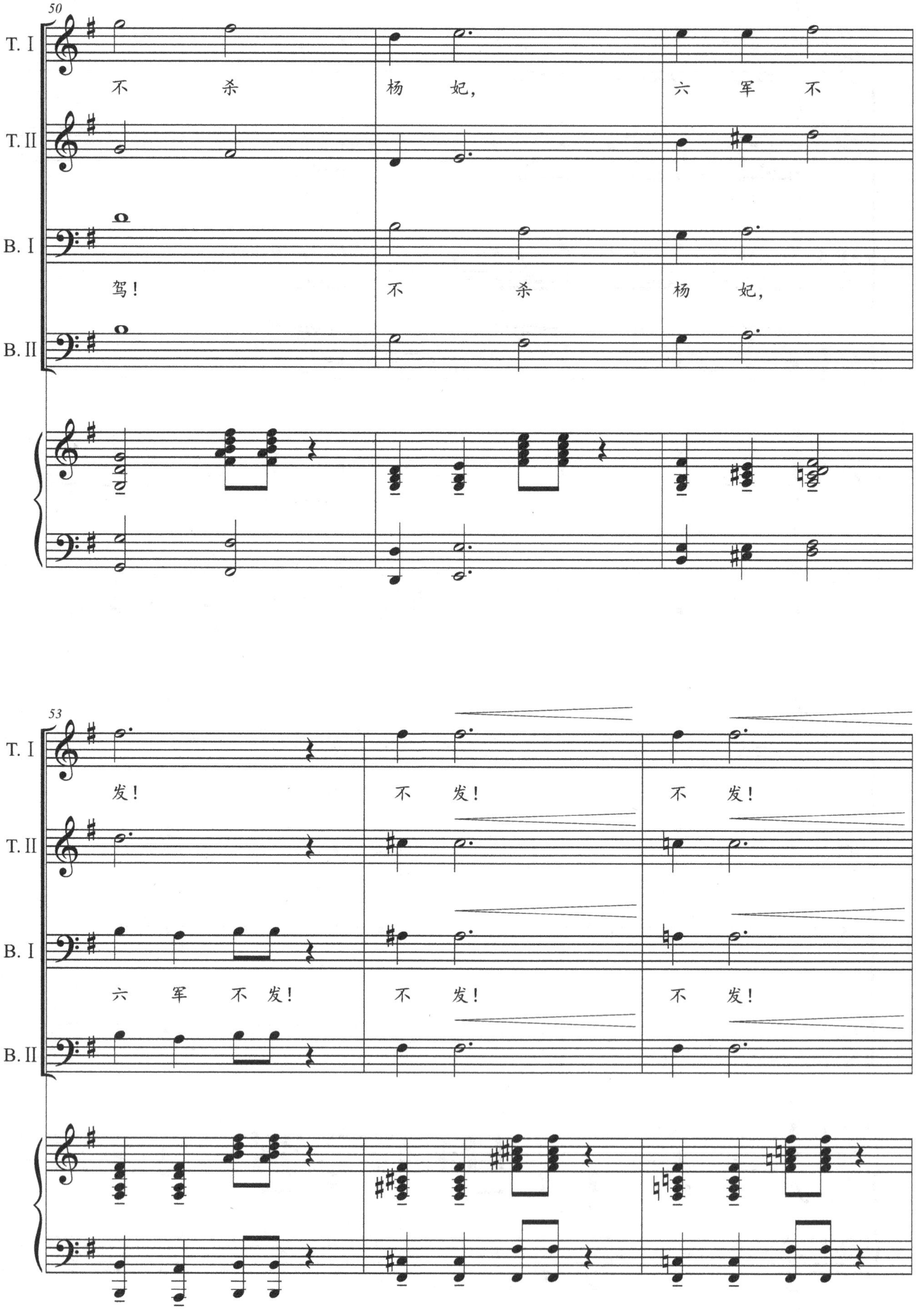

50

T. I

不 杀 杨 妃， 六 军 不

T. II

B. I

驾！ 不 杀 杨 妃，

B. II

56
T. I
T. II
B. I
B. II
ff
杀 死她!
杀 死她!
杀
死
mf
ff
sfp
ff
59
ff
她!
mf

祸之源

（唐明皇、陈玄礼对唱及士兵合唱）

王　健 词
章绍同 曲

11
T.Solo
唐明皇
我 心 纷 乱， 我 心
mp
mf
14
T.Solo
唐明皇
茫 然， 教 我 如 何 决 断？！
B.Solo
陈玄礼
mf
以 陛 下 的 英 明
18
B.Solo
陈玄礼
mp
决 断， 以 陛 下 的 睿 智 决 断， 您 左 手 中 是
mp

22
美 人， 您 右 手 中 是 江 山， 江
26
T.Solo
唐明皇
美 人 并 未 误 江 山， 江 山， 谁
B.Solo
陈玄礼
山！ 啊， 只 为 大 唐 长 治 久 安，
30
能 为 我 想 一 想， 我 将 终 生 不 得
啊， 长 治 久 安。 奸 贼 国 忠 已 伏 诛， 将

34
平 安
士 怎容 祸 之 源, 祸 之 源, 祸 之
38
T.Solo
唐明皇
什 么?
B.Solo
陈玄礼
源!
T. I
T. II
祸 之 源 祸 之 源 祸 之 源
祸 之源 祸 之源 祸 之源!
B. I
B. II

T.Solo
唐明皇
祸 之 源？
玉 环，
玉 环，
玉 环！
T.Solo
唐明皇
祸
之 源！
♩=92
T. I
T. II
（喊）杀 死 她！
B. I
B. II

T. I
T. II
B. I
B. II
ff
杀死她杀死她杀死她
杀死她！ 吼 吼
吼
f
mf
杀 死 杨 妃， 以 谢 天

52
下！
杀
死
杨
妃，
55
mp
f
以
安
天
下！
杀
死
她
杀
死
她
杀
死
她

58
ff
杀 死 她！
杀 死 她！
mf
61
64
rit. poco a poco

教我如何面对她

（唐明皇独唱）

王　健 词
章绍同 曲

10
仍是那般体贴，那般依恋。
mp
13
f
天下虽富啊，六合虽广啊，
f
15
mp
她只与我一人为伴。啊，教我如何
mp
f
f

18
mf
面 对 她 三 十八 岁的华 年？
mf
mp
21
mp
眼睁睁， 一支带露梨 花 被 暴风雨 摧 残，
mp
25
摧 残， 啊！
p

外面出了什么事情

（杨贵妃、侍儿对唱及士兵合唱）

王　健 词
章绍同 曲

10
mf
一 切 好好 安 排。
mf
f
13
S.Solo
杨贵妃
mp
侍 儿， 外 面 出 了
T. I
f
吼 吼 吼 吼 吼 吼
p
吼 吼 吼 吼
T. II
f
p
B. I
f
吼 吼 吼 吼 吼 吼 吼 吼 吼 吼 吼
p
吼 吼 吼 吼 吼 吼
B. II
f
p
p

16
S.Solo
杨贵妃
什么事情？
却 为
A.Solo
侍儿
mp
想是将 士们催促启程。
T. I
mp
吼 吼
吼 吼 吼 吼
吼 吼
T. II
mp
B. I
mp
B. II
mp
吼 吼 吼 吼 吼
吼 吼 吼 吼 吼 吼
吼 吼 吼 吼 吼
mp

S.Solo
杨贵妃
何 怒吼声 声 杀气腾腾?
T. I
吼 吼 吼 吼 吼吼
T. II
B. I
吼吼吼吼吼吼 吼 吼 吼吼吼
B. II
兄长已被处死, 难道还要我去 抵命? 啊

为什么总是女子受过

（唐明皇、杨贵妃对唱及唐明皇、侍儿二重唱）

王　健 词
章绍同 曲

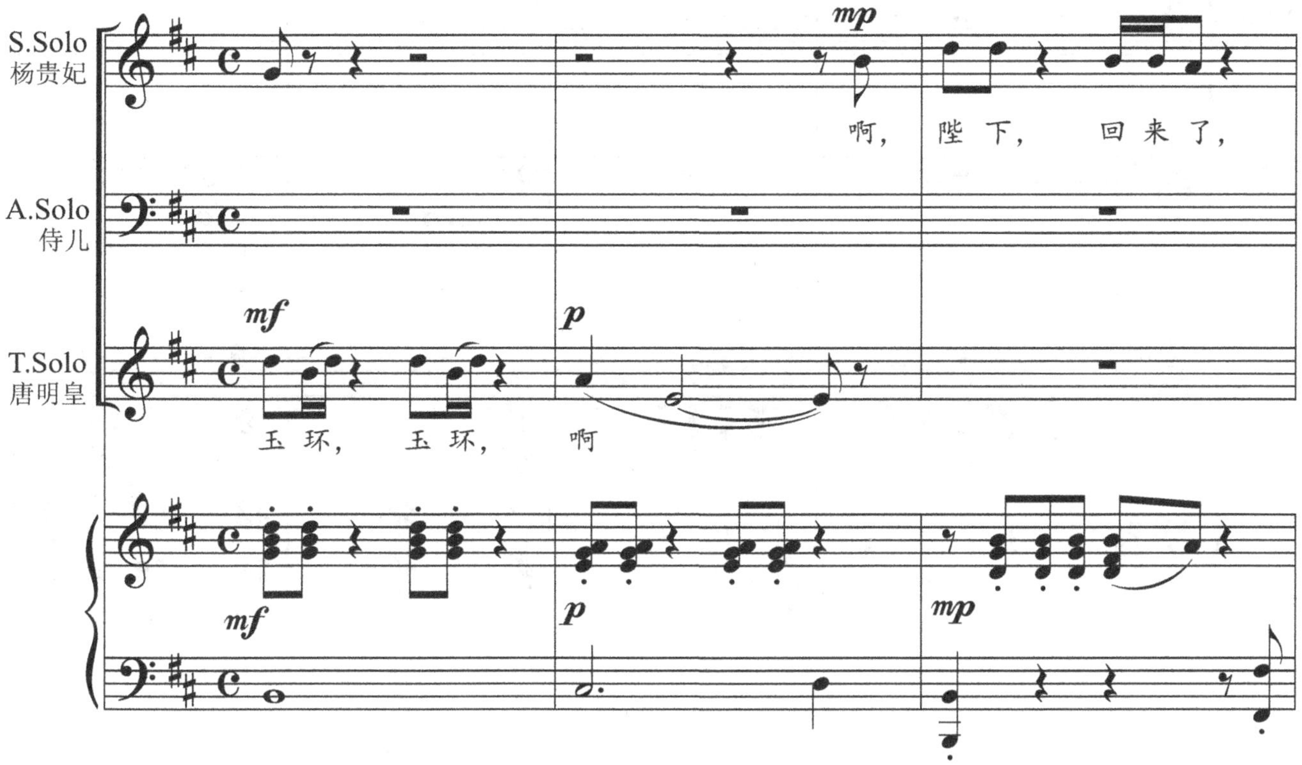
S.Solo
杨贵妃
mp
啊，陛下，回来了，
A.Solo
侍儿
T.Solo
唐明皇
mf
p
玉环，玉环，啊
mf
p
mp

4
S.Solo
杨贵妃
你可是累了？可是饿了？我已煮好米粥，
A.Solo
侍儿
T.Solo
唐明皇

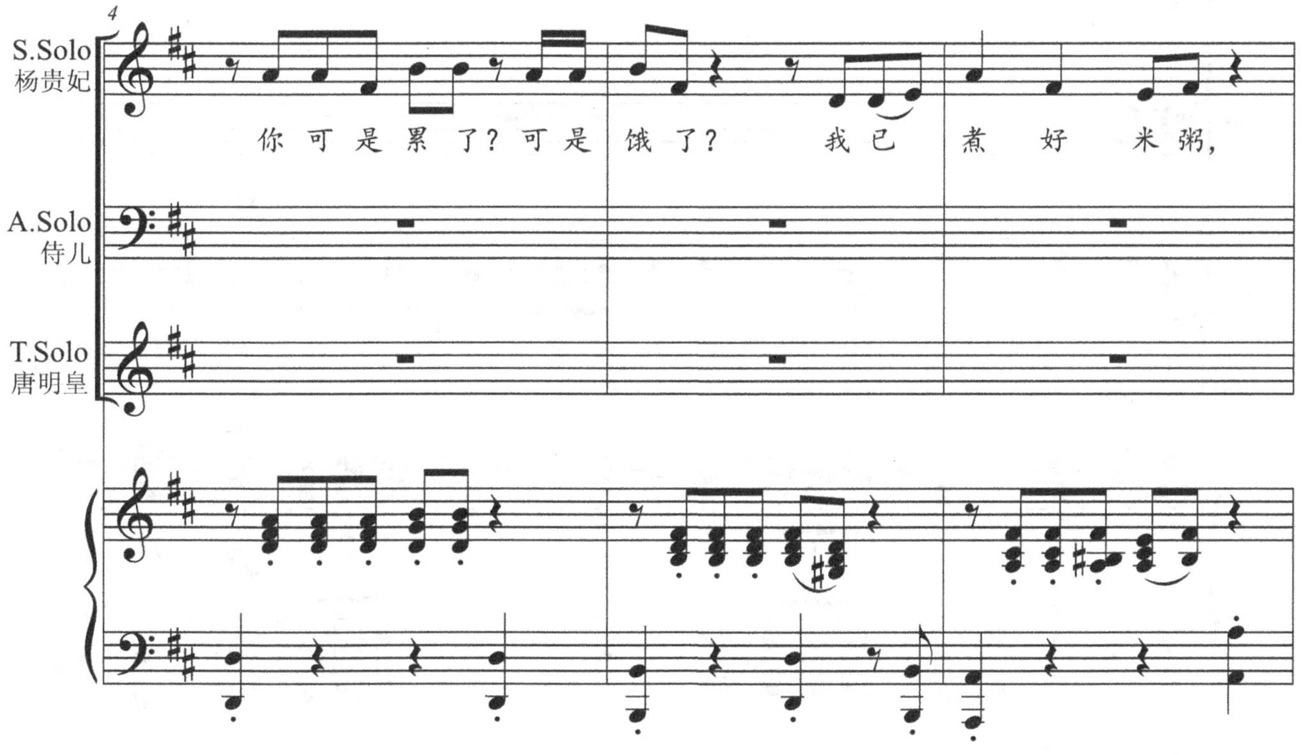

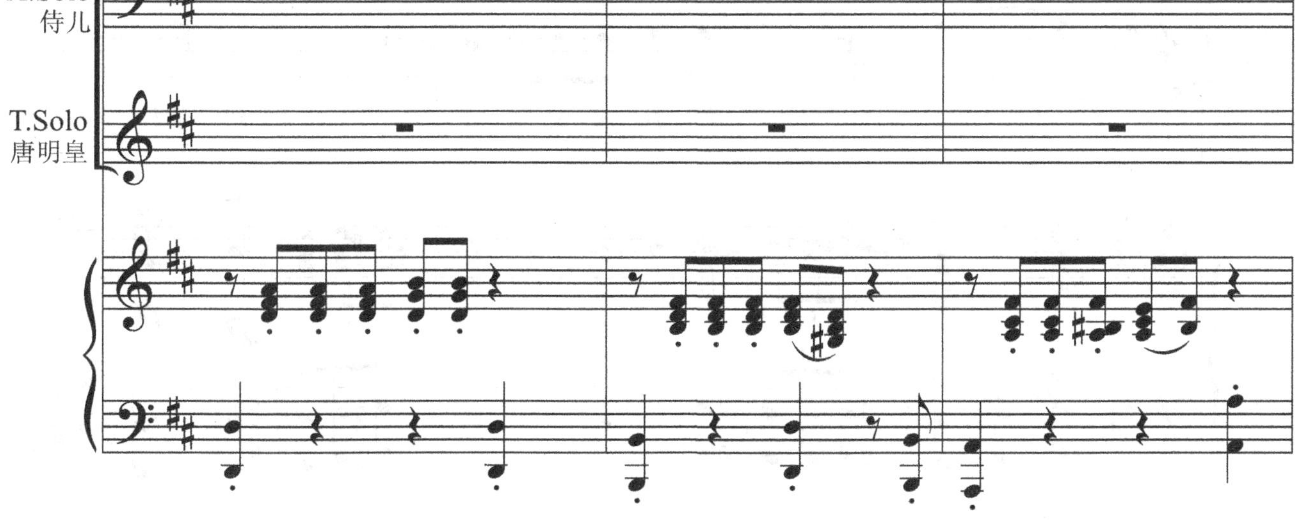

7
S.Solo
杨贵妃
你可要尝一尝？你可要？
A.Solo
侍儿
T.Solo
唐明皇
mf
f
玉环，啊，玉环，啊，
mf
f
11
S.Solo
杨贵妃
f
啊！
A.Solo
侍儿
T.Solo
唐明皇
ff
你我诀别的时刻到了！
ff
ff

14
S.Solo
杨贵妃
A.Solo
侍儿
T.Solo
唐明皇
f
mp
sfp
啊
啊
啊
p
mp
sfp
mf

由慢到快
稍自由
（狂笑）
（掩面而泣）
17
S.Solo
杨贵妃
A.Solo
侍儿
T.Solo
唐明皇
mp
f
啊 啊 啊 啊 啊 啊 啊
哈 哈 哈 哈
哈 哈 哈 哈 哈 哈 哈 哈
mp
f

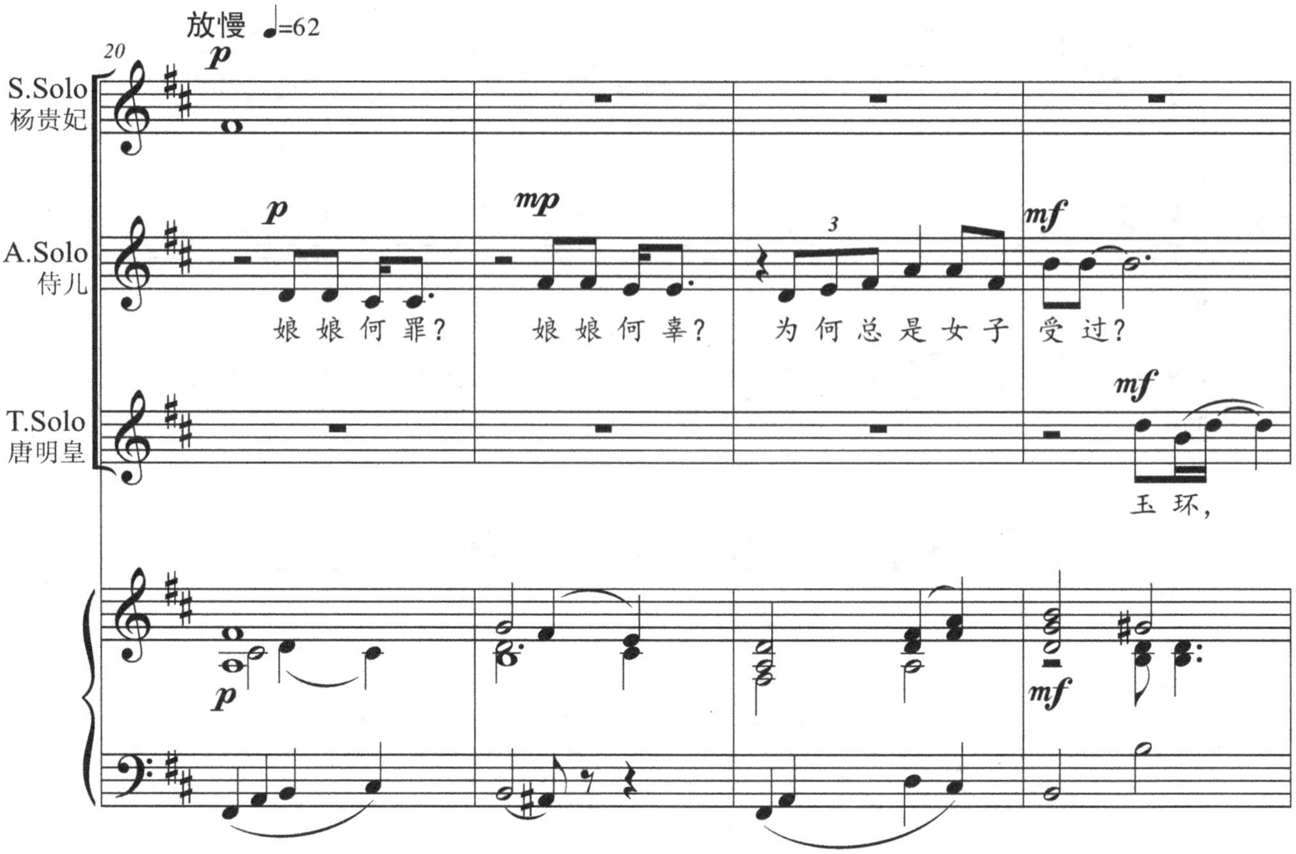
放慢 ♩=62
20
S.Solo
杨贵妃
A.Solo
侍儿
娘 娘 何 罪？ 娘 娘 何 辜？ 为 何 总 是 女 子 受 过？
T.Solo
唐明皇
玉 环，

24
S.Solo
杨贵妃
A.Solo
侍儿
啊！ 为 何 总 是 女 子 受 过？ 女 子
T.Solo
唐明皇
我 负 你， 我 愧 对 你， 我 无 颜 见

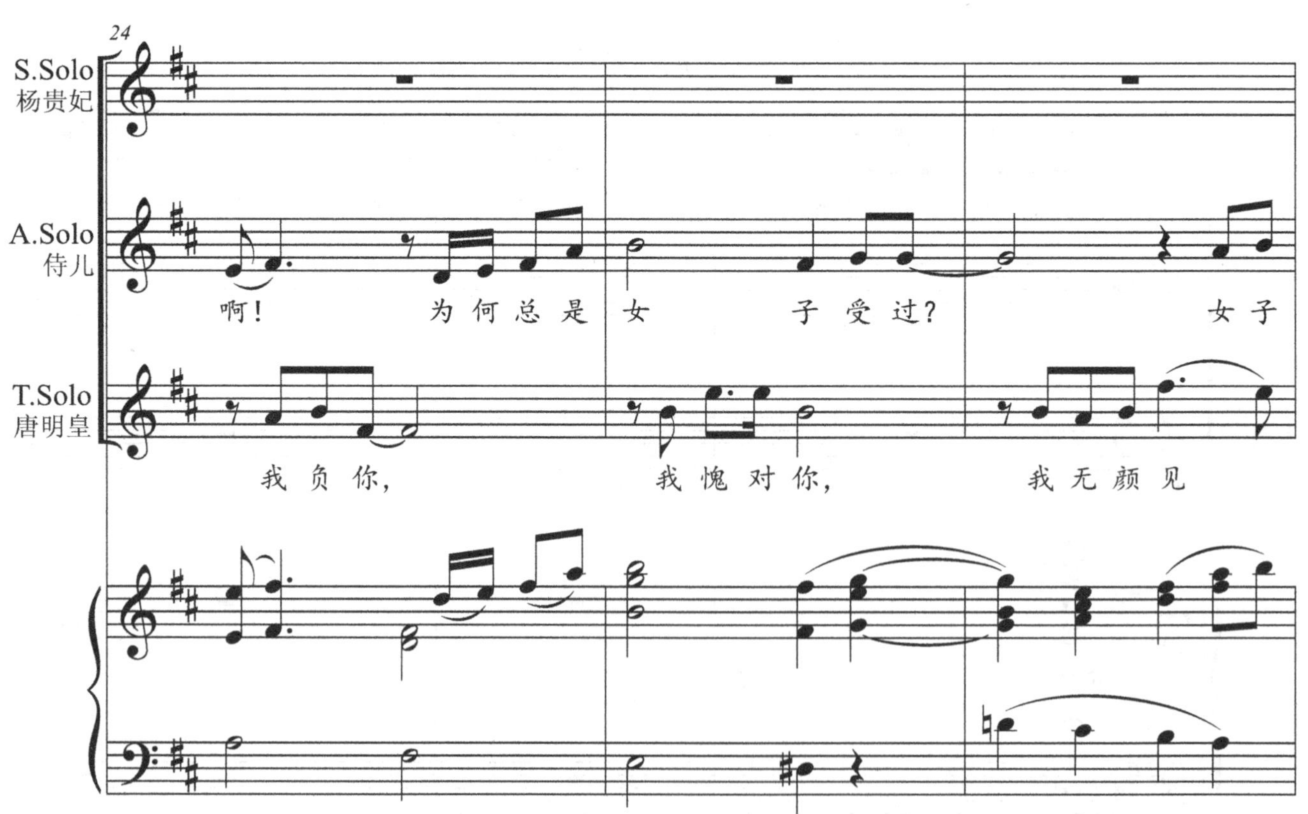

27
S.Solo
杨贵妃
A.Solo
侍儿
受 过?
T.Solo
唐明皇
你, 我 舍 不 得 你!

我是一个女人

（杨贵妃独唱）

王　健　词
章绍同　曲

14
mp
我 是 一个女 人, 一个 痴情 的
mp
18
女 人, 我 不 曾 贪婪什 么,
mp
22
mf
不曾强 求 于 人。 我 只要一处庭 院,

26
mp
我 只要一片园 林，
听 乌鸣，
mp
29
看 流云，
听 乌鸣看 流 云。
mf
32
f
我 只爱弦歌舞 踏，
我 只爱宴饮诗 吟，
f

36
mp
常 相 聚， 不 离 分， 常 欢 聚 不 离 分。
mf
39
f
我 是 一 个 幸 福 的 女 人，
42
一 个 知 足 的 女 人，

45
mp
mf
普天下谁比得？你给我二十载的厚爱，
mp
mf
mf
49
mp
mf
二十年的深恩，你给我二十载的厚爱，
mp
mf
53
mp
p
二十年的深恩。
（作跪谢状）
7
mp
p
p

他生再续今世缘

（唐明皇、杨贵妃二重唱）

王　健 词
章绍同 曲

8
mf
佛 前， 再 发 一 个 誓 愿， 让 我 俩 在 佛 前， 再 发 一 个
啊， 让 我 俩 在 佛 前， 再 发 一 个
11
p
mp
誓 愿， 啊 他 生 再 续 今 世
誓 愿， 啊 他 生 再 续 今 世
14
缘， 他 生 再 续 今 世 缘， 今 世
缘， 他 生 再 续 今 世 缘， 今 世

缘，今世缘，今世缘！
缘，今世缘，今世缘！
稍慢 ♩=68

七月七夕谈心事

（唐明皇、杨贵妃二重唱及合唱）

王　健 词
章绍同 曲

4
mp
S.Solo
杨贵妃
一 起 赏 牡
丹；
啊，
啊，
mp
T.Solo
唐明皇
S.
丹；
花
萼
楼
前
A.
T.
B.
mp

7
S.Solo
杨贵妃
到 夜 阑；
T.Solo
唐明皇
S.
“霓裳羽衣”到 夜 阑；
A.
T.
mp
长生殿 外
B.
mp
长 生

10
S.Solo
杨贵妃
谈 心
T.Solo
唐明皇
S.
啊
啊
A.
T.
七月七 夕，
谈 心
事，
B.
殿，
七 夕
谈心 事，

13
S.Solo
杨贵妃
事， 华 清 宫， 清 波 长 流 连。
T.Solo
唐明皇
S.
事， 啊 啊，
A.
T.
华 清 宫 里 清 波 荡 漾， 长 流 连。
B.

17
S.Solo
杨贵妃
三 郎，
让 我 们 在
佛 前，再 发 一 个
T.Solo
唐明皇
玉 环，
S.
长 流 连，
长 流 连，
A.
T.
B.
mf
mp

21
S.Solo
杨贵妃
誓愿，让我们在佛前，再发一个誓愿啊，他生再续
T.Solo
唐明皇
S.
长流连，长流连。啊
A.
T.
B.

25
S.Solo
杨贵妃
今
世
缘,
他
生
再
续
T.Solo
唐明皇
S.
今
世
缘,
A.
T.
今
世
缘,
B.
f

28
S.Solo
杨贵妃
今 世 缘。
T.Solo
唐明皇
S.
今 世 缘。
A.
T.
今 世 缘。
B.

永 别 了

（杨贵妃、陈玄礼、唐明皇对唱）

王 健 词
章绍同 曲

11
f
大 唐 江 山，大 唐 江 山，
f
15
S.Solo
杨贵妃
大 唐 江 山！
B.Solo
陈玄礼
f
请 娘 娘 自 裁，
f
f
19
mf
陛 下，永 别 了！
自 裁！
mf

S.Solo
杨贵妃
陛 下, 保 重 啊! 陛 下!
T.Solo
唐明皇
(喊)玉 环 玉 环!

马嵬坡的梨花

（杨贵妃、唐明皇、侍儿、陈玄礼四重唱及合唱）

王　健 词
章绍同 曲

8
mf
我， 马嵬 坡 的风啊 来来往往记得 我； 马嵬
想 起 我， 啊 啊 啊
啊 啊
啊 啊
12
mp
坡 的云啊， 飘 去 飘 回 记 得 我。
呜 呜 啊 啊
云 啊 啊 啊

16
S.Solo
杨贵妃
A.Solo
侍儿
T.Solo
唐明皇
B.Solo
陈玄礼
mf
啊 啊 啊 啊
一代风
玉环， 我负你， 玉环，
帝王的无奈， 谁也
19
啊 啊
流， 一抔黄土， 只留下 一段故事，
我愧对你， 我舍不得你， 舍不得你， 舍不得
不能替代， 他像 一只孤雁，

稍快 ♩=80
啊 啊 啊
传 千 古。
你, 啊 啊
独 自 归 来, 独 自 归 来 归 来!

f
ff
f
fff
mf

妾为君而生

（杨贵妃独唱及女声合唱）

王　健 词
章绍同 曲

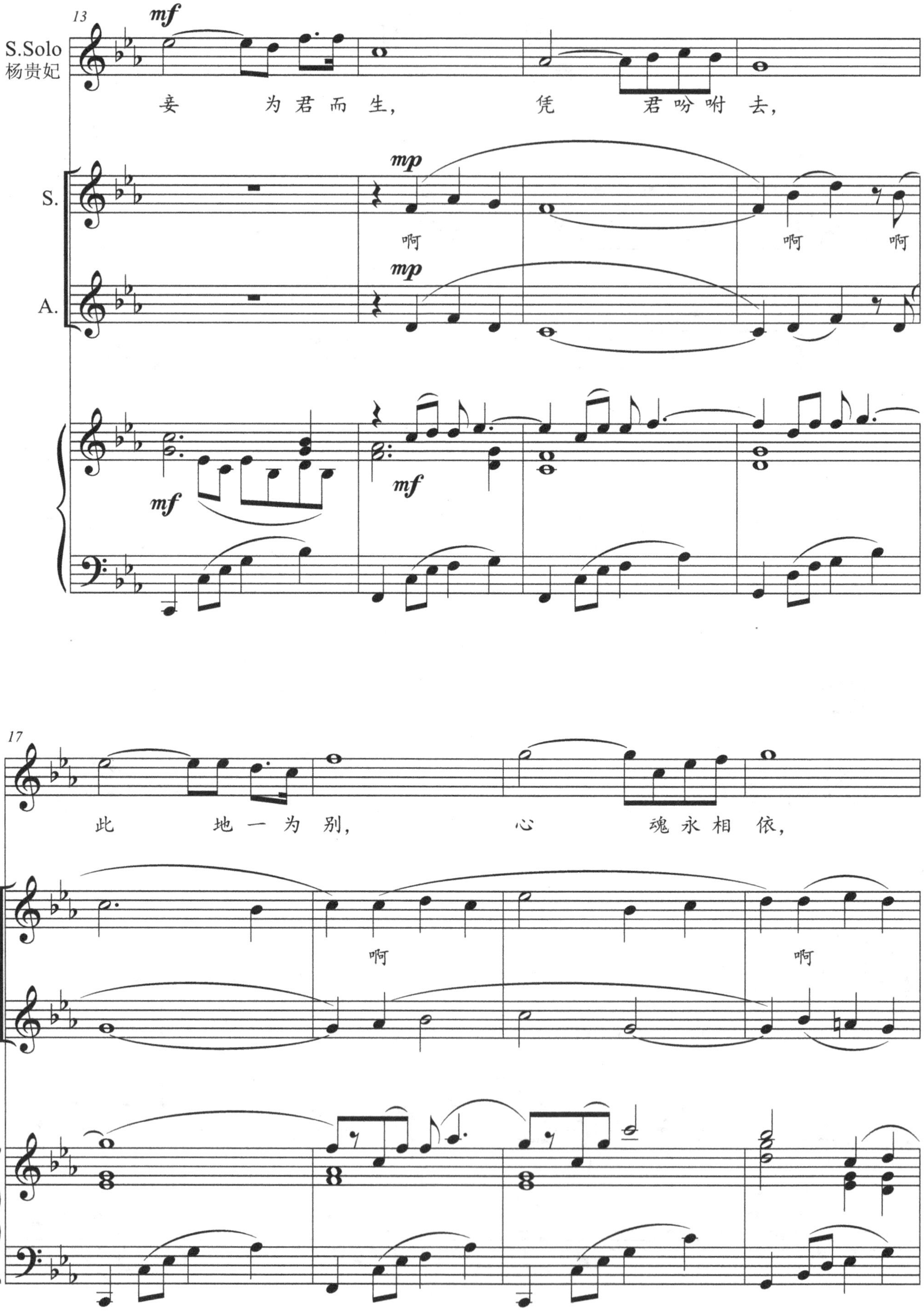
13
mf
S.Solo
杨贵妃
妾 为君而生，凭 君吩咐去，
mp
S.
啊 啊 啊
mp
A.
mf
mf
17
此 地一为别，心 魂永相依，
啊 啊

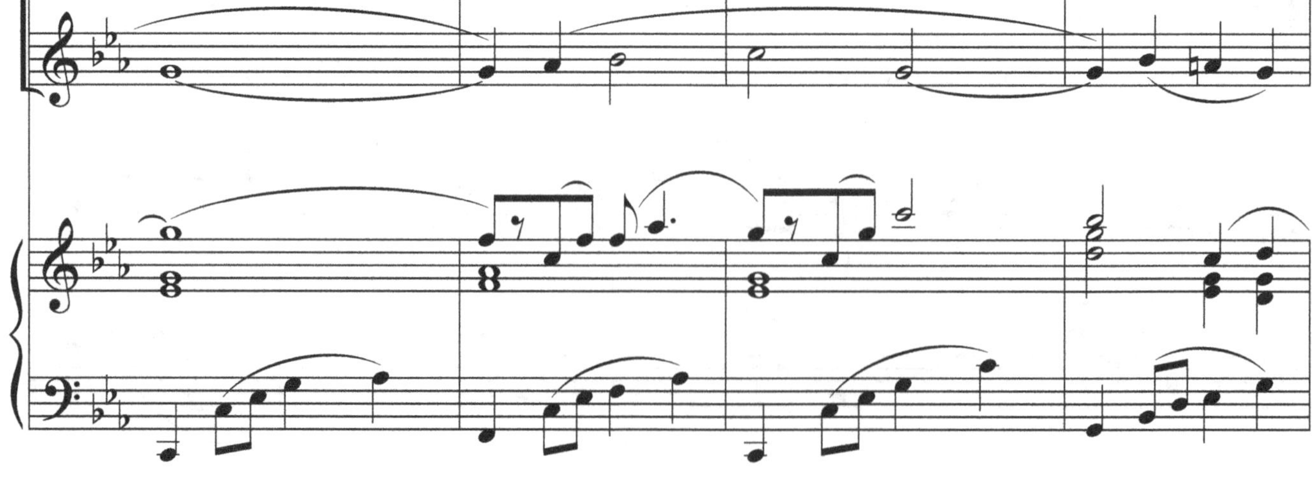

21
永
相
依。
永
相
依永相

24
依。
rit.
rit.

马嵬坡前草芊芊

（合唱）

王　健　词
章绍同　曲

7
S.
A.
T.
B.
f
马 嵬 坡 前
真 爱 长 存 天 地 间。
啊
11
草 芊 芊，
应 是 芳 魂 碧 血 染，
啊

14
S.
哀惋千载 弦歌不断, 真 爱 长 存 天 地 间。
A.
T.
啊
啊
B.
18
ff
S.
马 嵬 坡 前 草 芊 芊, 长 歌 迎 接
ff
A.
ff
T.
马 嵬 坡 前 草 芊 芊, 长 歌 迎 接
ff
B.
啊
啊
啊
ff

21
S.
A.
T.
B.
香 魂 返，
共 庆 神 州
河 清 海 晏，
香 魂 返，
共 庆 神 州
河 清 海 晏，
24
再 与 吾 民
舞 翩
跹，
舞 翩
再 与 吾 民
舞 翩
跹，

27
S.
A.
T.
B.
跹，
舞
翩
跹，
舞
翩
舞
翩
跹，
舞
翩
跹，
rit.
29
跹，
舞
翩
跹。
舞
翩
跹。

歌剧

霸 王 别 姬

萧白_曲

第一幕：火烧咸阳

天教我们相逢 / 大王，快住手 / 三月的风 / 赫赫秦国转瞬而亡

第二幕：魂泊乌江

待天明，灭楚兴汉 / 渔夫曲 / 别姬 / 雪花曲 / 魂泊乌江

天教我们相逢

（虞姬、项羽二重唱）

王　健　词
萧　白　曲

15
胜利的喜　悦，　溢满　心　胸，　洒遍　楚
18
营。　遂心愿，灭秦廷，壮志　酬，山河定，不
21
负　初　衷。

24
Andante ♩=72
27
回首来时路，
五载征程，
32
朝朝暮暮并辔行，
朝朝暮暮
37

più mosso
多 少 惊 心 夜，秉 烛 待 天
明，
纵 马 凯 旋 归，急 步
报 功 成。
mp 风 和
mp

56
雨 凝 成 的 爱, 血 与
60
meno Andante ♩=68
火 铸 就 的 情。
f
天 教 我 们 相
65
逢, 地 愿 我 们 相 融。 我

68
più mosso
agitando
属于你，
你
你为我而生，
3
71
Allargando
属于我，
为你而生。
我为你而生。
f
74
Larghetto ♩=62
天教我们相逢，
f
6

76
地 愿 我 们 相 融 让
6
6
6
6
78
宝 剑 作 证， 让 宝 剑 作 证， 在 天 地 间
81
相 伴 终 p 生。
pp
p
p
pp

大王，快住手

（虞姬咏叹调）

王　健　词
萧　白　曲

11
rit.
用 这剑 对 准 自 己的兄 弟！
Moderato ♩=84
14
18
rit.
23
♩=76
你 怎 能 忘 记， 怎 能

28
忘 记，在那昏沉沉的长夜
33
里，熊熊的炉火升起，把父老的
38
期盼，兄弟的情谊，铸进这同心

43
p
3
剑 里。 这 深 深 的
rit.
3
p
47
3
情, 重 重 的 义, 才 使 得
3
51
江 东 子 弟 苦 战 沙 场, 生

55
rit.
a tempo
死 相 依。
f 深 深 的
59
情， 重 重 的 义。
62
才 赢 得 抗 秦 大 业， 百 战 百 胜， 所 向 披

68
rit.
a tempo più mosso
靡。
韩 信 兄 弟，
73
真 诚 相 劝，
负 忠 抱 义，
他 才 是 你
78
磊 落 的 铮 友，
坚 强 的 膀 臂。

83
愿
你们携
手，
重整社
88
稷。
深
深的情，
92
重
重的义，
将化作和

96
风
春
雨，
洒
满
101
大
地！
1.
（独立演唱用）

三 月 的 风

（虞姬谣唱曲）

王 健 词
萧 白 曲

16
心 啊 紧 锁 的 心，
三 月 的 雨
20
滋 润 了 我 这 焦 灼 的 情 啊 焦 灼 的
23
情，
感 谢 春 风 感 谢

27
春 雨， 带 来 这 天 地 清 明。
31
好 像 看 到 大
35
江 大 河 波 涛 奔 涌， 千 军

39
万 马 正 前 行。
43
默 默 祝 祷 上 苍，
cresc.
cresc.
47
fp
f
你 保 佑 着 兄 弟 姐
fp
f

妹 永远 同 心同 德，共享 太平，
共享 太 平。
[姬下。

赫赫秦国转瞬而亡

（奴隶合唱）

王　健 词
萧　白 曲

15
阡 陌 家 园 一 片 火 光，
19
降 为 奴 别 故 乡， 路 茫 茫， 欲 断 肠，
23
飘 零 向 何 方？
S.A.
生 我 父 母
T.B.
生 我 父 母

27
育 我 祖 邦， 脚 下
育 我 祖 邦 邦， 脚 下 热 土，

31
身 为 奴
热 土， 悠 悠 上 苍。
身 为 奴 别 故
悠 悠 上 苍。 身 为 奴

别 故 乡
路 茫 茫
茫
35
乡
路 茫 茫
路 茫 茫
路 茫 茫

欲 断 肠
路 茫 茫
欲 断 肠
38
欲 断
肠 路 茫
茫
茫 欲 断

41
回 首泪 千 行。回 首 泪 千
肠。回 首泪 千 行。

44
行， 泪 千 行。
回 首
回 首 泪 千 行， 泪 千 行。

待天明，灭楚兴汉

（韩信咏叹调）

王　健 词
萧　白 曲

14
汉 主 刘 邦， 取 我 之
mf
19
策， 纳 我 之 言， 拜 将 授 兵 权，
23
meno
今 天 韩 信，
f

27
più mosso
挥 军 十 万，把 项 羽
31
赶 到 了 乌 江 边。待 天 明，
36
十 面 埋 伏 合 围 天 下 归

41
汉。
ff
46
天 下 事，兴 亡 荣
51
枯，离 合 聚 散，一 代 英 杰

56
meno mosso
西 楚 霸 王 难 逃 劫 难， 可 悲， 可
mp
61
rit.
叹！ 心 怆 然， 心 怆 然！
66
a tempo
回 首 当 年， 携 手

71
抗 秦， 兄弟 情 难 断，
76
两 军 对 垒， 决战前
81
rit.
夜， 如何才能忠义两 全？

86
难！
难！
难！

91
难！

渔 夫 曲

（渔夫谣唱曲）

王　健 词
萧　白 曲

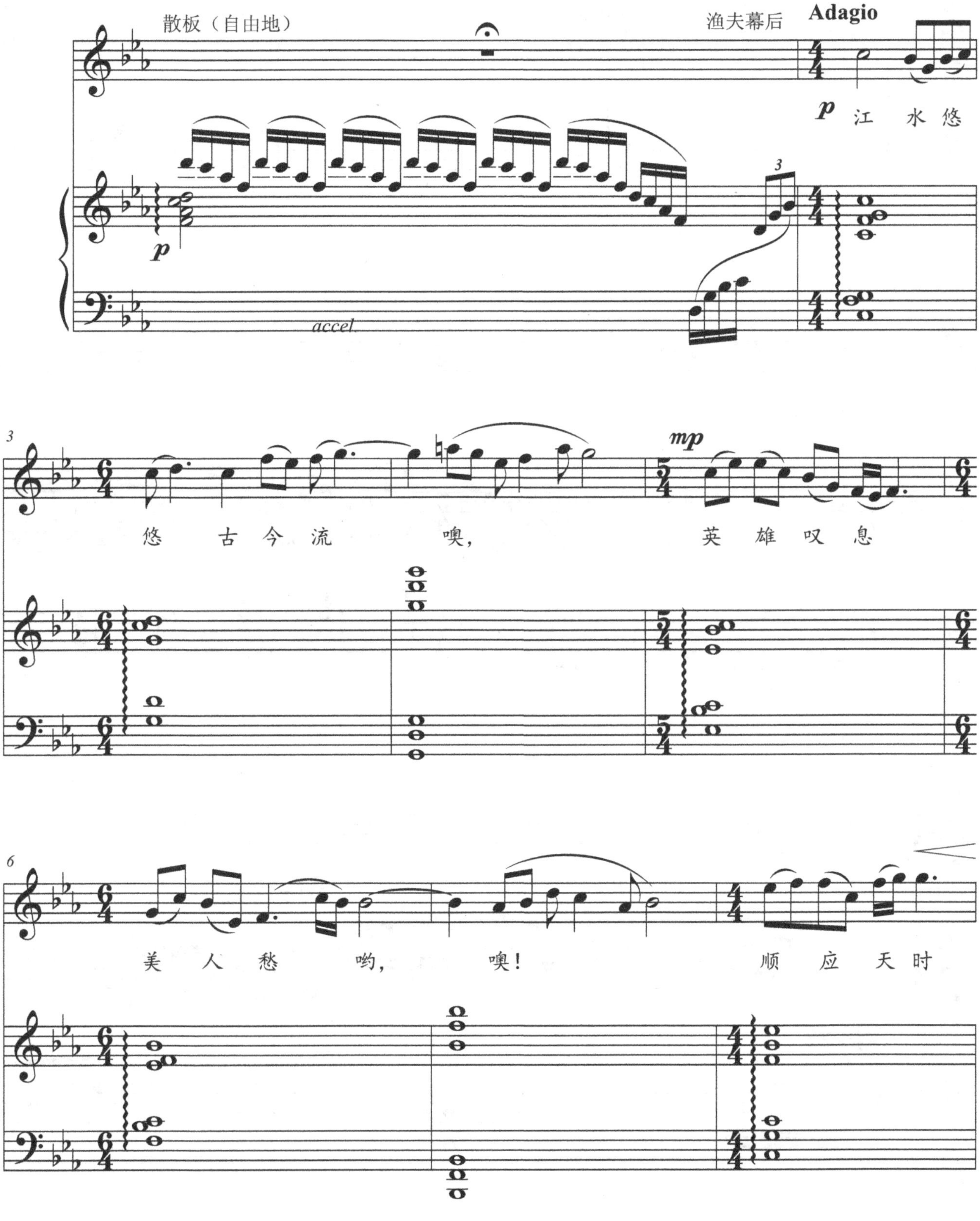
散板（自由地）
渔夫幕后
Adagio
p
江 水 悠
p
accel.
3
mp
悠 古 今 流 噢，英 雄 叹 息
美 人 愁 哟，噢！顺 应 天 时

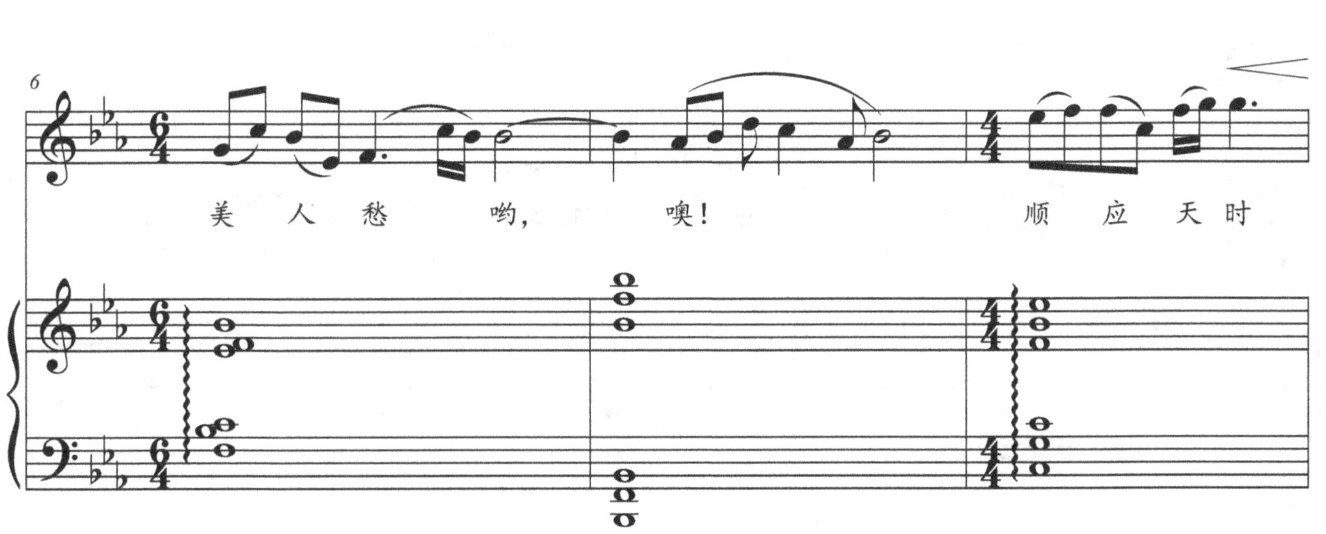

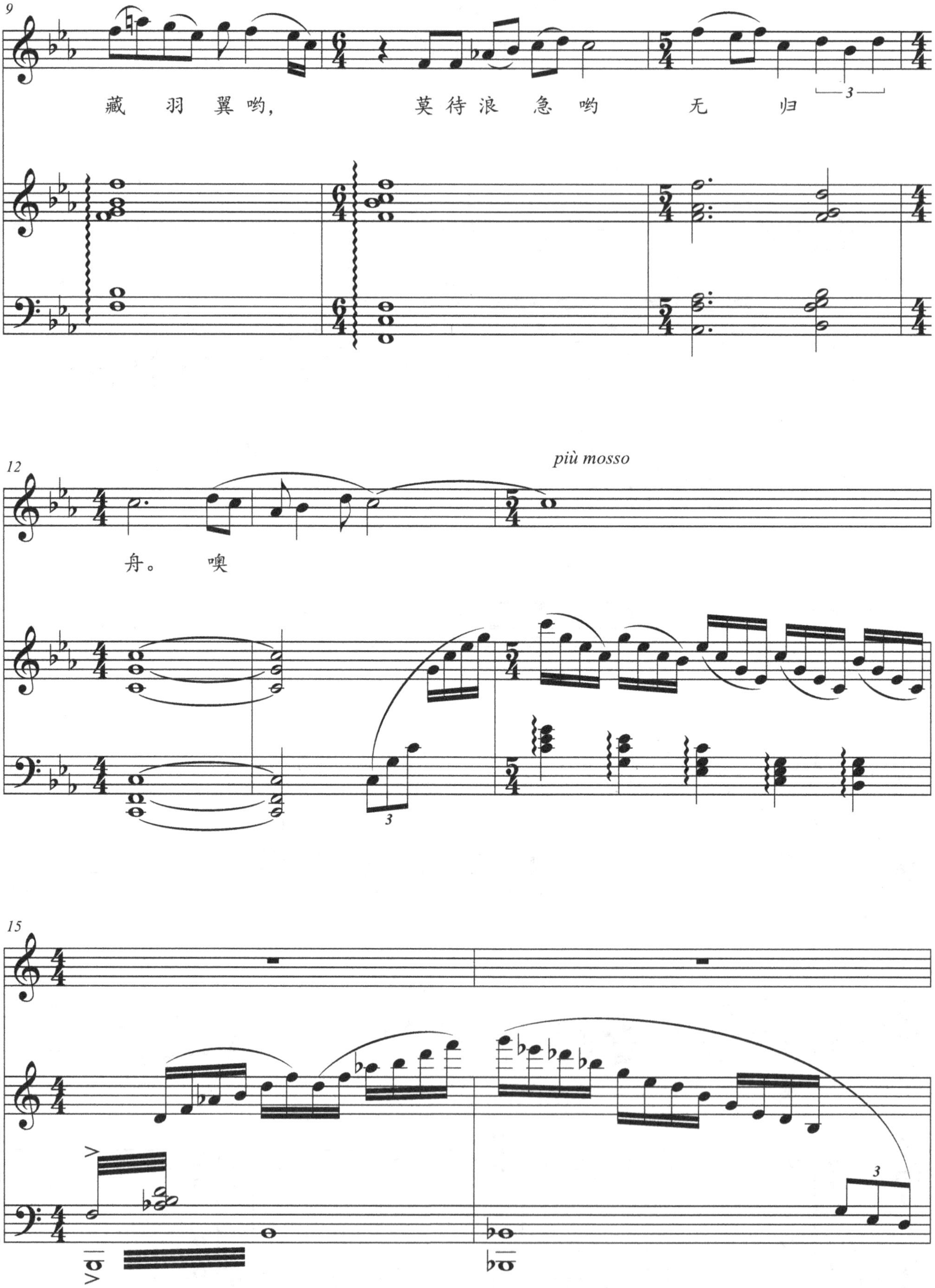

9

藏 羽 翼 哟, 莫待浪 急 哟 无 归

12

più mosso

舟。 噢

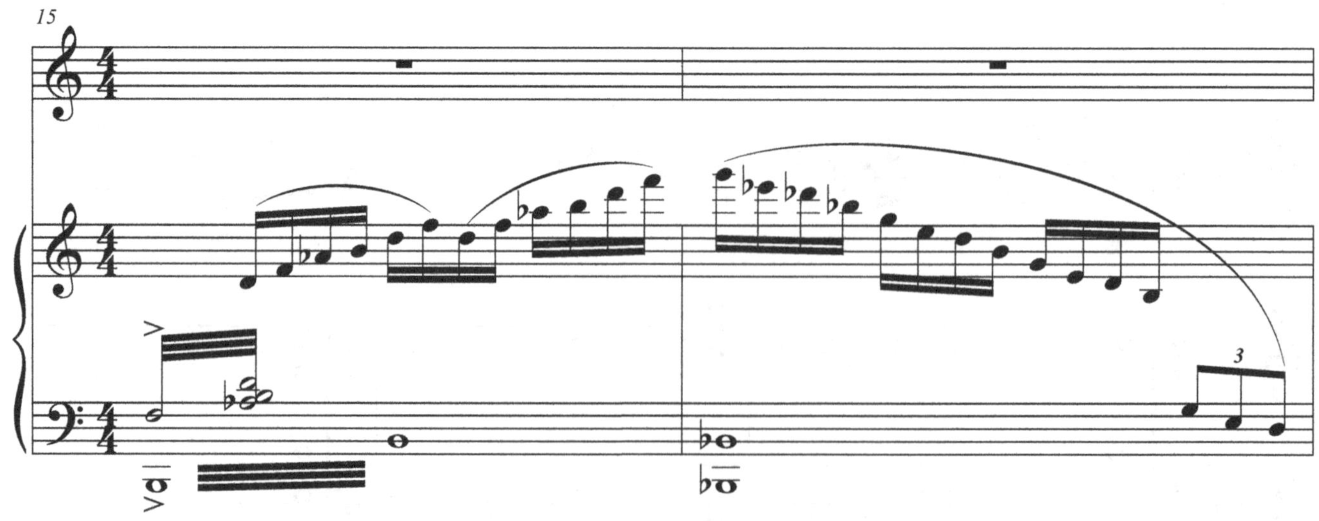

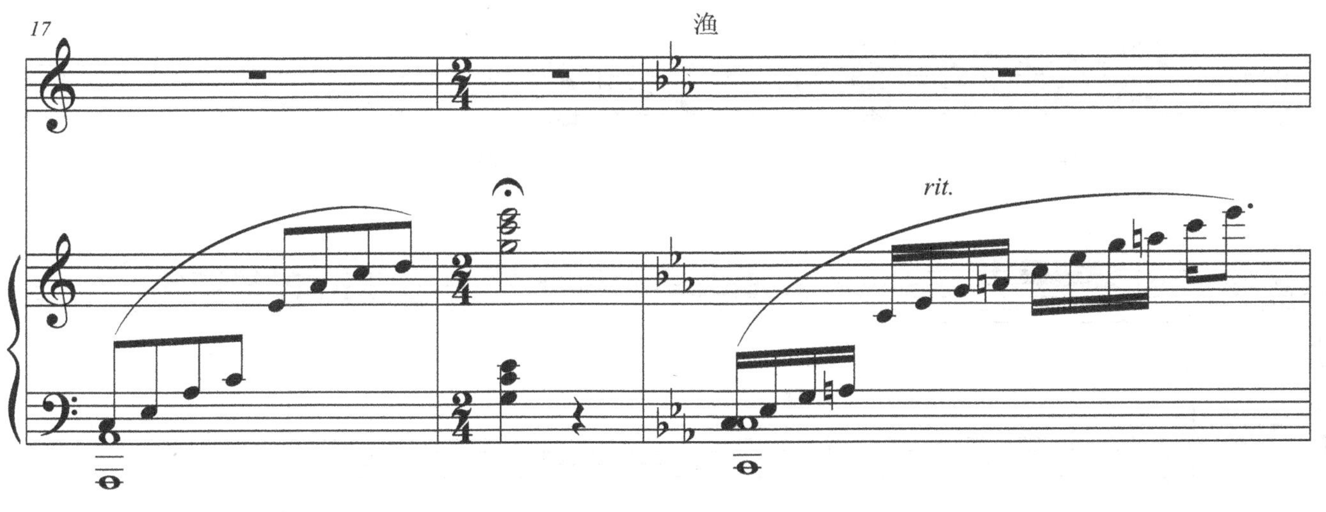
17
渔
rit.

Tempo I
20
[渔夫幕后
江 水 悠 悠 古 今 流 哟,

22
几 度 兴 亡 几 春 秋 哟,
浪 花 留 得

25
豪 情 在 哟，
人 生 恰 似 哟
大 江
3

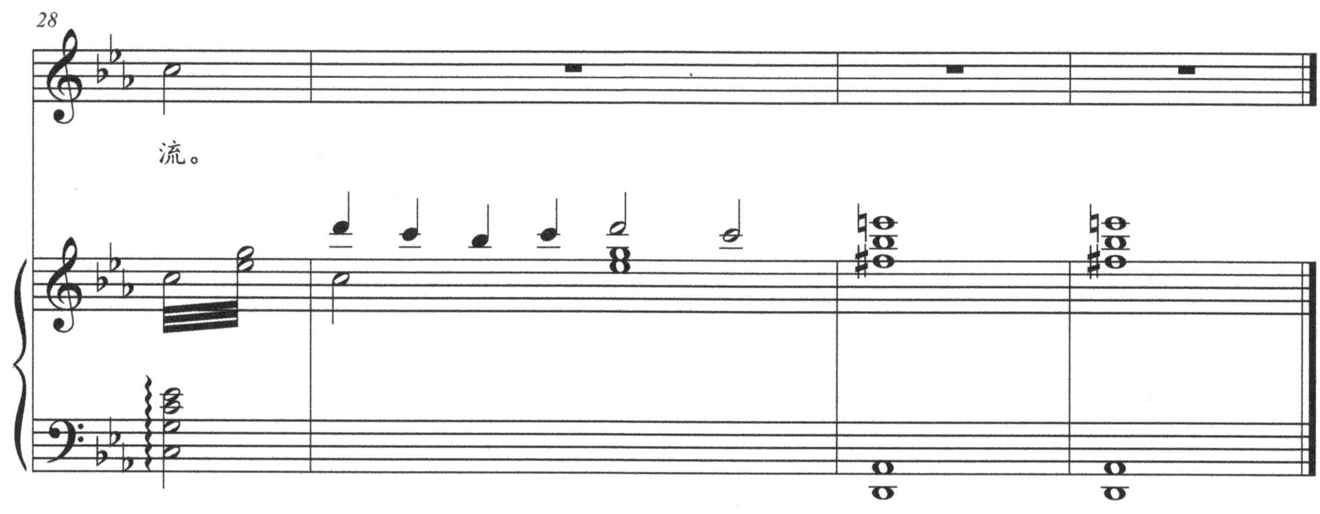
28
流。

别 姬

（虞姬、项羽二重唱）

王 健 词
萧 白 曲

20
江 流 缓 缓 夜 寂 寂,
25
茫 茫 大 地 只 有 我 和
30
你,
苍 苍 寰 宇
(项羽)
p
苍 苍

35
只有我和你。
40
Moderato ♩=76
46
（虞姬）
曾记你我年少时，紫竹林中两情相

52
许。 双 赴 征 途， 八 年 军 旅，
（项羽）
57
烈 日 严 霜， 泥 泞 风 雨，
62
animato
何 曾 一 日 分 离？
3

66
f
只盼着战乱平息，重归故里，
70
meno
dim.
做一对渔樵耕读淡泊夫妻，
meno
dim.
75
p
a tempo
再到乌柏树下，相
p
p

80
偎 相 依，再 到 乌 柏
8va
85
rit.
树 下，相 偎 相 依。
(8va)
p
7
Moderato
91
6
6
6
tr
tr
tr

dim.
（项羽）
虞 姬 虞 姬 项 羽 负 你，
项 羽 负 你，我 给 你 带 来 的 是 金 戈 铁 马，

109
腥 风 血 雨， 把 你 的 青 春 埋 没 在
114
烽 烟 里， 在 这 荒 郊 寒 夜 不 能
119
给 你 一 件 御 寒 衣， 我 还 称 什 么

124
（虞姬）
不
霸 王，
算 什 么 项 羽。
129
（虞姬）
项 羽，
虞 姬 谢 你，
虞 姬 敬
133
你， 一 生 有 幸 遇 你 为 知 己。
天 虽 老，

138
地 虽 荒，
生 生 死 死 在 一
3
141
起。
将 士 尽，
大 势 去，
3
144
痛 别 离，
伤 别 离，
冥 冥 中 呼 唤 我
Ric.
p

147
归 去。让虞姬先 行一步， 我 我在
151
(虞姬) più animato
黄 泉路上 等 你，
(项羽)
不 虞姬，不 虞 姬，
155
将士尽，大 势去 痛 别离 伤 别离
不 虞 姬，不 虞 姬，虞 姬， 你

159
不能这样离去，
ff
（虞姬拔剑）
163
Più Animato
（虞姬）
（虞姬）
mf 我在黄泉路上等
（项羽）
我们
accel.
alarg.
mf
167
你，我在黄泉路上等你，我在
从此永远分离！我怎忍看你这样离

170
黄泉路上等你，我等你，我等你，虞
去？等等我，等等我，我和你
173
姬永远和你在一起
永远
meno ♩=76
176
让我们一同归去。

Adagio
181
186
[虞姬自刎
191
（虞姬 飘然倒下）
p
ff

雪花曲

（项羽谣唱曲）

10
雪 如花， 花 千 重， 虞 姬 睡 在
13
花 丛 中。 风 轻 轻， 雪 轻 轻，
16
虞 姬 睡 在 风 雪 中。 你 已 得 到
虞 姬 笑 在 风 雪 中， 你 已 走 进
19
永 恒 的 安 宁， 给 我 留 下 一 片 虚
微 笑 的 永 生， 我 要 和 你 结 伴 同

幕后合唱
1.
22
S.
mp 噢
mf
A.
（项羽）
空。
25
S.
噢
噢
噢
A.
29
2.
行。

魂泊乌江

（项羽咏叹调）

王　健 词
萧　白 曲

11
我 吧。
天 地 鬼 神 都 来 惩
14
罚 我 吧!
叱 咤 风 云 的 霸
17
mf
王, 而 今 我 一 无 所 有,
你 们 都 来

20
嘲 笑 我 吧。谴 责 我 吧， 在 这 茫 茫 的
23
天 地 间， 我 是 一 个 多 余 的 人。
ff
26
28

江 东 父 老 我 愧 对
你 们，我 已 将 霸 业
丧 失 殆 尽。故 乡 的 亲

39
人 我无颜见你们，八 千子弟

41
已成 八 千 鬼 魂。（哭，痛哭！）

44
Allegretto ♩=108
f

问
飞 雪
问

59
狂 风，
63
难 道 我 项 羽 不 忠？ 难 道 我
68
项 羽 无 能？ 不 不 不 是

73
苍 天 不 助 我 成！
allargando
Maestoso
78
英 雄 含 恨，
魂 泊 乌 江，
81
梦 归 江 东！

84
（项羽 自刎、倒下、爬向虞姬，永远倒下。）
虞姬，项羽来了！
dim.
sf

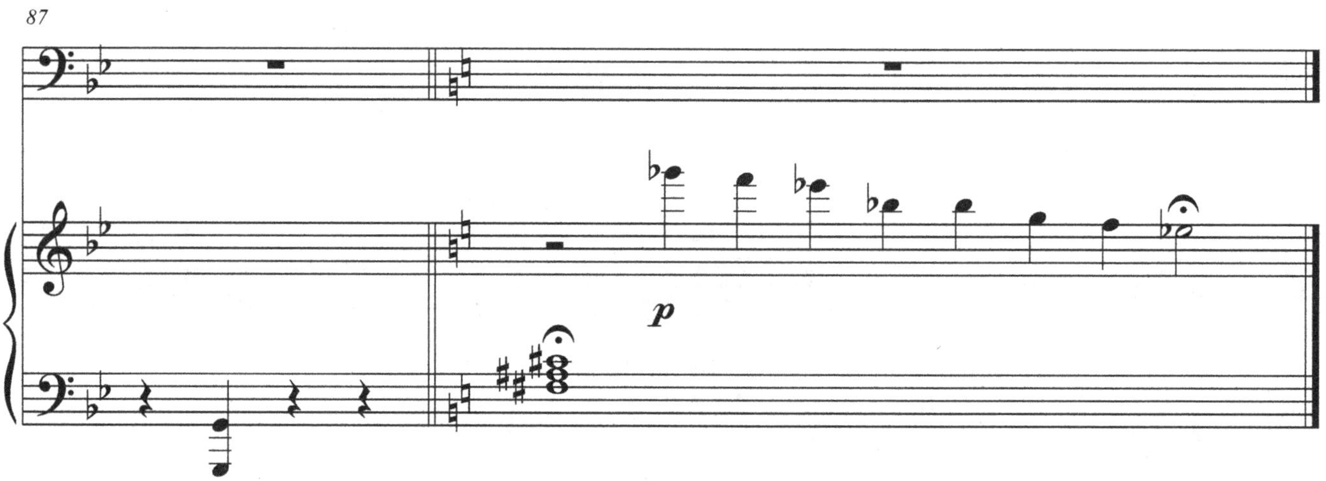
87
p

歌曲背后的故事

我的歌剧创作三原则 / 天意人心幸相逢 / 又一次对自己挑战 / 积累与创作 / 关于写歌词 / 八闽惠我 / 妈祖的爱与你同在 / 荒凉寂寞马嵬驿 / 海洋情怀 / 听听作曲家的吟唱 / 曼妙的《踏歌》/ 空中完成的歌剧构想 / 厉害了！海民先生 / 哎，急就章 / 谢丁留强先生 / 一个梦做了二十六年 / 一丁，继续给我写信啊 / 我为《二泉映月》填词 / 紫藤萝

story

我的歌剧创作三原则

——歌剧《霸王别姬》演出成功后的反思

早在 20 年前，话剧艺术家英若诚先生在哈尔滨看我的歌剧《仰天长啸》时说了这么一句话："我们搞的都是外来的艺术形式，一定要做到在对方的领地上赢得对方的尊敬！这是一种追求、一种理想。"

20 年后，《霸王别姬》踏上美国土地，在六大城市巡演。从旧金山、洛杉矶、华盛顿、纽约、休斯敦到达拉斯，共演 10 场，观众达 20000 余人。其中包括美国政府官员、社会名流、各国使节、华人侨界人士、歌剧长久观众以及美国文艺界人士，包括：大都会歌剧院、旧金山歌剧院、洛杉矶歌剧院及交响乐团的总监、指挥、演员和茱莉亚音乐学院、曼哈顿音乐学院、北德州音乐学院、哥伦比亚大学的师生。每场演出都无例外地感动了中国人、震动了外国人。特别在纽约林肯艺术中心的演出后，近 3000 名观众起立鼓掌、欢呼，谢幕长达 18 分钟。这激动、热烈、真挚的 18 分钟，标志着一部由中国人创作的中国历史故事、由全班中国人制作演出的中国歌剧，实实在在的"中国创造"走向了世界，做到了"在对方的领地上赢得了对方的尊敬"。《华盛顿邮报》发表评论认为，歌剧《霸王别姬》的演出是"一个越来越自信的中国加强与西方在文艺舞台上竞争的最新例证"。

辉煌已经过去，留下太多的回顾与反思，无疑在这条路上我已经走到了一个节点，是怎样走来的，又将走向何方？从我起意要写一部歌剧的原点至今已半个世纪过去，虽有许多时间无奈地放弃，但从未停止思索。歌剧的路是漫长的，是一条学习、分析、研究、思考、实践的路。我是一个不弄明白不会动手的人，对于怎样写好中国歌剧这道大题，50 年只交了两张答卷:《仰天长啸》和《霸王别姬》。也许是我太谨慎、太学究、太愚笨！但逐步形成了自己的创作标准，立下了规矩，用来约束自己，朝着一个理想目标走去。这便是我创作歌剧的三原则：必须是歌剧的，必须是民族的，必须是观众的。

一、必须是歌剧的

在中国写歌剧首先碰到的麻烦就是写什么样式的歌剧。因为在中国，"歌剧"这个词的含义太宽泛，几乎所有的音乐戏剧都被冠以歌剧，这样就远离了欧洲传统 Opera 的概念，因此我所选择的样式，用 Opera 这个原词更能说清楚我的取向。

Opera 最主要的艺术特征就是以音乐为载体的音乐戏剧，确定了这个原则，也就明确了音乐与戏剧的关系，也规定了创作的主体和主攻方向。以音乐为载体就要求音乐的独立价值，体现为音乐的整体性、贯穿性、逻辑性。同时承载戏剧的音乐又不能是泛音乐，要具有人物性、情节性、戏剧性，是把故事化为音乐、把音乐化为戏剧的音乐，与戏剧形成统一体，是融合而不是拼接。

音乐与戏剧的结合统一首先体现在结构上。结构是样式的基础也是样式的集中表现。结构是一种设计程序，它就不可能是先有剧本后谱音乐的关系，只能有一个故事脚本，把情节、人物及互相关系的抒情、叙述、矛盾编排在一张音乐结构设计图上，而后不断地从音乐和戏剧两个视角进行反复审视修订，最终把两条视线磨合成重影。这个过程《霸王别姬》花了一年半的时间。一旦确定，它就成为作曲与编剧一起遵循的共同纲领，而后便是根据结构要求进行剧词的写作。

《霸》剧创作进行得审慎而顺利。作曲与编剧间从未发生互相冲突的现象，应该说我幸运地找到了难以找到的合作伙伴——王健。她不仅是我 60 年的老朋友，最主要的是和我有一样的歌剧观念、共同追求，她深知在这样的模式中如何工作。在这种创作中，要求编剧不仅是一般意义上懂音乐，而要能从深层立体地理解 Opera 的构成以及具有对各种形态音乐的感受力，才能理解音乐构思的心路，真正做到和作曲成为一条铁路上的两根铁轨。

歌剧的本质是抒情的音乐戏剧——既以音乐为载体就必定要充分发挥音乐的本能：抒情性。更完整地说，在保证发挥抒情性的基础上去寻求最大限度的戏剧性，给音乐的对比、展开留出充分的空间。但必须知道音乐不是万能的，在叙说、政论、复杂情节面前是苍白无力的；在选择、剪裁故事时就要充分顾及。我们曾在楚汉争雄的史料中被破釜沉舟、鸿门宴的精彩吸引，但经过衡量甚至经过实践而放弃。戏虽好但非我所取。

抒情是抒人物的内心真情。情是音乐的动力；情是音乐戏剧的核心。就是项羽与虞姬间的多情、浓情吸引我们，也启示我们走得更深更远。以情穿行在人物之间，涌动爱情、友情、乡情、亲情；豪情、柔情、悲情、激情，用情编织的歌剧才会动情，这是用任何外在的刺激手段都无法代替的内心震撼，从而给《霸王别姬》定位为史诗性的抒情悲剧。

让歌剧回归声乐——歌剧的抒情性体现为歌唱性，它是关系歌剧属性的事。我们从歌剧的发展历史来看，何以在 19 世纪创造一个世纪的辉煌，它与交响乐携手统治着欧洲的音乐世界，首先是自法国大革命以来的人性解放，各种人物展示自己，释放情感，而在音乐上释放的主要方式就是歌唱。歌唱的要求又促进了歌唱的手段——美声学派的发展，于是歌剧与美声比翼双飞。以咏叹调为代表的歌剧之魂，传播四方，传播后世。歌唱性体现了歌剧之魅，音乐之美，以至影响了交响乐，多少部交响曲的主题可记可唱。在总谱上留下 Contabile（如歌的）的术语。歌唱性、声乐性是以威尔第为代表的浪漫主义歌剧的重要标志，是留给后世的一笔文化遗产。无视历史会受到历史的惩罚。20 世纪以来又是一个百年过去，竟然没有再见到一个威尔第、普契尼，没再出现一部《阿伊达》《蝴蝶夫人》。难怪维也纳歌剧院行政总监感叹道：我们的困难不是经费而是没有一流的作家写出一流的作品。歌剧低迷不是歌剧之罪，是人为的背弃歌剧本性，破坏了声乐传统，试图以音响代替音乐，歌剧变得难唱、难听、难记，音乐的生命之花也就凋落了。当手段破坏了美学原则，歌剧本质就被异化了。回顾历史两个一百年两种景象，还不值得我们深深地思索和选择吗?

在《霸》剧的创作中，我们清醒地认准这一点，坚定地继承浪漫主义歌剧传统，以人为本，以唱为主，每个人物都在最富戏剧性的节点上出现咏叹调，在表现人物规定情境的条件下，力求调性的稳定。又在人物交流中使用多种重唱以及合唱，尽量尽情地发挥美声歌唱的表现力与感染力，同时也决不回避可以为我所用的各种表现手段。

《霸》剧在旧金山演出的第二天，《旧金山记事报》发表了乐评人科斯曼（J. Kosman）的评论称：“这部戏是吸收了从莫扎特到普契尼的精华，继承了威尔第歌剧传统的中国歌剧……”

二、必须是民族的

中国人写歌剧，选取中国题材是当然的，但绝不是选了中国题材就一定是民族的。民族的有着深厚的内涵，集中体现在能否成功地塑造中国人的艺术形象并通过形象弘扬中华民族精神。歌剧作为舞台艺术的“重工业”有这样的容量，也有这样的责任。从而选什么题材、讲什么故事，如何表述、传播怎样的理念，给人什么启迪……这些重大问题都要充分地、严肃地审视和论证。任何轻举妄动都将导致劳民伤财的后果。

在历史长河中寻找闪光点——由于作者的经历、个性、审美、爱好的不同而决定了取向的不同。我和王健都对历史有强烈的兴趣。当选择题材时，自然在五千年历史长河中淘金寻宝，把目光投向心仪的历史人物。我是生长在中华民族深受屈辱的年代，从血液里崇拜民族英雄。第一部歌剧《仰天长啸》选择岳飞是在少年时埋下的种子。岳飞的英勇、倔强、忠诚，他的冤死悲剧都散放着中华民族的伦理、信念的光辉。“还我河山”的墨迹像一面大旗昭示世人，背上刺下的“精忠报国”四个大字教育后代千年。而项羽和虞姬的故事比岳飞更久远千年。楚汉争雄的历史中两个主角，刘邦虽然取得王业赢得赞颂，但两千年来人们怀念的为之动情的却是败亡的项羽。历来胜者王侯败者贼的法则何以在项羽身上失效？就是他的人性、人情、人格，令人爱、令人恨、令人叹惋。他活得轰轰烈烈，死得更为惊天动地，信义而死，尊严而死，自己的剑、自己的血、自己的命，证明人性的自尊。而虞姬和项羽的爱情故事又是中国历史上最无私、最忠贞、最纯洁的。虞姬的一剑求得爱的终结，求得超凡的精神美。这一切都是中华民族精神的闪光，是最崇高的精神文明，这就是民族的核心价值。

作为一个中国文人是幸运的，也是幸福的。五千年历史遗产终生受用不尽，只有走进历史才能受益于历史，而以历史的名义杜撰故事又强加给历史人物，这不仅肤浅而且虚伪，我们不能触犯艺术真善美的底线。

歌剧音乐的民族性“在典型环境典型性格”的创造之中——民族精神是无形的灵魂，而人物形象是可见、可闻、活的肌体。描绘典型环境，营造规定情境，塑造中国的历史人物，张扬人物的情感，就是直接体现民族性。人物的“这一个”，项羽不是李尔王，不是奥赛罗，虞姬就是中国的虞姬，走近他，描绘他，代言他……用他的音乐语言说话。

歌剧的民族性需要体现在一幅两个小时的动态长卷之中。作为载体的音乐，其民族性的显示就不能是局部的，而是综合性的、总体性的和贯穿性的一种风骨、风貌、风格；一种气质、气度和气韵；是一种境界，也就是一部作品的基调。当《霸》剧被定位为史诗性抒情悲剧的属性，就要给这幅长卷涂上一层浓重的底色。史诗、抒情、悲剧三个关键词决定了音乐要有历史纵深的古朴感、大起大落的宏阔感、长歌当哭的悲壮感。为此就选用两种古代汉族留下来的调式作为贯穿人物情节的音乐语言。一是千年不变的基础构架——五声音阶在宫商角徵羽的互相转换与扩展中，打上中国印记，同时又运用更为古朴的雅乐与苍凉的燕乐混合而成的“燕雅混合九声调式”强化了时代色彩。

歌剧人物的音乐形象是要有特征的，同时又不是刻板凝固的，既要稳定鲜明又要有多变的空间。《霸》剧中的三个主要人物：项羽张扬的个性、不屈的精神，用了以三全音为特征的主题音调；温柔善良、忠贞纯洁的虞姬，用了非常简朴的五声调式的级进音程组成的主题；而韩信的柔中有刚、能屈能伸，用了七声调式和跳进的音程为主题。在不同的戏剧发展过程中，对不同情境做不同又同一的处理。同时也在有意避免人物特征音调误用在其他人身上，以保持其鲜明性。

用民族的语言说话——民族的歌剧需要用民族的语言说话（文字语言、音乐语言、动作语言），语言苍白直接损害人物形象的可信性。首先是文字语言的选择要使观众相信舞台上的人物是真实的。《霸》剧出现的都是历史人物，演出历史的故事，既要让观众听得明白，又要有历史感，这就要求编剧的词作者不仅要把握人物性格情感的特定性，又要能准确地使用时代性的文辞语言。如果没有深厚的古典文学功底和古典诗词的修养以及运用自如的能力是无法做到的。纵观全剧的文字显示了它的文学价值，也展现了歌剧文学的雅中有俗、俗中有雅、雅俗融合的美学特征。这既是王健的功力也是其创作认真的态度，多年来，逐字地推敲，有些段落几十次地修改。正如评论中所言："文辞上豪放与婉约兼得、格律化与口语化互动、文学与音乐的关系浑然天成融为一体。"——《歌剧》（第 148 期）

文体、文风对乐风的影响——在综合艺术中的各个组成体之间都是互相作用的，特别是文学与音乐是共生体，文体文风直接影响乐风。我们在创作的先期就确定了文字的语言方向，使之成为诗剧。所用的文体从诗经、辞赋、乐府、唐诗、宋词、元曲到现代诗，这就使得字里行间流淌着中国传统文化的血液。然而循古不食古，古诗词属于视觉文学，而歌剧需要的是听觉文学，这便要求有贯通古今、畅游诗海、任我所取、为我所用的能力。而文体文风对音乐影响最大的是音韵节奏，格律太严会使音乐呆板，语言过散过白将使音乐无序而失去活力，变成为字填音的被动乏味，根本谈不上风格，又何来民族！在这里必须触及宣叙调的问题，我们如何写中国的宣叙调？这是 Opera 无法避免的一大难题。因为不用宣叙调就不是 Opera。按欧洲办法又不是中国的。我在美演出期间，在北德州大学演讲时，就有人提出："汉语的宣叙调在音乐上是否更加困难？"我说："不！"汉语是世界上最具音乐性的语言，字有四声、词有语气、句有抑扬顿挫、段有起承转合，一个重音的改换就有不同的语意，可以说语言本身就变化无穷，充满音高与节奏的元素，只要注意到四声的运行，避免倒字，正确处理语气重音，句段间节奏清晰，汉语就可以唱得清楚，唱出人物情感而且同时就显示出民族的音乐特征。

民族性是在作品的整体中表现出来的，使民族性能与 Opera 形式结合起来，这本身就是一种极富创造性的重大课题。《洛杉矶时报》乐评人塔姆斯写道："这部作品的曲风、唱法、表演以及编排都呈现出与众不同的中国特色，同时又显示了融合西方歌剧的创意。"《纽约时报》认为："西方音乐中关于转折与和谐的理念被尊重，但是和声转调甚至是最简单的转调以及旋律，则严格坚守或紧紧地围绕着中国的音乐风格。"

三、必须是观众的

任何舞台艺术都是社会文化，其社会性的主体含义就是受众。任何创作行为从一开始就要把观众纳入创意、构思，就是说心中想着你的受众。

我们把编剧、作曲列为一度创作；把导演、指挥、演员、乐队、舞美列为二度创作，真的到此为止吗？不！还有三度创作，那就是观众。观众的参与投入才是最终完成艺术创作链。在我常年的指挥活动中强烈地感受着每次演出都是在和观众直接对话，感受着心在与他们一起跳动。演员的艺术快感来自作品，更来自观众，舞台艺术的效应是台上台下共同创作的。然而这第三创作往往又被第一创作忽视、不顾，可是谁丢弃了观众无疑也将被观众丢弃。

歌剧不是大众文化，更不是娱乐文化。它有属于自身的尺度，但绝不是无众文化。歌剧从它诞生之日起就是为了摆脱教堂狭小空间奔向广场和剧场而寻求更广的受众。从宗教剧到社会剧就是走向群众。意大利喊出“威尔第万岁”的正是意大利观众。意大利歌剧是在意大利观众的簇拥下兴旺发达成全了歌剧的艺术地位的。与此同时，在现今社会以市场为导向、以顾客为上帝、票房决定一切的纯经济规律，对于高雅艺术并不完全适用，追求观众并不简单地等同于追求票房，一旦把歌剧的商业性置于首位就必定导致歌剧的异化。既不能被异化，又不能孤芳自赏，唯一的路就是不失本性地走向大众。这就给我们留下一个永远的题目：歌剧的观众在哪里？他们的审美取向是什么？《霸王别姬》在正式上演之前开过两次音乐会，就是把各行各业的观众请来，看他们的反应，听他们的议论，和他们一起检验作品。早在 1994 年第一次以《鬼雄》为剧名开过音乐会后，就被文化部定为部的重点剧目，其理由之一就是它的“雅俗共赏”。这是我歌剧创作的新收获。它来自对我第一部歌剧的反思与调整，来自对歌剧发展历史经验的再研究。其中最主要的是两个方面：一是叙述的方式；二是叙述的语言。

叙述的方式。任何戏剧都在讲故事，只是故事不同，讲法不同。《霸》剧在组织故事的时候，坚持把故事讲清楚，让观众看明白。既不可平铺直叙，又不可故弄玄虚。根据歌剧的特点：人物要清楚，故事要简洁，矛盾要集中，对比要强烈。这就是《霸》剧的选择。所以只有两幕：一热一冷、一红一白，前为因后为果。主要人物只有三个，性格明确，关系清楚，不重情节，不搞悬念，向人物内心揭示。

叙述方式在音乐上就是用什么方式结构音乐。这是歌剧的关键问题。欧洲歌剧在发展过程中，从莫扎特到普契尼我们看到一种走向，有三个阶段三种音乐结构形态，从莫扎特的分曲到威尔第中期的各曲间首尾相接，结成链环，再到威尔第后期《奥赛罗》不可分切的连锁发展，而瓦格纳做到极致已是线状编织。这个过程是由块状走向链状再到网状， 越来越戏剧性、越交响性，越来越复杂、越丰满。看来这是大势所趋，潮流所向。但是就在威尔第演出《奥赛罗》两年之后，出现了《乡村骑士》。马斯卡尼居然绕过《奥赛罗》的潮流，用十二段分曲谱写了一幕惊心动魄又优美动听，并久演不衰的歌剧精品。我们不能不向马斯卡尼这种反潮流精神和做法致以敬礼。这也启示了我们在歌剧发展走向的研究中能保持一种真正客观的历史目光，吸收不同历史的精华。不同的题材、环境、对象有不同的选择。《霸》剧选取了曲可成段、连可成片的链状结构，保存句读，段落清晰，又以戏剧单元做整体的贯穿发展，这是比较易解的又保持戏剧张力的中庸之道。

一方面是叙述的语言。用什么语言能把观众拉进你的剧情，接受你的感染？关键是一个“拉”而不是“推”。这个要求并不高，那就是文学上听得懂，有回味；音乐上好听。但做起来实在是不易！焦点集中在如何把握咏唱和宣叙的分寸。在咏唱部分，要把握的是调与非调，呈示性与展开性之间的合理与平衡度。我坚持旋律是歌剧灵魂的信念，因为唯有旋律才能走到观众的心里，唤起他们的情感、留住他们的记忆、勾起他们的回味。而这种相对稳定调性的旋律有强烈的人物性和情景性，是与观众的心理支配互相作用的。远离剧情的插曲虽然好听好记，但是节外生枝，无利于歌剧的整体美。

另一方面则是宣叙性的处理。中国听歌剧最怕的是宣叙调，是外国歌剧翻译的宣叙调，基本上无法符合中国的语言规律，成了歌剧与观众间的障碍。其实就是语言与音乐之间的关系问题。外国宣叙调属于意大利语、法语、德语、俄语，都是因语言而生的音调，中国歌剧只要按汉语规律办就是了。这是一个原则，但具体地处理起来并不轻松。在我写《仰天长啸》的时候，就做了八种实验，这次就做了两件事：一是把非常必要的叙述性语言尽量地诗化韵化，另外就是十分注意字的四声走势和词组重音。当然，更主要的是如何使宣叙调发挥出在歌剧中戏剧性动力。从积极的角度看，中国歌剧宣叙调的研究与实践才刚刚开始，还有广阔的纵深，给歌剧的发展留有巨大的空间。

我想我们的歌剧能够做到好看好听就会找到观众。

当我们讨论观众问题的时候，今天已经不再是闭关锁国的时代，舞台已经是一个世界大舞台。世界把优秀的文化艺术精品介绍到中国，中国也必须回报给世界，这是我们的义务。让中国歌剧成为东西方文化交流之桥，让中国歌剧成为歌剧国际大家庭的一个新的充满青春活力的成员。因此，“越是民族的，越是世界的”改为“既是民族的，也是世界的”更符合时代要求。

我不能判断中国歌剧是否到了一个新的阶段，更难说真正成熟还要多久，而我只是做了一次成功的实验。用 18 年的付出换来林肯中心 18 分钟的掌声，已经是很重的回报，它属于一切演出者共同分享的光荣。

我是幸运的。是美国中美文化国际交流基金会开创了这一光荣之旅，是它从发现作品、选择演出团队到排演筹划、实施运作完成《霸王别姬》艺术创作的全过程，它牵动了整个歌剧生产链，做到了人人想做而没人敢做肯做的事。应该为中国歌剧历史记下基金会主席郭立明的名字，她是为中国歌剧全员走上国际舞台，敲开美国大门的人。在中央歌剧院归来后，文化部外联局长李冬文表示：文化部有关方面正考虑加大中国高雅艺术走出国门的扶持力度，为中国优秀文化艺术走向世界创造更多机会，提供更多帮助。

萧白：上海歌剧院一级作曲、原常任指挥

注：原文发表于《人民音乐》2009年第10期。

天意人心幸相逢

——对王健老师《大汉风》词作的感受

× × 兄：

你说读了《福建艺术》今年第 4 期王健老师的文章《又一次对自己挑战》，颇有感触。问我有何感想？

我是搞作曲的，一般总是用音符来表达我的所思所想。要谈文字，甚而谈理论，那就难为我了。但是，和王健老师的合作，倒是很值得一谈，既为词友，也为曲友，更为了探寻歌曲创作成功的奥妙和不成功的缘由。

早在 20 世纪 80 年代，我对王健老师的词作就有一种认同感和亲切感，我喜欢她的词风，但是她是怎样的一个人我却一无所知。后来为闽东搞《山海的交响》创作想邀请她来指导，打听之后才知道她是位可敬可亲的大姐。终于，我们有了第一次合作。那是 1994 年为电影故事片《最长的彩虹》谱写主题歌。三年之后，我们才在北京会面。我发现，"健"是她的一大亮点——健谈、健笔、健步、健风……我庆幸自己遇到一位良师益友式的合作伙伴。此后，我们的合作便频繁不断。

创作电视连续剧《大汉风》的十首歌曲是我们合作中规模最大的一次。这部连续剧的编剧是我们闽中的大才子周长赋，他把楚汉之争这一历史进程表述得既有排山倒海的大气磅礴之势，又有英雄末路的慷慨悲歌之情。为体现电视剧这种既大气又有柔情的特点，王老师在片头歌和片尾歌的歌词中展示得淋漓尽致：

片头歌《天下事，一局棋》：

天下事，一局棋，
棋局中有天下。
好棋手，知己知彼从不轻敌，
不计一得失，胸中有全局。

天下势，一局棋，
棋局中看天下。
旁观者清，当局者不要迷，
输棋不输人，可贵有志气。
嘿！看准他的空虚，杀过去，

鼓余勇，追到底，
笑在最后是胜利，
定要赢得这——局——棋！

词写得精练、概括，又非常有气势，这就为曲子奠定了重要的基础，同时也对音乐提出了很高的要求。说实话，我拿到词后，反复吟哦，很是下了一番思索的功夫。终于，我找到京剧的那种气势跌宕的行腔方式，在歌曲一开头就有一个十度的上滑音，以及在高潮处有一个中国戏曲中常见的豪放的大笑声，这种特色又被歌唱家戴玉强发挥得特别精彩，再加上合唱的衬托，这曲片头歌的磅礴气势就充分展示出来了。而片尾歌，王健老师则以一种深沉、委婉的人间之情来表达：

片尾曲《勘情》：

问世间何为重？缠缠绕绕不了情。
无情未必真豪杰，悲欢皆在情义中。
灯红酒绿逢场戏，花花世界难觅真情。
有分无缘莫强求，有缘无分终成空。
茫茫人海你和我，天意人心喜相逢。
江河沧海俱可量，怎比你我深情？
乱世姻缘乱世情，英雄儿女血染红。
古今多少痴情者，留下故事慢慢评……

年轻的作者颜辉以他敏锐、细腻的触觉，感受到词意中蕴含的深情，并很好地表达出来，加上朱桦非常投入的演唱，片尾曲给人留下了深刻的印象。

但是剧中不止片头片尾有歌，一些最主要的人物都有歌。让我惊讶的是，王健老师刻画这些人物，寥寥几笔，就让他们跃然纸上，既准确又生动，真是见功力。

你看她写刘邦，《你也能成龙》：

想当初，不过是懵懵懂懂市井愚氓，
都说是爹烧的香，娘做的梦，
神话怪说岂能凭。
幸有众兄弟乱世相逢，
同声同气同求，同甘共苦共荣。

打江山辛苦，守江山不轻松。
你是龙的后代、龙的子孙，
就要有龙的精神，龙的威风！
打江山辛苦，守江山不轻松。
命，是娘给的命；名，是爹取的名。
好兄弟，只要干，干到底，你也能称雄！
好兄弟，只要干，干到底，你也能成龙！

词风是如此活泼、洒脱、生动，与戏中人物的表演是完全吻合的。而写项羽，她完全换了一种风格和节奏——沉郁、苍凉，为一个失败的英雄的扼腕悲歌。《思项羽》：

一个千古伤心的地方，
一副钟情重义的肝肠，
一尊慷慨悲歌的身躯，
一匹征骑嘶鸣着悲怆。
应和你的是——窈窕舞影，呜咽的江。
一段叱咤风云的岁月，
一片百战百胜的疆场，
一声英雄末路的叹息，
一座不可逾越的山梁。
少年时铮铮壮语——融入了难舍故乡的目光。

我非常喜欢这首词，而且用心谱了曲。遗憾的是，我很难找到演唱这首歌的歌者，我希望是一种既粗犷又悲凉的男声，要有一种震颤心灵的力量。

其他的词，也是各有意趣。像写乌骓马的《我的黑骏马》，如一首小令，虽然短，但很新颖：

跑吧，跑吧跑吧，
跑吧，跑吧跑吧，
我和你，都年轻，
我志高，你胆大，
我心里，想什么，

我的话，你懂得吗？
你伴我，掀起狂飙，
我伴你，纵横天下！

完全以一种现代人的口吻来表现项羽与他的爱马之间的情感，真实、亲切又不泥古。

像写吕雉这样一位复杂人物的歌词，我觉得是比较难写的，而王健老师则以一种半文半白的古意，让我们体验了另一种新颖：《吕雉的歌》：

我命在我，不在天地，
我命由我，不问鬼神。
须眉自重，女儿自强，
须眉有为，女儿不让。
奈何伊人，不在身旁，
虽云比翼，心各一方。
偏遇孽缘，非我所赏，
终无知己，暗自神伤。
生当乱世，虽雌亦雄，
旋转乾坤，在我胸中。
尽心竭力，不负此生，
荣辱得失，终久随风……

我以一种带古曲风格的旋律来表现这个有野心、有心计但又有作为的古代女性。歌曲行腔沉稳，柔中带刚，塑造一种特殊女性的形象。而对虞姬，王健老师的词隐含着深深的同情和惋惜，虞姬的歌仿佛是一曲美丽的绝唱。《魂灵儿相随在江东》——虞姬的歌：

田园牧歌，早已成梦，
烽烟岁月，红颜难舍英雄。
倾城之恋，深心铭感，
曾经拥有，不枉此生！
我为君歌，我为君舞，
愿君常忆我身影。

为君祝祷，重整霸业，
来世再伴英雄！
花瓣雨，安魂曲，
人生长恨水长东。
生死情，不言别，
魂灵儿相依相随在——江——东！……

颜辉的曲子深情、委婉、使人黯然神伤。写给张良和韩信的歌也是抓住这两个人物性格中最典型、最传神之处加以渲染，而显示各自的特点。《一支箫》——张良的歌：

一袭青衫，一箬笠；
一叶扁舟，水云际。
竹杖青囊，八方驰驱，
为天下，也为实现自己。
胸怀韬略，隐蕴豪气；
运筹帷幄，决胜千里。
神谋奇计，助他胜利，
一支箫，吹出了凯旋曲。
建功立业，吾愿足矣；
富贵云烟，荣华瞬息。
留下智慧，留下足迹，
留下姓名，飘然而去……

《霜锷刺破奈何天》——韩信的歌：

男儿有泪不轻弹，
英雄立志在少年。
岁月漫漫路漫漫，
创业功成在明天。
风飒飒，意绵绵，
剑胆琴心已忘言。
干戈止息长相伴，

青史为我铸新篇。
男儿有泪不轻弹，
拜将封侯拭目看。
岁月漫漫路漫漫。
霜锷刺破奈——何——天！

王健老师不但给这些主要的历史人物都画了像，还专门写了一首回荡在古战场上的楚歌，这首词风格特别朴实，情感特别真切。在我为之谱曲之前，中国民歌研究的专家王民基老师又特地给我寄来了楚地民歌的曲谱，我如获至宝，写作时更有把握了，形成了一曲悲凉、萧瑟、有一定感染力的男声合唱：《魂依江南》——楚歌：

秋风阵阵啊秋云惨，
战衣单薄啊我心寒。
旌旗垂头啊如垂泪，
雁叫声声啊向东南。
爷娘妻儿啊频入梦，
问我何时啊返家园。
锄犁盼我啊理荒田，
莫恋征战啊老了少年。
儿似风筝啊断了线，
唯余一息啊情相牵，
秋风鸿雁啊带个信，
儿的魂灵啊永依江南。

王健老师连细微之处都非常认真，她把歌词给我时，还说了一句：古代的词里用“兮”，我们现代人唱，就用“啊”吧！

《大汉风》歌曲的创作，凝聚了很多人的心血。王健老师作为一位著名词家，她的虚怀若谷的一丝不苟的精神，感染了我们很多人。她不但有数十年作词的丰富经验，而且也有了与《大汉风》题材相似的大型电视连续剧《三国演义》成功的创作经验，但她从不满足于已有的成功，而是不断地总结过去的得失来提高和完善新的创作。我常常想，词曲作者之间的默契不是简单的投合，而是一定要有灵犀相通的东西，否则就很难产生好歌。我不但敬仰王健老师的人品，同时也非常佩服她的文品与才情。十多年来的合作，使我获益匪浅，而这次的合作，又是在共同攻克一个难关，王健老师的词，起了关键的作用。我把它们抄录于上，与你共飨之。

章绍同

记于 2005 年 10 月 29 日夜

（章绍同：中国音乐家协会理事、中国电影音乐学会副会长、福建省文联副主席、著名作曲家）

又一次对自己挑战

——为五十集古装电视剧《大汉风》作词历程

2003年岁末，作曲家章绍同先生应邀为五十集古装电视剧《大汉风》（套拍二十集电影，原名《楚河汉界》）作曲并作歌。

绍同即约我为他作歌词。

十多年来，与绍同合作十余首歌，千里诗乐之缘，怎能拒绝他。

我立即想到：为八十四集古装电视剧《三国演义》作词十一首至今，已过去整整十年。现在，又遇到一个反映古代男子汉阳刚之气的战斗史诗般的大剧，我何幸也！作为我——一位年长女性歌词作者，此次，我能否应试并向作曲家及剧组交上使他们满意的答卷，我不知，实不知。

春节期间，收到制片人林炳坤先生送来的厚厚一摞剧本及相关资料。因与友人已约——赴山西侯马参观古代晋国文物博物馆；游览了著名的鹳雀楼及《西厢记》的诞生地普救寺；拜谒了关羽故乡的祖庙之后，便匆匆回京，埋头读起剧本来。

一如既往，边读剧本边做笔记——主要人物的小传，浮想联翩时获得的句子。剧本写得很细，文笔既端重又活泼。但读剧本，有如纸上阅兵，我期待着与“人物”会面。

2004年3月，炳坤先生带我到了“风萧萧兮易水寒”的易县——外景地及剧组大本营。

好古老的感觉！易水不知何年何月早已干涸，河滩上分别扎着楚、汉许多的营帐。

夜色里和尔后的几个白日，看了几场戏的拍摄，与“萧何”“韩信”“月姬”（韩信一生未能与之结合的恋人）做了访谈。

遗憾的是未能访问到“虞姬”和“吕后”，只在化妆间见到饰演吕雉的吴倩莲，她的妆已鲜明地透出人物性格来。“项羽”的戏已结束，胡军走了。

可喜的是与“刘邦”——上海演员肖荣生谈了几个小时，这使我对“布衣大赢家”刘邦有了新的认识。

回京后，又读一遍剧本，加深了对此剧整体贯穿的印象，通过对白进一步领会人物性格和他们各自的语言、行为特点。

拍摄结束，剧组进入后期制作，我终于看到了样片。样片提供了内景外景的环境氛围，人物形象细节的体现，特别是在故事矛盾发展中，传达出的人物内心及形态所蕴含的意与情，这些都将是激发歌词写作的直接动力的触媒。

因怕影响剪辑师的工作，只断续看了部分样片，不然，我真想把五十集通看一遍。

更早一些时候，剧组因拍戏需要《楚歌》，我便凭着想象写了。记忆深处却是童年时看杨小楼、梅兰芳两位大师演出的《霸王别姬》中唱的那四句吹腔，凄凉悲苦，声声血泪。我不能重复它，它却给了我最准确震撼内心的基调。绍同谱曲的《楚歌》情感深沉，颇具古韵。

当我看到样片中，少年项羽驯服了其他壮士难以靠近的乌骓马，在原野上驰骋的画面后，《我的黑骏马》词句便被牵引了出来。那个位置只能容纳一分钟的短歌，我设想是项羽对乌骓的耳语……

这里，要倒插笔交代两件事：

一、一般电视剧，有的不需要歌；有的只需要片头、片尾歌。而在一开始我接受为《大汉风》作词约谈时，便想到是否能多容纳几支歌，一来让歌曲帮助戏剧，抒发主要人物的心志与情感，二来也让词、曲作者过把瘾。

经与制片人林总及作曲家绍同商量，林总又与投资方洽谈，认为可以写十首歌，争取拍完戏出一个专辑。

二、我结识了一位颇具才华，满怀激情，正期盼着有一试身手的机会的青年作曲者颜辉。我将此事对章绍同先生讲了，章先生以提携后进、培养青年的宽阔胸怀与宽容精神答应了。颜辉按照林总和章先生“精心制作”的要求，努力谱写每一首歌。《我的黑骏马》跟随样片唱出来了，还不知章老师能否给他打及格呢！

炎热的七月。

虽然制片人和作曲家没有催我，但歌词是第一道工序，我清楚不能拖沓。

《三国演义》中我作的词，除第一、第二首外，其他多首共同的毛病是太文、太长，这次我一定要克服。（当然也有不同看法）

第三次再读剧本，重点考虑出歌的位置，把握歌曲主人公在此情此境中的典型心态与情绪，及由此产生对歌词语言风格的区别把握。

陆续打了几个草稿。歌词写法与创作历程多种多样，一稿到位固佳，但毕竟此次对我是一项新的挑战，争取与作曲家与剧组的朋友们碰撞一个回合，对歌词的修改与定稿都有帮助。

那天，我给绍同、颜辉及剧组读了几首词稿。

结果是：对虞姬的歌《魂灵儿相随到江东》、张良的歌《一支箫》没提什么修改意见。对韩信的歌《霜锷刺破奈何天》和片尾歌《勘情》，提出改动一两句即可。觉得《吕雉的歌》基础很好，绍同建议：索性从头到尾都用四言。片头歌的词太长，但炳坤和绍同都特喜欢那词题：《天下事，一局棋》。而对项羽的歌、刘邦的歌没说什么，我心里已明白了。

绍同对颜辉说："我们无须刻板地分工，你对哪首歌词有感觉，便可先谱起来。"当今之世，章老师的风范，恐不多见了！

颜辉吟诵着虞姬的歌《魂灵儿相随到江东》歌词，弹着古典吉他，他在琢磨怎样为美丽而坚毅的虞姬发出生命的绝唱，及对项羽的深情。我想，此时我不必多言。忽然瞥见墙角处那把女儿上大学体育课曾用过的剑！我握着剑随意地舞起来……

颜辉的曲子委婉细腻满含深情。

韩信的歌《霜锷刺破奈何天》，因在剧中出现较早，所以歌词照应到韩信的后来。拜将封侯都实现了，他哪里料到"新篇"是怎样残酷惨烈的内容！

绍同的旋律把少年韩信心中的愤懑、壮志难酬的自励、冲天的意气及与月姬悱恻却不缠绵的情感，恰到好处地传达出来了，那有棱角的曲调、铿锵的节奏，给我留下了深刻印象。

把全部词稿留给炳坤，请他给更多朋友看看，特别是请青年朋友提提要求。趁着几天的空闲，我到海边跑了几个地方，一来请大自然给我充电、加油；二来换换空气，对创作有好处。

回京后，我把自己禁闭在郊区的一所房子里修改歌词。

先易后难，小改的几首先改好。片头歌只给一分半的时间，只好着重表现宏观的气势，具象的东西少要一些，但情绪保持不能懈。刘邦的歌和项羽的歌我决心另起炉灶！

吕雉，留给后世的是恶名、骂名，但在古代，整个是女性受压抑的时代！在乱世之中，作为一个妇女，或可说吕雉是有特点的、有作为的，不同于大多数闺阁女子。吕雉的歌以四言贯穿始终。

身为《中国民间歌曲集成》总编辑部主任的王民基先生，听说我们在为《大汉风》作词作曲，特地从江苏、安徽等省（古代吴、楚之地）的民歌中选出二十首给我们做参考。在绍同的《吕雉的歌》中，我听到了那远古的吟唱，听到了女主人公内心对命运不甘的诉说与言外的叹息……

有学者说，张良并非真心辅佐刘邦，可电视剧并非史书啊！

张良清醒，被封留侯，请求隐退，到山中读书去了，便与韩信结局迥异。

我在海边旅行，颜辉在京谱好了《一支箫》——张良的歌，旋律很潇洒，也有力度，结尾余音袅袅……

那天夜里，男高音歌唱家戴玉强离开演出场地，立即赶到棚里来录音，虽然人略显疲惫，双眼布满红丝，但他一手捏着片头歌《天下事，一局棋》的歌片，一手拎着矿泉水瓶，大步走进录音间。几遍下来，绍同微笑：“可以了！”戴玉强回到这边，大家为他鼓掌：“亏得他！”充沛的气息，清亮而结实的声音，恢宏的气势，张扬着一种广阔而坚定的自信。戴玉强说：“章老师的几个十几度大跳太有特色了！”绍同说：“谢谢你的二度创作，那大笑后面一扬一甩刚好接上后面高音密集的结束句。”

做为词作者，我只有默默地感谢与欣慰。

片头歌唱的是“天下事”，片尾曲要与之区别，我便唱“人间情”了。当然，在楚汉之争的故事里，几对男女交织的亦非一般儿女之情。

开始，我对颜辉片尾曲《勘情》的第一稿说不清什么感觉。仔细一看谱，颜辉错会了词的段落顺序。我再为他朗诵一遍，他便埋头作曲。

“王老师，听听这一稿怎样！”淡淡的开头，仿佛自说自话，又似与友人娓娓谈心，一起品味情感世界的波澜。后半部激情迸发，我听到项羽与虞姬、韩信与月姬相互的倾诉。最后，与观众一起思索、感慨、回味……

谱稿经章绍同老师点拨，几个地方益显亮色。

我期待着，当《大汉风》播映之日，也能像当年《三国演义》一样，观众要“听完片尾曲再换台！”

剧组的柜子上许多关于楚汉之争的书籍，我曾选择了九种粗略读过。我静静地思考：千年以来，诗、词、歌、赋、曲中写项羽的不可胜数，尤其是李清照那首五绝，真可算是前无古人后无来者。如今我怎么办？一般的颂赞没有新意，也不能惋叹“虞兮虞兮奈若何！”

一日乘坐公交车，忽然想起一个写法，掏出纸笔欲写，我右边两位外地老乡正高谈阔论，我又不好阻止，便做了两个纸团当耳塞，努力集中思维，得了《思项羽》的词句。

垓下——一个普通的地名，因了项羽，便染上浓重的悲壮色调。“不可逾越的山梁”，实指九里山（传说项羽自刎后，身躯靠着岩壁，仍挺立着久久不倒），虚指是项羽自己的思维定势。

哼着绍同以深厚功力与内含激情所谱写的歌曲，我以泪水感谢他……

项羽是大英雄、真英雄，古今评价没变。但，他为什么失败，值得继续思考。刘邦出身市井，起义时已40岁，他本人一无所长，可他为什么最终能成功，开启了大汉朝四百余年的基业？刘邦的历程，对今天为振兴中华、强国富民的创业者有何启示作用？又，在刘邦的歌词写作上，我是否改变一下词风？

颜辉苦心寻找着《你也能成龙》——刘邦的歌的音乐契机。

想了几个开头都不满意，与词风不谐。

终于，我们有了一个共识：歌曲的风格可以说是“帝王的说唱”。这便产生了作曲者和歌者都喜欢的一支较有特色的歌。

完成了一次对自己的挑战与应战。

如果仅仅看纸面上的歌词，那只能从外观体察歌曲——这个声乐系统工程第一道工序的形式美；经过吟诵，可品味语言、节律与内在情感的颤动；只有看过谱子，听过乐队及演唱之后，回过头来再检验歌词，才能知道它是否完成了自己应尽的事情。此处，不想从理论上阐述歌词的功能、要素、创作准备诸方面，及歌词应具有的品质、风貌、动感（音乐性、歌唱性、镜头感等）诸多问题，只希望等待更多词友、作曲家、歌者、读者，在听过这十首歌之后，给我宝贵的评点。

予致谢忱了！

甲申岁末——乙酉元月于燕都

注：原文发表于《福建艺术》2005年第4期。

积累与创作

我曾经说过：写歌词是一辈子的事。这句话有两层意思：一、你要爱它一辈子；二、要写好不是三天两头的事，要付出一生。

当然每个人的选择不同，对待不同，结果也会不同。

还有一点：既然是歌词——歌中之词，它与音乐便伴随始终。

下面，我就讲讲我写歌词这一辈子的故事。

童年，母亲是歌曲的启蒙，她把《苏武牧羊》《木兰辞》《缠足苦》唱给我听，还有《大将南征》：

大将南征胆气豪，腰横秋水雁翎刀。风吹鼍鼓山河动，电闪旌旗日月高。天生麒麟原有种，穴中蝼蚁岂能逃，太平待诏归来日，朕与先生解战袍。

听听，是否在幼小的心灵中，已种下豪迈的种子？

第二位启蒙者应该是我家的老保姆张妈，她会唱不少黎锦晖先生创作的歌曲和歌舞曲：《可怜的秋香》《老燕教飞》等等。

还有听来学来的《小羊儿乖乖》《蝴蝶姑娘我问你》《月明之夜》。

宣武区梁家园小学，是一座德智体美劳全面施教的优秀学校。记得每星期一周会时唱的歌是《卿云歌》：“卿云烂兮，纠缦缦兮。日月光华，旦复旦兮。”

课余的文艺演出活动非常丰富，我参加过的歌表演有《驼铃》《小小一片草地》和《王三有十个孩子》。

最难忘的是师生一起编创的微型小歌剧《孟母断机》，我演小孟轲，同学孟德光演孟母。我有一段“咏叹调”呢！

还唱过一首《童子军歌》，歌词至今记得：

你我同在一群中，感情意志都相同。你有快乐我分享，我有忧愁你与共。彼此情义契金石，日月明照此寸衷。

高小所在的箴宜小学，教音乐的老师绝对是一位淑女。她教的歌曲《落花》和昆曲《藏舟》中的《山坡羊》片段，我至今还会唱。

童、少年时期的音乐、文学及诗歌营养，还来自两大方面：一是听京剧、昆曲和曲艺说唱；二是阅读和给家人说书。

我五六岁时开始随母亲听京剧，城南的多座戏园子几乎走遍。几年里，当时的生旦净末丑各行当名家也几乎听遍。昆曲虽然听得不多，但韩世昌、白云生、马祥麟、侯永奎诸名家的代表作也听过了。

多年的聆听、欣赏，对剧词、曲词自然熟习、默记，甚至整出的唱段也能背下。尤其是《霸王别姬》《四郎探母》《武家坡》和《玉堂春》等名剧的唱词更是熟记于心。

曲艺说唱中的《玲珑塔》因为颇有趣味便也容易诵唱。

父亲有时舞着他那柄铁剑，吟唱着昆曲《林冲夜奔》中的《点绛唇》，我便也喜欢上了那种慷慨悲凉的情调。

我酷爱具有综合艺术之美的京剧。至今，仍然倾倒于女武生裴艳玲大师和程腔张韵的张火丁。

听戏中的故事很多。

其一，童年，一晚家人去听杨小楼和梅兰芳两位先生的《霸王别姬》，竟然不带我去，我心中愤愤："你们懂什么？"在家里整整哭到他们听戏回来。

其二，生最后一颗智齿之时，疼痛得很，仍忍痛购票去听了名家张云溪和张春华的《猎虎记》。

其三，程砚秋先生年长时演出《英台抗婚》，我在西单长安戏院排队几个小时购票，晚上去欣赏。

其四，戏校李玉茹、储金鹏演出新编首演京剧《如意珠》，初中生的我，拿了铛铛车月票到剧院，站在剧场前面大柱子旁听了一个晚上的蹭儿戏。

其五，去听杜近芳首演《佘赛花》，散场时她的主要唱段的词已经大部分背下："旌旗招展鸾铃振，轻沙圆印马蹄痕。在闺中我不愿调脂弄粉，到郊原行围猎舒畅胸襟。耳边厢又听得……"

其六，10岁的我，竟然从家中（好在不远）跑到骡马市大街，目送杨小楼先生出殡的仪仗、执绋人群，为他送行。33岁的我，在上班的间隙，到首都剧场二楼，为梅兰芳大师默默送行。

进入中学，第一位音乐老师是面容慈蔼若圣母的杨慎箴先生。她教我的歌曲《纯洁心灵》之词成为我一生的座右铭：

好像一轮中秋月，洁白又光明，好个纯洁心灵是多么可尊。我愿永在我方寸将它来保存。这真算是涉世宝筏暗夜的明灯，纵然遇到艰难辛苦也毫不逡巡，从此更加磨砺叫它越坚贞。

第二位音乐老师是女次高音声乐家王毓芳先生，她教我更多的中外艺术歌曲，如：《清流》（贺绿汀词曲）、舒伯特的《短篱边的蔷薇》和马斯涅的《悲歌》等。在王先生的独唱音乐会上听到《死神与少女》令我震撼难忘。王先生亲自辅导我在全校音乐会上演唱上述三首作品，我对先生感恩终生。

自初中开始，课余我已经开始广泛阅读中外文学及诗歌名著：雪莱、拜伦、泰戈尔，尤其是俄罗斯的普希金，他的全部著作选集我曾反复阅读。

中国的作品首先是鲁迅先生的小说、诗作和巴金的《家》《春》《秋》，而后读了艾青的诗《骆驼山歌》。

学生运动中，我开始学唱许多进步歌曲，同时接触了民歌。

我用零花钱订阅了《诗创造》杂志。

家里有通俗小说《七侠五义》《孟丽君》《镜花缘》等。晚上，母亲便叫我给居家的几位女性长辈说书。这个说书的活动极大地丰富了我的阅读，更多地接触了书中的诗词、民谣、民谚，同时也锻炼了我的表达能力。因为我不是照本死读，而是把它口语化，或增润或简洁，使听者感到生动有趣。

深夜，胡同里传来叫卖声，母亲便叫人买个“心里美”水萝卜或者硬面饽饽回来，犒赏我这个说书人，同时与众人分享。

大约在1947年前后，我开始在北平的报纸上投稿。记得有短文《大树》和《断简》之一、之二，小诗《星子之歌》，还有《笑话二则》。

彼时，家中遭遇一些事变，我有感而发，写了一首仿古的《感怀十六韵》：

断月悬窗棂，意伴我幽独。照我青衫湿，映我黛眉蹙。阶下虫声微，云行风动竹。清辉浴夜花，花丽还馨馥。露冷花外帘，软蝶花下宿。倦柳拂轻飔，寒萤绿相逐。感此凄瑟景，双泪共簌簌。恨我年方少，竟为浓愁束。苦被俗事扰，尽日常碌碌。人情何诡险，世态何严酷。物事交相累，令我多感触。茫茫生若梦，岁月复短促。且与故人谈，共剪西窗烛。廊前风露稀，斜月落古木。

不知为何，这首没有投稿。若叫编辑先生见了，说不定以为是一位老夫子写的呢！看看那些带有感伤色彩、凄冷的字、词，真够抑郁的了！

第一次得到的稿费，买了一本老舍先生的小说和一点白葡萄干。

1949年的早春，我悄悄逃离了“象牙之塔”的音乐系，到北平刚刚解放的华大大学第三部（文艺部，实质是普及型干部短期培训）去。

告别圆楼之夜，有一位学兄在楼梯拐角处点着蜡烛弹钢琴，是*Moonlight Sonate*，油画般的一幅情景中，我向贝多芬暂别。

接触了解放区的音乐、歌曲作品，更广泛地学习了各地各民族的民歌，尤其喜欢以《兰花花》《三十里铺》为代表的陕北民歌，课下我在操场上放声歌唱《翻身道情》。

很快，我写了一首《扭秧歌小唱》：

> 桃花谢了杏花开，睡过一夜东方发了白。小辫没梳脸也没洗，锣鼓一响秧歌扭起来。女队领舞是兰英，男队领舞是萧磊。先走一个“龙摆尾”，接着便是“卷心菜”。胳膊肘一拧肩膀一抬，脚跟一甩犄角甩过来。陕北秧歌美的太，大开大合有气派。秧歌扭向天安门，秧歌扭进东交民巷。扭到大街小胡同，扭遍九城里和外。腰鼓打得欢秧歌扭得快。扭出一个歌舞欢腾的新时代！

这是我吗？是那个写了《感怀十六韵》的我吗？是，是的，是另一个我，是别一种的写作学习与实践。

从 1950 年到 1978 年，无论是在专业文艺团体，还是在中国音乐家协会做编辑，我一直进行着歌词创作。感恩的是：多位作曲家如瞿希贤老师、马可前辈、彦克前辈和青年作曲家戴于吾先生，他们没有嫌弃我写作的青涩而提携我、支持我，为我的歌词谱曲，给予我继续写作以持续的信心。

值得纪念的是 1952 年在安徽佛子岭治淮工地，瞿希贤、李群、左江三位作曲家和我，向连拱坝建造工程的全体人员献上的组歌《千里淮河歌声响》。

还有 1956 年我作词，瞿希贤老师谱曲，献给第一届全国运动会的歌《青春的队伍在前进》。

自 1954 年至 1985 年，在中国音协做编辑的三十年过程中，我的收获是：拓宽了艺术视野，丰富了多个领域的生活，磨炼了手中的笔。

人们曾说：“中国文联是第一个码头，全国各剧种的代表性剧团，到北京首先是把戏箱卸在中国文联院中。”因此，我得以观摩欣赏到了多个剧团的优秀剧目，以及为研讨而内部演出的古老剧目。

川剧唱词的典雅、飘逸，越剧唱词的婉约、流丽，黄梅戏和花鼓戏唱词的淳朴与风趣，粤剧唱词的醇厚与绵密……无数次下班之后，我骑着那辆老旧的脚踏车，奔驰向京城各个剧院，把欣赏演出当作赐给我的宝贵艺术课程。

一次深冬夜，从天桥剧场迎着风雪骑车向北，用了50多分钟回到安定门分司厅宿舍，把我里外四五层的衣服都打湿透了。

繁荣的中外文化交流活动中，我得以欣赏到多国的音乐、歌舞、歌剧的演出，那些都是各国顶尖的、拥有功勋艺术家的院团啊！

继在中学时学到的欧美多国的艺术歌曲、民歌的基础上，我接触了更为丰富的艺术文献。歌剧《茶花女》和歌剧《伊万·苏萨宁》、歌剧《欧根·奥涅金》的一些唱段，是我经常温习的、一生酷爱的歌诗与美妙旋律。

在此，我想到穿插、复述一个小故事：某日，一位青年歌词作者问我："王老师，写歌词需要读莎士比亚吗？"我沉吟了一下回答她："你选择几种莎士比亚的剧本，摊开在案头，说：'莎翁，请您给我上课吧！'哦，别忘了还有他的十四行诗……"

1983年，出乎我的意料：老一辈作曲家李焕之将我的歌词《长城颂》谱成了单乐章合唱曲，由总政歌舞团合唱队首演。我从1949年就欣赏焕之老师的音乐风格：宏阔明朗、严谨亲切，潇洒又有分量。我深深感谢他，至今珍藏着他亲手复制的《长城颂》歌谱。这件作品被收入由李凌主编的《音乐创作大系》。

1985年8月，我办理完离休手续，心里喊着口号："人离心不离，岗休笔不休！"回家上自己的班！至今，从业余倒成了三十五年的歌词"专业作者"。

1947年高考时，因为我的极端偏科和其他几个原因，没能进入文学系，只是肄业于音乐系。

因此，我的一生是始终就读于"自修大学"，并至今没有毕业。

我的自修大学，可以说是包括了多系科、多专业，除了文学艺术的各门类，我还选修了历史、建筑等，社会与大自然当然是终生的课程。

诗歌、音乐、戏曲、诗词、电影是酷爱，美术、摄影、民间文学、艺术、书法、舞蹈算是博爱。

在中国的古代诗词大家中，当然崇敬的是屈原、李白、杜甫、白居易、苏轼、李清照、曹雪芹。现代诗词歌词大家有：刘大白，刘半农、艾青、田汉、光未然、塞克、安娥等多位。

而在阅读、学习、思索中投入最多的：古代是辛弃疾，现代是李叔同（弘一法师）。

我酷爱稼轩词，读了有关稼轩的传记、作品、评论以及他和陈亮之间友谊的故事，以邓广铭先生的《稼轩词编年笺注》和《宋词三百首》为主，兼及其他。

我为稼轩年少时便文武兼学，青年时便参加了起义队伍，因为朝廷主和或优柔寡断，北伐之事，讲讲停停，那也是"英风锐气敌胆寒"。

稼轩归到南宋之后，两次始终不被重用，又因他忠耿忌奸佞，被人弹劾，投闲置散二十余年，他胸中抑郁愤慨，发之为词。

正如叶嘉莹教授所言：“他哪里豪放得起来，他的词风是——沉、雄、雅、健。”

1981 年，我到江西铅山寻寻觅觅，终于在阳原山麓荒草丛中，向稼轩简朴的墓碑一洒我千年之泪。

1983 年，我到扬州北固山多景亭，追蹑稼轩遗迹：风雨拍窗，脚下长江滔滔东流。我步他之原韵，写了下面的句子： 今日望神州，满眼风光北固楼。笙笛箫管随风逝，悠悠，唯闻号子顺江流。千里谒辛侯，慷慨悲歌谁与俦？身后继有词千章，难酬，临别犹喊灭贼仇！

我曾请问邓广铭先生：“为何影视剧作极少写辛弃疾？”邓老只答了一个字：“难！”

我无能。尔后只写了一篇散文《陈亮雪夜访稼轩》。

1957 年，江西举办“纪念辛弃疾逝世 750 年国际研讨会”，我有幸受社科院刘杨忠先生之格外荐议而列席参加。当我再次到稼轩墓前献词时，树林山坡间的群众议论：那是辛稼老的后人吧！

我们，配称是稼轩的后人吗？

有人知道我曾经阅读过有关李叔同（弘一法师）的著作，并自津门他的故居，经杭州他任教、披剃入山的地方，又到闽南他多次驻锡的寺庙、圣地追踪蹑迹，便问我：“李叔同先生为何没有走上类似鲁迅的道路？”

即使我不怕他嫌我絮絮，就能解他的疑惑吗？又不能沉默，只轻轻回答他一句：“世间万事大抵逃不出因、缘、果的律则吧！”

在文化界，李叔同被尊敬地称为“十项全能，六项精通”的大师。而《送别》一歌以及《李叔同（弘一法师）歌曲集》，更证明了他是我们歌词作者的先驱。

他一生的事迹给后人多方面的启迪，他的著作是我们中华文库宝贵的财富；他高标的品格使我们感到庄严又亲切，他的自我砥砺与苦行使我们在物质享受丰饶的同时可以反思自省。

我在福建清源山他的纪念塔前，曾向他献诗（发表在天津《歌词月报》）。回京后，写了《斯人》：

桐荫依然，回廊依然，斯人已杳，我心怅然。

钟磬依然，香雾依然，斯人已杳，我心凄然。

斋房依然，塔影依然，斯人已杳，我心怆然。

花枝春满，天心月圆，斯人已杳，我心悠然。

后来写了电影文学剧本《夕阳山外山》以缅怀李叔同。

2013年，写了关于我国古代第一位女大使冯嫽的京剧剧本《锦车使节》。

读书的积累，欣赏艺术的积累，还有一个重要的向大自然学习的积累。

数十年，我独自一人，背着行囊，拿着一根青竹竿，除了西藏，走过了祖国的名山大川、森林草原、古都城堡、民居小巷、文人故里……

大自然营养了我的心胸，磨炼了我的体魄，丰富了我的见知。在行万里路之际，我思索、我感悟、我吸纳、我捕捉，构思、再现、锤打我的笔头。

对大自然的感恩是说不完道不尽的。

2021年3月
于温榆河畔

关于写歌词

从1947年前后写了《星子之歌》《小青蛙的歌》，到2020年为时尚企业“米兰之窗”写了《让我做你的眼睛》，我真的是写了一辈子歌词。

关于写歌词的理论著作，也已经不少了。

至于宋词，相关的词话、词论、词品……更是名家精彩、历代纷呈。

李清照女士说：“词（宋词一类）别是一家。”

五四新文化运动以来的歌词也别是一家。

我虽然写了一辈子歌词，但一直处于“业余”状态。

除了应朋友之呼唤，将为八十四集电视剧《三国演义》写歌词三年多的创作日志整理了出来，就几乎没有写什么词话、创作谈之类文字。

一是因为我生性散漫，不善条分缕析、提挈归纳、上升为理论。

二是有心人、细心人自会从歌词本身去领会、参照、比较。

三是青年词友自有主张，他会从中外古今的文学、诗歌文艺各门类、学问的各领域，去吸纳、博采、借鉴，从而成就自己。

而我认为写歌词最重要的就是四个字：积累、实战。

而要做到这四个字，每个作者的禀赋、生长环境、接受教育的条件、三观的形成、人际关系的相互引发（包括合作）、他的审美取舍、他所能坚守的自我磨砺的功夫等方面，又各各不同。因→缘→果，结局也会不同。

还有一句不用说出来的白话、实话，就是：写歌词的人对歌词（一直被视为“雕虫小技”的）爱的程度，和创作中投入感情的浓度与深度，决定他作品的面貌与质地。

“个性是成熟的标志。”

我只是歌词作者中的一名“钳工”。

某日，翻检箱箧，竟然存有这一篇文字，就附在本书里供词友参考吧！

2021年3月

于温榆河畔

八闽惠我

在我与福建作曲家章绍同先生合作的二十多年间，绍同曾多次带我、陪我到八闽各地旅行、探访、采风、学习，使我的获益不是“良多”二字可以计量、形容的。

第一次拜访霞浦，在晋朝已有建制的霞浦古老的寺庙、民居、城堡，连绵的山、富饶的海、古榕树林、千万亩枇杷……流连。

绍同和要为家乡写歌的诗人汤养宗、我，三个人合作了《披满霞光的家乡》《三沙小夜曲》和《门前一道清溪流》三支新歌。

次年，霞浦全县举办歌咏比赛，我们的三支歌都被合唱团演唱了。

尔后的时间里，我去过的地方有：永定的土楼，龙岩的美女山、长乐的郑和纪念馆和冰心的诗碑、宁德的大片茶园、莆田的九鲤湖、闽侯的雪峰寺、罗源古老的天后宫、湄洲岛妈祖的诸多圣迹、鼓浪屿三次，绍同的义女小梅陪我到泉州、惠安拜谒弘一法师驻锡、圆寂之处，福州的三坊七巷、涌泉寺、西禅寺、南普陀寺……

2015 年，绍同请郭祖荣老师和我浏览了闽东四县的诸多名胜、古迹、寺庙、美丽的葡萄沟，欣赏了多种民间工艺、茶室，品尝了各色各样的美食、风味……

八闽独具特色的大自然风貌、悠久厚重的文化积淀、多姿多彩群星璀璨的人文、人物……这些都是我宝贵的教材、重量级的课程啊！

而持续温暖着我、砥砺我的更是福建众多好友，他们那绵密深沉的内心、豪爽热诚的风度，让我领略了八闽历史与文化的内涵，给了我们创作的营养与力量！

谢谢八闽山川大地！

感恩八闽大地山川！

2021 年 3 月
于温榆河畔

妈祖的爱与你同在

妈祖是谁?

居住在我国北方的大多数人不知道。

但津门人士皆知，因为天津的天后宫供奉的就是妈祖。

妈祖是海上和平女神。

那年，当作曲家章绍同先生在电话中谈到要写妈祖的音乐时，我便打断了他:“我已经写了一首单乐章合唱《妈祖颂》的歌词啦！”并在电话中以最快速度给他读了一遍。

不是的，他另有构想。绍同是福建的山川大地培育的艺术家，他要为家乡呈献一部新的音乐作品，一部歌颂妈祖的交响声乐组曲。

2008 年，约在福州，老作曲家郭祖荣先生担任艺术指导，福建的诗人词家林澍和我作词，还有青年音乐人张建国加盟，五个人组成了一个小团队开始工作。讨论作品的结构、规模、风格形式，探访妈祖的故乡、湄洲岛、天后宫等遗迹及相关纪念所在，学习民间音乐，欣赏已有的妈祖题材的艺术作品的录像资料，欣赏借鉴域外大型音乐作品《火星的传说》等资料……围绕着是写一部纯音乐的作品，还是包含舞台表演的组歌舞形式的较为群众化的综合节目，我们反复研讨着。

在更早，我曾应邀拜访绍同先生的故乡福建霞浦时，便第一次接触了敬爱的妈祖。

那天，我们走在街上，感到了一种热烈的气氛在四周弥漫，人群往来奔走，仿佛在准备迎接参与一个重要的活动。

啊，我看到了墙上彩色的标语：“妈祖生日啰！”“妈祖回娘家啰！”在别处是看不到这样标语的，好亲切啊!

随后，我见到了相当规模的“妈祖巡游仪仗队”，群众组成的欢庆队伍，五彩缤纷、热烈喜兴。

在一处会馆，我拜谒、欣赏了六十幅有关妈祖生平、圣迹的画幅。

那日，在我心中已被海洋和平女神播下了一粒传奇的种子。

而 2008 年，多种多样的探访、学习，更有一次大规模的进入联合国民间信仰的庆祝活动，和一整日以丰富灿烂的文艺形式、千样百样民间工艺品展示的纪念仪式，让我更加着实感受到了沿海人民对妈祖的怀念、敬奉、赞颂的绵绵深厚之情。

那晚，当一轮又圆又大的金黄月亮升起在东方天际时，我简直认为那是妈祖亲临现场，以亲切、慈悯的面容，频频向她挚爱的父老乡亲致意哪！

歌词是第一工序。我和林澍先生一路收受，归来时获得了满满一箱宝贵的图书资料，我们用一年的时间学习、熟悉、领会、逐步进入歌词的构思、拟稿……

记得那日，在福州一座清静雅致的小小茶楼上，林澍和我分别朗诵了12首歌词初稿给祖荣先生和绍同听。

当我读着为终场合唱曲写的歌词《千秋妈祖》时，我感觉绍同先生那里有了动静，绍同在情绪和面部表情上有细微的反应。

哦……果然，这首计划用在终场时的混声合唱曲，却第一个被谱曲完成。

千年的日月照临大海，千年的风雨波涛澎湃。海水所至有妈祖的爱，山样厚重海样情怀。

我们同走蔚蓝的大路，心灵的航标是妈祖的爱。我们同筑友好的桥梁，心灵的灯塔是妈祖的爱。

千年的颂歌献给妈祖，千年的歌唱祝福大海。赤子的心灵向你敞开，要像你一样付出一生的爱。

美哉圣哉！妈祖的爱，千秋万世与你同在。慈仁普育圣心垂爱，面对大海心暖花开！

日月光辉永远照临平安的海，天地有情永远铭记妈祖的爱。妈祖的爱馨香百代流芳千载！千秋万世与你同在——妈祖的爱！

这就是声乐交响组曲《妈祖颂》终场混声合唱的歌词《千秋妈祖》。

音乐的A段平稳而亲切，B段带有群众歌曲的风格。A段之后进入颂歌式的C段，最后一段综合前面的音乐材料，以密集的节奏升华为对妈祖的感恩，对大海的祝福。“妈祖的爱馨香百代流芳千载！千秋万世与你同在——妈祖的爱！”激情而宽广的音乐达到高潮！

我在写这首词时，曾经哼唱了《圣母颂》和《欢乐颂》的旋律。后来，听绍同这段音乐时，仿佛也感到了类似音乐的影子……

2009年，作曲家章绍同完成了全部《妈祖颂》声乐交响曲的音乐创作。这样一部大型音乐作品，要与声乐、乐队、舞台表演合作，直到它能进入音乐厅堂，是需要多么艰辛复杂的各方合作才能完成的啊！

幸运的是，《千秋妈祖》合唱曲在2010年的中国文联春节大联欢“百花迎春”

晚会上与大家见面了。

尔后，福建莆田市要把《千秋妈祖》作为他们的市歌，谢谢莆田！

但，这是一篇幅不小的混声合唱曲呀，我建议绍同为他们做一个简缩版本，以适应群众演唱。

妈祖，请和我们一起耐心等待，我相信：不久的将来，《妈祖颂声乐交响组曲》这一瓣心香，就会献到您的座下，请您聆听的！

2021 年 3 月

于温榆河畔

荒凉寂寞马嵬驿

十多年前，作曲家章绍同先生对我说，他要写一部清唱剧，题材选定《马嵬坡》。

天！

我至今能背下全部《琵琶行》。但，我背不下《长恨歌》。尽管，李（隆基）、杨（玉环）的故事以各种文艺形式上演了千百年，至今不绝。

我对李、杨的故事向来反感得很，这当然是以传统的和现代人的伦理观念视之的。虽然他们两位在创作、发展古典歌舞艺术上颇有贡献。

我甚至还仿写过几页李瑁（寿王，李隆基之子、杨玉环第一个丈夫）日记。在想象中写李隆基从李瑁身边夺走杨玉环，李瑁种种心情，替他鸣不平。

但我领会绍同的意愿，我愿意磨炼自己。

打起背包就出发，匆匆拜谒了咸阳宫。经西安、咸阳、兴平，在一个雨天到达马嵬驿。还是这般荒凉！寂寞！有相当宏伟的陵墓，杨氏女睡在里面吗？

整整一日，我流连在杨贵妃的陵园之中……

高大的雕塑——云鬓上簪着大朵的芙蓉花，丰满的面颊却略显难以掩抑的幽怨愁容。低回的目光，垂垂的衣裙，仿佛就要举步，是去沉香亭？抑或长生殿？再不，华清池？

风轻轻，雨潇潇，伊人何在？

她的一生，我们太熟悉了。

千百首纪念的诗句，我都无心领略。我的心情，一如当下灰沉沉的天空。

四周静悄悄，没有多少树。恍惚记得壁间有石刻的题咏。小小的佛堂早已不见，那株梨花又在哪里呢？禅心已作沾泥絮……

前后左右徘徊流连了半晌，离开前购买了小型画卷及有关资料。

将要走出大门时，我回转，问一位青年工作人员："你可知当地的群众对她有什么看法吗？"

"她不该死，她不该这样死！"

明确，扼要。这样的语言，我第一次听到。

但没有人为她竖一通碑，把这两句话刻在碑上。

回到家，除了温习资料，反复思索，大脑中涌现出的就是第一段《男声合唱》，代表“六军不发”的吼声：“杀死她！杀死她！杀——死——她！”

趁热打铁，我几乎是一鼓作气写完了“清唱剧”的全部唱词，寄给了绍同先生。为什么没留底稿，莫名。

记得歌词包括杨玉环、李隆基、陈玄礼、侍女四人的独唱，他们分别的二重唱、三重唱和四重唱，代表“六军不发”的男声合唱，以及混声合唱。

坦率承认：我今日只记得开端愤怒、焦躁、急切、骚动的男声合唱开头：“杀死她，杀死她！杀死她！”

我不知他怎么想，我完成了他的嘱托，我心安了。

正像小说里常常说的“又不知经过了几许岁月……”

其间，我与绍同合作了近三十首歌曲。

但《马嵬坡》竟然没有动静。

2009 年，我已严重失聪，再听不到绍同为我试唱他的新旋律了！

突然，接他的来信：“清唱剧《马嵬坡》即将谱完，四个人物：杨玉环、唐玄宗、宫女、陈玄（元）礼（将军）以及乐队、合唱队……”

天！绍同孜孜矻矻独力完成了这部中型声乐作品！虽然十多年间，绍同没有安排时间为之谱曲，可他居然从来没有要我修改词稿！时空跨越，一下便跳到 2017 年清唱剧《马嵬坡》的演出！节目单上还印着“世界首演”，绍同意欲何为？

2017 年 3 月 18 日，在福州大剧院隆重上演。

我因双耳失聪，不能亲赴榕城欣赏音乐会，在千里之遥的北国，我诚挚地向为演出清唱剧《马嵬坡》付出辛劳、呈献艺术创造的“功勋”（借用一下）演员：杨贵妃饰唱者女高音刘燕、唐明皇饰唱者男高音姚中译、陈玄礼饰唱者男低音周建坤、侍女饰唱者女中音冯硕、指挥家张锐、福建交响乐团全体演奏家，致以九十度的鞠躬敬礼！谢谢您们！谢谢您们！

“让我听一听啊！让我也唱一唱啊！”我等待着绍同把当年的歌词原稿寄给我，让我重温一下那趁热打铁的急就章！

我还请绍同将杨玉环的唱段词谱寄给我，让我在心中歌唱，以感受那飘向马嵬驿上空、凄凉绝望的哀歌……

2017 年 3 月 25 日，我收到章绍同先生的快递，内有：宣纸毛笔竖写长信一封（可见隆重）；“两岸一家亲”系列，章绍同、郭孟雍合唱作品音乐会节目单一份（八页）。

绍同在信中说：“3 月 18 日音乐会在福建大剧院举行。虽然那天雨下得不小，但观众依然兴致很高，基本坐满了。大家对音乐会评价不错，尤其对我们合作的清唱剧《马嵬坡》表示了赞赏，使我深感欣慰。我想，若无您精彩的歌词，便没有这样好的效果。非常感谢您……”

后数日，绍同再寄来清唱剧本中三个唱段的词谱：一、《教我如何面对她》（唐玄宗唱段）；二、《我是一个女人》（杨贵妃唱段）；三、《他生再续今世缘》（杨贵妃、唐玄宗及合唱队）。

面对词谱，真感觉有点“玄幻”——这是我十多年前写的歌词吗？我一一在心中默唱，品味绍同深情、优雅的旋律……

世间竟有这样跨越时空（不仅距盛唐千年）、始终不渝的艺术合作，我心中充满感谢！感恩！

《教我如何面对她》：

教我如何面对她三十八岁的年华
她仍然那样美丽，教人爱怜
她对我，仍是那般体贴、那般依恋
天下虽富啊，六合虽广啊，她只与我一人为伴

教我如何面对她三十八岁的华年
眼睁睁，一枝带露梨花
被暴风雨摧残，摧残！

《我是一个女人》：

我是一个女人，一个幸运的女人
我是一个女人，一个痴情的女人
我不曾贪婪什么，不曾强求于人
我只要一处庭院，我只要一片园林
听鸟鸣，看流云
我只爱弦歌舞踏，我只爱宴饮诗吟
常相聚，不离分
我是一个幸福的女人，一个知足的女人
普天下谁比得，你给了我二十载的厚爱
二十年的深恩

《七月七夕谈心事》：

沉香亭北，一起赏牡丹
花萼楼前，霓裳羽衣到夜阑

长生殿外，七月七夕谈心事
华清宫里，清波荡漾长流连
三郎，让我们在佛前再发一个誓愿
他生再续今世缘
他生再续今世缘……

这是我写的歌词吗？
啊，《马嵬坡》，马嵬坡，遥远的——时间与地域双重遥远的马嵬坡！
距离我“打起背包就出发”已过去了多久？
距离我在雨中马嵬驿流连徘徊，过去了多久？

2021年3月
于温榆河畔

海洋情怀

完成了《妈祖颂》声乐交响组曲，作曲家章绍同意犹未尽："还想写一首海洋的歌。"

"自20世纪80年代以来，我写过《美丽的大海》《大海的儿女》《大海，我不会忘记你》《海滨寄语》《大海唱给月亮的歌》《看日出》《海滩的石子》《海港的黎明》《心系海洋》《小河向往海洋》《海的赐予》，还有《海诉》。"我絮絮道来。

"为何没出一个专辑？"

"哦，没想过。"

我爱大海，亲近过大海，在海上航行过。

虽然没有去过远洋，心向往之。

闭关锁国数千年，直到三保太监郑和。

了解海洋、开发海洋、沟通世界，我们要补课，我们要赶上。

写了一首《我们爱海洋》寄给作曲家。

不久，绍同谱成了一首单乐章合唱。

音乐很美，既亲切又颇有气势。

大海，请收下吧！这是你的儿女在新时代向你倾诉的心音。

2021年3月

于温榆河畔

听听作曲家的吟唱

千年潮，万人泪
汇成这苦涩的海水
南去的风，北去的云
吹不散、带不走，海样的伤悲
望故乡，天涯远；想爹娘，梦中会
旧梦时时把心摧
问一声、故园梅，此身何时归？
啊——啊——
琵琶解语不解愁
谁识弦中情、曲中味……

那一年，作曲家章绍同先生为吴子牛先生执导的电影《英雄郑成功》作音乐，绍同约我为影片写一支插曲的歌词。

我看了剧本，大意是：薛良姑娘的双亲被倭寇杀害，她满怀仇恨四处逃难，却在一个酒馆巧遇郑成功的母亲——那位日籍夫人。夫人了解了薛姑娘的身世，很是喜爱这位清秀温婉却又性格刚强的女孩，便认她做了义女。

薛姑娘心领郑夫人的深情美意，但她一门心思只想追随郑成功收复台湾，为父母报仇。薛良弹起了琵琶，为夫人唱起了歌，歌声代她倾诉志向与心愿……

歌的背景是什么，是大海。

薛姑娘的命运、遭际背景是什么？是大海。

这不是一般的海，是饱浸苦难的海。

这不仅是个人的苦难，是中华民族的苦难。

因为是插曲，篇幅不能大。

虽然是插曲，它应有自己的分量。

思考了数日，我写了歌词初稿，电波中读给绍同。移时，传来绍同带笑的声音：“请再给加两句歌词好吗？”

今日已记不起添加的是哪两句了。

曲子谱好了，录了音，与画面配合适宜。电影播出：薛良姑娘（蒋勤勤饰演）

弹着琵琶幽幽地唱着《琵琶解语不解愁》。

我欣赏了影片，但只一略而过。

后来，一张小小词报转载了这首歌词，哦，编者也喜欢，谢谢他。

某晚，在作曲家的故乡——福建霞浦，女县长刘水华设便宴，几个人小聚。

席间，水华女士邀请绍同先生唱一支他的新作。

绍同是善于唱歌的，他是男高音，高亢又浑厚的歌音，气息充沛，很豪爽，多次在聚会中赢得朋友由衷的赞赏和掌声。

他让我把《琵琶解语不解愁》的歌词先给大家读一次，然后，沉静了片刻。

歌声缓缓地响起，绍同这次是用不大的音量，而且控制着情绪，并不奔放出来。他用适度的、稍慢的中速，一字字、一句句，清晰地送到听者的耳际，送到大家的心里。后半段，他稍稍加了点力度，到最后两句，他把旋律拉开了一点，以一个小拖腔缓缓送出不尽的余味……字字如潮、句句入心。

我仿佛听到，听者都舒了口气。

刘水华女士先鼓起了掌："太感人了！"

大家也都表示赞美。

我除了对绍同表示感谢，心中却是升起了另一个念头：

歌唱家拿到歌谱，当然是用心体会词曲内容和意境，然后以自己的声乐修养，尽可能完美地把作品演绎出来。

但，有几位歌唱家曾经听到作曲家亲自唱出自己的乐思、乐想、对歌词的深沉体会，对这一个声乐作品独到的处理、独到的表情达意，独有的震撼！

又，关于词、曲合作的论述，可谓多矣。从这支短歌的创作过程，不是也能印证一二吗？虽不过是一支短歌，但因它承载着对于历史、对于台湾骨肉同胞、对于英雄业绩的由衷感叹、怀念，同时含蕴着词作者与曲作者心灵与情感的融合，体现了艺术创造之美，对于我便是一种珍贵的纪念。

在福建南安，每逢有纪念郑成功的活动，也会邀请歌唱家去演出，歌者也会唱《琵琶解语不解愁》，我们作者也感到很欣慰……

2021年2月28日

于温榆河畔

曼妙的《踏歌》

结识舞蹈编导孙颖先生，是在八十四集电视剧《三国演义》剧组。

那天，拍《凤仪亭》，有貂蝉的一段舞。

之前，我欣赏过孙颖先生编导、在剧场演出的舞剧《铜雀伎》，我佩服他。那富有特色的鼓上之舞给我深深印象。

貂蝉（陈红饰）穿花拂柳而来，她舞了一段。

舞蹈演员完整地跳了宴席间的献舞。

孙导夸奖演员：

“现在啊，真正的‘舞’难得，多是‘摆’舞。有的能领会，有的就做不到——懒筋没抻开。”

他舞起来，给演员示范：似旋风般，真帅！

过几日，我去他住处拜访。

他给我看许多舞蹈资料，并赠我一份素描的敦煌女子舞蹈画卷，一份有舞蹈画面的画像石图片，正是我喜欢的。

“我正在编一个女子古典集体舞《踏歌》，您给写一段舞中歌曲的歌词？”

“我学着，试着做。”我永远是一名学生。

踏歌，古代一个舞种，多在节日或踏青、集体出游时，妇女们联袂牵手，以足踏地为节拍，疾徐有度，缓缓起舞……

《全唐诗》中的乐舞资料记载：汉唐间的风俗性歌舞，歌时以足踏地应节。唐代民间风俗，中秋节妇人在月下联臂踏歌。踏歌亦为队舞曲。

《西京杂记》：“汉宫女以十月十五日，相与联臂踏地为节，歌《赤凤来》”——《中国音乐辞典》。

啊，想象一下吧，多么美好，多么浪漫！

再一次望风遥想，那春江花月夜，衣袂翩翩，长袖回旋，欢歌笑语，青春弥漫……

我写下了——

君若天上云，侬似云中鸟。相依、相随，映日、御风。

君若湖中水，侬似水心花。相亲、相怜，浴月、弄影。

人间何缘聚散，人间何由悲欢。但愿与君长相知，莫做昙花一现。

人间何由悲欢，人间缘何聚散。但愿与君长相守，岂在行迹存灭……

曾有朋友笑我："适合生活于古代。"是的，除了无休无尽的战争，我向往古代的文化、仪礼、文学、艺术以及田园生涯。

某年某月某日，在一幅彩色图片上看到：文化部春节文艺晚会"女子集体古典舞《踏歌》"，印着编导、词曲作者的名字……

又听说：联合国在世界舞蹈日发行的六枚邮票，首枚中国舞蹈形象就是选用了孙颖先生的《踏歌》，我心中感到"与有荣焉"。

我自己也很喜爱这首短词。

哦，谢谢！

谢谢孙颖先生！

谢谢舞者！

谢谢歌者！

谢谢喜欢这舞这歌的朋友们！

2021 年 3 月 3 日

于温榆河畔

注：女作曲家李一丁也曾用此词谱过一曲，用在她作曲的电视剧中。

空中完成的歌剧构想

1990年年初，萧白与我合作歌剧——项羽和虞姬的故事。

萧白——我的1949年相识的老友，上海歌剧院指挥家兼作曲家，已有多部作品问世。

歌剧——音乐四大件之一，音乐王冠上的明珠。

西欧歌剧作者大都在中青年完成，而我与萧白……虽然我们的心态仍处于青年。

“我在1958年就已确定要写这个题材”，他说。无法拒绝，且，他胸中已有结构，歌剧是以音乐结构为主的。

那时，网络还未兴起。即使发达，我们也不一定采用。自1990年至1994年，我二人全靠通信探讨、切磋、成稿、修改……感谢绿衣使者的敬业尽责，为我们往来输送的信件足有二百封左右。

1994年，歌剧以“清唱音乐会”的形式，在北京音乐厅举行，演出二十多个唱段。

座谈、讨论、听取各方建议，随后修改又不知多少个来回。

1997年，在上海音乐厅，举行第二场“歌剧清唱音乐会”，获得界内外好评。

“不以歌剧形式演出，死不瞑目！”萧白说。

幸有美国中美文化国际交流基金会郭立明女士仗义挺身、承担重任，以数年之功于美、中双方奔走、洽商、策划，终于使三易其名（《魂泊乌江》《鬼雄》《霸王别姬》）的歌剧，在北京天桥剧场首演之后，赴美于六大城市演出十场，圆满功成。

两场“清唱音乐会”，十二场歌剧演出以及中国艺术节的演出，多少位导演、指挥、歌唱家、乐团演奏家、合唱团演唱家、舞美、灯光、服装、化妆、道具、烟幕……所有合作者的倾心、辛苦的付出啊！

“我陪太子读书。”我对华发早生的萧白调侃。

“我陪公主射箭？”萧白笑意盈盈。

“谢谢你调动了我。”我实话实说。

“二十年累坏了你。”萧白真诚。

萧白不是在道歉，赴美演出归来，他居然又想补写一段——项羽进驻咸阳之后，项羽和虞姬的二重唱。

我为他写了《天教我们相逢》。

关于此番歌剧的词、曲创作，有萧白的文中《我的歌剧创作三原则》可供参阅。

三十年后，我写了这段回忆文字，仍然心潮激荡，意绪难平：

萧白不写刘邦，而写了韩信。

萧白让大歌剧 Opera 走近民众。

萧白的《渔夫曲》蕴有深意。

萧白的《雪花曲》别具一格。

附：《赠萧白》　打油诗四首

少年相识到白头，风风雨雨送春秋。
感君邀约歌虞项，漫天风雪化楚讴。
萧白目中无刘季，重瞳挥剑断乡愁。
“不肯”二字千钧重，岂因存灭成败剖。
渔歌起处小舟横，网开一面别寓情。
《雪花曲》尽乌骓去，九里山碑记鬼雄。
鸿雁飞还二十年，琢磨切磋印蓝天。
摧折急性翻成慢，我陪太子读诗篇。

2021 年 3 月 1 日
于温榆河畔

厉害了！海民先生

“江水悠悠古今流，英雄叹息美人愁。顺应天时藏羽翼，莫待浪急无归舟。

江水悠悠古今流，几度兴亡几春秋。浪花留得豪情在，人生恰似大江流！”

这是萧白先生与我合作的歌剧《霸王别姬》（初名《魂泊乌江》，又名《鬼雄》）中的一个唱段《渔夫曲》。

萧白在这部歌剧的音乐创作中，驰骋着他写旋律的才华。无论是咏叹调、二重唱、各种形式的合唱，旋律都是鲜明的、大气磅礴的、动人的，更是戏剧性的。

而这段《渔夫曲》更是不凡，它除具有一般渔歌、山歌的悠扬、舒展之特色，在委婉、起伏的旋律中含有异常深沉的情感和峻峭的力度，那就是对英雄悲剧的致敬，和对历史迁变的慨叹。

在长达 14 年（1994—2008）中，先后两次以“清唱音乐会”形式演出 4 场，以歌剧形式演出 2 场，及赴美六大城市巡演 10 场，后来文化部剧目展演，共十七八场（恐怕我的记忆不太准确）的演出，其中饰演渔夫的，是始终没有变换的、中央歌剧院的男高音歌唱家王海民先生！

近 20 场的演出，海民先生一路担当，而且演唱效果之好，是令人惊喜的。几乎每场在他演唱中间，现场观众就响起了掌声——那是对他杰出声乐艺术的钦佩，对他声情并茂塑造人物的赞赏，对他的歌声给人们听觉带来艺术享受愉悦的热情反馈。

海民先生已非青年，体形并不壮伟且偏瘦些，但从他体内、从他胸腔发出的充沛、高亢、富有韧性又极其抒情的歌音，不能不令人敬佩他的声乐艺术修养之高妙，音质、音色的美好保持。每当那质朴的渔夫的身影缓缓隐入芦苇丛中，而他“人生恰似大江流”绵长悠远的声韵仍缭绕在剧场上空时，我心中总是不免呼唤着：海民，宝贵啊！珍惜啊海民！

海民身处中央歌剧院，当然是以欧洲美声传统为依归的。但他以科学发声法，综合运用东西方声乐艺术之成就，更与中国民族声乐传统优秀的营养相融汇以后，将现代中国声乐作品这么好的呈现，在国内也是不多有的吧！

我曾冒昧地向海民先生建议：整理、总结他学习声乐的经历、在多年演出实践中的心得积累，或成文，或成书，以给青年声乐工作者学习与借鉴。不知海民是否已经完成或在进行之中，我仍然期待着。

每当我目诵《渔夫曲》的乐谱，耳畔就会响起海民的歌音，真的难忘，真的感谢他……

2017年3月15日
于燕都水东楼

哎，急就章

2016年的夏末秋初，女高音歌唱家万山红来到我的小小蜗居。

“很久了，我想唱一首感恩的歌。您能不能给我写一首歌词？”她那明亮的眼神、殷切的笑意，满溢着期盼。

怎能拒绝？不仅是我与她有近30年的友谊。

看样子，她要得急。我只得立即开动这部虽未生锈却已老化的机器了！

感恩——时髦的词汇。

感恩——处处可见、可听到的人间故事。

感恩——蓬勃生发的时代品质。

感恩——中华数千年优良人际传统。

但，无论感恩的对方是谁，歌唱只能从个体的感受出发……

邀约者的期待，我这急性子的状态，决定了这是一篇急就章，“轻章法，重情感，舒真意”的急就章。

我把词稿读给万山红听，她又把词稿读给作曲家栾凯先生听，栾凯很快谱好了曲，进棚、录音、合成……网上传出：万山红唱了一支新歌。

哎，我真的非常惭愧——回想起1991年，为北京电视台系列艺术片《同心曲》写的那首短词《这世界需要你》，也是一夜写成的急就章，也是“轻章法”的几个句子，仅仅是因为作曲家温中甲先生赋予的音乐好，又因为是韦唯成功的演唱……

唉！又感慨，又感谢……

2021年3月3日

于温榆河畔

谢丁留强先生

1991 年早春，由于作曲家谷建芬女士的推荐，在尔后的三年多时间里，我为八十四集电视剧《三国演义》创作歌词（插曲及片尾曲）十一首。

要拍《单刀赴会》这一集了。导演孙光明先生拿来了关汉卿写的那首著名的元曲《单刀会》。

写关羽，是写他单刀赴会，还是写他华容道义释曹操？

从关羽本人的人生宗旨及老百姓心中之倾向——是后者。

但，导演的意向明确，我只能遵命。

我又怎能与关汉卿比并？

仍就是心中演戏，想象的画面一帧帧在眼前闪现，写出了那首《江上行》。

然而，心底却仿佛存储了一个隐隐跃动的未知之机缘……

终于，在《三国演义》播出五年之后，1999 年 9 月 8 日，一口气写出了《华容道上的独白》。

我仿佛仍在剧组，仍在那临集受命的氛围、状态之中……只是，我已无处交稿，更不能像受到优惠待遇的孔明先生那样，可以让云长也拥有两首歌了！

作曲家丁留强先生不知从哪里见到这首《华容道上的独白》，他谱了曲寄给我，我真的很感谢他！

华容道上的独白：
军令状如山重，
却与他，狭路相逢。
非是某，念念一己恩情。
当念他，的是一片精诚。
飒飒秋风，哀哀衰兵，
大丈夫，不忍时，敢教江流血；
能忍时，也放得蝼蚁重生。
六合虽广啊，八荒可披啊，
某心中，只一个字胜过性命。
人皆一生死，成败终由天定。
挥手了断这情结，
身后事，交与众人评！

附：84 集电视连续剧中，奉导演写了《江上行》（单刀赴会歌），剧播出后五年（1999 年 9 月 8 日）余仍保持当年心态，得词稿。剧不能用，以续前缘。倒数第三行句，系军师预知宽谅云长之意也。

一个梦做了二十六年

2017年6月10日。“您是王健老师吗？您好！我是杭州的徐健，您的电话号码是钱建隆老师（《花港》词刊的主编）告诉我的。有一首歌词《雪梦》是您写的吧？我谱了曲，即将演唱，需要您的授权，还有一点点稿酬给您……”

“你从哪里得到的歌词呀？”

“很多年前的一本杂志《中小学音乐通讯》上看到的。”

“可能创作过程很短，我记不大准了。请你把词谱寄给我确定一下，好吗？”

我双耳失聪，又未建立微信，便由女儿中转。从女儿电话中我记录了歌词。

“是你写的吗，老妈？”“有点儿像，可别冒充了他人的词作。”

幸好，创作记录手册在身边。

像猜破谜语一样，在1991年3月22—31日的记录中，淡淡的两个蓝色钢笔字《雪梦》。

立即给女儿拨了电话：“查到啦！1991年3月写的。”

“二十六年了！”女儿感慨。

这真是一个小小的美丽故事。

请徐健寄一份曲谱来看一看，唱一唱吧！我已告诉她：不要稿酬，捐赠给少年儿童事业相关的机构吧。二十六年，歌词静静地隐藏在纸页中。

徐健是怎么得到的呢？谱曲又是怎样的过程？谁将要演唱？

曲谱拿到了，我在心中反复哼唱：作曲者选用了3／4的拍子。音乐很美，旋律轻快起伏自然有致，做到了作者“富有想象”效果。第一部分可用独唱，第二部分可用二重唱。

作曲者根据音乐的发展，对歌词做了少许的修改、调整，因这首歌已入选“中央音乐学院全国儿童原创歌曲征集”，便不再做改动了。

谢谢徐健，她帮我圆了一个梦。

希望小朋友能喜欢这支歌，歌的新名字是《雪花飞呀飞》。

2017年6月15日

编者注：歌曲已经改回原名《雪梦》。

一丁，继续给我写信啊

2013年至2014年间，我与女作曲家李一丁频繁通信。我虽知她在病中，但从她的来信看，她心态开朗，情绪欢快，文字活泼，而且非常高兴我能与她通信。一丁更在节日给我专程寄粽子、寄月饼，平时也会寄点松仁之类，我说别破费了，她说，不算什么，应当的。

我与一丁初识于《三国》剧组，她与王宪先生分工配器音乐。对一丁的身世家庭，我所知极为简略：明代学者李东阳之后裔，可谓诗书门第。她本人是沈阳音乐学院作曲系高才生。分配到中央电视台电视剧制作中心，同时为了家计与生活，先后接过不少电视剧作曲的任务。

由此，《三国》之后，我与一丁便合作了一些歌曲：电视剧《金秋鹿鸣》、《小小男子汉》、《你的爱心像阳光》、《太匆匆》、《也许》、《三十个月亮只有一个圆》、《莲花峰道情》、《我十七岁》、《文成公主》（5首）、《大雪无痕》（获金鹰奖最佳歌曲）、《爱的名字是永恒》……

一丁志向高远，随后她便投入器乐曲创作。成为国际女作曲家协会成员之后，佳作迭出，并在世界各国演出。

2013年春，一丁牵线我与苏州青年女作曲家胡冉冉合作了《问心》一歌，在佛教音乐会上演出。苏州归来，隐约得知一丁患病，我心忧但不敢问。

一丁要出自己的歌曲选集，约我写序，我不揣鄙陋，写了《欣赏一丁》，歌集封面，一丁一如既往的文静含蓄的笑靥……

直到2016年的岁暮，我才迟知：一丁于2014年，已与我们永别而去。

没有一位告知我，她的众多师友，众多乐友，她的亲人也是我熟悉的……大家都沉默，大家只能沉默，对这样一位有才华，又勤奋、热爱艺术、全身心交给音乐的杰出女性，老天！为什么？

犹记一件趣事：某日，中午在一丁家，一丁买回面包和一棵大白菜，做起午餐。她的先生见了，一个劲儿地埋怨："怎么，给王老师，就吃——这个？！"

我和一丁呵呵地笑，我做出快乐满意的解释，她的先生才释然不语。

我们，我们岂是在意午餐只有面包和大白菜的人吗？我们的心、神之关注的是音乐与艺术啊……

一丁，接着给我写信，啊！

我为《二泉映月》填词

鄙人有个习惯，或说是一种生活中的现象，即当日起床后便会莫名而自然地哼一个调子，而且几乎整整一日哼着它。

今日，哼的是《二泉映月》。

阿炳——正名华彦钧，一个可怜又可敬的名字、一位可怜又可敬的中国江苏省无锡的民间音乐家。

他从小随父亲做了雷尊殿的道士，在各项音乐演奏的工作中（包括婚丧嫁娶的服务吧）熟悉了当地的民间音乐。

谁也不知阿炳一生肚腹里（实际是大脑中）装了多少民间音乐，因为他没来得及，他因贫困而沉沦、而病倒。

但，不幸中的万幸，1950 年，音乐家杨荫浏先生和曹安和先生，用当时的钢丝录音机，抢救般地为阿炳录下来几首他创作并演奏的乐曲。

天知道这是多么大的功绩!

两位音乐家与阿炳相约：隔些时再来录其他乐曲。阿炳也表示：许久不摸琴手生了，乐器也不甚好，下次再好好录一回。

然而，贫病交加的阿炳竟然去了！连同他大脑中珍贵的民间音乐也带走了！

他留给世人的仅仅是二胡曲《二泉映月》《听松》和琵琶曲《昭君出塞》等 6 首。

这几首乐曲，经过专业音乐家的加工、改编，成为独奏家、不同组合与规模的乐团上演的曲目。尤其是《二泉映月》，由于人们深深的喜爱、音乐家的传播，它已经成为世界名曲。

据说，日本的也是国际的指挥大师小泽征尔听着《二泉映月》那亲切、凄婉、激越的旋律，竟然情不自禁流泪跪倒了!

我酷爱《二泉映月》（以下简称《二泉》）。

1982 年，我为《二泉》填词，题为《念故乡》。

不，不妥。《二泉》代表阿炳，是阿炳的命，又是阿炳的魂。

1992 年，我再次为《二泉》填词。

听琴声悠悠——
是何人在黄昏后，身背着琵琶沿街走。
阵阵秋风，吹动着他的青衫袖。
淡淡的月光，石板路上人影瘦。
步履摇摇出巷口，弯转又上小桥头。
四野寂静，灯火微茫隐画楼。
操琴的人，似问知音何处有，
一声低吟一回首，只见月照芦荻洲。
琴音绕丛林，琴心在颤抖，
声声犹如松风吼，又似泉水淙淙流。
憔悴琴魂做漫游，平生事儿难回首，
岁月消逝人淹留。
年少青丝，转瞬已然变白头。
苦伶仃，举目无亲友，
风雨泥泞怎忍受，荣辱沉浮无怨尤。
唯有这琴弦解离愁，晨昏常相伴，
苦乐总相守，酒醒人散余韵幽。
莫说壮志难酬，胸中歌千首，
都为家乡山水留。
天地悠悠，唯情最长久。
共祝愿：人间早日烽烟收，
家家笙歌奏，年年岁岁乐无忧。
纵然人似黄鹤，一抔净土惠山丘。
此情永不休，天涯芳草知音有，
听见你琴声还伴着泉水流！

感谢方瑛女士策划，李海鹰先生配器、彭丽媛女士录音，由太平洋影音公司出版唱片，是在 1993 年。

不久，听到信息：杭州广播电台制作了一个专题节目，将《二泉》的全部故事娓娓道来，并穿插了几段音乐演唱、演奏的录音。

多么好啊！

一天，我在街上行走，听到不远处广播中传来彭丽媛女士的歌声，便驻足听到底……

回到家，收阅一封来信，竟是一位盲人教授写来的（当然，已由盲文译成汉文）。他真诚地絮絮说着他喜爱《二泉》，如今有了填词，使他又有一重对《二泉》的体味……

哎，可惜，不知这封宝贵的信藏到哪里去了。

我遥遥地、默默地向这位盲人知音致谢意。

又隔了些时，我的1949年同窗、曾经合作的上海歌剧院指挥兼作曲家萧白先生来信：他有意要将填词的《二泉》编写成一部无伴奏合唱曲。但，他说："为何音乐的尾段你没有填词呢？"

哦，是我，是我的错：我在那高音密集区结束了填词，没有很好地完整地理解阿炳深层的对人生的忆念与感叹。

于是，又从头反复哼唱，带着唯恐"蛇足"的忧忌，引发出最后的四行！

回望天边月，照彻今古愁。
繁华落尽，看身后，何所有，
未若寒泉映月，化作高山流火，
琴韵常绕人心头……

幸而获得萧白的认可。

尔后几年间，萧白带着他担任艺术总监的"无锡山禾合唱团"，在国内和域外多次演唱这首无伴奏合唱曲《二泉映月》并获得佳评。

如今，乐谱尚存手边，我的老友如今却不知天涯海角，杳无音信……

有关阿炳与《二泉》的文章，我们已读过很多。但当2018年2月8日，在《北京青年报》（第B08版）上读到冯其庸先生口述、宋本蓉记录整理的《风雨平生》（连载二十七）一文，我惊喜了！

冯其庸先生在文中特地写了长长一段——1943年到1944年，他在无锡工业专科学校就读期间，听到阿炳演奏《二泉映月》时受感动的心绪："尤其是了解他（阿炳）的身世和熟悉这个曲子的人，都会体会到完全是他倾诉自己的艰难困苦的生活，向社会哭诉、哀鸣。胡琴拉到最伤心的地方……他不是用琴弓拉，他是用手指头摘那个琴弦'噔噔噔'这种极短促的声音，然后，又低回婉转地拉开了。每次听他的演奏都会使人掉眼泪……"

我想：朋友们会懂得我为何要在此处介绍这段引文。冯先生说还听到了阿炳的琵琶曲《昭君出塞》。

1994年，我到无锡，专程与惠山二泉边的阿炳雕像合影留念。

关于填词，我还想向朋友们通一通心曲——

曾经，有一位音乐家说：“器乐曲有器乐曲的美，为何一定要填词使它变成声乐曲呢？”

百年来，尤其是在20世纪初，我国专业创作声乐曲的人还很少之际，引进域外各国的曲调填词，可说是成百上千，给予几代人可唱的、优美动人的歌曲。丰富、营养了他们的童年、少年直至青年时代的艺术生活，也可以说是“厥功至伟”啊！

而我，每当哼起中、外那些富有歌唱性的器乐曲，甚或是鸿篇巨制交响乐中歌唱性的旋律时，就情不自禁地要唱出心中的话来呀！

我为《二泉映月》填词，就是要为阿炳唱出心中的苦难，和心底那份未了的意愿啊！

2020年11月22日小雪节
于 温榆河畔

注：填词的《二泉》曾题名《憔悴琴魂》。

紫藤萝

摇曳在春风里，
你是我独有的爱恋。
紫色的花之瀑布，
美丽了我的视线。
淡淡的幽香，浸润着我的肺腑。
闪烁的花光，可是你跳动的语言？
是谁责怪你的多情，不解你一生的天然。
或许恰欲向你，借一份缠绵……

我喜欢藤萝花。

民歌：“藤生树死缠到死，藤死树生死也缠。”

开初，只是两句：摇曳春风里，此物最多情。

看多了盛开的藤萝花：北海东侧水边那一带的，清华园古典风格庭院里的；红螺寺里那一天云锦，大殿前那相依相倚的、不计岁月的古藤与古松，社区内与居民共享和平安宁的，赴各地文化探访中摄存于眼于心的……

累积的情愫，某日化作这首短词。

青年作曲者颜辉在录音棚里遇见一位外地女歌手，二人攀谈起来。颜辉将《紫藤萝》唱给她听，女歌手竟然激动了：“这支歌是为我写的！”

女歌手录制了《紫藤萝》，出版了单曲唱碟，还举行了微型发布会。

缘分？有人说：这支歌太唯美了。

唯美怎么了？不唯美，难道……

2005年第3期《读者》（原创版）彩色插页，刊载了《紫藤萝》词谱，设计很美。

女作家宗璞在一篇散文中，曾用“瀑布”形容比拟万千穗紫藤花壮观的美，我在歌词中借用了它，在电话里把这支歌唱给宗璞听了。

可爱的四月又将来临，我望着仿佛已冒出新芽的藤萝枝条，向它致意……

2017年3月18日
于燕都水东楼

附一

致王健

1=♭E $\frac{2}{4}$

♩=60

杨启舫 词
丁留强 曲

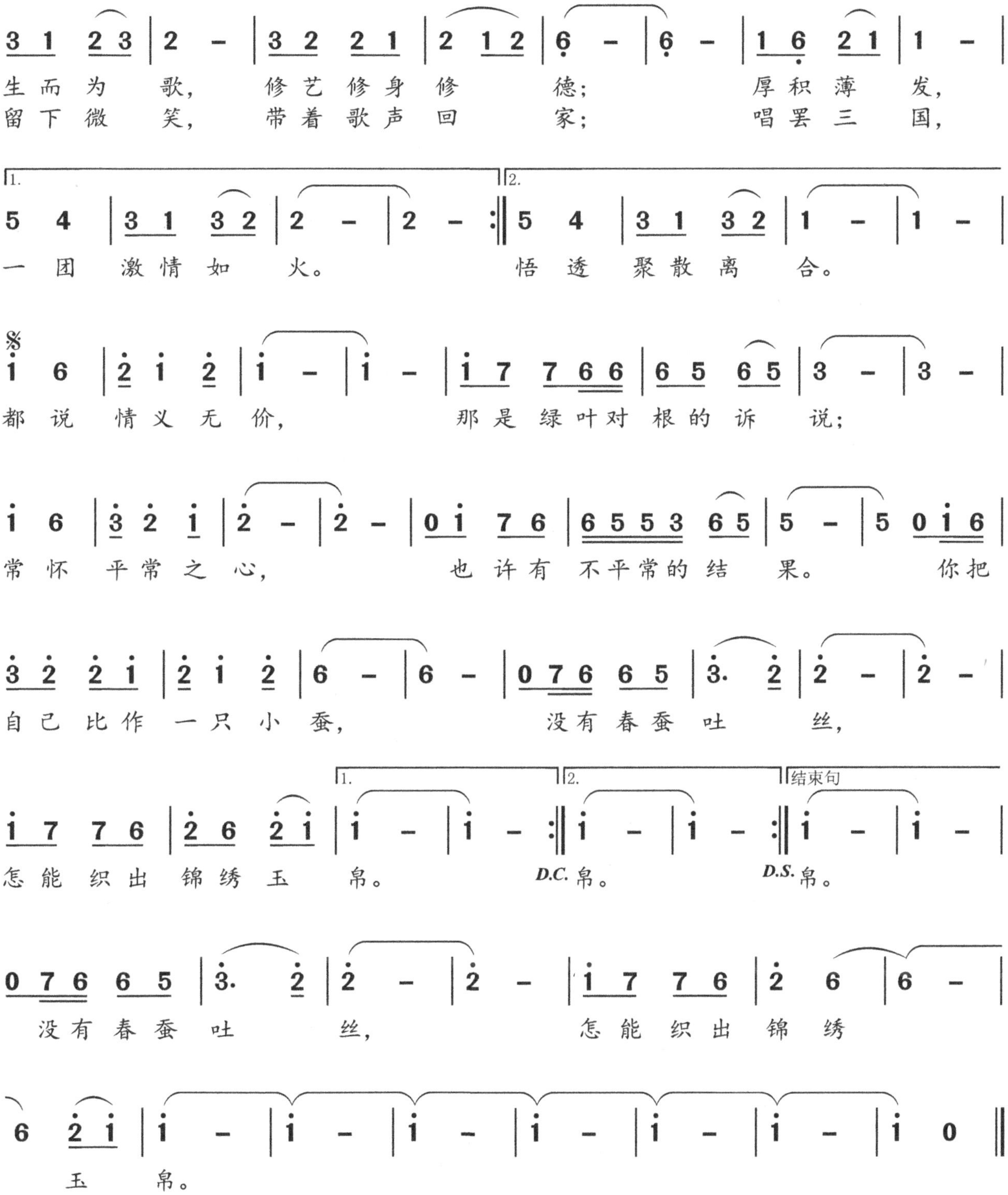

生而为歌，修艺修身修德；厚积薄发，
留下微笑，带着歌声回家；唱罢三国，

一团激情如火。悟透聚散离合。

𝄋

都说情义无价，那是绿叶对根的诉说；

常怀平常之心，也许有不平常的结果。你把

自己比作一只小蚕，没有春蚕吐丝，

结束句

怎能织出锦绣玉帛。*D.C.*帛。*D.S.*帛。

没有春蚕吐丝，怎能织出锦绣

玉帛。

附二

《王健作词歌曲选集》目录

（1998 年版）

卷首语 / 王健

只需 / 金波 _ 词　隋意 _ 曲

往日的纪念

1. 寻找祖国的富源 / 瞿希贤 _ 曲

2. 千里淮河歌声响 / 瞿希贤 _ 曲

3. 山茶 / 彦克 _ 曲

4. 青春的队伍在前进 / 瞿希贤 _ 曲

5. 远远听见山歌声 / 舒模 _ 曲

6. 马兰花 / 戴于吾 _ 曲

声声唱给祖国

7. 长城颂（合唱）/ 焕之 _ 曲

8. 祖国啊，我歌唱你 / 李群 _ 曲

9. 祝福你，香港 / 瞿希贤 _ 曲

10. 台湾啊！台湾 / 李群 _ 曲

11. 台湾玉镯 / 陈贻鑫 _ 曲

12. 绿叶对根的情意 / 谷建芬 _ 曲

13. 我的松花江 / 盛礼洪 _ 曲

14. 长江啊，你可知道 / 谷建芬 _ 曲

15. 长江啊，你可知道 / 萧白 _ 曲

16. 共创新世纪的辉煌 / 刘诗召 _ 曲

17. 心中的黄果树 / 王立平 _ 曲

18. 椰岛小夜曲 / 徐沛东 _ 曲

19. 在天池畔 / 钟立民 _ 曲

20. 不了情 / 戴于吾 _ 曲

21. 声声唱给亲爱的祖国 / 林向义 _ 曲

22. 写下中华的名字 / 娄连广 _ 曲

23. 琉璃之歌 / 郭成志 _ 曲

24. 北京的风 / 顾彤 _ 曲

25. 芦沟桥月歌 / 缪也 _ 曲

26. 中国，回答明天 / 朱思思 _ 曲

27. 绿叶之歌 / 秦咏诚 _ 曲

28. 挚爱草原 / 晓峰 _ 曲

美的圆舞曲

29. 美的圆舞曲 / 时乐濛 _ 曲

30. 海港的黎明 / 盛礼洪 _ 曲

31. 家 / 生茂 _ 曲

32. 飞天 / 铁源 _ 曲

33. 蓝天你可知道 / 羊鸣 _ 曲

34. 金银藤蔓蔓儿长 / 施光南 _ 曲

35. 小小蜡刀 / 刘诗召 _ 曲

36. 有我与你 / 刘诗召 _ 曲

37. 思故人 / 王酩 _ 曲

38. 没有走完的路 / 田歌 _ 曲

39. 留下一片阴凉 / 谷建芬 _ 曲
40. 白雪之歌 / 谷建芬 _ 曲
41. 你问我 / 谷建芬 _ 曲
42. 海滩的石子 / 谷建芬 _ 曲
43. 看日出 / 谷建芬 _ 曲
44. 登山（声乐套曲）/ 谷建芬 _ 曲
45. 生命的星 / 谷建芬 _ 曲
46. 生命的星 / 徐肇基 _ 曲
47. 美丽的大海 / 谷建芬 _ 曲
48. 湖心曲 / 谷建芬 _ 曲
49. 祖国等你添光彩 / 谷建芬 _ 曲
50. 妈妈的小屋 / 谷建芬 _ 曲
51. 童年的四季 / 谷建芬 _ 曲
52. 遥远的村庄 / 谷建芬 _ 曲
53. 洒下一片深情 / 谷建芬 _ 曲
54. 野山歌 / 谷建芬 _ 曲
55. 爱的梦 / 谷建芬 _ 曲
56. 久别重逢 / 谷建芬 _ 曲
57. 遥寄 / 谷建芬 _ 曲
58. 海诉 / 谷建芬 _ 曲
59. 梅花相思 / 谷建芬 _ 曲
60. 午夜红云 / 谷建芬 _ 曲
61. 我们正青春 / 王立平 _ 曲
62. 我的绿叶，我的小船 / 罗念一 _ 曲
63. 美的眷恋 / 刘文金 _ 曲
64. 新月，你把我的心灵唤醒 /
于林青 _ 曲
65. 咏绿牡丹 / 于林青 _ 曲
66. 哦，我的田野 / 杨人翊 _ 曲
67. 荔枝女 / 刘锡津 _ 曲
68. 黄山情 / 刘锡津 _ 曲
69. 世纪的涅槃 / 刘锡津 _ 曲
70. 阳光下的誓言 / 萧白 _ 曲
71. 小小竹梭 / 戴宏威 _ 曲
72. 心系海洋 / 钟立民 _ 曲
73. 歌声就是力量 / 士心 _ 曲
74. 龙之恋 / 士心 _ 曲
75. 对酒当歌 / 龙飞 _ 曲
76. 洋河奋进歌 / 陶思耀 _ 曲
77. 醉 / 陶思耀 _ 曲
78. 小河向往海洋 / 臧东升 _ 曲
79. 你 / 朱南溪 _ 曲
80. 秋天的旅行 / 张丕基 _ 曲
81. 致高原人 / 舒野 _ 曲
82. 都是为了爱 / 丁晓里 _ 曲
83. 翼情 / 郭峰 _ 曲
84. 结伴同行 / 冯世全 _ 曲
85. 地球村民 / 侯牧人 _ 曲
86. 寻觅 / 关峡 _ 曲
87. 心影 / 董兴东 _ 曲
88. 雨中情思 / 董兴东 _ 曲
89. 大海的儿女 / 厚存、巫一 _ 曲
90. 水云曲 / 方芳 _ 曲
91. 故园的海棠花 / 方芳 _ 曲
92. 越过自己的悲伤 / 程伟 _ 曲
93. 别无选择 / 黄国群 _ 曲
94. 忘忧草 / 加农 _ 曲
95. 心灵的空间 / 范敏 _ 曲
96. 雾断遥楼 / 隋意 _ 曲

为了荧屏

97. 这一拜 / 谷建芬 _ 曲
98. 烈火雄风 / 谷建芬 _ 曲
99. 貂蝉已随清风去 / 谷建芬 _ 曲
100. 淯水吟 / 谷建芬 _ 曲
101. 有为歌 / 谷建芬 _ 曲

102. 民得平安天下安 / 谷建芬 _ 曲
103. 豹头环眼好兄弟 / 谷建芬 _ 曲
104. 当阳常志此心丹 / 谷建芬 _ 曲
105. 江上行 / 谷建芬 _ 曲
106. 哭诸葛 / 谷建芬 _ 曲
107. 历史的天空 / 谷建芬 _ 曲
108. 未了情 / 温中甲 _ 曲
109. 这世界需要你 / 温中甲 _ 曲
110. 怎能没有你 / 温中甲 _ 曲
111. 大潮起了 / 温中甲 _ 曲
112. 人生路 · 男儿情 / 章绍同 _ 曲
113. 重新打量天地人 / 艾立群 _ 曲
114. 等你的还是五哥哥 / 王宪 _ 曲
115. 创造人生 / 李一丁 _ 曲
116. 也许 / 李一丁 _ 曲
117. 月下弦歌 / 李一丁 _ 曲
118. 莲花峰道情 / 李一丁 _ 曲
119. 太匆匆 / 李一丁 _ 曲
120. 同一阳光下的朋友 / 李一丁 _ 曲
121. 为了小鸟 / 丁晓里 _ 曲

另一种果实——填词

122. 良宵 / 刘天华 _ 曲
123. 蕉石鸣琴 / 吕文成 _ 曲
124. 渔歌晚唱 / 吕文成 _ 曲
125. 春江花月夜 / 中国古曲
126. 夜深沉 / 民间乐曲
127. 平湖秋月 / 吕文成 _ 曲
128. 二泉映月 / 阿炳 _ 曲
129. 乡思 / 马思聪 _ 曲
130. 梦江南 /（中国台湾）马兰恋歌
131. 秋日的私语 / 奥列维埃 · 图森、
保罗 · 德 · 塞内维尔 _ 曲
132. 为我作证 / 佚名 _ 曲
133. 春雨 / 佚名 _ 曲
134. 我的青春我的路 / 佚名 _ 曲
135. 珍藏 / [法] 塞内维尔 _ 曲
136. 倾诉 / 钢琴曲《少女的祈祷》改编
137. 归雁 / 塞内维尔、图森 _ 曲
138. 夜之船 / 根据柴可夫斯基
《六月的船歌》旋律
139. 洁白的回忆 / [法] 圣桑 _ 曲
140. 女人的惆怅 / 前苏联歌曲
141. 两个人的世界 / 前苏联歌曲
142. 请忘记我 / 佚名 _ 曲
143. 青春的歌声 / 佚名 _ 曲
144. 请相信我 / 佚名 _ 曲
145. 快乐的青年人 / 希腊民歌
146. 美丽的湖边 / 佚名 _ 曲
147. 你不要这样问我 / 佚名 _ 曲
148. 未分手已盼归程 / 佚名 _ 曲
149. 我的心 / 佚名 _ 曲
150. 桥 / [日] 市川昭介 _ 曲
151. 我的音乐 / 佚名 _ 曲

送给孩子

152. 老鸟 · 小鸟 / 瞿希贤 _ 曲
153. 友谊的鲜花 / 加因、王健 _ 词
马可 _ 曲
154. 叮咚 / 瞿希贤 _ 曲
155. 快乐的少先队 / 王莘、王健 _ 词
王莘 _ 曲
156. 爷爷的歌声 / 章枚 _ 曲
157. 歌声与微笑 / 谷建芬 _ 曲
158. 布娃娃 / 谷建芬 _ 曲
159. 欢乐歌 / 谷建芬 _ 曲

160. 爱的人间 / 谷建芬 _ 曲
161. 小傻瓜 / 谷建芬 _ 曲
162. 留给我 / 士心 _ 曲
163. 校园的铃声 / 姜春阳 _ 曲
164. 小杉树 / 赵季平 _ 曲
165. 小鸟，请到这里来 / 龚耀年 _ 曲
166. 风筝随想曲(声乐套曲)/ 小夫 _ 曲
167. 我是小鼓手 / 杨春华 _ 曲
168. 心中美丽的地方 / 杨春华 _ 曲
169. 牵牛花 / 杨春华 _ 曲
170. 巴掌大，那怕啥 / 李一丁 _ 曲
171. 微笑的世界 / 罗晓航 _ 曲
172. 热爱祖国 / 新疆民歌
173. 我多么想 / 李一丁 _ 曲
174. 小猴基利 / 前苏联歌曲
175. 库尔勒香梨我问你 / 迟芸 _ 曲

附：歌曲后面的故事

1. 为了他那一缕乡情
2. 载酒行
3. 杳无音信的《海诉》
4. 有一个小听众我也满足了
5. 士心留给我的
6. 梅花相思
7. 臣心常愿卧白云
8. 翼情
9. 杜琼，你好么
10. 昆曲的一点营养
11. 谢谢三毛
12. 桥
13. 淡若云烟
14. 遥远的村庄
15. 道法自然
16. 为了不忘却的怀念
17. 小傻瓜
18. 雨中情思
19. 今日仍能“为我作证”
20. 小歌命好
21. 你就是一片绿叶
22. 一次特殊的配歌
23. 关于《三国演义》歌词创作的反思
24. 歌声伴你
25. 老鸟·小鸟
26. 严格
27. 你能不能第三次为《二泉》填词
28. 两颗《生命的星》
29. 起早儿赶晚集
30. 那时候听着挺新鲜
31. 绘画与色彩的赠予
32. 请小动物帮忙
33. “鸽子窝”的动画
34. 可爱的马兰花
35. 一次练习
36. 玉镯
37. 十六载系黄山情
38. 留下一片阴凉
39. 登山归来
40. 海的赠予

代跋

176. 歌声将伴你归去 / 谷建芬 _ 曲

编后话

2021 年 7 月 30 日中午 12 时，妈妈王健去世。

在远行之前，她就已着手整理《王健作词歌曲选》续集，留下的纸袋里计有：

1. 草稿及誊清的目录两份（歌曲 65 首）；2. 可用歌谱 4 份，她说，很多歌她也没有谱子，“恐怕要到网上去找了”；3.“歌曲背后的故事”手稿十几份；4. 她认为可选用的和作曲家的合影三四张，以及前辈作曲家给她的题词等资料；5. 两篇简单的序和跋。

等我开始编辑才发现真是难。《王健杂文集》对我来说属于“文科”，我能懂、能改；歌曲集就属于“理科”，简谱不识，音符如同数字，发不出音来，五线谱更如工程图纸一般的天书。更难的是，当时我和任何一位作曲家都没有联系。

过程的艰辛就不说了，最后的成品我想妈妈应该是满意的吧：包括 9 首歌剧选段、两部清唱剧（全本共 22 首唱段），总共 104 首歌曲，涉及 14 位作曲家！

虽然我做了很多努力，联系了不少作曲家，但仍有一些作曲家联系不到，谱子也找不到，只好在网上找。但网上歌谱错漏难免，在此要特别感谢作曲家徐健老师，她不仅校对自己作曲的歌，还帮我整理、校对了几份网上找的歌谱。

感谢编辑付劲草，和我这样一个音乐小白兼编书小白一起工作，她既细致又耐心。

感谢音协、音著协帮助联系作曲家。感谢福建省韶乐慈善基金会赞助部分出版费用。

我妈妈拟定的初步目录中，有两首歌既联系不到作曲家，在网上也找不到谱子，只得留下小小的遗憾。

所以，本书如有其他错漏——肯定难免——那一定是我的责任。请发现问题的各位老师，通过出版社和我联系，或联系我的邮箱 zhengchenying15@sina.com，看能否有机会改正。

也请之前没有联系的作曲家老师，或其他相关人士，如能看到此书，和我联系，好方便寄赠样书。

石美

2022 年 3 月